중역한 영웅

근대전환기
한국의
서구영웅전
수용

지은이

손성준 孫成俊 Son, Sung-jun

한국해양대학교 동아시아학과 부교수. 성균관대학교 동아시아학과에서 「영웅서사의 동아시아 수용과 중역(重譯)의 원본성—서구 텍스트의 한국적 재맥락화를 중심으로」(2012)로 박사학위를 취득하였다. 근대 동아시아의 번역과 지식의 변용에 대해 연구해왔으며, 최근에는 한국 근대문학과 번역 · 검열의 연관성, 대한제국기 잡지의 다면성 등에 주목하고 있다. 주요 논저로는 『국부 만들기—중국의 워싱턴 수용과 변용』(2013, 공역), 『저수하의 시간, 염상섭을 읽다』(2014, 공저), 『대한자강회월보 편역집』(2015, 공역), 『검열의 제국—문화의 통제와 재생산』(2016, 공저), 『투르게네프, 동아시아를 횡단하다』(2017, 공저), 『번역과 횡단—한국 번역문학의 형성과 주체』(2017, 공저), 『근대문학의 역학들—번역 주체 · 동아시아 · 식민지 제도』(2019), 『완역 조양보』(2019, 공역), 『완역 태극학보』(2020, 공역), 『완역 서우』(2021, 공역) 등이 있다. sungjuni97@naver.com

중역한 영웅-근대전환기 한국의 서구영웅전 수용

초판인쇄 2023년 1월 10일 **초판발행** 2023년 1월 20일

글쓴이 손성준 **펴낸이** 박성모 **펴낸곳** 소명출판 **출판등록** 제1998-000017호

주소 서울시 서초구 사임당로14길 15 서광빌딩 2층

전화 02-585-7840 **팩스** 02-585-7848

전자우편 somyungbooks@daum.net **홈페이지** www.somyong.co.kr

값 50,000원 ⓒ 손성준, 2023

ISBN 979-11-5905-740-3 93800

(재)한국연구원은 학술지원사업의 일환으로 연구비를 지급, 그 성과를 한국연구총서로 출간하고 있음.

한국연구총서 109

重譯

중역한 영웅

근대전환기
한국의
서구영웅전
수용

— 손성준 —

RELAY TRANSLATIONS OF BIOGRAPHIES
OF WESTERN HEROES
IN KOREA DURING
THE MODERN TRANSITION PERIOD

책머리에

이 책은 근대전환기 동아시아를 관통하여 한국어로 번역된 서구영웅전들에 대한 것이다. 이들 텍스트는 그 존재부터가 이미 중첩된 맥락 속에 놓여 있다. 19세기 말에서 20세기 초 동아시아의 서구 인식을 보여준다는 점에서 역사학계의 이목을 끌 수 있는 자료이고, 정치사상의 새로운 조류를 엿볼 수 있다는 점에서는 정치학계의 관심과도 직결된다. 엄밀한 역사서가 아닌 가공된 서사물이라는 정체성, 전통 양식인 '전傳'과의 결합 등은 응당 문학 방면의 연구와 맞닿아 있는 요소다. 물론 이러한 진단마저도 현시점의 분과 학문에서 바라본 감각일 뿐, 기실 이들의 복합적 성격을 시원하게 규정하는 것은 지난한 일이다. 분명한 것은 연구자의 학문적 배경과 방향성에 따라 얼마든지 새로운 의미를 간취할 수 있는 방대한 텍스트군이라는 점이다.

내가 주목한 것은 서구영웅전이 이 책의 표제 어휘이기도 한 '중역重譯'의 산물이라는 데 있다. '서구'를 다루다 보니 이들은 태생적으로 번역물일 수밖에 없었다. 그런데 당시 한국어로 번역된 해당 부류는 이미 일본어 혹은 중국어로 번역된 것을 저본 삼아 이중·삼중으로 번역한 것이었다. 현재까지 확인된 자료를 망라해 보건대, 예외는 없었다고 보아도 무방하다. 즉, 한국어로 된 당대의 서구영웅전은 모두가 중역으로 탄생했다.

중역은 이른바 기점언어source language와 목표언어target language만으로 성립되는 일반적 번역이 아닌, 그들 사이에 하나 이상의 매개어를 전제로 하는 개념이다. 이 조건은 필연적으로 '차이들'을 만든다. 그것은 단지 여러 단계를 거치면서 자연히 증가하는 오역誤譯의 가능성이나 번역 불가능성un-translatability의 흔적들만을 의미하는 것은 아니다. 번역에 임하던 당대의 한국인은 시작부터 일반적인 번역자와는 다른 태도를 지니고 있었다. 그것은 그들 스스로 자신의 작업이 중역이라는 것을 잘 알고 있었다는 데 있다. 일본어 혹은 중국어로 한 차례 이상의 자국화localization를 거친 결과물이 '나'의 번역 대상이라면, 그 조건은 십중팔구 '나'의 새로운 개입 역시 추동할 터였다. 이미 다른 시공간적 맥락에 놓인 바 있다는 것을 일종의 '오염'으로 비유하자면, 그에 대한 '정화'로서 '나'의 재맥락화 작업이 강력히 요청될 수밖에 없었다.

주지하듯 중역은 당시 한국이 서구 지식에 곧바로 접속할 어학적 능력을 구비하지 못했기에 택한 불가피한 방식이었다. 하지만 한자문화권이라는 동아시아적 배경과 한자어의 '역능力能·譯能'은 실로 높은 효율성을 보장해주었다. 역으로 이 효율성 자체가 중역이 활성화된 결정적 배경이기도 했다. 거기에, 번역의 목표가 대개 구국救國 계몽운동의 활성화에 있었으니 번역 방식으로 인한 결과물의 수준 저하는 미미한 아쉬움 정도로 인식되었을 것이다. 효율과 시대적 명분이 결합한 결과, 서구영웅전은 대한제국기의 모든 번역 출판물 중 가장 주류적인 위치를 점할 수 있었다.

요컨대 당대 한국의 서구영웅전은 새로운 지식문화 형성에 긴급히 요청되던 텍스트를, 번역 주체가 원전 재현에 대한 압박에 크게 구애받지 않고서 번역한 결과물이다. 이 사실은 그것을 단순히 '한국적 특수성'이라는 틀로 획일화하기 어렵다는 것을 의미한다. 한국 내에서조차 번역 주체들은 각기 다른 문제의식 속에서 나름의 서구영웅전을 선택하고 다시 변주했다. 한국의 정치 상황에 대한 당대인의 진단과 대안은 단일할 수 없었고, 그에 따라 서구라는 권위를 활용하는 방식 역시 엇갈릴 수밖에 없었다. 그것은 특정 단체의 논리일 수도 있고, 개인의 차원으로 수렴될 수도 있었다.

이상의 문맥에서, 당대의 중역을 단순히 번역의 열등항으로 치부하는 관점에서 벗어날 필요가 있다. 이 책의 분석 대상이 되는 많은 텍스트들이 오랜 시간 연구사의 공백 지점에 있었던 것도 기본적으로 그러한 태도가 만연해 있었기 때문이다. 하지만 중역 텍스트의 광범위한 존재 양상이 보여주는 불가해한 활력은 과연 무엇이란 말인가? 더구나 근대전환기 동아시아를 하나의 거대한 번역장으로 상정할 때, 한국의 중역 텍스트는 그 번역의 경험이 가장 집적된 '동아시아적 텍스트'이다. 예외 없이 일본이나 중국, 혹은 둘 다를 모두 거쳤다는 것은, 언제나 동아시아 비교연구 대상으로서의 전제 조건을 충족시킨다는 의미이다. 일본이나 중국이라는 프리즘을 통해 한국을 논하는 것도 가능하지만, 반대로 한국을 통해 일본과 중국의 근대를 상대화하고 재해석할 수 있는 단초 또한 여기서 발견할 수 있는 것이다. 그럼에도 불구하고 중역이 번역의 미달태未達態인 것은 팩트가 아니냐고 되묻는 이들은 늘 있었다. 물론 그렇게 볼 수도 있다. 그러나 중역이 실제로 당대의 지식문화를 재구축한 거의 유일한 방식이었다면 그 현상 자체를 심도 있게 들여다볼 필요성은 충분하다. 이 책은 그 답변을 나만의 방식으로 재구한 결과이다.

책의 약 60%는 2012년에 나온 박사논문에 근간하고 있으며, 나머지는 최근까지 이어진 후속 연구를 통해 구성되었다. 나를 아껴주시는 한 선생님은 학위논문이 나온 직후부터 여러 차례에 걸쳐 단행본화 작업을 속히 진행하라고 조언해 주셨지만, 지금 돌아보면 서두르지 않았던 것이 다행스럽게 느껴진다. 논문에서 해결하지 못한 과제들을 그 사이 어느 정도는 해소할 수 있었고, 어렴풋이 맴돌던 생각들도 나름의 형상을 갖출 수 있었기 때문이다. 물론 갈 길은 여전히 멀다. 하지만 이로써 분명 또 하나의 매듭을 지었다. 심지어 박사논문의 출발점은 2007년도의 석사논문이었다. 장장 16년의 세월 동안 붙들고 꼬아나간, 어떤 때는 끊어졌다가 다시 이어진 길고 투박한 줄의 매듭인 것이다. 조그마한 자부심인지 안도의 한숨인지 모를 복합적 감회가 있다.

4년 전 첫 단독 저서의 머리말을 통해 여러 선생님께 감사를 표했는데 다시 새로운 분들에게 마음을 전할 기회를 얻어 더없이 기쁘다. 작년 3월부터 한국해양대학교 동아시아학과의 교원이 되었다. 학과를 설립하신 구모룡·김정하 교수님, 함께 이끌어오신 김태만·류교열·하세봉 교수님께 깊이 감사드린다. 이 학과는 26년의 역사를 지닌 한국 최초의 동아시아학과이기도 하다. 부족한 내가 '동아시아'라는 이름 아래 열정 넘치는 학생들과 만나게 된 것은 오랜 시간 축적된 그분들의 치열한 고민과 실천이 있었기 때문이다.

이 책은 재단법인 한국연구원의 지원을 받아 세상에 나올 수 있었다. 한국학을 향한 김상원 전임 원장님의 열정은 놀라웠다. 지금까지처럼 이후로도 많은 연구자들이 한국연구원을 통해 양질의 학술 성과를 선보이리라 확신한다.

단언컨대 사랑하는 가족들의 존재가 이 책을 쓴 원동력이었다. 다만 이 책은 내가 그들과 함께 하지 못한 숱한 시간들을 반증하는 것이기도 하다. 그래서 재인·한비·지유에게 늘 고맙고 미안하다. 이들에게 더 충실한 사람이 되는 것이 나의 가장 큰 소망이다.

2023년 1월
저자 손성준

차례

표 차례

서장

중역의 시대

1. 왜 중역重譯인가?

특정한 언어문화권에 새로운 지식이 유입될 때 그것은 대부분 '번역'이라는 과정을 수반한다. 하지만 19세기 말에서 20세기 초 한국의 경우, 서양을 소개하기 위해서는 이중 혹은 삼중의 번역이 불가피했다. 원문 텍스트를 직접 번역할 수 있는 인적 자원은 거의 없었지만 일단 '지식'은 필요했기에 이미 나와 있던 중문 혹은 일문 번역본을 중역重譯했던 것이다. 이는 본질적으로 차선책이었지만, 어떤 면에서는 지식인들의 한문 소양을 적극 활용한 효율적 접근이기도 했다. 이렇듯 19세기 후반 이후 동아시아 내부의 주요 텍스트들은 한국어를 목표언어target language로 하는 이중·삼중역의 연결고리를 생성해나갔다. 이것이 1910년 국권의 소멸 시까지 거세게 진행된 한국인들의 계몽 기획이 동아시아적 구도 속에서만 온전히 파악 가능한 이유다.

익히 알려져 있듯, 1990년대를 기점으로 '근대(성)'와 '동아시아'가 한국 학계의 화두로 새롭게 떠오르면서 '동아시아 근대'에 관한 담론들이 집중적으로 출현했다. 이 과정에서 '사상의 연쇄'나 '번역과 지식의 유통'에 착목하는 연구도 활성화되었다. 여기서 구심점이 된 것은 서구적 근대에 가장 발 빠르게 대응한 메이지 일본이라는 시공간이다. 이에 따라 동아시아의 또 다른 내포를 구성하는 한국과 중국은 일본을 통해 근대를 체험한 주변부, 혹은 사본성의 공간이 될 수밖에 없었다. 예컨대 야마무로 신이치山室信一가 서구-일본-아시아로 연동되어 있는 사상의 연쇄를 방대한 자료와 함께 제기하였을 때, 그것은 의도와는 상관없이 동아시아 근대가 결국 일본에 의해 구성된 것이라는 암묵적 전제를 강화시켰다.[1]

그러나 역으로 한국의 입장을 중심에 두고 일본과 중국을 바라보면 어떤 양상이 펼쳐질까? 동아시아의 중역 현상은 주로 서구화 경쟁에서 일본과의 격차를 획기적으로 메우고자 한 중국 및 한국 지식인들의 노력을 통해 전면화되었다. 대안적 방편이었기에 당대인에게도 중역은 언젠가 극복되어야 할 방식이었고, 현대의 연구자에게도 '중역된 근대'는 직시하기 불편한 어떤 것이었다.[2] 그러나 발상을 전환한다면 중역이야말로 동아시아 근대 '지知'의 형

---

1 山室信一,『思想課題としてのアジア-基軸・連鎖・投企』, 岩波書店, 2001, 제2부 참조. 동아시아적 근대에 대한 여러 논의들이 공간별 특수성을 정치・사회적 차원의 거시적 지점에서만 다루는 경향은 이러한 '연쇄'의 방법론이 낳은 일종의 부작용이라 할 수 있다. 야마무로 신이치는 이와 관련하여 약간의 해명을 한 바 있다(야마무로 신이치, 임성모 역,『여럿이며 하나인 아시아』, 창작과비평사, 2003, 198~201면 참조). 그러나 여전히 비판적 시각은 존재한다. 핵심은 쑨거의 말대로 그가 "아시아주의 문제에서의 중국・조선・일본의 비균질적 특징을 완전히 간과"(쑨거, 김민정 역,『왜 동아시아인가』, 글항아리, 2018, 653면)했다는 데 있을 것이다.
2 최근 "중역한 / 된 근대" 등, 한국의 근대를 중역과 연관하는 논의들이 있었지만 각각에서 전제하고 있는 중역관은 큰 편차를 보인다. 하지만 일반적으로 '중역'은 '번역'에 대비되는 불완전한 지식 수용 방식으로 받아들여졌다는 점에서는 공통적이다. 특히 텍스트의 선택 단계부터 제약이 발생한다는 점, 인접국이 생산한 한자 개념어를 차용하여 언어적 전환 과정에 치열한 고민이 생략되었다는 점 등이 주요 문제로 지적되었다.

성에 대한 발본적 사유를 가능하게 한다. '중역'해야만 했던 결과물을 통하여 수용자가 필요했던 것선택과 그 역배제의 의미를 단계적으로 궁구할 수 있기 때문이다. 이러한 견지에서라면 중역은 분명 동아시아, 그리고 한국의 근대를 입체적으로 이해할 수 있는 문제적 현상이 된다.

이 책에서 다룰 텍스트들은 역자 개개인에게는 번역이었으나 더 멀리서 보면 중역된 것들이었다. 즉, 애초부터 중역은 번역보다 큰 스케일을 갖고 있다. 중역은 곧 복수의 '번역'들을 내포한 것이다. 번역은 '일 대 일'의 관계지만, 중역은 최소한 '일 대 일 대 일'의 관계이며, 그 이상일 때도 있다. 이 커넥션 속에서는 중역의 단계가 뒤에 위치할수록 문제적이다. 번역물을 다시 번역한다는 것은 번역의 역사가 텍스트 위로 겹겹이 쌓여가는 것을 의미한다. 당시 한국인들에게 읽힌 중역 텍스트들은 동아시아 3국의 번역 경험이 가장 집적된 텍스트이며, 한국은 동아시아의 중역 양상을 역동적으로 드러내기 위해 반드시 검토되어야 할 공간이 된다.

이 책은 근대전환기 동아시아라는 하나의 번역장翻譯場을 배경으로, 한국에 이르는 텍스트의 중역 과정에서 창출되는 변주 양상과 그 의미를 탐색한다. 특히 주목하는 대상은 일본, 중국, 그리고 한국이 공통적으로 수용했던 '서구영웅전'이다. 당대의 서구영웅전은 동아시아 각국에서 계몽운동의 첨병 역할을 했으며, 대부분은 서양의 정치적 판도를 뒤바꾼 정치가와 군인, 즉 각종 매체에서 '영웅'이라 명명한 이들에 대한 것이었다. 그러나 그들의 성취는 곧이곧대로 수용되지 않았다. 서구 영웅들을 둘러싼 한·중·일의 동상이몽과 내부의 또 다른 차이들을 통해 우리는 동아시아의 근대가 어떠한 다양한 목소리들 속에서 구성되었는지, 그리고 궁극적으로 한국의 경우는 어떻게 차별화되었는지를 발견할 수 있을 것이다.

2. 근대전환기 연구의 경향들

근대(성)를 바라보는 연구자들의 관점은 다양하다. 이 때문에 '근대전환기'의 기준 역시 단일할 수 없다. 이 책에서의 근대전환기는 다분히 지식 패러다임의 전환을 염두에 둔 것이다. 서구에 대한, 혹은 서구에서 체계화된 지식이 인쇄 미디어를 통해 유통되고 이로 말미암아 완전히 새로운 문화적 현상들이 나타난 것은, 그 과정의 능동성이나 수동성을 떠나 시대의 거시적 전환을 상세히 증언해준다. 이러한 시각에서 동아시아 차원의 근대전환기는 보다 광의의 개념이 될 수밖에 없다. 다만 이 책에서는 한국이 서구 지식을 주체적으로 포섭하기 시작한 19세기 말부터 국권 상실과 함께 미디어 환경의 주체성이 단절되는 1910년까지로 한정하고자 한다.

19세기 말에서 20세기 초의 지식문화 변동에 관한 연구들은 대체로 이 시기를 두고 '지知'의 패러다임이 뒤바뀌는 충격 속에서도 그것을 흡수하고 발산하는 에너지가 상상을 초월했다고 평가한다. 그러나 이 현상을 인지하는 것과 별개로 그 내포가 그간 얼마나 규명되었는지는 의문이다. 이와 관련하여 종래 근대전환기 연구의 두 가지 문제를 지적해볼 수 있다.

하나는, 대부분의 연구 주제들이 당대 역사의 정치적 위기감 가속과 반작용으로서의 '애국계몽운동'이라는 단선적 구도 속에서 재생산되어왔다는 점이다. 근래의 경향을 볼 때 내재적 발전론처럼 과도한 의미부여를 시도하는 형태는 잦아들었지만, 동시에 이 시기에 대한 연구자의 관심 자체도 급격히 쇠락하고 있다. 이는 애국계몽운동 프레임에 의해 장기간에 걸쳐 누적된 일종의 피로감과 무관하지 않다. 동시에, 1910년의 국권 상실로 종결되는 역사적 상황은 직전 시기의 계몽 기획들 역시 패착의 요인으로 간주하는 경향을 낳기도 했다. 반면 당대의 여러 지적 운동과 정치 발화에 대해서는 익숙한 의의만이 재생산되는 데 그친다.

다른 하나로서, 탈근대적 방법론 역시 당대의 방대한 텍스트들이 가진 생기를 일정 부분 감소시키는 방향으로 작용했다. 주지하듯 이 연구들은 지적 운동을 발전론적 시각에서 규명하던 연구사의 흐름을 비판하고 서구적 근대성 자체를 준거의 지위에서 끌어내리고자 했다. 신성시되어 온 '민족' 담론을 일종의 구성물로 바라보거나 근대의 '국민'과 '국가' 자체를 문제시하는 시각 역시 같은 흐름 속에서 등장하여 전대 연구와 차별화된 논점들을 생산했다.[3] 그런데 서구적 근대성의 지위가 '거부되어야 할 유산'으로 추락하는 과정 속에서, 당대의 텍스트들 역시 함께 매몰되는 현상이 발생하였다. 소위 '서구적 근대성'의 해체와 함께 번역적 실천까지 반사물로서 해소되어 버린 것이다. 서구적 근대성의 내포들을 해체시키는 방법론은 분명 새로운 안목을 제공했지만, 자칫 여전히 규명되지 않은 해당 공간의 특수한 국면들이 제대로 조명을 받기도 전에 가치 판단이 개입될 가능성 또한 커졌다.

결국 중요한 것은 '서구'로 총괄된 근대성의 지역적 귀속을 해체하는 한편, 개별적 이입과 변형의 과정에서 나오는 여러 원천들을 충분히 재구해내는 데 있다.[4] 이러한 번역 혹은 중역적 실천의 이행·순환 과정은 당연히 당

---

3 예컨대 김항, 「구한말 근대적 공론영역의 형성과 상징적 기능에 관한 연구」, 서울대 석사논문, 1998; 고미숙, 『한국의 근대성, 그 기원을 찾아서 ─ 민족·섹슈얼리티·병리학』, 책세상, 2001; 앙드레 슈미드, 정여울 역, 『제국 그 사이의 한국 1895-1919』, 휴머니스트, 2007. 일본의 경우에는 이효덕, 박성관 역, 『표상 공간의 근대』, 소명출판, 2002; 니시카와 나가오, 윤대석 역, 『국민이라는 괴물』, 소명출판, 2002 등 참조.

4 이러한 맥락에서 백영서가 지적하는 '다원론적 사고방식의 함정'을 곱씹어볼 필요가 있다. "근대성을 연구과제로 삼는 중요한 이유가 역사적 근대인 자본주의시대가 우리 삶에 발휘한 압도적 규정력을 제대로 인식하고 극복하기 위해서임을 환기시키고 싶다." 백영서, 「옐로우 퍼시픽이란 시각의 득실 ─ 핵심현장에서 말 걸기」, 조영한·조영헌, 『옐로우 퍼시픽 ─ 다중적 근대성과 동아시아』(서울대학교출판문화원, 2020)를 읽고」, 『아시아리뷰』 20, 2020, 379면.

대 동아시아의 정치적 전환 자체를 문제시하는 일이 되며, 따라서 한국의 번역 연구는 그 자체로 동아시아에 대한 이해에 연결될 수밖에 없다.

한편, 전술한 한계를 돌파하기 위한 시도도 다방면으로 전개되었다. 특히 한국문학 연구에서 '번역' 내지는 '트랜스내셔널'적 관점을 장착한 연구들은 꾸준한 성장세를 보이고 있다. 크게 세 가지 흐름으로 정리해 보고자 한다.

첫째, 개념(어) 연구의 영역이다. 1895~1910년 사이를 따로 떼어놓고 보면, 중화질서는 급속도로 해체되었고 식민지 체제는 제대로 작동하기 이전이었다. 이로써 한시적으로 작동할 수 있었던 자율성에 기반한 지식 수용과 공론장 재편은 이 시기를 한국의 근대성을 탐사할 기원적 공간으로서 자리매김시켰다. 시대적 요청 속에서 '없던' 개념들이 도입되고 그것을 다시 '국어'로 표현하는 작업은 응당 자연스러운 것이었다. 다양한 개념어들의 생성 과정과 그 성격을 규명하는 작업은 그 자체로 시대의 이해 지평을 넓혔고, 본격적으로 출현하기 시작한 각종 인쇄 매체는 풍부한 분석 재료를 제공해주었다.[5]

둘째, 당대 번역의 사상이나 특수성을 분석의 대상으로 삼거나, 근대어·근대 문체·근대문학의 형성에 미친 번역의 영향력을 핵심적 요인으로 조망하는 연구이다.[6] 19세기 말에서 20세기 초는 '한국적 근대의 시작'으로

---

5 이화여대 한국문화연구원의 연속 기획인 『근대계몽기 지식개념의 수용과 그 변용』, 소명출판, 2004 등은 지식과 개념의 문제를 주로 근대 매체를 통해 살폈다. 사회과학의 견지에서 동시기 개념사 연구를 표방한 것으로는 하영선 외, 『근대한국의 사회과학 개념 형성사』, 창작과비평사, 2009 등이 있으며, 근대 한국의 번역·개념어 연구에 대한 새로운 시도인 '이중어사전' 관련 연구로는, 황호덕·이상현, 『한국어의 근대와 이중어사전』(영인편), 『개념과 역사, 근대 한국의 이중어사전』(1 : 연구편 / 2 : 번역편), 박문사, 2012 참조. 특히 한림대학교 한림과학원 HK+사업단은 최근 10년 이상 근대 개념어의 제 문제와 관련하여 뚜렷한 성과를 제출하고 있다.

6 이에 대해서는 신지연, 『글쓰기라는 거울-근대적 글쓰기의 형성과 재현성』, 소명출판, 2007; 임상석, 『20세기 국한문체의 형성과정』, 지식산업사, 2008; 박진영, 「번역·번안소설과 한국 근대소설어의 성립-근대소설의 양식과 매체 그리고 언어」, 『흔들리는 언어들』, 성균관대 출판부, 2008; 김용규·이상현·서민정 편, 『번역과 횡단-한국 번역문학의 형성과 주체』, 현암사,

전제되어온 시기다. 이는 곧 이 시기 텍스트를 통한 근대어·근대문학의 재
검토 작업과 연계되어 있기에, 당시 텍스트의 상당 부분을 차지했던 '번역
된 텍스트'와 '번역 행위'의 의의 역시 재발견될 수 있었다.

셋째, 저본과 역본 간 텍스트 분석을 통해 그 의미를 규명하는 성과들도
꾸준하다. 중역되어 들어온 개별 텍스트 연구는 크게 '중국(어)' → '한국
(어)'[7]와 '일본(어)' → '한국(어)'[8]에 해당되는 두 경로 중 하나이거나 '한·
중·일' 모두와 연관되는 텍스트의 비교로 구분된다.[9] 이들 연구가 지향하
는 목표는 동일하지 않지만, 대부분 '번역의 방법론'이 요동치던 시기에 '번
역의 결과물'이 폭발적으로 쏟아진 아이러니한 상황 덕분에 의미를 건져 올
리고 있다. 즉 번역이 낳는 필연적 '차이'와 시대의 특수성이 해석의 지점을
확보해준다는 것이다.

2017 등을 참조.

7   중국어본을 유입 경로로 하는 영웅전기 중, 『애국부인전』, 『이태리건국삼걸전』, 『서사건국지』
    등에 대한 연구는 이미 어느 정도 축적되어 있다. 예컨대 정환국, 「근대계몽기 역사전기물 번역에
    대하여—『월남망국사』와 『이태리건국삼걸전』의 경우」, 『대동문화연구』 48, 2004; 서여명, 「중
    국을 매개로 한 애국계몽서사 연구—1905~1910년의 번역작품을 중심으로」, 인하대 박사논문,
    2010 등을 참조. 전기물 외의 중국어 텍스트 번역 연구로는 역사첩, 「양계초 『음빙실자유서』의
    번역과 수용 연구」, 성균관대 석사논문, 2022 참조.
8   강현조, 「근대 초기 서양 위인 전기물의 번역 및 출판 양상의 일고찰—『실업소설 부란극림전』과
    『강철대왕전』을 중심으로」, 『사이間SAI』 9, 2010; 김남이·하상복, 「최남선의 『자조론(自助
    論)』 번역과 重譯된 '자조'의 의미」, 『어문연구』 65, 2010; 왕희자, 「安國善의 『禽獸會議錄』과
    田島象二의 『人類攻擊禽獸國會』의 비교연구」, 이화여대 박사논문, 2011; 서재길, 「〈금수회의
    록〉의 번안에 관한 연구」, 『국어국문학』 157, 2011; 서명일, 「『서유견문』 19~20편의 전거와
    유길준의 번역」, 『한국사학보』 68, 2017; 최희정, 『자조론과 근대 한국』, 경인문화사, 2020
    등을 참조.
9   사에구사 도시카쓰, 「쥘 베른(Jules Verne)의 『십오소호걸(十五小豪傑)』의 번역 계보—문화의
    수용과 변용」, 『사이間SAI』 4, 2008; 다지마 데쓰오, 「〈국치전〉 원본 연구—『일본정해(日本政
    海) 신파란(新波瀾)』, 『정해파란(政海波瀾)』, 그리고 〈국치전〉 간의 비교를 중심으로」, 『현대문
    학의 연구』 40, 2010; 윤영실, 「동아시아 정치소설의 한 양상—『서사건국지』 번역을 중심으로」,
    『상허학보』 31, 2011 등이 있다. 이외에, 「애급근세사」, 「가인지기우」, 「경국미담」, 「애국부인
    전」, 「라란부인전」, 「비율빈전사」, 「파란말년전사」, 「설중매」 등을 '정치서사'의 범주로 함께
    다룬 노연숙, 「20세기 초 한국문학에서의 정치서사 연구—한·중·일에 유통된 텍스트를 중심
    으로」, 서울대 박사논문, 2012 참조.

3. 서구영웅전의 의미

이 책은 전술한 번역 관련 연구 흐름의 세 번째에 위치한다. 그러나 서구영웅전에 특화되었기에 동일 그룹에 위치한 기왕의 연구들과는 다른 점도 있다.

첫째, 일 대 일의 텍스트 비교, 그 이상을 제공한다. 단일 비교라 해도 연구자의 역량에 따라 얼마든지 심도 있는 논의를 펼칠 수 있지만, 둘의 관계가 발신자와 수신자로 묶여 있다면 자칫 두 항의 차이를 고유한 본질로 간주하거나 논의가 평면화될 가능성이 크다. 더욱이 한말의 지식 네트워크는 중국이나 일본의 어느 한쪽으로 치우쳐 있었다고 볼 수 없기에, 단일 사례의 검토만으로는 연구의 의의를 확장하기도 어렵다. 셋 이상의 비교 대상을 상정한 선행연구가 희소한 것을 보면, 학계에 동아시아 담론이 성행한 이후 적지 않은 시간이 흘렀음에도 '동아시아적 텍스트'에 대한 실증적·종합적 분석은 아직 요원해 보인다.

이 책이 주목하는 서구영웅전은 동아시아의 '외부'를 통해 '내부'를 비추는 역할을 하기에 '한·중·일'이 비교항으로서 각자의 소임을 다하게 된다. 달리 말해 동아시아에 순차적으로 유통된 영웅의 서사는 언제나 '서구'를 다룬다. 이들의 번역 양상을 좇는 것은 최대 4개의 공간, 4개의 텍스트를 비교의 거점으로 삼으며 3단계서구-일본, 일본-중국, 중국-한국의 판본 비교를 연속적으로 수행할 수 있음을 뜻한다. 이렇듯, 서구영웅전 연구는 서구 텍스트 자체를 공통분모로 삼기에 자생적 텍스트보다 언제나 비교항을 추가로 확보할 수 있는 강점이 있다.

이는 또한 기존의 근대 동아시아를 배경으로 한 비교 연구에서 언제나 원본적 지위를 점하던 서구나 '유사 서구'였던 일본을 상대화하는 것이기도 하다. 서구는 그 자체로 '가상된 동일성putative unity'의 공간이 되어왔으며, 특수화를 초월하는 방식으로 상상되었다. 그러나 이 책에서 서구는 곧 텍스트가 다른 형태로 존재했던 비교항으로서의 한 지점에 불과하다. 다시 말해 '서구' 자체를 분절해 개별 국가 단위의 정황 속에서 파악하게 될 것이다. 물론 언어로 구획된 공간 대 공간이라는 비교 틀 자체도 쌍으로 형상화된 상상의 도식일 수 있듯,[10] 일본적인·중국적인·한국적인 무언가를 확정하는 것 자체가 목표가 되어서는 곤란하다. 다만 동아시아의 전환기에 특정 인물들의 이야기가 연속적 번역을 거쳐 상이한 공간에 들어갔다는 사실만은 변함이 없다. 결국에 번역은 완료되었고 텍스트는 남아서 모종의 역할을 감당했다. 그 역사적 문헌들을 비교하는 것은 언제나 가능하다. 오히려 그것들 간의 비교만이 '동아시아'를 가능하게 한다.

둘째, 서구영웅전은 '비교항'뿐만 아니라 '비교 내용'의 다양성 확보에도 유리하다. 언급했듯 번역 연구는 텍스트의 정밀한 분석과 해당 공간의 독자성을 강조하는 측면에서 새롭게 조명받고 있다. 그중에서도 영웅전기는 동아시아 지식인들이 서구 국가들의 성취를 구체적 모범으로 삼기 위한 의도에서 번역한 정치적 서사다. 한·중·일의 정치 상황은 제각각이었다. 그러므로 '서구'라는 뚜렷한 공통분모에도 불구하고 국제·국내 정세에 근간한 외적 요인은 번역자의 개입을 추동할 수밖에 없었다. 서구영웅전은 법·제도·학문·사상 등과는 달리 애초부터 '자국화'·'자기화'를 위해 '선별'된 것이었다. 국민 계몽의 역할을 자임했기 때문에, 시공간의 특수성과 역자의 성향에 따른 편차는 지극히 당연하다. 중역 텍스트를 추적하는 과정은, 그

---

10 사카이 나오키, 후지이 다케시 역, 『번역과 주체―'일본'과 문화적 국민주의』, 이산, 2005, 119면.

엇갈림이 무엇인지 살펴보는 작업이다.

흥미로운 것은 각 번역장 안에서도 국가적 특징으로 일반화하기 어려운 다종다양한 성격이 나타난다는 사실이다. 개념사 연구를 포함한 많은 비교사적 연구는 동아시아의 국가별 경계를 기준으로 삼아 주로 거시적 차원에서 '차이'를 제시해왔다. 물론 이러한 연구는 개념어의 통시적 변이에 천착하여 공간의 사회사적 실체에 대한 입체적 접근을 가능케 하나, 종합적 의미를 추출하는 일에 천착하여 정작 그 내포가 되어야 할 변이의 다양성이나 현실에서의 적용 양상을 소홀히 할 위험성도 병존한다. 이 책은 차이한·중·일 속에서 발견되는 또 다른 차이번역 주체, 번역 매체, 번역 경로 역시 분석의 거점으로 삼고 있다. 각 공간 내부의 다중적 목소리들을 발굴하는 것은 균질화된 것으로 곡해되어 온 한국·중국·일본에 대한 새로운 이해와 동아시아 근대를 향한 근본적인 되묻기를 가능케 할 것이다. 거기에는 지배 담론과 길항하던 비균질적 번역 주체들이 존재했다. 공간의 동질성은 당연히 고려되어야 하지만 내부의 다양한 스펙트럼이 소거되는 방식이어서는 안 된다.

셋째, 연구의 공백으로 남아 있던 텍스트의 발굴 및 탐구가 본격화될 수 있다. 오랜 시간 서구영웅전 연구는 일부 텍스트에 한정된 내적 배타성에 머물러 있었다. 우선은, 그동안 서구영웅전의 번역은 자국 영웅을 발견하기 위한 전 단계로서만 이해되고 연구의 역량은 후자에 집중되었기 때문이다. 전자는 '번역물일 뿐'이었지만, 이순신·을지문덕·최도통 등의 전기는 민족 담론과 연관된 의의나 문학사적주로 형성기 서사문학의 사례나 역사소설의 기원 맥락에서 적극 평가될 수 있었다. 그러나 세계무대의 영웅들이 자국 영웅의 재발견을 추동한 사실을 간과하면 안 된다. 당대인의 시각에서 보자면 자국 영웅들의 담론적 파장은 '근대'의 권능을 표상하던 '서구 영웅'에 미치기 어려웠다. 간혹 미디어에 두 진영이 나란히 언급되는 경우에도 서양인이 앞장서고 있으며 전기류 서사의 전체 분량에서도 차이는 현격하다.[11] 소위 '서구의 충격western impact'에 긴박되어 있었기에, 그들의 성취와 그 경위야말로 시급하고도 궁극적인 관심 대상이었던 것이다. 이와 같이 서구영웅전은 정작 그 시대에는 주류에 가까웠던 지식운동의 결정체였음에도, 학계는 이 자료군을 대부분 다른 논의를 위한 참조물 정도로 취급하였고, 연구 방식 역시 창작의 영역이라 할 수 있는 서문과 발문 정도만이 동원되는 양상이었다. 요컨대 그간의 의미는 주로 '창작된 것'과 '자국적인 것'들 사이에서만 탐색되어왔다.[12]

다음으로, 서구 영웅들의 상당수가 '제국'의 폭력성을 연상케 했기 때문이다. 특히 표트르 대제·나폴레옹·비스마르크와 같은 제국의 건설자들의 경우, 전기물의 번역 자체가 진화론적 논리에 침윤당한 증거로 독해되어왔다. 반면, 비록 타국의 영웅이라도 이탈리아 삼걸, 마담 롤랑, 잔 다르크, 빌헬름 텔과 같은 소위 '민중의 영웅'에 대한 연구는 꾸준히 이루어진 편이다. 이 상반된 흐름은 결국 '저항적인 것'과 '순응적인 것'의 위계 속에서 공존

---

11 영웅 및 위인 관련 서사와 논설의 목록을 추려놓은 어떤 연구를 살펴보아도 타국의 영웅이 양적으로 압도적임을 알 수 있다. 『역사·전기소설』 자료총서의 간행사에서 이선영이 언급했듯 "이 시기의 〈역사 전기물〉들이 창작인 경우보다 번안·번역인 경우가 대부분을 차지"(이선영, 「한국 개화기 역사·전기소설의 성격」, 『역사·전기소설』 제1권, 아세아문화사, 1979, 11면)하고 있었다.

12 이 시대의 번역 영웅전기들을 문학 양식상으로 어떻게 정의 내려야 할 것인지, 혹은 문학사적으로 어떤 의미를 부여할 것인지 등에 대해서는 예상보다 많은 논의가 있었다. 이에 대한 비판적 고찰은 이 책의 제1부 2장을 참조할 수 있다. 중국학계의 경우에도 오랜 시간 번역 연구에 대한 관심은 미진한 편이었다. 중국 근대 번역문학사의 만청시기 부문에서 빠지지 않는 량치차오의 경우 그의 번역과 관련된 논문은 1994년부터 2003년까지 중국의 정기간행 학술지상에 총 4편만이 확인될 뿐이다. 이는 량치차오에 관한 같은 시기의 총 연구논문이 464편이라는 사실과 뚜렷한 대조를 이룬다(罗选民, 「意识形态与文学翻译－论梁启超的翻译实践」, 『清华大学学报』 21, 2006, 46면).

해왔다. 하지만 서구 영웅을 제국주의적 서사 계열과 민중 서사 계열로 나누는 것은 무리가 있다. 물론 국가 위기를 바라보는 방식이나 대안이 달랐을 수 있기에 이 구분 자체가 무의미한 것은 아니다. 다만 이는 대부분 전자에 대한 부정과 후자에 대한 긍정이라는 편견으로 귀결되기 마련이다.

그런데 정작 당대인의 시각에서는 그러한 식의 계보 구분이 날카롭게 작동되지 않았다. 마찌니와 비스마르크처럼 대척점에 있는 듯한 인물조차 계몽 담론의 지형 내에 공존하던 '효율적인 도구'였을 뿐이다. 이 시기 매체에서 우리는 나폴레옹, 비스마르크, 글래드스턴 등 제국의 총아들이 코슈트, 가리발디 등의 공화혁명가들과 등치되는 것을 어렵지 않게 발견할 수 있다.[13] 『대한유학생회보』에 미국 독립전쟁의 영웅인 워싱턴의 전기를 실었던 최남선은 러시아의 개혁 군수 표트르 대제의 전기를 『소년』에 연재하기도 했다. 이탈리아의 독립사를 다룬 『이태리건국삼걸전』1907의 번역자 신채호 또한 표트르 대제의 전기인 『성피득대제전聖彼得大帝傳』1908의 교열자로 나선 바 있다. 당대인의 시각에 조금이라도 근접하기 위해서는 오히려 이들이 어떠한 연유로 공존할 수 있었는가를 되물어야 한다. 번역자들은 인물 개개인의 면면을 다양하게 활용할 수 있었고 강조점을 어디에 두느냐에 따라 교훈은 달라졌다. 서구 영웅들은 상징적 권위를 가졌지만, 가까이에서 들여다보면 그들이 처한 시공간적 맥락은 각양각색이었다. 번역 주체들은 그 결을 놓치지 않고 자신이 강조하거나 축소해야 할 부분을 선택했다. 그들의 고민 과정을 추적하여 본래의 텍스트가 어떻게 변주되는지를 관찰한다면 이 시기 영웅전에 대한 총체적 이해에 근접할 수 있을 것이다.

---

13 예로, 「保守와 改進」, 『황성신문』, 1907.4.26; 「人格이 急於學問」, 『황성신문』, 1907.6.14; 「英
雄을 渴望함」, 『황성신문』, 1908.2.26; 「論毅力」, 『서북학회월보』 11, 1909.4.1; 「靑年國之元
氣」, 『대한흥학보』, 1909.12.20 등이 있다.

이상의 논의들은 모두 하나로 귀결된다. 서구영웅전을 종합적으로 분석할 필요가 있다는 것이다. 자료의 방대함을 감안할 때 이 방면의 본격적이고 전방위적인 연구는 아직 제출된 바 없다고 보아도 무방하다.[14] 그러므로 이 책은 특정 번역자, 혹은 특정 부류의 주인공에 국한하지 않고 당시의 주요 출판물이었음에도 제대로 연구되지 않은 번역 전기물을 중점적으로 다루되, 그 저본과 '저본의 저본'이 되는 것까지 함께 논의해 보고자 한다.

4. 원본성의 문제

번역 연구의 관건은 번역 주체의 개입이 번역 공간의 특수성 안에서 어떠한 형태로 새로운 '원본성originality'을 창출했는가를 탐색하는 데 있다. 원본성이란 '역본이 그 번역 공간에서 갖는 원본으로서의 지위를 추인追認하는 제 성격'으로 정의 가능하다. 이 책의 초점은 미묘한 작가적 변주 혹은 번역 불가능성에서 촉발되는 독자성보다는, 번역자와 번역 공간의 정치적 역학 속에서 나온 다분히 가시적인 개입 자체에 있다. '텍스트'를 상기시키는 원본성이라는 용어에도 가시적인 첨삭과 다시쓰기를 통해 형성된 고유한 성격에 주목하고자 하는 의도가 반영되어 있다.

원본성의 발상은 특정 이론에 대한 재해석보다는 동아시아의 중역 현상을 고찰하는 가운데 직관적으로 정리된 것에 가깝다. 피식민자의 대항적 근

---

14 당대의 출판과 서지에 대한 연구들을 참조하면 이 자료군의 분량을 조감할 수 있다. 예를 들어 김병철, 『한국 근대 번역문학사 연구』, 을유문화사, 1975; 강명관, 「근대계몽기 출판운동과 그 역사적 의의」, 『민족문학사연구』 14, 1999; 김봉희, 『한국 개화기 서적 문화 연구』, 이화여대 출판부, 1999 등이 있다.

대의 가능성을 검토한 탈식민주의 번역 이론들은 사실 많은 경우 이 책의 원본성 개념과 연동되어 있다.[15] 비록 이러한 류의 이론적 구도는 흡사 주체와 객체를 달리한 '오리엔탈리즘'의 재번역이나, "식민주의의 현재적 경험을 신비화하는 경향"[16] 등의 비판에서 온전히 자유로울 순 없겠지만, 결국 관건은 텍스트를 어떠한 질서 속에 배치하고 분석할 것인가, 어떠한 방법론적 정비와 그 전략적 가동을 통해 당대의 목소리를 객관적으로 드러낼 것인가에 있을 것이다.

근대전환기의 번역은 그 목적이 국민 계몽과 맞물리며 번역 대상의 존재를 지우거나 축소하고, 오히려 번역 주체가 '원본'의 권위를 획득하는 양상을 보인다. 이는 대다수의 역자들이 저본과 관련된 정보를 공개하지 않는 이유 중 하나였다. 일본의 경우 저본의 서지를 밝히는 경우도 있지만, 중국·한국에서 그것을 중역할 경우 매개가 된 일역본의 존재는 대부분 감춰지고 만다. 서구적 근대는 엄연한 '타자'였다. 근대 지식의 수용은 신성한 대상을 대면하는 방식으로 전개되지 않았다. 서구가 촉발한 계몽의 시대는 현지인에 의해 '첨삭'될 운명에 놓여 있었다. 그것은 번역과 계몽이 결합할 때 이미 예정된 것이었다.

동아시아의 근대전환기가 '서구'를 대상으로 한 총체적 번역의 시대였다는 것은 부인할 수도, 부인할 필요도 없다. 중요한 것은 번역의 주체가 '동아시아'였다는 사실이다. 번역의 대상들은 실로 다양한 범주와 층위를 형성하고 있었다. 그중에서도 서구영웅전은 특히 시류時流에 부합하는 텍스트였

---

15 탈식민주의 번역 연구의 비판적 검토와 관련, 윤지관, 「번역의 정치학 - 외국문학 번역과 근대성」, 『안과 밖』 10, 2001 참조.
16 존 크라니어스커스, 김소영·강내희 역, 「번역과 문화횡단 작업」, 『흔적』 1, 문화과학사, 2001, 315면.

다. 서구 열강의 '지금'을 가능하게 한 그들의 '역사'나 '영웅'은 동아시아 각국의 입장에서 초미의 관심일 수밖에 없었기 때문이다.

당대의 번역을 외부의 지식을 습득한 뒤 내부의 공론장에 유포시키는 과정으로 단순화하여 볼 때, 이 '외부'와 '내부'의 간극은 '자기화'[17]라는 완충 작용을 통해 절충되어야 했다. 마침 서구 영웅을 다루는 텍스트는 인물의 삶에 내재된 서사적 속성과 그 해석상의 가변성可變性으로 인해 수용 주체의 자의적이고 선택적인 개입을 강력히 추동했다. 역사적 인물에 관한 서술이 현재적 가치를 대변하는 것은 지금도 마찬가지지만, 당시와 같은 격동기에는 보다 정치적일 수밖에 없었다. 이는 다시 두 가지 형태로 구현될 수 있었다. 하나는 텍스트의 기록 그대로가 아니라, 한·중·일 각각의 공간에서 여러 가지 독특한 해석과 의미 부여들을 동반한 형태로 '첨삭'되었다는 것이고, 다른 하나는 텍스트를 원문주의에 입각하여 옮긴다 하더라도 시공간의 특수성으로 인해 '재맥락화recontextualization'되었다는 것이다. 전자는 번역의 행위가, 후자는 번역 대상의 선정 자체가 일종의 정치적 판단에 해당한다고 볼 수 있다.

원본성이 번역본 자체에 내포되어 있었다는 것을 전제한다면 통국가적 텍스트 간에는 '복수의 원본성'이 존재한 셈이다. 저본과 역본으로 연쇄된 텍스트의 차이를 밝히는 작업이 필요한 이유다.[18] 이 책은 서구에서 발원한 영웅전기가 동아시아 번역 네트워크 속에서 한국에 이르는 과정 전체를 분

---

17 번역학에서 흔히 쓰는 '자국화(自國化, localization)'가 아닌 '자기화(自己化, self-adaptation)'라는 용어를 선택한 이유는, 다중다양한 당시 역본의 변주 양상이 '자국(local)'으로 통칭될 만큼 동일한 색채와 운동성을 지니는 것으로 재현되지 않기 때문이다. 이에 사례별 독자성과 고유성을 강조하는 '자기화'의 프로세스로 보는 것이 더 적합하다고 판단하였다.

18 개념사 연구에서 사회사에 의미있는 내포를 제공하기 전 단계로 주요 단어의 용법에 대한 역사적 분석이 먼저 요청되는 것을 연상해도 좋을 것이다. 라인하르트 코젤렉, 한철 역, 『지나간 미래』, 문학동네, 1998, 129~131면 참조.

석하게 될 것이다. 그리고 탐색된 내용들을 토대로, 번역 공간의 맥락 및 번역 주체의 성향과 어우러져 창출되는 서구영웅전의 원본성을 추적해보고자 한다. 이 과정에서 주로 서·발문의 의도만을 궁구하던 종래의 방식이 아닌, 그동안 해석되지 않았던 정교한 차이들을 의미화하게 될 것이다.

이러한 방식은 '외부의 영향력 강조'와 '내부의 운동력 강조'의 관점을 조화롭게 풀어나가는 것이며, 나아가 '번역된 것들'과 '창작된 것들'을 동시에 논의할 수 있는 토대를 구축하는 것이기도 하다. 서사장르의 발생에 있어서 이입의 영향력을 절대화해서는 안 되겠지만, 그렇다고 전통과의 연계를 주요소로 상정하는 것 역시 실상과 멀어지기 마련이다. 사실상 번역이 창작으로 연계되는 양상은 동아시아 전체 구도 속에서 보아도 보편적인 흐름이었다. 일본의 근대성을 주조한 사상가 및 문학가들이 서구의 핵심 저작들을 번역한 사실은 익히 알려져 있다. 중국 역시 사정은 마찬가지여서, 리디아 리우는 "중국의 근대적 지적 전통이 서구와 관련된 번역·번안·각색 등의 언어 간 실천들로부터 시작"[19]되었다고 주장했다. 한국이라고 해서 이러한 흐름과 단절되어 있었을 리는 없다. 많은 연구자들이 근대 역사소설의 원류로 꼽는 신채호의 창작 전기물이 사실 그의 번역 체험에서 파생되었다는 사실은 이미 오래전에 지적되었다. 다만 그 사실이 지닌 의미를 더 면밀하게 분석하고 다른 연구 대상으로 확장하는 후속 연구가 뒤따르지 못했을 따름이다.

이 책의 관심은 '자생'과 '이입'의 이항대립에서 후자의 입장을 종용하는 것과 거리가 있다. 근대문학이 이식의 관점에서만 해석된다면 고유성을 배태한 수많은 텍스트 역시 주변부로 밀려날 수 있다. 왜 '하필이면' 그것을

---

19 리디아 리우, 민정기 역, 『언어횡단적 실천』, 소명출판, 2005, 58면.

번역했느냐의 문제 역시 이입 일변도의 사유에서는 해결되지 않는다. 전통 서사의 흐름은 번역자의 텍스트 선택 자체에 충분히 영향을 미칠 수 있었다. 이를테면 량치차오梁啓超, 1873~1929를 경유한 번역물들이 공통적으로 동아시아 전통의 서사양식인 '전'이라는 명칭을 부여한다는 것도 문제적이다. 이러한 측면에서 저본과 역본의 관계가 명백히 드러나는 번역이라 할지라도 서사적 전통과 무관하다고 볼 수 없다. 번역이라는 행위가 원본성을 창출하는 과정이었을지라도 원본성을 구성하는 모든 것이 외적 요인에 한정되는 것은 아니다. 이입된 텍스트를 경유하여 도리어 자생의 내포들을 발견하고, 그것을 동아시아라는 무대 위에서 펼쳐 보이는 것이 이 책의 지향점이다.

제1장
동아시아의 근대전환기와 서구영웅전

1. 메이지 일본과 중역어로서의 영어

메이지 일본의 서구 배우기 열망을 설명할 때 1871년 이와쿠라 사절단의 활동보다 좋은 예는 없을 것이다. 그들의 주요 임무는 '제도 개혁'이었고 그들에게 기대된 정보 역시 정치법률, 경제활동, 교육 분야 등을 망라하고 있었다.[1] 이러한 상황에 부합하듯 법률서나 기술서, 실용서가 메이지 초기의 번역서 중 다수를 차지한다.[2] 역사서의 번역 또한 초기부터 이루어지고 있었고 그 영향력도 상당했다. 대표적으로 기조F. P. G. Guizot의『유럽 문명사』[3]나 버클Henry T. Buckle의『영국 개화사』[4]는 1870년대 중반에 이미 번역되어

---

1   가토 슈이치, 타지마 데쓰오 · 박진영 역, 「메이지 초기의 번역-왜, 무엇을, 어떻게 번역했는가」, 『현대문학의 연구』 24, 2004, 463~464면.
2   위의 글, 480면.
3   원저는 *Histoire générale de la civilisation en Europe: depuis la chute de l'Empire romain jusqu'à la Révolution française*, 1권은 1857년, 2권은 1861년에 간행되었고 미완성에 그쳤다(마루야마 마사오 · 가토 슈이치, 임성모 역, 『번역과 일본의 근대』, 이산, 2000, 66면).
4   원저는 *History of Civilization in England*(1830)이다.

널리 읽혔다. 그러나 이 시기의 역사서는 학문적 탐구 대상으로 수용된 면이 컸다. 1887년까지의 번역에 역사책이 많다는 것을 지적한 마루야마 마사오丸山眞男는 그 배경으로 단순히 서양을 알고자 하는 실용주의적 사고를 넘어 전통적으로 역사학적 접근방식을 통해 외국을 알고자 하는 인식이 강했기 때문이라고 말한다.[5] 서구의 문명진보와 문화적 이질성을 깊이 이해하기 위한 욕구가 이 시기 서구 수용의 동력으로 작용했던 것이다.[6]

스즈키 사다미의 지적대로, 메이지 일본의 국민국가와 국력 신장, 그리고 문화적 아이덴티티는 서구를 수용하고 모방하는 가운데 형성된 측면이 크다.[7] 그렇다면 서구적 근대를 이식하고자 했던 일본의 근대화 기획을 '동아시아 근대'라는 프레임 속에서 논하는 것은 적합해 보이지 않을 수도 있다. 물론 일본의 근대 국가·국사·국민의 창출 과정 역시 중국이나 한국을 의식하는 차원에서 진행되었다.[8] 일본은 서구 열강의 자리를 원했지만, 그로 인하여 끊임없이 스스로의 '(탈)아시아 됨'과 갈등해야 했다.

그럼에도 불구하고 서구 텍스트를 직접 수용한 그들의 노력은, 많은 경우 일본을 매개로 서구에 접속한 중국과 한국과는 차별화된다는 지적이 가능하다. 하지만 서구를 직접 번역한다 해도 그 결과물이 서구 텍스트일 수는 없다. 번역의 도구였던 한자와 번역자들의 한문 소양이 사유의 분절을 유도하는 것은 물론,[9] 번역이라는 행위 자체가 언제나 과잉이나 결핍을 수반하기 때문이다.

무엇보다, 일본 역시 '중국'이나 '한국'과 마찬가지로 '중역'을 통해 서구

5　마루야마 마사오·가토 슈이치, 앞의 책, 66~67면.
6　가토 슈이치, 앞의 글, 481~482면.
7　스즈키 사다미, 김채수 역, 『일본의 문학개념』, 보고사, 2001, 170면.
8　스테판 다나카, 박영재·함동주 역, 『일본 동양학의 구조』, 문학과지성사, 2004 참조.
9　齊藤希史, 『漢文脈と近代日本―もう一つのことばの世界』, 日本放送出版協会, 2007 참조.

의 역사 및 인물을 수용했다. 이 책이 다루는 서구영웅전 중, 모본이 되는 텍스트에는 뚜렷한 공통점이 있다. 대개가 19세기의 '영문' 서적이었다는 것이다. 일본의 근대전환기에서 영어 텍스트들은 독보적 위상을 점하고 있었다. 영국인 스마일즈의 *Self-Help*1859를 번역한 나카무라 마사나오의『서국입지편西國立志編』1871이나, 버클의 *History of Civilization in England*1830를 적극 활용한 후쿠자와 유키치福澤諭吉, 1835~1901의『문명론지개략文明論之槪略』1875[10] 등, 영어를 원천으로 하는 지식의 재생산은 메이지기 출판문화의 판도를 바꿀 만큼 인상적인 운동력을 보여주었다. 문학의 영역에서도 사정은 다르지 않다. 한 조사에 따르면 세계문학에 대한 메이지기의 전체 번역 사례에서 수위를 차지한 것은 영국문학이었다.[11]

영어 문헌의 중심성은 속도가 중요했던 신문류에 있어서도 마찬가지였다. 메이지 초기 신문들이 세계 정보와 접속하던 회로는 우편을 통해 외국 신문을 직접 입수해서 번역·게재한 것과 일본 거류지에서 발행한 외국 신문을 번역하여 일본 신문에 다시 기재하는 것으로 분류할 수 있다. 이 중 전자에서 활용된 주요 신문에는 역시 영자 신문이 많았다.[12] 사실 영자 신문은 정보의 유입뿐 아니라 일본 신문에 부재했던 정치성의 발전에도 실질적인 영향

---

10 이 책의 경우 버클의 저서뿐 아니라 본 장의 도입부에 거론한 프랑스인 기조의 저서 역시 함께 참조했다. 그러나 프랑스어로 된 후자 역시 C. S. Henry가 영역한 버전을 나가미네 히데키(永峰秀樹)가 일본어로 번역한 것처럼(마루야마 마사오·가토 슈이치, 앞의 책, 66면) 후쿠자와가 활용한 것 역시 영역판이었을 것이다.

11 총 4,509편의 출판물에서 영국은 1,115편, 미국은 425편이다. 왕훙(王虹)은 기존의 서지 및 목록을 정리한 연구 성과들을 데이터로 환산, 청말민초의 중국과 메이지기의 일본 번역문학을 양적으로 비교해 놓은 바 있다. 자세한 내용은 王虹, 「データから見る淸末民初と明治の翻訳文学」,『多元文化』 7, 2007, 153면 참조. 청말의 중국에서 영국문학류 번역 비중은 일본의 그것을 훨씬 상회한다는 점도 흥미롭다(같은 글, 160면).

12 山室信一, 「国民国家形成期の言論とメディア」, 松本三之介·山室信一,『言論とメディア』(日本近代思想大系 11), 岩波書店, 1990, 499~500면.

을 미쳤다. 신문에 '논설'의 탑재 모델을 일본인들에게 직접 제시한 존 블랙
John Reddie Black, 1826~1880이 일본 거류지에서 영자 신문을 제작한 영국인이
었던 것이다.[13]

영문 서적들이 메이지 전 시기에 걸쳐 핵심적인 중역 회로로 활용되었다
는 사실은 일찍부터 그 전거가 드러난다. 후쿠자와 유키치의 회고는 이 점
을 설명하는 데 유용하다. 영어가 세계적인 강세라는 점은 젊은 시절의 그
에게도 피부로 와 닿아, 고생하여 익힌 난학蘭學을 뒤로 하면서까지 영학英學
의 길을 결심하기에 이르렀다.[14] 다음은 후쿠자와가 영학의 동료를 모으던
과정에서 나온 대화이다.

"쓸데없는 짓 하지 마. 난 그런 건 읽지 않을 테야. 부질없는 짓이야. 그렇게
어려운 영서를 고생하며 읽을 필요는 없잖아? 필요한 책은 모두 네덜란드인
이 번역할 테니까, 그 번역서를 읽으면 충분해." 나는 다시 권유했다. "음, 그
말도 일리는 있지만, 네덜란드인이 무엇이건 전부 번역할 리는 없지. 난 요전
에 요코하마에 갔다가 충격을 받았어. 이런 상황이라면 난학은 전혀 도움이
되지 않겠더라구. 반드시 영서를 읽어야만 할 거야." 하지만 무라타는 좀처럼
동의하지 않고, "아니, 읽지 않을 테야. 난 절대로 읽지 않을 테야. 공부할 작
정이면 너희들이나 해. 난 필요하면 네덜란드인이 번역한 걸 읽을 테니까" 하

---

13 1863년 일본으로 와 *Japan Herald*의 공동 편집자를 지낸 그는 유럽 수준의 일본어 신문 『日新眞事
誌』를 창간하였고, 그 영향으로 다른 신문들 역시 논설을 게재하게 된다. 土屋禮子, 「'帝国'日本の
新聞学」, 山本武利 外, 『'帝国'日本の学知』4, 岩波書店, 2006, 26~28면.

14 "그곳에서 사용되는 말, 적혀 있는 문자는 영어나 프랑스어임에 틀림없었다. 그런데 지금 전세계
에서 영어가 널리 쓰이고 있다는 사실은 이미 알고 있었다. 아마도 그것은 영어였을 것이다.
지금 일본은 조약을 맺고 개방을 시작하고 있다. 그렇다면 앞으로는 틀림없이 영어가 필요해질
것이다. 양학자로서 영어를 모른다면 아무 소용이 없다. 앞으로는 영어공부를 하는 수밖에 없다
고 결심했다."(후쿠자와 유키치, 허호 역, 『후쿠자와 유키치 자서전』, 이산, 2006, 122면)

며 고집을 부렸다.[15]

이 대화는 네덜란드어를 지식의 통로, 즉 중역의 언어로 인식해온 후쿠자와와 그의 동료 무라타의 경험을 배경으로 한다. 후쿠자와는 그 도구를 종래의 네덜란드어에서 영어로 바꾸어야 한다고 주장했지만 무라타는 그 변화의 필요성을 부정했다. 이 회고의 주체가 후쿠자와라는 사실이 말하는 바, 영어는 이미 영미권이 아닌 또 다른 세계와도 접속하게 해 줄 최우선 순위의 '중역어'로 자리매김하고 있었다.

이와쿠라 사절단의 공식 보고서 『미구회람실기』에서 전체 분량의 40%가 영국과 미국에 대한 것이었을 정도로 영어권 국가에 대한 일본의 관심은 지대했다. 그들은 당시 일등제국의 위용을 떨치던 영국에 장기간 머물며 다음과 같은 기록을 남겼다.

1200년대에 제지기술이 발명되면서 그 무렵부터 학문을 중시하는 인식이 싹트기 시작했다. 1400년대에 들어 동판 활자가 발명되었고 이것을 이용해서 1500년경부터 학문과 교육이 점차 진보하면서 다양한 종파의 교회가 부속학교를 설립해서 교육하기 시작했다. 이것이 초등교육의 시초이다. 또 상류계층은 옛날부터 학문을 해오기는 했지만 민간의 언어가 노르망디에서 전해진 작센어였던데 대해 귀족계급이 배운 것은 프랑스어였기 때문에 서민에게는 너무 고상해서 의미가 통하지 않았다. 그러나 어찌됐든 상하 간의 의사전달수단이 필요했기 때문에 귀족들도 어쩔 수 없이 영어를 배울 수밖에 없었고 이때부터 다양한 책을 영어로 번역하기 시작해 서민들도 비로소 학문에

---

15 위의 책, 126면.

접할 기회를 얻게 되었던 것이다. 서양의 학문과 교육에 대한 역사를 듣자니, 오늘날 일본의 지식계층이 한자와 서양 언어를 배우고 있지만 일반인들은 그것을 이해하지 못하고, 서민계층은 서적을 고상한 것이라고만 생각해서 학문의 길로 들어서고자 하는 의욕조차 갖지 못하는 상황과 매우 비슷하다는 생각이 든다.[16]

보고서의 편집자 구메 구니타케久米邦武, 1839~1931는 과거 영국의 서민과 현재 일본의 서민이 처한 "매우 비슷"한 상황을 서술한다. 영국 서민에게 프랑스어가 너무 고상했듯 일본 서민은 한자, 서양언어, 그리고 서적 자체를 고상한 것이라고만 생각한다는 것이다. 그런데 서민이 학문에 접근할 수 있는 도구가 있었으니, 그것이 바로 영어다. 즉, 서구 배우기의 열망으로 가득한 한 일본 엘리트에게 영어는 쉽고 유용한 매개어로 인식되었다. 영국의 서민들이 영어를 통해 학문을 접할 수 있었던 것과 마찬가지로, 영어로 된 학문서들은 일본인들에게도 널리 읽혔고 그중 상당수는 일본어로 번역되기에 이른다.

이런 측면에서, 전기물의 영역에서 영어 문헌의 존재감이 큰 것은 당연했다. 영국, 또는 미국에서 들여온 텍스트가 일본 저자들의 손에서 다시 집필되고 중국이나 한국으로 들어가는 것이 통상의 서양인 전기물 유통 과정이었다. 이 구조에서 동아시아 이전 단계의 문제적 지점은 단연 세계 인물의 '영어화'에 있다. 이탈리아, 프랑스, 독일, 러시아, 헝가리 할 것 없이 비영어권 국가의 영웅들까지도 대부분은 'biography'화되는 과정을 거친 연후에야 동아시아로 흘러들어간 까닭이다.

---

16 구메 쿠니타케, 방광석 역, 『특명전권대사 미구회람실기-제2권 영국』, 소명출판, 2011, 62면.

한편, 19세기 영미권에서 각국 주요 인물들에 대한 전기적 저술을 대량으로 쏟아냈다는 '발신자의 조건'도 고려할 필요가 있다. 19세기의 전반기 동안 'biography'는 "속물적인 도덕적 열심"[17]으로 점철되어 있었다. 개러티 John A. Garraty나 해롤드 니콜슨Harold Nicolson은 공통적으로 이러한 '억압'의 관점에서 '빅토리안 전기'의 흐름을 비판한다. 18세기의 탁월한 전기 작가 보즈웰James Boswell, 1740~1795이 성취한 정직성의 가치는 퇴보의 길을 걷고 있었다.[18] "빅토리아 시대 식의 반동"은 미국의 전기 역시 강타했고 "진실을 덮어 감추는 것이 특징"[19]이 된 미국산 전기들이 속속히 등장했다.[20]

부정적으로만 인식되어 온 빅토리안 전기의 흐름에서 니콜슨은 몇 가지 의미들을 건져 올리기도 했지만 그 역시 제한적으로만 가능한 사례의 열거에 가깝다.[21] 그나마 긍정적인 것은 19세기 중반에 이르러 읽고 쓰는 능력이 보편화됨에 따라 전기를 읽는 습관, 그리고 출판된 전기물 자체의 수가 확대되었다는 점을 들어야 할 것이다.[22] 이는 결국 비서구권 수용자들의 시야에 포착될 만한 대상 인물의 선택지도 확대되었음을 의미한다. 하지만 전기 형식 자체로 볼 때, 19세기 후반으로 가도 '위기의 국면'은 계속되었다. 개러티는 이를 19세기 유럽의 결정론적 이론들의 전면화와 연관지어 설명한다.

헤겔Hegel의 문명 흥망이론과 환경이 종의 발달에 가차 없는 통제력을 행

---

17 John A. Garraty, *The Nature of Biography*, Alfred. A. Knopf, 1957, p.98.
18 *Ibid.*, pp.97~98; Harold Nicolson, *The Development of English Biography*, The Hogarth Press, 1968, p.127.
19 *Ibid.*, p.100.
20 미국 전기의 역사와 성격에 대해서는 다음의 독립적 연구가 존재한다. Edward H. O'Neill, *A history of American biography : 1800-1935*, A. S. Barnes & Company, Inc., 1961.
21 Harold Nicolson, *op.cit.*, pp.26~27.
22 John A. Garraty, *op.cit.*, p.101.

사한다는 다윈Darwin 사상의 영향이 19세기 동안 점차 증가하면서 80년대와 90년대에 지배적이 되었다. 세기 전환기에는 칼 마르크스Karl Marx의 경제결 정론이 또한 개인의 경시에 일조하고 있었다. 인간이 가차 없이 진화하는 우주의 발달 앞에서 속수무책인 볼모에 불과하거나 물질적 관심에 의해서만 동기화되는 이기적인 동물이라면, 전기 작가들에게 요구되는 애정 어린 세부적인 설명으로 면밀히 연구할 가치는 거의 없었다. 물론 결정론적 이론들이 개인의 종속화를 기계적으로 요구한 것은 아니었다. 영웅 예찬론자인 칼라일조차도 위기에 대응하는 영웅의 출현은 우연이 아닌 신의 거대한 계획의 결과라는 신념에서는 결정론자였다. 그러나 19세기 과학의 결정론은 우연과 초자연적인 힘을 모두 거부함으로써 개인의 연구를 단념시켰다.[23]

이러한 과학적 결정론의 위협에 직면한 전기물의 흐름은, 또 다른 과학인 심리학, 정신분석학의 등장으로 그 무용함에 대한 비판이나 양식 자체에 대한 단념에서 벗어나, 전기 내용의 개혁을 촉구하는 방식으로 전개된다.[24] 이처럼 19세기 영미권의 전기물 자체는 정체와 위기의 반복이었지만, 그 텍스트들은 결국 동아시아 영웅전기 활성화의 저류를 형성하게 되었다.

그런데 일본의 입장에서는 비영어권 국가의 인물을 대상으로 한다 해도 19세기 영국혹은 미국의 매개자에 의해 굴절이 가해진 자료를 접하게 되는 경우가 많았다. 적어도 비영어권 영웅들의 경우, 중역적 변용은 일본 수용자의 단계, 혹은 그 이전 단계[25]부터 진행되고 있었다. 이 사실은 일본이 수용

---

23 *Ibid.*, p.109.
24 *Ibid.*, pp.112~117.
25 예를 들어 『彼得大帝』 집필에서 사토 노부야스가 저본으로 삼고 있는 *Peter the Great*는 원래 폴란 드인 발리셰프스키가 프랑스어로 집필한 것이며, 이를 다시 메리 로이드가 영역한 것이다. 관련 서지는 K. Waliszewski, translated from the French by Lady Mary Loyd, *Peter the Great*,

한 서구적 근대가 결국 서양에 대한 '번역'이라기보다는 영국이나 미국을 경유한 '중역'에 가까웠음을 역설한다.

메이지 일본의 서구 수용은 주요 서적의 번역 및 서구 학습의 단계를 지나 국민 계몽의 기획에 적합한 형태로 가공되어갔다. 메이지 20년대 이후, 특히 1890년대에 활황을 맞는 역사물·전기물 출판은 지적 탐구보다는 일본 내셔널리즘 형성의 토대로 활용된 면이 크다. 이제 목표는 서구를 아는 것뿐만 아니라 그들의 위치에까지 오르는 것에 있었다. 서구 따라잡기의 문맥에서 국민 교육이 강조되었고 그 모델은 물론 서구로부터 소환되었다.

이러한 시대적 분위기 속에서 역사적 배경과 저자의 사상까지 융합한 '사전史傳'이 당시 여러 매체를 장식하게 된다.[26] 대표적인 것은 이하에서 다룰 '민유샤'나 '하쿠분칸' 관련 출판물이지만, 전문적으로 소년 독자를 대상으로 한 서양인 전기물들이 발표되기 시작한 것도 특기할 만한 사실이다. 예컨대 초기의 소년잡지인 『소년원少年園』1888.11~1895.4, 少年園社의 경우 창간호부터 뉴턴을 시작으로 찰스 왕, 벤자민 프랭클린, 넬슨, 허셜 등의 전기가 매호 연재되었다.[27] 이에 해당되는 글들은 대부분 영어라는 도구로 파악된 기존 정보들을 편집·발췌하거나 이미 번역된 지식들을 재활용한 것이라 할 수 있다. 학습 대상이던 서구의 역사와 인물이, 1890년을 즈음하여 가르치기 위해 동원된 것이다. 이러한 글쓰기는 자연스레 창작의 영역 또한 포함하게 된다.

이하에서는 민유샤와 하쿠분칸의 전기물 관련 출판 활동을 살펴보고자

William Heinemann, 1898.

26 松尾洋二,「梁啓超と史伝－東アジアにおける近代精神史の奔流」, 狹間直樹編, 『共同硏究 梁啓超－西洋近代思想受容と明治日本』, みすず書房, 1999, 281면.

27 勝尾金弥, 『伝記児童文学のあゆみ－1891から1945年』, ミネルヴァ書房, 1999, 3~4면.

한다. 한국에까지 이르는 서구영웅전의 중역 경로 중 일본에서의 핵심 매개 역할을 담당한 것이 바로 이들 출판 주체였다.

2. 민유샤와 하쿠분칸의 출판 활동

1) 민유샤

민유샤의 설립자 도쿠토미 소호德富蘇峰, 1863~1957[28]는 서구 수용 패러다임의 전환을 꾀한 인물이었다. 그는 정부가 진행해 온 서구화의 흐름을 비판하고, 진정한 근대화를 위해서는 서구문명의 물질적 측면뿐만 아니라 그들의 정신적 측면까지 습득해야 한다고 주장했다.[29] 도쿠토미 소호에 의해 1887년 설립된 민유샤는 동년 일본 최초의 종합지 『국민지우國民之友』를, 1890년에는 『국민신문國民新聞』을 발행하며 대형 출판 단체로서의 지위를 확립했다.

메이지 초기를 막 벗어났을 즈음, 일본 사상계는 민권주의와 국권주의가 대립하는 양상이었지만 1889년 제국헌법 반포와 1890년의 제국의회 개설 등에서 나타나듯 근대국가로서의 제도적 기틀은 갖추어가고 있었다. 정부의 존재감이 강화됨에 따라 국민 만들기 작업도 가속화되었고 지식인들 역시 국권론으로 경도되기 시작했다. 특히 1895년 청일전쟁의 승리는 세교사政敎社 진영의 '전통적 일본주의'가 대세로 떠오르는 계기였다.[30]

---

28 장기간 대규모 출판 사업에 관여했던 언론인이자 역사가였다. 1886년에 『將來之日本』으로 문단의 주목을 받은 후 1887년 민유샤를 설립, 이를 통해 잡지 『國民之友』를 발행하였다. 1890년에는 『國民新聞』을 창간하고 연이어 1891년 『國民叢書』, 1892년 『家庭雜誌』를 펴내는 등 저널리즘계에 큰 족적을 남겼다. 한일병합 후 1917년까지 총독부 기관지 『경성일보』의 감독을 역임한 바 있으며, 제2차 세계대전 후 A급 전범으로 판결받은 인물이기도 하다. 60년 이상 집필 활동을 지속하며 300여 권에 이르는 방대한 저작을 남겼다.
29 폴 발리, 박규태 역, 『일본 문화사』, 경당, 2011, 398면.

도쿠토미 소호 역시 청일전쟁을 기점으로 황실 중심의 국권론자로 우경화된 것으로 알려져 있다.[31] 초기의 도쿠토미는 개인주의와 서구화 경향의 지지자였으며 정부의 유교주의적 획일화 정책을 비판하고 사회개혁을 촉구했다. 당시 그가 내세운 기치는 '국민 대중을 위한 근대화'였고, 이는 곧 귀천의 구분이 없는 '평민주의'였다.[32] 그러나 시류에 편승한 이후에는 반정부 세력으로부터 '변절자'라고 지탄받을 정도로 강경한 국가팽창론의 선봉에 섰다.[33] 기실 도쿠토미뿐 아니라 삼국간섭 이후 국제 정세의 냉혹함을 재확인한 많은 일본의 지성들이 국가 경쟁력 제고를 위한 계몽 사업에 발벗고 나선 것은 주지의 사실이다. 이때 유럽 열강들의 홍국사와 각국 영웅들의 이야기는 유용한 도구였다.[34]

민유샤는 다양한 방식으로 전기물 관련 출판 사업들을 펼쳤다. 우선 초기의 전기물로는 1890년도에 나온 다케코시 요사부로竹越與三郞의 올리버 크롬웰 전기『격랑일格朗亞』과 1892년 히라타 히사시平田久의 이탈리아 삼걸의 전기『이태리건국삼걸伊太利建國三傑』이 있다. 1893년부터는 장기 프로젝트로

---

30 마리우스 B. 잰슨, 김우영 외역, 『현대일본을 찾아서』 2, 이산, 2006, 731면.
31 이 우익화 시점에 대해서는 회의적으로 바라보는 시각이 많다. 전향의 시점이 그보다 더 빨랐다는 것이다(손성준, 『이태리건국삼걸전』의 동아시아 수용양상과 그 성격, 성균관대 석사논문, 2007, 54면; 윤영실, 「『소년』의 '영웅' 서사와 동아시아적 맥락」, 『민족문화연구』 53, 2010, 349면 각주 49). 맥클레인에 따르면 도쿠토미 소호는 청일전쟁 이전인 1893년부터 이미 일본의 강국화와 제국주의적 전쟁의 필요성을 주장하고 있었다(제임스 L. 맥클레인, 이경아 역, 『일본근현대사』, 다락원, 2002, 389면). 또한 그의 강력한 친국가적 발언은 이보다 더 앞선 1890년도의 글에도 나타난다. 이헌미는 그의 평민주의가 애초에 평화주의, 정치적 자유나 권리의 확대와는 궤를 달리하는 것이었음을 지적하기도 했다(이헌미, 「대한제국의 '영웅' 개념」, 하영선 외, 『근대한국의 사회과학 개념 형성사』, 창작과비평사, 2009, 393~395면).
32 이에나가 사부로(家永三郞) 편, 연구공간 '수유+너머' 일본근대사상팀 역, 『근대 일본 사상사』, 소명출판, 2006, 89면.
33 久恒啓一, 「日本偉人伝 德富蘇峰の歩いた道」, 『致知2011年5月号』, 致知出版社, 2011.4.1, 27면,
34 허석, 「근대일본문학의 해외확산과 국가 이데올로기에 대한 연구—명치시대 한일양국의 번역물을 중심으로」, 『일본어문학』 24, 2005, 419면.

『십이문호拾貳文豪』[35]라는 세계 문학가들의 전기 총서를 편찬하였으며, 같은
해 도쿠토미 소호가 직접 쓴 자국 위인전『길전송음吉田松陰』[36]도 발행되었
다. 이때까지만 해도 본격적으로 '소년' 독자층을 겨냥한다는 의식은 크게
나타나지 않으며 전기물 자체도 상당히 전문적 지식을 다루고 있었다. 그러
나 도쿠토미 소호의 우익화가 본격화되는 1896년부터 민유샤는 일본 최초
의 소년용 전기물 총서라 할 수 있는『소년전기총서少年傳記叢書』[37]를 선보이

---

35 민유샤의『십이문호(拾貳文豪)』는 메이지 26년(1893년)에 시작되어 36년(1903년)까지 10여
년에 걸쳐 총 16권이 발간되었다. 民友社는 예정된 12명 외에 별도로 4명을 시리즈 중도에 추가하
였다. 아래 목록은 西田毅 編,『民友社とその時代－思想・文学・ジャーナリズム集団の軌跡』(ミ
ネルヴァ書房, 2003)의 부록,「民友社關係年譜」를 참조하여 작성되었다.
제1권 : カーライル(토마스 칼라일, 1795~1881, 영국) / 平田久, 明26.7.
제2권 : マコウレー(매콜리, 1800~1859, 영국) / 竹越與三郞(三叉), 明26.8.
제3권 : 荻生徂徠(오규 소라이, 1633~1728, 일본) / 愛山, 明26.9.
제4권 : ヲルヅヲルス(워즈워스, 1770~1850, 영국) / 宮崎湖処子(八百吉), 明26.10.
제5권 : ゲーテ(괴테, 1749~1832, 독일) / 高木伊作, 明26.11.
제6권 : エマルソン(에머슨, 1803~1882, 영국) / 北村門太郞, 明27.4.
　　　号 外 : ジョンソン(벤 존슨, 1572~1637, 영국) / 内田魯庵(貢), 明27.7.
제7권 : 近松門左衛門(치카마스 몬자에몽, 1653~1725, 일본) / 塚越芳太郞, 2版, 明27.12.
제8권 : 新井白石(아라이 하쿠세키, 1657~1725, 일본) / 愛山, 明27.12.
제9권 : ユーゴー(빅토르 위고, 1802~1885, 프랑스) / 人見一太郞, 明28.5.
　　　号 外 : シルレル(쉴러, 1759~1805, 독일) / 緒方流水, 明29.5.
제10권 : トルストイ(톨스토이, 1828~1910, 러시아) / 德富蘆花(健次郞), 明30.4.
제11권 : 賴山陽及其時代(라이 산요, 1780~1832, 일본) / 森方思軒(文藏), 明31.5.
　　　号 外 : バイロン(바이런, 1788~1824, 영국) / 米田実, 民友社, 明33.10.
　　　号 外 : シエレー(셸리, 1792~1822, 영국) / 浜田佳澄, 民友社, 明33.11.
제12권 : 滝沢馬琴(다키자와 바킨, 1767~1848, 일본) / 塚越芳太郞, 明36.1.
36 요시다 쇼인(吉田松陰, 1830~1859) : 에도시대의 존왕파 사상가로 메이지 유신의 정신적 지도
자로 알려져 있다.
37 총 8권으로, 5권까지는 본 시리즈로, 나머지 3권은 '호외'로 구성되어 있다. 목차는 다음과 같다.
1. フランクリンの小壮時代(프랭클린), 1896.1.24.
2. 両ケトー(大 카토, 小 카토), 1896.2.24.
3. アブラハム・リンコルン(아브라함 링컨), 1896.5.14.
4. 子ルソン(넬슨), 1896.10.22.
5. 子ルソン 下(넬슨), 1897.2.21.
　号 外, 吉田松陰文(요시다 쇼인), 1896.6.21.
　号 外, 横井小楠文(요코이 쇼난), 1896.7.24.
　号外, ウェリントン(웰링턴), 1897.2.26.

게 된다. 이는 하쿠분칸이 편찬한 일본인 위인전 총서『소년독본少年讀本』1898
의 기획에도 영향을 미친 것으로 보인다.[38]『소년독본』이 후술할『세계역
사담』총서로 연동되는 만큼, 민유샤의『소년전기총서』는 하쿠분칸을 포함
한 일본 출판계의 전기물 융성에 단초를 제공했다고 볼 수 있다.

　카츠오 킨야는 소년 독자층을 위한 전기물의 기획 배경을 다음과 같이
진단한다. "구미선진제국의 배경을 쫓아 근대화를 겨냥했던 메이지 정부의
문명개화라는 국책도 있었고, 거기에 쇄국이라는 눈 먼 상태에서 해방된 지
식계층의 눈은 바다의 동서에 상관없이 넓은 세계를 향하고 있었다. 따라서
소년들에게 각국의 위인영걸을 읽게 하는 운동이 진행된 것은 당연한 추세
였다."[39] 다만 이 '추세'에서, 1895년을 전후로 한 내셔널리즘의 강화로 인
해 계몽 대상으로서의 '소년층'이 재차 강조되었다는 점은 덧붙여두어야
한다.

　민유샤의 전기물 집필에는 당시 민유샤를 거쳐간 다양한 인물들이 참여
하였으며, 그중에서도 다케코시 요사부로, 히라타 히사시, 도쿠토미 로카德富
蘆花 등은 최소 두 편 이상의 전기물을 남겼다. 특히 역사가이자 평론가인 야
마지 아이잔山路愛山의 활동은 인상 깊다. 그는『십이문호拾貳文豪』시리즈 중 3
권『적생조래荻生徂徠』오규 소라이와 8권『신정백석新井白石』아라이 하쿠세키 편을 담당
했을 뿐 아니라 모리타 시켄森田思軒이 유고로 남긴 동일 총서 11권『뇌산양급
기시대頼山陽及其時代』의 교정에도 도쿠토미 소호와 참여했다.『국민지우』의
'사론史論'란을 통해 인물평과 전기류를 집필하기도 한다. 이러한 민유샤 관
련 활동이 아니더라도 그의 생애에서 전기물 집필이 갖는 의미는 컸다.[40]

---

38 勝尾金弥,「伝記叢書「世界歴史譚」の著者たち」,『愛知県立大学文学部論集』37, 児童教育学科編,
　　 1988, 75면.
39 위의 글, 75면.

야마지 아이잔이 주도한 '사론'란은 1892년 9월부터 단행된 『국민지우』의 체제 개편과 함께 신설되었다. 이때 『국민지우』의 다채로운 시도들은 일본 근대 미디어의 차기 대세가 된 하쿠분칸의 『태양太陽』 발간에 요긴한 참고가 되었을 것이다.[41] '사론'란은 고정적으로 '잡록雜錄'란의 뒤에 위치했는데, 인물과 역사적 이슈를 다룬다는 측면에서 '잡록' 역시 '사론'과 동궤에 있었다. 1894~1895년 사이 『국민지우』는 '잡록' 혹은 '사론'란을 통해 거의 매호 인물 기사를 게재했다. 특별 기사 성격에 해당하는 238호의 「세계인물담」까지 추가하여 일별해보면, 18세기 영국 시인 로버트 번스Robert Burns, 1759~1796를 다룬 「국민적시인國民的詩人」[42], 18세기 독일의 시인이자 극작가 프리드리히 쉴러Friedrich von Schiller, 1759~1805를 다룬 「프리드리히 쉴러フリードリヒ、シルレル」, 19세기 영국의 탐험가 프레드릭 셀루스Frederick Selous, 1851~1917를 다룬 「영국수렵가 프레드릭 셀루스씨英國狩獵家フレデリキヒールス氏」, 19세기 독일의 장군 몰트케Helmuth von Moltke, 1800~1891를 다룬 「몰트케 장군モルトケ將軍」 등이 있었다.[43] 대부분 적지 않은 연재 횟수로 게재된 것, 작가 주인공의 비중이 큰 것은 민유샤가 선호하던 글쓰기의 성격 및 문학 중심주의의 일단을 보여준다. 이외에도 청일전쟁 시기와 겹쳤던 만큼, 중국과 일본의 역사나 지리를 대별하여 다루거나 전쟁론, 일본의 전쟁 기록 등도 동일 지면을 통해 비중 있게 소개되었다. 스즈키 사다미는 '사론'란을 "역사상의

---

40 芦谷信和, 「民友社と伝統文学」, 西田毅 編, 앞의 책, 223면.

41 鈴木貞美, 「明治期『太陽』の沿革、および位置」, 鈴木貞美 編, 『雑誌『太陽』と国民文化の形成』, 思文閣出版, 2001, 8면.

42 히라타 히사시(平田久)의 글로서 총 12회(『국민지우』, 225~236호)에 걸쳐 연재된, 당시로서 드문 본격적인 작가론이다. 기무라 히로시는 평민주의에 입각한 일상 경험 '관찰'의 성격이 구현된 글쓰기의 한 사례로써 '國民的詩人'을 제시한 바 있다(木村洋, 「經世と詩人－明治後半期文學論」, 神戶大學 博士學位論文, 2010, 49면). 히라타는 『이태리건국삼걸』의 저자이기도 하다.

43 참조한 영인본은 부산대학교 도서관에서 소장 중인 明治文獻資料刊行會 編, 『國民之友』, 第15~16卷, 明治文獻, 1967이다.

인물에 대한 평론"[44]으로 정의하지만 실제 '사론'에 등장한 글들의 범주는 일관적이라 할 수 없으며, 이는 이후 『태양』의 '사전史傳'란도 마찬가지다.

아마지 아이잔은 민유샤 내의 '일본인' 전기 발간 역시 주도했다. 민유샤의 전기 총서류의 주인공들은 항상 외국인과 자국인이 혼합되어 있었다. 『격랑알』크롬웰과 『이태리건국삼걸』마찌니·가리발디·카부르과 같이 초기 단독 전기물은 서양인에 대한 것이었지만, 얼마 지나지 않아 자국의 인물을 함께 조명하는 단계로 이행했던 것이다. 다만 중국과 한국으로 유통된 민유샤의 텍스트는 『격랑알』과 『이태리건국삼걸』, 그리고 도쿠토미 로카의 「불국혁명의 꽃佛國革命の花」롤랑부인 등 1893년도까지의 저술에 한정되어 있었다.

민유샤가 간행한 위와 같은 전기물들이 한국에 직접 번역된 흔적은 찾을 수 없다.[45] 하지만 민유샤의 출판 활동이 없었다면 신채호의 『이태리건국삼걸전伊太利建國三傑傳』1907, 대한매일신보사의 『라란부인전』1907 등은 존재할 수 없었거나 전혀 다른 형태가 되었을 것이다. 물론 그 역시 량치차오에 의해 내용과 맥락이 대폭 수정된 후에야 한국에 도달할 수 있었다. 일본과 한국 사이의 텍스트 횡단 과정에 트랜지스터transistor[46] 역할을 한 량치차오가 민유샤와 하쿠분칸의 출판물들을 저본 삼아 전기물 연재를 강행한 시기는

---

44 鈴木貞美, 「明治期『太陽』の沿革、および位置」, 33면.

45 초기의 한국 유학생 단체 '대조선일본유학생친목회'에서 『국민신문』이나 『국민지우』를 구입하고 이를 『親睦會會報』(1896.2~1898.4) 기사에서 인용한 기록은 찾을 수 있다. 김인택, 「『친목회회보(親睦會會報)』의 재독(再讀)(1)-≪친목회≫ 의 존재 조건을 중심으로」, 『사이問SAI』 5, 2008, 70~71면.

46 야마무로 신이치는 량치차오를 "보급자·전달자(transmitter)"(山室信一, 『思想課題としてのアジア—基軸·連鎖·投企』, 岩波書店, 2001, 421면) 혹은 "일본을 결절고리로 하는 동아시아 세계에 있어서 사상연쇄의 디스트리뷰터(distributor)"(같은 책, 431면)라고 수식했지만, 전력을 배분하는 역할을 하는 '디스트리뷰터'보다는 전류나 전압흐름을 조절·증폭시키는 '트랜지스터(transistor)'가 동아시아 지식의 네트워크 내의 량치차오를 설명해내는 적실한 표현이라고 보았다.

1902년이었다. 당시는 도쿠토미 소호나 민유샤의 미디어 권력이 이미 쇠퇴한 상태였다. 한때 진보적 정치성을 지닌 신지식 전파의 첨병이었던『국민지우』는 메이지 20년대 중엽을 넘어가면서 발행부수가 급감하게 되었고 1898년 8월 폐간을 맞는다.[47] 민유샤의『가정잡지家庭雜誌』와『구문극동歐文極東』역시 당시 함께 폐간되었다. 1902년의 량치차오는 중국 지성계의 각광을 받고 있었는데, 이때 그는 도쿠토미 소호와 민유샤의 과거에 주목했다. 이는 한국에서 량치차오의 옛 글이 오히려 1905년 이후에 유행한 현상과도 닮아있다. 이 시기는 량치차오가 실험적·급진적 글쓰기에서 멀어지고『민보』진영과의 논전 이후『신민총보』의 미디어 권력을 상실한 상태였기 때문이다.

『국민지우』의 12년 역사 중 마지막 3년1895~1897은, 사실상 하쿠분칸의 종합잡지『태양』이 미디어의 규범을 바꾸고 있던 시기였다.『국민지우』의 폐간은 결국 발행부수 급감에서 비롯되었는데, 이는 도쿠토미 소호의 '변절'로 인한 고정 독자의 이탈도 한 원인이었으나 독자층의 가치관 변화, 즉 사회의 진전을 민유샤가 따라가지 못한 것이 더욱 근본적이었다. 독자층의 구조적 변화가 일어난 계기는 결국 청일전쟁이었다. 청일전쟁의 승리는 곧 메이지 교육의 성공이 가져다 준 승리로 인식되었고 이는 결과적으로 교육 중시의 풍조를 낳아 학생층의 확대를 가져왔다.『국민지우』고유의 '문학 중시', '논설 중시'의 특징은 이러한 변화 속에서 새 독자층이 요구하게 된 "객관적인 실천 정보"를 충족시킬 수 없었던 것이다.[48] 이는 곧 민유샤의 시대가 하쿠분칸의 시대로 대체되었다는 것을 의미했다.

---

47 柳井まどか,「正宗白鳥と「国民之友」」,『山村女子短期大学紀要』11, 1999, 27~28면.
48 永嶺重敏,『雑誌と読者の近代』, 日本エディタースクール出版部, 1997, 113~114면.

2) 하쿠분칸

하쿠분칸의 경제잡지 『태평양太平洋』의 편집장을 역임한 바 있는 하마다 시로浜田四郎는 "문득 향수가 인다. 하쿠분칸 시대가 그리워진다. 절실하게 그립다. 당시의 하쿠분칸은 황금시대였다"로 시작하는 그의 회고에서, 하쿠분칸의 여러 주역들이 작업에 매진하던 당시의 분위기를 생동감 있게 전달한다. 그는 "일본 문예의 메카라 할 수 있었으며 쟁쟁한 인물들이 무리를 지은 문예의 전당에 있었다"며 하쿠분칸을 추억했다.[49] 주지하듯 하쿠분칸은 메이지 시기 최대의 출판사였다. 그곳에서 나온 다양한 잡지와 단행본들은 일본뿐 아니라 한국, 중국의 지식인들에게도 널리 읽히며 동아시아 근대 지식 형성의 밑거름이 되었다.

하쿠분칸은 1835년 나가오카 출신의 오하시 사헤이大橋佐平, 1835~1901에 의해 1887년부터 본격적인 활동을 펼쳤고, 메이지기를 관통하며 일본 최대의 출판사가 되었다. 종합잡지 『태양』의 발간 시점인 1895년은 하쿠분칸 초기 역사에서 정점을 구가한 때였으며, 『태양』의 폐간 시점인 1927년은 사실상 하쿠분칸의 시대가 종지부를 찍은 것으로 평가된다.[50]

이처럼 하쿠분칸의 출판 활동에서 『태양』은 핵심적인 위치를 점하고 있었다. 야마구치 마사오는 이 잡지의 특징을 다음과 같이 정리했다. "『태양』의 특징은 천하 국가를 논하는 시론時論부터 상업·공업·농업·가사에

---

49 浜田四郎, 『百貨店一夕話』, 日本電報通信社, 1948, 8~10면, 야마구치 마사오, 오정환 역, 『패자의 정신사』, 한길사, 2005, 93~94면에서 재인용.

50 공식적으로 하쿠분칸은 1947년 오하시 사헤이의 장남 오하시 신타로에 의해 폐업계가 제출되기까지 명맥을 유지했다. 야마구치는 "확실히 하쿠분칸의 출판은 나라를 변역시키겠다는 패배한 번(藩)의 기개 같은 것에서 발원한 것이다. 하지만 그 기개는 제2대 신타로에 이르러 실업계에 웅비하겠다는 개인적인 야심으로 대치되어버렸다. 그때 하쿠분칸은 국가의 번영을 사정(射程)에 넣은 문화산업임을 포기했다"(야마구치 마사오, 앞의 책, 403면)라는 평으로 하쿠분칸의 명과 암을 압축한다.

이르기까지 포괄적으로 다루는 것에 있었다. 이는 다이쇼 시대에 일어난 이와나미 서점의 간행물이 철리哲理 · 이론 · 교양 · 계몽에 철저를 기하여 수양과 실학實學을 배제하는 경향이 있었던 것과는 좋은 대조를 이룬다고 할 수 있다."⁵¹ 여기서 야마구치는 『태양』과 그 이후의 간행물을 대비對比하였다. "철리 · 이론 · 교양 · 계몽"이라는 흐름은 『국민지우』에서도 이미 나타났었다고 할 수 있지만, 『태양』은 명실공히 종합잡지계의 새 지평을 열었다. 물론 이러한 '종합성'은 『태양』의 '정론'적 기능이 확고하지 않았다는 의미도된다. 실제 잡지 전체를 관통하는 "이상성理想性"의 부재는 상호 모순되는 의견들이 함께 게재되는 현상으로 나타나기도 했으며, 사상적 개성이 약하다는 학자들의 평가에도 근거를 제공했다. 하지만 달리 보자면 그것은 획일적으로 일당일파의 입장을 대변하는 기관지 형식의 한계를 탈피한 것이기도했다. 『태양』 성격으로 주로 지적되는 대중친화적 기획, 백과사전적 지식, 스타일상의 혁신 등도 이러한 맥락에서 함께 이해할 수 있을 것이다.⁵²

이러한 특징을 갖고 있는 잡지 『태양』은 창간호1895.1부터 기사의 종류에 따른 24가지 항목의 다채로운 지면을 두었다. 그중 하나가 '사전史傳'란이었다. 『태양』과 함께 창간된 또 하나의 하쿠분칸 대표 잡지 『소년세계』1895.1~1933.1 역시 처음부터 '사전'란을 보유하고 있었는데 여기서는 『태양』의 '사전'란에 대해 좀 더 살펴보도록 한다. 『국민지우』의 '사론'처럼 이 지면도 한 호에 복수의 기사가 실렸다. 창간호부터 1년간에 해당하는 1895년 12월까지의 '사전'란을 목록화하면 다음과 같다.⁵³

---

51 야마구치 마사오, 앞의 책, 400면.
52 永嶺重敏, 『雜誌と読者の近代』, 日本エディタースクール出版部, 1997, 101~106면.
53 이 책에서 제시하는 잡지 『태양』과 관련된 내용 및 목차의 확인은, 日本近代文學館을 통해 나온 CD-ROM版 『태양』 자료 및 日本近代文學館編, 『太陽総目次』(CD-ROM版 近代文學館6, 「太陽」別冊), 八木書店, 1999 참조.

〈표 1〉『태양』의 '史傳' 란 기사 목록(1권 1~12호)

권	호	발행일	항목	기사 제목	필자
1	1	1895.1.1	史傳	紀元前の著名なる航海者	森田思軒
				ヲートルロー合戦の記	戸川残花
				大久保相模守忠隣	桜痴居士
1	2	1895.2.5	史傳	曾国藩	中西牛郎
				紀元前の著名なる航海者(承前)	思軒居士
				大久保相摸守忠隣(承前)	桜痴居士
1	3	1895.3.5	史傳	有栖川宮熾仁親王殿下	大和田建樹
				加藤清正	小倉秀貫
				彰義隊	曳尾叟
1	4	1895.4.5	史傳	維新の元勲	福地源一郎
				故三条実美公 / 故岩倉具視公(사진 2장)	
				三条実美公 / 岩倉具視公(사진 해설)	
				加藤清正(承前)	小倉秀貫
1	5	1895.5.5	史傳	山田長政	中村秋香
				亜歴セルカーク	森田思軒
				維新三傑(사진 3장) 贈右大臣大久保利通公 / 前陸軍大将西郷隆盛公 / 故内閣顧問木戸孝允公	
				維新三傑(사진 해설)	
1	6	1895.6.5	史傳	彰義隊 下	曳尾叟
				亜歴セルカーク(下)	森田思軒
1	7	1895.7.5	史傳	蒙古大王抜都の西欧侵掠	藤田精一
				ヲット、フヲン、ビスマルク公	エスボルンハーク
1	8	1895.8.5	史傳	振武軍	曳尾叟
				蒙古大王抜都の西欧侵掠(下)	藤田精一
				ヲット、フォン、ビスマルク公(続)	エスボルンハーク
1	9	1895.9.5	史傳	拾三世紀に於ける蒙古民族の雄図	田岡嶺雲
				ヲット、フォン、比斯麦公(続)	エスボルンハーク
				[漢詩]	趙甌北
1	10	1895.10.5	史傳	南洋と近古の日本	笹川種郎
				ヲット、フヲン、比斯麦公(続)	エスボルンハーク
1	11	1895.11.5	史傳	石田三成	小倉秀貫
				ヲット、フヲン・比斯麦公(続)	エスボルンハーク
1	12	1895.12.5	史傳	石田三成(承前)	小倉秀貫
				古意(漢詩)	宋微輿
				舟中見獵、大有感(漢詩)	宋琬
				ヲット、フヲン、比斯麦公(続)	エスボルンハーク

동시기 『국민지우』의 '사론'과 비교하여 특징적인 것은, 외국인에 대한 것만큼 일본인 전기 또한 많다는 것이다. 목록상에는 중국 정치가 쩡궈판曾國藩에 대한 글, 칭기즈 칸의 손자인 바투Batu, 1207~1255의 전기물, 「몽고대왕 발도蒙古大王拔都」가 눈에 띄며, 로빈슨 크루소의 실제 모델인 알렉산더 셀커크 Alexander Selkirk, 1676~1721, 독일제국의 수상 비스마르크Otto von Bismarck, 1815~1898 등도 주인공으로 이름을 올리고 있다. 그런데 이들뿐만 아니라, 오쿠보 도시미치大久保利通, 1830~1878, 가토 기요마사加藤清正, 1562~1611, 야마다 나가마사山田長政, 1590~1630, 이시다 미츠나리石田三成, 1560~1600 등의 자국인 전기류 역시 꾸준히 등장했다. 이례적으로 산조 사네토미三条実美, 1837~1891와 이와쿠라 토모미岩倉具視, 1825~1883, '유신삼걸維新三傑'의 사진이 권두화보가 아닌 '사전'란에 실리기도 한다. 외국인과 자국인을 막론하고 대상 인물들이 대부분 정치인 및 군인에 한정되어 있다는 점도 특징적이다. 『태양』은 비단 '사전'란 외에도, 1897년 제3권 1호부터 '정치인물월단政治人物月旦'이라는 항목을 신설, 주로 일본의 현대 정치가들을 다루기도 했다.

이러한 특징들은 청일전쟁과 삼국간섭을 거치면서 대두된 일본 사회의 분위기 변화와 무관할 수 없다. 무력과 정치력 쇄신이 다시 한번 강력한 화두가 된 시기다. 이는 "나가오카 시대의 오하시 사헤이의 상무尙武와 실업 존중 사상이 공존해 있었"다는 『태양』에 대한 야마구치 마사오의 설명에도 부합한다. 사헤이의 '상무정신' 존숭은 하쿠분칸이 1894년 8월 『일청전쟁실기』를 창간하고, 러일전쟁 시기에 『일로전쟁실기』를 월 4회 발행한 것에서도 잘 드러난다. 이 실기들은 일본의 군국주의 고취에 크게 영향을 미쳤다.[54] 잡지 『소년세계』를 "부국강병을 지향하는 근대국가 형성에 필요한 소

---

54 야마구치 마사오, 앞의 책, 360면.

년 육성과 정신형성을 위한 아동문화의 본격적인 시작"[55]이라 평가한 것 역시 이 시기 하쿠분칸의 군국주의적 지향성을 보충하는 근거다.

'사전'란은 1897년 1월부터 '역사歷史'란으로 개편되지만 인물 전기의 소개는 이어져, 나폴레옹의 전기 「나파옹대제那波翁大帝」를 1월부터 7월까지 장기 연재한 것을 포함하여 빅토리아 여왕 등의 기사가 등장했다. 1898년 1월 1일부터는 '역사급지리歷史及地理'란으로 명칭이 바뀌었는데, 당시의 주요 기사는 1899년 11월 25일까지 거의 2년에 걸쳐 연재된 「근세세계십위인近世世界十偉人」 시리즈였다.[56] 량치차오는 이들 시리즈를 엮은 단행본 『근세세계십위인近世世界十偉人』을 적극 활용, 「루이 코슈트」편을 「흉가리애국자갈소사전匈加利愛國者喝蘇士傳」1902의 저본으로, 「카밀로 카부르」편을 「의대리건국삼걸전意大利建國三傑傳」1902의 저본 중 하나로 삼았다. 두 전기는 모두 한국에도 소

---

55 오오타케 키요미, 『근대 한·일 아동문화와 문학 관계사 1895~1945』, 청운, 2005, 39면.
56 이 시리즈물의 연재는 다음과 같이 이루어졌다. 음영 표시는 후에 량치차오의 전기에 저본으로 활용되는 카부르(삼걸전) 및 코슈트(갈소사전) 관련 연재물이다.

〈표 2〉『태양』의 『近世世界十偉人』 연재 양상

『태양』 연재	제목	저자
1898.1.1~1.20	近世世界十偉人(其一)カミロ、カブール(2회)	松村介石
1898.2.5	近世世界十偉人(其二)阿須曼公	米峰小山正武
1898.3.5~4.5	近世世界十偉人(其三)プリンス、ゴルチヤコツフ(3회)	中西牛郎
1898.4.20.~5.20	近世世界十偉人(其四)鉄血宰相(3회)	松本君平
1898.7.5	近世世界十偉人(其五)曾国藩	川崎三郎
1898.7.20	近世世界十偉人(其六)ベコンスフィールド伯	尾崎行雄
1898.10.20	近世世界十偉人(其七)西郷隆盛	三宅雪嶺
1898.12.5~12.20	近世世界十偉人(其八)ハミルトン傳 (2회)	島田三郎
1898.12.20	近世世界十偉人(其九)ナポレオン三世	高山林次郎
1899.10.5~11.5	近世世界十偉人(第十)ルイ、コツスート (3회)	石川安次郎

'십위인'을 순서대로 제시하면, (1) 카부르(이탈리아), (2) 오스만(터키), (3) 고르챠코프(러시아), (4) 비스마르크(독일), (5) 쯩궈판(중국), (6) 디즈데일리(영국), (7) 사이고 다카모리(일본), (8) 해밀턴(미국), (9) 나폴레옹 3세(프랑스), (10) 코슈트(헝가리)이다.

개된다. 「근세세계십위인」의 제9편과 제10편의 연재 사이인 1899년 1월부터 해당란의 명칭은 '사전지리史傳地理'로 또 한 번 바뀐다. 이와 같이 『태양』의 전기물 연재란의 명칭은 빈번히 달라졌지만 발행 초기부터 이어지는 전기물에 대한 관심은 계속 이어졌다.

하쿠분칸의 전기물 출판 활동은 단행본류에서도 두각을 드러내었다. 이는 주로 소년 독자를 대상으로 한 기획에서 나타난다. 앞서 민유샤의 『소년전기총서』가 하쿠분칸의 『소년독본』에 미친 영향을 언급했으나, 이는 '전기물' 총서에 한정했을 때의 구도일 뿐, 사실 소년독자용 서적 전반에 걸쳐 보자면 하쿠분칸의 『소년문학少年文學』1891.1~1894.11, 총 32편 간행이 최초의 총서류라 할 수 있다. 이 32편의 총서 중 18편은 유신삼걸을 비롯한 각종 일본역사상의 주요 위인들의 전기였다. 하쿠분칸의 대규모 전기물 기획은 이로부터 시작된 셈이다. 그런데 1891년도의 『소년문학』은 1896년도 민유샤의 『소년전기총서』와 등장 배경이 다르다. 『소년문학』의 경우는 교학성지敎學聖旨, 1879에서 교육칙어敎育勅語, 1891로 이어지는 정부 주도의 국민 양성책의 일환으로서, "유교를 기조로 한 존황애국尊皇愛國의 방면"에 초점이 있었다.[57]

하쿠분칸의 소년용 전기물 총서는 『소년독본』1898.10~1902.6에서 만개한다. 이 총서는 총 50편에 이르는 방대한 분량을 갖추었으며 일본인으로만 구성된 종합 위인전이었다.[58] 하쿠분칸의 기획 시리즈물 중 이와 흡사한 것이 동시기에 두 가지 더 발견되는데, 하나는 『소년세계』의 주필이자 각종 아동용 기획을 담당한 이와야 사자나미巖谷小波의 『일본 옛 이야기日本お伽噺』

---

57 勝尾金弥, 앞의 책, 28~29면.
58 50편의 상세 서지는 위의 책, 54~56면에 제시되어 있다.

총서이고, 또 하나는 오와다 다케키大和田建樹[59]의『일본역사담』이었다. 모두 소년 독자층을 표방했지만『소년독본』이 가장 높은 연령층을 겨냥한 것이며 이와야 사자나미의 것이 가장 저연령층을 대상으로 했다.[60] 이들의 내용이나 구성은 서로 동일하지 않았지만, 일본 역사를 다루는 기획물들이 집중적으로 등장했다는 사실은 당시 전기물 출판 사업에서의 적극적 태도를 충분히 보여준다.

한편, 하쿠분칸이 고심하여 기획한 흔적이 엿보이는『세계역사담』은 동서고금의 위인 전기를 모은 시리즈물이며, 일본인은 포함되지 않았다. 이 책에서 다룰 가리발디, 비스마르크, 크롬웰, 표트르 대제, 워싱턴 등의 전기는『세계역사담』의 개별 단행본을 경유하여 중국과 한국으로 유통된 것이다. 메이지 일본의 전체 출판물 중에서, 이 총서는 중국과 한국에 번역된 주요 전기물 상당수의 근간이 되었다는 사실만으로도 마땅히 주목되어야 한다.[61]

『세계역사담』의 발간 시점은『일본역사담』총서보다 나중이었다. 제목의 유사성과는 달리 애초에『일본역사담』은『세계역사담』과 많은 부분에서 달랐다. 총 24편으로 기획된『일본역사담』은 "개국 이래로부터 일청전쟁에 이르기까지의 역사 중 중요한 사적을 선별, 명창明暢한 문사文辭를 사용하여 재미있게 기술한 것으로서, 소년 남녀가 즐기기에 공히 최적이 될 것이 틀림없음"[62]이라고 광고되었다. 소년층을 독자로 상정한다는 점에서『세계역사담』과 통하지만, 광고의 목록에서 제시하고 있는 각 편 제목은

---

59 大和田建樹 : 전문 역사가는 아니었지만, 고문학, 시인으로 문학적 글쓰기에도 능했고 창가나 군가의 작사가로 이름을 떨친 인물이다.

60 勝尾金弥, 앞의 책, 54면.

61 이 총서는 식민지시기에도 꾸준히 저본으로 활용되었을 만큼 특정 시기에 국한되지 않은 영향력을 갖게 된다. 자세한 사항은, 김성연,『영웅에서 위인으로─번역 위인전기 전집의 기원』, 소명출판, 2013 참조.

62 高山樗牛,『釈迦』, 博文館, 1899, 후면 광고 5면.

『일본역사담』이 인물 중심의 서사가 아니었다는 것을 보여준다. 집필을 오와다 다케키 혼자서 모두 담당했다는 사실 역시 도쿄제대 출신의 학사 36명이 각 한 편씩을 맡은 『세계역사담』과의 큰 차이다.

『일본역사담』 바로 아래에 있는 『세계역사담』 광고를 보면 후자 역시 애초에는 전 24편으로 기획되었다. 그러나 결국 36편까지 맥을 이어갔던 것으로 볼 때 독자의 반향이 고무적이었던 것을 알 수 있다. 1899년 1월부터 1902년 3월 사이에 출판된 『세계역사담』의 서지 사항은 다음과 같다.

〈표 3〉 하쿠분칸의 『세계역사담』 시리즈

편	제목	서지	비고
제1편	釈迦(석가)	高山樗牛, 博文館, 明32.1	종교가(인도)
제2편	孔子(공자)	吉国藤吉, 博文館, 明32.1	사상가(중국)
제3편	耶蘇(예수)	上田敏, 博文館, 明32.4	종교가(이스라엘)
제4편	ビスマルック(비스마르크)	笹川潔, 博文館, 明32.4	정치가(독일)
제5편	ハンニバル(한니발)	大町桂月, 博文館, 明32.7	군인(카르타고)
제6편	麻謌末(마호메트)	坂本鑫舟(健), 博文館, 明32.8	종교가(이슬람 제국)
제7편	漢高祖(한고조)	三浦菊太郎, 博文館, 明32.10	군주(중국)
제8편	寧耳遜(넬슨)	島田文之助, 博文館, 明32.10	군인(영국)
제9편	岳飛(악비)	笹川臨風, 博文館, 明32.12	군인(중국)
제10편	コロンブス(콜럼버스)	桐生政次, 博文館, 明32.12	모험가(이탈리아)
제11편	ガリバルヂー(가리발디)	岸崎昌, 博文館, 明33.3	군인(이탈리아)
제12편	彼得大帝(표트르 대제)	佐藤信安, 博文館, 明33.3	군주(러시아)
제13편	華聖頓(워싱턴)	福山義春, 博文館, 明33.5	군인·정치가(미국)
제14편	孔明(공명)	安東俊明, 博文館, 明33.5	정치가(중국)
제15편	瑣克刺底(소크라테스)	久保天随(得二), 博文館, 明33.6	사상가(그리스)
제16편	グラッドストーン(글래드스턴)	近松守太郎, 博文館, 明33.6	정치가(영국)
제17편	歴山大王(알렉산더)	幸田成友, 博文館, 明33.9	군주(마케도니아)
제18편	王陽明(왕양명)	白河次郎(鯉洋), 博文館, 明33.9	사상가(중국)
제19편	峩貢爾德(가필드)	酒井小太郎, 博文館, 明33.11	정치가(미국)
제20편	デモスセネス(데모스테네스)	十時弥, 博文館, 明34.3	정치가(그리스)

편	제목	서지	비고
제21편	シェークスピーヤ (셰익스피어)	中村可雄, 博文館, 明34.3	문학가(영국)
제22편	ナポレオン(나폴레옹)	土井林吉, 博文館, 明34.4	군인·군주(프랑스)
제23편	孟子(맹자)	永井惟直著他, 博文館, 明34.5	사상가(중국)
제24편	成吉思汗(칭기즈 칸)	大田蒼溟(三郎), 博文館, 明34.5	군주(몽골)
제25편	クロンウェル(크롬웰)	松岡国男, 博文館, 明34.7	정치가·군주(영국)
제26편	戈登 将軍 (찰스 조지 고든 장군)	赤松紫川, 博文館, 明34.7	군인(영국)
제27편	虞蘭得 将軍(그랜트 장군)	布施謙太郎, 博文館, 明34.9	군인(미국)
제28편	ウェリントン将軍 (웰링턴 장군)	高木尚介, 博文館, 明34.9	군인(영국)
제29편	クリスピー(크리스피)	名尾良辰, 博文館, 明34.10	정치가(이탈리아)
제30편	メッテルニッヒ(메테르니히)	森山守治, 博文館, 明34.10	정치가(오스트리아)
제31편	甲比丹屈克(캡틴 쿡)	谷野格, 博文館, 明34.12	모험가(영국)
제32편	惹安達克(잔 다르크)	中内義一, 博文館, 明34.12	군인(프랑스)
제33편	該撒(시저)	柿山清, 博文館, 明35.2	군주(로마)
제34편	査列斯大王(찰스 대왕)	中大路春江, 博文館, 明35.2	군주(영국)
제35편	弗蘭克林(프랭클린)	熊谷五郎, 博文館, 明35.3	정치가(미국)
제36편	ニュートン(뉴턴)	三好物外, 博文館, 明35.	과학자(영국)

위 목록 중 첫 네 편의 윤곽이 드러났을 무렵, 『세계역사담』 광고의 상단에
는 "매월일회발행每月壹回發行(매편저명화가밀도입每篇著名畵家密圖入)양장국판洋裝菊版"[63]
이라는 글귀가 확인된다. 매달 한 편씩을 발간할 것으로 예고하고 있는데,
39개월간 36편이 나왔으므로 거의 지켜진 셈이다. 저자의 탁월함보다 삽화
의 존재를 선전하는 것도 이채롭다. 당시의 삽화는 통념보다 중대한 의미를
지니고 있었다. 서평에서 삽화에 대한 언급이 빈번하게 등장할 뿐 아니라
책의 표지나 광고 문구에서도 삽화가의 이름은 저자명과 나란히 노출된다.
곧이어 다루겠지만 이는 주요 독자인 소년층을 염두에 둔 전략 중 하나였다.

---

63 高山樗牛, 『釈迦(석가)』, 博文館, 明32(1899).1, 후면 광고 5면.

위 목록에는 19세기 말에서 20세기 초 동아시아에 대대적으로 알려진 왕, 장군, 정치가뿐 아니라, 문학가, 철학자, 과학자의 전기까지 포함되어 있었다. 즉, 현대 위인전의 범주를 망라하고 있는 것이다. 공자, 악비, 제갈공명, 왕양명, 맹자, 칭기즈 칸 등 동양의 옛 인물들을 함께 다뤘다는 점도 새로운 시도였다. 여성 인물은 잔 다르크 단 한 명에 불과했다. 여성 전기물은 아직 여성 독자를 대상으로 한 기획에 한정되는 경우가 많았다.

시리즈의 첫 편인 『석가』의 후면 광고는 『세계역사담』이 소년 독자들을 대상으로 하는 간결·평이한 문장을 기조로 하여 흥미를 자아낼 수 있도록 기획되었다고 언급하고 있다. 서평들 역시 형식상의 문제가 중요했다는 점을 드러냈다. 예컨대 『세계역사담』 제2편인 『공자』에 대한 다음의 평을 참조해보자.

『일본주의』의 평 : 요시쿠니 씨의 '공자'는 역시 간결하게 저술되었지만, 문장 가운데 아속雅俗이 혼용되어 대단히 읽기 거북한 곳이 있다. 소년을 독자층으로 하여 문장을 평이하게 써놓은 것은 나쁘지 않지만, 속어문체와 보통문의 격식을 혼용하는 것은 좋지 않다. 무릇 이 세계역사 이야기 같은 것은 소년을 위해 간행했다고는 하지만, 그 문체와 용어는 아직 지나치게 고상한 것이 없지 않다. 저자도 되도록 읽기 어렵고 이해하기 어려운 한문학을 회피하고자 하는 의도가 있는 듯하지만, 그 문장의 기세를 장중하게 하기 위해 군데군데 예의 난삽한 문체를 사용하는 곳도 적지 않다. 이러한 문체로는 소년들보다는 오히려 성인용 서책이라 해도 무방하다. 내가 바라는 것은 보통의 국문으로 교육적으로 서술되는 것이다.[64]

---

64 笹川潔, 『ビスマルック』, 博文館, 1899, 후면 서평 참조.

서평자는『공자』가 소년 독자를 겨냥한다고 표방했음에도 불구하고, 여전히 문체가 성인용에 가깝다는 사실에 유감을 표한다. 인용문의 다음에는 "특히 공자가 읽는 서책을 현대의 서책의 형태로 그려놓은 것 등은 웃음을 참을 수 없는 일이다"와 같이 삽화에 대해서도 신랄한 비판이 이어진다. 광고 지면에서의 이러한 약점 노출은 의외라고 할 수 있지만, 하쿠분칸은 이를 감안하더라도 책의 화제성 형성에 무게를 둔 듯하다.[65] 중요한 것은 서평에서 문체나 표현의 문제가 핵심적 논의 대상이었다는 사실이다.

제3편인『예수』의 서평도 마찬가지다. 석가와 공자의 전기에 대한 평가를 장문의 글 하나로 통합한 앞 경우와 달리, 무려 6개의 매체가 내놓은 평을 일일이 소개하고 있다.『도신문都新聞』은 이 전기가 "일반인이 알기 쉽게 기술한 것"이라고 평하고,『태평신문太平新聞』역시 서술의 간명함을 언급하고 있으며,『도쿄東京경제잡지』의 경우 "소년의 독서용 책이라면 물론 이렇게 하지 않을 수 없다. 이러한 의미로 확실히 성공적이라 할 것"이라 말한다.『요코하마橫濱무역신문』은 "행과 문장이 간결. 읽어가면서 지루함을 느끼지 않는다"와 같이 말한 데 반하여,『고지일보高知日報』에서는 "문장은 약간 딱딱하고 소년의 독서용 서적으로는 어떨까 생각되는 곳이 없지도 않지만"이라는 견해가 발견된다. 하지만 '문장의 평이함'이라는 화두는 여전하다. 문체나 소년 독자에 대한 언급이 없는 것은『홍전신문弘前新聞』의 짧은 평가가 유일했다.[66] 요컨대『세계역사담』은 소년의 독서물을 표방했으며, 각 서평들 역시 해당 전기물이 과연 소년층이 읽기에 적합한가를 상세하게 검

---

65 『공자』와는 달리『석가』편에 대해서는 긍정적 진술이 주가 된다는 것 역시 하쿠분칸에서 이 서평을 포기하지 못한 이유였을 것이다.

66 "우에다 빈 씨의 저작. 예수의 출생으로부터 예수교의 기원까지 정성스럽고 세심하게 서술하였고, 무의식중에 저리고 가려운 곳을 긁는 듯한 기분이 들지도. 덧붙여 후세츠의 삽화의 아름다움도 특별히 용의주도함이 보인다."

토하였다. 이것이 의미하는 바는 다음과 같다.

첫째, 메이지 30년대에의 일본에서 전기물 발간이 갖는 의미가 바뀌었다는 것이다. 하쿠분칸의 『세계역사담』 총서가 간행되기 시작한 1900년경에 이르면, 역사의 인물들이 갖는 의미는 확연히 소년 독자의 존재에 집중된다. 『세계역사담』처럼 소년 독자를 위한 기획에 대량의 인력과 자본이 투입된 경우는 유례가 없었다. 이는 민유샤에서 나온 『격랑알』이나 『이태리건국삼걸』 등과 같은 독서물과는 궤를 달리하는 것으로, 차세대의 주역들을 위한 계몽 기획에 더 가까웠다.

둘째, 전기물의 사회적 함의 자체가 '흥미로운 읽을거리'로서 합의되는 과정을 볼 수 있다. 타국 역사에 대한 장황한 기록들이 흔히 노출하는 '지루함'의 문제를 해결했는가가 서평들의 주된 관심사였다. 이는 1900년대 후반까지 전기물을 통한 정치적 교훈 및 근대 '지知'의 보급을 우선시 했던 중국이나 한국의 경우와 흥미로운 대조를 이룬다. 물론 한국의 경우도 '재미'를 강조한 광고 문구가 존재했지만 그것은 독자 확보를 위한 전략적 설정에 가깝다.[67] 1900년대 서구영웅전의 전형적인 광고문, 예컨대 "본서本書는 구주풍운歐洲風雲을 진감震撼하고 자국독립自國獨立을 흉아리애국위인갈소사匈亞利愛國偉人葛蘇士의 사적事績을 강유저집綱維著輯한 지者니 당시當時 갈소사葛蘇士의 웅비활약雄飛活躍의 경역經歷과 급기及其 영웅말로英雄末路의 비운조運을 수隨하여 오흉연방奧匈聯邦의 쌍립국체雙立國體를 경성竟成한 결과結果를 관觀컨대 가사독자영웅숭배可使讀者英雄崇拜의 감상感想을 격기激起케 하리로다"[68]와 같은 문구는 1890년대

67 예를 들어 "이쇼셜은 슌국문으로 미우 지미잇게 ᄆᆞ들어 일반 국민의 익국ᄉᆞ샹을 비양ᄒᆞᄂᆞᆫ 칰이오니 익국ᄒᆞᄂᆞᆫ 유지ᄒᆞᆯ 남ᄌᆞ와 부인은 만히들 사셔 보시오." 『근세제일녀중영웅 라란부인젼』 광고문, 『대한매일신보』(국문판), 1907.8.31, 4면.
68 『匈牙利愛國者 噶蘇士傳』 광고문, 『대한매일신보』, 1908.4.30, 3면.

초반에 민유샤에서 활용하던 광고와 흡사하다. 민유샤의 전기물『이태리건
국삼걸』의 홍보 문구는 문체나 대상 독자에 대한 언급 없이 그저 삼걸의 위
업에 대한 소개만이 예고되었다.[69] 이렇듯『세계역사담』의 광고문이나 서평
은 이전의 민유샤 전기물 광고와 비교할 때도 차이가 뚜렷하다. 곧『세계역
사담』의 존재는 전기물이 정치적 계몽의 도구나 첨단 지식의 위치를 강요받
지 않는 시기의 도래를 의미한다. 그것은 '쉽고 다채로우며 흥미로운 읽을거
리' 자체로 충분한 가치를 보장받을 수 있었다. 이는 흡사 전술한『태양』의
성격과도 닮은 부분이 있다.

　　그러나 정작 문제적 지점은 바로 여기다. 중국의 입헌파 량치차오와 혁
명파 띵쩬, 한국의 박용희, 조종관, 완시생, 보성관 번역원 황윤덕, 관원 김
연창 등은 모두『세계역사담』 36편 중 하나를 번역 대본으로 삼아 자국에
소개한 인물들이다. 그들의 경우『세계역사담』이 일본 내 전기물 간행의 전
반적 흐름 속에서 어떠한 의미를 갖는가와 상관없이, 각자의 판단대로『세
계역사담』을 활용하였다. 여기서 동시에 고려해야 할 것은 소년·학생층의
읽을거리로 기획된『세계역사담』을 각국의 원색적인 국민성인 계몽의 선전
물로 변용한 한·중 번역자들의 의지, 그리고 그러한 작업이 수행될 수 있도
록 소스코드source code를 제공한『세계역사담』이라는 콘텐츠이다. 여기서
는 후자에 좀 더 주목해보자.

　　실상, 광고문이나 서평이 주는 선입견을 배제한다면『세계역사담』을 순
수한 소년·학생 독자층의 독물로 규정하는 것 자체에 무리가 있다. 『세계
역사담』 총서의 발행 기간은 정확히 청일전쟁과 러일전쟁의 사이였다. 이

---

69 "3판 伊太利建國三傑. 이는 본 서적『토마스, 칼라일』(トマス, カーライル)의 저자와 동일인의
　손으로 저술된 것으로, 근세의 이태리를 건설한 예언자 마찌니, 정치가 카부르, 협객 가리발디의
　위업을 묘사하고 논하며 동정을 표현한 것이다." 平田久,『カーライル』, 民友, 1893, 3면.

시기는 메이지 일본 내부의 또 하나의 과도기로, 자국의 국제적 지위에 대한 고민과 외세와의 실질적 갈등이 거듭되던 때였다. 저자들이 제아무리 '흥미롭게 써야 할 소년용 기획'임을 환기한다 하더라도, 일본이 당면한 과제를 해소하는 방향으로 전기물의 효용을 극대화했으리라 짐작할 수 있다. 위에서 인용한 서평들은 이 부분을 당연한 전제로 여겼기 때문에 오히려 언급할 필요성을 느끼지 못한 듯하다. 소년을 독자로 상정한다는 것은 '소년' 자체의 발견보다 '국민화' 프로젝트의 대상 범위가 아래로 확대된 것에 가깝다. 교육의 중요성이 강조되면서 급증한 학생 계층은 곧 소년 독자층의 급증을 의미했고, 이는 다시 그들을 대상으로 한 출판물의 성행과 인과 관계를 형성한다. 결국 『세계역사담』은 소년 독자를 위한 기획이라기보다 성인들의 가치관을 소년들에게 투영하기 위한 기획이었다. 『세계역사담』이 한국과 중국의 수용자들과 공명할 수 있었던 이유는 여기에 있을 것이다.

앞에서 서술한 배경들은 『세계역사담』 총서가 놓여 있던 전반적인 문맥일 따름이다. 36편의 저자 36명은 각기 다른 성향을 가진 엘리트들이었다. 잡지 『태양』의 다양성과 포괄성에서 미루어볼 수 있듯 하쿠분칸의 입장과 다소 어긋날지라도 저자들의 독자적 발화 공간이 보장되었을 가능성이 높다. 근거 중 하나로 제12편의 『피득대제』표트르 1세를 집필한 사토 노부야스의 서문을 들 수 있다. 여기서 사토는 흥미에 따라 발리셰프스키의 표트르 전기를 접했고, 깨닫는 바 있어서 번역을 결심했는데 마침 하쿠분칸의 프로젝트가 있어서 책을 내게 되었다는 경위를 밝힌다.[70] 사토의 사례는 적어도 『세계역사담』이 획일화된 계몽 교과서가 아니라는 것을 보여준다. 그는 자신이 원하던 전기물의 발간에 하쿠분칸의 자본력을 활용하는 입장이었고,

---

70 관련하여, 이 책의 제3부 2장을 참조.

그 사실을 서문에서 당당하게 밝히기까지 했다.

『세계역사담』에는 각 편마다 필자 개개인의 정치적 성향과 개성이 묻어난다. 모든 편에 서문을 첨가하여 필자의 의도를 드러냈고 본문에도 어김없이 나름의 주관적 교훈이 삽입되었다. 하쿠분칸의 기획 주체는 저마다 연관성이 있는 전공자에게 집필을 의뢰하거나, 아예 처음부터 상의를 거쳐 필자의 관심과 일치하는 주인공을 선별했을 가능성이 크다. 근본적으로 하쿠분칸이 엘리트 다수를 섭외한 이유도 여기에 있을 것이다. 하쿠분칸의 주된 역할은 '문文'에 능한 자들에게 인물 연구와 더불어 독자적 발언의 장場을 마련해주는 것이었다.[71] 36명의 주인공은 엄격히 구분된 시공간 속에서 각기 다른 개성과 체험으로 무장하고 있었다. 이들 저자와 주인공 사이의 화학작용이 어떠한 메시지로 수렴되는지는 섣불리 예단하기 어렵다.

3. 청말의 두 조류, 유신파와 혁명파

한국에 번역된 량치차오의 저작 대부분은 그가 일본에서 집필한 것이었다.[72] 량치차오는 1898년의 변법유신 실패 후 일본으로 망명하여 1898년 『청의보清議報』,[73] 1902년『신민총보新民叢報』[74] 및『신소설新小說』[75] 등의 잡지

---

71 그렇다고는 해도 그 자체가 하쿠분칸의 영향력이 젊은 엘리트들에게 침투하는 통로가 되었으리라 짐작된다. 집필진은 상당 수준의 재량권을 부여받았지만 하쿠분칸의 전체적인 기획 의도를 크게 훼손하지 않는 선에서 자신들의 생각을 펼쳤을 것이다. 이는 하쿠분칸의 입장에서도 미래의 대가가 될 수 있는 지식인들과의 네트워킹 기회였다.

72 단, 량치차오를 한국에 최초로 소개한 것은 1897년 2월 15일에 나온 「淸國形勢의 可憐」(『대조선독립협회회보』 제2호)이라는 기사였다. 우림걸, 『한국 개화기문학과 양계초』, 박이정, 2002, 27면.

73 량치차오가 변법유신 실패의 해인 1898년에 일본으로 망명하여 창간한『淸議報』는 동 11월 11일 개간하여 1901년 11월 21일까지 총 100호를 발행한 순보 형태의 잡지이다(엽건곤, 『양계

를 창간, 왕성한 집필 활동을 펼쳤다. 차태근에 따르면, 일본에 들어간 량치차오는 본격적으로 잡지를 발간함에 따라 '비평정신'을 표상할 수 있는 자유로운 공간을 확보하였다. "기사의 형식과 이론의 형식, 번역의 형식과 창작의 형식은 문체이기 이전에 동일한 비평정신의 발현형식이었고, 당시에는 비평이라는 범주 속에 모두 아우러질 수 있는 것들이었다."[76] 『청의보』, 『신민총보』, 『신소설』의 연속 발간에서 알 수 있듯, 량치차오는 비평정신의 발화 공간을 적극적으로 개척해나갔다.

량치차오는 망명 전부터 이미 서양 제국의 힘의 원천이 군사력이 아닌 지식과 제도에 있다고 인식하고 있었다.[77] 그런 그에게 일본이 축적한 번역 성과는 경이로운 것이었다. 그는 이미 1890년대부터 일본어 번역서를 활용해 서양 학문을 효율적으로 흡수하자고 주장했고,[78] 일본 자체에 대해서도 우호적 입장을 견지하여 그들의 근대화 과정을 모델로 삼고자 했다. 망명 전 『시무보時務報』를 통해 발표한 총 50편의 글 중 절반 이상인 27편이 일본과

초와 구한말 문학』, 법전출판사, 1980, 54면). 12,000부 정도의 판매부수를 기록한 것으로 보이며(박노자, 『우승열패의 신화』, 한겨레신문사, 2005, 109면), 혁명 실패로 인한 충격과 안타까움을 표출이라도 하듯 청의 무능함과 부패를 성토하는 기사들로 가득 차 있다.

74 량치차오가 1902년 1월에 창간한 망명기간의 두 번째 잡지로서, 첫 번째인 『청의보(淸議報)』가 정간된 후 약 100일의 공백 기간 후에 나왔다. 매월 1일과 15일에 발행하는 형태로 1907년 7월에 정간되기까지 총 96호를 간행하였다.(엽건곤, 앞의 책, 62면) 량치차오가 발행한 잡지로서는 가장 광범위한 영향력을 발휘한 것으로 평가되며, 판매부수는 『청의보(淸議報)』와 같이 12,000부 정도로 추산된다. 내용적인 측면에서는 청 조정에 대한 공격적 메시지가 둔화되는 양상을 보인다.

75 1902년 10월에 나와 1905년 9월까지 총 10호가 간행되었다. 광지서국에서 제2권을 대신 발행한 바 있으나 곧 정간된다.(위의 책, 63면) 판매부수는 3,000에서 4,000부 정도로 추산되며 혁명적 메시지를 담은 정치소설을 비롯, 여러 장르의 작품들을 게재했다.

76 차태근, 「문학의 근대성, 매체 그리고 비평정신」, 『문예공론장의 형성과 동아시아』, 2008, 95면.

77 이혜경, 『양계초-문명과 유학에 얽힌 애증의 서사』, 태학사, 2007, 82면.

78 『시무보(時務報)』 제45책에 게재된 「독일본서목지서후(讀日本書目志書後)」를 통한 발언이다. 문정진, 「중국 근대 매체와 번역(飜譯)-『시무보(時務報)』의 조선(朝鮮) 관련 기사를 중심으로」, 『中國學論叢』 35, 2012, 185면.

연관된 내용이었다.[79] 일본에서 출판한『청의보』와『신민총보』에서는 더욱 직접적으로 일본을 다루었다. 이러한 배경에는 그가 오쿠마 시게노부 등 일본 인사의 자금 지원을 받은 사정도 있었다.[80] 하지만 개인적인 서신에서조차 메이지 유신을 성공 사례로 강조할 정도로 그의 태도는 명료했다.[81]

요컨대 량치차오는 자신의 발화 공간을 확보하고 있었고, 그 공간을 기꺼이 일본어를 통한 중역으로 채우고자 했다. 전기물의 기획은 대개 1890년대 후반의 일본 출판물에 근간했다.『국민지우』,『가정잡지家庭雜紙』,『일본日本』,『태양』 등의 일본어 잡지들은 대부분 인물평이나 전기물들을 싣고 있었는데,[82] 이는 량치차오의 잡지에서도 즉각 활용될 수 있었다. 전술했듯 민유샤와 하쿠분칸이 중심이 되어 이루어진 전기물 출판 역시 1890년대에 본격화되었다. 특히 1902년에 이르면 하쿠분칸의『세계역사담』총서도 대부분 유통되어, 저본의 선택지는 넉넉한 상황이었다.

량치차오는 논설을 통하여 중역의 방법론을 주장했을 뿐 아니라 스스로도 실천에 옮겼다. 그의 전기물 집필은 1902년에 창간한『신민총보』에 집중되어 있다.『신민총보』는 제3기期부터 '전기'란을 따로 신설하여 1905년까지 국내외 유명 인사들을 소개했으며, 1903년의 일부 작품을 제외하면 모두 량치차오 본인이 '중국지신민中國之新民'이라는 필명으로 집필하였다.『신민총보』의 '전기'란은 단속적이었는데, 정리하자면 다음과 같다.

---

79 許常安, 「時務報に見える梁啓超の日本に關しる言論」,『斯文』62, 日本斯文會, 1970, 29~30면.
80 박노자, 앞의 책, 109면.
81 1902년 봄에 캉유웨이에게 보낸 서신에서 량치차오는 "일본의 明治維新이 막부의 타도를 가장 절실한 목표로 삼은 것과 마찬가지로 중국은 만주 타도를 가장 절실한 목표로 삼아야" 한다고 쓰고 있다. 이에 대해 캉유웨이 역시 메이지 유신을 언급하며, 그것은 천황의 존재로 알 수 있듯 "혁명적 방법이 아닌 단계적 개혁"이었다고 반박하였다(민두기,『중국의 공화혁명』, 지식산업사, 1999, 44면).
82 松尾洋二, 「梁啓超と史伝－東アジアにおける近代精神史の奔流」, 狹間直樹編,『共同研究 梁啓超－西洋近代思想受容と明治日本』, みすず書房, 1999, 281면.

〈표 4〉『신민총보』 소재 전기류

연(年)/ 기(期)	제목	필자	호	제목	필자
1902/ 1~3	×		30	商君傳[83]	蛻庵
4	匈加利愛國者喝蘇士傳	中國之新民	31	商君傳	蛻庵
5	×		32	商君傳	蛻庵
6	匈加利愛國者喝蘇士傳	中國之新民	33	×	
7	匈加利愛國者喝蘇士傳	中國之新民	34	鐵血宰相俾斯麥傳	蛻庵
8	張博望[84]班定遠[85]合傳	中國之新民	35	×	
9	意大利建國三傑傳	中國之新民	36	鐵血宰相俾斯麥傳	蛻庵
10	意大利建國三傑傳	中國之新民	37	×	
11~13	×		38・89	大哲斯賓塞略傳	彗广
14	意大利建國三傑傳	中國之新民	40・41 (합간)	黃帝以後第一偉人 趙武靈王傳	彗广
15	意大利建國三傑傳	中國之新民	42・43 (합간)	中國普通歷史大家 鄭樵傳	盛俊
16	意大利建國三傑傳	中國之新民	44・45 (합간)	×	
17	意大利建國三傑傳 近世第一女傑 羅蘭夫人傳	中國之新民 中國之新民	46・47 ・48 (합간)	明季第一重要人物 哀崇煥傳	中國之新民
18	近世第一女傑 羅蘭夫人傳	中國之新民	1904년 49	明季第一重要人物 哀崇煥傳	中國之新民
19	意大利建國三傑傳	中國之新民	50	明季第一重要人物 哀崇煥傳	中國之新民
20~21	×		51~53	×	
22	意大利建國三傑傳	中國之新民	54	新英國巨人克林威爾傳	中國之新民
23	張博望班定遠合	中國之新民	55	新英國巨人克林威爾傳	中國之新民
24	×		56~62	× ※62期부터 1905년	
1903/ 25	新英國巨人克林威爾傳	中國之新民	63	中國植民八代偉人傳	中國之新民
26	新英國巨人克林威爾傳	中國之新民	64~68	×	
27~29	×		69	祖國大航海家 鄭和傳	中國之新民
			70~96	× ※ 72期부터 1906년 90期부터 1907년	

「흉가리애국자갈소사전」을 필두로, 「의대리건국삼걸전」, 「라란부인전羅蘭夫人傳」, 그리고 「신영국거인극림위이전新英國巨人克林威爾傳」까지의 네 편이 량치차오가 집필한 전체 서구영웅전들이다('중국지신민中國之新民'의 기타 전기들은 중국사에서 선별한 량치차오의 자국영웅전이다). 미완으로 그친 「신영국거인극림위이전」을 제외한 세 편은 모두 한국인에 의해 번역되었으며, 신문·잡지·단행본 등 여러 매체를 통해 중복 번역되기도 했다.

그의 서구영웅전 집필은 모두 민유샤와 하쿠분칸에서 나온 전기물에 대한 중역 및 다시쓰기의 방식으로 이루어졌다. 량치차오의 역술과 저본의 관계를 정리해보았다.

〈표 5〉 량치차오의 서구영웅전 및 일본어 저본

신민총보 연재 期	제목	일본어 저본	
		출판사	서지사항
4, 6, 7	「匈加利愛國者喝蘇士傳」	하쿠분칸	石川安次郎, 「ルイ、コシスート」, 『近世世界十偉人』(1900) ※『太陽』연재 : 1899.10.20~1899.11.5.
9, 10, 14, 15, 16, 17, 19, 22	「意大利建國三傑傳」	민유샤	平田久, 『伊太利建國三傑』(1892)
		하쿠분칸	松村介石, 「カミロ、カブール」, 『近世世界十偉人』(1900) ※『太陽』연재 : 1898.1.1~1898.1.20.
		하쿠분칸	岸崎昌, 『ガリバルヂー』, 『世界歷史譚』第11編(1900)
17, 18	「近世第 一女傑羅蘭夫人傳」	민유샤	德富蘆花, 「佛國革命の花」, 『世界古今 名婦鑑』(1898) ※『家庭雜誌』연재 : 1893.12~1894.2.
25, 26, 54, 56	「新英國巨人克林威爾傳」 (미완)	민유샤	竹越与三郎, 『格朗乞』(1890)
		하쿠분칸	松岡国男, 『クロンウェル』, 『世界歷史譚』第25編(1901)

---

83 商鞅, ?~BC 338. 중국 전국시대(戰國時代) 진(秦)나라의 정치가. 진 효공에게 채용되어 부국강병의 계책을 세워 여러 방면에 걸친 대개혁을 단행해 후일 진제국 성립의 기반을 세웠다. 10년간 진나라의 재상을 지내며 엄격한 법치주의 정치를 폈다.

84 張博望, BC 164~114. 정치가 군인 모험가. 흉노족에 대한 정벌로 유명하다.

85 班定遠, 32~102. 중국 후한(後漢) 때의 정치가. 자는 중승(仲升). 반고의 동생으로, 31년간 서역에 머물며 흉노의 지배 아래에 있던 서역 국가들을 정복하여 후한의 세력권을 파미르 지방의 동서(東西)에까지 넓혔으며, 그 공으로 정원후(定遠侯)에 봉하여졌다.

량치차오의 저본은『세계역사담』의 관련 인물과 대조하거나 이하에서 다룰 마츠오 요오지松尾洋二의 연구를 참조하여 확정하였다. 상기 표는 량치차오에게 민유샤 혹은 하쿠분칸의 기존 작업이 얼마나 유용했는가를 드러내 준다. 다만 저본에 대한 그의 변용 수준은 별도로 파악되어야 한다. 일단 여기서는 텍스트 변용의 배경이 되는 1902년 전후 량치차오의 문제의식을 짚고 넘어가도록 한다.

1902년은 그의 서구영웅전 네 편 중 세 편이 처음 발표되었다는 것 외에도 여러모로 량치차오에게 중요한 해였다. 언론인으로서의 명성을 가져다 준『신민총보』와 실용적 문학관을 실험한 잡지『신소설』을 창간하였으며, 한국의 계몽운동에 큰 영향을 미친『음빙실문집飮氷室文集』도 처음 간행하였다.[86] 1902년 한 해 이루어진 량치차오의 저술 목록들은 당시 그의 초인적 글쓰기 행보를 잘 드러낸다.[87] 그런데 1902년은 량치차오 내부에 입헌군주제와 공화제의 이상이 공존하던 시기이기도 했다. 훗날 그는 이 시기를 다음과 같이 회상하였다.

량치차오가 매일같이 혁명 · 배만 · 공화론을 제창하자 이를 탐탁지 않게 여긴 스승 강유위는 그를 여러 번 나무랐고, 2년 동안 계속해서 완곡히 권고하는 장문의 편지도 보냈다. 량치차오 역시 당시 혁명가들의 활동을 불만스러워 했던 데다 "뜨거운 국에 덴 사람 냉채도 불어서 마신다"는 격으로 소심해

---

[86] 하경일이 1902년 12월 광지서국을 통해 발행하였다. 이 단행본은 량치차오가『시무보(時務報)』,『청의보(淸議報)』,『신민총보(新民叢報)』,『신소설(新小說)』등에 발표하였던 논문들을 수록한 것으로, 량치차오가 30세 이전에 쓴 글들로 이루어져있다(한무희,『『中國 學術思想變遷의 大勢』해제』,『大同書/飮氷室文集/三民主義 』, 삼성출판사, 1977, 149면).

[87] 이 목록에 대한 정리는, 리쩌허우, 임춘성 역,『중국근대사상사론』, 한길사, 2005, 677~678면 참조.

져 그의 지론마저 조금씩 변하였다. 게다가 그의 마음속에서는 보수성과 진보성이 항상 서로 갈등을 일으켰고, 그의 주장도 종종 감정의 기복에 따라 앞뒤가 모순을 일으키기도 했다.[88]

흥미로운 것은 「흉가리애국자갈소사전」, 「의대리건국삼걸전」, 「근세제일여걸라란부인전」 등 1902년도의 연작 서구영웅전 내부의 캐릭터들 역시 급진 혁명파와 온건 개혁파로 나뉘어 충돌한다는 데 있다. 량치차오는 서구의 혁명운동 사례들을 제시하면서 자신의 입장을 정리해나가는 한편, 중국적 상황에서 가장 온당한 정치 운동의 향방을 설정하고자 했다. 1903년의 「신영국거인극림위이전」은 그러한 일련의 고민을 거친 후 새로운 정치 개혁의 메시지를 담고자 한 것이다. 이러한 차원에서 이들 전기물 네 편의 실질적인 주인공은 코슈트, 삼걸, 롤랑부인, 크롬웰이 아니라 격동기의 헝가리, 이탈리아, 프랑스, 그리고 영국 그 자체였다.

종래의 연구에서 1902년에 발표된 량치차오의 코슈트, 이탈리아 삼걸, 롤랑부인 전기를 하나의 흐름 속에서 조망한 시도는 찾기 어렵다. 마츠오 요오지의 연구가 여기에 근접한 거의 유일한 사례로 판단된다.[89] 그는 량치차오가 역술한 1902년도의 전기물 세 편의 변화 양상 및 번역의 의미를 추적하며 두 가지 결론에 다다른다. 하나는 량치차오의 영웅론이 도쿠토미 소호와 그가 수장으로 있었던 민유샤 계열의 계몽주의에서 촉발되었다는 것이고, 다른 하나는 그의 정치적 보수성의 강화가 영웅전기물 주인공의 스펙

88 량치차오, 전인영 역, 『중국 근대의 지식인-청대학술개론』, 혜안, 2005, 193면.
89 松尾洋二, 「梁啓超と史伝-東アジアにおける近代精神史の奔流」, 狹間直樹編, 『共同研究 梁啓超－西洋近代思想受容と明治日本』, みすず書房, 1999. 야마무로 신이치는 이 연구를 '노작(勞作)'으로 고평한 바 있다. 山室信一, 『思想課題としてのアジア-基軸・連鎖・投企』, 岩波書店, 2001, 743면.

트럼 변화 속에서 드러난다는 것이다. 그러나 마츠오 요오지는 '저본—역본'의 관계에서 전자의 원본성과 후자의 종속성이라는 상호 구도를 암묵적으로 전제함으로써 량치차오의 의도를 제대로 도출하지 못하고 있다.

마츠오 요오지의 두 가지 결론은 다음과 같이 반박 가능하다. 첫째, 사실 관계의 문제로서, 량치차오는 민유샤뿐 아니라 하쿠분칸의 자료들 역시 폭넓게 활용했다. 마츠오는 하쿠분칸이 출판한 『세계역사담』 텍스트들과 량치차오 저술 사이의 관련성을 밝히지 못했으며, 결국 민유샤 진영의 텍스트를 위주로 량치차오의 것과 대조하여 결론을 도출했다.[90] 중요한 것은 단순히 민유샤 이상으로 하쿠분칸 텍스트에 의존했다는 것이 아니라, 민유샤 진영이든 하쿠분칸 진영이든 량치차오 자신의 필요에 의해 각 대상을 절취하여 사용했다는 점이다. 둘째, 또한 마츠오는 위의 결론을 제시하기 위한 구도 속에서 량치차오의 첨삭 지점 중 제한된 일부만을 강조한다. 결과적으로 또 다른 '문제적 삭제', '문제적 첨가'의 대목들이 다수 고려되지 못했다. 이같은 접근으로는 당시의 번역·중역이 낳았던 '차이'의 역동성을 종합적으로 평가할 수 없으며 때때로 실제 역자의 의도와 거리가 먼 지점을 과도하게 강조하게 된다. 량치차오의 전기물 집필을 전체적으로 조망하는 이 책의 제2부에서는 급진에서 보수로의 전환보다는 모든 전기물을 관통하는 일관성이 더욱 두드러진다는 점을 밝혀보고자 한다.

한편, 청말의 정치 운동 진영에는 캉유웨이나 량치차오가 속한 입헌파 계열 외에 쑨원을 중심으로 한 혁명파 세력이 존재했다. 의화단의 난이 진압되었음에도 실각하지 않은 서태후에 대한 반감이나 동북 지역을 점령한 러

---

90 따라서 마츠오의 주장에 의거하여 "확실히 신채호의 英雄史觀은 梁啓超를 통해서 民友社의 그것이 전해진 것이다"(다지리 히로유키, 「巖谷小波의『瑞西義民傳』과 李人稙의 신연극「銀世界」공연」, 『어문연구』 34, 2006, 205면 각주 9)와 같은 단정은 재고를 요한다.

시아에 대한 인민의 분노는 혁명사조에 동력을 제공했다. 리쩌허우에 의하
면, 1903년을 기점으로 중국에서는 "혁명사조가 개량주의를 대신하여 사상
무대의 주인공이 되기 시작"[91]했다. 여러 혁명파 단체들은 1905년 쑨원을
수장으로 한 합병 단체 동맹회를 조직하였고, 곧 기관지 『민보民報』를 간행
하게 된다. 총 26호까지 나온 이 잡지는 『신민총보』의 개량주의 정론들을
직접 혁파하는 작업에 주력했다.[92] 『신민총보』와 마찬가지로 『민보』 역시
외국 인물의 전기를 선별하여 소개하였는데 주요 텍스트는 다음과 같다.

〈표 6〉 『民報』 소재 서구영웅전

호	제목	주인공	국적	필자
1905.11 제1호	(世界第一愛國者)法蘭西 共和國建造者甘必大傳	레옹 강베타 (Leon Gambetta, 1838~1882)	프랑스	君武
1905.12 제2호	德意志社會革命家小傳	칼 마르크스 (Karl Heinrich Marx, 1818~1883)	독일	勢伸
1906.4 제3호	德意志社會革命家列傳	페르디난드 라살레 (Ferdinand Lassalle, 1825~1864)	독일	蟄伸
1907.7 제15호	蘇菲亞傳(來稿)	소피아 페롭스카야 (Sophia Lvovna Perovskaya, 1853~1881)	러시아	無首
1907.9 제16호	巴枯寧傳	미하일 바쿠닌 (Mikhail Aleksandrovich Bakunin, 1814~1876)	러시아	無首

레옹 강베타 같은 비타협적 공화주의자나 마르크스·라살레 등의 사회주
의자, 그리고 소피아·바쿠닌 같은 무정부주의자에 이르기까지, 『민보』의
인물 소개는 주로 입헌 및 공화주의 계열의 지도자였던 『신민총보』 '전기'
란의 주인공들과는 크게 달랐다. 광서제 하에서의 정치 개혁을 주장한 보황

---

91 리쩌허우, 임춘석 역, 「20세기 초 부르주아 혁명파 사상 논강」, 『중국근대사상사론』, 한길사,
   2005, 487면.
92 두 진영이 벌인 논전의 전개 양상은 민두기, 『중국의 공화혁명』, 지식산업사, 1999, 49~59면
   참조.

파 진영과, 반청혁명 및 만주족 타도의 기치를 세운 동맹회 진영의 입장은 각각의 전기물 속에 투영되었지만 내용상의 격차가 클 수밖에 없었다.

이 외에도 『민보』에는 「주호연전周浩然傳(상해내고上海來稿)」 제1호나 「열사진성태소전烈士陳星台小傳」[93]제2호 등과 같은 자국인 전기가 발견된다. 전기는 아니지만 콩트Auguste Comte, 1798~1857의 사회학 이론을 소개한 「강덕지학설剛德之學說」 제8호 등을 통해서도 인물을 다루며, '소설'란을 통해 선보인 「해국영웅기海國英雄記」 제9호·13호라는 영웅물과, 「일천구백○오년로국지혁명一千九百○五年露國之革命」 제3·7호 및 「법국혁명사론法國革命史論」 제13·15·16·18·19호과 같은 타국의 혁명사, 「망국참기亡國慘記」 제5·7호 같은 망국사의 소개도 이루어졌다. 제25호와 제26호에서 연재된 「남양화교사략南洋華僑史略」의 경우 '사전'란에 게재되어 눈길을 끄는데, 이는 전기물이라기보다 동맹회의 혁명사업에 자금을 댄 남양화교를 조명하는 차원으로 볼 수 있다. 이처럼 『민보』 역시 역사와 인물을 활용한 다채로운 전략적 글쓰기를 선보이고 있었다. 하지만 『신민총보』에서 소개한 마르크스가 『민보』의 「덕의지사회혁명가소전德意志社會革命家小傳」과 같을 수 없으며,[94] 『신민총보』가 「근세제일여걸라란부인전」을 통하여 프랑스 혁명을 다루는 방식과 『민보』의 「법국혁명사론」이 동일할 리 없었다.

---

93 1905년 일본 문부성과 청조가 정한 '재일본 청국유학생 단속규칙'에 격분하여 자살한 陳天華의 소전이다. 『민보』 제2호에는 그의 유서인 「陳星台先生絶命書」가 함께 실려 있다. 진천화의 죽음에 대한 의미부여를 둘러싼 『민보』와 『신민총보』의 입장 차이에 대해서는, 요시자와 세이치로, 정지호 역, 『애국주의의 형성—내셔널리즘으로 본 근대 중국』, 논형, 2006, 205~208면 참조.

94 량치차오는 '학설(學說)'란에 게재한 「진화론혁명자힐덕지학설(進化論革命者頡德之學說)」이라는 글에서, "금일 독일에 가장 큰 세력 2대 사상이 있으니 첫 번째는 마르크스의 사회주의고 두 번째는 니체의 개인주의다. 마르크스는 금일 사회의 폐단이 다수의 약자를 소수의 강자가 압복(壓伏)하는 바에 있다고 말한다"(中國之新民, 『신민총보』 제21호, 1902, 28면)며 마르크스 및 사회주의 사상을 간결하게 소개한다. 반면, 『민보』의 「德意志社會革命家小傳」의 경우 마르크스의 생애를 상세히 서술하고 있으며, 그의 '공산당선언'에 대해서도 주요 항목을 상당부분 제시하는 등 차별화된 노력이 엿보인다.

이상에서 보듯 20세기 초 중국의 입헌파와 혁명파의 전기물 활용은 현격한 차이를 내포한다. 이들 중 한국 지식인들은 『신민총보』를 통해 발표된 량치차오의 저술들을 보다 적극적으로 수용했다. 여기에는 입헌파 진영에 대한 찬동보다는 량치차오의 인지도 자체가 크게 작용한 면이 있다. 사실 혁명파 진영의 중국 지식인들을 경유한 서구영웅전들 역시 한국 출판계에 뚜렷한 족적을 남겼다. 단행본으로 한정해 볼 때 중국어 텍스트를 경유한 한국 번역자들은 량치차오를 제외하면 대부분 혁명파 진영의 전기물을 저본으로 삼았다.

그 첫 번째 예가 바로 『서사건국지』이다. 1907년 박은식이 국한문체로 번역하여 많은 연구자들이 주목해온 이 서사물은 본디 쉴러의 *Wilhelm Tell*[1804]을 원작으로 한 스위스의 영웅전기물로, 독일 → 일본[95] → 중국을 순차적으로 거쳐 한국에 중역되었으며 김병현에 의해 순국문체[96]로도 간행된 바 있다. 박은식이 번역 대본으로 한 중국어 텍스트는 쩡저[鄭哲, 1880~1906]의 『서사건국지』인데, 쩡저는 쑨원의 동맹회에서 왕성하게 활동한 혁명파 지식인이었다.[97] 그는 『서사건국지』의 결말을 원작에 없는 공화정체 수립으로 설정하는 등, 이 번역물을 통해 반청공화혁명이라는 정치적 발화 의도를 다분히 노출하고 있다.

두 번째로 『신쇼셜익국부인젼』[이하 『애국부인전』]을 들 수 있다. 익히 알려졌듯 이 서사물은 잔 다르크의 활약상을 조명하는 것이다. 1908년 장지연이

---

95 쩡저는 일본어 저본에 근거하여 『서사건국지』를 역술했다는 것을 밝혀두었으나, 쩡저의 것과 일 대 일로 부합하는 번역 대본으로서의 일본어 텍스트는 존재하지 않는다. 그만큼 개작 양상이 크다는 반증일 것이다(윤영실, 「동아시아 정치소설의 한 양상─『서사건국지』 번역을 중심으로」, 『상허학보』 31, 2011, 25면).

96 김병현, 『경치쇼셜셔亽건국지』, 광학서포, 1907.

97 쩡저에 대한 자세한 사항은 서여명, 앞의 글, 87~89면 참조.

순국문으로 번역한 『애국부인전』은 그 저본에 대한 논의가 분분했으나 지금은 펑즈요우馮自由, 1882~1958의 『여자구국미담』이라는 의견이 설득력을 얻고 있다. 펑즈요우 역시 1900년경부터 혁명 운동에 투신하고 동맹회를 중심으로 장기간 활약했다. 쑨원의 사후에는 장제스를 지지, 국민당의 원로를 지내게 된다.[98] 공교롭게도 쩡저와 펑즈요우는 함께 활동한 이력이 있으며 보황파에서 혁명파로 전향했다는 점에서도 일치한다.

세 번째는 『화성돈전』 1908이다. 그 주인공은 미국의 건국 영웅 조지 워싱턴이며, 중국인 필자는 띵진丁錦, 1879~1958, 한국 수용자는 이해조李海朝, 1869~1927였다. 워싱턴은 보는 시각에 따라 급진적 혁명 영웅으로 수용될 수 있었는데, 이는 『민보』의 창간호 화보에 실린 워싱턴 초상을 통해서도 다시 한 번 확인된다.[99]

1900년대 한국의 역사물·전기물은 량치차오의 영향을 중심으로 논의되어 왔지만, 위와 같이 혁명파 중국인을 경유한 사례 역시 그에 못지않았다. 영어-일본어-중국어를 차례로 경유한 번역 경로상의 일치에도 불구하고, '중국어' 단계의 필자가 반청혁명을 목표로 투신한 인물이라면 량치차오의 경우와 다른 양상이 전개될 수밖에 없다. 이 경우, 최소한 저본이 되는 중국어 텍스트 자체의 이질성은 담보되어 있으며, 그것을 고려한 상태에서 각각의 중역 결과가 어떠했는지를 관찰하는 것이 필요하다.

---

98 단, 여기에는 미완의 중국어본에 대한 장지연의 창조적 변용과 상당한 추가 작업이 전제되어 있다. 펑즈요우에 대한 자세한 사항과 텍스트의 비교 분석은 서여명, 앞의 글, 113~137면 참조.

99 『민보』 창간호에 실린 초상은 워싱턴 외에도 黃帝, 루소, 墨子를 추가하여 총 네 점으로, 다음의 문구와 함께 함께 실린다. '중국 민족 개국의 시조 黃帝', '세계 제일의 민권주의의 대가 루소', '세계 제일의 공화국 건설자 워싱턴', '세계 제일의 평등박애주의의 대가 墨子'(민두기, 앞의 책, 49면).

4. 대한제국 말기의 역사전기물 성행

1900년대까지의 한국에서, 전기물을 비롯한 초기의 서사물이 어떠한 사회적·문화적 배경 속에서 번역되거나 창작되었는지에 대해서는 이미 많은 연구들이 존재하기에 여기서 재론할 필요는 없을 것이다.[100] 텍스트의 목록 정리가 반복적으로 시도될 만큼,[101] 이 시기 출판계에서 역사물과 전기물은 다양한 의미부여의 대상이 되어왔다. 물론 그 배경은, 국권이 소멸해가던 1905년 이후 구국 계몽운동의 차원에서 역사 서사물의 생산과 유통이 양적으로 수직 상승한 것에서 찾을 수 있다.[102]

주지하듯 1900년대 후반을 지칭하는 용어로는 한동안 국권 위기에 대한 대항 담론으로서의 '애국'에 방점을 둔 '애국계몽기'가 폭넓게 수용되었다. 2000년대에 들어 '근대계몽기'라는 명칭이 많은 연구자들에 의해 선택된 것이 웅변하듯, 최근에는 서구적 근대와의 길항 자체를 문제시하는 태도가 보다 일반화되어 있다. 계몽의 시대를 강조하는 공통된 관점은 여전히 유효

---

100 관련 연구로 윤영실, 「동아시아 정치소설의 한 양상」, 『상허학보』 31, 2011; 윤영실, 「근대계몽기 '역사적 서사(역사 / 소설)'의 사실, 허구, 진리」, 『한국현대문학연구』 34, 2011; 노연숙, 「20세기 초 한국문학에서의 정치서사 연구」, 서울대 박사논문, 2012 등을 참조. 이 연구들은 당시의 역사물과 전기물을 비롯한 다양한 서사류를 포괄적으로 수렴할 수 있는 용어를 제시하는데, 윤영실의 경우 역사적 인물이나 소재를 삼은 점에 착안하여 '역사적 서사'라는 개념을, 노연숙의 경우 그러한 텍스트들이 지닌 정치성에 주목하여 신소설류까지를 포괄한 '정치서사'라는 개념을 사용한 바 있다.

101 이현미, 「한국의 영웅론 수용과 전개」, 서울대 석사논문, 2004, 36~40면; 노연숙, 「한국개화기 영웅서사 연구」, 서울대 석사논문, 2005, 104~109면; 강현조, 「근대 초기 서양 위인 전기물의 번역 및 출판 양상의 일고찰―『실업소설 부란극림전』과 『강철대왕전』을 중심으로」, 『사이間SAI』 9, 2010, 263~266면; 김성연, 「식민지 시기 번역 위인전기 연구」, 연세대 박사논문, 2010, 16~17면('1900~1909년 번역 전기물 단행본' 목록); 문한별, 「국권 상실기를 전후로 한 번역 및 번안 소설의 변모 양상」, 『국제어문』 49, 2010, 60~62면('원저자 및 중역자가 확인된 작품' 목록) 등 참조.

102 루카치는 예술의 역사화가 민족적 몰락과 붕괴라는 환경 속에서 더 빠르고 근본적으로 일어날 수 있다고 지적한 바 있다. 게오르그 루카치, 이영욱 역, 『역사소설론』, 거름, 1999, 22면.

하다. 다만 '근대로의 이행'이나 '국권상실의 위기'는 전기물의 전성기를 만든 거시적 배경일 뿐이다. 그러한 결과를 직접적으로 이끌어 낸 토대에는, 신문·잡지와 같은 미디어의 간행, 번역이 가능했던 인적 자원, 서적의 생산과 유통을 담당했던 출판 및 배급 주체 등 물질적 환경의 변화가 있었다.

그런데 번역 인프라의 구축 및 출판시장의 확대 현상도 특정 텍스트의 반향을 계기로 가속화될 수 있다. 즉 그러한 강력한 텍스트의 존재는 이후 같은 부류의 유행을 견인한다. 20세기 초 한국의 역사물과 전기물 활황에도 시발점이 된 하나의 텍스트가 존재했다. 바로 현채가 번역한 『월남망국사越南亡國史』1906이다.

본래 이 저술은 베트남의 독립운동가 판 보이 쩌우潘佩珠, 1867~1940가 프랑스의 베트남 침략과 횡포를 고발하는 내용으로, 편집과 발표는 량치차오에 의해 이루어졌다. 물론 『월남망국사』이전에도 『영국사요英國史要』1896, 『아국약사俄國略史』1898, 『미국독립사美國獨立史』1899, 『파란말년전사波蘭末年戰史』1899, 『법국혁신전사法國革新戰史』1900, 『애급근세사埃及近世史』1905 등의 역사물이 존재했지만 그 영향력 면에서 『월남망국사』와 비할 바는 아니었다. 『월남망국사』의 경우 단순히 동종 서적들의 촉매제가 되는 데 그치지 않고 필자인 량치차오의 한국 내 명성을 정점으로 끌어올리게 된다. 량치차오의 『음빙실문집飮氷室文集』에는 큰 범주에서 역사물로 묶일 수 있는 「흉가리애국자갈소사전」, 「의대리건국삼걸전」, 「근세제일여걸라란부인전」들이 수록되어 있었기에, 제2의 『월남망국사』와 같은 반향을 기대한 또 다른 지식인들에 의해 적극적으로 선택될 수 있었다.[103] 1900년대 한국에서 단행본으로 출판된 량치차오의 저술과 그 역본들은 다음과 같다.[104]

---

103 『음빙실문집』의 국내 반향에 대해서는 표언복, 「양계초와 대한제국기 애국계몽문학」, 『어문연구』 44, 2004, 438·446·452면 등을 참조.
104 이 외에도 「十五小豪傑」, 『신민총보(新民叢報)』(1902.2~1903.1)의 번역인 『冒險小說 十五小豪

구분	저본		역본		
	제목/출처(출판사)	초출 시기	제목	시기	역자
1	「淸國戊戌政變記」 『時務報』	1898	『淸國戊戌政變記』	1900.9	현채
2	『越南亡國史』 廣智書局	1905	『越南亡國史』	1906.11	현채
			『월남망국ᄉ』	1907.11	주시경
			『월남망국ᄉ』	1907.12	이상익
3	「近世第一女傑羅蘭夫人傳」 『新民叢報』	1902	『라란부인젼』	1907.8	미상
4	「意大利建國三傑傳」 『新民叢報』	1902	『伊太利建國三傑傳』	1907.10	신채호
			『이태리건국삼걸젼』	1908.6	주시경 이현석
5	『飮氷室自由書』 淸議報館	1902	『飮氷室自由書』	1908.4	전항기
6	「匈加利愛國者喝蘇士傳」 『新民叢報』	1902	『匈牙利愛國者噶蘇士傳』	1908.4	이보상
7	『中國魂』[105] 廣智書局	1902	『中國魂』	1908.5	장지연

위 목록에서 특히 3종의 전기물^{傳記物} 표기은 한국 내 서구영웅전 출판에서 핵심적인 위치를 점하며 또 다른 전기물 출판에도 자극을 주게 된다. 량치차오의 글들은 19세기 말부터 각종 신문 잡지에서 그 세勢를 확장해오고 있었지만, 번역과 출판의 양상은 『월남망국사』의 전과 후로 나뉘게 된다. 『월남망국사』는 량치차오의 저술을 재발견하게 했고, 이것이 곧 전체적인 전기물의 성행으로 직결된 것이다.

주목을 요하는 것은, 량치차오의 저술에 쏟아진 한국인의 관심이 동시대의 량치차오가 아니라 이미 몇 해가 지나간 량치차오의 저술에 있다는 사실

傑』(1912, 탑인사)가 있지만 1912년이라는 시점으로 인하여 본 목록에서 제외하였다.

105 『청의보』, 『신민총보』 등에 실린 량치차오의 논설 일부를 엮은 책으로, 1902년 상하이의 광지서국(廣智書局)을 통해 출판되었다. 자세한 사항과 이 서적의 한국 내 수용에 대해서는 이민석, 「韓末 『중국혼(中國魂)』의 國譯과 '朝鮮魂'의 形成」, 서강대 석사논문, 2010 참조.

이다. 표에서 드러나듯 정작 한국에서 1906년 이후 번역된 량치차오의 글들 대부분은 첫 발표 시기가 1902년까지로 한정되어 있었다.[106] 이 현상은 단행본이 아닌 신문 및 잡지에서도 마찬가지다.[107] 기존 연구에서 지적하듯 량치차오의 영향력이 그토록 지대했다면, 어째서 1907년까지 요코하마에서 발간된 『신민총보』의 수많은 글 중에서 오직 1902년까지 발표된 저술들과 그 이전의 『청의보』 시기 글들만이 1907~1908년의 한국 출판계를 뒤덮고 있는가? 한국 내 량치차오의 영향력은 한국인들에 의해 취사선택되는 과정에서 형성되었을 가능성이 크다.

한편, 단행본만을 대상으로 할 때, 1900년대에 출판된 서구영웅전의 총목록은 다음과 같다.[108]

〈표 8〉 1900년대 한국의 단행본 번역 전기물

구분	시기	제목	출판사	역자	저본 역자	대상 인물		
						현대인명	활동	국적
1	1907.5	五偉人小歷史	보성관	이능우	佐藤小吉 (일본)	알렉산더 / 콜럼버스 / 워싱턴 / 넬슨 / 표트르	정치가 / 탐험가 / 군인 등	마케도냐 / 이탈리아 / 미국 · 영국 / 러시아
2	1907.7	政治小說 瑞士建國誌	대한매일 신보사	박은식	鄭哲[109] (중국)	윌리엄 텔	군인	스위스
3	1907.8	근세데일녀중영웅 라란부인전	대한매일 신보사	未詳	梁啓超 (중국)	롤랑부인	정치가	프랑스
4	1907.8	比斯麥傳	보성관	황윤덕	笹川潔 (일본)	비스마르크	정치가	독일
5	1907.10	신쇼설이국부인전	광학서포	장지연	馮自由[110] (중국)	잔 다르크	군인	프랑스
6	1907.10	伊太利建國三傑傳	광학서포	신채호	梁啓超 (중국)	마찌니 / 카부르 / 가리발디	정치가 / 군인	이탈리아

---

106 전항기가 번역한 『음빙실자유서(飮氷室自由書)』의 경우, 저본은 1907년에 나온 증보판이지만 이 역시 실질적으로는 상당수가 1902년까지의 『청의보』나 『신민총보』에 발표한 것으로 구성되었으며, 내용 또한 '영웅' 관련 논설 비중이 컸다(역사첩, 앞의 글 참조).

107 여기서는 단행본만을 목록으로 정리했지만, 이를 신문과 잡지 등으로 확장시켜보아도 사정은 대동소이하다. 우림걸이 정리한 '한국에 소개된 양계초의 저술' 목록 중, 량치차오의 집필 시점이 1903년 이전인 경우는 거의 존재하지 않는다. 우림걸, 앞의 책, 30~35면 참조.

108 각주를 통하여 따로 언급한 경우를 제외하면 목록 구성은 김병철의 연구(1975)를 참조하였다.

구분	시기	제목	출판사	역자	저본 역자	대상 인물		
						현대인명	활동	국적
7	1907.11	정치쇼셜셔ᄉ건국지	박문서관	김병현	鄭哲 (중국)	윌리엄 텔	군인	스위스
8	1908.1	愛國精神	중앙서관	이채우	愛國逸人 (중국)	보드리/모리스	교사 / 군인	프랑스
9	1908.1	애국정신담						
10	1908.2	拿破崙史 全	박문서관	편집부	未詳 (※중국 추정)[111]	나폴레옹	정치가	프랑스
11	1908.3	미국고대통령 까퓌일트傳	현공렴	현공렴	中里彌之助 (일본)	가필드	정치가	미국
12	1908.4	匈牙利愛國者 噶蘇士傳	중앙서관	이보상	梁啓超 (중국)	코슈트	정치가	헝가리
13	1908.4	華盛頓傳	회동서관	이해조	丁錦[112] (중국)	워싱턴	정치가	미국
14	1908.5	普魯士國厚禮斗益大 王七年戰史	광학서포	유길준	渋江保[113] (일본)	프리드리히 대왕	정치가	독일
15	1908.6	이태리건국삼걸젼	박문서관	주시경	梁啓超 (중국)	마찌니 / 카부르 / 가리발디	정치가 / 군인	이탈리아
16	1908.8	拿破崙戰史(上)	의진사	유문상	野々村金五郎 (일본)	나폴레옹	정치가	프랑스
17	1908.11	聖彼得大帝傳	광학서포	김연창	佐藤信安 (일본)	표트르 대제	정치가	러시아

일부 연구자들이 이미 번역 전기물이나 미디어 기사들의 목록을 정리한 바 있으나 목록의 부분적 누락이나 서지 사항의 오류, 원역자 규명에 미진한 점 등이 있어서, 바로 잡거나 추가 조사를 진행하기도 했다. 다만 새로운 자료 발굴의 가능성이 항존하므로 이 목록이 당시에 번역된 전기물의 총량이라 볼 수는 없다.

109 정관공(鄭貫公)이라는 별호로 인해 그간 '鄭哲貫'로 오인되던 것을 서여명이 '鄭哲'로 바로잡았다. 서여명, 앞의 글, 86면.

110 위의 글, 113~116면을 통해 처음 확인되었다.

111 김병철은 고유명사 표기법을 근거로 『拿破崙史 全』의 저본을 "한서(漢書)"로 추정한 바 있다(김병철, 앞의 책, 251면). 덧붙여 박문서관을 통해 간행된 기타 번역 전기물들이 중국어본을 대본으로 한 점 역시 본 저작이 중국 측 유입 경로에 해당되는 사례임을 방증한다. 한국의 나폴레옹 전기 수용사 및 선행 연구 정리는 김준현, 「나폴레옹의 국내수용사 검토 (1)」, 『코기토』 81, 2017 참조.

112 이해조의 번역 대본이 띵찐의 것임을 최초로 밝힌 연구자는 최원식이다. 최원식, 「동아시아의 조지 워싱턴 수용」, 『한국계몽주의문학사론』, 소명출판, 2002 참조.

113 유길준의 역서와 제목 및 구성이 정확하게 일치하는 일본서적으로 시부에 다모츠(渋江保, 본문 첫 면에는 '澁江羽化'로 되어있다)의 『フレデリック大王 七年戰史』(万国戰史 : 20編, 博文館, 1896)가 있다. 일찍이 김병철은 유길준의 번역 대본을 시부에의 텍스트로 규정하였다(김병철, 앞의 책, 255~257면). 참고로 시부에 다모츠가 집필시 사용한 영문 서적들은 다음과 같다. (1) *Carlyle's History of Friedrich II of Prussia, called Frederick the Great*; (2) *Macaulay's Frederick the Great*; (3) *Baron Jomini's Treatise on Grand Military Operations : or A Critical and Military History of the Wars of Frederick the Great, As contrasted with the Modern System*; (4) *Kohlrausch's History of*

〈표 8〉에서는 다음의 몇 가지를 확인할 수 있다. 첫째, 단행본 모두가 '정치가 및 군인'에 대한 서사였다.[114] 이 목록은 일부러 당대의 영웅상에 부합되는 저작을 모은 것이 아니라, 번역된 전기류 단행본을 최대한 수합한 것이다. 신문·잡지 연재물의 경우, 문학가·과학자·탐험가·철학자 등의 전기 역시 다수 존재하지만 적어도 시장의 반응에 더 민감할 수밖에 없는 단행본만큼은 '정치가와 군인' 외의 인물군이 발견되지 않는다. 출판시장에서 통용되던 전기류는 단연 당대인들이 '영웅'이라 수식하던 이들에 한정되었다.

둘째, 유사한 활동 영역과 달리 인물의 국적은 다채롭다. 위 서적들은 영국, 미국, 프랑스, 독일, 이탈리아, 스위스, 러시아, 헝가리, 마케도니아 등 9개 국가를 배경으로 한다. 예외적이라 해야 할 알렉산더 대왕의 '마케도니아'를 제외한 8개국은, 사실상 당대인이 인식하던 서양 전체 혹은 세계상 자체에 근사할 것이다. 이는 결국 앞서 언급한 정치가·군인이라는 범주가 여러 형태로 분절되어 있었음을 의미한다. 당대인들은 '유사한 영웅들'의 이야기를 모은 것이 아니라, 전혀 다른 상황에 놓여 있던 영웅들의 '다양한 역사'를 전하고자 했다.

셋째, 두 가지 번역 경로의 비중이 비슷하다. 총 17종의 사례 중 중국어본을 저본으로 한 것이 11종, 일본어본의 경우 6종으로 전자가 우세한 듯하다. 그러나 실상 중국어 경로에서는 『이태리건국삼걸전』, 『서사건국지』,

---

Germany(澁江保, 앞의 책, 小引 4면). 유길준의 『普魯士國厚禮斗益大王七年戰史』와 관련해서는 최근에 나온 최정훈, 「시부에 다모쓰(澁江保)와 유길준(俞吉濬)의 7년전쟁사 저술에 나타난 국민 창출론」(『일본사상』 35, 2018)이 상세하다.

114 굳이 예외를 따지자면 5편의 소전들이 묶여 있는 『오위인소역사』의 주인공 중 한 명만이 탐험가(콜럼버스)였다. 그러나 이 저작 역시 나머지 4인이 정치가나 군인이 아니었다면 번역되지 못했을 것이다.

『애국정신담』이 국한문과 순국문으로 두 권씩 번역되었으므로 종수의 차이는 크지 않다. 일본어 번역자들은 관직 수행 및 번역의 필요성 때문에 한국에서 일본어를 학습했거나 출판 사업에 직접 관여하고 있던 자, 혹은 일본에서 유학한 뒤 귀국한 이들로 구성되어 있었다.[115]

한편, 목록상에는 해당 사항이 없지만 유길준, 현공렴, 황윤덕 등과 마찬가지로 일본어 텍스트 번역을 통하여 서구영웅전을 발표한 그룹이 또 있었다. 바로 일본의 한인 유학생들이다. 한국에서 활용한 중국어 저본 역시 대부분 일본어의 중역이었던 것을 감안할 때, 정작 중국 경로의 수용자들보다 원자료를 먼저, 더 가까이에서 접했던 이들은 일본에 있던 유학생들이었다. 그러나 중국, 특히 량치차오를 경유한 전기물 관련 연구가 다양한 방식으로 논의된 것에 비하여, 일본 유학생들의 전기물 연구는 상대적으로 미진한 편이다.

한국의 일본 유학생 파견은 1881년의 신사유람단이 계기가 되어 유길준, 유정수가 후쿠자와 유키치의 게이오 의숙慶應義塾에, 윤치호가 나카무라 마사나오의 도진샤同人社에 입학한 것을 최초로 본다.[116] 한인 유학생 단체의 설립은 청일전쟁 직후인 1895년 4월에 처음 이루어졌다. 정부가 국책의 일환으로 유학생 113명을 파견하였고, 먼저 일본에 들어와 있던 유학생들이 이 파견을 계기로 설립한 것이 바로 대조선인일본유학생친목회였다. 이 단체

---

115 유길준과 현공렴을 제외한 나머지 4인의 경우 잘 알려지지 않은 인물이다. 우선 이능우(李能雨)는 『황성신문』 '관보'란 기사에 꾸준히 이름을 올린 관원 출신으로, 『오위인소역사』의 역간 몇 개월 전, 내부 번역관에 임명된 기사가 발견된다(「任內部繙譯官敍委任官四等」, 『황성신문』, 1907.2.6). 유문상(劉文相)은 1895년에 파견된 관비 유학생 출신으로 『나파륜전사』 외에도 가토 히로유키의 『강자의 권리경쟁론』 등 다수의 서적을 번역했다(더 자세한 사항은 김도형, 「가토 히로유키 사회진화론의 수용과 번역양상에 관한 일고찰―『인권신설』과 『강자의 권리경쟁론』을 중심으로」, 『대동문화연구』 57, 2007, 190면 참조). 황윤덕과 김연창에 관해서는 이 책의 『비사맥전』, 『피득대제전』 관련 각론(제3부)에서 구체적으로 다룰 것이다.
116 가마카이도 겐이치(上垣外憲一), 김성환 역, 『일본유학과 혁명운동』, 진흥문화사, 1983, 14~15면.

는 1898년에 해체되지만 동년 9월에 제국청년회로 계승되어 1903년 초반까지 활동을 이어갔다.[117] 앞의 두 단체는 각각 『친목회회보』, 『제국청년회회보』라는 기관지를 발간했는데, 이러한 초기 단체들의 활동 형태는 1905년을 즈음하여 새로 설립되는 여러 학회들에서도 반복된다.[118] 태극학회를 기점으로 하는 이 시기 학회지의 특징 중 하나는 대부분 전기물을 적극적으로 활용했다는 점이다.

〈표 9〉 일본 유학생 잡지의 전기물 게재란

유학생 학회	학회지명	발간기간	총 호수	전기물 게재란
太極學會	太極學報	1906.8~1908.12	26	歷史譚
大韓共修會	共修學報	1907.1~1908.1	5	雜纂
大韓留學生會	大韓留學生學報	1907.3~5	3	史傳
大韓同寅會	同寅學報	1907.7	1	·
洛東親睦會	洛東親睦會學報	1907.10~1908.1	4	史傳
大韓學會	大韓學會月報	1908.2~12	9	史譚, 史傳
大韓興學會	商學界	1908.10~1909.6	7	·
	大韓興學報	1909.3~1910.5	13	史傳, 傳記

한 차례 발행에 그친 『동인학보同寅學報』와 전문상업지의 성격을 가진 『상학계商學界』를 제외하면 모두 전기물 연재를 위한 게재란을 마련하고 있었다. 이 중 『동인학보』의 경우, 비록 전기물은 없었지만 「영웅英雄은 하인何人이며 여余는 하인何人인고」라는 논설에서 영웅 담론의 영향을 확인할 수 있다. 이들 학회지를 통해 발표된 전기물을 종합해보면 다음과 같다.[119]

---

117 한시준, 「국권회복운동기 일본유학생의 민족운동」, 『한국독립운동사연구』 2, 1988, 34면.
118 그러나 초기 단체와 1905년 이후 단체의 성격과 존재 조건의 차이는 같을 수는 없다. 김인택은 『친목회회보』에 대한 분석을 통해 '대조선일본유학생친목회'의 활동과 일본인 간의 밀접한 관련 양상을 드러낸 바 있다. 김인택, 「『친목회회보(親睦會會報)』의 재독(再讀) (1) ─ ≪친목회≫의 존재 조건을 중심으로」, 『사이間SAI』 5, 2008 참조.
119 당시 학회지의 많은 서양인 관련 기사 중 전기물의 형태를 띤 것만을 추린 것이다. 기존 연구의

〈표 10〉 일본 유학생 학회지(1906~1910)의 서구영웅전 목록

구분	시기	제목	필자	학회지	대상 인물		
					현대인명	활동	국적
1	1906.10~11	클럼버스傳	朴容喜	太極學報 제3~4호	콜럼버스	탐험가	이탈리아
2	1906.12~1907.5	비스마-ㄱ傳	朴容喜	太極學報 제5~10호	비스마르크	정치가	독일
3	1907.3·5	華星頓의 日常生活 座右銘120	李勳榮	太極學報 제8호, 10호	워싱턴	정치가	미국
4	1907.3	華盛頓傳	崔生	大韓留學生會學報 제1호	워싱턴	정치가	미국
5	1907.4~10	彼得大帝傳	趙鍾觀	共修學報 제2~4호	표트르 1세	정치가	러시아
6	1907.5	讀美國實業家 로-지傳	文乃郁	大韓留學生會學報 제3호	로지	사업가	미국
7	1907.6~10	시싸ー(該撒)傳	朴容喜	太極學報 제11~14호	시저	정치가	로마
8	1907.11~1908.7	크롬웰傳	朴容喜, 崇古生, 椒海	太極學報 제15~23호	크롬웰	정치가	영국
9	1907.12~1908.1	俾斯麥傳	玩市生	洛東親睦會學報 제3호~4호	비스마르크	정치가	독일
10	1908.2~3	哥崙布傳	鄭錫鎔	大韓學會月報 제1~2호	콜럼버스	탐험가	이탈리아
11	1908.5~7	彼得大帝傳	玩市生	大韓學會月報 제4~6호	표트르 1세	정치가	러시아
12	1908.7	亞里斯多德	李哲載	大韓學會月報 제6호	아리스토텔레스	사상가	마케도냐
13	1909.3	閣龍	미상	大韓興學報 제1호	콜럼버스	탐험가	이탈리아
14	1909.5	페수다룻지傳	笑生	大韓興學報 제3호	페스탈로치	교육가	스위스
15	1909.6~7	마졔란傳	岳裔	大韓興學報 제4~5호	마젤란	탐험가	스페인

목록화 작업 및 국회도서관 편, 『한말한국잡지목차총록 1896~1910』, 국회도서관, 1967을 참고 자료로 삼았다.

120 엄밀히 말해 워싱턴 자체에 대한 서사는 아니지만, 워싱턴의 이름을 적극 내세우며 2회에 걸쳐

구분	시기	제목	필자	학회지	대상 인물		
					현대인명	활동	국적
16	1909.7	具論衛乙의 外交史略	硏究生	大韓興學報 제5호	크롬웰	정치가	영국
17	1909.11~ 1910.1	大統領쩨아스氏 의鐵血的生涯	吳悳泳	大韓興學報 제7~9호	디아스	정치가	멕시코
18	1910.3	大英雄 那翁의 戰鬪訣	미상	大韓興學報 제11호	나폴레옹	정치가	프랑스

위 목록에서 2회 이상 등장하는 인물은 비스마르크, 워싱턴, 표트르 1세, 크롬웰, 콜럼버스 등 5명이다. 〈표 8〉에서 나타나듯 이들의 전기는 한국 내에서 단행본으로 출판되기도 했다. 일본에서 발행된 학회지의 연재물과 국내 단행본의 동일 인물 전기 사이의 차이점도 마땅히 검토되어야 한다.

지금까지 동아시아 각국의 서구영웅전 번역과 중역의 배경을 먼저 짚어 보았다. 그러나 대개는 국가를 경계로 한 투박한 구분 짓기의 방식으로 정리하였을 뿐이다. 실제로 마주하게 될 사례들에는 한 · 중 · 일의 장소 구획만으로 그 특징을 포괄할 수 없는 복잡다단함도 있다. 번역 주체의 글쓰기 성향과 번역 당시의 문제의식은 때로 국적과 상관없이 제각각이다. 이들의 연속된 조합에 따라 중역 이후에 남는 결과물의 성격은 텍스트의 최초 기획자의 의도와는 전혀 다른 방향으로 흘러갈 수도 있었다. 게다가 같은 공간이라 할지라도 한 인물에 대한 이종異種의 전기물이 여러 편 존재했고, 누군가는 그러한 판본들을 하나로 조합하기도 했으며, 또 누군가는 이미 번역된 바 있는 텍스트를 저본 삼아 또 다른 번역을 시도하기도 했다. 이러한 조건들 속에는 단순히 일 대 일의 텍스트 대조나 국가 대 국가의 정치적 상황 비

비중 있게 연재되었기에 포함시켰다. 내용은 워싱턴이 성장하며 지침으로 삼았던 말과 행동의 규율들을 순서대로 열거해 놓은 기사이다. 원래는 110개 조로 알려져 있으나 본 기사는 첫 회에 1~15(제8호)개 조를 소개하고, 다음 연재에 16~53(제10호)개 조까지만 소개하고 있다.

교만으로는 환원되지 않는 지점들이 존재한다.

나아가, 서구영웅전은 '정신적 가치'를 강조하는 맥락에서도 자주 동원되었다. 영웅은 추종이 아닌 활용 대상이었으며, 이는 그들의 이야기가 범람할 수 있었던 진정한 이유다. 그들은 당대를 관류하던 대부분의 계몽적 가치와 직결되어 있는 '권위를 담지하는 도구'였다. 특히나 물질적 기반이 취약했던 한국의 지식인들은 나라의 위망危亡 앞에서 백성들의 정신적 각성을 무던히도 강조했다. 바다를 건너온 영웅들은 그 속에서 끊임없이 소환되고 있었다.

제2장

세계 지知의 번역과 조선어 공동체

1. 번역 역사전기물을 어떻게 볼 것인가?

사실 서구영웅전은 한국 근대문학의 역사를 집필한 첫 세대부터 줄곧 논의의 대상으로 삼아온 텍스트이다. 하지만 문학의 계보로 수렴할 수 있는지조차 확실하지 않을뿐더러, 이를 차치한다 해도 문학사 내에서 어떤 문맥에 위치시켜야 할지 의견의 일치를 보지 못한 자료군이기도 했다.

문학 연구에서 서구영웅전은 보다 상위 범주라 할 수 있는 '역사전기물'의 일부로서 다루어졌다. 역사전기물은 『월남망국사』, 『미국독립사』, 『애급근세사』 같은 '역사물'과 『비사맥전』, 『화성돈전』, 『을지문덕』 같은 '전기물'을 통칭하는 조어이다. 이 때문에 '역사·전기물'처럼 경계를 나누어 표기하기도 한다. '역사전기소설', '역사전기문학'이들 역시 가운뎃점을 붙이기도 한다, '역사전기체 소설'처럼 처음부터 문학적 정체성을 부여한 명명법도 널리 사용되었다. 이들이 집중적으로 나온 것은 『혈의 누』를 기점으로 삼는 신소설의 발생 초기와 비슷한 1906년 어간이다. 대한제국이 존립하고 있던 시기로 한정한다면 생산 주체의 면면으로나 출판량으로나 분명 신소설의 존재감보다 우위에 있던 '시대적 양식'이기도 했다.

전술한바, 기왕의 문학사 서술에서 이들에 대한 인식이나 평가는 엇갈린다. 언급할 쟁점은 두 가지다. 하나는 '이들이 과연 문학 텍스트인가?'이고 다른 하나는 '번역 텍스트의 문제를 어떻게 취급할 것인가?'이다. 전자와 관련해서는, 역사(史)든 전기(傳)든 기본적으로는 '역사 기술'에 해당하므로 '가치 판단이 포함된 인간의 모든 기록' 정도의 광의의 개념을 적용하지 않는 이상 애초에 문학일 수 없다는 시각이 있다. 선행 연구에서는 대체로 그러한 '비문학적' 정체성에 대해 관대했다. '근대문학 여명기의 과도기적 형태'라는, 거의 전부를 포용할 수 있는 초월적 명분이 있었기 때문이다.

더 까다로운 쟁점은 후자인 서구영웅전이 포함된 번역 텍스트의 문제이다. 다음과 같은 질문으로 표현할 수 있다. 역사전기물 부류를 문학 텍스트의 일종으로 전제한다 해도 그중 번역된 것들은 과연 한국문학일 수 있는가? 한국문학사에서 취급하는 것이 맞는가?

시대적 양식이라고까지 언급한바, 당대 역사전기물의 주류성은 양적 측면 때문이기도 하다. 그런데 이들의 압도적 다수는 번역 역사물 혹은 번역 전기물이었다. 익히 알려진 신채호의 『을지문덕』, 『이순신전』, 『최도통전』, 우기선의 『강감찬전』 등 몇 종을 제외하면 기실 나머지 전체가 번역물이라 해도 과언이 아니다. 이제 양상은 미묘해진다. 역사전기물이라고 칭하는 텍스트군에서 만약 번역된 것을 제외한다면, 그 시대적 양식은 더 이상 시대적 양식으로 규정될 수 없기 때문이다.

반면, 번역 텍스트군을 배제하고 나면 근대문학사 서술의 관점에서는 훨씬 명료해지는 부분도 있다. 대표적인 것이 '근대역사소설의 원류'라는 의미 부여다.

이 같은 내용의 역사전기체 소설은 국권을 상실한다는 위기감의 확대에 비례해서 그 생산량이 증대되고 있음을 보인다. 따라서 한일합방이 이루어지기 두 해 전인 1908년에는 역사전기체 소설의 최전성기를 맞게 된다. 특히 그 해에는 서구 제국의 역사에서 볼 수 있는 독립투쟁사나 구국 영웅들의 일대기를 벗어나, 과거 우리 역사상의 영웅들이 보여준 구국담을 기술하여 민족적 자긍심을 일깨우면서 애국의식을 고조시키는 작품들이 나타나 주목된다. 「을지문덕」, 「이순신」, 「강감찬전」이 그것이다. 대개의 역사전기체 소설이 번역, 번안한 것인데 반해 이들 작품은 창작된 것으로 원문이 한문으로 기록된 결함을 제하면 한국 근대 역사소설의 시초가 되는 문학사적 의의를 지닌다.[1]

위 인용문은 '창작된 것'이기 때문에 한국 근대역사소설의 시초가 된다는 명제를 굳건히 견지한다. 이 시기의 창작 전기물과 인물 기사로부터 근대역사소설의 원형을 고구한 김찬기의 연구 역시 같은 맥락에서 이해할 수 있을 것이다.[2] 강영주의 경우 창작 전기물에 더 큰 비중을 두면서도 번역 전

---

1 김교병·설성경, 『근대전환기 소설 연구』, 국학자료원, 1995(초판: 1991), 90면.
2 "이 시기 전(傳)은 스스로 근대적 변이의 과정을 통하여 1920년대 근대역사소설의 원류적 기반이 되었던 것만은 분명하다. 즉, 근대계몽기 양식재편 도상에서 '논설적 서사→신소설→근대소설'의 한 지점이 있었다면, '사실지향적 전(傳)/허구지향적 전(傳) → 근대역사소설'의 지점도 분명히 존재했던 것이다. 이 두 선형을 다같이 포섭하지 않고는 근대계몽기 소설사의 온당한 지형도는 그려질 수 없는 것이다. 본고에서는 바로 이러한 점에 문제의식을 두고 그동안 문학사에서 '역사·전기류 문학' 혹은 '역사·전기 소설'로 지칭되어온 서사체를 전(傳)의 위상 안에서 그것의 양식적 전변(轉變)과 미적 특질을 아울러 밝힘으로써 근대소설사에서 신소설과 대타적 축을 형성하고 있는 전(傳)의 근대문학사적 위상을 고찰하고자 한다." 김찬기, 『한국 근대소설의 형성과 전(傳)』, 소명출판, 2004, 19면.

기물인 『애국부인전』이나 『서사건국지』까지 역사소설의 흐름에 편입시켰다는 점에서 특기할 만하다. 나아가 이들에 대해 "조선시대의 국문소설, 특히 역사적 군담소설의 전통을 이어받은 것"이라거나 "전대의 소설에 가까운 면모"를 가지고 있었다고 강조하기도 했다.[3] 반면 권영민의 경우는 전기물을 문학사 서술에 포함시키면서도 "전기는 하나의 독자적인 장르적 성격을 부여받은 것이므로 역사소설도 아니고 역사소설의 형성 기반을 제공하는 것도 아니다. 전기 자체가 지니는 독자적인 서사 구성의 원리가 있고, 그 담론의 가치 지향성도 전기만이 지니는 특성에 의해 구성된다"[4]며 역사전기물과 역사소설이 구별되어야 한다고 주장했다.

분명한 것은 '번역물'이라는 정체성을 가진 이상, '한국'문학사 내에 정위하는 일 자체가 난망하다는 사실이다. 당장 1920년대로만 눈을 돌려도 수백을 헤아리는 세계 각국의 문학들이 한국어로 번역된 바 있다. 해방 이후는 또 어떤가? 이들을 한국 근현대문학사 속에 무턱대고 입점시킬 순 없는 노릇 아닌가. 그럼에도 불구하고 그동안의 한국문학사 서술에서 번역 역사물이나 번역 전기물을 완전히 배제하는 경우를 찾기는 쉽지 않다. 전술한 '번역과 문학사'의 일반적인 관계 설정을 고려하면 흥미로운 현상이다. 대신 해당 문학사들은 소위 개화기 문학에서 번역 역사전기물의 지분을 인정하되, 분리시켜 다루는 차원에서 타협점을 찾은 듯하다. 가령 안함광의 『조선문학사』에서는 '1900~1910년의 문학'이라는 챕터 아래 '이 시기 문학의 개관'을 두고 역사전기물과 관련해서는 다시 '번역 정치소설'과 '민족 영웅들의 전기물'이라는 세부 항목을 두고 있다. 전자인 '번역 정치소설'에서 그

---

3   강영주, 『한국 역사소설의 재인식』, 창작과비평, 1991, 30면.
4   권영민, 『한국 현대문학사1(1896~1945)』, 민음사, 2020(1994), 87~88면.

는 "『경국미담』, 『서사건국지』, 『꼬스트전』, 『애국부인전』, 『월남망국사』,
『이태리건국삼걸전』, 『표트르대제전』, 『미국독립사』... 기타 등등의 많은
번역물들이 그 당시 정치적으로 앞서 나간 선진 국가들의 경험을 일반화하
면서 인민들의 다대한 지지를 받았다"[5]라고 밝힌 후, 『서사건국지』, 『애국
부인전』, 『꼬스트전』에 대해서는 보다 구체적인 분석을 수행한다. 강영주
의 「한국근대역사소설연구」는 제2장 '근대 역사소설의 선행형태－애국계
몽기의 전기문학'을 '1. 번역·번안 전기류'와 '2. 창작 전기류'로 나누고 있
으며,[6] 권영민의 『한국 현대문학사』의 경우 '1장 한국 근대문학의 성립'에
서 번역을 다룬다. '영웅 전기와 민족의식'이라는 제목 하에 다시 3개의 절
이 편성되어 있는데, 도입부인 '영웅 전기의 등장'에서 번역물과 창작물을
두루 언급한 후, 장지연과 「애국부인전」, '신채호의 영웅 전기'를 나머지 절
에서 각각 번역 전기물과 창작 전기물로 독립하여 다룬 바 있다. 조동일의
『한국문학통사』에서는 '중세에서 근대로의 이행기 문학 제2기'에 역사전기
물이 등장한다. 번역물 관련 챕터는 '9.9.2.역사서와 전기서의 번역'이며,
창작 전기물은 '9.9.1. 역사·전기문학의 임무'이다. 넘버링으로 알 수 있듯
창작을 번역보다 먼저 제시한 것은 앞의 사례들과는 변별되는 부분이다.[7]
번역과 창작의 인과성을 구태여 드러내지 않기로 했다거나, 둘의 경중을 따
져 창작의 손을 들고자 한 선택일 것이다.

　이렇듯 약간씩은 다른 제목과 배치를 적용하면서도, 번역 역사전기물을
문학사 속에 끌어들이는 것은 보편적인 선택이었다. 그러한 방식은 근대문
학 형성기를 수놓을 수 있는 텍스트군을 최대한 확보하는 일이기도 했지만,

5　안함광, 『조선문학사(1900~)』, 교육도서출판사, 1956, 18면(한국문화사 영인본, 1999).
6　강영주, 앞의 책, 27~46면.
7　조동일, 『한국문학통사』 4(제3판), 지식산업사, 1994, 311~325면.

문학사의 순혈주의 강화에도 큰 역할을 했다. 적자嫡子인 창작 전기물은 장식으로서의 번역 전기물이 있었기에 더 빛날 수 있었다. 번역과 창작을 함께 나열하긴 하되, "이제 개화기에 제작된 전기소설들 중 한국 위인전만을 가려 그 장르적 특징을 고찰해 보면 다음과 같이 정리가 된다"[8]라는 서술처럼 본격적인 분석에 들어갈 때는 번역물을 대놓고 제외하는 장면이 빈출했다. 같은 맥락에서, 처음부터 적자에만 주목하는 편이 낫다는 입장도 있었다.

기존의 연구에서 〈역사·전기소설〉 속에 포함시키던 작품들 가운데 상당수는 근대 문학 양식 가운데 하나인 〈역사·전기소설〉이라는 용어에 걸맞지 않는 작품들이 많다. 지금까지 우리 근대 문학사에서는 대체로 〈역사·전기소설〉이라는 용어를 번역물과 창작물을 모두 포괄하는 개념으로 사용해왔다. 그러나 개화기에 나온 역사물이나 전기물의 번역이 개화기 〈역사·전기소설〉의 형성에 영향을 준 것은 사실이지만 그것 자체를 〈역사·전기소설〉들 속에 포함시켜 양식 분류를 하는 것은 옳지 않다. 번역물과 창작물을 섞어 같은 양식으로 분류할 경우, 문학사 속에서 〈역사·전기소설〉이 차지하는 자리가 불명확해지기 때문이다. 따라서 근대 문학 양식으로서의 〈역사·전기소설〉을 분류하는 자리에서는 일단 이러한 번역물을 모두 제외시켜야만 한다.[9]

문학사의 통례를 감안하면 번역 역사전기물을 아예 배제하는 것은 결코 쉬운 일이 아니다. 그런 면에서 김영민의 위 주장은 이례적으로 과감했다. 하지만 그는 이후 다소 유연한 입장으로 선회한다.[10] 『한국근대소설사』에

---

8 윤명구, 「개화기 서사문학 장르」, 전광용 해설, 김열규·신동욱 편, 『신문학과 시대의식』, 새문사, 1981, II-37면.
9 김영민, 『한국근대소설사』, 솔, 1997, 107~108면.

서 『한국 근대소설의 형성 과정』으로의 성격 변화는 한국 근대문학사에서 번역 역사전기물을 아예 배제하는 것의 어려움을 재차 증명하는 셈이다.

2. 번역·창작의 일원화―초기 문학사 서술에서의 역사전기물

왜 어려운가? 그것은 한국문학사 서술의 오랜 전통 내지 관성과 연관이 있다. 근대 이후에 작성된 한국문학사에서 번역 역사전기물의 지분은 처음부터 꾸준했다. 그 '관성'이 어디서 어떻게 비롯되었는가를 구체적으로 검토하기 위해서는, 대표적으로 거론되는 초기 한국문학사인 안자산의 『조선문학사』1922, 김태준의 『조선소설사』1930, 임화의 『개설 신문학사』1939 등을 들여다 볼 필요가 있다.

결과적으로 볼 때, 각 문학사는 내적 체계나 특징 면에서 차이가 있음에도 번역 역사전기물을 논의의 대상에서 빠트리지 않는다. 확실히 이들 존재는 전통 혹은 관성의 형성과 무관치 않은 셈이다. 그런데 해당 텍스트를 취

---

10 인용문과 같은 지면에서 "〈역사·전기소설〉의 올바른 문학사적 자리매김을 위해서는, 역사·전기류 문학에 포함되는 작품들 가운데 창작 소설만을 가리켜 〈역사·전기소설〉이라 해야 한다"(위의 책, 83면)고 피력하며 "이러한 기존 연구 성과들을 볼 때, 〈역사·전기소설〉이라는 문학양식이 고전 문학의 전통적 서사 장르들과 깊은 연관을 지닌 양식이라는 사실에 대해서는 의심의 여지가 없다. 그럼에도 불구하고 계속 〈역사·전기소설〉에 대한 이식론이 존재하는 것은, 〈역사·전기소설〉이 근대소설사에서 차지하는 자리에 대한 구체적 논의가 없었기 때문이다"(93~94면)라고까지 이식론을 배격했던 그는, 2006년에 초판을 낸 『한국 근대소설의 형성 과정』에서는 "'역사·전기소설'은 결국 국내외의 역사적·전기적 사실을 토대로 작성된 소설이다"(김영민, 『한국 근대소설의 형성 과정』, 소명출판, 2019, 51면)라며 외국의 사례도 '역사·전기소설'이라는 용어 속에 포함하였으며, "이러한 점들을 참고로 할 때, 근대 계몽기 창작 '역사·전기소설'의 성립 과정에서는 외국 작품에 대한 번역·번안이 중요한 역할을 했고, 거기에 군담소설이나 전 등 우리의 전래적 서사문학 장르의 전통이 더해졌다는 결론에 도달할 수 있을 것이다"(같은 책, 51면)라며 '전통적 서사 장르'들과의 연관성 못지 않게 이식적 요소의 중요성을 직접적으로 언급하였다.

급하는 방식은 앞서 살펴본 후대의 연구자들과는 근본적으로 달랐다. 바로 '번역과 창작의 일원화'가 나타나기 때문이다. 보다 먼 과거의 목소리는 이러했다.

소설도 역시 한역漢譯과 일본 문학의 의작擬作의 두 방면으로 나왔다. ① 역사 소설로는 〈법란서신사〉, 〈보법전기〉, 〈서사건국지〉, 〈월남망국사〉 등은 한때 큰 환영을 받은 것이라. 그 소설의 재료는 서양 위인의 사적과 정치의 역사 등에서 뽑은 것이니, 이들 책의 환영은 종래 소설의 권계주의에 길든 안목으로 받아들이기가 쉬운 바라. 고로 그 문체도 한적漢籍의 옛투를 벗어나지 못하고 객관적 사실을 늘어놓음에 불과하니 이로써 보면 당시까지도 문학의 면목은 변치 않고 오직 정치적 관념이 비등하여 국가 관념을 대전제에 두던 것이니라. 이때 무애생無涯生의 이름이 강호에 널리 전하여 문명이 혁혁한 자는 신채호 그 사람이라. 신 씨는 한학 출신의 성균관 박사니 그 문은 파란波瀾이 중중重重하고 문채文彩가 빈빈彬彬하여 가히 박은朴誾과 임제林悌에 비할지라. ② 소저所著는 〈이태리건국삼걸전〉·〈을지문덕〉·〈최도통전〉·〈독사신론〉 등이니, 근래 역사의 신경지를 엶은 신씨의 독창성에서 나온지라. 그러나, ③ 조선사를 전체적으로 다루매 어느 곳에서는 역사의 본색을 잃은 점도 없지 않노라. 신 씨뿐 아니라 ④ 당시 문학은 다 시대 조류에 화化하여 정치 및 민족 사상에 집중되었나니 이는 시운을 따라 자각적으로 일어난 일이리라.[11]

안자산은 번역 역사전기물을 한국문학사의 일부로 수용한 최초의 인물이다. ③에서 '역사의 본색'을 잃은 점이 아쉽다는 언급을 참고하면 ①의

---

11 안자산, 최원식 역, 『조선문학사』, 을유문화사, 1984, 199~200면.

'역사 소설'이라는 용어는 근대의 역사소설 개념과 동일할 수 없다. '역사'를 기준점으로 잡는 안자산의 입장은 나중에 임화가 이 텍스트군을 두고 "소박하고 노골적인 정치적 목적으로 추구하여 문학이라고 하기엔 주저"된다고 쓴 것과 비슷한 맥락일 터이다. 보다 주목할 필요가 있는 대목은 ②다. 안자산은 번역물인 『이태리건국삼걸전』과 창작물인 『을지문덕』·『최도통전』 등을 한데 엮어 신채호의 "소저所著"라 표현하였다. 번역과 창작을 겸한 신채호의 작업 자체를 단일 주체의 산물로 파악한 것이다. 이는 이미 살펴본바 번역과 창작을 다루는 항목을 분리한 안함광, 조동일, 권영민, 강영주 등과는 다르다. 현재는 훨씬 대중화된 문학사에서도 번역 전기와 창작 전기를 구분한다. 이를테면 "번역물의 경우 국가 발전이나 독립에 기여한 인물들의 전기가 많이 나옵니다. 『이태리건국삼걸전』1907, 『애국부인전』1907, 『화성돈전』1908 등은 이탈리아의 건국 영웅들, 프랑스의 잔 다르크, 미국의 워싱턴을 소개하고 있습니다. 창작 전기로는 신채호의 『을지문덕』1908, 『이순신전』1908 등이 대표적이지요"[12]와 같은 서술이 일반적이다. 위의 경우 "특히 신채호의 영웅 전기는 전통적인 한문학 양식인 전傳의 양식을 따르고 있습니다. 한문학 양식이 현대로의 이행기에 시대에 맞게 변용된 것이지요"[13]와 같이 자연스레 "전통적인 한문학 양식"을 변용한 신채호의 활약에만 초점이 맞춰질 뿐, 『을지문덕』보다 일 년 먼저 나온 『이태리건국삼걸전』의 번역자 역시 신채호라는 사실은 제시되지 않는다.

창작 전기, 곧 '적자' 중심의 서술은 일견 당연해 보이기도 하나, 안자산의 『조선문학사』가 보여주듯 처음부터 그렇지는 않았다. 김태준에게서도

---

12 채호석, 『청소년을 위한 한국현대문학사』, 두리미디어, 2009, 40~41면.
13 위의 책, 41면.

거의 같은 입장을 확인할 수 있다.

교회 측으로서는 고종 19년1882 누가St. Luke와 요한St. John의 2종의 복음서Gospel가 번역된 후 점점 바이블은 완역되는 동시에 Tsway崔라는 한인韓人 손에 『천로역정The Pilgrim's Progress』이 번역되고 『사민필지士民必知』, 『안인거安人車』, 『회도몽학』, 『검둥이의 설움』, 『불쌍한 동무』 등이 번역되고 윤치호 씨의 『우스운 이야기』는 이솝Aesop's Fable에서 나온 것이었고 조나단 스위프트Jonathan Swift의 원작인 『걸리버 여행기Gulliver's Travel』도 이때 번역되고, 유구당劉矩堂의 『서유견문』도 이때광무 11년판의 서양 여행기로서 출색出色한 문자였다. 융희 2년에는 이와 같은 저작이 홍수같이 쏟아져 나왔다. 현순玄楯의 『포와유람기』를 비롯하여 ①『후례두익칠년전사』, 『보법전기』, 『나파륜전사』, 『파란말년전사』, 『월남망국사』, 『라마사』, 『서사건국지』, 『미국독립사』, 『법란신사』, 『경국미담』,[14] 『애국부인전』, 『금수회의록』, 『피득대제전』 등이 그것이다. 당시에 양기탁・박은식 씨와 함께 『매일신보』의 필자가 되어 있던 성균박사 ② 신채호 씨丹齋가 『이태리삼걸전』, 『을지문덕전』, 『최도통전』, 『몽견제갈량』,[15] 「독사신론」 같은 역사소설을 지어 신생면新生面을 개척한 것도 씨의 독창에서 나온 것이며 ④ 융성한 정치사상과 국가 관념을 반영한 시대적 산물이다.[16]

김태준의 서술은 안자산의 것과 기본 구성이 유사하지만, 소설에 특화된 문학사를 염두에 두어서인지 역사전기물을 소개하기 전부터 이미 다양한 번역물을 제시하고 있으며, 번역 역사전기물만 해도 안자산의 3배 이상을 시

---

14 원문에는 『경제미담』이라 되어 있으나 『경국미담』의 오식으로 보여 수정하였다.
15 『몽견제갈량』은 신채호가 아닌 유원표가 쓴 소설이다. 신채호는 서(序)를 달았다.
16 김태준, 「증보 조선소설사」, 정해렴 편, 『김태준 문학사론 선집』, 현대실학사, 1997, 194~195면.

야에 넣고 있다①의 비교. 신채호의 『이태리건국삼걸전』·『을지문덕』·『최도통전』를 통합 배치한 것은 안자산과 완전히 동일하다②의 비교. 안자산과 김태준의 문학사는 고대를 기점으로 하여 당시까지의 조선문학을 사적으로 정리하는 데 목표를 두었으니, 둘 다 역사적 연속성을 근간에 둔 기획이었다. 그럼에도 불구하고 그들은 역사전기물을 전대의 양식에서 계승된 것으로 보지 않고, 시대의 요청에 따라 일어난 현상이라는 입장을 분명히 했다④의 비교.[17]

이상을 감안하면 안자산·김태준과는 달리 처음부터 신문학의 역사만을 쓰고자 한 임화의 경우는 더더욱 전통과 거리를 두었음 직하다. 과연 『개설 신문학사』는 번역 역사전기물에 대해 보다 상세히 논하고 있다. 『조선문학사』와 『조선소설사』가 각각의 마지막 챕터인 '제6장 최근문학'과 '제7편 신문예운동 후 40년간의 소설관'에서 역사전기물을 다룬 반면, 『개설 신문학사』는 본론의 시작이나 다름없는 '제3장 신문학의 태생' 중 '제2절 정치소설과 번역문학'을 통해 다루었다. 『개설 신문학사』의 '제1장 서론'과 '제2장 신문학의 태반'이 어디까지나 이론적·배경적 설명에 해당하는데다가 '정치소설과 번역문학' 바로 앞에 위치한 제3장의 '제1절 과도기의 문학'도 제3장에 대한 또 다른 서론에 해당하는 만큼, '신문학의 태생'을 알리는 첫 텍스트군은 결국 정치소설이었다. "역시 과도기 문학의 선구는 새로운 조선의 정치적 이상을 선전하고, 깨우지 못한 민중을 계몽하려는 의도가 직접적, 또한 노골적으로 표현된 정치소설에서 시작한다"[18]처럼, 안자산과 김태

---

17 김태준의 입장은 특히나 단호하다. "대략 갑오 이후는 신흥하는 시민이 사회의 중추를 이루고 소설·연극은 물론이요 모든 문화 형태가 낡은 것은 버리고 새 것을 요구하는 기운에 당착하였다. 그 새 것이란 것은 낡은 것 속에 배태되어 낡은 것을 부정하고 나온 것이다. 이때부터 조선의 신문예운동 내지 문화운동이 출발되는 것이다. (…중략…) 그리고 이에 신문예 혹은 신소설이라고 하는 것은 문학적 표현 방법이 재래의 그것과는 형식과 내용에서 현저히 판이하다"(위의 책, 190~191면).
18 임화, 「개설 신문학사」, 『문학사』, 소명출판, 2009, 141면.

준이 역사소설이라 칭한 바 있는 역사전기물을 임화는 정치소설의 일종으로 간주하고 있다. 임화의 경우가 외연이 보다 넓긴 하지만 그가 말하는 정치소설 중 가장 많은 비중을 차지하는 것은 결국 역사전기물이었다.

그런데 임화는 역사전기물을 다루는 챕터 명을 '정치소설과 번역문학'이라 정했다. 그는 「신문학사의 방법」에서, "신문학의 생성과 발전의 각 시대를 통하여 영향 받은 제 외국문학의 연구는 어느 나라의 문학사 상의 그러한 연구보다도 중요성을 띠는 것"이라고 했으며 "외국문학을 소개한 역사라든가 번역문학의 역사라든가가 특별히 관심되어야 한다"[19]라고 명시적으로 언급한 바 있다. 신문학의 원천이 된 외국문학 및 번역문학을 주목하는 것이 신문학 연구의 출발이라는 것이다. 이 지론이 담긴 「신문학사의 방법」은 『조선일보』에 연재하던 「개설 신문학사」에서 스스로 '번역문학'을 내세운 '정치소설과 번역문학'의 집필 직후에 발표되었다. 이는 그의 문학사에서 '번역문학'을 제목으로 삼은 유일한 경우이기도 하다.

'정치소설'과 '번역문학'을 나란히 둔 이유는 무엇인가? 당시의 모든 정치소설이 번역문학은 아니었고, 모든 번역문학이 정치소설인 것도 아니었다. 하지만 임화가 말하는 신문학 태동기에 한정한다면 앞의 문장에서 '모든'을 '대부분'으로 바꾸는 순간 명제도 참으로 변한다.[20] 임화가 '정치소설'의 범주에 넣어 언급한 텍스트를 순서대로 열거하면 '『서사건국지』, 『의대리독립사』, 『이태리건국삼걸전』, 『애국부인전』, 『피득대제전』, 『미국독

---

19 임화, 「신문학사의 방법」, 『문학의 논리』, 소명출판, 2009, 654면.
20 임화는 다음과 같이 말하였다. "이렇게 이야기를 벌여놓고 보니 번역문학이란 것의 태반이 기술된 것 같아 이상 더 특별히 말하는 것도 싱거울 듯하나, 그러나 여기에서 간략히 그 유래와 계통과 공적의 대강을 아울러 버림은 필요할 듯하다. / 그런데 번역문학을 정치소설과 동 항목 중에 이야기함은 외국문학이 특히 정치소설로 많이 번역된 때문이라기보다도 통틀어 공리적 목적으로 수입됨이 어느 나라를 물론하고 후진국의 개화기에 있어서 특징이기 때문이다." 임화, 「개설 신문학사」, 154면.

립사』, 『라마사』, 『중동전사』, 『일로전사』, 『영법로토제국 가리미아전사』, 『보법전사』, 『후례두익칠년전사』, 『나파륜전사』, **『을지문덕』**, **『최도통전』**, 『애국정신』, 『애국정신담』, 『월남망국사』, 『금수회의록』,[21] 『공진회』, 『몽 견제갈량』, 『경국미담』, 『서유견문』, 『포와유람기』[22]' 등이 있었다. 『조선 소설사』에서 열거된 역사전기물과 비교해 보면 텍스트군의 차이가 있는데, 확실히 『개설 신문학사』가 양적으로도 더 많은 데다가 상당수는 내용 소개 와 해설도 덧붙였으니 공을 더 들인 것도 분명하다.[23]

한편, 임화 또한 창작 전기물인 『을지문덕』과 『최도통전』을 번역물들과 함께 배치하였다. 결국 초기의 한국문학사 세 편 가운데 번역과 창작의 구 분짓기는 보이지 않는다. 이는 번역과 창작을 분리하여 논하게 될 후대의 문학사들과는 불화를 노정하는 것이기도 했다. 실제 이러한 번역·창작의 일원화에는 '양식적 이해가 결여되어 있다'는 비판이 가해지기도 했던 것 이다.[24]

그런데 '어째서 자국문학사를 논하는데 번역물을 포함시키는가'와 같은 질책은 공허한 것일지도 모른다. 초기의 문학사가들, 즉 안자산·김태준· 임화의 선택이 그 텍스트들에 대한 몰이해에서 비롯된 것은 아닐 테다. 그 렇다면 그들은 왜 조선문학사에서 그 '비조선적인' 것들을 끝내 단호하게 배척하지 않았는가? 오히려 '안자산→김태준→임화'의 순으로 문학사 집

---

21 현재는 『금수회의록』 역시 번안 작품으로 밝혀져 있지만 당시 임화는 안국선의 저술로 인식했다 (위의 책, 149~150면).
22 『서유견문』의 경우, "소설은 아니라 해도 민중계몽에 큰 공적을 남긴 책"(앞의 책, 152면)이라는 언급을 따로 붙였다.
23 『서사건국지』, 『의대리독립사』, 『이태리건국삼걸전』, 『피득대제전』, 『애국부인전』, 『애국정 신』 등이 여기 해당한다.
24 김영민, 『한국 근대소설의 형성 과정』, 소명출판, 2019, 362~363면. 이 견해와 다른 관점으로는 손성준, 「번역의 발화, 창작의 발화 – 한국 근대문학사 서술에서 번역(주체)의 자리」, 『현대문학 의 연구』 70, 한국문학연구학회, 2020, 99~100면.

필의 경험이 누적될수록 번역 역사전기물의 비중은 커지고 있었다. 버리기는커녕 보다 확대한 것이다. 그것은 거의 타협의 여지가 없는 것처럼 보인다. 어째서일까?

물론 그것은 문학사가가 직면한 텍스트의 절대량 부족 문제를 해결하는 과정에서 나온 현상일 수도 있다. 다시 말해 대체제가 될 수 있는 텍스트를 최대한 확보하려 한 노력의 산물이라는 것이다. 다만 이를 염두에 두더라도 문학사의 내포로 승인되는 데에는 최소한의 자격이 필요했고, 그 관문을 통과한 다수가 하필 번역 역사전기물이었다는 사실은 여전히 적절한 해명을 요한다. 이 현상은 번역 역사전기물에 대한 초기 문학사가들의 의식적·무의식적 '부채감'에서 연원했을 가능성이 크다. 그 텍스트들의 존재를 생생히 기억하는 목격자로서, 그들은 증언을 해야만 했다. 초기의 문학사 서술에서조차 이들을 규정하는 용어는 통일되지 않았고 설명에는 논리적 정합성이나 객관성이 부족해 보이기도 한다. 이 역시 이들과 한국 근대문학사 사이에 필연적인 무언가가 있다는 선험적 감각에 기댄 탓일 수 있다. 그러한 감각은 시간이 흐를수록 옅어지기 마련이기에 후대의 '객관적' 잣대를 통해 '극복'되는 것처럼 보이기도 하지만, 실상은 기원에서 멀어지는 데 지나지 않는다. 시간차를 고려하면 그 텍스트들의 증인에 가까웠던 문인들이, 문학사를 서술할 때 '그 이질적인 존재'에 대한 부채 의식을 떨쳐버릴 수 없었던 이유만큼은 별도로 고찰할 필요가 있다.

안자산, 김태준, 임화뿐 아니라 번역 역사전기물을 다룬 연구자들은 거의 한결같이 그것을 번역해야 했던 시대적 필요성에 집중했다. 사실 왜 번역했는가는 너무나 명료해서 설명들도 중복되기 마련이었다. 한말의 정치적 위기 극복, 이를 위한 애국심 고취와 국민 계몽 때문이라는 것이다. 그런데 어쩌면 더욱 중요한 것은 '역사전기물'의 내적 특질이나 계몽적 효용성이 아닐지도 모른다. 그것은, 역사전기물의 번역이 창출한 외적 효과에서도 탐색되어야 한다.

3. 번역이 표상하는 근대 세계와 조선어 공동체

명확히 하고 넘어가자면 아무리 의미부여를 해봐도 번역 역사전기물의 원류는 소설의 범주와 거리가 있다. 물론 "이들 책의 환영은 종래 소설의 권계주의에 길든 안목"[25] 때문이라는 안자산의 진단은 일면 타당하다. 하지만 이는 번역 대상으로 쉽게 낙점된 사정, 그리고 보다 널리 읽히는 데 긍정적으로 작용했다는 뜻이지, 양식적으로 전대를 계승했다는 증거는 아니다. 이와 관련해서는 역사전기물이 전대 소설의 계승이 아니라 '책'이나 "지식 일반으로서 수용"되고 있었다는 권보드래의 주장이 가장 명쾌하다.[26]

역사전기물 중 일부는 '소설'로 선전되기도 했다. 하지만 이는 소설의 새로운 모델을 확립하고자 했던 번역 주체의 전략적 배치로 이해할 필요가 있다.[27] 저본에 해당하는 일본어나 중국어 텍스트를 일별해 보면 정작 일본이나 중국에서는 소설로 인식되거나 선전된 경우를 찾을 수 없다. 대한제국 말기라는 번역 공간의 특수한 현상이었던 것이다. 당대의 주류 양식이 된 역사전기물은 여러 문학사에서 단순화한 것과는 달리 특정한 정치적 성향만 지지하는 것도, 애국적 가치로만 수렴될 수 있는 것도 아니었다. 예를 들

---

25 안자산, 앞의 책, 199면.
26 권보드래, 『한국근대소설의 기원』, 소명출판, 2012(2000), 122면.
27 "소설 개량론에 따르면 전기물은 소설의 새로운 형식이어야 했다." 위의 책, 121면.

어 프랑스 제국의 부활 이야기인 『애국정신담』은 프랑스의 폭력을 고발하는 『월남망국사』의 정반대에 위치해 있고, 나라를 위한 합심과 희생을 강조하는 『이태리건국삼걸전』의 메시지는 단일 영웅의 독보적 활약을 조명하는 『피득대제전』이나 『비사맥전』과 같을 수 없었다. 텍스트의 존재 의미를 정치적·이념적 지향 속에서만 파악해서는 안 되는 이유이다.

그 유동성들을 걷어낸 뒤 남은 번역 역사전기물의 공통 요소는 '조선어로 표현된 세계 지知'[28]로 규정 가능하다. 번역 행위는 필연적으로 '조선어'를 전제하고, 모든 역사전기물은 '세계 지'로 구성되어 있었다. 개별 텍스트의 발화는 엇갈릴지언정 이 점에 대해서는 예외가 없다.

『흉아리애국자 갈소사전』을 예로 들어 보자. 이 텍스트는 제목이 나타내듯 헝가리의 독립을 위해 헌신한 '애국자'로서 '갈소사', 즉 코슈트Kossuth라는 인물을 조명한 전기물이다. 그런데 현대인에게도 생소한 헝가리의 영웅을 당대의 독자들에게 설명하기 위해 『갈소사전』은 얼마나 많은 역사적 배경들을 동원해야 했을까? 이 책에서 활자화된 지명과 인명들, 사건들은 얼마나 다채로우며 생경했을까? '애국심 감발을 위한 정치계몽서'의 성격은, 그것이 진상일지라도 실제로 담아내고 있는 정보량에 비하자면 극히 일부일 수밖에 없다. 이보상에 의해 번역된 이 책의 「제일절第一節 흉아리匈牙利의 국체급역사國體及歷史」의 일부를 인용해 본다.

---

28 공식적 국호는 '대한제국'이었으나 여기서 굳이 '조선어'라고 한 이유는, 왕조의 연속성은 차치하더라도 정체성과 직결된 당대인의 심상에 여전히 '조선'이 강력하게 기입되어 있었기 때문이다. 예컨대 주시경은 『서우』의 「국어와 국문의 필요」(2호)에서 국문을 "우리 조선"의 세종대왕께서 남기신 거룩한 일로 서술하였고, 최남선이나 최석하는 각각 『태극학보』의 「헌신적 정신」(1호)과 「조선혼」(4호)에서 "조선혼"을 부르짖었으며, 원영의는 『소년한반도』의 「지리문답」(4호)에서 "조선해"를 언급하기도 했다.

청컨대 헝가리의 역사를 말하리라. 헝가리사람은 아시아의 황인종이요, 옛 흉노의 후예라. 서력 372년에 흉노의 한 부락이 카스피해[裏海] 북부에서 기름진 땅에 침입하였다가 기원 1000년에 이르러 왕국의 형태를 만드니, 동방의 강족强族으로서 서방의 공기에 몸을 썻은 고로, 그들이 견인불발堅忍不拔하고 자유를 숭상하여 1222년에 헌법을 시립하여 소위 금우헌장金牛憲章이라는 것이 생기니 실로 나라의 귀족이 그 왕으로 더불어 정정訂定한 조약이라. 내용 중에 군역의무의 제한과 조세 조례의 규정과 사법재판의 제재를 하나하나 명확히 정하고 또한 말하되 국왕이라도 이 헌법을 위반하면 인민이 방패와 창을 들고 항거할 권리가 있었다. 대저 헝가리의 입헌정신이 여기 있으니 지금 세상에 정치학자가 걸핏하면 영국을 헌법의 조종이라 칭하나 이 금우헌장의 성립함이 실로 그렇다. 오직 황인종이요 헝가리가 세계역사상 위치와 가치가 또한 족히 빼어나도다.

다만 헝가리와 오스트리아의 관계가 실로원문 오류 추정-인용자 주 380년 이래로 1526년까지 투르크왕 슐레만이 헝가리를 정벌한 것이 6차례라. 흉악하게 위협하여 빼앗음이 심하였다. 헝가리왕 루이 2세가 전사하고 아들이 없으니 그 왕후 마리아는 사실 오스트리아왕 페르디난드 1세의 여동생이라. 헝가리를 오스트리아와 합하여 페르디난드가 왕이 되게 하니, 이후로 헝가리가 영구히 오스트리아의 속지가 되었다. 그러나 페르디난드도 오히려 국민을 우선 향하여 그 헌법을 지키기를 맹세한 후에야 왕위에 올랐으니, 이후 백여 년간 헝가리인이 방패와 창을 잡고서 폭정에 항거하는 권리는 잃어버리지 않았으므로 18세기 이전은 유럽 대륙의 국민이 그 자유와 자치의 행복을 누린 것이 헝가리에서 비롯된 것이 가장 컸다. 헝가리국민은 의협의 백성이라. 전 오스트리아 여왕 마리아 테레지아의 시대에 프로이센과 작센과독일연방의 일국 프랑스 제국諸國군이 연합하여 오스트리아를 치니, 오스트리아 여왕이 헝가리의 포소니Pozsony로 피난하여 헝가리국회를 열어 그 백성에게 도움을 구하니 헝가리인이 의분을 격발하여 연합군을 패퇴시켰다. 그 후 나폴레옹이 유럽을 유린하매 오스트리아의 피해가 극심한지라. 오스트리아왕 프란츠 1세가 또한 헝가리인의 의협에 힘을 의탁하여 겨우 스스로를 지키니 헝가리가 오스트리아에 원조한 것이 한 차례가 아니었다. 빈회의가 이미 종료되고 신성동맹이 수립되매(1815년에 일이라. 나폴레옹의 풍조가 멎으니 각국 군주가 그 국민을 압박하기 위하여 러시아, 프로이센, 오스트리아 세 황제가 이 회의를 시작하여 서로 원조함으로써 백성을 지키기로 맹세함이라) 오스트리아인이 헝가리인의 덕을 생각하지 않고 거꾸로 증오하고 시기하였다. 오스트리아 재상 메테르니히는 절세의 간웅이라. 밖으로는 열방을 조종하고 안으로는 민기民氣를 압제하여 헝가리인의 800년 민권은 거의 쇠락하게 되었다. 모진 고난에 새 우는 소리 들을 수 없음을 슬퍼하고 비바람 몰아쳐 잠룡이 일어날 때를 바라니, 시세가 영웅을 만드는지라. 코슈트가 이때에 태어난 아이러라.[29]

29　梁啓超, 李輔相 譯, 『匈牙利愛國者噶蘇土傳』, 中央書館, 1908, 4~6면. 원문은 다음과 같다. "請컨딕匈牙利의歷史를言ᄒ리라匈牙利의人은亞洲黃種이오さ, 匈奴의遺裔라 西歷三百七十二年에匈奴에一部落이裏海에北部로부터玆土를侵入ᄒ얏다가紀元一千年에及ᄒ야王國의體를始備ᄒ니東方에强族으로써西方의空氣를浴한故로其人이堅忍不拔ᄒ고自由를崇尙ᄒ야一千二百二十二年에憲法을始立ᄒ야所謂金牛憲章이란者ᅳ有ᄒ니實로國中貴族이其王으로더부러訂定흔바條約이라編中에軍役義務의制限과租稅條例의規定과司法裁判의制裁를一々明定ᄒ고且言ᄒ딕國王이라도此憲을違ᄒ면人民이干戈를執ᄒ고써相抗할權利가有ᄒ니蓋匈牙利의立國精神이是에在ᄒ니今世에政治學者가英吉利로써憲法의祖宗이라動稱ᄒ니此金牛憲章의成立홈이實로, 오작黃人이오匈牙利가世界歷史上에位置와價値가쏘흔足히豪ᄒ도다

匈牙利와다못奧大利의關係가實로三百八十年以來로一千五百二十六年에至ᄒ야土耳其王査理曼이匈을伐흔者ᅳ六度라猙獰刻掠홈이ᄌ못ᄒ야匈王路易第二가戰死ᄒ고無子ᄒ니其后馬利亞는實로奧王非狄能第一의妹也라匈으로써奧를合ᄒ야幷王케ᄒ니自玆以往으로匈牙利가永히奧의屬地가되얏스나然ᄒᄂ非狄能도, 오히려國民을先向ᄒ야其憲法을守ᄒ기를誓ᄒ後에야시러곰位에踐ᄒ니此後百餘年間에匈人이干戈를執ᄒ고, 써暴政을抗ᄒᄂ權利가或失墜홈이無홈故로十八世紀以前은歐洲大陸의國民이, 그自由와自治의幸福을享흔者ᅳ匈牙利로써爲最ᄒ니匈牙利國民은義俠의民이라前奧女王馬利亞의黎沙時代에普魯士와撒遜과(德國聯邦의一國)法蘭西諸國이軍을聯

코슈트의 전기물이 다루는 지식은 결코 코슈트 개인에 국한되지 않는다. 위 인용문에는 수백 년 전의 헝가리 역사부터 주변국과의 관계 등이 비교적 상세히 소개되고 있다. 이 과정에서 다양한 고유명사들과 함께 19세기 헝가리가 처해 있던 국제정치적 맥락이 설명된다. 특정 인물에 관한 것이면서도 결코 얕지 않은 수준의 서양사를 함께 학습할 수 있는 것이 당대의 번역 전기물, 서구영웅전이었다.

안자산은 '『법란서신사』, 『보법전기』, 『서사건국지』, 『월남망국사』'를 엮어 "한때 큰 환영을 받은 것"[30]이라 하였는데, 이들은 1906~1908년 사이에 번역되었다. 김태준은 1908년을 특정하여 "융희 2년에는 이와 같은 저작이 홍수같이 쏟아져 나왔다"[31]라며 10종 이상의 단행본 번역서들을 열거하였고, 전술했듯 임화는 김태준보다 더 많은 이름들을 소환하였다. '홍수같이 쏟아져 나온'『갈소사전』류의 텍스트들, 번역 역사전기물에 담겨 있는 지식의 총합은 '세계'를 표상하는 데 충분했다고 보아도 무방하다.

지식의 총합이 어떤 실체를 갖고 있었는가는 '일정한 수준'을 초과하는 순간부터 그리 중요하지 않다. 관건은 축적된 낱낱의 정보들이 아니라 조선 바깥의 세계가 조선어로 포섭되고 있는 과정이 균질적인 형태로 공유되었

호야奧룰破호니奧女王이匈의坡士字尼로로避亂호야匈加利國會開호야其民에게求救호니匈人이 義憤에激호야聯軍을戰退호고其後拿破命이歐洲룰蹂躪홈에奧大利가受創이最劇호지라奧王佛蘭西士第一이亦坐호匈民義俠의力을賴호야僅히自保호니匈이奧에有造홈이一端이아니러니, 밋維也納會議가己終호고神聖同盟이斯立홈의(一千八百十五年에事라拿破命의風潮가旣息호니各國君主가其國民을壓迫호기爲호야俄, 普, 奧三帝가此會룰翔호야互相援助호야, 써其民을防호기로盟誓홈이라)奧人이匈民의德을念치아니호고反히忌媒호야奧相梅特涅은絶世의奸雄이라外로는列邦을操縱호고内로는民氣룰壓制호야匈民의, 八百年來의民權이摧陷홈이殆盡호야水深火熱에鳴鳥의不聞홈을哀호고雨橫風狂호야潜龍이時起홈을望호니時勢가英雄을造호지라噶蘇士가實은此時의의産兒러라". 이하 원문 인용 시에는 현대어로만 제시하고 원문 표기는 생략한다.

30 안자산, 최원식 역, 『조선문학사』, 을유문화사, 1984, 199면.
31 김태준, 「증보 조선소설사」, 정해렴 편, 『김태준 문학사론 선집』, 현대실학사, 1997, 194면.

는가에 있었다. 다만 '일정한 수준'을 초과하지 않는다면 애초에 그러한 자
각은 발생하기 어려운 것도 사실이다. 세계 각국의 정보나 소식 등은 일찍
이 『독립신문』 시기부터도 다수 유포되었다.[32] 『황성신문』의 '외보'나 『제
국신문』의 '해외통신' 등은 또 어떤가. 하지만 간행물의 파편적 번역이나
『서유견문』 같은 예외적 사례만으로 세계와 대응하는 '조선어 공동체'로서
의 자각이 보편화되었다고 볼 수는 없다. 황호덕은 근대전환기의 문체와 번
역의 문제를 파고드는 가운데 사카이 나오키의 이론을 원용하며 다음과 같
이 정리한다.

단적으로 말해 한국의 근대 자체는 되받아 쓰여진 무엇이었다. 번역은 의
미의 등가성이라는 전제, 상호 형상화의 도식을 통해 하나의 언어와 다른 언
어가 완전한 형태로 이미 존재하는 양 전제하고 서로가 서로를 본질적인 경
계·실체로 구성해낸다. 네이션 단위에서 이루어지는 번역에 있어 언어 공동
체만이 하나의 실체이고, 이 과정에서 '단일한 것으로 가정된 언어 공동체'
내부의 주체들은 매우 대규모적인 단일성을 획득하게 된다. 각각의 네이션이
상호 모방적 재현의 산물이듯이, 내셔널 랭귀지 역시 상호 형상화의 도식
Schema of Configuration에 의한 번역적 재현의 결과이다. 문제는 국문의 유일
성을 지탱하는 논리적 틀과 네이션을 재현하는 에크리튀르의 존재인데, 그렇
게 해서 재창안된 것이 소위 국한문체의 존재였다.[33]

---

32 예컨대 1896년 7월 7일 자 「미국의 독립기념일과 독립 과정」, 1897년 9월 11일 자 「영국 외부차
   관의 연설」, 1899년 6월 19일 자 「지리의 이상함」, 8월 8일 자 「섬라국의 중흥론」, 9월 9일
   자 「동서양의 학문 비교」, 9월 18일 자 「영국의 전후 정형(政刑)」, 11월 18일 자 「콜럼버스의
   업적」 등이 이에 해당한다.
33 황호덕, 『근대 네이션과 그 표상들』, 소명출판, 2005, 503~504면.

번역을 통한 언어적 대응 속에서 단일 공동체의 관념이 형성되었으며, 이 과정에서 국한문체가 민족어내셔널 랭귀지로서 고안되었다는 주장은 전적으로 동의할 만하다. 다만 이를 논증하는 과정에서 황호덕이 주목한『한성주보』,『독립신문』,『서유견문』등의 사례는 한국적 근대의 징후에 해당할 뿐이다.[34] 번역을 통해 형성되고 있던 민족어의 실험은 도처에서 관찰되지만 그 기획이 동시대인의 심상 속에 자리 잡기에는 결과물의 총량 자체가 턱없이 모자랐다. 역사전기물의 전성기 이전 산발적으로 나온 초기의 번역물들이 그 과업을 감당하지 못한 것도 같은 맥락이다.[35]

상기『갈소사전』의 인용 대목이 예증하듯, 1905년 이후의 역사전기물 중 다수는 전문성·체계성·완결성을 확보한 '책'의 형태로 번역되었다. 번역이 근대적 언어 공동체, 곧 네이션을 구축한 것이라면 역사전기물이야말로 그 작업을 가장 충실하게 감당한 텍스트였다. 무엇보다 이때의 역사전기물들은 전술했듯 '대량으로' 또한 '동시다발적'으로 출현했으며, 나아가 인쇄 매체를 통해 '광고'되었다.『황성신문』과『대한매일신보』등에 광고된 번역 역사전기물 중에는 단독으로 광고된 것만 해도『월남망국사』,『서사건국지』,『갈소사전』,『이태리건국삼걸전』,『라란부인전』,『애국부인전』,『애국정신』등이 있었다.[36] 이 외에도 한 지면에 다수의 서적을 동시에 싣

---

34 물론 이는 그의 연구 자체가 '형성의 공간'에 주목한 데서 기인한다.

35 이미 19세기 말부터『태서신사』(1897),『아국략사』(1898),『미국독립사』(1899),『법국혁신전사』(1900) 등이 번역된 바 있었다. 종수는 많지 않아도 이들 하나하나가 각별한 의미를 지니는 것은 두말할 필요도 없다.

36 예를 들어『대한매일신보』1907년 10월 26일 자 4면에는『서사건국지』,『애국부인전』,『월남망국사』3종 서적의 단독 광고가 눈에 띄는 크기로 각각 실려 있었고,『황성신문』1908년 1월 21일 자 4면에도『이태리건국삼걸전』,『애국정신』,『애국부인전』의 3종이 확인된다.『황성신문』1908년 6월 24일 자에는『화성돈전』과『을지문덕』등 번역·창작 역사전기물이 한 면에 보이기도 한다. 물론 이런 개별 광고들은 장기간에 걸쳐 지속적으로 게재되었다. 가령『이태리건국삼걸전』의『황성신문』광고의 경우, 1907년 11월 3일부터 1908년 1월 22일까지 이어지고 있다.

쪽는 출판사 차원의 광고나,[37] 개별 서적 끝에 첨부된 광고 등을 통해서도 역사전기물의 존재는 얼마든지 확인 가능하다.[38] 말하자면 문해력을 갖춘 입장에서는 눈을 돌리면 어디서든 번역 역사전기물을 발견할 수 있었고, 마음만 먹으면 언제든지 읽을 수 있었다. 이미 "역술", "역출"했다고 널리 선전되고 있는 세계 각국의 역사와 인물에 관한 지식은, 이렇게 조선어 공동

---

37 이러한 단독 광고들의 동시적 · 장기적 배치는 그 자체로 '주류'로서의 시각 효과를 창출한다. 『황성신문』 1908.6.24, 4면; 『대한매일신보』 1908.7.29, 4면 등.

38 예컨대 『비사맥전』의 판권면 다음의 서적 광고에는 『비사맥전』을 발행한 보성관의 다른 서적의 목록이 제시되었다. 해당 서적은 곧 『동국사략』, 『동서양역사』, 『월남망국사』, 『세계일람』, 『초등소학』, 『상업대요』, 『신편 박물학』, 『외교통의』, 『중등 생리학』, 『오위인소역사』, 『가정교육』, 『만국지리』, 『사범교육학』, 『신편 대한지리』, 『상업범론』, 『비율빈전사』, 『보통경제학』'으로서, 상당수는 번역 역사전기물이다. 덧붙이자면, 이 목록에 포함된 두 권의 '지리서'가 대변하듯 역사전기물의 유행과 세계 지리서의 적극적 간행이 공존했다는 사실은 중요하다. 역사와 인물뿐 아니라 지리 자체가 '세계 지'의 핵심적인 기둥일 수밖에 없었다. 민족어로 표상된 근대 세계는 이러한 맥락에서도 입체화되고 있었던 것이다.

체라는 하나의 수렴점을 강하게 환기하는 효과를 낳았다.

그러므로 조선이 세계와 맞닿은 채 동질적 시간대를 살아가고 있다는 '동시성'의 감각은 이 시기를 즈음하여 확립되었을 가능성이 크다.[39] 역사 전기물의 대량 번역과 유통은 조선이 비로소 근대 세계의 일원이 되었다는 것을 의미했다. 더불어 역사전기물의 존재는 번역어로 고안된 국한문체가 세계의 지식을 모조리 포섭해낼 수 있다는 것을 실증함으로써 그것이 민족 어로 추인되는 데도 기여했다. 민족어가 표상하는 근대 세계와 그 일원으로 서의 공동체 의식은 얼마 지나지 않아 새로운 문학을 통해 더욱 공고해질 터였다. 가라타니 고진에 의하면 "〈문학〉의 규범화는 네이션 스테이트의 확립과 연결"[40]되어 있으며, 문학 그 자체가 "네이션의 핵심"[41]이기도 하다. 초기의 한국문학사 서술에서, 그 이질성에도 불구하고 '신문학'안자산. 임화이 나 '신문예'김태준로 표현된 대상들을 다루는 첫머리에 늘 번역 역사전기물 들이 이름을 올렸던 근원적인 이유는 여기에 있다고 생각한다. 한국 근대문 학이 근대 세계 속에서 조선어 공동체의 자리를 확인하는 것으로부터 출발 했다면, 그 계기를 만든 텍스트들의 존재는 가히 필수불가결했을 것이다.

4. 번역 주체의 탄생과 한국 근대문학사

비록 미완으로 그쳤지만 『개설 신문학사』가 한국 근대문학 연구의 흐름

---

39 인쇄 출판물에 의한 민족의식의 발현이나 동시성의 개념 등은 베네딕트 앤더슨, 윤형숙 역, 『상상 의 공동체』, 나남출판, 2002, 45~63면 참조.
40 가라타니 고진, 박유하 역, 『일본 근대문학의 기원』, 민음사, 2007(1997), 248면.
41 위의 책, 258면.

에서 차지하는 위상은 자못 크다. 이는 무엇보다 임화가 본격적인 근대문학사의 첫 모형을 제시했기 때문인데, 특히 그의 기본적 관점인 이식문화론을 둘러싸고 다양한 비판과 반비판이 잇따른 것은 유명하다. 그런데 『개설 신문학사』 전체를 통틀어 본격적인 분석 대상이 된 첫 작품이 『서사건국지』였다는 사실을 기억하는 사람은 드물다. 임화는 박은식이 작성한 장문의 서序를 전문 상재하며 그 이유를 "당시 조선 사람의 문학관을 알기에 절호한 문서"[42]라 말한 바 있다.

임화 이래로 이 서문이 얼마나 많은 연구자들에게 인용될지 박은식은 예측할 수 없었을 것이다. 그들 중에는 이식문화론의 강력한 비판자였던 김윤식도 포함되어 있었다.[43] 하지만 김윤식·정호웅의 『한국소설사』에서 해당 서문을 인용한 맥락도 '개화기 정치소설' 류의 출현이 갖는 의미나 "개화공간의 소설개념"[44]의 한 조류를 설명하는 데 있었다. 임화와 크게 다르지 않았던 셈이다.[45]

번역·번안의 문학사적 가치를 높이 평가하지 않아도 『서사건국지』의 서문 만큼은 적극적인 참고 대상이 될 수 있었던 것은, '서문'은 '번역'이 아니라는 인식 때문일 것이다. 그러나 대부분의 역자 서문이 그러하듯, 박은식의 해당 서문은 『서사건국지』의 **번역 이후**에 남은 소회를 바탕으로 집필되었다. 다음은 이 서문의 마지막 대목이다.

---

42 임화, 「개설 신문학사」, 『문학사』, 143면.

43 김윤식·김현, 「1장 방법론 비판」, 『한국문학사』, 민음사, 1973; 김윤식, 「이식문학론 비판」, 『한국근대리얼리즘 비평 선집』, 서울대 출판부, 2002 등.

44 김윤식·정호웅, 『한국소설사』(개정증보판), 문학동네, 2019, 18면.

45 실제로 인용한 것은 김병현이 번역한 순국문판 『서사건국지』(박문서관, 1907)의 서문이다. 하지만 해당 서문 자체가 박은식 서문의 요약문이라 할 수 있다.

내가 이에 병을 이기고 바쁨을 떨쳐버리고 **국한문을 섞어서 역술譯述을 마치고**, 간행·배포하여 우리 동포들에게 항상 옆에 놓고 읽을 것으로 제공하니, 오직 우리 국민은 예로부터 내려오는 여러 소설들은 온통 다 시렁에 묶어두고, **이 같은 전기傳奇가 세상에 대신 유행하도록 한다면** 지혜를 깨우쳐 진보하도록 하는 데 유익함이 확실히 있을 것이다. 훗날 우리 대한도 저 서시스위스와 같이 열강들 사이에 위치하여 독립 자주를 공고히 한다면, 우리 동포의 생활이 곧바로 지옥을 벗어나 천국에 오를 것이니 어찌 즐겁지 않겠는가? 이 목적을 달성코자 한다면 오직 애국의 뜨거운 마음이 한 덩어리로 뭉치는 데 있다 하겠다.[46]

박은식은 전대 소설을 부정하고 번역 역사전기물을 새로운 시대의 모본으로 제시함으로써 자신이 '계승'이 아닌 '이식'의 위치에 서 있음을 천명했다. 실제 그의 외침대로, 『서사건국지』는 『월남망국사』와 더불어 이후의 번역 역사전기물 성행을 견인하는 데 결정적 역할을 하였다. 그의 단호함은 정치적 명분 때문이기도 했지만, 한편으론 그의 번역 체험에서 나온 것이기도 하다. "역술譯述을 마치고"라는 이 글의 시점은, 그의 발화 하나하나가 이미 조선어로 간행·배포될 번역서의 반향을 극대화하기 위한 전략 속에서 묘출되었다는 사실을 의미한다. 여러 선행 연구들이 개화기의 소설 인식을 대변하는 텍스트로 사용해온 『서사건국지』의 서문은 사실 '번역 주체의 목소리'였다.

번역 주체로서의 박은식이 주시하고 있는 곳은 바로 자국의 문학장이다.

---

46 박은식, 「서사건국지 서」, 민족문학사연구소 편, 『근대계몽기의 학술·문예 사상』, 소명출판, 2000, 97면.

서문의 다른 대목을 통해 "내가 그간 동지들을 대하여 소설 짓는 일을 의논해 보았"[47]다고 말한 것, 그리고 『서사건국지』를 모범 삼아 "이 같은 전기傳奇가 세상에 대신 유행하도록 한다면"이라고 말한 데서 나타나듯 애초에 '역술'과 '저술'은 분리되어 있지 않았다. "이 같은"이라는 부류를 번역·창작을 망라한 역사전기물 전체로 간주한다면, 장지연과 신채호는 각각 『애국부인전』과 『이태리건국삼걸전』을 통해 번역의 영역에서 그 구상에 응답하였고, 그중 신채호는 창작의 영역에서도 함께 응답한 셈이었다. 안자산 이래 대부분의 문학사에서 필수적인 텍스트로 간주해온 『을지문덕』, 『이순신전』, 『최도통전』 등은 이러한 맥락에서 출현하였다.

장지연의 『애국부인전』이 지닌 상징적 의미도 신채호의 창작 전기물에 비해 모자라지 않다. 잔 다르크를 다룬 『애국부인전』은 대다수가 국한문체였던 번역 역사전기물과 달리 순국문체로 나왔다. 전통적 한학 지식인이자 숱한 국한문체 문장을 여러 매체에 발표하고 있던 장지연이 직접 순국문체 번역을 감행했다는 점이 중요하다. 이는 계몽 텍스트가 담지하는 국한문체와 순국문체 간의 종속적이면서 동시적인 관계성을 증명해 준다. 기본적인 번역어의 지위는 국한문체에 있었지만, 그 담당자들은 계몽운동을 위해 기꺼이 순국문체 글쓰기로도 나아가고자 했다. 『월남망국사』, 『서사건국지』, 『이태리건국삼걸전』, 『을지문덕』, 『이순신전』 등 국한문체와 순국문체 판본이 둘 다 발표된 경우 대개는 국한문체가 나온 다음 순국문체가 뒤따르는 순서였다. 이채우에 의해 국한문과 순국문으로 동시에 역간된 『애국정신』국한문과 『애국정신담』순국문 같은 예외적인 경우를 제외하면 국한문체 / 순국문체 판본의 번역자는 일치하지 않는 사례가 더 많다. 하지만 동일 진

---

47 위의 책, 96면.

영 안에서의 역할 분담이 대부분이었기에 기획의 연속성은 부정되지 않는다. 적지 않은 한국문학사에서 '순국문'은 국한문혼용에 대비되는 진화론적 발전형으로서 근대 문학어의 위상을 차지해 왔다. 실존했던 국문운동의 이념적 지향도 이 구도를 뒷받침해주었다. 하지만 역사적 전개로 보자면 순국문체는 국한문체를 극복한 결과물로서가 아니라 국한문체를 기본으로 삼던 주체가 계몽의 노력을 확장하는 과정에서 활성화된 측면이 크다.[48] 번역·창작의 주체가 단일했던 것과 마찬가지로, 국한문체와 순국문체의 기획 주체도 별개가 아니었다. 흥미로운 것은 다소 복잡해 보이는 이러한 양상 자체도 당대인들에게는 조선어 공동체의 개성 가운데 하나로 인식되었으리라는 점이다.

한국 근대문학사의 기원을 근대 세계 속에서 체현된 조선어 공동체에서 찾을 수 있다면, 세계 지知와 창작 텍스트가 연동되는 현상을 역사전기물에서만 찾을 필요는 없다. 조선어의 근대는 세계를 표상하는 텍스트의 범람 속에 있던 모든 구성원들에게 체감되는 것이었기 때문이다. 그럼에도 창작 전기물에서 나타나는 몇 가지는 지적하고 넘어가고자 한다. 창작 전기물은 그 내셔널리즘적 속성에도 불구하고, 원래는 세계 지를 경유한 기획이었다는 흔적이 곳곳에 각인되어 있었다. 예를 들어 『이순신전』의 결론부에는 제갈량과 한니발이 거론되며, 이순신의 본격적 비교 대상으로서 영국 제독 넬슨 관련 내용은 상세히 제시된다. 우기선의 『강감찬전』 서문에는 잔 다르크가 이름을 올렸고, 『을지문덕』의 두 서문 중 이기찬의 것에는 관중, 제갈량, 비스마르크, 나폴레옹이, 안창호의 것에는 워싱턴과 나폴레옹이 나열되기

---

48 관련 논의는 손성준, 「번역과 전기의 '종횡(縱橫)'-1900년대 소설 인식의 한국적 특수성」, 『현대문학의 연구』 51, 한국문학연구학회, 2013, 76~77면 참조.

도 했다. '민족의 영웅들'은 이처럼 처음부터 타자를 의식하여 기획되었고 그들을 되비추는 방식으로 의미를 부여받았다.

조금씩 시야를 확장해 보자. 역사전기물의 주요 기획자 신채호는 소설 『몽견제갈량』1908의 서문에서도 프랑스 혁명과 미국 독립, 대도시 런던과 베를린, 나폴레옹·워싱턴·크롬웰·비스마르크를 언급한다. 저자인 유원표 역시 도입부에서 폰 슈타인과 비스마르크를 소환한 바 있다. 비스마르크의 이름이 창작 소설에 등장한 사례로는 이인직의 『혈의 누』1906가 유원표보다 앞선다.[49] 『혈의 누』의 특징 중 하나는 이동의 서사이다. 주인공 옥련이 조선, 일본, 미국을 넘나드는 과정에는 세부 지명과 함께 캉유웨이 같은 타국의 실제 인명도 수반되었다. 최초의 신소설로서 또 하나의 양식을 대표해 온 『혈의 누』는 이러한 근대 세계의 사실적 형상화 속에서 조선의 위치를 비정하며 탄생한 것이다. 또 다른 신소설 작가 이해조는 그 자신 조지 워싱턴의 전기인 『화성돈전』1908의 번역자이기도 했다. 고유명사 워싱턴화성돈은 『화성돈전』보다 그의 소설 『고목화』1907 내에서 지명으로 먼저 나타난 바 있다. 이 장면들은 역사전기물과 신소설이 일반적인 문학사 서술에서처럼 대립적 구조로만 해석되어서는 안 된다는 점을 시사한다.

덧붙이자면, 한국 근대문학사에서 탈과도기의 첫 세대로 공인되어 온 최남선과 이광수 역시 이른 시기부터 세계의 역사와 인물의 서사를 번역한 바 있다. 최남선은 『대한유학생회학보』에 「화성돈전」을 역재하였고, 『소년』을

---

[49] "옥련이가 구씨의 권하는 말을 듣고 조선 부인 교육할 마음이 간절하여 구씨와 혼인 언약을 맺으니, 구씨의 목적은 공부를 힘써 하여 귀국한 뒤에 우리나라를 독일국 같이 연방도로 삼되, 일본과 만주를 한데 합하여 문명한 강국을 만들고자 하는 비사맥 같은 마음이요, 옥련이는 공부를 힘써 하여 귀국한 뒤에 우리나라 부인의 지식을 넓혀서 남자에게 압제받지 말고 남자와 동등 권리를 찾게 하며, 또 부인도 나라에 유익한 백성이 되고 사회상에 명예 있는 사람이 되도록 교육할 마음이라."(이인직, 『혈의 누』, 문학과지성사, 2010, 69~70면)

통해서는 「피득대제전」, 「나폴레옹대제전」, 「가리발디」 등도 꾸준히 발표하였다. 이후 최남선은 『소년』과 『청춘』 등을 통해 보다 문학적인 세계 지, 곧 세계문학의 지평을 담아내는 동시에 조선학 연구 또한 심화해 나간다.

이광수의 번역작 중 가장 유명한 것은 『검둥의 설움』 1913이겠지만, 시간상으로는 『태극학보』에 스파르타쿠스의 연설문을 번역한 것이 앞선다. 그의 나이 불과 17세인 1908년이었다.[50] 연설 내용이나 역자의 말로 붙인 스파르타쿠스에 대한 소개는, 이광수의 번역문이 당시 유행하던 역사전기물의 자장에 놓여 있었음을 짐작케 한다. 한편, 그가 나중에 쓴 『무정』 1917의 주요 인물들은 미국·독일·일본 등에서 유학한 후 조선으로 돌아온다. 역사전기물의 번역을 통해 조선어 공동체가 근대 세계의 일원으로서 부감된 이래, 소설은 빈번히 유학을 소재로 삼았다. 여기서 읽어낼 수 있는 문명화의 욕망은 서구세계와 조선의 현실 사이에 있는 낙차를 포착할 때에야 발현될 수 있었다. '낙차'는 압도적이었겠지만 적어도 '포착'될 수 있었다는 점이 중요하다. 그것은 조선이 단일체로서 상상되었다는 사실과 더불어 그 단일체가 근대 세계에 확실히 편입되어 있다는 동시적 감각 없이는 불가능했다. 『무정』의 사례가 보여주듯 그 욕망은 국가로서의 조선이 부재한 상태에서도 발현될 수 있었다. 조선인이 체득한 민족성의 기저에는 여전히 명맥을 이어가던 조선어 공동체가 놓여 있었기 때문이다.

---

50 이보경, 「血淚-그리스인 스파르타쿠스의 연설」, 『태극학보』 26, 1908.11.

5. 중역重譯이라는 조건

세계 각국의 지식을 폭과 깊이까지 두루 확보하며 옮겨낸 조선어 텍스트, 번역 역사전기물의 집중적인 출판과 유통은 비가시적 언어 공동체를 형상화하는 데 결정적으로 기여했다. 이는 곧 한국 근대문학사의 시작을 알리는 신호탄이기도 했다.

세계를 번역하는 가운데 확립된 근대문학사라는 구도는 동아시아 차원에서도 적용 가능하다. 다만 일본이나 중국의 양상이 한국과 동일할 리는 없다. 가령 일본의 경우, 번역의 성과가 메이지 초기부터 대량으로 축적된 만큼 언어 공동체로서의 자의식이 형성된 시점 역시 상당히 앞당겨졌을 터이다. 이는 세계 지의 번역 담당자들과 근대문학 형성기의 창작 주체가 한국처럼 일원화되지 않았다는 것을 뜻한다. 물론 쓰보우치 쇼요, 후타바테이 시메이, 나쓰메 소세키, 모리 오가이 등 일본 근대문학의 선구자들 역시 대개는 전공 분야나 개인적 관심의 차원에서 서구세계와 밀접한 연관이 있었다. 하지만 메이지 문단의 주역이었던 일본 문인들은 박은식, 장지연, 신채호, 최남선, 이광수 등처럼 '세계 지의 번역'을 통해 조선어 공동체의 창출에 직접적으로 관여할 필요가 없었다. 그들은 세계문학의 번역에 일찌감치 역량을 집중했다. '세계 지의 번역'에서 '세계문학의 번역'으로 이행되어 간 것, 이 두 단계에 모두 그 시대의 문인들이 깊이 관여한 것이 한국 근대문학사의 특징이라면, 일본의 근대문학사는 '세계 지의 번역' 단계가 일단락된 시점에 '세계문학의 번역'과 함께 출현했던 것이다. 이를테면 가라타니 고진은 후타바테이 시메이의 번역을 고찰하며 「일본 근대문학의 기원으로서의 번역」이라는 제목을 붙였다. 이때의 분석 대상은 투르게네프 소설

의 번역이었다.[51]

근대문학사 서술에서 역사전기물에 지분을 할당하는 것은 중국 근대문학사에서도 찾기 힘든 모습이다. 『갈소사전』, 『이태리건국삼걸전』, 『라란부인전』, 『월남망국사』 등은 량치차오의 작업을 저본으로 삼아 나온 역사전기물들이다. 량치차오는 중국 근대문학사에서도 늘 첫 자리를 차지하는 인물로서, 세계 지의 번역과 문학의 창작을 겸한 그의 면모에서 박은식이나 신채호가 중첩되어 보이기도 한다. 그러나 아잉이나 천핑위안 등 번역의 문제를 적극적으로 취급한 연구자들조차 량치차오의 역사전기물에 대해서만큼은 일절 언급이 없다.[52] 그것을 소설의 한 종류로 보지 않기 때문일 것이다. 그럼에도 '부채감'이 있었다면 어떤 식으로든 의미부여를 했을 법하다. 하지만 근내 세계를 중국어로 옮기는 작업은 1860년대부터 이미 본격화되고 있었다.[53] 대량 출판의 시기는 이보다 늦다 해도 1902년 어간에 집중적으로 나온 량치차오의 전기물로부터 최초의 감각을 논하는 것은 무리일 것이다.

미루어 볼 때 역사전기물과 근대문학사의 독특한 관계성은 그 자체가 한국적 현상이라 할 수 있다. 본 장에서는 이 문제를 둘러싼 함의를 '세계 지의 번역을 통한 조선어 공동체의 창출'이라는 구도에서 분석하였다. 아울러, 한국의 역사전기물이 모두 '중역重譯'의 산물이었다는 사실을 재차 환기해야 한다. 한국의 번역 주체들이야말로 누구보다 이 조건을 잘 인식하고 있었다. 따라서 그들의 작업은 일본어 혹은 중국어로 된 '매개항'에 대한 첨

51 가라타니 고진, 조영일 역, 「번역가 시메이 – 일본 근대문학의 기원으로서의 번역」, 『근대문학의 종언』, 도서출판b, 2006 참조.

52 아잉(阿英), 전인초 역, 『중국근대소설사』, 정음사, 1987; 천핑위안, 이종민 역, 『중국소설의 근대적 전환』, 산지니, 2013 참조.

53 양일모, 「근대중국의 서양 학문 수용과 번역」, 『시대와 철학』 15-2, 한국철학사상연구회, 2004 참조.

삭과 다시쓰기를 전제할 수밖에 없었다. 이러한 측면에서 중역이라는 조건은 원전 재현의 가능성을 떨어트리기 마련이었지만, 그것은 번역 주체에게 주어진 상대적 자율성을 의미하는 것이기도 했다. 이 조건은 번역 주체의 개별성을 보다 심화시켜 종국에는 주어진 세계원본를 재해석하고 나름의 방식으로 배치역본하는 행위로 이어질 가능성을 확대했다. 여기서 관건은 단지 '그렇다면 텍스트는 어떻게 달라졌는가?'에만 있지 않다. 더욱 중요한 것은 이렇게 특수한 조건 속에서 탄생한 번역 주체 그 자체이다. 그들이 결국 한국 근대문학사를 열었기 때문이다. 세계 지의 번역에 이어 세계문학을 번역했던 그들과 그들의 동료, 그리고 후속 세대는 대부분 중역의 방식을 사용했다. 이 조건이 배태한 한국 근대문학사의 특징 또한 동아시아 구도 속에서 고구할 필요가 있다.

제1장

피와 피부색이 같은 공화주의자, 『갈소사전』

1. 들어가며

본 장은 20세기 초 한국에서 '갈소사噶蘇士'로 알려진 헝가리의 독립운동가 러요시 코슈트Lajos Kossuth, 1802~1894의 전기에 주목한다.[1] 이 작업은 한국의 근대전환기에 뚜렷한 족적을 남긴 량치차오梁啓超를 더 깊이 이해하는 것이기도 하다. 량치차오는 1906년 이후 한국의 역사전기물 유행과 직결된 인물로서, 코슈트 전기는 바로 그의 첫 전기물이었다. 따라서 코슈트 전기를 종합적으로 분석하는 것은 량치차오의 후속 전기물의 의미뿐 아니라, 그를 매개로 한 한국의 서구영웅전 수용 전반에 대해서도 유용한 통찰을 제

---

1 『갈소사전』은 표트르 대제, 나폴레옹, 워싱턴, 비스마르크 등 강대국 출신 전기들과는 달리 헝가리라는 생경한 나라의 영웅전기를 번역했다는 점이나 당대로서는 드물었던 공화주의자의 전기라는 점 등 그 자체로 주목할 가치를 갖고 있다. 그럼에도 불구하고 이 텍스트의 수용 과정은 제대로 조명된 바가 없는데, 여기에는 자료 자체의 희귀함도 한 몫 거들었을 것이다. 현재 『갈소사전』은 연세대와 이화여대 도서관 두 군데서 소장 중이다. 본 장에서 참조한 것은 이화여대 도서관 본으로 서지사항은 다음과 같다. 梁啓超, 李輔相 譯, 『匈牙利愛國者噶蘇士傳』, 中央書館, 1908.

공할 수 있다.[2]

1848년 이래 코슈트의 세계적 명성은 정점을 향하고 있었다. 홉스봄은 코슈트에 대해 "1840년대 코슈트의 명성은 실제로는 향신계급의 옹호자로서 얻어졌으나, 후일 민족주의 사가들이 그를 성지聖地로 치켜세우는 통에 그의 초기 활동은 파악하기가 어려워졌"[3]을 정도라고 했고, 제프 일리 역시 이탈리아의 마찌니와 더불어 코슈트를 19세기 후반 민족주의 형태의 급진 민주주의를 국제적으로 유행시킨 대표주자로 언급하였다.[4] 오스트리아 제국에 대항하여 코슈트가 주도한 헝가리의 독립운동은 1849년 4월 실제로 달성의 수준까지 이르렀다. 오스트리아가 러시아군을 끌어들이지 않았다면 그 과업이 실현되었으리라는 것이 역사가들의 정설이다. 혁명 자체의 성격을 보아도, 전반적으로 어디서나 패퇴한 19세기의 혁명들과는 달리 헝가리의 혁명은 내부의 문제로 붕괴하지 않은 단 하나의 사례였다고 평가되기도 한다.[5]

코슈트는 현재도 헝가리인들이 대표적 민족 영웅 1위로 손꼽는 인물이다.[6] 그의 진가는 동시대의 유럽인들 역시 인정하고 있었다. 코슈트에 대한 유럽인의 관심을 잘 보여주는 것이 19세기 후반 쏟아져 나온 서구권의 저

---

2 일본 학계에서는 마츠오 요오지(松尾洋二)에 의해 량치차오의 『코슈트전』과 그 저본에 대한 비교 연구가 수행된 바 있다(松尾洋二, 「梁啓超と史伝－東アジアにおける近代精神史の奔流」, 狹間直樹編, 『共同研究 梁啓超－西洋近代思想受容と明治日本』, みすず書房, 1999). 그러나 이 연구의 경우 량치차오의 전기물 번역을 둘러싼 여러 문제들과 텍스트 세 편에 대한 비교 연구를 병행하여 『코슈트전』에 대해서는 소량의 분석만을 제시할 뿐이며, 특히 일본어 『코슈트전』의 성립 과정이나 성격에 대해서는 거의 밝히지 못했다.

3 에릭 홉스봄, 정도영·차명수 역, 『혁명의 시대』, 한길사, 1998, 279면.

4 제프 일리, 『The left 1848~2000－미완의 기획, 유럽 좌파의 역사』, 뿌리와 이파리, 2008, 219~220면.

5 에릭 홉스봄, 정도영 역, 『자본의 시대』, 한길사, 1998, 100면.

6 *Magyarsáag-szimbóolumok*(헝가리성의 상징성들)이라는 연구에 따르면, 해당 설문 항목에서 코슈트는 44.7%로 1위를 차지하였다. Kapitáany, ÁAgnes & Kapitáany, Gáabor, *Magyarsáag-szimb-óolumok*, Budapest : Euróopai Folklóor Intéezet, 1999. 이상협, 「현재 헝가리인들의 민족적 자의식 분석연구」, 『동유럽발칸학』 8, 한국동유럽발칸학회, 2006, 331면에서 재인용.

술들이다.[7] 이 저술들의 내용은 코슈트의 혁명가적 행보를 설명하는 기본적인 것에서부터 그와 관련된 서신들, 성품과 인간적 면모에 대한 글, 그를 수행한 이가 전하는 첩보물 형태의 이야기,[8] 훌륭한 남편으로서의 증언[9]에 이르기까지 다양하다. 이렇게 유럽인을 열광시켰던 코슈트는 유럽을 알고자 열망했던 동아시아 지식인들에도 발견되기에 이른다.

2. 이시카와 야스지로의 코슈트 수용―혈맥 담론과 일등국을 향한 욕망

1) 헤들리의 *The Life of Louis Kossuth*와 이시카와의 「ルイ、コッスート」

한국에 이른 코슈트 전기의 기점은 이시카와 야스지로石川安次郎, 1872~1925의 「ルイ、コッスート」이하, 「루이 코슈트」였다. 그의 「루이 코슈트」는 일본의 유

7　조사로 확인된 서적은 19세기까지로 한정해도 50종을 상회한다. 이 수치에는 헝가리 역사에 대한 저술들은 포함되어 있지 않다(헝가리사에 대한 최초의 영문 저술은 Arminius Vambery, *HUNGARY-In ancient, Mediaeval, and Modern times*, Modern times, T.Fisher Unwin, 1886이다(Preface, p.viii). 이하에 유럽 각국에서 간행된 코슈트 관련 서적을 언어별로 한 권씩만 제시해 둔다. 헝가리어―Szöllösy, Ferencz, *Kossuth és a magyar emigratió török földön. Függelék : utirajzok*, Lipcse, 1870 등; 영어―Tefft, B.F.(Benjamin Franklin), *Hungary and Kossuth : or, An American exposition of the late Hungarian revolution*, J. Ball, 1852 등; 프랑스어―Hippolyte Castille, *Louis Kossuth*, E. Dentu, 1859 등; 독일어―Levitschnigg, Heinrich von, *Kossuth und seine Bannerschaft; Silhouetten aus dem Nachmärz in Ungarn*, Pesth G. Heckenast, 1850 등

8　Stillman, W. J., *On a Mission for Kossuth, The Century Illustrated Monthly Magazine*, Volume XLVIII, No.2, June, The Century Company, 1894.

9　"코슈트는 최고의 친구였다. 그는 온화하고 충실한 사랑도 했었다. 가장 아름다운 최고의 여인, 그의 아내를 사랑했다. 그는 아내의 초상화를 보여주었는데, 살아있는 듯했으며, 방 한가운데, 그가 앉아있는 테이블 앞 불빛 가운데에 있었다. 그는 아내를 한시도 잊은 적이 없었다. 코슈트는 죽기 전에 아내의 초상화를 마지막으로 쳐다보며 미소를 지었고 머지않아 그의 사랑스런 동반자의 영혼을 다시 찾았을 것이다. 이 정직하고 충실한 남자, 위대한 애국자, 국가의 영웅, 최고의 친구, 그의 아내를 진심으로 사랑한 남자, 코슈트는 사람들을 미소 짓게 만드는 한 시대의 모든 미덕에 대한 좋은 모범을 보여주었다."(Madame Adam, *Louise Kossuth, The Cosmopolitan*, Volume XVII, No.3, July, The Cosmopolitan Magazine Company, 1894, p.334)

력 잡지 『태양太陽』 제5권 22호와 24호1899년 10월~11월에 게재된 후 이듬해 출간된 전기물 모음집 『근세세계십위인』에 재수록되었다.

이시카와는 저널리스트 및 정치가의 삶을 살았으며 다양한 저술 활동을 펼친 인물이다. 1872년 오카야마岡山에서 출생했으며 게이오 의숙을 한 차례 중퇴했다가 문학과로 재입학했다. 『경인신지庚寅新誌』에서의 기자 활동을 시작으로, 『신부일보信府日報』 주필, 『중앙신문中央新聞』 등을 차례로 거쳤다. 1898년 마이니치 신문사에 들어간 후 『매일신문每日新聞』 제1면에 「당세인물평」을 연재하며 호평을 받았고, 『동경조일신문東京朝日新聞』 주간, 『보지신문報知新聞』 편집주임 등을 역임했으며, 1914년부터 1924년까지는 『만조보万朝報』에 있었다. 『보지신문』 시기 미국 특파원을 지냈고 베이징에서 5년간 체류하기도 했으며, 『만조보』 시기에는 유럽에 파견된 바 있다. 정치 영역에서는 1897년 사회문제연구회, 1899년 '보통선거 기성동맹회'에 참가했으며 다이쇼 초기의 호헌운동護憲運動에도 관여했다. 1924년에는 중의원에 당선된다. 개진당·헌정회 계열의 정치가로 알려져 있다.[10]

이시카와 야스지로는 「루이 코슈트」의 저본을 밝히지 않았다. 조사 결과, 그가 코슈트 전기 집필에 주로 참조한 텍스트는 피니어스 헤들리Phineas Camp Headley, 1819~1903[11]의 *The Life of Louis Kossuth*[12]로 확인되었다. 두 텍

---

10 臼井勝美 外 編, 『日本近現代人名辭典』, 吉川弘文館, 2001, 66면; 遠山正文, 「解說－沼間守一の個性と行動」, 石川安次郞, 『沼間守一』, 大空社, 1993, 5~6면; 松尾洋二, 앞의 글, 289면 참조. 저서에는 『露国の志士、愛蘭の佳人』(1906), 『鉄胆阿川太良』(1910), 『肅親王』(1916) 등 역사적 인물을 다루는 것이 많지만, 『神經衰弱及其回復』(1909), 『改造中の世界を旅行して』(1920) 등과 같이 이질적인 것도 발견된다.

11 1819년 뉴욕의 월튼에서 태어났다. 법학 학위를 받은 후 신학 공부를 시작한 그는 뉴욕의 Auburn에 있는 신학대학을 졸업한 후 목사가 되어 장로교 및 회중파 교회의 목회를 담당했다. 작가로서의 활동 역시 왕성하여 *Christian Parlor Magazine*, *The New York Observer*, *The New York Tribune*, *The Boston Traveler* 등에 기고했으며, 단행본으로는 *Women of the Bible*(1850)을 시작으로 30여 년간 많은 저작을 남겼다. 전기물은 그의 주 저술 분야였는데 코슈트 전기를 집필하기 전 이미 *The Life of the Empress Josephine*(1850), *The life of the General Lafayette*(1851) 등을 발표

스트를 비교해보면 연관성은 뚜렷하게 드러난다.

> Louis Kossuth, **Governor of Hungary**, was born on the 27th of April, 1802, at Monok, in the County of Zemplin, situated in the northern part of the kingdom. His father, Andreas Kossuth, was descended from an ancient family who originally lived in the County of Turoczer, **and were among those who early defended the cause of nationality, and suffered in the struggle.** His mother's maiden name was Caroline Weber, a woman of good mind and Protestant faith⋯⋯ 헤들리, 17~18면

> 러요시 코슈트는 1802년 4월 27일에 헝가리의 북방에 있는 젬플렌주의 모노크부府에서 태어났다. 아버지는 안드라스라고 하며 투로크주에서 이주한 자이다. 그 가계는 귀족은 아니지만 또 결코 비천한 것도 아니어서 애국자로서 세상에 알려진 인물의 혈통에 속해 있었으며, 어머니는 캐롤리나 베버라는 열성적인 신교도였다. 이시카와, 798~799면[13]

한 바 있다. www.blueletterbible.org/commentaries/comm_author.cfm?AuthorID=65(최종 검색일 : 2021.6.30) 참조.

12 P. C. Headley, *The Life of Louis Kossuth*, Derby and Miller, 1852. 시간적 차이가 있기에 1899년 당시 이시카와가 활용한 것이 *The Life of Louis Kossuth*의 초판본(1852)은 아닐지도 모른다. 헤들리의 저술들의 경우 꾸준히 재간행되기도 했다. 서지로 확인 가능한 헤들리의 『코슈트전』 중에는 1901년 본도 있는데 이는 시기상 이시카와의 것보다 나중이므로 해당 사항이 없지만, 그 사이에 이시카와가 입수했을 법한 다른 판본이 있었을 개연성은 충분하다. 본 장에서는 *The Life of Louis Kossuth*의 초판본을 그대로 사용했지만, 다른 헤들리 저술의 초판과 재판본의 비교를 통해 보건대 『코슈트전』의 다른 버전이 있었다 해도 수정 요소는 없거나 크지 않았을 것이다.

13 이하 이시카와의 텍스트는 일본 국회도서관 소장본인 다음의 원문을 참조했다. 石川安次郎, 「ルイ、コッスート」, 『近世世界十偉人』, 文武堂, 1899.

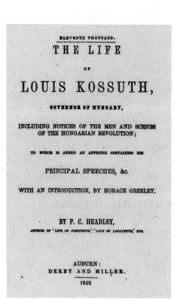

밑줄 친 부분만 약간 다를 뿐, 저본과 역본으로 보아도 무방할 정도로 두 텍스트는 흡사하다. 이 외에도 둘이 연관되어 있는 근거는 얼마든지 찾을 수 있기에 *The Life of Louis Kossuth*를 「루이 코슈트」의 주 저본으로 확정하는 데 어려움은 없다.[14]

헤들리의 저서는 코슈트와 관련된 전기적 기록312면까지에 그의 주요 연설문461면까지을 부록으로 첨가한 형태로, 잡지 『태양』에 2회에 걸쳐 게재한 이시카와의 분량과는 압도적 차이가 있다. 즉, 이시카와는 헤들리 저서의 방대한 내용 중 일부를 발췌하거나 재구성하여 나름의 『코슈트전』을 만든 것이다. 애초에 이시카와는 헤들리의 텍스트에만 의존할 수 없었다. 헤들리의 전기는 코슈트가 활동하던 1852년에 나온 것이다. 따라서 1899년 시점의 이시카와로서는 1852년 이후의 헝가리 역사가 어떻게 전개되며 코슈트의 최후가 어떠한지 등을 설명하기 위한 추가 조사가 필요했다. 헝가리의 고대사, 코슈트 활동기의 배경을 설명하는 도입부와 코슈트 등장 직전에 활약한 세체니Széchenyi István, 1791~1860 백작의 개혁 내용, 그리고 에필로그에 해당하는 마지막 챕터「第二十 헝가리의 수복」 등은 헤들리의 텍스트와 일치하는 부분이 없다. 다른 자료가 활

---

14 위 인용문에서 이어지는 내용도 모두 헤들리 텍스트에서 추출된 것들이다. 전반부의 일부만 추가하여 제시하면, 이시카와, 799~800면(헤들러, 18~19면); 이시카와, 806~807면(헤들러, 19~20면); 이시카와, 808~809면(헤들러, 36~37면) 등이 있다. 이시카와는 상대적으로 일본어 자료가 빈약했던 코슈트의 삶을 서술하기 위해서 영어권 저술을 활용할 수 있었다. 그의 기자 경력에는 포츠머스 회담(1905) 취재를 위해 영국에 파견된 사실이 있으며, 1910년대부터 영문으로 간행된 *The who's who in Japan*(The Who's Who in Japan Office)의 집필진으로 일부 참여한 기록도 남아 있다.

용된 것이다. 그러나 주인공 코슈트의 행적에 관한 대부분의 소스는 *The Life of Louis Kossuth*였다.

헤들리는 *The Life of Louis Kossuth*에 대해, 최근 나온 많은 코슈트 관련 저서들과 다른 정확성과 구체성을 갖추었음을 자신하고 있다. 그 이유는 외국의 여러 자료 외에도 펄스키Ferenc Aurél Pulszky, 1814~1897 백작의 회고 및 정보 제공을 통해 차별화했기 때문이었다.[15] 펄스키 역시 혁명기에 활동한 헝가리의 정치가로, 망명자가 된 코슈트와 영국에서 만나 장기간의 미국 방문에 동행한 코슈트의 최측근이기도 했다. 헤들리는 *The Life of Louis Kossuth*를 당사자의 허락하에 펄스키에게 헌정하며 표제지에 펄스키를 "헝가리 영웅이자 정치인으로, '불멸의 코슈트The Immortal Kossuth'를 위해 자신을 적합한 동지가 되게 한, 조국을 위해 헌신한 인물"이라 소개하고 있다.

앞서의 "The Immortal Kossuth"라는 범상치 않은 표현을 따로 언급할 필요도 없이, 헤들리의 『코슈트전』은 주인공에 대한 존숭의 차원에서 기획되었다. 코슈트의 명성이 유럽을 들썩이고 있을 무렵 미국 방문에 맞춰 출판되었던 저작인 만큼 찬양의 색채가 짙을 수밖에 없었다. 그러나 이시카와 야스지로는 헤들리의 의도와는 상관없는 전혀 다른 메시지를 준비해두었다.

이시카와가 구성한 「루이 코슈트」의 서사는 네 가지 국면으로 나눌 수 있다. 첫 번째는 헝가리의 역사 개관 및 시대적 배경과 코슈트의 성장 과정을 서술하는 단계이고1~4장, 두 번째는 성인이 된 코슈트의 활약기로서 오스트리아로부터 정치적 독립을 승인받아 헝가리 자치 내각을 세우는 시기까지5~11장이며, 세 번째는 비헝가리계 세력과의 갈등, 오스트리아와의 전쟁이라는 위기를 극복하고 헝가리의 독립 선언에 이르는 단계12장~15장이다.

---

15 P. C. Headley, *Ibid.*, PREFACE.

마지막 네 번째는 코슈트와 괴르게이 장군의 충돌 및 헝가리의 몰락, 그리고 오스트리아와의 타협을 통해 다시 정치 권력을 어느 정도 획득하는 단계 16~20장이다.

2) 헝가리 - 일본의 종족적 우수성 공유

이시카와는 서두와 결말부, 그리고 서사 중간중간에 개입하며 이 전기물의 집필 의도를 충분히 밝힌다. 「루이 코슈트」가 가장 먼저 내세우는 것은 주인공인 코슈트가 아니라 헝가리의 종족이다. 도입부를 주목해보자.

> 나는 다년간의 연구에 의해 일본인종은 결코 한 종류의 인종으로 되어있지 않음을 알았다. 그리하여 **그 혼재된 혈맥 중에 큰 부분으로서 지나支那의 북방에 거주하는 흉노의 피를 포함하고 있음을 알았다.** 생각건대 흉노는 세계의 인종 가운데 가장 우세한 종족으로, 서쪽으로 이동하여 유럽의 중원에서 세력을 떨친 사람들은 헝가리인이 되었고, 동쪽 바다를 건너 이 섬나라에 온 이들은 일본인이 되었다.이시카와, 792면

헝가리인의 기원을 거슬러 올라가면 '흉노족'과 조우하게 되는데, 이들이 곧 일본인의 조상이기도 하다는 것이다. 여기서 이시카와는 흉노족을 A.D.3~5세기 사이 유럽을 호령했던 '훈족'과 동일시하고 있으며, 일본인종 역시 흉노족의 혈맥이므로 결국 훈족의 피를 공유하고 있다는 논리를 전개한다. 따라서 코슈트는 "우리가 5천 년 전에 헤어진 동포 가운데 한 영웅"793면이 되는 것이다. 즉, 이시카와는 『코슈트전』을 통해 일본인이 세계 최고의 인종이라는 명제를 제기하고자 했다. 이러한 사유에는 무력상 가장 강한 인종이

가장 우수한 인종이라는 대전제가 깔려있다.[16]

메이지 중기 이후의 일본 역사학계는 일본의 기원을 어떻게 대륙의 전통과 연관 지을 것인가에 대해 고심하고 있었다. 그 노력은 여러 형태로 나타났지만 고대 아시아의 뛰어난 유산들을 상속받아 일본이 현재에 이르렀으며, 때문에 다가올 미래 역시 보장되어 있다는 내러티브를 구축한다는 점에서 대동소이했다.[17] 당시의 대표적 역사학자 시라토리 구라키치白鳥庫吉, 1865~1942는 일본인의 기원을 끝까지 추적해 본 결과 헝가리에 이르렀다는 내용으로 강연을 한 바 있다.[18] 실제 시라토리는 이시카와가 「루이 코슈트」를 집필하기 직전인 1897년에 흉노와 관련된 연구를 발표하기도 한다.[19] 개화론자 다구치 우키치田口卯吉, 1855~1905 역시 청일전쟁 시기인 1895년에 발표한 「일본인종론」에서 일본인종이 중국인종과 같은 황색인종이 아니며 흉노인종이 그 선조가 된다며 헝가리나 투르크를 현대의 동포로 규정하였다.[20] 이후의 저술들에서 다구치는 일본민족의 기원이 백인인종이라

---

16 이시카와가 제시한 구도는 여러 가지 불명확한 이론적 가설을 사실로 받아들이고서야 가까스로 성립 가능하다. 우선 흉노족과 훈족의 연관성 자체가 객관적이지 않다. 그리고 헝가리인의 훈족 기원설 혹은 동양 기원설 역시 여러 가지의 오해와 잘못된 가설, 그리고 19세기 낭만주의적 민족주의가 만들어 낸 일종의 믿음이라는 견해가 지배적이다(이상협, 『헝가리사』, 대한교과서주식회사, 1996, 13~15면). 참고로 현재 헝가리인 중에도 여전히 1/4 가량은 자민족의 훈족 기원설을 지지하며 이는 주로 극우 정당 및 국수주의자들에 의해 명맥이 유지되고 있다고 한다. 언어사적 측면에서 증명된 이론이자 현재 헝가리인들의 56.8%가 지지하는 것은 핀-우그리언(Finnugor)기원설이다(이상협, 앞의 글(1996), 328~329면).
17 스테판 다나카, 박영재·함동주 역, 『일본 동양학의 구조』, 문학과지성사, 2004 참조.
18 "나는 여러 해 동안 다양한 분야에서 일본인의 기원을 알기 위해 연구해왔다. 처음에는 일본과 연결된 한국의 역사를 연구했고, 그리고 나서는 한국인과 연결된 만주 지역 민족의 역사를, 그리고 차츰 그 밖의 관계에 대해서 연구했다. 마지막으로 중앙아시아로 가지 않고서는 (일본의 기원)을 알 수 없음을 깨닫고, 나는 우리와 관계된 민족의 자취를 따라 서쪽 헝가리에 이르러서야 추적을 그치게 되었다." 白鳥庫吉, 「言語學上より見たる「アイノ」」(1905년 강의 속기), 『白鳥全集』 2권, 349면(스테판 다나카, 앞의 책, 123면에서 재인용).
19 시라토리는 여기서 흉노가 인도-게르만족과 관련있다는 기존의 논의를 부정하고 투르크족과 관련이 있는 것임을 천명하였다. 그리고 후에 '흉노-투르크족' 구도를 '흉노-몽골'로 조정하여 흉노족과 아시아인종의 역사를 더 직접적으로 연관 짓는다(스테판 다나카, 앞의 책, 125면).

는 주장을 강력히 전개해나간다. 이와 같은 '일본인 백인설'은 당시의 백인 우월주의 신봉 및 '탈아입구脫亞入歐'로의 욕망이 증폭된 형태였지만 일본 사회에서는 그다지 이단시되지 않았다.[21] 비슷한 맥락에서 동유럽의 헝가리를 형제로 여기는 사고방식 역시 당시로서는 학문적 발견으로 수용될 수 있었을 것이다. 「루이 코슈트」는 결국 일본인의 뿌리에 유럽을 호령한 흉노족이 있다는 연구가 유통되기 시작하던 시대적 흐름에서 나온 텍스트다.

따라서 '형제'가 소유한 승리의 역사는 지금 '나'의 가능성이 된다. 이시카와는 헝가리의 고대 역사를 설명하는 부분에서 동족과 동족이 대립했던 역사도 언급하는데, 이 역시 '용맹스런 우리 혈맥'을 강조하는 맥락이다.[22] 고난을 극복해 나가는 코슈트와 헝가리인의 이야기는 피를 나눈 형제의 서사, 즉 '우리의 서사'가 되는 것이다. "간난艱難을 만나 한층 더 용기를 내는 것은 헝가리인의 특성"846면과 같이 이시카와는 코슈트의 전기와는 별개로, 헝가리인의 종족적 우수성을 강조하는 것을 잊지 않는다.

한편, 흉노의 혈맥을 자국인의 자부심을 구성하는 요소로 편입시키려면, 그것은 오직 일본에만 해당되어야 했다. 다시 말해, 인접한 중국인이나 한국인 역시 같은 계통의 기원을 가질 수 있다면 곤란했다. 앞선 인용문에 등장하는 "지나支那의 북방에 거주하는 흉노의 피"라는 대목은, 흉노의 피가 중국과는 구분된 것임을 간접적으로 드러내는 서술이기도 하다. 이시카와는 「루이 코슈트」 전체를 통해 '아시아'나 '황인종' 등의 용어는 거의 사용하지 않는 반면, '일본인종' 및 일본 관련 용어는 열 차례에 걸쳐 등장시켰

---

20 오구마 에이지, 조현설 역, 『일본 단일민족신화의 기원』, 2003, 231~233면.
21 위의 책, 238면.
22 "우리의 5천년 전의 동포는 유럽에 들어온 후에 유럽인과의 싸움에서는 많은 실패를 맛보지 않았으나, 오히려 동족의 한 갈래인 몽골인 및 투르크인에게는 고초를 겪었다."(이시카와, 794면)

다.[23] 흉노족의 피를 독점하기 위하여 일부러 기타 아시아계 황인종에 대한 언급을 피하고 헝가리-일본, 헝가리인-일본인, 헝가리인종-일본인종이라는 대칭 구도만을 제시하는 것이다. 요컨대 이시카와는 일본인종을 황인종 내부에서 '재차이화'[24]하고자 했으며, 이로써 그의 저술에서 흉노의 용맹성은 일본인종의 전유물이 되었다.

이시카와가 상정하는 일본의 독자성은 "코슈트가 미국의 각지에서 범상치 않은 환영을 받은 것은 우리 일본정부의 캉유웨이康有爲와 박영효에 대한 태도와 같지 않았고"이시카와, 875면와 같은 대목에서도 간접적으로 드러난다.[25] 일본정부에 대한 이시카와의 태도는 비판적이었지만, 한편으로는 미국과 일본을 수평적으로 배치하고 몰락한 헝가리와 중국·조선, 그리고 망명자 코슈트와 캉유웨이·박영효를 같은 층위에 놓음으로써 자국의 탈아시아적 위상을 공고히 하는 태도를 보인 것이다.

---

23 일본인종 2회(879면의 "일본과 헝가리는 20세기 세계에서 가장 우수한 최고의 인종이라고"를 포함시킬 경우), '일본인' 3회, 그리고 '일본'이라는 국명이 노출된 기타 표현이 5회 등장한다. 반면 황인종과 유사한 표현은 '황백종족(794면)'이라는 용어가 한 차례 등장할 뿐인데 이 역시 의도적으로 '백색'과 중첩되는 의미를 삽입했다는 점에서 문제적이다. 역으로 통상적 의미의 백인종은 유색을 가미한 '홍백인종(794면)'으로 지칭하고 있다.
24 이 용어는 쑨쟝(孫江)의 논문에서 차용한 것이다. 그는 메이지 및 청말·민초 시기 양국의 교과서 분석을 통해 서구의 인종 지식이 동아시아로 수용되던 과정을 고찰했다.(孫江, 「피부색의 等級─근대 중·일 교과서의 인종 서술」, 『대동문화연구』 65, 대동문화연구원, 2009) 쑨쟝에 의하면 동일 인종 내부의 등급 나누기는 일본의 메이지 초기의 지리 교과서에서부터 생산되던 것이었는데(160면), 인종적 '자기비하 콤플렉스'를 갖고 있었던 일본은 청일전쟁 이후의 민족주의적 고양을 기점으로 황인종에 대한 자국인의 재차이화 담론을 양산하게 되며, 그 조류는 러일전쟁 이후 극대화된다(163~164면).
25 캉유웨이(康有爲, 1858~1927)는 1898년 변법유신의 좌절 후에 일본으로 망명했다. 박영효(朴泳孝, 1861~1939)는 1884년 갑신정변 실패 후 망명하였으며, 1894년 갑오개혁을 계기로 복귀한 후 1895년 반역음모사건으로 재차 망명하였다.

3) 헝가리를 통해 타진되는 식민지적 무의식의 확장

「루이 코슈트」는 필자 이시카와의 정치적 성향이 확연하게 표출되는 텍스트였다.

> 지금 우리나라의 보수당은 자주 일본인의 약함을 슬퍼하여 일본인은 도저히 구미인에 이길 수 없다며 앞장서 외친다. 하지만 나는 5천 년 전의 동포가 유럽의 중원에서 의연히 패업을 성공시켜 위풍스런 홍백인종을 압도한 바가 있음을 본다. 우리 황백종족이 어찌 선천적으로 저들 홍백인종에 뒤질 이유가 있으리오. (…중략…) 내가 지금 그의 경력을 서술하여 그 인물의 행적을 설파하고자 하는 것은 실로 우리 개국 진보주의의 발전에 자산이 되기를 바라는 자그마한 취지에 다름 아니다.이시카와, 793면

이렇듯 '인종' 혹은 '종족'이라는 화두는 보수당을 성토하는 도구로 활용되었다. 좀 더 직접적인 발화도 있었다.

> 이는 실로 일본의 마에다 마사나前田正名씨 무리의 공상과 닮은 우스꽝스런 법률로 우리는 그 난폭함에 어안이 벙벙해질 따름이지만, 본래 제정주의·보수주의·국가주의 등을 그리워하는 자는 일반적으로 곧잘 폭정을 실행하려 하는 법이다. 그러나 헝가리인은 결코 이 같은 폭정을 감수할 수 없었다. 코슈트는 분연히 일어나 페스트 신문으로 국민을 선동했다.이시카와, 825면

이시카와는 오스트리아가 헝가리에게 취한 경제적 압박 정책을 당시 일본 정부의 경제 정책에 큰 영향력을 행사하던 마에다 마사나前田正名, 1850~1921를

조소하는 수단으로 활용했다. 정치적 반대파를 실명까지 거론하며 비방하는 발언이 전기물 장르 안에서 발견된다는 점은 꽤나 이채롭다. 이시카와는 역사적 사실이라는 권위를 내세워 일본인종의 힘을 재발견하려 했을 뿐 아니라 이를 다시 현실 정치로 확장하였다. 그는 1901년 자유민권운동 계열의 정치결사를 주도한 누마 모리카즈沼間守一, 1843~1890의 전기[26]를 쓰기도 했다. 즉, 보수적 국권파에 대한 이시카와의 반감은 명백히 드러난다.

그러나 이러한 비판들을 국권주의에 대한 민권파 계보의 견제로 보는 것은 사안을 단순화하는 해석이다. 코모리 요이치는 근대 일본어의 형성 과정을 통해 일본의 '자기식민지화'와 '식민지적 무의식'을 드러내고자 하였다. 여기서 '자기식민지화'란 지배하는 자의 진영 안에 자신을 입점시키기 위해 서구열강의 근대적 가치를 내면화하는 것이며, '식민지적 무의식'이란 스스로가 이미 그 가치를 체현하고 있는 듯이 사고하고 강변하는 것을 뜻한다.[27] 이것이 문제적인 것은, 자신이 식민지화될 가능성은 철저히 부정하면서도 문명과 진보의 논리로 타자에 대해서는 '식민주의적 의식'을 적극 표출하는 데 있다. 그 욕망은 애초부터 국권파와 민권파 양진영 모두에게 있었다.[28] 이러한 시각에서 이시카와의 텍스트에 접근할 때 위의 두 인용문은 분명 달리 보인다. 전자에서는 백인들이 세운 제국, 그 이상을 넘보고자 하

---

26 石川安次郎,『沼間守一』, 每日新聞社, 1901. 누마 모리카즈는 에도 막부 관료 출신의 정치가로서 1882년 입헌개진당(立憲改進黨) 창립에 직접적으로 관여하였으며『도쿄요코하마 마이니치신문』의 사장을 지내기도 했다. 이 신문은 개진당계의 정론을 담당하는 역할을 맡았다.(유모토 고이치, 수유+너머 '동아시아 근대 세미나팀' 역,『일본 근대의 풍경』, 그린비, 2004, 633면 참조) 그의 개진당 결성과 활동은 민권파를 자유당계와 개진당계로 나누고 상호 비판의 양상으로 흘러 결국에는 민권파의 분열을 촉진시키는 계기가 된다(코모리 요이치, 정선태 역,『일본어의 근대』, 소명출판, 2003, 76~77면).
27 코모리 요이치, 위의 책, 130~131면 참조. 본래 이 개념은『포스트콜로니얼』이라는 저술에서 먼저 제기되었다. 코모리 요이치, 송태욱 역,『포스트콜로니얼』, 삼인, 2002, 22~33면 참조.
28 위의 책, 129·143~144면 등 참조.

는 욕망이 직접 드러나며 후자에서는 그 욕망을 충족시켜주지 못하는 정치인들에 대한 불만을 읽어낼 수 있기 때문이다.

다음은 코슈트의 죽음 이후 이어지는 이시카와의 마지막 서술로서, 코슈트를 직접 접했던 한 인물의 입을 빌려 일본과 헝가리를 동시에 거론하는 대목이다.

> 이리하여 그는 아버지와 함께 오랫동안 코슈트와 접촉한 사람인 것이다. 일전에 나에게 일러 가로되 '제가 코슈트 씨에게 일본의 국정國情에 대해 말할 때마다 그는 기꺼이 이를 경청하고, 일본과 헝가리는 20세기 세계에서 가장 우수한 최고의 인종이라고 거듭 말씀하셨습니다. 5천 년 전의 동포가 동서에서 서로 격려하며 세계 열강 사이에서 패권을 수립한다면 이 또한 유쾌한 일이 아니겠는가라고 하셨습니다'라고. 헝가리의 근래의 정세를 보건대 코슈트의 예언이 반드시 공언은 아님을 증명하고 있고, 돌아서서 일본의 국정을 보면 나는 자못 낙담하여 허탈해지지 않을 수 없다.이시카와, 879~880면

사실인지 확인할 길은 없으나 코슈트 역시 일본이 헝가리와 더불어 20세기의 가장 우수한 인종이라고 말한 바 있다는 것이다. 이 발언은 "5천 년 전의 동포가 동서에서 서로 격려하며 세계열강 사이에서 패권을 수립"하는 원대한 꿈을 포함한다. 이시카와가 일본국정을 돌아보고 허탈해질 수밖에 없는 이유는 세계의 패권까지 거머쥐어야 마땅한 일본인이 정부와 보수 정치인의 무능력 때문에 여전히 제자리걸음을 하고 있기 때문이다. 결국 이시카와의 정부 비판은, 민권의 진작이 아니라 오히려 종족주의에 근간한 국권의 극대화를 겨냥하고 있었다.

4) 삭제된 코슈트의 정치 성향

이시카와의 『코슈트전』 마지막 챕터의 제목이 「헝가리의 수복」인 것에서 드러나듯, 이시카와는 1867년에 헝가리가 다시 국권을 되찾은 것을 승리로 간주하고 있다. 그러나 일반적으로 이 사건은 오스트리아와 헝가리 간의 '대타협Ausgleich'으로 인식된다. 무엇보다 이런 방식의 권리 회복은 결코 망명 중인 코슈트가 원하던 방향이 아니었다. 코슈트는 1862년 '다뉴브 연방국가 설립안'을 발표한 바 있는데 이는 연방 체제를 전제로 한 소수민족 간의 연합을 골자로 하는 것이다. 그러나 크로아티아인, 루마니아인 등과의 연합보다 차라리 오스트리아와의 화해와 타협을 선호한 것이 당시의 의식 수준이었다.[29] 그리고 그 결과로서 1867년 6월의 양립체제가 수립된 것이다.

오히려 코슈트는 이 타협의 분위기가 무르익던 1867년 5월, 그러니까 양립체제의 발효 직전에 공개서한을 발표하여 헝가리와 합스부르크의 타협을 극력 반대한 바 있다. 여기서 그는 헝가리가 소수민족이 아닌 오스트리아와 손잡는 것이 불러올 재앙을 경고했다.[30] 이시카와의 『코슈트전』에는 이러한 사실이 언급될 리 없었다. 흉노족의 피를 나눈 형제 국가의 성공을 그리고자 한 이시카와의 목적상 그에 걸맞은 대미大尾가 필요했기에, 1867년의 타협이 그 전리품으로 포장된 것이다. 이 과정에서 주인공 코슈트의 목소리는 지워졌다.

이렇게 볼 때 이시카와의 「루이 코슈트」는 그 자체가 이율배반적 요소를 내장하고 있었다. 코슈트가 중심이 되어 이끌어 온 헝가리 독립 운동이 코슈트 본인은 극력히 반대했던 '타협'이라는 결말을 낳았음에도, 이시카와

---

29 이상협, 『헝가리사』, 대한교과서주식회사, 1996, 212면.
30 위의 책, 214면.

는 그들이 이룩한 결과에 경외감을 표할 뿐이다. 심지어 이시카와는 코슈트가 1867년의 '수복'을 만족스럽게 회상했다는, 사실과 부합될 리 없는 무리한 서술까지 감행한다.

> 코슈트는 표랑의 생활 중 저술과 연설로써 헝가리의 국익에 도움이 될 의견을 공표했는데, 그 후 데아크의 힘에 의해 1867년에 헝가리가 권리를 되찾고 1886년 이후 헝가리의 진보가 참으로 놀랄만한 것임을 보고 마음을 크게 위로받은 듯하며, 거처를 유수명경한 이탈리아의 토리노로 정하고 여생을 과학 연구에 몸을 맡겨 정진하다가 1894년 3월 21일 천수를 다하고 서거했다.이시카와, 878~879면

애써 긍정적으로 서술하고는 있지만 이는 결국 이시카와의 상상력이다. 코슈트는 평생 '오스트리아-헝가리'의 이중국체를 거부하고 헝가리의 완전한 독립만을 지지했다. 이중체제가 된 헝가리의 간청에도 불구하고 끝내 귀환하지 않은 채 망명자의 신분으로 생을 마감한 것도 결국 이 때문이었다.[31]

이시카와가 코슈트의 전기를 쓰는 데 있어서 실질적인 계기가 된 것은 코슈트가 갖고 있던 서구사회에서의 높은 인지도에 있었다. 헝가리 및 유럽 일부에서 그의 명성이 명멸되었다면 그 영향력은 영미권으로 번질 수 없었을 것이고, 이시카와의 기획 또한 성립 불가능했을 것이다. 그러한 코슈트의 명성을 낳은 것은 그의 비타협적 독립운동과 자유 수호자로서의 이미지였다. 하지만 정작 「루이 코슈트」는 이시카와 특유의 정치적 재맥락화 속에서 코슈트의 목소리에 역행하는 메시지를 발산하고 있었다.

---

31 Madame Adam, *op.cit.*, p.333.

3. 량치차오의 번역－이중국체론과 순치된 공화혁명가

1) 황인종과 중국인, 국민성 담론과 서구영웅전

1902년 청말의 변법유신파 주요 인물이자 언론인 량치차오梁啓超는 『신민총보』 '전기'란을 장식할 첫 인물로 코슈트를 선택, 이시카와의 텍스트를 저본 삼아 번역 연재에 들어갔다.[32] 제목은 「흉가리애국자갈소사전匈加利愛國者噶蘇士傳」 이하 「갈소사전」으로서, 총 20개였던 이시카와의 챕터는 아래와 같이 12개로 축약되었다.[33]

〈표 1〉 일본어 · 중국어 코슈트 전기의 목차

이시카와 야스지로, 「루이 코슈트」	량치차오, 「噶蘇士傳」
	발단
제1 헝가리 건국의 유래	제1절 헝가리의 국체와 그 역사
제2 그가 태어난 시대 / 제3 가정 및 교육	제2절 코슈트의 가정형편과 그 유년시대
제4 세체니 백작의 공업(功業) / 제5 고향의 은인 제6 당시 오스트리아 · 헝가리국의 형세	제3절 코슈트 진출 이전의 헝가리 형세와 전대의 인물들
제7 필사한 신문	제4절 의원이 된 코슈트와 그 손으로 쓴 신문
제8 3년간의 옥중생활	제5절 옥중의 코슈트
제9 출옥 후의 5년간 / 제10 대의원에 당선되다	제6절 출옥 후의 5년간
제11 프레스부르크의 국회	제7절 프레스부르크의 국회
제12 내란의 봉기	제8절 헝가리의 내란과 그 원인
제13 오스트리아－헝가리전의 개전 / 제14 헝가리의 독립	제9절 헝가리 오스트리아 개전과 헝가리의 독립
제15 부다페스트 성의 수복 / 제16 두 영웅의 충돌	제10절 부다페스트 성의 수복과 두 영웅의 충돌
제17 코슈트의 사직 / 제18 무참한 학살	제11절 코슈트의 사직과 헝가리의 멸망
제19 영웅의 말로 / 제20 헝가리의 수복	제12절 코슈트의 말로와 헝가리의 전도

저본과 비교할 때 「갈소사전」의 첨가는 주로 코슈트의 위인적 풍모를 강

---

32 그가 코슈트를 알게 된 것은 1898~1900년 사이 먼저 번역한 바 있는 『가인지기우(佳人之奇遇)』에서일 가능성이 크다. 이때의 만남이 전기물 집필 결심에 영향을 미쳤을 것으로 보인다. 松尾洋二, 앞의 글, 261면.

33 마츠오 요오지가 분석해 놓은 표에서는 제2절과 3절의 경계, 그리고 제6절과 7절의 경계 구분이 이시카와의 텍스트와 일치되지 않는다. 여기서는 이를 바로 잡았다. 위의 글, 262면.

화하거나 헝가리인의 굳센 의지를 조명하는 데 집중되어 있다.[34] 내용 전달
의 효율성을 위한 축약·삭제의 사례나,[35] 역사적 정보 자체의 수정 등 량치
차오 스스로 전방위적으로 개입하는 동시에 자기의 목소리를 삽입하는 예
도 쉽게 찾을 수 있다.[36] 두 텍스트는 분량부터 차이가 상당하다. 량치차오
가 이시카와의 글 중 거의 1/3을 옮기지 않았기 때문이다. 뿐만 아니라 량
치차오 스스로 창작한 분량 또한 전체 분량의 1/3에 육박한다.[37] 량치차오
가 「갈소사전」의 집필을 끝냈을 때 이미 그것은 또 하나의 원본이 되어 있
었다.

「갈소사전」에서 량치차오는 저본의 도입부를 전혀 번역하지 않고, 자신
의 목소리만으로 '발단'을 구성하였다. 여기서는 왜 코슈트 전기를 쓰게 되
있는지를 설명한다. 요약하자면, 코슈트는 고대가 아닌 현대의 인물이고,
황인종이며, 전제체제 하에 처했던 인물인 데다가, 실의失意의 인물이기 때
문이라는 것이다. 결국 중국의 상황과 망명객이었던 량치차오와 공감대 형
성이 큰 인물이었다는 데 방점이 있었다.

헝가리와의 인종적 동질성을 논한다는 점에서는 량치차오 역시 이시카
와와 마찬가지지만, '일본인'과 '헝가리인'의 동일한 혈통을 내세웠던 이시
카와와는 달리 량치차오의 글에서는 '중국인'과 '헝가리인'의 연관성이 전
혀 드러나지 않는다. 량치차오는 단지 '특별한 황인종(이라고 믿는)'의 사례

---

34 량치차오, 437·438·445면 등. 이하 량치차오 텍스트는 다음 영인본을 참조했다. 梁啓超, 「匈
牙利愛國者噶蘇士傳」, 『飮氷室文集』 下, 以文社, 1977.

35 예를 들면 세체니가 관여한 헝가리 공공사업을 열거하는 대목은 10개 항목에서 6개로 압축된
다.(이시카와, 803~804면; 량치차오, 436면)

36 예로 코슈트 직전 세대의 정치가 세체니와 베셀리니가 연합하여 국회에 제출한 개혁 요구 사항들
을 나열하는 부분을 들 수 있다(이시카와, 809~810면; 량치차오, 436면의 경우).

37 이러한 수치는 량치차오가 첨삭의 방식으로 개입한 부분을 문장 및 구절 등의 단위로 체크하여
전체 행 수에서의 그 비중을 산출하는 방식으로 얻어진 것이다. 주관적 판단의 여지가 있으므로
이 수치를 절대화할 수는 없다. 다만 대체적 양상을 참고할 수는 있을 것이다.

를 들어 우리도 황인종이므로 희망을 갖자고 말할 뿐이다.[38] 이시카와가 일본 외의 타자를 배제하는 단일 종족의 개념으로 접근했다면, 량치차오는 중국인은 물론 확장된 형태의 황인종 진영을 염두에 두고 있다. 이로써 이시카와가 의도한 황인종에 대한 일본인의 재차이화는 상쇄된 것이다.[39]

량치차오가 흉노족의 피와 용맹성을 이어받은 것이 중국인이라는 식의 동일 화법을 사용하지 않은 이유는 곱씹어볼 필요가 있다. 그에게 있어서 중국과 중국인은 개조의 대상이었다.[40] 『코슈트전』을 번역하던 시기를 전

---

38 "내가 현대 인물전을 원했다면, 나를 탄복하게 만든 구미의 현대 호걸로 더욱 모자람이 없을 것이다. 우리가 황인종이기에 나는 황인종 호걸을 좋아함이 백인종 호걸을 좋아함보다 더하고, 우리가 전제국의 백성이기에 나는 전제국의 호걸이 자유국의 호걸보다 더 절실하고, 우리가 근심의 시대를 살기에 나는 실의(失意)의 호걸을 숭배함이 득의(得意)의 호걸을 숭배함보다 더하다. 내가 이에 근세사 중에서 깊이 구하니, 몸은 황인종이고 나라는 백인종의 땅에 의탁하며, 백인종이 일어날 때 황인종의 빛이 될 수 있었던 한 호걸이 있으니, 코슈트라 한다."(량치차오, 433면)

39 비슷한 시기의 중국어 번역물 중 이와 관련된 흥미로운 사례가 있다. 『엉클톰즈캐빈』으로 잘 알려진 스토우(Harriet Beecher Stowe, 1811~1896)의 소설 *Uncle Tom's Cabin or, life among the lowly*(1852)가 린수(林紓, 1852~1924)에 의해 1901년 중국어본 『黑奴籲天錄』으로 번역되었다. 린수의 의도는 기본적으로 중화민족이 초기의 미국 정착과정에서 겪은 차별을 배경으로 한 백인우월주의 비판에 있었는데, 이 때문에 저본의 학대 대상인 흑인종을 황인종으로 치환하여 독해하도록 개입하였다.(김소정, 「번역과 굴절—엉클톰즈캐빈(*Uncle Tom's Cabin*)의 중국적 재구성」, 『중어중문학』 46, 한국중어중문학회, 2010, 131면) 이와 같은 접근은 헝가리 종족의 승리를 일본만의 것으로 동일시하는 이시카와의 접근과는 극명한 대조를 이루는 반면, 서사의 주체를 황인종으로 설정한다는 점에서는 량치차오의 『코슈트전』 번역과 공명하는 부분이 있다. 공통점의 기저에는 서구 열강이 중국을 잠식하던 시대적 상황을 황인종에 대한 백인종의 탄압으로 인식했던 중국 지식인들의 사고가 흐르고 있다. 다만 린수는 백인종을 고발하는 방식으로, 량치차오는 황인종에게 희망적 모델을 제시하는 방식으로 작업을 전개했다는 차이점이 존재한다.

40 리디아 리우는 제국이 생산한 국민성 담론이 식민지 내부에서는 끊임없이 자기 부정의 수사를 재생산시키는 방식으로 작동했음을 살핀 바 있으며,(리디아 리우, 민정기 역, 『언어횡단적 실천』, 소명출판, 2005, 제2장 「국민성의 번역」 참조) 차태근은 리디아 리우의 논의를 보완하여, 중국에서 국민성 담론의 논리 구조가 형성되던 초기의 발화들을 분석하였는데, 량치차오의 텍스트가 그 대상이 된다.(차태근, 「량치차오(梁啓超)와 중국 국민성 담론」, 『중국현대문학』 45, 한국중국현대문학학회, 2008) 자국인에 대한 한탄, 혹은 개조에 대한 의지는 량치차오뿐만 아니라 린수에게서도 나타나는데, 이때 준거가 되는 비교항은 일본인이었다. 황인종에 대한 재차이화 체계가 외부인에 의해 공인된 것이다. "그런데 **일본도 동일한 황인종이거늘**, 미국인이 검역한다는 이유로 자기나라 관리의 부인을 욕보이자 일본인은 크게 분노하여 미국 정부와 다툼을 벌이고 또 스스로 모임을 조직하여 항의했다. 용감하구나, 일본인이여!"(林紓, 『黑奴籲天錄』, 商務印書館, 1981, 206면, 박소정, 앞의 글, 138면에서 재인용)

후하여 량치차오는 「중국적약소원론中國積弱溯源論」1901, 「논중국국민지품격論中國國民之品格」1903 등 중국인의 결점을 다룬 글들을 꾸준히 발표한다. 그러나 여기서 제기되는 결점들은 단순히 중국인 자체의 풍속적 특징이 아니라 서구적 근대의 가치들과 정치의식에 대한 요구를 거꾸로 투영한 것에 가까웠다.[41] 량치차오는 결국 서구인들의 가치가 중국인의 특성으로 이입되기를 갈망했던 것이다. 그가 그토록 외부의 영웅들에게 관심을 쏟았던 이유 역시 이 지점에서 명확해진다. 량치차오가 "중국 국민의 소양과 덕목으로 제시" 한 대표적 텍스트인 「신민설新民說」도 그의 서구영웅전 번역이 집중된 1902년에 작성되었다.[42] 즉 당시 량치차오의 문제의식 속에서 중국인만을 긍정하는 서술은 그의 개조 의지와 상충할 수밖에 없었다.

대신 량치차오는 외부의 모델, 특히 유럽의 영웅들을 적극적으로 활용하였다. 「갈소사전」 이후 『신민총보』 '전기'란의 주인공들이 한동안 백인종으로 채워지는 것은, 량치차오의 내면에서 동종同種의 명분보다 '신민新民 만들기'라는 실리 쪽으로 저울추가 기울어지며 동반된 필연이었다.

2) 이중국체라는 새로운 화두

'발단' 이후 '제1절'의 내용이 등장하지만, 여전히 이시카와의 텍스트가 아닌 량치차오의 글이 계속된다. 이 삽입부는 그가 다시 쓴 『코슈트전』에서 가장 특징적인 대목 중 하나다.

지금 세계에는 소위 쌍립군주국雙立君主國이라는 것이 있다. 우리 중국인이

---

41 차태근, 앞의 글, 28~29면.
42 그 덕목의 내용은 '공덕(公德), 국가사상, 진취·모험, 권리사상, 자유, 자치, 의력(毅力), 외무사상, 진보, 자존, 합군(合群), 상무, 사덕(私德)' 등이다. 위의 글, 30면.

갑자기 이 말을 들으면, 대개는 쌍립이 무엇을 말하는 것인지 알지 못한다. 하나의 군주 아래에 두 개의 정부가 있어서 그 헌법이 다르고 풍속도 다르며, 그 정부의 위엄이 서로 필적하고 그 인민의 권리가 서로 필적하는 것으로, 즉 그 실제를 말하자면 곧 양국을 다스리는 것이다. (…중략…) 오스트리아-헝가리와 같은 쌍립국의 경우 그 사실 정황이 이와는 완전히 반대로, **쌍립국은 실제로 하나의 불가사의한 현상이면서 또한 부득이하게 과도시대에 가장 적합하고 필요한 방법이다.** 그런데 오스트리아-헝가리 양국은 합쳐졌다 나누어지고, 나누어졌다 합쳐지면서 이런 종류의 기이한 정체를 만든 것인데, 그 원인과 경과는 과연 어떠한가? 『코슈트전』을 읽어보면 이를 알 수 있다.^{량치차오,} 433~434면

'발단'이 코슈트를 선택한 이유에 대한 설명이라면, 여기서는 더 구체적인 집필 의도가 소개되고 있다. 그것은 '쌍립군주국'[43]이라는 서구의 신新 정치체제를 소개하는 것이었다. 량치차오의 코슈트 서사는 헝가리가 지배자 오스트리아와 법적으로 동등한 지위를 보장받기까지의 과정을 서술하는 것에 초점을 맞춘다. 상식적으로는 혁명가의 상징이었던 코슈트나 혁명운동의 성공적 사례라 할 수 있는 헝가리의 투쟁 경위가 부각되어야 할 것이다. 그러나 '쌍립군주국', 즉 '이중국체'라는 화두는, 그 자체로 「갈소사전」이 애

---

43 '쌍립군주국'은 일반적으로 '이중국체', '이중제국' 등으로도 통용되는데, 하나의 제국 아래 두 개의 국가가 각각 독립적인 입법부와 행정부를 두고 두 정부 내부의 문제와 관련해서는 권리를 행사할 수 있는 정치 체제를 지칭하는 것이다. 오스트리아-헝가리 이중제국(Austro-hungarian Dual Empire)의 경우, 합스부르크 가문의 황제 아래서 실질적으로는 오스트리아 중심으로 통합된 것이며 그 역사는 두 주체 사이의 '대타협(Ausgleich)'이 이루어진 1867년부터 1918년 제1차 세계대전의 종전시까지였다. 이와 관련해서는 이길용, 「오스트리아-헝가리 이중제국의 연합체제 연구」, 동국대 석사논문, 1997; 박재영, 「오스트리아-헝가리 이중제국의 국가체제와 민족문제」, 『경주사학』 26, 경주사학회, 2007 등을 참조할 수 있다.

초에 '타협의 지점'을 결착으로 삼고 있었음을 보여준다.

이 글이 발표되던 1902년 당시, 망명객 량치차오가 바라보는 중국의 상황은 암울했다. 그것은 비단 자신이 몸담았던 변법운동의 실패 때문만은 아니었다. 1902년은 청조 수구파 세력과 결탁한 의화단의 봉기가 열강에 의해 철저히 진압된 직후였다. 청의 식민지화는 가속되었고 정세는 어느 때보다 불안정했다. 이렇게 중국의 몰락이 예견되던 상황에서 이중국체라는 신新정체는 최소한 내각구성과 행정권을 보장받는 대안적 독립국의 가능성으로 발견될 수 있었다. 결말 부분에 이시카와가 "금일의 오스트리아－헝가리국은 바로 여기서 유래한 것이다"이시카와, 878면라고 쓴 부분을 량치차오는 "금일에 오스트리아－헝가리 **쌍립군주국**이 이렇게 성립하였다"량치차오, 452면라고 한 것 역시 이러한 문맥에서 파악할 필요가 있다.

문제의 핵심은, 이 새로운 정체政體를 제시하기 위해 코슈트가 동원될 때, 코슈트 본래의 정치적 지향과는 상관없는 역사적 변주가 가해진다는 것이다. 이시카와는 코슈트가 거부한 오스트리아－헝가리 이중제국이라는 '타협'을 『코슈트전』의 최종적인 '승리'로 간주하였는데, 량치차오는 여기서 한 발 더 나아간다. 전자에게는 그것이 서사의 대미로서 긍정되었을 뿐이지만, 량치차오에게는 중국과 같은 과도시대에 처한 국가들에게 적실한 '최신의 정치체제'로 선전되기까지 하는 것이다.

일본이 독립국 이상의 지위로 거듭나기를 갈망하던 이시카와에게 이중국체는 욕망의 대상이 될 수 없었다. 그러나 량치차오는 이중국체에 대한 독자적 조사 결과를 본문 가장 첫 부분부터 풀어낸다. 결국 이시카와와는 차이가 있지만, 량치차오의 『코슈트전』 역시 소재코슈트와 주제이중국체가 상호 충돌한다는 점에서는 궤를 같이 하고 있다.

3) 중재자로서의 코슈트

서구 사회가 코슈트를 비타협적 혁명운동가로 기억한다고 해서 이시카와의 「루이 코슈트」 역시 그러한 코슈트 형상화에 집중한 것은 아니었다. 이시카와는 당시 헝가리 정계의 삼분 구조, 즉 보수 진영의 온화당, 중도의 진보당, 그리고 급진 성향의 사회당을 언급한 뒤, 코슈트를 파괴의 수단을 거부하고 실용적·현실주의적 개혁을 주도한 진보당의 지도자로 묘사한다.[44] 코슈트가 결국 중도파로서 구심점 역할을 감당했다는 이시카와의 구도는 유신개혁파 노선의 량치차오가 활용하기 좋은 대목이었다. 량치차오가 이시카와의 텍스트에 내재된 코슈트의 중도적 면모를 한층 강화한 것은 그러한 정황에서 기인한다고 볼 수 있다. 혁명가 코슈트를 다루는 전기물임에도 번역자 량치차오의 지향은 '보수와 점진'에 가깝다. 예를 들어, 온화당의 지도자로 소개되는 세체니 백작에 대해 이시카와가 **"그의 방침은 보수와 점진이었지만** 제반시설의 건설로 헝가리의 문명을 발전시킨 공부대신工部大臣"이시카와, 846면이라고 쓴 대목에서 량치차오는 강조 표기한 부분만을 옮기지 않았다. 실제 이 인용문의 내용은 보수와 점진의 성향에도 불구하고 세체니가 가져온 헝가리 문명 발달에 대한 공로는 인정한다는 뉘앙스로서, '보수와 점진'이 다소 부정적으로 언급되어 있다. 그러나 량치차오에게 그것은 단순히 부정될 수 없는 가치였다. 량치차오가 보수파의 수장 세체니를 다루는 태도는 자국의 보수파를 공격하고자 의도했던 이시카와보다 시종 우호적이었다.[45]

량치차오가 삭제하고자 했던 과격한 코슈트상은 다음과 같은 다시쓰기

---

44 이시카와, 827~828면.
45 예로, 이시카와가 묘사한 세체니에 대한 코슈트의 불만이 량치차오의 글에서는 사라지고 다른 내용으로 대체된다(이시카와, 804~805면; 량치차오, 436면).

에서 잘 드러난다. 이 대목은 오스트리아의 선전포고나 다름없는 도발 때문에 전쟁이 발발하기 직전의 위기 순간이다.

대체 헝가리의 호국위원장인 그는 어떤 수단을 가지고 이 상황에 대처하려 했을까. **자유를 갈망하고 독립을 사모하며, 정의를 지키고 죽지 않으면 안 된다는 것은 그의 유일한 방침이었다.** 그는 이해관계를 우선하여 이 방침을 후순위로 돌리는 이른바 책사 유형에 속하는 사람은 아니고, **안팎의 적을 맞아 힘이 닿는 한 이들과 맞서 싸운다는 것은 그의 당초의 결심**으로서, 오스트리아 정부의 선언을 접하고도 태연자약하며 그 방침을 변경하려 들지 않았다.이시카와, 851면

호국위원상은 어떻게 대처했을까. 푸르고 굳센 풀이 어찌 질풍을 겁내며, 커다란 매가 어찌 평범한 새에 상처입고 멸하리오. 원컨대 독자는 발꿈치를 세우고 눈을 닦으며 애국위인의 경략이 어떠함을 보아야 하리라.량치차오, 446면

타협 없는 투사로서의 코슈트상은 량치차오에 의해 풀이나 매, 애국위인 같은 형식적 수사로 대체되었다. 더불어 량치차오는 코슈트뿐만 아니라 헝가리인 자체가 화평을 우선시하는 민족임을 거듭 강조하였다. 「갈소사전」의 후반부 연설 장면에서 량치차오는 오스트리아로 인한 헝가리의 피해를 역사적으로 재구성하는 장문의 첨가문을 넣었는데, 그 시작과 끝에는 "우리 동포는 화평을 중히 하고 파괴를 두려워하여", "우리 헝가리 사람은 공리를 꿰뚫고 화평을 중히 하여"량치차오, 448면라는 대목이 있다. 헝가리인의 용맹성과 불굴의 의지를 강조하던 이시카와와는 분명 대조적이다. 이시카와가 형상화한 코슈트 역시 급진일변도의 인물은 아니었지만, 량치차오는

그것을 한층 더 온건한 개혁자상으로 바꾸었고, 나아가 헝가리인 전체를 같은 방식으로 규정하였다.[46]

4. 『조양보朝陽報』및 이보상의 중역-유교적 가치의 근대적 접변

1) 삭제된 량치차오의 발화

1880년대 이래 한국의 많은 지식인들도 '백인종과 황인종의 투쟁'을 기정사실로 받아들이고 있었다. 이는 백인종의 틈바구니에서 거둔 황인종의 승리로 묘사된 코슈트의 서사가 매력적일 수 있었던 이유 중 하나다. 량치차오의 「갈소사전」을 최초로 번역하여 소개한 것은 잡지 『조양보朝陽報』였다. 『조양보』는 당대의 출판계몽운동의 활력 속에서 간행된 수십 종의 잡지 중 초기의 것이었으며 "국외의 전거나 자료 또는 저작들"[47]의 게재, 즉 번역을

---

46 이 외에도 보수파(온화당)에 대한 부정적 수사를 삭제하고 코슈트의 중재자적 면모를 강화시키는 개입은 여러 군데에서 발견된다. 이시카와, 820면; 량치차오, 439면 / 이시카와, 828면; 량치차오, 440면 등 물론 이러한 사실들이 량치차오에 의해 코슈트의 혁명가적 면모가 시종 제거된다는 것을 의미하는 것은 아니다. 량치차오는 분명히, 글의 초반부 헝가리 개혁운동의 3걸(시체니-코슈트-데아크)을 제시하는 대목에서 저본에는 없는 "시체니 백작은 온화파요, 코슈트는 급진파였다"(량치차오, 435면)는 설명을 덧붙이며 코슈트를 보수적 운동가와 구분하고자 했고, "이에 온 나라 안에 혁명! 혁명!! 혁명!!! 하고 외치는 소리가 산악을 흔들고 강물을 집어삼켰다. 그 소리가 가장 크고 멀리 간 자가 누구인가? 코슈트 바로 그였다"(량치차오, 437면)를 덧붙이며 혁명가적 면모를 강조하기도 했다. 마쓰오 요오지는 이 차이를 제기하며 그것을 량치차오의 생애에서 급진성이 최고조에 달한 시기에 집필했기 때문으로 단정한다(松尾洋二, 앞의 글, 263~264면). 그러나 코슈트에 대한 혁명가로서의 성격 규정은 량치차오 본문의 제3절까지만 나타날 뿐이다. 초반에 주인공의 급진성을 드러내고 후반부에 그 성향을 현실적으로 절충해나가는 것은 「噶蘇士傳」뿐만 아니라 「近世第一女傑 羅蘭夫人傳」, 「意大利建國三傑傳」에서도 일관적으로 수행되는 글쓰기 전략이었다.

47 유재천, 『『조양보』와 민족주의」, 『한국언론과 이데올로기』, 문학과지성사, 1990, 182면. 『조양보』에 대한 유재천의 종합적 평가는 다음과 같다. "『조양보』는 사회 교육을 위한 일종의 교과서가 될 것임을 자임하고 마침내는 그로 하여 독립 회복을 이루려는 원대하고도 절실한 뜻을 지니고 창간된 우수한 종합 잡지였다."(201면) 『조양보』에 관한 최근의 논의는 손성준, 「지식의 기획과

통한 기사를 싣는 것이 특징적이었다. 량치차오의 「갈소사전」은 국한문체로 번역되어『조양보』9호^{1906년 10월}와 11호^{1906년 12월}, 두 차례에 걸쳐 실리게 된다.[48] 연재는 총 12개 절로 구성된 량치차오의 텍스트 중 제4절의 후반부 지점에서 중단되었다.『조양보』자체가 1907년 1월에 발간된 12호를 끝으로 더 이상 간행되지 않았기 때문이다. 결국『조양보』의 「갈소사전」은 저본 분량의 1/3에 불과한 미완의 형태로 남을 수밖에 없었다.

『조양보』판 「갈소사전」 번역에서 주목을 요하는 것은 저본의 상당 분량이 의도적으로 삭제되었다는 사실이다. 공교롭게도 그 부분들은 대부분 량치차오가 이시카와의 텍스트 위에 첨가했던 내용이었다. 전술했듯이 량치차오의 독자적 발화는 텍스트의 초반에 대량으로 삽입된다. 바로 코슈트라는 인물을 선택한 이유를 설명하는 '발단' 부분과 '제1절'의 이중국체 관련 부분이 그것이다. 이 두 부분만 합쳐도 량치차오 텍스트 전체의 5%에 이른다. 그러나 이러한 저본의 비중에도 불구하고『조양보』의 연재본은 해당 부분에 대해 단 한 줄도 제시하지 않았다.[49]

'발단'을 전문 삭제했다는 것은,『조양보』의 번역자가 애초부터 량치차오의 저술 의도를 제대로 반영할 의지가 없었음을 방증한다. '제1절'의 삭제 부분은 번역자의 판단 하에 생략할 여지도 없지 않다. 그러나 이 시기 단행본에 대부분 삽입되어 있는 발문·서문·제문·발단 등은 본 내용에 앞서

번역 주체로서의 동아시아 미디어-『朝陽報』를 중심으로」,『대동문화연구』104, 2018 참조.
48 제목의 단어 배치에 변화를 주어 「噶蘇士 匈加利愛國者 傳」이라는 표제(중간의 匈加利愛國者는 작은 글씨)로 게재된다. 한편 표제에서는 '匈加利'를 량치차오와 동일한 한자어로 표기하나, 본문에서는 대부분 '匈' 대신 '凶'字가 사용된다.
49 제1절에서의 삭제 양상을 좀 더 언급해 보자. 량치차오는 제1절의 표제를 '匈加利의 國體及其歷史'라 명명했고 제목 그대로 헝가리의 '국체'와 '역사'를 다룬다. 이중 이시카와의 텍스트에 없던 것을 량치차오가 독자적으로 삽입한 것이 '국체' 부분이었다. 하지만『조양보』판 「갈소사전」은 '국체' 대목을 옮기지 않고 곧장 헝가리의 '역사' 대목부터 서술을 시작한다.

저자의 의중을 미리 밝히는 텍스트의 핵심이다. 사실『조양보』는「갈소사흉가리애국자전^{噶蘇士匈加利愛國者傳}」이라는 타이틀 바로 다음에 '음빙실주인양계초탁여저^{飮冰室主人梁啓超卓如著}'라 표기하여 이 역물^{譯物}의 원저자가 량치차오임을 밝히기까지 했다. 즉, 량치차오의 것임을 선전하면서도 량치차오의 목소리를 배제하는 상황이 발생했던 것이다.

1절의 나머지 대목부터 연재 종료 대목까지의 번역 양상을 보면 위에서 언급한 두 대목과 같은 대량의 삭제는 찾아볼 수 없다. 부분적 개입이 일부 있는데, 이 경우들도 량치차오의 의견이 삽입된 대목과 대체로 일치한다.[50] 결과적으로『조양보』의「갈소사전」은 량치차오의『코슈트전』에서 량치차오의 주요 발화만을 생략한 형태가 되었다. 즉 이시카와에 대한 량치차오의 첨가 부분이『조양보』의 삭제로 상쇄되는 양상이다.『조양보』가 제대로 옮긴 번역 부분들은 대부분 코슈트와 성장 및 초기 활동 시기의 내용으로서 사건 및 사실 묘사에 할애되어 있었다. 따라서 실제로는 이 모든 것이 코슈트라는 인물 자체를 소개한다는『조양보』측의 기본 취지 때문에 생긴 결과라 할 수 있다. 이 방향성 속에서 코슈트 관련 정보와는 이질적인 성격을 갖는 량치차오의 목소리가 지워져나간 것이다.

---

50 구체적으로는 다음과 같다. (1) 표기상의 차이 : ㉠ 인명, 지명 등에는 기본적으로 괄호를 사용 ㉡ 주석에 해당하는 보충설명 부분은 작은 크기의 글씨로 괄호 처리 ㉢ 단락구분에 차이가 발생 ㉣ 저본에는 있었던 느낌표나 끊어읽기 기호 등의 문장표기가 거의 사용되지 않음 ㉤ 한 차례 강조점이 사용됨(『조양보』11호, 14면 하단 '愛國의 心을 奮發' – 진한글씨가 강조점 반영된 지점) (2) 영문 표기는 공히 생략 (3) 저본에 대한 삭제 : ㉠ 제1절, 헝가리의 전통적 헌법인 金牛憲章(Golden Bull)을 추가적으로 설명하는 대목(량치차오, 434면 7~9행)이 생략됨 ㉡ 제2절, 세체니 백작 소개와 관련된 일부 생략됨(량치차오, 435면 11~12행) ㉢ 제3절, 세체니 백작의 업적 평가와 관련된 일부 생략됨(량치차오, 436면 4행) ㉣ 수사적 표현상의 일부 축소 2군데(량치차오, 435면 15행·437면 15행) ㉤ 주석 관련 삭제 6군데(량치차오, 435면 14·19행·436면 3·7·14·17행) (4) 저본에 대한 첨가 : ㉠ '금우헌장' 뒤에 괄호로 '흉국헌법'이라는 주석 넣음(『조양보』11호, 14면 하단) ㉡ 라틴어('拉丁語')를 헝가리어('匈加利語')로 수정(『조양보』11호, 14면 하단).

2) 이보상의 원문주의와 중역의 효과

량치차오의 『갈소사전』이 완결된 형태로 번역된 것은 『조양보』 연재로부터 다시 1년 이상이 경과된 1908년 4월이었다. 역자 이보상李輔相에 의해 단행본 『흉아리애국자갈소사전匈牙利愛國者噶蘇士傳』이 박문서관을 통해 출판된 것이다.[51] 이시카와 야스지로와 량치차오는 모두 자신의 저술 작업의 원천이 된 저본의 출처를 밝히지 않았지만 이보상은 책의 첫 연과 판권지에 모두 원저자 량치차오를 드러내고 있다.[52]

번역 태도만을 놓고 본다면, 이보상의 번역은 량치차오나 『조양보』의 경우와는 대척점에 있었다. 그의 번역은 '직역'의 모범답안에 가깝다고 할 수 있다.[53] 오히려 이것을 번역의 범주에 넣어야 할 것인지가 의문시되기도 하는데, 이는 일단 량치차오의 개념어나 고유명사 등을 거의 토씨 하나 틀리지 않고 차용하기 때문이다.[54] 특히 신내각 구성 명단을 나열하는 대목27면이나 헝가리인의 민족별 구성통계29면 대목 등은 '국한문체' 텍스트 내에서 '국國'의 영역이 부재한 순간이다.

그러나 술어가 먼저 오고 목적어가 뒤에 오던 량치차오의 문장구조가 이보상에 의해 역전되는 데서 드러나듯, 국문 통사구조의 기본 뼈대만큼은 적용되었다.[55] 이 지점에서 중국어를 경유한 한국의 번역이 갖는 특수성이 드

---

51 제목의 한자 하나를 바꾸었다(利 → 牙).

52 내용 첫 면에는 "淸國 新會 梁啓超 原著 / 韓國 駒城 李輔相 譯述 / 晉陽 姜文煥 謹校", 판권지에는 "原著者 淸國 梁啓超 / 譯述者 大韓 李輔相 / 校閱者 姜文煥"이라 되어 있다.

53 물론 사소한 차이는 존재한다. 첫째, 사용 기호의 차이점이다. 둘째, 일부 오기(誤記)를 발견할 수 있다. 셋째, 량치차오가 삽입한 영문표기를 생략하는 경우다. 넷째, 일부 어휘 선택의 차이점이다. 다섯째, 단락 바꾸기의 차이점이다.

54 예외적 경우로, 23면에서 '巴黎'를 '巴里'로 옮기는 것 정도가 있다.

55 예컨대, "我等所提議各件。固有利於匈民。而亦未始有害於奧人也。"(량치차오, 436면)이 "我等의 提議ᄒᆞᆫ 各件은, 진실노 匈民에 有利ᄒᆞ고 또흔 奧王의게 有害함이아니어늘"(이보상, 11면) 여기서 언급한 국문 통사구조의 실현은 지극히 제한적이다. 본격적 의미에서의 한국어 통사구조의

러난다. 한국의 경우에는 이시카와나 량치차오가 감당해야 했던 번역 작업의 두 가지 영역, 즉 언어의 구조와 어휘 차원의 변환 중 전자가 주된 고민대상이었다는 것이다. 한국은 량치차오가 고심하여 만든 한자어 고유명사를 손쉽게 가져왔다. 한자어는 여전히 강력한 지식 전달 도구였다. 그 파급력이 '번역'이 아닌 '옮김'을 가능케 한 것이다.[56] 이는 번역 작업의 효율성뿐 아니라 원전의 정보 및 의미 전달을 확실히 보장해 준다. 각종 개념어는 일본이 만들어 놓은 것을, 고유명사는 량치차오가 작업해 놓은 것을 쓰면 되었다.

다음은 1908년 4월 30일~5월 19일 사이『대한매일신보』에 실린 이보상의『코슈트전』광고문이다.

> 애국위인愛國偉人 갈소사전葛蘇士傳
>
> 청국양계초淸國梁啓超 원저原著 전일책全一冊 정가正價 금십오전金拾五錢 [국한문國漢文]
>
> 본서本書는 구주풍운歐洲風雲을 진감震撼하고 자국독립自國獨立을 역도力圖하던 흉아리애국위인갈소사匈亞利愛國偉人葛蘇士의 사적事績을 강유저집綱維著輯한 자者니 당시當時 갈소사葛蘇士의 웅비활약雄飛活躍의 경역經歷과 급기及其 영웅말로英雄末路의 비운否運을 수수隨하여 오흉연방奧匈聯邦의 쌍립국체雙立國體를 경성竟成한 결과結果를 관觀컨대 가사독자영웅숭배可使讀者英雄崇拜의 감상感想을 격기激起케 하리로다.

광고문은 서적 소개에 들어가기에 앞서 「청국양계초淸國梁啓超 원저原著」라하여, 이 책이 번역서라는 것을 밝히고 있다. 량치차오가 노출되는 것은 책

전면화는 1910년대가 되어서야 최남선 그룹에 의해서 자리잡기 시작한다(한기형, 「근대어의 형성과 매체의 언어전략—언어·매체·식민체제·근대문학의 상관성」, 『역사비평』 71, 역사문제연구소, 2005, 363~367면).

56 그러나 그것이 구어의 영역으로 전이될 때는 사정이 달라진다. 그대로 옮겨졌다는 사실 자체가 고유명사 사용의 영역에서 새로운 과제를 만들어 내기 때문이다.

뿐 아니라 광고도 마찬가지다. 번역자 이보상의 이름은 없어도 량치차오의 이름만은 소개된다. 이름 자체에 깃든 량치차오의 상품성이 『조양보』에 이어 다시 한번 확인된 셈이다.

'애국위인'이나 '영웅숭배' 등의 수사는 당대 신문·잡지상에 빈번히 등장하는 것이었다. 이 광고문의 차별성은 바로 '쌍립국체'의 언급에 있다. 광고문은 량치차오가 '쌍립국체'에 특별히 주목했음을 놓치지 않았다. 따라서 이 짧은 글 안에서도 이중국체는 코슈트의 활약 및 희생이 달성한 최종적 결과물로서 제시될 수 있었다. 이렇듯 량치차오가 부풀려 놓은 이중국체론의 의의는 한국에 이르면 신문광고에서부터 강조되었다.[57]

코슈트 본인은 평생 헝가리의 독립만을 원했다. 그럼에도 불구하고 동아시아로 전파된 코슈트의 정치적 목표는 이중국체의 달성과 함께 이미 끝난 것처럼 서술되었다. 량치차오가 이중국체론을 제기했을 때, 그것은 일종의 전략적 강조점이었다. 그러나 한국으로 넘어올 때는 전체 서사의 핵심으로 부각되어 있다. 거듭된 중역이 새로운 역사적 국면 자체를 주조하는 효과를 낳은 것이다.

3) 언문으로서의 국한문체, 보편적 가치로서의 유교 덕목

이보상의 코슈트 전에는 두 편의 서문이 수록되어 있다. 하나는 기우생杞憂生이라는 필명을 쓴 추천인의 서문이며, 나머지 하나는 역자인 이보상의

---

57 당시 한국의 상황을 감안할 때, '이중국체' 논의는 그 자체로도 반향을 일으킬 여지를 갖고 있었을 것이다. 약소국이었던 한국은 1880년대부터 이미 '중립(中立)'과 '정립(鼎立)' 등 세력균형을 통한 국체 보존 논의를 지속적으로 모색해나가고 있었다. 특히 동북아 공간의 세력균형에 한국이 주체가 되는 '정립' 및 '정족' 개념은 개화지식인뿐 아니라 위정척사론자들 역시 적극 수용했다.(장인성, 「근대한국의 세력 균형 개념」, 하영선 외, 『근대한국의 사회과학 개념 형성사』, 창비, 2009, 195~203면 참조) 코슈트 전기가 번역될 시점의 한국은 량치차오가 이중국체론을 제기한 1902년 당시의 중국보다 더욱 정치적 선택지가 협소한 상황에 내몰려 있었다.

것이다. 눈길을 끄는 것은 두 편의 서문이 모두 '순한문'으로 작성되었다는 점이다. 한문을 철저한 타자의 언어로 인식하고 그것이 민民을 압제하고 있다는 비판이 신문에 등장한 것이 이미 10년 전의 일이었다.[58] 그러나 한문만으로 된 계몽적 글쓰기가 여전히 통용되던 것이 1908년의 상황이었다. 언어적 배경을 굳이 거론하지 않더라도 국한문체로 번역한 서적에 순한문체로 삽입된 서문은 그 자체로 눈길을 끈다. 하지만 당시의 번역 출판물 관행을 보건대, 이러한 서문과 본문의 문체적 분리는 흔한 현상이었다.[59]

『갈소사전』의 첫 번째 서문에서 기우생은 "내 친구 진암震盦 선생은 나라가 비극에 빠진 것을 아파하는 선비의 기개로 이 글을 **언문으로 번역**하여 널리 발표하였으니"라고 말한다. 국한문체로의 번역을 '언역諺譯'이라 칭했다는 점에 주목할 필요가 있다. 일단은 국어의 사명을 맡아야 했던 국한문체였음에도 식자층에 따라서는 여전히 그것을 '언문'으로 인식했던 것이다. 기우생의 인식에서 우리는 문체를 기준으로 계몽의 주체와 객체를 구분하는 사유를 확인할 수 있다. 여전히 일부 지식인들에 있어서 국한문[諺文]은 계몽을 위한 노력의 일환으로서 사용되는 것일 뿐, 자신의 목소리를 담는 그릇은 순한문[眞文]이어야 했다.

다음은 번역자인 이보상이 『갈소사전』에 쓴 '서序'의 주요 부분이다.

청나라의 양임공梁任公은 수천 편의 저서를 통해 청의 운명이 다하고 있다는 것을 깨닫지 못하고 있는 세인들을 깨우쳐 주려고 하였다. 비록 난 책이 사람

---

58 「논설」, 『독립신문』, 1898.8.5.
59 민족문학사연구소가 편찬한 『근대계몽기의 학술문예사상』(소명출판, 2000)은 1896~1910년 사이의 주요 서적 77권의 서·발문을 제시해 놓았는데, 이를 통해 본문은 국한문 혹은 순국문으로 작성하면서도 순수하게 자기 생각을 개진하는 서·발문 만큼은 순한문으로 제시된 케이스를 얼마든지 확인할 수 있다.

들을 감화시키기엔 부족하다는 것을 알고 있지만 양 씨가 쓴 코슈트 전기를 번역하지 않을 수 없었다. (…중략…) 유럽에 문명이 생기게 된 것도 군주와 재상의 학정과 강한 이웃의 어지럽힘과 종교 전쟁과 종족 경쟁의 유혈과 수백만 명의 굶주림이 있었기 때문에 시작된 것이 아니었는가? 분발하여, 지금에 이르기까지 아시아는 성군현상聖君賢相의 통치와 인의예양仁義豫讓의 풍속에만 머물러 유약하게 안주하여 나태하고 황폐해졌다. 그러나 반드시 유럽과 같이 격해질 필요는 없다. 손을 한번 들어 올리고 발을 한번 옮겨 한번 도약한다면 앞으로 나아갈 수 있을 것이다.

이 인용문은 유럽의 강함과 아시아의 약함을 대비시켜 후자의 분발을 촉구하는 구조를 갖추고 있지만, 이보상이 "성군현상聖君賢相의 통치와 인의예양仁義禮讓의 풍속" 자체를 부인한 것은 아니다. 오히려 이보상은 유럽의 극단적인 역사를 환기하며 그들과 달리 우리는 작은 실천만으로 충분히 일어날 수 있다는 입장을 밝힌다. "그들처럼 격해질 필요는 없다"고 말한 것은 이미 갖춘 것이 많기 때문이다. 이 자신감의 원천이 바로 "성군현상의 통치와 인의예양의 풍속"이라는 유산이었다. 안주하고 나태해지지만 않는다면 훨씬 큰 가능성은 우리들에게 있다는 것이 그의 논리였다.

기본적으로 이보상은 유교적 덕목을 유럽에서도 통용되는 인류 보편의 가치로 보았다. 이는 량치차오가 코슈트의 활약을 황인종의 활약으로 간주한 것을 연상케 한다. 유럽에서 활약하는 황인종, 그리고 유럽의 발전 동력이기도 한 유교 덕목이라는 구도는 서로 닮아있기 때문이다. 『갈소사전』 번역에서 얼마 지나지 않은 동년 11월, 이보상은 에드먼드 데 아미치스Edmondo De Amicis, 1846~1908의 원작 『쿠오레Cuore』의 일부를 발췌역한 『이태리소년』중앙서관을 선보인다. 1908년 이보상의 번역 대상은 량치차오의 영웅전부터 이탈리아 문학작품에 이르는 큰 변폭을 보이지만 그가 서문을 순한문체로 붙여두었다는 사실은 일치한다. 『이태리소년』의 서문에서는 다음과 같은 언급이 있다.

지금 서양이 잘 다스려지고 평안을 누린 지 모두 3, 4백 년이 되었으니 효제孝悌가 없었다면 이 같을 수 있겠는가? 그러므로 비록 효제가 없다고 말들을 하지만 나는 효제가 있다고 생각한다. (…중략…) 저들은 성인의 도를 듣지도 못했는데 오히려 천부의 효제를 가지고 있거늘 하물며 우리가 4천 년 동안 날마다 일컬어온 것임이랴?"[60]

여기서 강조하는 것은 유교 덕목 '효제'다.[61] 이보상은 근세기 서양 발전의 기반이 바로 '성인의 도道'와 직결되어 있음을 강조한다. 나아가, 그렇기에 진정한 발전 가능성을 가진 주체는 그 원리에 익숙한 '우리들'이라며 해당 덕목의 재차이화를 시도한다. 이보상은 패배감에 젖어있을 자국인들을 향해 '이미 우리가 소유한 것이 사실 놀라운 것'이라는 희망 섞인 메시지를 제시했다. 그 자신감의 원천은 유교적 가치의 보편성이었다.

당대의 담론 지형에서 이보상의 사상적 지향은 그리 별종적인 것이 아니었다. 예컨대 니콜라이 2세의 대관식 사절단으로 특파된 민영환은 상트페테르부르크에서 표트르 1세를 평할 때 "예禮로 몸을 낮추고 어진 이를 불러 나라가 이로써 크게 다스려졌다"[62]고 하며, 『독립신문』에 실린 전기적 서사인

---

60 이보상 역, 『이태리소년』, 중앙서관, 1908, 이보상 「서문」. 현대어 번역은 민족문학사연구소, 『근대계몽기의 학술문예사상』, 소명출판, 2000, 129면.
61 이보상의 『이태리소년』 번역에 대한 추가적인 논의는 한기형, 앞의 글, 368면 참조.

「모긔쟝군毛奇將軍의 ᄉ젹」에서는 몰트케 장군의 성공이 '덕德'에 의한 것으로 강조된다.[63] 서양의 서사 위에 동양적 가치를 덧씌우는 이러한 작업은 당연히 한국에만 국한되는 것도 아니어서, 중국의 린수는 *Uncle Tom's Cabin*1852을 『흑노유천록黑奴籲天錄』1901으로 번역할 때 삼보와 킴보가 신의 임재 속에서 거듭나는 기독교적 회심 과정을 삭제하고 무지한 노예도 양지良知의 발현이 가능하다는 성선설적 독법으로 대체하였다.[64] 일본의 사토 노부야스佐藤信安는 그의 표트르 1세 전기에서 표트르를 "동양인의 말하는 바 군자인君子人"[65]이라 언급했으며, 후쿠야마 요시하루福山義春는 그의 조지 워싱턴 전기[66]에서 시종 워싱턴의 고결한 품성을 강조하는데 이 역시 유교적 가치관의 투영과 무관하지 않다. 19세기 말에서 20세기 초 동아시아에서, '한문적 사유'를 서구와의 접점 속에서 표출하는 비슷한 사례들은 얼마든지 포착 가능하다.[67]

반면 당시 서구영웅전의 영역에서는 이보상과는 전혀 다른 방향으로 자신의 '믿음'을 제창했던 인물도 공존하고 있었다. 예컨대 태극학회에서 활동한 일본 유학생 박용희를 들 수 있는데, 그는 자신의 「크롬웰傳」을 통해 아시아 전통의 유교적 가치 대신 서구의 다른 얼굴이나 다름없던 기독교를

---

62 1896년의 사행에서 민영환이 기록한 『海天秋帆』 6월 8일 자 내용의 일부다. 현대어 참조는 민영환, 조재곤 편역, 『海天秋帆－1896년 민영환의 세계일주』, 책과함께, 2007, 94면.

63 『독립신문』, 1899.8.11. 독일 제국 성립에 공헌한 프로이센의 장군 몰트케의 삶을 다루었다. 내용에 대한 개괄적 분석은 고유경, 「근대계몽기 한국의 독일 인식－문명 담론과 영웅 담론을 중심으로」, 『근대계몽기 지식의 굴절과 현실적 심화』, 소명출판, 2007, 315~316면 참조.

64 張佩瑤, 「西方主義的話語?－『黑奴籲天錄』個案硏究」, 『中外文學』 第32卷 第3期, 2003, 150~151면, 김소정, 앞의 글, 140면에서 재인용.

65 佐藤信安, 『彼得大帝』, 博文館, 1900, 122면.

66 福山義春, 『華聖頓』, 博文館, 1900.

67 이상과 같은 현상들을 통합적으로 이해하는 데는 사이토 마레시(齊藤希史)가 개진한 '漢文脈'의 시각이 유용할 것이다. 齊藤希史, 『漢文脈の近代－淸末＝明治の文學圈』, 名古屋大學出版會, 2005 참조. 일본을 중심에 둔 그의 다른 저서로, 사이토 마레시, 황호덕·임상석·류충희 역, 『근대어의 탄생과 한문－한문맥과 근대 일본』, 현실문화, 2010 참조.

국가와 국민의 발전 대안으로 제시하고 있다.[68] 박용희의 경향 역시 하나의 조류를 이루었음은 자명하다.

5. 중역과 메시지의 증폭

코슈트는 비타협적 혁명 운동으로 유럽 전역에 명성을 떨쳤으며, 그의 조국 헝가리 역시 강성대국의 틈 사이에서도 고무적인 혁명 사업을 전개한 사례라 할 수 있다. 그러나 이러한 면면들은 결국 동아시아에서는 효율적으로 강조되지 못했다. 특히 이미 국운이 다하고 있던 한국의 경우, 본래의 역사적 문맥이 잘 전달되었다면 코슈트와 헝가리의 사례는 당대의 공론장에서 더 많은 지분을 확보할 수 있었을지 모른다.

이상에서 살펴본 코슈트 전기의 중역 양상은 다음과 같은 시사점을 남긴다. 첫째, 중역이 낳는 메시지의 증폭 효과이다. 이시카와의 「루이 코슈트」는 역사학의 담론적 영향력이 대중잡지 및 교양물의 레벨에서 얼마나 강력하게 작동했는지를 잘 보여준 사례다. 학술적 언어에서 대중적 언어로 이전되는 과정 역시 일종의 '번역'이라 볼 때 이시카와의 전기물 집필은 나름의 '중역'적 시도다. 이 경우, 학계에서 인정되었다는 사실 자체가 변종의 '카세트 효과'인 동시에 '번역의 예상치 못한 효과'를 창출했던 것으로 볼 수 있다.[69] 한편, 이시카와는 헝가리와 일본의 혈맥이 동일하다는 학설을 제기

---

68 이 책의 제4부 3장을 참조.
69 야나부 아키라(柳父章)는 의미에 권위를 부여하는 한자 번역어의 독특한 능력을 '카세트 효과'라고 명명했고(야나부 아키라, 김옥희 역, 『Freedom, 어떻게 自由로 번역되었는가』, AK, 2020, 50~51면), 마루야마 마사오 역시 비슷한 맥락에서 자유민권류의 책자를 원서로 읽은 후쿠자와 유키치보다 역서를 읽은 우에키 에모리가 더 급진적 성향을 보였다는 것을 예시로 '번역의 예상

하는 것에서 출발하는 반면, 이보상의 단계에 이르면 코슈트가 황인종이라는 것이 이미 기정사실화되어 있었다. 번역은 단계를 거칠수록 일단 번역자가 활용하고자 한 포인트는 사실관계와 상관없이 공고화되는 경향이 있다. 이것은 그 자체로 '차이'를 만든다. 중역 과정에서 발생한 효과들이 동아시아 지식장 내에 어떠한 차이를 야기했는지 섬세하게 드러내는 작업이 요청된다.

둘째, 량치차오의 정치적 성향에 대한 올바른 이해가 필요하다. 그가 원했던 모델은 사실상 피 흘리기를 거부하는 온건한 개혁자로 고정되어 있었다. 「갈소사전」은 『신민총보』가 전성기를 구가하는 데 결정적 요소였던 반정부 성향의 필력이 발휘될 때의 저작이다. 그의 영웅전 중 가장 혁명 지향적 인물인 코슈트가 첫 주인공이 된 것도 같은 맥락일 것으로 오인되기 쉽다. 그러나 정작 거기에는 이시카와에 의해 급진성을 잃은 코슈트가 다시한 번 약화된 채 량치차오의 타협적 메시지를 옹호하며 자리하고 있을 뿐이었다.

치 못한 효과'를 지적한 바 있다(마루야마 마사오 · 가토 슈이치, 『번역과 일본의 근대』, 이산, 2003, 53~54면).

제2장

동상이몽이 연출하는 통합의 드라마, 『이태리건국삼걸전』

1. 들어가며

본 장에서는 『이태리건국삼걸전』에 주목한다. 번역 전기물의 기획에서 량치차오의 두 번째 선택은 이탈리아 통일과 재건의 역사에서 출현한 세 명의 영웅들, 즉 마찌니·가리발디·카부르였다. 공화주의자 코슈트의 일대기로 포문을 열었던 량치차오는 마찌니라는 또 한 명의 걸출한 공화주의자를 소개하는 한편, 가리발디와 카부르를 동시에 제시하여 전기 연재의 흐름에 새로운 방향성을 주입했다. 흥미로운 것은, 실패로 끝난 헝가리와는 다르게 이탈리아의 경우 삼걸의 출현 이후 완전 독립과 통일 국가 수립을 성취했다는 사실이다. 분명 헝가리의 '이중국체'보다 이탈리아가 얻어낸 성적표가 훨씬 나은 것이었다. 량치차오는 결국 두 번째 영웅전기를 통해, 더 큰 성공을 거둔 국가가 어떤 지점에서 첫 번째와 차별화되었는지를 이야기하고 싶어 했다.

전작 『갈소사전』의 주요 화두 중 하나는 '분열'에 대한 경고였다. 량치차오는 긍정적 흐름으로 진행되던 헝가리의 독립 운동이 무산된 원인으로 소수민족과 주민족의 대립, 코슈트와 괴르게이의 반목이라는 내부 계기가 크게 작용했다는 것을 제시한 바 있다. 이러한 측면에서 다음 차례로 등장한 「의대리건국삼걸전意大利建國三傑傳」의 서사 구조는 상징성을 갖는다. 주인공 자체가 세 명이며 각기 성향도 다르다. 결국 이들의 조화와 협력이 헝가리와는 다른 결과를 가져왔다는 메시지가 성립하는 셈이다. 여기서 핵심은 그들의 역할 설정을 어떠한 방식으로 할 것인가에 있었다. 번역 속에 함축된 량치차오의 정치성은 이 지점과 맞닿아 있을 수밖에 없다.

량치차오는 「의대리건국삼걸전」의 집필에 상당한 주의를 기울였다. 활용한 일본어 텍스트만 해도 3종이었다. 그 노력에 걸맞게 「의대리건국삼걸전」은 중국 독자들의 긍정적 평가를 이끌어냈을 뿐 아니라 한국에도 번역되어 높은 인지도와 영향력을 갖추게 된다. 단행본으로 한정해 볼 때 국한문과 순국문 두 가지 문체로 간행된 역사전기물은 『월남망국사』, 『서사건국지』 등 손에 꼽는 수준에 불과했는데 이들은 모두 당시 신문광고에 수개월에서 1년 이상까지 등장하던 주요 상품이기도 했다. 『이태리건국삼걸전』역시 그중 하나였다.

'삼걸'에 대한 높은 관심은 각종 매체들을 통해서도 확인된다. 마찌니·가리발디·카부르는 당대 매체에 가장 빈번하게 등장한 이름 중 하나였다. 삼걸을 주제로 한 글들은 각종 출판 형태로 꾸준히 소개되었고 『황성신문』, 『대한매일신보』 등의 논설기사에서는 삼걸을 예로 들어 논지를 전개시키는 사례가 수십 차례 등장하고 있다. 또한 신채호는 『삼걸전』을 번역한 이듬해인 1908년, 『삼걸전』과 구조와 표현 방식이 유사한 창작 전기 『을지문덕』을 간행한다.[1] 그의 민족영웅 발굴은 이순신,[2] 최영[3] 등으로 이어지는데, 이러한 현상은『삼걸전』[4]의 번역 작업에서 확장된 재생산 과정으로 볼 수 있다.

이러한 반향을 일으킨 량치차오의 텍스트는 전술했듯 일본어본 3종을 저본으로 했다. 그중 핵심이 되는 히라타 히사시의『이태리건국삼걸伊太利建國三傑』1892은 대부분 영문 서적 *The Makers of Modern Italy*1889에 기초한 것이다. 바로 이 *The Makers of Modern Italy*로부터 논의를 시작하도록 한다.

2. *The Makers of Modern Italy*—한 영국인의 관점에서 본 이탈리아사

The Makers of Modern Italy[5]는 이탈리아 성립사를 마찌니·가리발디·카부르라는 세 인물의 사적과 함께 풀어낸 저작이다.[6] 이를 집필한 J. A. R. 메리어트[7]는 영국에서 '경Sir'의 칭호가 붙은 역사가이자 교육가, 정치가였다. 그는 1914년 Worcester College의 평의원fellowship에 선출되었고, 1917

---

1 신채호,『乙支文德』, 광학서포, 1908.5.30.
2 「水軍第一偉人李舜臣傳」,『대한매일신보』, 1908.5.2~8.18.
3 「東國巨傑崔都統」,『대한매일신보』, 1909.12.5~1910.5.27.
4 본 장에서 '『이태리건국삼걸전』' 혹은 '『삼걸전』'이라 함은 다음의 두 가지 경우로 사용된다. 첫째, 서구의 원전과 동아시아 3국의 역본 중 하나를 지칭하는 것이 아니라, 이들 전체를 포괄하는 전체적 개념이다. 둘째, 총 5종류의『삼걸전』중 하나의 텍스트를 다룰 때, 다음 제목들을 문맥에 따라 '~의『삼걸전』'으로 약칭하는 경우다. (1) *The Makers of Modern Italy* ⇒ J. A. R. 메리어트의『삼걸전』(2)『伊太利建國三傑』⇒ 히라타 히사시의『삼걸전』(3)「意大利建國三傑傳」⇒ 량치차오의『삼걸전』(4)『伊太利國三傑傳』⇒ 신채호의『삼걸전』(5)『이태리건국삼걸전』⇒ 주시경의『삼걸전』.
5 이하, '*The Makers*'로 약칭한다.
6 마찌니(Giuseppe Mazzini, 1805~1872) / 카부르(Camilo Benso di Cavour, 1810~1861) / 가리발디(Giuseppe Garibaldi, 1807~1882).
7 John Arthur Ransome Marriott(1859.8.17~1945.6.6).

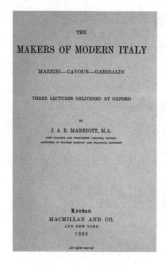

년부터 28년까지는 옥스퍼드와 요크에서 보수당 하원의원으로 재직했다. *The Makers* 출간 당시에는 옥스퍼드의 현대사 및 정치 경제학 강사였다. 본래 *The Makers*는 저자가 대학 강단에서 진행한 세 편의 강의를 엮은 것이다.

저자는 인물을 전면적으로 부각하기 위해 전기 형식을 사용하였다.[8] 전체적으로 보면 전기 세 편은 옴니버스식 구성이지만, 세 인물의 협력과 대립 등을 유기적으로 연결하는 또 하나의 흐름도 갖추고 있다. 이러한 구성의 특징상 세 인물 중 둘 이상이 연관되어 있는 사건을 다루어야 하는 경우, 이미 능장한 사건일지라도 다시 다루어야 하는 내용상의 중첩이 일어나기도 한다. 한 예로, 마찌니와 로마공화국 관련 내용이 21~22면에 걸쳐 등장했음에도, 해당 사건은 '가리발디' 장인 61~62면에 다시 등장하였다. 물론 동일 사건이라도 중심인물이 다르므로 전체적으로는 보완성을 갖게 된다. 내용의 중복을 피하기 위해 "카부르의 정치적 생애에 있어서 마지막 활동, 남부 이탈리아의 통일 등을 모두 장을 바꾸어 분석하기로 한다"[9]와 같이 다시 다루겠다는 언급만 하고 넘어가기도 한다. 이는 카부르와 가리발디가 공동으로 개입되어 있는 사건을 '카부르' 장이 아닌 '가리발디' 장에서 다루겠다는 설명인데, 이 경우 '카부르' 장에서 카부르의 죽음이 먼저 기술되었음에도 '가리발디' 장으로 넘어가 다시 카부르의

8　메리어트 스스로도 1931년의 개정판에서 First Edition이 전기적 형태였다는 것을 언급한 바 있다(J. A. R. Marriott, *The Makers of Modern Italy : Napoleon-Mussolini*, LOWE & BRYDONE, 1937, p.vi).

9　J. A. R. Marriott, *The makers of modern Italy : Mazzini-Cavour-Garibaldi*, Macmillan & Co, 1889, p.49.

활약이 펼쳐질 수밖에 없다. 요컨대 세 인물 각각의 전기로서는 시계열적 구성이지만 이것이 다시 중첩되는 가운데 일정한 보완이 이루어지기도 했다. 이를 '복합 시계열적 구성'이라고 칭할 수 있을 것이다.

메리어트는 낭만적 감수성을 갖고 이탈리아 통일 운동의 주역들에게 접근하였다.[10] 그에게 이탈리아 건국 역사는 매우 흥미로운 소재였기에 이를 통해 국민과 국가의 권리에 대해 설명하고자 한 것이다.[11] 결과적으로 *The Makers*는 독자층의 반향을 이끌어 낼 수 있었는데, 이는 시대적 특수성에 기인한 것이었다. 첫째, *The Makers*는 최신 현대사를 다룬 저작이었다. 이탈리아가 통일을 완료한 시점이 로마 천도를 이룬 1871년이므로 집필 당시 메리어트는 단지 18년이 경과된 역사를 다룬 것이다. 무엇보다 중요한 것은 인물들이었다. 마찌니, 카부르, 가리발디는 영국인들의 주의를 환기시킬 수 있는 인상적인 캐릭터였다. 통일 이탈리아 왕국의 재상 카부르는 차치하더라도, 최후의 주인공이 될 수 없었던 마찌니, 가리발디조차 영국에서는 환호의 대상이었다. 3인의 위업은 당대에 지속적으로 회자되고 있었고 그들을 다룬 이야기 자체가 이미 충분한 상품성을 갖출 수 있던 시기였다.[12]

둘째, *The Makers*는 당시의 영국 지성계와 상류층의 프라이드를 자극할 수 있는 소재를 다루었다. 영국 경제는 1850년대 이후로 이전의 독보적 지위를 다시 찾지 못하고 있었으며[13] 부지런히 쫓아온 프랑스, 독일, 러시아 등이 권좌를 노리고 있었다. 이러한 시세에 대한 인식은 1870년 이후 지식사

---

10 J. A. R. Marriott, *The Makers of Modern Italy : Napoleon-Mussolini*, LOWE & BRYDONE, 1937, p. v.
11 J. A. R. Marriott, *The makers of modern Italy : Mazzini-Cavour-Garibaldi*, p.3.
12 "I have been told by one who witnessed his landing at Southampton that the poor general's garments were literally torn to ribbons by enthusiastic admirers." *Ibid.*, p.71.
13 케네스 O. 모건, 영국사학회 역, 『옥스퍼드 영국사』, 한울아카데미, 1997, 581면.

회에 유행처럼 보급된 사회진화론과 결합해 국가 간의 경쟁 구도를 더욱 촉진시켰다. 이 시기는 보수당이 기존의 자유방임적 정책을 비판하고 영국 전체가 보다 의식적이고 적극적인 제국주의적 팽창을 추구하기 시작했던 시점과 맞물린다. 자유당은 1886년 이후 20여 년 동안 다시 집권하지 못했다.

1889년 발표된 *The Makers*는 독립과 통일을 위해 치열하게 싸운 이탈리아 현대 인물들의 역사 이야기였다. 자신들이 이미 성취한 것이 누군가에게는 바로 지금 고군분투해야 하는 문제일 때, 앞선 자와 뒤 따르는 자의 위계가 설정된다. 이는 당시 유행했던 사회진화론적 구도에서 국가 간의 우열을 가상으로 상정하는 셈이었다.

언급할 필요는 없지만, 민족적 통합 달성에 있어서 어떤 국가들은 다른 이들보다 매우 앞서 있었다. 예를 들면 영국은 13세기에 이미 국가의 정체성 실현을 달성했다. 프랑스와 스페인은 16세기까지 걸리지 않았다. 한편 독일과 이탈리아 같은 다른 국가들은 마지막 몇 년간 같은 목적지에 도달하였다. 그러나 일반적으로 말하자면 서유럽의 군주 국가들은 17세기 말경에 그들의 전성기를 보냈다.[14]

메리어트는 영국의 위치를 최고 지점에 놓고, 중간층에 프랑스와 스페인을, 그 하부에 독일과 이탈리아를 두는 구도를 제시하고 있다. 영국이 이미

---

14 "In the attainment of national unity some states were, I need not say, very much ahead of others. England, for example, compassed the realization of her national identity as early as the thirteenth century; France and Spain not until the sixteenth; while other states, like Germany and Italy, have reached the same goal only within the last few years. Speaking generally, however, the national monarchies of Western Europe attained their zenith towards the end of the seventeenth century." *Ibid.*, p.2.

600여 년 전 이룩한 국가 정체성 확립이라는 과제를 이탈리아는 이제야 따라잡았다는 것이다. *The Makers*가 표상하는 영국은 언제나 애국주의, 자유주의의 수호자로서 굳게 서 있으며, 세 주역인 마찌니·가리발디·카부르모두가 필수적으로 거치고 배워야 했던 이상적 공간으로 기술된다.[15]

보수적 성향의 메리어트는 입헌군주제로 이탈리아 통일 사업을 완성한 사르데냐 수상 카부르와 국왕 에마누엘레 2세에게 초점을 맞추었다. 삼걸 중 나머지 두 인물인 마찌니와 가리발디는 카부르를 더욱 돋보이게 만들어주는 역할로 설정되었다. 본 장에서 주목하는 것이 바로 이러한 인물에 대한 위계질서의 부여이다.

정치가the Statesman 카부르는 메리어트의 저술에서 예언자the Prophet 마찌니에 이어서 등장하고 있다. 언뜻 카부르의 활약이 마찌니가 형성해놓은 정신적 토대 위에서 이루어지는 것으로 보일 수도 있겠지만, 사실 메리어트의 의도는 마찌니의 실패를 앞세워 카부르의 성공을 더욱 강력하게 부각하는 데 있었다.

> 스스로는 인지하지 못했으나 그마찌니의 일생 사명은 이미 완료된 것이었다. 그가 처음으로 깨달았던 중대하고 큰 문제에 대한 근원적 해결을 위해 그가 할 수 있는 것은 없었다. 그 일은 다른 이카부르의 손으로 가야 했다. 고귀한 예언자마찌니의 이상은 정치가카부르의 실용적 명민함에 그 자리를 내주어야 했다.[16]

---

15 *Ibid.*, pp.10·17~18·36·71 등.

16 "His life mission, little as he knew it, was already fulfilled. To the further solution of the great problem, the importance of which he had been the first to realize, he could contribute nothing. The work must fall to other hands. The lofty idealism of the prophet must give place to the practical sagacity of the statesman." *Ibid.*, p.23, 현대어의 괄호는

이렇듯 마찌니와 카부르는 상호 보완이 아니라 상호 대체의 구도 속에 있었다. 둘의 성향은 시종 급진적 혁명과 온건적 개혁으로 나뉘어 있었으며 정치적 입장 역시 공화주의(마찌니)와 입헌군주제(카부르)로 극명하게 엇갈렸다. 저자는 카부르의 반대 진영에 있던 혁명가 마찌니에 대해서는 도덕적 스승이나 예언자 정도의 소극적 평가로 일관하였고, 그의 공화주의 운동과 관련해서는 통일의 장애물로 묘사하기에 주저하지 않았다.

그러나 우선 여전히 마찌니의 지도를 받고 있는 강경한 공화주의자들이 일으킨 제노바의 내란을 처리해야 했다. 마찌니와 그 무리들은 최근의 전쟁과 더 최근의 평화를 두고서, 사르데냐 정부를 가장 비열한 배신자라고 탓하기를 주저하지 않았다. "매국노 카를로스 알베르토의 아들에게 넘기는 것보다 이탈리아를 노예로 만드는 편이 낫다." 마찌니는 매우 집요했다.[17]

메리어트는 세 인물을 독립적으로 다루면서도 각 인물들 간의 교차지점에서는 언제나 카부르의 손을 들어준다. 다음은 *The Makers of Modern Italy*의 마지막 부분이다.

그러나 카부르가 없어서 유럽의 신뢰, 지지, 동정을 얻지 못했다면, 그리고 한결같은 업무처리 능력과 모든 위기상황 속에서 발휘되던 감각을 지닌 한

인용자.

17 "But they had first to deal with domestic disaffection, stirred up in Genoa by the republican irreconcilables who still followed Mazzini's lead. Mazzini and his friends did not scruple to impute to the Sardinian Government the basest treachery in connection with the events of the recent war and the still more recent space. "Better Italy enslaved than handed over to the son of the traitor Carlo Alberto." Mazzini was utterly intractable." *Ibid.*, p.32.

남자가 대업을 인지하지 못했다면, 마찌니의 공로는 무익한 무장봉기에 지나지 않고, 가리발디의 공적 역시 생산성 없는 애국사에 한 줄을 더하는 것에 지나지 않았을 것이다. 그러므로 우리는 조국의 해방에 있어서 이 호걸들이 위치하는 각각의 역할을 인정하고 이들의 차이점과 논쟁들을 기꺼이 묵살하되, '이탈리아 통일의 건설자'라는 영예는 바로 카부르에게 주어야 한다.[18]

한 권인 동시에 세 편의 전기라는 독특한 구성은 결국 하나의 세력(카부르)에 정당성을 부여하기 위해 하부 세력(마찌니, 가리발디)에 권력을 분할하는 형식으로 이루어진 것이었다. 이렇듯 메리어트는 권력자 카부르의 진영에 서서 이탈리아사를 해석하였다. 이후 그는 1931년 개정판[19]에서 무솔리니를 "마찌니의 이상과 카부르의 실용적 정치술을 겸비했으며 가리발디의 영웅적 기질을 갖춘 인물"[20]로 예찬하는 등 지속적으로 우경화된 면모를 보여준다.

---

18 "But if Cavour had not been there to win the confidence, support, and sympathy of Europe, if he had not been recognized as a man whose work was solid and whose sense was just in all emergencies, Mazzini's efforts would have run to waste in questionable insurrections, and Garibaldi's feats of arms must have added but one chapter more to the history of unproductive patriotism. While, therefore, we recognize the part played by each of these great men in the liberation of their country, and while we willingly ignore their differences and disputes, it is Cavour whom we must honour with the title of the maker of Italian unity." *Ibid.*, p.78.

19 메리어트의 *The makers of modern Italy : Napoleon-Mussolini*는 1931년 Oxford University Press 에 의해 출판되었다. 본 장에서는 LOWE & BRYDONE에서 1937년 인쇄한 판본을 참조하였다.

20 "His was the idealism of Mazzini, combined with the practical statesmanship of Cavour and the heroic temper of Garibaldi." *Ibid.*, p.198, 현대어의 괄호는 인용자.

3. 히라타 히사시의 『이태리건국삼걸伊太利建國三傑』
─ 메이지 유신의 위상 강화

메리어트의 영문 원서를 일역하여 『이태리건국삼걸伊太利建國三傑』로 출판한 번역자는 히라타 히사시平田久, 1871~1923였다.[21] 교토의 도시샤同志社 대학을 졸업한 그는 재학시절부터 신문기자를 준비하였고 번역 당시에는 이미 『국민신문國民新聞』의 신예 기자였다. 도쿠토미 소호 밑에서 일한 그는 1902년의 자전적 저술 『신문기자지십년간新聞記者之十年間』의 서序에서 "마땅히 이 원고를, 『국민신문』의 창립자이자 사장이며 주필자인 도쿠토미 이이치로德富猪一郎, 도쿠토미 소호의 본명에게 바친다"[22]고 말하는 등 높은 충성도를 보여주고 있다. 이러한 히라타인 만큼, 첫 번째 저술인 『이태리건국삼걸』의 출판 시점에는 도쿠토미의 의도를 최대한 반영하며 작업할 수밖에 없었을 것이다. 무엇보다 『이태리건국삼걸』이 원전의 내용을 그대로 옮긴 순수 번역물이 아니라, 필요에 따라 다른 자료를 활용하여 정치적 입장을 표명하기도 했기에 도쿠토미 역시 『이태리건국삼걸』의 기획에 참여했으리라 유추할 수 있다.

---

21 히라타 히사시(平田久)의 저술 목록은 다음과 같다.
1. 『伊太利建国三傑』, 民友社, 1892(明25).10(역서).
2. 『カーライル』, 民友社, 1893(明26).7(十二文豪; 第1卷).
3. 『露西亜帝国』, 民友社, 1895(明28).10.
4. 『十九世紀外交史』, 民友社, 1897(明30).10.
5. 『不動産登記法案実習』, 明法堂, 1898(明31).7.
6. 『内外交際新礼式』, 民友社, 1899(明32).11.
7. 『新聞記者之十年間』, 民友社, 1902(明35).7(大空社, 1993.6. 伝記叢書 112로 재간).
8. 『宮中儀式略』, 民友社, 明37.1.
9. 『独逸実験 実業振興策』, アール・ヂーン・ホワード, 民友社, 1908(明41).11(역서).
10. 『不老長生之秘訣』, 民友社, 1912(明45).1.
11. 『大師会図録』, 第16回, 1913(大正1).

22 平田久,『新聞記者之十年間』, 民友社, 1902, 11면.

그는 실제 6면에 이르는 『이태리건국삼걸』의 서序를 직접 붙였다.

저본인 *The Makers*와 히라타 히사시의 역본은 다음과 같이 구성되어 있다.

〈표 2〉 *The Makers of Modern Italy*와 『伊太利建國三傑』의 구성

The Makers of Modern Italy(1889)		『伊太利建國三傑』(1892)	
※ 두 편의 시 NOTE CONTENTS	1면 1면 6면	三傑 인물 삽화 이탈리아 지도 삽화 도쿠토미 소호의 序 例言 目次 緒論; 4개 革命前記; 18개	1면 1면 6면 1면 5면 1면 15면
GIUSEPPE MAZZINI; 100개	25면	マッチニー (마찌니); 55개	30면
CAVOUR; 57개	27면	カブール (카부르); 53개	55면
GALIBALDI; 72개	24면	ガリーバルヂー (가리발디); 51개	47면
'APPENDIX' I AUTHORITIES II CHRONOLOGICAL TABLE OF THE CHIEF EVENTS IN ITALIAN HISTORY, 1815-1870	2면 4면	伊太利建國史年表	12면

히라타는 메리어트가 설정한 마찌니·카부르·가리발디 순의 기본 구성을 그대로 가져왔다. 분량은 일정한 비율로 확대된다. 일문판의 페이지 수가 전체적으로 많은 것은 영문판은 한 면당 38행, 일문판은 13행이라는 차이가 있기 때문이다. 가로쓰기와 세로쓰기의 차이점을 고려한다 해도 지면당 분량은 영문판이 훨씬 많다. 계산해보면 *The Makers* 한 페이지 당 『이태리건국삼걸』 두 페이지 정도의 대비를 이루고 있었다.

내용 외적 구성에서는 차이점이 발견된다. 우선, *The Makers*에는 없던 두개의 삽화가 가장 전면부에 배치되어 있다. 하나는 삼걸의 초상을 그림으로 나타낸 것이고 다른 하나는 이탈리아 반도의 지도이다. 도쿠토미 소호의 서序가 추가되어 있다는 점도 다르다. 그러나 내용 관련 구성은 전반적으로 일

치한다. '예언例言'과 '목차目次'는 메리어트의 'NOTE'와 'CONTENTS'를 그대로 따르고 있다. '예언'에서 히라타는 『이태리건국삼걸』을 저술할 때 메리어트의 *The Makers*를 핵심으로 하되 『브리태니커 백과사전』의 「이태리재건사」, 「마찌니 일전」, 「카부르전」 등의 기타 자료들을 추가적으로 참고했다고 밝힌다. 그러나 이 '예언'의 내용 역시 메리어트가 그의 '부록' I 에서 밝힌 참고문헌에 대한 설명 일부를 번역한 것이었다.[23]

내용을 소제목 단위로 세분화하는 방식도 동일하다. 다만 영문판의 경우 소제목을 'CONTENTS' 란에서만 일괄 제시한 반면, 일문판의 경우 '목차'에서는 '서론-혁명전기-마찌니-카부르-가리발디-이태리건국사연표' 등 큰 단위만 제시하고 소제목들은 해당 내용의 페이지 상단에 직접 표기했다는 차이가 있다. '이태리건국사연표伊太利建國史年表'를 부록으로 제시한 점도 저본과 같다. 그러나 히라타의 『삼걸전』은 메리어트의 '부록' I처럼 참고문헌 설명을 독립시키지 않고 인용서의 출처를 본문에서 드러내는 방식을 사용했다.

본 텍스트로 들어가면 히라타의 경우 '서론緒論', '혁명전기革命前期'가 추가되어 있는데, 이는 실상 메리어트가 첫 번째 장 'GIUSEPPE MAZZINI' 안에서 기술한 내용을 제목을 붙여 분리했을 뿐이다. 내용면으로 볼 때, 히라타는 최대한 *The Makers*의 핵심 메시지를 유지하는 선에서 축약 및 첨가를

---

23 히라타는 다음과 같이 자신의 역서를 구성하는 원본들의 출처를 밝히고 있다. "本書の編纂はマリオットの「伊太利建國者」に負ふ所尤も多し。「エンサイクロパデア、ブリダニカ」の最近版に収めたるシモンヅの「伊太利再建史」「マッヂーニ伝」及び「カブール伝」は簡にして要を得たるものなり。これに頼りしことも亦少なからず。其他種種の引用書はくだくだしければ掲げず、書中明らかに其の名を掲げたるもの多し。" 한편 메리어트의 'APPENDIX I'에서는 다음의 구절이 발견된다. "The Articles in the new edition of the Encyclopedia Britannica on "Italy"(by J. A. Symonds) and on "Mazzini" and "Cavour" are admirably done, and may with great advantage be consulted." J. A. R. Marriott, *The makers of modern Italy : Mazzini-Cavour-Garibaldi*, p.79.

시도한다. 히라타가 감행하는 저본의 축약이나 생략은, 대부분이 원전의 예화, 수식 및 묘사, 비유, 인용, 부연(원저자인 메리어트의 존재가 드러나는 형태의 발화 포함), 역사적 배경 등에 집중되어 있다.[24]

하지만 히라타 역시 『이태리건국삼걸』을 통해 하고 싶은 말이 있었다. 그것은 메리어트의 언어를 빌려서는 할 수 없는, 오직 일본인이 일본인 독자들을 향해서만 던질 수 있는 메시지였다. 때문에 그 내용들의 제시는 주로 번역된 원전의 내용 사이사이에 삽입, 첨가되는 형태로 이루어졌다.

도쿠토미 소호와의 공동 기획으로 이루어진 『이태리건국삼걸』은 단지 삼걸에 대해 배우는 것뿐만이 아니라 일본의 현재 위상을 이탈리아와 동일시하려는 목적도 가지고 있었다. 이를 위해 선택한 전략은 메이지 유신을 이탈리아 리소르지멘토에 비유하여 혁명운동의 역사를 공유하고자 한 것이었다. 다음 인용문은 『이태리건국삼걸』의 마지막 부분이다.

이탈리아 건국의 역사가 이와 같고, 일본 유신의 역사가 이와 같다. 혁명이라고 하는 혁명, 진보라고 하는 진보는 이 세 가지 종류의 역할을 가지고 완성하는 것이다. 나는 다시 세 번 돌이켜, 마찌니는 혁명의 예언자가 되고, 가리발디는 혁명의 협객이 되고, 카부르는 혁명의 정치가가 되었다고 말한다. 마찌니는 땅을 일구어, 씨를 뿌리고, 나무를 길렀다. 가리발디는 무르익은 열매를 거두었고, 카부르는 수확된 이익을 온전케 하였다. 나는 다시 혁명은 예

---

24 *Ibid.*, p.3의 부연(원저자 노출) · p.4의 부연 · p.9의 부연, 인용, 비유 · p.12의 묘사, 인용 · p.16 인용의 일부 · p.21의 수식 · p.26의 비유 · p.30의 역사적 배경 · p.33의 비유 · p.34의 역사적 배경 · p.39의 인용 · p.41의 인용(시) · p.47의 인용 · p.49의 묘사 · p.50의 비유 · p.52의 묘사 · p.59의 부연 · pp.61~62의 부연 및 역사적 배경 · p.62의 비유 · p.63의 부연(원저자 노출) · p.64 인용의 일부 · p.65의 부연 · p.69의 부연(작가 발화) · p.70의 역사적 배경, 인용 · p.71의 부연(원저자 노출) · p.72의 역사적 배경 · p.74의 부연 · p.75 인용내용 일부 · p.77의 부연(원저자 노출)

언자를 요구하고, 협객을 요구하고, 정치가를 요구한다는 것을 되풀이하여 말한다. 혁명은 항상 없어서는 안 되고, 국가는 하루도 혁명 없이는 존재할 수 없다. 국가는 하루도 예언자 없이 불가하고, 협객 없이 불가하고, 정치가 없이 불가하다는 것을 말하고 싶다.[25]

엄연히 정치적 입장이 달랐던 마찌니·가리발디·카부르 등이 한결같이 '혁명의' 영웅으로 불리고 있다. 히라타에게 있어서 '혁명'은 긍정적인 수사였다. 그는 메이지 유신 이후 일본이 가고 있는 길을 혁명의 현재진행형으로 삼고자 하여 실제 역사와 상관없이 이탈리아 리소르지멘토를 '혁명'으로 인식했고,[26] 일본과 접목시킬 만한 가치를 찾기 위해 이 단어를 남발하였다. 이 과정에서 요시다 쇼인吉田松陰은 마찌니와 동급의 인물로서 비유되기도 한다.[27] 이탈리아의 영웅을 자국 인물과 동일시한 이유는『이태리건국삼걸』의 발간 목적 자체가 이탈리아 수립 과정의 '혁명성'을 일본의 가치로 전유하는 데 있었기 때문이다. 사상적으로 전혀 달랐음에도 요시다 쇼인과 주세페 마찌니는 '혁명적'이라는 수사를 통해서 묶일 수 있었다. 이렇

---

25 平田久,『伊太利建國三傑』, 民友社, 1892, 151면.
26 이탈리아에서도 진정한 혁명은 실현되지 않았다. 1848년에 혁명이라 말할 수 있는 전국적 항거가 일어났지만 결국 오스트리아의 무력에 봉쇄되었고, 이후 1870년 극적으로 통일이 달성되었지만 이는 혁명의 실현이 아니라 사르데냐 왕국이 그 세력을 이탈리아 반도 전체로 확장했을 뿐이었다. 왕족의 정체성마저도 그대로 대물림되었다. 초대왕 에마누엘레 2세는 사르데냐라는 국명만 이탈리아로 바꿨을 뿐 '2세'라는 명칭을 바꾸지는 않았고 그의 후계자 역시 에마누엘레 3세가 된다. 또한 통일 이후 지배 계급과 피지배 계급에 지위상의 변화가 온 것도 아니었다. 오히려 사르데냐 왕국 중심의 통일은 지역 갈등을 심화시키는 결과를 몰고 오기도 했다. 실상 이탈리아에는 정치적 의미에서나 사회적 의미에서나 혁명이 부재했던 것이다.
27 平田久, 앞의 책, 55~56면. 요시다 쇼인(吉田松陰, 1830~1859)은 존왕양이(尊王攘夷) 사상을 바탕으로 메이지 유신의 지도자들을 배출한 사상가이자 교육가이다. 일본에서의 존왕양이는 미·일 수호통상조약 이후 촉발된 외국인을 침략자로 배척하고 천황을 받들자는 운동으로 요약된다. 따라서 요시다 쇼인은 비록 마찌니처럼 외세에 대항하며 자신의 이상을 위해 헌신했다는 면에서는 동일했지만, '존왕' 자체가 이미 마찌니의 공화주의와는 정면으로 충돌하는 것이다.

게 이탈리아의 근대사를 통해, 자국 일본을 혁명에 성공한 위대한 국가로 선포하는 것이 『이태리건국삼걸』이 표출하는 일관된 방향성이었다. 다음은 도쿠토미 소호의 서문 중 일부다.

> 또한 그들의 역사와 우리의 역사가 얼마나 서로 유사한가를 숙고해야 한다. 그들도 옛 연방에서 유신으로 갔고, 그 혁명도 19세기의 후반에 일어났고, 우리도 또한 그렇다. 그들도 3개 좌명佐命의 원훈이 있고 우리도 또한 그렇다. 진실로 영기靈機가 하나로 통하면 그들의 건국을 논하는 것은, 곧 우리의 건국을 논하는 것과 같다.(덕부소봉德富蘇峰, 『이태리건국삼걸伊太利建國三傑』 서序, 2~3면)

한편 히라타는 카부르 중심성을 메리어트보다 한층 강화하였다. 카부르를 우선시하는 성향은 본문이 시작되기 전에 이미 드러나고 있다. 『이태리건국삼걸』 첫 번째 페이지에는 한 면 전체 크기의 삽화가 등장한다. 그런데 그 구도가 흥미롭다. 왼편의 가리발디, 오른편의 마찌니 위로 카부르가 위치하고 있는 것이다. 사실 카부르는 세 인물 중 가장 연소하며, 텍스트 순서상으로도 두 번째에 등장하는 인물이기에 삼걸의 대표격으로 내세우기에는 무리가 따른다. 그러나 『이태리건국삼걸』은 삽화까지 동원하며 카부르의 핵심적인 역할을 예고한다.

본문에서의 카부르 강조는 더욱 노골적이다. 히라타는 카부르와 관련된 원전의 긍정적 내용을 그대로 옮길 뿐 아니라 다음과 같은 내용을 삽입하여 카부르를 예찬하고 있다.

(이 예언자의 말을 가슴에 새기자) (…중략…) 이 말을 읽을 때 이것이 실로 **새로운 혁명가**의 목소리임을 잊지 말아야 한다. 히라타, 68~69면

『이태리건국삼걸(伊太利建國三傑)』의 권두 삽화

본 인용문은 카부르가 처음 등장하는 대목이다. 괄호는 메리어트의 "mark his prophetic words"를 번역한 것이며 괄호 다음의 내용이 히라타의 첨언이다. 주목할 것은 히라타의 삽입으로 인하여 카부르는 마쩌니를 더욱 완벽하게 대체하는 존재가 된다는 것이다. 메리어트는 단 한 번도 카부르를 혁명가로 호칭하지 않았다. 그래서 혁명가의 자리는 비록 부정석 이미지일지언정 마쩌니의 것이었다. 물론 이는 추상적 경계에 불과하긴 했지만, 히라타는 메리어트가 그어놓은 선을 침범한 것이다. 그는 카부르를 일컬어 "새로운 혁명가"라 부르고 있으며 이로 인해 마쩌니는 지난 시대의 혁명가로 격하된다. "다른 두 이탈리아 건국자는 이탈리아를 위해서 대공업을 달성했으나, 이 대공업은 이 대정치가가 가져다 준 것이다"히라타, 104면와 같은 내용 역시, 다른 두 인물과 비교해 카부르의 위상을 높이려 하는 메리어트의 의도를 강화하는 첨가 부분이다.

전체 결론 부분에 히라타가 삽입한 내용에서도 '카부르 중심성'은 확연하다.

말하길 혁명의 대활극에는 3종의 역할이 있는데, 예언자가 먼저 와서 그 서막을 연출하고, 대협객이 다음으로 와서 본막을 연출하고, 정치가가 최후에 와서 결정타를 연출한다는 교훈을 얻었다. 히라타, 151면

실상 텍스트의 구성은 '마찌니' → '카부르' → '가리발디'의 순서로 이루어져 있음에도 불구하고, 위 인용문은 '마찌니' → '가리발디' → '카부르' 순의 인식을 보여준다. 이는 곧 앞의 두 사람은 준비와 전개 과정을, 카부르는 하이라이트를 담당하고 있다는 것을 환기한다. 삼자 간의 위계는 삽화의 연출처럼 고정된다. 이 외에도 카부르를 강조하기 위한 히라타의 삽입은 여러 군데 발견된다.[28] 『이태리건국삼걸』이 말하는 최고의 영웅 역시 카부르였던 것이다.

히라타가 카부르에 주목한 이유는 무엇일까? 카부르는 당시 일본이 나아가야 할 방향 제시와 관련한 상징성을 갖고 있었다. 그는 끊임없이 강대국과 교류하며 그들을 통해 '학습'했으며 때로는 과감한 참전을 주장했고, 철저히 국왕 중심의 개혁을 지휘한 인물이었다. 1894년 청일전쟁 직전, 도쿠토미 소호는 전쟁도발을 선동하는 논리를 펼치며 카부르를 활용하기도 한다. 이 시기에 이미 주전론자의 시각을 보여주던 도쿠토미에게 있어 카부르의 개혁 과정은 유용한 참고 대상이었다.

이탈리아 독립운동가이자 수상을 지낸 카부르는 '광기의 사태'라고 비난받으면서도 크림 전쟁에 참전해 구주열국歐州列國으로부터 인정받음으로써 국가이익과 광영을 가져왔다.[29]

---

28 위의 책, 85 · 96 · 172면 등
29 「好機」, 『대일본팽창론』, 1894. 정일성, 『일본 군국주의의 괴벨스, 도쿠토미 소호』, 지식산업사, 2005, 133면에서 재인용.

히라타의『이태리건국삼걸』은 메리어트의 복합 시계열적 구성을 따르고 있으며 일본과 관련된 일부 내용의 삽입을 시도하긴 하지만 원전의 내용 전개를 거스르지 않는다. 카부르 중심의 정치적 성향 역시 이어받고 있었다. 그렇다면 량치차오의 경우는 어떨까?

4. 량치차오의 다시쓰기, 대안으로서의 카부르

량치차오의 연속적인 서구영웅전 집필에서 「의대리건국삼걸전」의 위치는 이미 서두에서 언급하였다. 여기서는 그의 텍스트 변주 양상을 검토하고, 그것이 갖는 함의를 분석할 것이다.

량치차오는 히라타까지 내려오던 역사 및 인물의 균형적 구성과 삼인의 전기 모음집 형태를 탈피하고, 보다 인물이 부각되는 단일 시계열적 구조로 개편하였다. 즉, 히라타가 '마찌니의 시작—마찌니의 마지막 / 카부르의 시작—카부르의 마지막 / 가리발디의 시작—가리발디의 마지막' 식으로 구성하였다면, 량치차오는 '마찌니·카부르·가리발디의 시작—마찌니·카부르·가리발디의 마지막' 식으로 재구성한 것이다. 예를 들면, 히라타 역본에서는 가리발디의 어린 시절이 총 151면 중 114면에 이르러서 언급되나, 구성을 바꾼 량치차오의 역본에서는 제1절부터 등장한다. 또한 히라타의 103면에 등장하는 카부르의 죽음은 량치차오의 제23절에 가서야 발견할 수 있다.

량치차오는 복수의 일본어 텍스트를 참조했다. 이에 대해 마츠오 요오지松尾洋二는 "구성은 다르지만 발단과 서론 및 결론 부분, 그리고 놓치기 쉬우나 소결로서 제9절의 배치도 히라타를 답습하고 있고, 서사와 논단 양면에

서 전체적 틀을 짜는 것 역시 히라타에 의거하며, 중간 부분이 마츠무라 등에 의해 보충되어 있는 것으로 판명된다"[30]고 정리하였다. 실제 텍스트를 검토해보면 전반부 일부 및 21, 23, 25, 26절 등 후반부의 대부분이 히라타의 텍스트에 기반하고 있고, 중간부의 카부르 관련 내용은 마츠무라 카이세키松村介石의『カミロ、カブール』카밀로 카부르에 의거하는 형태이다.

이렇듯 종래의 연구에서 량치차오의「의대리건국삼걸전」은 히라타와 마츠무라의 텍스트에 기반하여 집필된 것으로 알려져 있었으며, 제5절과 제17절 등 가리발디 관련 절들은 출처를 알 수 없었다. 조사 결과, 량치차오가 번역 대본으로 활용한 제3의 텍스트는 바로 기시자키 쇼우岸崎昌가 집필한『ガリバルヂー』가리발디[31]로 확인되었다. 이 서적은 하쿠분칸의『세계역사담』총서의 제11편으로 간행된 것으로서, 여기서도 재차 나타나지만 량치차오가 기본적으로 참조한 중역 매개로서의 일본어 텍스트는 민유샤와 하쿠분칸 출판물의 범위를 잘 벗어나지 않는다. 기시자키의 가리발디 전기와 그에 대한 량치차오의 번역 부분을 예를 들어 비교해보자.

이튿날 아침에 안개가 심하여 주위를 둘러 멀리 바라볼 수 없는데, 두 척의 병선이 이쪽 방향을 향하고 왔으나 기장旗章을 분별할 수 없더니 이윽고 한 배가 안개를 뚫고 나타나매 투석 거리에 임박하였다. 한 사관이 갑판에 서서 항복할 것을 재촉하는 동시에 대포를 발사하여 아군 함가리발디 함-인용자 주을 공격하였다. 가리발디 역시 이에 응하여 포연이 하늘을 가리고 하늘 또한 까맣게 변해 피아

---

30 松尾洋二, 앞의 책, 268면.

31 岸崎昌,『ガリバルヂー』(世界歴史譚:第11編), 博文館, 1900(明33.3). 기시자키 쇼우는 도쿄제국대학 법학사 출신으로서, 하쿠분칸의 또 다른 기획 총서류『帝國百科全書』집필에 2차례 참여하였다(岸崎昌,『税関及倉庫論』(帝國百科全書:第44編), 博文館, 1900; 岸崎昌, 中村孝,『國法學』(帝國百科全書:第56編), 博文館, 1900).

를 분별할 수 있었는데, 문득 보니 적의 배 한 척이 가리발디의 배에 육박하여 옮겨 타려 하거늘 같은 편 사관 피오렌티노가 명령하여 일제히 사격을 하게 하매, 그 형세가 맹렬하여 백발백중으로 적병이 바다에 들어가는 자 무수한지라. (…중략…) 어떤 사관이 있어 해도를 펴고 그가리발디-인용자 주에게 보이며 지휘하여 주기를 간청했는데 가리발디는 손을 움직이거나 입을 뗄 수 없어서 오직 산타페라 기록한 곳에 한 방울 눈물을 떨어뜨리고 눈을 감아 사관들로 하여금 그 뜻을 깨닫게 하였다. 기시자키, 13~14면

이튿날 아침에 안개가 심하여 지척조차도 분간할 수가 없었다. 갑자기 적함 두 척이 재빨리 곁에 다가와 어서 항복하라며 거포를 연신 쏘았다. 이 12인 가운데 피오렌티노라는 자가 있었는데, 그가 포로 응사하며 적에 맞서니 백발백중이어서 적의 군사 가운데 바다에 빠진 이가 셀 수 없었다. (…중략…) 한 장교가 해도를 펴 보이며 가리발디 장군의 지휘를 바랐지만 장군은 손도 움직일 수 없고 말도 할 수 없어 오직 눈물 한 방울을 해도 가운데 산타페 지점에 떨어뜨려 사관들로 그것을 깨닫게 하였다. 량치차오, 15면

인용한 텍스트에 직접 나타나듯, 량치차오가 기시자키의 텍스트를 참조한 것은 분명하다. 밑줄 친 부분을 제외하면 거의 대부분의 정보를 그대로 옮긴 것이다. 이 외에도 량치차오는 가리발디가 전면에 나서는 여러 대목들은 기시자키의 『가리발디』에 기대고 있었다.[32]

---

32 이로 인하여, 마츠오 요오지가 작성한 량치차오 텍스트와 히라타·마츠무라 텍스트 사이의 연관 관계표는 상당 부분 다시 재작성되어야 한다. 마츠오 요오지의 〈표 2〉(앞의 글, 267면)는 가리발디가 위주가 되는 6개 절(5, 17, 20, 21, 24, 25) 중 4개(5, 17, 20, 24)에 대해, 정보 출처를 확정할 수 없는 많은 단락을 량치차오의 독자적 영역으로 분류해두었는데 해당 내용들은 기시자키 텍스트에 의거했을 가능성이 높다(단, 제24절의 경우 마츠오 요오지가 분류한 바와 같이 량치

그러나 이러한 사실들보다 더욱 중요한 것은 량치차오의 개입 수준에 있다. 단 한 편의 주 저본에 기댔던 「갈소사전」과는 대조적으로, 3종의 텍스트를 다채롭게 활용했다는 사실에서 량치차오의 달라진 '다시쓰기'의 의지를 엿볼 수 있다. 이 과정에서 량치차오는 상당 분량의 독자적 내용을 삽입했고, 사실과 사건 나열에 해당하는 대목에서도 자신의 주지를 담은 문장들을 사이사이에 포함시키는 경우가 많았다.

그렇다면 량치차오만의 차이는 무엇일까? 도쿠토미나 히라타가 가진 조국 일본에 대한 자부심과는 달리, 량치차오가 인식하는 중국은 악습과 병폐로 점철된 공간이었다.[33] 근대 문물을 받아들이고 국가를 다시 세우는 일에는 인내와 더불어 강력한 경쟁력이 요구되었지만, 변법운동의 실패, 의화단 사건 등을 거치며 거듭 확인되었듯 청 정부는 이미 희망을 걸 대상이 아니었다. 이에 량치차오는 국가와 국민의 경쟁력을 분리시켜 청 정부는 버리고 청의 인민에게 호소하게 된다. 국가 주도의 경쟁력이 아닌 국민 주도의 새로운 경쟁력을 창출하는 것이 그의 목적이었다.

이러한 맥락 속에서 이탈리아의 삼걸은 중국인을 이상적 국민으로 거듭나게 하기 위한 모델로 활용되고 있다. 1901년에 발표된 「과도시대론過度時代論」에는 그가 갖고 있던 이상적 국민상이 명확하게 제시되어 있다. 량치차오는 이 글의 마지막 절, '과도시대의 적성과 그 필요한 덕성'에서 과도시대의 영웅에게 요구되는 세 가지 자질인 모험심, 인내성, 별택성을 논한다. 이

차오의 영역이 아니며 기시자키의 텍스트에서 번역된 것도 아니다. 이는 대부분 히라타 히사시 텍스트의 136~138면 내용을 발췌 번역한 것이다). 필자가 확인한 바 5절과 17절은 거의 전부가 기시자키의 『ガリバルヂー』와 호응을 이루며(량치차오 제5절-기시자키 13~20면; 량치차오 제19절-시키자키 45~49면. 문장 단위로 비교해 보면, 량치차오가 중간 중간 삽입한 소회들이 뒤섞여 있음을 알 수 있다) 가리발디가 연관되어 있는 다른 부분들과 그 외의 내용들 역시 량치차오의 활용 범위로 들어왔을 가능성이 다분하다.

33 「论近世国民竞争之大势及中国前途」, 『清議報』 제30호, 1899.10.25.

는 각각 가리발디, 마찌니, 카부르의 자질들이다. 량치차오는 이 자질들이 한 영웅에게 집중될 것을 원하지 않는다고 말하고 있다.[34] 그는 다수의 국민이 하나씩의 자질이라도 발휘하여 중국의 미래를 바꿀 것을 원했다. 그것이 량치차오가 바라는 평등한 영웅이며 곧 국민의 자질이었다. 결국 량치차오가 가진 국민의 모델에 마찌니·가리발디·카부르보다 적합한 대상은 없었을 것이다.

한편, 량치차오는 삼걸의 역경 극복과정에 독자들의 이목이 집중되길 원했다. 히라타가 일본의 현재 위상과 이탈리아를 동일시하고자 했다면, 량치차오는 중국의 현재 고난을 이탈리아의 과거의 고난과 동일시하였다.

> 그래서 나는 붓을 버리고 서쪽을 향하여 조국을 바라보니 그 수십 년 전의 이탈리아가 우리 조국과 심히 유사하였다. 세계에서 가장 오래된 명예로운 나라라는 직함도, 중도에 몰락함도, 어지럽게 흩어져 통일되지 않은 것도, 그의 주권이 외국 민족에 의해 장악된 것도, 그 전제의 가혹함도, 주권자 외에 타국의 세력 범위도, 그리고 그 세력 범위에 단일한 나라들만 있는 것도 아니고 걸핏하면 국민들의 삶에 간섭하는 것도 마찬가지다. 오호라, 동병상련이다. 량치차오, 57면[35]

당시 중국에 필요한 국민상은 대가를 바라지 않고 고난을 짊어질 수 있는 '무명의 영웅'이었다. 이에 인내의 상징으로 제시된 인물이 마찌니다. 기실 공화주의자 마찌니는 메리어트와 히라타의 텍스트에서 그랬듯 량치차오의

---

34 「過度時代論」, 『清議報』 제83호, 1901.6.26. 梁啓超, 吳松 外 点校, 『飮氷室文集点校』 第2集, 云南教育出版社, 2001, 713면.
35 참조 영인본은 梁啓超, 「意大利建國三傑傳」, 『飮氷室合集. 6 : 專集 1-21』, 中華書局, 1989이다.

역본에서도 많은 조명을 받지 못
한다. 분량상의 비중은 영국과 일
본의 『삼걸전』보다 더욱 줄어들
었다. 량치차오의 『삼걸전』에서
마찌니가 등장하는 분량은 절 단
위로 볼 때 카부르의 1/3에도 미
치지 못하고 에마누엘레 2세를
다룬 내용보다도 적다.[36] 그러나

『가리발디』의 '사걸(四傑)' 삽화

마찌니의 활용면에 있어서는 량치차오가 보다 적극적이다. 메리어트의 마찌
니는 예언자 및 도덕 교사였고 히라타는 메리어트의 기반 위에 혁명가적 정
체성을 추가했다. 량치차오의 경우, 마찌니의 인내와 불굴의 의지를 강조하
였다. 다음 내용은 량치차오의 『삼걸전』 중 마찌니에 대한 가장 높은 평가에
해당한다.

　　때문에 이탈리아 건국의 가장 큰 공은 필시 마찌니의 것으로 떠받들어야
　　할 것이니, 마찌니가 밭을 갈고 카부르가 수확했다 할 수 있다. 마찌니가 그
　　전에 없었다면 수백의 카부르가 있어도 결코 수확할 수 없었을 것이다. 이후
　　카부르가 없었다 해도 마찌니의 감화에 일어나 일을 이루는 자, 어찌 그 같은
　　사람이 없겠는가. 때문에 이탈리아를 만든 것은 세 영웅이나 두 영웅을 만든
　　것은 마찌니이며, 따라서 마찌니가 물러난 이후에도 이탈리아가 건국될 수

---

36 에마누엘레 2세의 활약상 조명은 이미 메리어트 텍스트에서부터 일본어, 중국어 텍스트로 계승
되어왔으며 내용상 비중도 삼걸에 뒤지지 않는다. 앞서 소개한 량치차오의 또 다른 저본 『가리발
디』에는 아예 에마누엘레 2세를 기존 삼걸의 구도 위에 추가한 '사걸'의 삽화를 소개하기도 했다
(그림 참조).

있었던 것이다. 량치차오, 25면[37]

마찌니 스스로는 '무명'에 가까운 삶을 살았지만, '유명 영웅'이 된 삼걸의 나머지 두 인물을 길러낸 '숨은 영웅'이라는 것이다. 이러한 면에서 량치차오의 마찌니는 가장 훌륭한 '무명의 영웅'의 사례였으며, 수억의 '무명의 인민'들을 '무명의 영웅'으로 호출하는 데 필요한 모델이 될 수 있었다. 실제 량치차오는 마찌니를 '시세를 만드는 인물'로 분류하고 진심어린 존경을 여러 글에서 표한 바 있다. 그의『삼걸전』의 초반부가 마찌니에게 봉헌된 것은 이런 면에서 당연하다.

그러나 메리어트와 히라타의 핵심 인물이 카부르였듯이 량치차오의 정치적 입장을 대변할 수 있는 최적의 인물 역시 카부르였다. 이 시기 량치차오는 혁명파 진영과도 교류를 하며 내면적 갈등을 겪기도 했으나 결국 입헌군주정을 자신의 대안으로 굳히게 되었다.[38] 그가 카부르를 선택한 것은 반청 혁명과 개량적 입헌 사이에서 한때 고민했던 량치차오 본인의 결론이기도 했던 것이다.

량치차오는 사르데냐 국왕을 내세워 이탈리아를 통일한 사르데냐 왕국의 재상 카부르에게서 자신의 방향성을 찾을 수 있었다. 이에 그는 카부르를 더욱 구체적으로 묘사하기 위해 히라타의『이태리건국삼걸』뿐만 아니라 카부르의 단독 전기인 마츠무라의『카밀로 카부르』를 함께 활용하였다. 이미 카부르는 히라타의『삼걸전』에서도 마찌니, 가리발디에 비해 핵심 인

---

37 이하 량치차오의 문장을 신채호가 직역한 경우 다음의 현대어 번역을 인용한다. 량치차오, 신채호 역, 류준범·장문석 현대어 역, 『이태리 건국 삼걸전』, 지식의풍경, 2001, 52~53면.
38 정치적 입장으로 나누자면 반청혁명파 그룹은 삼걸의 마찌니 진영, 입헌파 그룹은 카부르 진영으로 구분될 수 있는 것이다. 량치차오는 결국 쑨원의 혁명파 진영을 비판하며 중국에 공화 정부가 들어서기까지 지속적으로 개량적 입헌운동을 추구하게 된다.

물로 취급되고 있었기 때문에 애초에 카부르에 대한 강한 관심이 없었다면 추가적 조사까지 감행할 필요는 없었을 것이다. 그러나 량치차오는 카부르에 대해 더 구체적인 자료를 원했고 결국 그를 이탈리아 건국사의 최대 주인공으로 부감해낸다. 카부르 예찬은 그의 죽음과 더불어 절정에 이른다.

> 이태리인의 자식은 카부르가 가르쳤으며 이태리인의 자유는 카부르가 베풀었으니, 이태리는 카부르의 부인이 아니라 카부르의 자식이로다. (…중략…) 카부르가 이태리를 세운 것은 비스마르크가 독일을 세운 것과 똑같은 것인데, 비스마르크의 죽음은 카부르 삼십 년 후이었으니, 이런 까닭에 독일은 저와 같고 이태리는 이와 같은 것이다. 그러나 카부르도 눈을 감을 수 있었다. 링컨이 노예 해방을 필생의 대업으로 삼았다가 미국의 남북 전쟁이 그치자마자 세상을 떠났고, 카부르도 이태리 통일을 대업으로 삼고 일하다가 제1대 국회가 열리자마자 세상을 떠났으니, 아아 카부르도 눈을 감을 수 있었도다.량치차오, 51면[39]

량치차오는 카부르를 비스마르크, 링컨 등에 비유하며 통일 이탈리아의 국부로 자리매김한다. 이는 메리어트나 히라타의 텍스트에서는 찾아볼 수 없던 열렬한 환호이다. 마찌니가 중국인들로 하여금 '무명의 영웅'으로서의 삶을 결단하게 하는 모델이었다면, 카부르는 나누어진 중국의 정치 세력을 통합할 수 있는 정치적 대안이었다.

그렇다면 가리발디의 역할은 무엇이었을까? 그는 최전방에서 싸우는 행동대원의 이미지가 강하지만 그 이상으로 중요한 활용도가 있었다. 바로 카

---

[39] 량치차오, 신채호 역, 앞의 책, 108~109면.

부르 중심의 연합이 실질적 문제 해결 방안임을 설파하는 대변자의 역할이다. 다음 인용문은 남부 이탈리아를 평정한 가리발디에게 마찌니가 공화정 선포를 요구하는 대목이다. 이에 대한 가리발디의 대답은 곧 량치차오의 입장과도 같았다.

"통일이 안 되면 이태리도 없소. 나는 공화를 진정 사랑하지만 이태리를 더욱 사랑하오. 공화를 한 뒤에 이태리를 통일할 수 있다면 만사를 희생하고서라도 공화를 따를 것이오. 그러나 공화를 버린 뒤에야 이태리를 통일할 수 있다면 나는 만사를 희생해서라도 공화를 버리고자 할 것이니, 내가 바라는 것은 오직 이태리를 통일해야 한다는 목적뿐이오. 따라서 하나의 이태리만 있어야 하오. 두 개의 이태리가 있어서는 안 되오. 지금 사르데냐가 통일 수행의 자격으로 북방에서 일어났고, 우리들은 또 통일의 자격으로 남쪽에서 일어났으니 이것은 두 개의 이태리오. 이태리를 진실로 사랑하는 자들이라면 한쪽이 굽히고 한쪽은 펼치는 것이 옳은 법이오. 기초가 이미 잡히고 부국강병하는 사르데냐더러 그들이 믿는 바를 버리고 나를 따르라고 하면, 이는 실로 불가능하며 가능하다고 해도 그것이 반드시 더 낫다고 어찌 말할 수 있겠소"라고 하였다. 량치차오, 46면[40]

이상과 같이 량치차오에게 있어서 『삼걸전』은 국가의 정치 개혁, 혹은 자주주권을 쟁취하는 데 있어 완벽한 조화를 이루는 역할 분담의 교과서로 인식될 수 있었다. 이 조화는 카부르라는 중심축을 전제로 하는데, 량치차오가 결국 삼걸의 조합을 긍정한 이유도 그 중심축과 자신의 정치적 지향이 상통했기 때문이었다.

---

40 위의 책, 98~99면.

5. 신채호의 『이태리건국삼걸전伊太利建國三傑傳』

—마짜니와 카부르의 위상 변화

량치차오의 「의대리건국삼걸전」이 번역된 형태로 한국에 처음 등장한 것
은 1906년 12월 18일 『황성신문皇城新聞』의 「독의대리건국삼걸전讀意大利建國三
傑傳」에서였다.[41] 1907년 10월 25일에는 신채호의 국한문체 번역에 의해 단
행본으로 나오고, 이듬해 6월 13일에는 주시경의 순국문 번역본이 다시 출
판된다. 『황성신문』 연재물 기사, 신채호, 그리고 주시경은 모두 량치차오
의 것을 저본으로 삼았다. 1년 남짓한 기간 안에 신문 연재, 단행본, 그리고
다른 저자, 다른 문체에 의한 형태까지 나타나는 것이다.

「의대리건국삼걸전」은 한국 사회에서 환영받던 량치차오의 저작이었다.
또한 이탈리아와 세 주인공이 여타의 역사전기물보다 한국적 상황에 잘 어
울렸다. 히라타나 량치차오도 나름대로 이탈리아와 자국을 견주었듯이, 한
국 지식인들 역시 이탈리아에 동질감을 표현했다. 장지연과 신채호는 한국
을 '동방이태리', '동양의 이태리' 등으로 표현한 바 있다. 신채호는 『삼걸
전』의 '서론'에서도 "기국난其國難이 여아상류與我相類하고 기년조其年祚도 거금
불원距今不遠이라" 하며 한국과 이탈리아를 동류로 논한다. 이런 인식이 가능
했던 이유는 이탈리아가 한국과 비슷한 규모의 반도국이었으며, 과거에 강
성했다가 후대에 미약해져 강대국에 종속된 점 등이 있었다.[42] 반도와 같은

---

41 우림걸은 『皇城新聞』의 「讀意大利建國三傑傳」과 신채호, 주시경의 단행본 외에 『대한매일신
보』의 「의티리국 아마치젼」까지 포함시켜 한국의 「意大利建國三傑傳」 판본을 네 개로 보고 있다
(우림걸, 앞의 책, 51~52면). 김영민, 이헌미 등도 역시 이같은 입장을 이어받고 있다(김영민,
『한국의 근대신문과 근대소설－1 대한매일신보』, 소명출판, 2006, 142~143면 ; 이헌미, 「한국
의 영웅론 수용과 전개, 1985-1910」, 서울대 석사논문, 2004, 14~15면). 이들은 국내 최초의
『삼걸전』 번역으로 「의티리국 아마치젼」을 상정한다. 그러나 「의티리국 아마치젼」은 가리발디
에 대한 몇 가지 정보의 재구성으로 보는 것이 타당하다.

지형적 특징을 제외하면 량치차오가 그의 '결론'에서 언급했던 흐름과 비슷하지만, '오스트리아'가 '일본'으로 명확하게 대치된다는 점에서 한국적 상황과 더 부합한다. 이렇듯 삼걸의 이야기는 당시 한국이 처한 위기를 유사한 상황을 통해 돌파한다는 구도로 독자의 감정이입을 유발할 수 있었다.

신채호와 주시경이 저본으로 삼은 량치차오의 텍스트는 어떤 판본이었을까? 량치차오는 「의대리건국삼걸전」을 1902년 『신민총보新民叢報』에 연재하였으며 같은 해 간행된 『음빙실문집』에도 수록하였다. 그러나 저본이 된 것은 1902년의 초판이 아니라 1905년에 나온 재판 『음빙실문집』이었을 것이다. 예컨대 다음과 같은 번역의 편차가 발견된다.[43]

> 기이욕위군인既而欲爲軍人, 입초운병학교入焦雲兵學校...... 량치차오, 1902년 『음빙실문집』 초판, 3면
>
> 기이욕위군인既而欲爲軍人, 입초령병학교入焦靈兵學校...... 량치차오, 1905년 『음빙실문집』 재판, 3면
>
> 기이既而오군인軍人될사상思想으로 초령병학교焦靈兵學校에입入ᄒ니...... 신채호, 8면
>
> 문득 군인이 되고자ᄒ여 쵸령병학교에 들어...... 주시경, 8면

량치차오는 1902년도에 '焦雲'[44]으로 표기한 것을 1905년 증보판 발행 과정에서 '焦靈'로 수정한다. 신채호와 주시경의 번역을 보면, 각각 '焦靈'과 '쵸령'이라고 옮기고 있다. 이는 곧 이들이 참조한 판본이 1905년의 두

---

42 신채호, 「動陽伊太利」, 『대한매일신보』, 1909.1.28, 1면.
43 『음빙실문집』 초판본은 성균관대 존경각 고문서실 소장본(『飮氷室文集』, 廣智書局, 1902)을 참조하였다.
44 지명으로 '토리노'를 뜻함.

번째 『음빙실문집』이라는 것을 증명하는 것이다.[45]

그런데 주시경은 번역 과정에서 량치차오의 원문뿐만 아니라 이미 국한문으로 번역되어 있던 신채호의 『삼걸전』 역시 활용했을 수도 있다.

> 망가서사함락지화염望加西士陷落之火焰, 음법마지도가吟法馬之悼歌......량치차오, 1902년 『음빙실문집』 초판, 2면
>
> 망가서사함락지화염望加西士陷落之火焰, 음법마지도가吟法馬之悼歌...... (량치차오, 1905년 『음빙실문집』 재판, 2면)

확인할 수 있듯, 량치차오는 초판이나 재판 모두 '법마法馬'라는 같은 표기를 선택하고 있다. 그렇다면 신채호와 주시경은 어떠한가?

> 가서사加西士의 화염火焰을 망望ᄒ며 법라法羅의 도가悼歌를 음吟ᄒ미......신채호, 4면
>
> 가서ᄉ의 함락흔 불낄을 바라보고 법라의 슬픈 노래를 부르매...... 주시경, 4면

량치차오가 최초에 쓴 '法馬'는 '호메로스'의 번역어 '荷馬'의 오식으로 보인다.[46] 신채호는 량치차오 원본의 '法馬'를 '法羅'로 옮겼는데, 만일 주시경이 량치차오의 것만을 저본 삼았다면 당연히 '법마'로 번역하였을 것이다. 하지만 주시경은 '법라'라고 표기하고 있다. 물론 주시경의 번역은 량

---

45 전동현은 1906년 이후 급증한 량치차오 번역 현상을 두고 "1902년 초판 발행에 이어 1905년 증보판이 발행된 『음빙실문집』의 유입이 주요한 계기"(전동현, 「대한제국시기 중국 량치차오를 통한 근대적 민권개념의 수용─한국언론의 '신민'과 '애국' 이해」, 이화여대 한국문화연구원, 『근대계몽기 지식 개념의 수용과 그 변용』, 2004, 414면)로 본다.

46 류준범은 『삼걸전』의 현대어 번역본에서 이 문제를 제기한 바 있다(량치차오, 신채호 역, 류준범·장문석 현대어 역, 앞의 책, 8면 참조).

치차오의 『삼걸전』을 저본으로 하였던 것이 틀림없으며 상기한 예는 예외에 불과하다. 선행 연구들이 주시경의 번역을 분석하면서 신채호나 기타 자료의 활용 여부는 검토해보지 않았던 것도 "량계초 가라대……",[47] "량계초 쏘 가라대……"[48]처럼 량치차오의 것이 원전임을 확실하게 밝힌 데서 연유할 것이다. 그러나 주시경이 앞서 번역·출간된 신채호의 역본 역시 참조한 사실은 지적해두고자 한다.

전술했듯 신채호는 1907년, 주시경은 1908년에 각각 량치차오의 「의대리건국삼걸전」을 토대로 한 한국어 단행본을 발간했다. 두 역본의 목차를 저본과 대비하면 다음과 같다.

〈표 3〉 중국어·한국어 『이태리건국삼걸전』의 목차 비교

구분	량치차오	신채호(上)/주시경(下)
緖	發 端	緒 論
		시작ᄒᆞ는의론
第1節	三傑以前意大利之形勢及三傑之幼年	三傑以前의伊太利形勢와又三傑의幼年[49]
		삼호거리 전에 의태리 의형셰와 삼걸의 어려서 형편
第2節	瑪志尼刱立少年意大利及上書撒的尼亞王	瑪志尼의少年意大利刱立홈과撒的尼亞王의上書한事實
		마시니 소년 의태리 를 창립홈과 살덕니아 왕에게 상셔ᄒᆞᆫ것
第3節	加富爾之躬耕	加富爾의躬耕
		가부어의 몸소 밧을 간일
第4節	瑪志尼加里波的之亡命	瑪志尼加里波的의亡命
		미시니와가리발디의망명
第5節	南美洲之加里波的	南美洲의加里波的
		남아미리가가리발디
第6節	革命前之形勢	革命前의形勢
		혁명젼의형셰라

47 주시경, 『이태리건국삼걸전』, 박문서관, 1908, 1면.
48 위의 책, 2면.
49 신채호의 원문에서 목차 부분에서는 「三傑以前의伊太利形勢」로 나온다. 뒷부분 「三傑以前의伊

구분	량치차오	신채호(上)/주시경(下)
第7節	千八百四十八年之革命	千八百四十八年의革命
		일천 팔빅 스십 팔년의 혁명
第8節	羅馬共和國之建設及其滅亡	羅馬共和國의建設과滅亡
		로마 공화국의 건셜흠과 그 멸망흠
第9節	革命後之形勢	革命後의形勢
		혁명흔 후의 형세
第10節	撒的尼亞新王之賢明及加富爾之入相	撒的尼亞新王의賢明과加富爾의入相
		살덕니아 신왕의 현법흠과 가부어의 승상됨
第11節	加富爾改革內政	加富爾改革內政
		가부어가 닉졍을 기혁흠
第12節	加富爾外交政策第一段格里米亞之役	加富爾外交政策第一段(格里米亞之役)
		가부어 외교 졍칙 뎨일단(격리미아의 력亽)
第13節	加富爾外交政策第二段巴黎會議	加富爾의外交政策第二段(巴黎會議)
		가부어 외교 졍칙 뎨이단 (파려회의)
第14節	加富爾外交政策第三段意法密約	加富爾의外交政策第三段(伊法密約)
		가부어 외교 졍칙 뎨삼단 (의법밀약)
第15節	意奧開戰之準備加富爾加里波的之會合	伊奧開戰의準備와加富爾加里波的의會合
		의 오기젼흔 쥰비 (가부어와가리발디의 회합)
第16節	意奧戰爭及加富爾之辭職	伊奧의戰爭과加富爾의辭職
		의 오의 젼징과 가부어의 직임을 亽례흠
第17節	加里波的之辭職	加里波的의辭職
		가리발디의 벼슬을 亽례흠
第18節	加富爾之再相與北意大利之統一	加富爾의再相과北伊太利의統一
		로마 공화국의 건셜흠과 그 멸망흠
第19節	當時南意大利之形勢	當時南伊太利의形勢
		당시 남 의태리의 형세
第20節	加里波的之戡定南意大利	加里波的의南伊太利戡定
		가리발디가 쳐셔 남 의태리를 뎡흠
第21節	南北意大利之合倂	南北伊太利의合倂
		남 북 의태리의 합병
第22節	第一國會	第一國會
		뎨일국회
第23節	加富爾之長逝及其未竟之志	加富爾의長逝와其未竟의志
		가부어의 길이 가매 그 맛치지 못한뜻

구분	량치차오	신채호(上)/주시경(下)
第24節	加里波的之下獄及逃英國	加里波的의下獄及逃英國
		가리발디의 하옥과 류 영국
第25節	加里波的再入羅馬及再敗再逮	加里波的의再入羅馬에再홈과及再敗再逮
		가리발디의 직립 로마와 두 번 패ㅎ고 두 번 잡히다
第26節	意大利定鼎羅馬大一統成	伊太利가羅馬에定都ㅎ미大一統의 事業이成홈
		※ 제목만 없음
結	結論	結論
		※ 없음

신채호의 역본은 '서'와 26개의 절, 그리고 '결론'까지 구성과 목차의 내용이 동일하다. 기본적으로 량치차오가 사용한 인명과 지명 등의 한자어 표기를 그대로 옮겨온 채 '之'를 '의', '及'을 '과(와)' 등 연결어 정도만 고쳤다. 유일하게 수정한 부분은 '발난發端'을 '서론緖論'으로 쓴 것이다.

주시경의 역본 역시 량치차오의 것과 비교할 때 특별한 구성의 변화가 없다. 단, 주시경의 『삼걸전』 목차는 제25절에서 마무리된다. '제26절'과 '결론' 부분이 없는 것이다. 내용상으로 26절에 해당하는 부분은 번역되어 있으나, 26절의 소제목만이 누락되었다. 결국 '결론'만이 내용상의 누락 부분으로, 이것이 저본과의 가장 큰 차이점이다. 그러나 이를 제외하면, 본문의 첨삭은 거의 없다고 해도 과언이 아니다. 자신의 발화를 추가하고 성향에 반하는 내용들은 생략했던 신채호와는 달리, 주시경은 내용 전개상 큰 의미가 없어 보이는 문장 하나하나까지도 그대로 담아내고 있다. 이전의 버전들과 비교해 보면 주시경의 『이태리건국삼걸전』은 가장 원전에 가까운 번역이었다.[50]

太利形勢와又三傑의幼年」는 실제 본문이 4면에 나타나 있는 소제목이다. 기타 소제목들도 긴 것은 축약된 형태로 목차에 실렸다.

50 량치차오의 번역물 원본에서 발견할 수 있는 특이점 중 하나로, 영어로 된 고유명사와 단어들이

내용을 검토해 보자. 량치차오가 집필과정에서 그러했듯 신채호 역시 '서론'과 '결론'에 창작 텍스트를 삽입한다. 이는 량치차오의 '발단'을 가감 없이 전역한 주시경과 비견되는 결정적인 차이다. 이탈리아의 성공담 자체를 자국과 동일시하는 모습은 동아시아 3국 중 일본의 『삼걸전』에서만 나타나는 특징일 뿐, 중국과 한국 『삼걸전』의 필자들은 이탈리아의 열악했던 상황에 자국을 이입시킨다. 그리고 메리어트의 텍스트를 대부분 옮겨온 일본의 『삼걸전』에서는 거의 찾아볼 수 없는, "애국자의 모범인 삼걸에 대해 배우자!"라는 주장이 계속 반복된다.

량치차오의 '발단'과 신채호의 '서론'은 '애국자론'을 전개하며 저술의 목적으로 '애국자를 일으키기 위함'을 표명한다는 점에서는 동일하다. 그러나 신채호의 '서론'은 기본적으로 자신의 문장과 수사법으로 이루어져 있으며 나름의 강조점도 명확히 존재했다. 량치차오의 애국자는 투쟁과 갈등을 동반하는 현실에 뿌리박은 존재였지만 신채호는 애국자 자체를 궁극적 가치로 상정한다. 또한 량치차오는 눈앞에 목표를 설정하지만 신채호는 애국자가 한국을 뒤덮는 이상적 미래를 그리고 있다. "이 책의 인연과 이 책의 소개로 대한중흥大韓中興 삼걸전, 아니 삼십걸, 삼백걸전을 다시 쓰게 되는 것이 나 무애생의 피 끓는 염원이로다."[51] 량치차오가 '발단'을 통해 중국인

삽입되어 있다는 것을 들 수 있다. 주시경은 이것들도 그대로 반영하고자 노력했다. 이는 신채호가 량치차오의 『삼걸전』에 있는 영어 단어를 전혀 옮기지 않은 것과 대조적이다. 주시경의 경우, 1면에서 "一 마시니, 二 가리발디, 三 가부어"라는 주인공들의 이름을 나열할 때, "Ginsppe Mazzini, Ginseppe Garipaldi, Camillo BensopiCavowr"이라는 영문명을 함께 제시한다. 그러나 주시경이 옮긴 영어 인물명은 량치차오 원문의 "Ginseppe Mazzini, Ginseppe Garibaldi, Cämillo Benso pi Cavour"를 잘못 옮긴 것이었다. 이뿐 아니라, 'For people'을 'Fir people'로 옮기는 등 스펠링이나 영문의 띄어쓰기 등에 오기가 있다. 량치차오 또한 영문 단어를 정확히 옮긴 것은 아니었다. 'Ginseppe'라는 단어는 원래 'Giuseppe'가 되어야 하고, 카부르의 중간 이름 'pi'도 원래 'di'이다.

51 신채호, 『伊太利建國三傑傳』, 4면, 『역사전기 소설』 전집 제5권, 아세아문화사, 1978, 416면.

에게 이탈리아 세 명의 호걸 중 한 명의, 그 일부라도 닮기를 도전했던 반면, 신채호는 삼걸 같은 인물이 삼십걸, 삼백걸에 이르기를 원했다. 량치차오 역시 '결론'에서 "우리에게 삼십 명, 삼백 명의 호걸이 있으면 그 삼걸이 해 낸 사업을 담당할 수 있을 것이다"[52]라고 하여 비슷한 목소리를 담고 있지만 신채호는 이미 '서론'에서부터 그 지점을 강조한 것이다. 이는 번역의 과정에서 메시지 자체가 증폭되는 양상으로, 량치차오의 메시지 중 신채호가 크게 공명했던 부분을 드러내는 것이기도 하다.

그런데 '서론'의 시작이자 끝이었던 '애국자' 관련 내용이 '결론'에서는 사라진다. '서론'에 등장하는 '애국' 관련 단어는 총 33회로서 '애국자'가 27회, '애국'이 4회, '애국심'이 2회였다. 약 3면 분량의 '서론'에서 이 정도의 횟수로 애국 관련 단어가 언급되고 있다는 것은 '서론' 전체가 '애국'이라는 수사로 뒤덮여있다고 해도 과언이 아니다.[53] 그러나 '결론'에 등장하는 '애국' 관련 단어는 "애국남아", "애국동포" 등 단 2회에 불과하다. 특히 '서론'에는 총 27회나 등장했던 '애국자'는 '결론'에 한 번도 나타나지 않는다. 신채호는 '결론'에서 '애국자' 대신 다른 단어를 사용하였다. 그것이 바로 '삼걸'이다.

그대는 오직 삼걸이 되기를 바라야 한다. 아침에 삼걸이 되길 바라고 저녁에 삼걸이 되길 바라며, 오늘 삼걸이 되길 바라고 내일 삼걸이 되길 바란다면, 그대가 삼걸이 되지 못한다고 해도 그대의 후손 중에 반드시 삼걸이 나오게 될 것이다. 신채호, 94면

---

52 梁啓超, 「意大利建國三傑傳」, 『飮氷室合集. 6−專集 1−21』, 中華書局, 1989, 58면.
53 이는 신채호의 『삼걸전』을 교열하고 서(序)를 붙이기도 한 장지연의 강조점과도 일치한다. 장지연은 "왜 『삼걸전』을 번역하는가? 삼걸은 애국자이기 때문이다", "위대하구나 이 마음이여, 이 마음은 무엇이던가. 이른바 애국심이로다"라고 서(序)의 시작과 마지막에 자문자답하고 있다.

신채호는 '결론'에서 총 28회에 걸쳐 '삼걸'이라는 단어를 사용하였다. '서론'의 '애국자' 빈도와 거의 동일하다. 위의 인용문에서 '삼걸'을 '애국자'로 바꾸어도 의미는 명확히 전달된다. 이 외에도 '서론'에서 한 번도 나오지 않았던 삼걸 개개인의 이름 역시 각 3회씩 등장시키고 있다. 요컨대 신채호는 "애국자 = 삼걸"이라는 등식을 확고히 한다. "**삼걸**이 되어라. 그에 이르지 못한다면 **삼걸**의 시조가 되어라. 아니면 **삼걸**을 따르는 자가 되어라"라고 말하는 마지막 부분은 결국, 단순히 "**애국자**가 되어라. 그에 이르지 못한다면 **애국자**의 시조가 되어라. 아니면 **애국자**를 따르는 자가 되어라"라고 외칠 때의 모호함을 걷어낸다. 그들의 애국적 실천은 삼걸의 삶이라는 구체적 행동 모델을 따르는 것만으로도 실현되는 것이다.

한편, 신채호는 저본의 구성은 받아들인 반면 정치적 성향은 달리했다. 그의 번역은 '선택과 배제'의 검열적 성향을 띠고 있었는데, 이는 곧 마찌니 중심의 혁명적 메시지는 남기고 카부르 중심의 온건적 메시지는 삭제하는 형태였다. 예를 들면 다음과 같은 내용은 신채호의 역본에서 찾아볼 수 없다.

먼저 밭을 가는 자의 공헌이 수확하는 자의 것과 어떻게 다름을 물어볼지라. 무릇 마찌니는 뜻 있는 선비요 명예를 얻을 사람은 아니라. 혁명을 일으키되 이루지 못하면 결국에 가서는 다른 이들이 나의 무지함을 비웃고 나의 다사多事함을 비방하며 나의 참지 못하고 가볍게 뜀을 꾸짖을 따름이라. 천하의 일이 진실로 얻음이 있을진데 이루는 것이 어찌 반드시 내게만 있으리오.량치차오, 24면

이 내용은 마찌니의 열매가 다른 이에게 넘어갔다는 것을 의미하며 혁명에 동참하는 다른 이들 역시 운명에 따라 언제나 실패할 수 있다고 암시하

는 것이다. 신채호는 마찌니가 '명예를 얻을 사람은 아니라'고 판단하는 량치차오의 평가를 번역하지 않았다. 또한 마찌니가 '무명의 영웅'으로만 형상화되는 것도 원치 않았다.

마찌니의 무리가 사르데냐 전 왕 알베르토에게 한 번 패하여 꺾임을 당하고 그 업을 마치지 못함을 분히 여기더라. "매국노의 악한 이름이 그 아들에게 왕위를 잇지 못하게 하리라" 하고 이에 내란을 재차 일으켜 제노바에 거하여 공화정을 선포했다. 마찌니는 실상 집요한 사람이니, 그 공화주의를 결코 포기하지 않을 자라. 비록 그러하나 하늘이 이미 공화 정치로 이탈리아를 다스리게 아니하사 다시 진압하게 하시니, 이후로 마찌니는 정치계로부터 숨을 수밖에 없었다.량치차오, 26면

신채호가 본 인용문을 번역하지 않은 이유는 마찌니의 공화주의 혁명 노선을 철저히 배격하는 내용이기 때문이다. 또한 이것은 마찌니의 실패와 퇴장을 다루고 있는 장면이기도 하다. 신채호는 실패자 마찌니를 원전으로부터 되도록 감추고 싶어 했다.

이렇듯 마찌니 관련 서사에서 삭제된 내용은 그 삭제로 말미암아 마찌니의 위상이 보존될 수 있는 경우에 한정되지만, 카부르에 대해서는 활약상 자체가 삭제의 대상이 된다. 신채호로서는 카부르의 현실적, 친親왕국적 노선을 한국적 현실에 맞는 대안이라 볼 수 없었다. 당시 한국 사회는 무無에서 유有를 창조할 인물이 거듭 요청되었으나 카부르는 유有에서 더 많은 것을 이끌어낸 사례였다. 즉 카부르의 외교력이나 상황 판단력은 정치적 기반을 필요로 했다. 그러나 이미 외교권을 박탈당하고 통감정치가 이행되던 한

국에는 탁월한 외교가나 정치가가 활약할 수 있는 토대 자체가 부재했다. 카부르에 대한 저본의 조명 강도가 신채호에 의해 낮아지게 되는 것은 이상의 한국적 배경과 무관치 않을 것이다. 다음의 삭제된 내용들은 카부르의 성품이나 능력을 예찬하는 것들이다.

이에 16년간 날지 못하고 또 울지 못하던 자가 바로 오늘 한 번 날매 하늘에 닿으며 한 번 울매 사람을 놀라게 하는 것을 알겠도다. 량치차오, 27면

카부르는 진실로 맹렬함이 범과 같고 폭렬함이 화약과 같은 사람이라 하니, 과연 그렇도다. 회의가 곧 마치매 그 골짜기 바람이 한 번 획 불매 일백 짐승이 떨며 두려워하는 기상이 크게 나타나 발하도다. 카부르가 이미 회의 중에 열국 사신들로 그가 하여금 끓어오르는 정성으로 포기하지 않는 인물로 알게 하며 망하게 된 나라에 한 큰 정치가가 됨을 알게 하고. 량치차오, 31면

천지에 한 번 얻을 기회를 손 안에 넣은지라. 그런고로 지극히 고요한 것으로 천하의 지극히 동함을 억제하며 지극히 부드러운 것으로 천하의 지극히 굳셈을 억제하여 시종 조심하며 온화하게 참고 견디는 태도로 행하니, 조심하며 온화하며 참고 견디는 것이 실상 카부르 일생에 공을 이루는 둘 없는 원칙이라. 량치차오, 38~39면

이 지극히 어렵고 지극히 큰 책임을 저 거친 호걸 협객의 손에서 옳게 침착하고 온화한 정치가의 손에 들어오도록 하고자 하여. 량치차오, 47면

이상의 인용문에는 카부르의 결단력, 용기, 열정, 침착함, 인내, 온화함 등 갖가지 미덕이 포함되어 있다. 신채호는 이러한 카부르 예찬을 다 생략하였다.

"비록 공자 같은 성인과 석가 같은 부처라도 당연히 실망함이 없지 않으며 격분함이 없지 않거늘 하물며 나라 근심하기를 애타듯 하는 카부르리오" 량치차오, 39면와 같은 내용 역시 카부르의 성품과 관련되어 있지만, 카부르의 실수를 변호하는 대목이라는 점에서 다소 다르다. 이 역시 신채호는 삭제하였다. "군자가 카부르전을 읽으매 말문이 막히고 눈물 마시기를 금하지 못하여, 저 천리의 사람을 두렵게 하는 자로 천지간에 설 면목이 없게 하도다" 량치차오, 32면와 같은 카부르 숭배 역시 신채호에게는 필요하지 않았다.

이러한 신채호의 개입으로 인하여 량치차오까지 유지되던 『삼걸전』의 카부르 중심성에 변화가 생겨났다. 신채호는 시세를 바꿀 수 있는 혁명가적 영웅을 원했으며 그 모델은 곧 마찌니였다. 그는 언론 관계 논설에서도 마찌니를 곧잘 거론했다.

이 내 한몸이 아무리 작을지언정 잘 쓰고 보면 워싱턴 · 마찌니가 될지며, 잘 못 쓰고 보면 송병준 · 이용구가 될지니, 노형이 워싱턴 · 마찌니가 되고자 아니하고 기어코 송병준 · 이용구가 되고자 함은 웬 까닭이뇨. (…중략…) 워싱턴 · 마찌니가 되려 하면 비록 되지 못할지라도 가히 현인은 될지라.[54]

아아, 저들이 한국인으로 하여금 망국민 되기를 오직 바라나니 어찌 워싱턴 · 마찌니 · 코슈트 등 장렬한 인물의 사적을 얻어듣게 하며, 저들이 한국인으로 하여금 어육魚肉 되기를 오로지 힘쓰니, 어찌 적개심을 발생케 하리요.[55]

---

54 「친구에게 절교하는 편지」, 『대한매일신보』(국문판), 1908.4.18.
55 「國家를 滅亡케 하는 學部」, 『大韓每日申報』, 1909.3.16.

두 논설에서 마찌니가 동원되는 공통적 문맥은 특정 대상에 대한 날선 질책에 있다. 하나는 일진회를 단죄하는 글이고, 다른 하나는 망국 의식을 부추기는 학부學部의 정책을 통렬히 비판한다. 이렇듯 마찌니는 비난받아 마땅한 이들을 공격하면서 그 대척점에 있는 인물로 제시되었다. 신채호는 격한 어조를 쏟아낼 때 자연스럽게 마찌니를 떠올렸다. 그의 인식 속에서 마찌니는 당시 한국의 현실 속에서 마땅히 본받아야 할 인간상이었다.

비단 신채호의 글이 아니더라도 『황성신문』, 『대한매일신보』 등의 기사에 등장하는 삼걸에 대한 언급에는 마찌니의 존재감이 단연 카부르를 앞지른다. 1900년대 한국 언론은 전반적으로 마찌니를 선호했던 것이다.

6. 주시경의 『이태리건국삼걸전』 – 번역어로서의 국문

국문 『이태리건국삼걸젼』은 주시경의 단독 번역이 아닐 수도 있다. 표지와 판권소유지에는 각각 '繙譯 周時經', '번역자 주시경'이라고 명기되어 있는 반면, 본문의 1면으로 넘어가면 우측 하단에 "대한국 리현셕 번역"이라고 되어있기 때문이다.

그렇다면 『이태리건국삼걸전』에 이현석의 이름이 주시경에 이어 번역자로 소개된다는 사실은 무엇을 의미하는가? 이 문제를 처음 제기한 정승철의 경우, 실제 『이태리건국삼걸전』의 역자는 주시경이 아닌 이현석라는 주장을 펼쳤다. 그 근거로 첫째, 표지 제목 『이태리건국삼걸전』과 권두서명 '의태리국삼걸젼'의 차이,[56] 둘째, 주시경이 직접 기록한 개인 이력에 『삼

---

56 본문의 번역에서 '建國'이라는 한자어를 본문에서 "나라를 세우다 / 회복하다" 등으로 풀어 쓰는

걸젼』이 누락된 점, 셋째, 주시경의 이전 번역서『월남망국〈』1907와의 번역 태도 및 표기 방식의 차이를 들었다.

그러나 이현석 일인 주도가 아니라 공동 작업일 가능성을 상정해 보아야 한다. 위의 세 가지 근거들 역시 이현석이라는 인물이 주시경의 작업에 동참하면서 생긴 차이일 수 있다.『이태리건국삼걸젼』을 보면 이미 한 차례 번역된 단어라도 다시 등장할 때는 다른 번역어로 바뀌는 경우가 자주 눈에 띄는데, 이 또한 공동 작업 과정에서 나온 현상으로 설명 가능하다.[57] 주시경을 공동 번역자로 상정한다면, 정승철이 예외적 사항으로 처리하는『월남망국〈』와『이태리건국삼걸젼』의 번역상 일치점들과 주시경 특유의 표기법 등도 자연스레 해명된다.[58] 분량을 나누었을 수도 있고, 이현석이 초벌 번역한 것을 주시경이 수정·보완했을 수도 있다. 그러나 어떠한 경우든 이현석의 역할은 주시경의 책임하에 들어가 있었을 가능성이 높다.

당시 주시경은 대한제국의 국문연구소 전임위원과 상동청년학원 국어강습소 강사 등으로 활동하며 국어학자로서의 인지도를 갖춘 상태였다. 국문 연구의 개척자로서, 직접 번역에 관여치 않고 이름만 빌려준다는 것은 상상하기 어렵다.『이태리건국삼걸젼』은 유명세를 탈 가능성이 큰 번역물이기도 했다. 전년도 11월에 자신이 작업한『월남망국〈』의 경우『이태리

점으로 볼 때, 권두서명이 더욱 번역자의 성향에 일치하므로 본문 면에 기재된 역자명 '이현석'이 실제 번역자라는 의미이다(정승철,「순국문『이태리건국삼걸젼(1908)』에 대하여」,『어문연구』 34-4, 어문연구학회, 2006, 39면).

57 가리발디(가리발디, 가리바디, 갈이발디) / 프랑스(법국, 법란셔) / 투스카나(타〈아, 날〈니대, 달〈아리) / 베네토(비이〈, 비리셔, 비리〈) / 롬바르디아(윤파덕, 윤파덕, 륜파덕) / 유럽(유야랍, 유롭, 유룹) / 시칠리아(격격리, 셕셕리) / 다젤리아(달지격리아, 달지격이아) / 오르시니(아셔이, 아셔) / 에마누엘레(영마로익, 영마로애) / 카프레라(아보렬람, 아보렬랍) / 카르보나리(가파나리, 가파나리) / 토스카나(타〈아, 날〈니대, 달〈아리) / 프랑스(법국, 법란셔) 등 다수가 있다.

58 정승철, 앞의 글, 43~44면.

건국삼걸젼』 발간을 즈음하여 이미 제3판 간행1908.6.15에 들어갔다. 주시경은 이러한 전례를 통하여 번역물을 통한 국문 운동의 가능성을 확인했을 것이며『이태리건국삼걸젼』이『월남망국亽』의 성공을 이어나가리라 생각했을 가능성도 충분하다. 이렇듯 겉표지와 판권지에 엄연히 주시경의 이름이 번역자로 기재되어 있다는 사실 외에도 몇 가지 정황들은 주시경이 주도적으로 번역을 수행하거나 감독했을 가능성을 뒷받침한다.

다른 한편, 본문 1면에 기재된 '이현석 번역'이라는 표기, 그리고 텍스트 고찰을 통한 정승철의 근거들을 볼 때 이현석이『이태리건국삼걸젼』의 번역에 동참했다는 사실 자체는 의심의 의지가 없다.[59] 주시경과 이현석의 관계는 기독교 감리교 계열인 상동교회의 '엡윗Epworth청년회'를 통해서 이루어진 것으로 보인다. 김구의『백범일지』에서도 확인할 수 있듯 당시 상동교회의 청년회는 항일 민족운동의 거점 역할을 하고 있었다.[60] 신용하나 윤경로 등의 연구에서도 당시 신민회와의 인적 네트워크 등을 근거로 상동교회 청년회의 민족운동 세력을 '상동파'로 소개한 바 있다.[61] 1897년 9월 5일 44명으로 창립된 상동교회 엡윗청년회는 1906년 해산될 때까지 다수의 민족지도자들을 배출했는데, 그중에는 남궁억, 박용만, 이동녕, 이동휘, 이상설, 이승만, 이시영, 이준, 이필주, 이회영, 전덕기, 정순만, 정재면, 최재학 등이 있으며 주시경도 이들 가운데 포함되어 있었다.[62]

---

59 그러므로 이하『이태리건국삼걸젼』(1908)의 역자를 언급함에 있어서, '주시경'을 주어로 하는 모든 문장들은 '이현석'의 존재 또한 포함하는 것으로 보아도 무방하다.
60 김구, 도진순 주해,『백범일지』, 돌베개, 2002, 193면. 당시 김구는 진남포 엡윗청년회의 총무였다.『백범일지』에는 '에버트(懿法)청년회'로 표기되어 있다.
61 신용하,「신민회의 창건과 그 국권회복운동(上)」,『한국학보』3, 1977; 윤경로,「신민회의 창립 과정」,『사총』30, 1986.
62 조이제,「한국 엡윗청년회의 창립 경위와 초기 활동」,『한국기독교와 역사』8, 1998, 102면. 당시는 주시경이 대종교로 개종하기 전이었다.

주시경은 엡윗청년회가 해산된 이후에는 다년간 상동교회 내의 상동청년학원을 중심으로 국어 강의를 실시했다.[63] 그는 전부터 상동교회의 사립학숙에서 국어를 가르쳐왔으나, 상동청년학원 안에 본격적으로 국어 강습소를 설치한 것은 1907년 7월이었다. 처음에는 교사를 대상으로 한 것이었다가 이후에는 여름 공개 강습회로 바꾸었다. 11월부터는 국어야학를 열어 1909년 12월까지 이어나갔다. 『이태리건국삼걸전』을 출간한 것은 1908년 6월이므로 상동청년학원에서의 활동 기간과 겹친다. 주시경의 국어 강습회에는 많은 청년들이 몰렸고, 그중에는 훗날 직계 제자가 되는 김윤경 같은 인물도 있었다. 이현석의 이름이 발견되는 곳은 한국 기독교 최초의 신학 월간지인 『신학월보』에서이다. 당시 기사들에 근거하여 당시 상동교회 엡윗청년회에 적극 참여한 인물들을 추려보면 김의식, 전덕기, 박승규, 최재학, 이은덕, 박용만, 임상재, 공홍렬, 정순만, 윤성렬, 이승만, 남궁억, 이동휘, 이준, 이동녕, 조성환, 그리고 **이현석** 등이 있었다.[64] 이러한 상황으로 미루어 주시경과 이현석은 상동교회 엡윗청년회 활동을 통해 알게 되고, 상동청년학원의 국어 강습 등을 통해 국문 운동에 뜻을 함께 하여 이현석이 주시경을 보조하는 형태로 『이태리건국삼걸전』의 번역 작업에 참여했다는 가설을 도출할 수 있다.

이현석은 사회적 명망을 지녔던 인물로 보인다. 유자후는 『이준선생전』에서 1907년 4월 1일 국채보상기성회 사무소인 보성관普成館에서 있었던 국채보상 전국연합운동의 제1회 임시회합을 언급하는데, 여기에 참가한 인물 중 '중요한 출석'을 밝히고 있다.[65] 이 가운데 '李炫碩이현석'이라는 한자

---

63 주시경은 상동교회의 담임목사였던 전덕기와 절친한 관계였으며 전덕기는 주시경의 한글운동에 전폭적 지지를 아끼지 않았다고 한다.
64 『신학월보』, 1902.6·1903.9·1904.8. 조이제, 앞의 글, 각주 18에서 재인용.

이름이 눈에 들어온다. 이 명단에는 법조계와 사회 및 언론계의 지도자급 인사들 41명이 실려 있는데 이현석은 '사회측' 인사에 포함되어 있었다.[66] 이 명단에 등장하는 '이현석'을 상동교회 엡윗청년회의 이현석과 동일한 인물이라고 볼 수 있는 근거는, 본 참석명단에 포함되는 인물 중 이준, 이동휘, 남궁억, 양기탁, 정순만, 전덕기 등 다수가 상동교회 엡윗청년회의 기존 회원이기 때문이다. 여기서 이현석이 주시경과의 번역 이전 이미 국채보상 운동에 참여한 인물이었으며, 적어도 사회운동 방면에서 일정한 위상을 확보하고 있었다는 것을 알 수 있다. 유자후는 "등등等等의 면면面面으로서 전국적 연합행사全國的聯合行事를 할 만한 등장登場이었다"[67]고 언급하며 위 명단의 중요성을 또 한 번 상기시킨다.

메리어트, 히라타 히사시, 량치차오, 신채호까지의 『삼걸전』 4종은 저자의 직접 발화나 구성상의 특징, 그리고 번역상의 첨삭 등을 통해 저자의 목적과 내용적 특징을 검토할 수 있었으나, 주시경의 경우는 위의 어떠한 경우로도 저본과의 차별성을 가늠할 수 없다. 번역된 내용을 놓고 볼 때 신채호보다 주시경 쪽이 훨씬 많은 양의 원전 정보를 옮겨왔으며 일부분을 제외하고는 여타의 첨삭도 시도하지 않았다. 그 일부분은 량치차오가 '주'를 달

---

65 유자후, 독립기념관 한국독립운동사연구소 편, 『이준선생전』, 국학자료원, 1998, 212면.
66 대관측(大官側) : 민영소(閔泳韶)·서정순(徐正淳)·이도재(李道宰)·이종호(李鍾浩)
    사회계(社會界) : 이준(李儁)·이상재(李商在)·박은식(朴殷植)·이동휘(李東輝)·안창호(安昌浩)·이면우(李冕宇)·서병규(徐丙珪)·박용규(朴容奎)·김광제(金光濟)·이갑(李甲)·정순만(鄭淳萬)·전덕기(全德基)·이현석(李炫碩)·김인식(金寅植)·오영근(吳榮根)·김인식(金仁植)·양한묵(梁漢默)·김규홍(金奎洪)·전봉훈(全鳳薰)·한정하(韓鼎夏)·김형배(金馨培)·이린재(李麟在)·김균석(金均錫)·김태규(金台圭)·김시봉(金時鳳)·김윤영(金潤榮)·김창열(金昌烈)·정항모(鄭恒謨)·이만섭(李萬燮)·정운복(鄭雲復)
    언론계(言論界) : 장지연(張志淵)·남궁훈(南宮薰)·나수연(羅壽淵)·남궁억(南宮檍)·양기탁(梁起鐸)·이종일(李鍾一)·현채(玄采)
67 유자후, 앞의 책, 212면.

듯 부연 설명한 대목에 국한된다. 예를 들면 "율리우스 카이사르船琶西沙兒 이래로 아우구스투스阿卡士 대제에 이르기까지"량치차오, 2면가 있는데, 이는 신채호가 옮긴 부분을 주시경이 옮기지 않은 거의 유일한 대목이다. '船琶西沙兒'나 '阿卡士' 같은 고유명사를 어떤 식으로 처리할지 고민하다가 이 구절을 제외하고 다음 부분부터 번역한 것 같다. 이 부분을 제외하면 주시경은 고유명사라 할지라도 국문음을 그대로 옮기는 방식으로 번역에 임했다. 예컨대, 加西土트로이는 가셔스로주시경, 4면, 帕特門피에몬테는 박특문주시경, 9면, 加波拿里카르보나리는 가파나리주시경, 10면 등이 그렇다.

한편 다음의 저본 내용은 번역되지 않았다.

문법에 관련된 학리도 마찬가지다. 나는 항상 중국문법은 서구문법에 비해서 단순하다고 말한다. 지금 이 네 가지 말에 대해서 원문대로 한 글자로 그 뜻을 표현할 수 있는 적합한 번역어를 구하려고 하나 분명 속수무책이다. 여기서 부연 설명을 첨부하여 향후의 과제로 남겨둔다.량치차오, 7~8면

인용문에서 말하는 '네 가지 말'이란 인용문 전에 등장하는 "Of people, For people, By people, To people"을 지칭한다. 주시경은 영어가 가미된 앞부분까지는 번역하여 옮겼으나 부연 설명까지 옮길 필요는 없다고 판단했다. 다음의 예도 같은 맥락이다.

저자가 제18절에서 기록한 가리발디가 국회에서 카부르와 사르데냐 왕을 욕했다는 것은 해석을 다시 해야 할 사실이다. 1861년 남북 이탈리아가 전부 통일된 전후의 다른 책에 근거한 잘못을 여기서 바로 잡는다.량치차오, 44면

이는 량치차오 본인이 앞에서 기술한 내용에 대해 정정하는 부분이다. 그는 본래 『신민총보』에 『삼걸전』을 연재했는데, 인용문에서 언급하는 '제18절'은 『신민총보』 제17호 연재분이고 인용문이 등장하는 '제20절'은 『신민총보』 제19호의 연재분이다. 이미 출판된 내용의 오류를 발견하고 다음 연재분에서 정정했던 것이다. 주시경 번역의 경우는 처음부터 단행본으로 기획되었으므로 량치차오의 이러한 설명까지 일일이 번역할 필요가 없었다.(그렇다고 제18절의 내용을 수정한 것은 아니었다) 이와 같이 주시경은 문맥과 전혀 상관없는 부분에 한하여 매우 제한적인 생략을 시도했다.

주시경은 『삼걸전』 '서론'에서 "량계초 가라대……",[68] "량계초 쏘 가라대……"[69]라고 실명을 밝히며 원전이 량치차오의 것임을 직접적으로 드러냈다. 직접 량치차오의 이름을 들어 역본의 출처를 밝혔다는 것은, 번역물로서의 자기 정체성을 분명히 하는 것이다. 당시 「의대리건국삼걸전」은 『신민총보』 연재, 『음빙실문집飮氷室文集』 수록 등으로 이미 그 원본이 국내의 많은 지식인층에 알려졌었다. 이것이 『삼걸전』의 1차 국내 유통이다. 이후 『삼걸전』은 『황성신문』의 소개와 신채호의 국한문 『삼걸전』 발간 등에 힘입어 새로운 독자층에게 전달된다. "범아유지자凡我有志者는 차전일부此傳一部를 좌우座右에 각치各置하고 조조朝朝 배拜하며 야야몽夜夜夢하면 애국사업愛國事業을 주출做出할 일日이 필유必有라 하노라"[70]와 같은 신채호의 역본에 대한 소감은 '『삼걸전』 읽기'가 단순한 독서 이상의 의미로 당대에 받아들여지고 있었음을 보여준다. 이것이 2차 유통이다. 주시경의 번역은 이후에 이루어진 3차 유통으로 구분할 수 있다. 그는 이 시점에서 신채호가 첨삭을 가했던 「의대리건

---

68 주시경, 『이태리건국삼걸전』, 박문서관, 1908, 1면.
69 위의 책, 2면.
70 『皇城新聞』, 1907.11.16.

국삼걸젼」을 최대한 원전에 가깝도록 복원하고 있는 것이다. 이러한 번역 태도는 다음의 두 가지로 해석할 수 있다.

우선 주시경이 사상적으로 량치차오에게 깊이 경도되었기 때문일 수 있다. 주시경의 번역 작업은 『월남망국ㅅ』와 『이태리건국삼걸젼』 등 총 두 차례였는데, 두 저본은 모두 량치차오의 것이었다.

한문이나 영문이나 또 그 외에 아무 나라 말이라도 혹 조선말로 번역할 때 나 그 말뜻의 대체만 가지고 번역해야지 그 말의 마디마다 뜻을 씌워 번역하려면 번역하기도 어려울 뿐더러 그리하면 조선말을 망치는 법이라 어떤 나라 말이든지 특별히 조선말로 번역하는 태도는 외국 글 아는 사람을 위하여 번역하는 것이 아니요 외국 글 모르는 사람을 위하여 번역함이니 주의가 이러한 즉 아무쪼록 외국 글 모르는 사람들이 다 알아보기에 쉽도록 번역 하여야 옳을 터이요.[71]

그는 우선 '마디마다 뜻을 씌워 번역'하는 한자어 번역보다 조선어, 즉 국문 번역이 더 마땅함을 주장한다. 그 이유는 '외국 글 모르는 사람'을 위하여 번역하는 것이 진정한 번역이라고 생각하기 때문이다. 그는 한자어를 외국어로 인식했으며, 그의 국문으로의 번역 목적은 이 한자어를 모르는 이들을 위한 것이어야 했다. 노익형은 주시경이 번역한 『월남망국ㅅ』1907의 서문에서 "한문을 모르는 이들도 이 일을 다 보게ᄒ랴고 우리 셔관에셔 이 ᄀ치 슌국문으로 번역ᄒ여 젼파ᄒ노라"라고 언급한 바 있다. 또한 『이태리

---

71 주시경, 「국문론」, 독립신문영인간행회 편, 『국민신문』 제2권, 갑을출판사, 1991, 463면. 윤문은 인용자.

건국삼걸젼』 후면의 특별광고문에도 "본관本舘의 목적目的은 한문漢文 부족不足
하신 이와 부인사회婦人社會를 위爲하여 내외국사기內外國史記와 가정家庭에 합당
合當한 소설小說 등을 순국문純國文으로 번역飜譯하여 출판出板하고"와 같이 박문
서관의 순국문 번역 의도가 표명되어 있다. 이러한 문구를 전략적 홍보 수
단으로 간주한다 해도 최소한 국문으로만 독해가 가능한 계층에게 『삼걸
젼』을 읽을 수 있게 하는 것이 『이태리건국삼걸젼』의 첫 번째 목적이 될 것이
다. 그런데 그가 번역에 개입한 외국서가 모두 량치차오의 것이었다는 점
에서, 주시경에게 량치차오의 저술은 각별한 의미를 지니고 있었을지 모른
다. 그렇다면 신채호가 삭제한 량치차오의 텍스트들을 복원하여 원전 그대
로를 전파하려 했을 수도 있다. 이 경우 주시경의 정치적 성향 역시 「의대
리건국삼걸젼」처럼 카부르 중심의 개혁 노선이었다는 가설도 고려해봄직
하다. 그러나 이러한 가설은 설득력이 떨어진다. 주시경의 첫 번째 역서
『월남망국ᄉᆞ』는 량치차오의 것이 아닌 현채의 텍스트를 번역 대본으로 했
다. 애초에 그가 량치차오의 『월남망국사』를 접한 상황이 아니었거나, 접했
다 해도 현채의 텍스트가 비교 우위에 있었다는 의미다. 지적했듯 량치차오
와 현채의 텍스트 사이에는 현격한 차이가 있었다. 더욱이 전술한바, 주시
경의 『이태리건국삼걸젼』에는 량치차오의 '결론'이 누락되어 있었다. 이
'결론'은 대부분 중국인을 수신자로 한 메시지다.[72] 그럼에도 불구하고 그

---

72 예를 들면 다음과 같다. "그래서 나는 붓을 버리고 서쪽을 향하여 조국을 바라보니 그 수십 년
   전의 이탈리아가 우리 조국(중국—인용자 주)과 심히 유사하였다. 세계에서 가장 오래된 명예로
   운 나라라는 직함도, 중도에 몰락함도, 어지럽게 흩어져 통일되지 않은 것도, 그의 주권이 외국
   민족에 의해 장악된 것도, 그 전제의 가혹함도, 주권자 외에 타국의 세력 범위도, 그리고 그 세력
   범위에 단일한 나라들만 있는 것도 아니고 걸핏하면 국민들의 삶에 간섭하는 것도 마찬가지다.
   오호라, 동병상련이다. 그러나 그들이 우리에 미치지 못하는 점도 여럿 있다. 국토가 우리보다
   작다. 백성이 우리보다 작다. 중앙 정부가 우리만 못하다. 정부와 종교 간의 분쟁이 있어 우리만
   못하다."(량치차오, 57면) 여기서 량치차오는 이탈리아의 어떤 점이 중국의 조건과 같은지, 그리
   고 오히려 자국이 더 나은 것이 무엇인지를 조목조목 나열한다. 이 외에도 량치차오는 '결론'에서

것은 량치차오의 핵심적인 발화였다. 이 부분을 생략한 것은 최소한 주시경의 관심이 량치차오의 메시지에 국한되지 않았다는 것을 뜻한다. 량치차오의 메시지를 전파하는 것이 우선순위였다면 주시경은 어떤 방식으로든 '결론'을 살렸을 것이다. 이미 주시경은 '결론' 직전까지 '발단'을 포함하여 「의대리건국삼걸전」 전반에 걸쳐 여러 차례 등장한 중국 관련 내용을 모두 번역해냈다. 하지만 '결론'은 옮기지 않는 쪽을 택한 것이다. 이 사실에 기대어 보면, 주시경의 원문주의 번역 태도는 량치차오에 대한 존중과 거리가 멀다. 그의 원문주의는 그 실효성은 차치하더라도 '번역 가능성 증명을 위한 번역'의 노력 속에서 나온 결과일 것이다.

중국의 시국과 이탈리아의 고난의 역사를 다음과 같이 비교하고 있다. "중국의 시국을 논함에 있어 17세기 말의 영국과 18세기 말의 미국, 프랑스, 19세기 말의 일본에 비한 바 있었다. 그러나 우리의 어려움은 저들보다 몇 배가 많은 만큼, 저 나라 호걸들이 큰 업적을 성취한 것은 하늘의 때와 사람의 일이 모두 잘 갖추어져 있기 때문이었다. 그런데 이탈리아 건국사를 읽었는데, 그 어려운 상황을 볼 때 자신이 이러한 지경에 처했다고 가정한다면 아마 좌절하지 않을 수 없었으리라. 목도 쉬고 힘도 빠지며 거듭 좌절하여 자기 자신조차 잃은바 되었으나 오늘날 이탈리아는 어떻게 해서 세계 위에 우뚝 서 유럽 6대 강국의 대열에 들어가 그들의 행보가 천하의 무게를 좌우할 수 있게 되었을까?"(량치차오, 57면) 여기서 량치차오는 이탈리아가 근대국가 건설에 성공한 사건이야 말로 영국, 미국, 프랑스 등의 일류 국가들이 가진 업적보다 위대한 것임을 역설하고 있다. 그리고 중국의 현재 상황은 오히려 당시 이탈리아보다는 나은 것임을 암시한다. "그래서 신중국을 창조하기 위해서는 반드시 각 개인이 스스로 삼걸 중 한 명이 되기를 바라는 데서 시작해야 한다. 사람마다 삼걸 중 한 명이 되기 원한다 해도 반드시 그렇게 될 수 있는 것은 아니지만 천 명, 백 명의 사람들이 그렇게 한다면 그중 동일한 이가 한두 명은 나올 수 있다. 열 명이 모일 때는 한 명을 얻지 못한다 해도 백 명의 사람들이 모이면 그중 한 명은 얻을 수 있을 것이다. 우리에게 삼십 명, 삼백 명의 호걸이 있으면 그 삼걸이 해 낸 사업을 담당할 수 있을 것이다. 그렇다면 어떤 나라라도 구할 수 있을 것이다."(량치차오, 58면) 량치차오는 반복하여 삼걸을 닮기를 강조한다. 그들에게는 타국과의 비교우위에 있는 원천적 강점이 있었다. 그것은 바로 중국의 무수한 인적 자원이었다. 계몽되지 않은 많은 중국인들에게 닮아야 할 이유(애국)와 모델(삼걸)을 제시할 수 있다면, 분명 변화는 낙관적일 수 있었다. 중국적 색채는 량치차오『삼걸전』의 마지막 대목인 다음의 인용문에서도 명료하게 이어진다. "순(舜)은 누구였나, 여(予)는 누구였나. 어떤 대업을 이룬 사람도 마찬가지다. 이탈리아에 이름난 사람은 삼걸밖에 없지만, 무명의 호걸 또한 백만, 천만을 넘을 것이다. 이러한 무명의 호걸이 없었다면 삼걸과 같은 사람이 어찌 자신의 능력만으로 세상을 만들 수 있겠는가. 우리는 삼걸에 이르지는 못해도 무명의 호걸이라고 칭할 수는 있다. 무명의 호걸을 국내 곳곳에서 볼 수 있다면, 중국은 중국인의 중국이 될 것이다."(량치차오, 61면)

이것이 바로 그의 번역에 대한 두 번째 해석이다. 주시경에게는 무엇보다 국문이 가진 번역어로서의 기능을 연구하고 증명해보려는 의도가 강했다. 이는 곧 국문 사용 활성화 운동으로 직결되는 실천이었다.[73] 그가 『이태리건국삼걸전』을 집필한 기간은 1907년 7월부터 시작된 국문연구소의 활동 기간에 해당된다. 국문을 체계적으로 연구하는 과정 중 번역어로서의 가능성을 모색하는 차원에서 번역에 임했을 개연성은 충분하다. 『월남망국ᄉ』 작업을 통해 국한문체를 순국문으로 번역해 본 그가, 이어서 『이태리건국삼걸전』를 계기로 중국어 번역에 도전한 것은 국문 연구의 단계적 심화라 볼 수도 있다. 주시경이 『조선어문법』을 간행한 1908년 7월은 『이태리건국삼걸전』이 나온 바로 다음 달이었다. 앞선 두 편의 번역 경험이 이 문법서 발간에 제공해준 도움도 상정해 볼 수 있겠다. 결국 번역은 자국어를 재발견하는 과정이기 때문이다.

1900년대 한국에서, 번역어로서의 권위는 국한문체에 집중되고 있었다. 이러한 상황에서 주시경의 번역이 갖는 의의는 당대 주류 문체인 국한문체와 적극적으로 국어의 자리를 다툴 수 있는 국문 경쟁력의 강화에 직결되어 있었다. 『이태리건국삼걸전』은 국문 연구에 일조한 도구가 되었고, 그 자체로 국문 운동의 전망을 내장한 결과물이었다.

---

73 정환국은 주시경의 국문 운동과 『월남망국ᄉ』, 『이태리건국삼걸전』의 번역을 연관시켜 해석한 바 있다.(정환국, 「근대계몽기 역사전기물 번역에 대하여 - 『월남망국사(越南亡國史)』와 『이태리건국삼걸전(伊太利建國三傑傳)』의 경우」, 『대동문화연구』 48, 2004, 22~24면)

7. 번역자의 개입이라는 절대 변수

지금까지 살펴본 이탈리아 삼걸에 대한 5편의 텍스트는 각각이 저본과 역본의 관계로 맞물려 있었음에도 추구했던 방향이 일치하지는 않았다. 오히려 그것은 동상이몽에 가까웠다.

영국 역사학자 메리어트의 *The Makers of Modern Italy*는 구분된 전기 3편을 모은 것이지만, 세 인물의 협력, 갈등, 대립 등을 함께 다루어 전체적 통일성 역시 갖추고 있었다. 저자는 입헌군주제로 이탈리아 통일 사업을 완성한 사르데냐 수상 카부르와 국왕 에마누엘레 2세에게 초점을 맞추었고 나머지 두 인물인 마찌니와 가리발디는 카부르를 더욱 돋보이게 만들어 주는 역할로 설정되었다. 특히 카부르의 반대 진영에 있던 혁명가 마찌니에 대해서는 도덕적 스승이나 예언자 정도의 소극적 평가로 일관하였고, 그의 공화주의 운동과 관련해서는 통일의 장애물로 묘사하기에 주저하지 않았다. 메리어트는 권력을 잡은 자들의 편에 서서 역사를 해석하였으며 무솔리니를 예찬한 1931년의 개정판도 같은 맥락이라 하겠다.

일본의 히라타 히사시는 *The Makers*를 저본삼아 『이태리건국삼걸』을 역술하였다. 그는 원전의 구성과 내용을 대부분 가져왔지만 내용의 일부 삽입을 통해 자신만의 의도를 구현하려 했다. 도쿠토미 소호와의 공동 기획으로 이루어진 이 저작은 단지 삼걸에 대해 배우는 것뿐만이 아니라 일본의 현재 위상을 이탈리아와 동일시하려는 목적도 가지고 있었다. 이를 위해 메이지 유신을 이탈리아 리소르지멘토에 비유하여 혁명운동의 경험을 그들과 공유하고자 하였다. 이 과정에서 요시다 쇼인吉田松陰은 마찌니와 동급의 인물로서 비유되기도 했다. 그러나 국권론에 힘이 실리고 있던 당시 일본 사회에 적합한 영웅은 카부르였고, 여러 부분의 역자 개입은 카부르 중심의 전개를 강화시킨다.

중국의 량치차오는 일본 망명시절 히라타의 번역본과 기타 자료들을 참조하여 「의대리건국삼걸전」을 역술하였다. 그는 히라타까지 내려오던 『삼걸전』의 역사 및 인물을 균형적으로 구성하는 방식과 삼인의 전기 모음집 형태를 탈피하고, 보다 인물 중심성을 부각시키는 단일 시계열적 구조로 개편하였다. 량치차오는 이탈리아의 과거 고난과 중국의 현재 고난을 동일시함으로써 삼걸의 역경 극복과정에 독자들의 이목이 집중되길 원했다. 이 과정에서 마찌니가 인내의 상징으로서 조명되었다. 그러나 여전히 중심에는 카부르가 위치했다. 그것은 한때 혁명과 보수적 개혁 노선 양자 사이에서 갈등하던 량치차오 자신의 선택이기도 했다. 량치차오에게 마찌니가 중국인들로 하여금 '무명의 영웅'으로서의 삶을 결단하게 하는 수단이자 모델이었다면, 카부르의 입헌군주제는 나누어진 중국의 정치 세력을 통합할 수 있는 정치적 대안이었다. 가리발디는 카부르 중심의 연합이 실질적 문제 해결 방안임을 설파하는 대변자로 활용되었다.

한국의 신채호와 주시경은 량치차오의 역본을 저본삼아 각각 『이태리건국삼걸전伊太利建國三傑傳』1907과 『이태리건국삼걸전』1908을 역술하였다. 신채호는 저본의 구성은 받아들인 반면 정치적 성향은 달리했다. 그는 마찌니 중심의 혁명적 메시지는 남기고 카부르 중심의 온건적 메시지는 삭제하는 형태의 개입을 시도하였다. 이로 인하여 원전부터 이어지던 『삼걸전』의 카부르 중심성은 흔들리게 되었다. 카부르라는 인물은 실력 양성 및 부국강병을 강조하거나 보수적 정치 성향을 대변하기에는 유용했으나, 보호국으로 전락한 당시 한국에서 '고위 관리'가 이상적 모델이 될 수는 없었다. 신채호는 시세를 바꿀 수 있는 혁명가를 원했으며 그 모델은 곧 마찌니였다.

주시경은 신채호와 달리 량치차오의 구성과 내용을 그대로 옮겨낸 『이태리건국삼걸전』을 출판하였다. 번역된 내용만을 놓고 봤을 때 신채호보다 주시경 쪽이 훨씬 많은 양의 원전 정보를 옮겨왔다. 그러나 그는 정작 량치차오의 핵심적인 주장이 담긴 '결론' 부분을 제외하였다. 실상 그의 번역 의도는 번역어로서의 국문의 가치를 연구하고 입증하는 것이었다. 1900년대의 어문질서 속에서 번역어의 자리를 선점한 것은 국한문체였기에 주시경의 작업은 순국문의 번역 경쟁력 재고의 의미를 갖는다. 히라타가 주로 새로운 텍스트의 삽입을 통해, 신채호가 삭제를 통해 자신의 의도를 구현했다면, 주시경은 저본에 충실한 번역 자체로 자신의 의도를 관철한 셈이다.

이상의 중역 경로에서, '삼걸' 서사의 기본 흐름에 가장 많은 개입을 시도했던 이는 량치차오였다. 그는 구성상으로 완전히 새롭고 독창적인 삼걸전을 구상했을 뿐 아니라 다채로운 추가 자료를 활용했다. 그가 번역 과정에서 쏟은 노력은 그 전작인 『코슈트전』이나 「의대리건국삼걸전」의 연재 중간에 연재된 「근세제일여걸라란부인전近世第一女傑 羅蘭夫人傳」과도 뚜렷이 구별된다. 이렇게까지 할 수 있었던 동력은 무엇이었을까? 아마도 그것은 국난 극복과 독립 국가의 완성에 이르는 삼걸의 활약상 속에, 중국의 당면 문제를 풀어나갈 해법이 놓여있다는 믿음 혹은 절박함이었을 것이다. 개인적 사정이나 정보 동원 능력, 발화 의지 등 번역자 자체가 원본성을 좌우하는 것은 당연하다. 서구 텍스트가 동아시아에서 재맥락화되는 양상은, 원문 서적을 직접 취급하느냐 중역하느냐의 구분보다 누구에 의해서 번역되느냐에 따라 특정 단계에서 '완전변이'를 이루는 경향이 다분하다.

한편 삼걸의 캐릭터성이 번역자들의 개입을 추동한 측면도 상기할 필요가 있다. 삼걸은 인위적으로 설정하기도 어려울 정도로 주인공 3인의 개성과 정치적 지향이 이질적이다. 그들은 각각의 고유 영역을 갖고 있었다. 만약 메리어트가 구축한 이러한 인물 중심의 이탈리아사가 없었더라면, 히라타가 마찌니를 요시다 쇼인에 등치시키거나 량치차오가 카부르의 존재감을 극대화하는 데 한계가 있었을 것이다. 삼걸의 서사는 격동기 속에서 각 주인공들이 따로 또 함께 했던 무대였기에, 번역자의 착안점도 변칙적으로 생성될 수 있었다. 원본성 창출의 다양한 변수 속에서 인물의 서사가 갖는 중요성을 『이태리건국삼걸전』은 웅변하고 있다.

제3장

프랑스 혁명과 '여성 영웅'의 조합, 『라란부인전』

1. 들어가며

량치차오는 1902년에 발표한 세 번째 서구영웅전 「근세제일여걸 라란부인전近世第一女傑 羅蘭夫人傳」이하 「라란부인전」을 연재하며 전혀 다른 시도를 했다. 앞서 연재되고 있던 「의대리건국삼걸전意大利建國三傑傳」과의 동시 게재가 바로 그것이다. 즉 「라란부인전」은 「의대리건국삼걸전」이 연재의 후반부로 가던 시점에 갑작스럽게 끼어들었다.[1] 그리고 「삼걸전」보다 먼저 완결되었다. 이는 곧 「삼걸전」의 마무리에 앞서 「라란부인전」을 통해 먼저 전하고자 한

---

1   〈표 4〉 량치차오의 서구영웅전 연재 양상

『신민총보』 연재 호	'전기'란
6, 7, 10(1902)	「匈加利愛國者噶蘇士傳」
9, 10, 14, 15, 16, 17 (1902)	「意大利建國三傑傳」
17, 18(1902)	**近世第一女傑 羅蘭夫人傳**
19, 22(1902)	「意大利建國三傑傳」
25, 26, 54, 56(1903~4)	「新英國巨人克林威爾傳」

메시지가 존재했다는 의미다. 「삼걸전」의 대미보다 서둘러야 했던 그 메시지는 무엇이었을까?

이 갑작스러운 연재는 앞선 전기물들과의 상관관계를 떠나서 생각할 수 없다. 참조 저본의 숫자나 연재 횟수 등을 고려할 때 량치차오에게 있어서 「라란부인전」은 「삼걸전」의 중요성에 미치지 못했다. 「삼걸전」의 마무리를 잠시 보류하고서까지 갑작스럽게 「라란부인전」을 발표한 이유가 더 궁금해지는 이유다. 실상 롤랑부인Madame Roland, 1754~1793[2]이라는 캐릭터 자체가 연재 시점을 앞두고 발굴된 느낌이 강하다. 량치차오의 주인공이 된 코슈트, 마찌니, 카부르, 크롬웰 등은 번역 이전에도 자신의 글에 등장시킨 바 있는 인물들이다. 하지만 롤랑부인의 경우 「라란부인전」 집필 이전의 언급은 보이지 않는다. 이는 롤랑부인의 활동 배경이었던 프랑스 혁명에 대해서는 일찍부터 다루어온 점과도 대비된다. 이렇듯 롤랑부인의 전기는 전략적인 단기 프로젝트였지만 롤랑부인의 전기는 결과적으로 전작인 코슈트, 이탈리아 삼걸의 서사와 어우러지면서 메시지의 빈틈을 메우게 된다.

1907년 『대한매일신보』에 연재되고 연이어 단행본으로도 발간된 『근세제일여중영웅 라란부인전』이하 『라란부인전』[3]의 첫 부분에는 다음과 같은 내용이 등장한다.

---

2 풀 네임은 Marie-Jeanne Roland de la Platiere이며 결혼 전 성은 Phlipon이다. 정치 세력 중 온건파에 속하는 지롱드파(Girondins)의 핵심 인물이며 루이 16세의 내무장관을 역임(1792년 3월에서 6월 사이)한 장 마리 롤랑(M. Roland de Platiere, 1734~1793)의 아내이다. 1791~1792년 지롱드파가 우세한 지위를 점하던 시기에 주로 활약했다가 대립파인 자코뱅(Jacobins)이 실세를 장악한 1793년에 단두대에서 처형되었다.
3 『라란부인전』은 장지연의 『애국부인전』(1907)과 더불어 근대 초기 한국의 여성 전기물을 대표하는 텍스트라 할 수 있다. 『애국부인전』의 연구로는 노연숙, 「20세기 초 동아시아 정치서사에 나타난 '애국'의 양상」, 『한국현대문학연구』 28, 2009; 서여명, 「중국을 매개로 한 애국계몽서사 연구—1905~1910년의 번역작품을 중심으로」, 인하대 박사논문, 2010 등을 참조할 수 있다.

롤랑부인은 어떤 사람인가. 나폴레옹에게도 어머니다. 메테르니히에게도
어머니다. 마찌니와 코슈트와 비스마르크와 카부르에게도 어머니다. 다시 말
해서 19세기 유럽 대륙의 모든 인물이 롤랑부인을 어머니로 삼지 않을 수 없
다. 19세기 유럽 대륙의 모든 문명이 롤랑부인을 어머니로 삼지 않을 수 없
다. 무슨 이유로 그러한가? 프랑스대혁명은 19세기 유럽의 어머니이며 롤랑
부인은 프랑스 대혁명의 어머니이기 때문이다.

성향이 제각기 다른 19세기 유럽의 주요 인물들이 형제로 묶일 수 있는
이유는 롤랑부인이 프랑스 혁명의 어머니이기 때문이라는 것이다. 그러나
그는 지롱드 진영에서 영향력을 행사하다가 대립파인 자코뱅에 의해 처형
된 인물로, '혁명의 어머니'로까지 예찬될 수 있는 존재는 아니었다. 롤랑부
인에게 덧씌워진 이러한 과잉해석은 어떠한 기획 하에 촉발된 것일까?

이 문제적 내용은 량치차오가 1902년에 발표한 「근세제일여걸 라란부인
전」의 도입부를 한국어로 옮긴 것이다. 이 「라란부인전」은 도쿠토미 로카德
富蘆花, 1868~1927가 1893년에 집필한 「불국혁명의 꽃佛國革命の花」를 번역한 것
이었다. 중요한 것은 위 대목이 로카의 것에는 없는 량치차오의 창작이라는
사실이다. 이는 동아시아 근대 지知의 횡단 과정에, 서구 역사에 대한 주관
적 변용이 혼재되어 있었음을 보여주는 좋은 사례라 할 수 있다. 롤랑부인
의 위상을 변주한 것은 물론 량치차오만이 아니었다.

2. *The Queens of Society*-영웅이 되기 이전

1) 여성 전기물 모음집의 롤랑부인

롤랑부인을 다룬 전기물 중, 동아시아로
의 유입 사실이 명확히 드러나는 텍스트로
서 1860년에 나온 *The Queens of Society*를
들 수 있다. 저자는 주로 역사와 문학을 테
마로 글을 쓴 영국의 그레이스 와튼Grace
Wharton, 1797~1862과 필립 와튼Philip Wharton,
1834~1860[4]이다이하 와튼. 서문Preface을 통해
와튼은, 사회적으로 주목받았던 여러 "여
왕"들이 단지 권력과 명성만을 쫓고 누렸던
것이 아니라 그에 합당한 자격 역시 겸비하
고 있었음을 말하는 한편,[5] 지나치게 거시

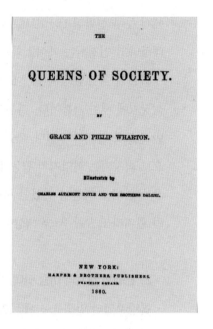

적 관점에서만 이루어졌던 기존의 역사적 서술에서 떠나 여성들의 삶을 통
해 새로운 방식으로 역사를 조명해보겠다는 집필 의도를 밝히고 있다.[6]

그러나 저서의 실제 내용을 들여다보면 독자의 흥미를 끌기 위한 노력이
상당했음을 알 수 있다. 복수형의 제목에서 알 수 있듯, 원래 *The Queens of*

---

4 두 저자가 구체적으로 어떤 활동을 해왔는지에 대해서는 별로 밝혀진 바가 없다. 생몰연대로
보아 부부관계는 아니었을 것이다(http://www.gutenberg.org/etext/18020). 그들의 다른
저서로는 *The Wits And Beaux Of Society*(1861)과 *The Literature of Society*(1862)가 더 있다. 전자
는 *The Queens of Society*와 마찬가지로 두 저자의 공저로 발표되었으나 후자는 그레이스의 단독
저술이다. 한편 *The Queens of Society*의 서문에 영국의 역사를 자신들의 것으로 언급하는 대목이
있어 저자들이 영국인이라는 것을 알 수 있다.
5 Grace Wharton and Philip Wharton, *The Queens of Society*, Harper & Brothers, 1860, p.iii.
6 위의 책, p. v.

*Society*는 단지 롤랑부인을 대상으로 한 서적이 아니다. 와튼이 다룬 인물은 총 18명에 이르며 롤랑부인은 그중 한 명일 뿐이다.[7] 18명의 구성은 영국인 12명과 프랑스인 6명으로 이루어져 있으며 문학, 사교, 정치 등 각 분야에서 두루 선별된 15~19세기의 유명 여성들이었다. 이들은 일반적으로 위대하다고 인정되는 케이스와는 거리가 있었다.[8]

와튼의 롤랑부인 일대기에서 가장 많은 비중을 차지하는 부분은 의외로 성장기에 대한 기록이다. 결혼까지의 일화들을 서술하는 것에 총 분량의 절반 정도가 할애되어 있다. 와튼은 롤랑부인 전기를 서술함에 있어서 일반적으로 회자되는 혁명기의 활동에만 초점을 맞춘 것이 아니었다. 사상적 궤적은 물론이고 친분이 있었던 사람, 거쳤던 장소 등과 관련된 작은 에피소드라 할지라도 모두 서술 대상이 될 수 있었다.

2) 종교와 정치의 이중 잣대, 와튼의 프랑스 혁명 인식

롤랑부인의 일생을 전체적으로 조명하긴 했지만, 와튼의 서술은 결코 단순한 일대기의 나열 방식이 아니었다. 거기에는 와튼 나름의 메시지가 있었다. 와튼은 주인공 18명 중에는 부정적 모델로 제시된 인물 역시 포함되어

---

7 Contents 순서대로 등장인물을 제시하면 다음과 같다. Sarah, Duchess of Marlborough—p.13 / Madame Roland—p.49 / Lady Mary Wortley of Montagu—p.87 / Georgiana, Duchess of Devonshire—p.125 / Letitia Elizabeth Landon(L.E.L)—p.145 / Madame de Sévigné—p.179 / Sydney Lady Morgan—p.207 / Jane, Duchess of Gordon—p.229 / Madame Récamier—p.253 / Lady Hervey—p.287 / Madame de Staël—p.307 / Mrs.Thrale—Piozzi—p.241 / Lady Caroline Lamb—p.369 / Anne Seymour Damer—p.383 / La Marquise du Deffand—p.403 / Mrs. Elizabeth Montagu—p.433 / Mary, Countess of Pembroke—p.455 / La Marquise de Maintenon—p.473

8 예컨대 데본셔 공작부인(Georgiana, Duchess of Devonshire, 1757~1806)은 공작과의 결혼으로 영국 상류층 사교계에 입문하였으나 찰스 그레이와의 염문으로 세간의 주목을 받았고, 캐롤라인 램(Lady Caroline Lamb, 1785~1828)의 경우 낭만주의 시인 바이런과의 떠들썩한 연애로 런던 사교계의 스캔들 메이커가 된 바 있다. 그 외에도 사교계의 히로인들이 여럿 눈에 띈다.

있다는 것을 이미 서문에 언급해 두고 있다. *The Queens of Society*의 두 번째 판본의 서문에는 18명 중 3명이 '어두운 그늘'을 가진 자로서 언급되는데, 이중 롤랑부인이 포함되어 있다. 문제가 된 것은 독특하게도 롤랑부인의 '신앙적 회의'였다.[9] 전기의 내용으로 볼 때도, 와튼은 롤랑부인의 신앙문제를 자주 화두로 삼았고 그가 회의론자로 변심하던 과정을 장황하게 서술한다. 이와 관련된 롤랑부인에 대한 평가가 가장 주관적으로 드러나는 부분은 전기의 최종 부분이다.

> 이 두 죽음처형된 롤랑부인과 이어서 자살한 남편 롤랑을 의미함-인용자 주은 기독교 사도들의 영예로운 최후와 얼마나 다른가? 롤랑부인이나 그의 남편이 죽을 무렵에 희망은 어디 있는가? 믿음에 대한 진정한 용기는 어디 있는가? (…중략…) 그가 자신을 "덕 있는 사람"으로 공표하는 이 자만심 역시, 기독교인 순교자가 순교한 겸손과 얼마나 다른가! 그의 부인의 가차 없는 혐오는 사도들이 고난의 한 가운데서 그의 박해자들에게 베푸는 용서와 얼마나 다른가! 고대할 미래가 없는 이런 죽음들이 얼마나 공허한가! (…중략…) 그런 우울한 교리로 자살하는 비겁함은 어찌 그렇게 일관되는가! 계시를 거부하고 인간들을 신들로 격상시키려고 한 오만함의 최후란 그 얼마나 자연스럽고 합당한가!와튼, 86면

이 인용문에서 와튼은 기독교의 성자들과 비교하며 롤랑부부의 한계와 잘못을 강한 어조로 질책한다. 평범한 전기물에서는 찾아볼 수 없는 방식의 평가이다. 이렇듯 *The Queens of Society*의 서술방식에는 저자의 주관적 판단

---

9 *The Queens of Society*, Preface to the Second Edition, pp. v~vi. 참고로 두 번째 서문은 와튼에 의해 직접 쓰여진 것이 아니다.

이 뚜렷하게 개입되어 있었으며, 여기서의 잣대는 기독교적 근본주의였다.

롤랑부인의 정치활동이 본격적으로 펼쳐지는 프랑스 혁명기의 서술을 살펴보면, 저자의 정치적 성향이 쉽게 발견된다. 자코뱅당의 지도자 로베스피에르에 대한 묘사가 좋은 예다. 로베스피에르를 어떻게 평가하는가는 곧 프랑스 혁명을 어떻게 인식하느냐와 직결되어 있다.[10] *The Queens of Society*의 로베스피에르에 대한 평가는 거침없는 비난으로 가득하다. 그와 관련된 대목은 여지없이 감정적 서술로 일관된다.[11] *The Queens of Society*는 이러한 정치적 입장의 연장선상에서 롤랑부인과 지롱드당을 적극 옹호하고 있다.[12] 심지어 앞서 인용한 롤랑부부를 질책하는 마지막 대목에서도 로베스피에르와 비교되는 순간 롤랑부인은 성인聖人으로 탈바꿈한다.[13] 종교적 성향 때문에 평가 절하할 때와는 전혀 다른 기준이 적용된 것이다. 그것은 프랑스 혁명기를 바라보는 정치적 시각이었다. 지롱드당은 단지 롤랑부인의 당파일 뿐 아니라 "피의 왕" 로베스피에르와 대립각을 이룬다는 측면에서 선의 축이 되어야 했다.

*The Queens of Society*에 나타난 자코뱅이나 로베스피에르에 대한 비난은

---

10 로베스피에르는 자코뱅파의 지도자였으며 프랑스 혁명의 공포정치기(1793~4)의 중심에 있다가 자코뱅파의 몰락과 함께 처형된 인물이다. 정통적인 사회경제학 진영은 급진적인 자코뱅주의가 부르주아 혁명을 심화시킬 수 있는 원동력이었음을 말하는 한편, 수정주의 역사가들의 경우에는 자코뱅주의가 오히려 혁명의 자유주의적 국면을 전체주의로 변질시켰음을 주장한다.(김동택 해제, 「이중혁명과 자본주의 세계의 형성」, 에릭 홉스봄, 정도영·차명수 역, 『혁명의 시대』, 한길사, 1998, 48~49면) 이러한 상반된 평가의 연장선상에서 자코뱅의 리더였던 로베스피에르를 옹호하는 진영은 평민의 권익을 위한 그의 일관된 노력이나 구체제에 대한 철저한 전복의지 등이 남긴 긍정적 영향을 강조하지만(예로, 장 마생, 한희영 역, 『로베스피에르, 혁명의 탄생』, 교양인, 2005), 그를 비판하는 역사가들은 자코뱅주의의 폭력성을 부각시키는 것이다.
11 *The Queens of Society*, pp.69·70·77 등에서 로베스피에르에 대해 생김새에서부터 이기적이고 악랄한 성격 등에 대한 기술을 확인할 수 있다. '피의 왕', '증오의 사도' 등과 같은 묘사도 있다.
12 가령 *The Queens of Society*, p.78에서 와튼은 지롱드 및 롤랑부인의 희생정신과 용기를 장황하게 찬양하고 있다.
13 "마라(Marat)나 로베스피에르에 비하자면 그들은 성인이었다." *The Queens of Society*, p.86.

어쩌면 이 시기의 역사가들에게는 일반적 태도일 수도 있다.[14] 그러나 시대적 인식의 한계를 감안한다 하더라도 이 같은 서술방식이 전형적인 보수주의적 해석임은 부인할 수 없다. 에릭 홉스봄은 보수파의 프랑스 혁명기 인식과 관련하여 "지롱드당은 하나의 집단으로서만 기억될 뿐이며, 아마도 지롱드당을 따랐던, 정치적으로는 무시할 만하지만 낭만주의적인 여성들 − 롤랑부인 또는 샤를로트 코르테 − 때문에 기억되고 있을지도 모른다. 전문가가 아니면 누가 브리소, 베르니오, 가데 및 나머지 사람들의 이름이나마 알고 있겠는가? 보수파에게는 이 시대가 피에 굶주린 히스테리라는 영속적인 테러의 이미지로만 비칠 것"이라고 정리한 바 있다.[15] 와튼이 쓴 롤랑부인 서사 속의 프랑스 혁명 인식은 이 구도에 그대로 부합하고 있었다.

3. 『숙녀귀감淑女龜鑑 교제지여왕交際之女王』과 「불국혁명의 꽃佛國革命の花」 −신여성의 귀감

1) 여성 독자용 번역물

다방면으로 활동한 문학가 쓰보우치 쇼요坪內逍遙, 1859~1935는 *The Queens of Society*에 수록된 18편의 전기 중 롤랑부인 편만을 따로 역술하여 1886년 출간하였다.[16] 당시의 제목은 『랑란부인전朗蘭夫人傳』이었고, 이는 이듬해 『숙녀

---

14 "소수의 사회주의자들과 또는 사회주의적 성향을 보였던 인물을 제외하면 19세기의 역사가들 대부분은 공포정치의 잔혹함이 로베스피에르의 지적·도덕적 결함에 기인한다고 생각"(「옮긴이 후기」, 장 마생, 앞의 책, 733면)했다는 사실에 기댄다면, 19세기 영미권의 저작 *The Queens of Society*가 보여주는 편향된 서술은 특이한 것이 아니었을 것이다.

15 에릭 홉스봄, 정도영·차명수 역, 앞의 책, 166~167면.

16 역자명으로 기재되어 있는 春廼屋朧는 쇼요의 별호이다. 일본의 역자 쇼요의 작업이 *The Queens of Society*에 기반함을 발견한 경위는 다음과 같다. 쇼요가 저본으로 참조한 텍스트의 저자 이름이

귀감淑女龜鑑 교제지여왕交際之女王』으로 바뀐다.[17] '교제의 여왕'은 물론 'The Queens of Society'의 번역이다.[18]

쇼요와 교류가 많았던 후타바테이 시메이二葉亭四迷가 『교제지여왕』의 서문을 작성했는데, 여기서 시메이는 쇼요가 최근 소설 번역이 미진하여 이번에 다시 여장부전을 번역하게 되었다고 언급한다. 쇼요는 『교제지여왕』이전에도 스콧 원작의 『춘풍정화春風情話』1880, 릿튼 원작의 『개권비분개세사전開卷悲憤慨世士傳』1885를 번역한 바 있었으며,[19] 반평생에 걸쳐 셰익스피어 전집을 완역한 인물이기도 하다.

제목은 『랑란부인전』에서 『숙녀귀감 교제지여왕』으로 변경되었으나 두판본의 내용적 차이는 거의 발견되지 않는다.[20] 모든 활자와 페이지까지 동

그레이스(グレース)라는 것까지는 이미 밝혀져 있었다(일본국립국회도서관, 『명치·대정·소화 번역문학목록』, 1972, 707면). 따라서 '그레이스'라는 이름을 단서로 19세기 후반의 마담 롤랑과 관계된 서적을 검토하여 그레이스 와튼(Grace Wharton)이라는 저자명을 발견할 수 있었으며, 서명 'The Queens of Society'가 '交際의 女王'이라는 일서의 제목과 호응함을 알 수 있었다.

17 『淑女龜鑑 交際之女王』이 일본 최초의 롤랑부인전은 아니다. 1876년에 시라세 와이치로(白勢和一郎)가 쓴 『泰西列女伝』이 등장하는데, 여기 실린 19명의 여성 전기 중 「マダム、ローランドの伝」(Madame Roland)이 이미 실린 바 있다. 이 전기의 서구 원전은 현재로서 알 수 없다. 히라타 유미, 「여성의 개주-근대 일본의 '여전'이라는 언설」, 『대동문화연구』 65, 2009, 125면.

18 'Society'를 '사회'가 아닌 '교제'로 번역한 것은, Society에 대응하는 번역어가 하나로 통일되지 않았기 때문이다. Society라는 단어가 일본에서 처음 번역되던 과정에서는 가까운 사람들 간의 '교제'를 지시하는 경우가 대부분이었는데, 이것을 후쿠자와 유키치가 '인간 교제'라는 조어를 사용하여 범위를 넓히게 된다. 특정한 목적을 지닌 이들의 모임을 뜻하는 '社'와 '會'가 합성된 '사회'라는 역어가 제대로 사용되기 시작한 것은 1870년대 후반에 들어서이다.(야나부 아키라, 김옥희 역, 앞의 책, 10~34면 참조) 물론 쇼요의 번역은 1880년대의 것이지만 '교제'와 '사회'라는 역어가 공존했던 이 시점에서라면 얼마든지 후자를 선택할 수도 있었던 것이다. 이 시기의 번역어들은 처음부터 통일되어 있던 것이 아니었기에, 같은 낱말을 번역한 다수의 번역자들의 번역어가 공존하는 과정을 거친 연후에 하나로 수렴되는 양상을 띠게 된다(가토 슈이치, 타지마 데쓰오·박진영 역, 「메이지 초기의 번역-왜, 무엇을, 어떻게 번역했는가」, 『현대문학의 연구』 24, 2004, 495면).

19 쓰보우치 쇼요, 정병호 역, 『소설신수』, 고려대 출판부, 2007, 262~263면.

20 내용상의 차이가 없으므로, 이 글에서는 『交際之女王』의 출간 시점을 『朗蘭夫人の傳』과 동일한 1886년으로 표기하도록 한다. 야나기다 이즈미는 "처음에는 정치의식이 있었던 것 같지만, 머지 않아 『交際之女王』으로 개명하고 있다"(柳田泉, 『明治初期飜訳文學の研究』, 春秋社, 1966, 74

일하다. 다만 후자에서 변경된 것은 제목과 출판사,[21] 그리고 삽화 네 장의 추가뿐이다. 내용의 변경도 없는데, 굳이 제목을 수정한 이유는 무엇일까? 합당한 설명 중 하나는 '숙녀귀감'에서 드러나듯 여성 독자를 더욱 적극적으로 끌어들이기 위한 노력의 일환이라는 것이다. 『교제지여왕』이 출판된 1886년은 일본 사회에서 여성 독자층이 주목받던 때였다.[22] 이미 남녀동권을 학습한 여성들이 봉건규율을 대변하던 '열녀전烈女傳'에 대해 비판의 목소리를 내던 시기이기도 했다.[23] 그들에게는 새로운 모델이 필요했고, 이에 대한 돌파구가 바로 '서구 여성'의 소개였다. 이런 측면에서 야나기다 이즈미가 『교제지여왕』을 당대 일본에서 유행하던 구화주의의 유행에 힘입었다고 소개한 것도 일리가 있다.[24] '숙녀귀감'을 지향한 『교제지여왕』 역시, 크게는 당대 일본인 여성 독자들에게 서구적 모델을 제공하는 흐름 속에 놓여 있었던 것이다.[25]

쇼요의 번역은 기본적으로 *The Queens of Society*의 내용 전개를 따라가고 있지만, 세부적인 텍스트 비교로 들어가 보면 축약이나 삭제가 대량으로 발견된다.[26] 예를 들어 저본에는 어린 시절 롤랑부인의 수도원 시기 및 신앙

면)며 개제(改題)와 역자의 정치의식을 연결짓고 있다.
21 '帝国印書会社'에서 '二書房'으로 바뀐다.
22 특히 1884년의 『여학신지』를 필두로 한 다양한 여성 잡지군은 1880년대를 관통하며 당대 최고의 판매부수를 기록하던 민유샤의 『국민지우』에 필적하는 판매부수를 올리고 있었다(히라타 유미, 임경화 역, 『여성 표현의 일본 근대사』, 소명출판, 2008, 61~62면).
23 위의 책, 67면; 이은주, 「근대 초기 일본의 '여성' 형성에 관한 연구」, 『일본어문학』 38, 2008, 253면 등을 참조.
24 柳田泉, 앞의 책, 74면.
25 그러나 서구 여전이 유행하던 당대의 현상을 두고 단순히 메이지 일본 특유의 서구지향성 정도로 해석하는 것은 옳지 않다. 히라타 유미는 비록 일본 여성을 대상으로 한 서구 여전의 활발한 소개에도 불구하고 그것 역시 결국 현모양처의 상으로 수렴되어 전통적인 '여덕(女德)'의 기준을 재확인하는 논리로 오용되었음을 지적한 바 있다(히라타 유미, 앞의 책, 67~71면 참조).
26 저본의 분량은 총 38면, 역본은 151면이다. 이 차이는 내용의 확대가 아니라 페이지당 글자 수의 차이에서 발생한 것일 뿐이다. 실제로는 전체 분량으로 볼 때 오히려 약 1/3에 해당하는 저본의

의 성숙과 갈등을 다루는 내용이 여러 면에 걸쳐 다루어졌지만, 쇼요는 이러한 내용을 최대한 압축하였다. 특히 쇼요는 결말부에 있는 와튼의 롤랑부부 비판을 전혀 옮기지 않고 글을 매듭지었다. 종교적 색채의 주관적 평가가 일본 여성을 위한 모범으로서 롤랑부인을 소개하고자 하는 의도와 충돌했기 때문일 것이다. 이와 같이 쇼요는 아주 세부적이거나 반대로 지나치게 추상적인 내용, 그리고 원저자의 비판적 태도 등에 있어서는 많은 삭제를 가하였다.

한편 일본 독자가 이해하기 힘들다고 판단되는 고유명사나 용어, 화폐 단위 부분에 대해서는 각주나 괄호 등을 통하여 보충 설명을 제공하고 있다.[27] 그러나 이러한 개입들은 저본의 서사를 좀 더 돋보이게 하는 차원에서만 이루어진다. 롤랑부인 전기로서 *The Queens of Society*가 갖고 있던 기본적 구도나 주요 사건들은 거의 훼손되지 않았다. 와튼의 주관적 태도만 삭제된다면, *The Queens of Society*는 롤랑부인에 대한 정보를 얻을 수 있는 풍부한 원천이었을 것이다. 이렇게 『교제지여왕』은 탁월한 서구 여성을 소개하는 메이지 여성들의 독서물에 최적화된 형태로 역술되었다.

내용이 옮겨지지 않았다. 쇼요는 저본의 거의 모든 페이지에서 삭제 및 축약을 시도했다. 일부 페이지는 10% 정도의 내용만을 생략하는 한편, 어떤 경우에는 거의 페이지 대부분을 번역하지 않기도 한다(예로 56·60·86면). 쇼요의 삭제 및 축약은 매우 광범위하게 이루어졌기에 패턴을 구체화할 수는 없다. 다만 역사적 사건들에 대해서는 대부분 옮겼지만, 추상적인 내용이나 인물 평가 등은 생략하는 경우가 많았다.

27 예를 들면 "마농은 마리의 별명으로 영국에서 마리를 머레이라고 부름. 우리나라에서 오미츠 혹은 오카누를 '미이' 또는 '키이'로 부르는 것과 마찬가지"(쇼요, 5~6면)와 같은 것들이다. 한편 세이 쇼나곤(淸少納言) 같이 일본의 역사적 인물을 예로 들어 서사의 흐름에 직접 개입하기도 한다. "수도원에 오랫동안 틀어박히면 마음에 권태로움을 느낀다고 세이 쇼나곤도 이미 말한 바와 같이, 대부분의 사람은 이와 같은 수도원에 기숙하면서 뜬 구름 같은 세상과 교제의 길을 끊고 오로지 학문과 기도에만 몸을 맡기는 쓸쓸한 거처를 쓸쓸하게 생각할 것이지만"(쇼요, 15면).

2) 정치성이 사라진 혁명 서사

왜 하필 롤랑부인이었을까? *The Queens of Society*만 해도 18명의 여성 전기가 묶여 있었다. 단지 여성의 사회활동에 대한 서구적 모델만을 제시하는 것이라면 단두대에서 삶을 마감한 롤랑부인보다 적합한 인물들이 있었다.

살펴봤듯이, *The Queens of Society* 자체가 프랑스 혁명을 특정 당파에 편중하여 그려내고 있다. 쇼요 역시 혁명파 자코뱅이 명백한 악으로 규정되고 온건파 지롱드의 손을 들어 준 *The Queens of Society*의 정치적 색채를 계승한다. 로베스피에르에 대한 공격적 발언의 경우를 보면, 오히려 저본보다 더욱 신랄하게 서술하기도 한다.

They talked of the Republic. Robespierre asked what a Republic meant. Such a man, with some fine fancies of the beauties of liberty, but selfish and unsympathizing, was just fitted to play the part he afterwards did play without respect for persons or care for friends. He was, in fact, incapable of friendship, as he was insensible to kindness.Wharton, p.70

그러는 사이 혁명의 기운이 점점 성하여져 세상은 공화주의, 민정론民政論으로 더더욱 소란스러워졌다. 로베스피에르는 크게 기뻐하여 내게 기회가 왔구나 하고 벌떡 일어나 돌연히 정치계에 입문하였는데 이로써 이름을 처음으로 알리게 된 로베스피에르는 그 심지가 잔인하고 모질고 무자비하여 인정이 무엇인지를 이해하지 못하고 덕을 입어도 감동하는 일이 없고 은혜를 입고도 기쁘게 여기지 않는다. 그러므로 필경 로베스피에르는 신의와 인애가 무엇인지 모르는 목석과 같은 인간이다. 생각했던 대로 혁명의 초기 뜻하지 않게 국사범들에게 미움을 받아 빼도 박도 못하게 된 와중에서도 롤랑부인은 말할 것도 없고 무조의 자비도 입어 난을 면한 적이 적지 않음에도 언제부터인지 그 은혜를 잊고 후에 이를 원수로 갚는다. 인면수심이란 정말 이를 두고 하는 말이다.쇼요, 81~82면

쇼요의 이러한 '부풀리기'식 로베스피에르 비판은, 지롱드당을 저본의 수준 이상으로 의롭게 묘사하는 대목을 통해서 다시 한번 그 의도를 드러낸다.[28] 쇼요의 번역이 기본적으로 저본의 다이제스트 형태였음에도 편향된 정치적 입장을 필요 이상으로 강조하여 옮겼다는 사실은 쇼요의 적극적 공명을 방증하는 것이다.

쇼요가 프랑스 혁명에 대한 보수적 입장을 내장한 롤랑부인의 전기를 소개한 이유 역시 이 지점에 있다. 프랑스 혁명사에서 급진파를 배척하는 서사는, 『교제지여왕』이 번역되던 1886년을 즈음한 메이지 정부의 입장에서는 반길 만한 내용이었다. 민간의 봉기는 프랑스에게는 과거사였을지 몰라도 일본정부로서는 당면의 사태였다. 1870년대 일본 각지에서 일어난 사족의 반란은 봉건 사회로의 회귀를 욕망하였기에 프랑스 혁명과는 이질적이나, 메이지 초년의 농민폭동은 다분히 문제적일 수 있었다. 이에나가 사부로는 "농민의 불만은 그것이 생활을 직접 위협하는 것이었던 만큼 격렬한 반항으로 표출될 수밖에 없었다"[29]고 설명하는데, 이는 곧 프랑스 혁명의 발생 배경을 연상시키는 것이다.[30] 그러나 프랑스의 경우와는 달리 일본

---

28 와튼, 78면·쇼요, 121~122면.
29 이에나가 사부로, 수유+너머 역, 『근대 일본 사상사』, 소명출판, 2006, 52면.
30 프랑스 혁명의 탄생은 민중의 힘을 동원할 수 있었던 '부루주아' 계층의 합세가 결정적 요인이었는데 일본의 경우에도 자유민권운동을 시작한 '급진 사림'이 존재했다. 1870년대 중반부터 시작된 자유민권운동의 활동은, 소수의 사림과 다수의 농민층의 결합에서 기인했다. 이에나가는 "이러한 기반 위에서 일본 사상사에 유례없는 철저한 민주주의 정치이론이 구축되었다"고 주장한다.(위의 책, 58면) 자유민권운동의 이론적 토대를 마련한 사상가 중 나카에 초민은 프랑스 혁명

의 이러한 노력은 혁명 자체로 연결되지 못했다. 민권운동이 와해된 시기는 자유당이 해산된 1884년경으로 알려져 있다. 이것이 쇼요의 『교제지여왕』 번역 직전의 배경인 것이다.

자유민권운동이 활발하게 진행되던 1870년대 민권론자들에게 프랑스 혁명은 본보기로서 매우 주효한 역사적 사건이었다.[31] 그러나 애초에 민권 론자들의 방향성이 프랑스 혁명의 '혁명적 급진성'이었다면, 자유민권운동 이 몰락한 직후인 1886년에, 온건파 여성을 내세워 혁명의 급진성을 제거 시킨 텍스트를 번역한 쇼요의 선택은 어떤 의미인가? 가라타니 고진은 쇼 요의 『소설신수小說神髓』를 통해 '비정치적 정치성'을 논한 바 있다.[32] 고진에 따르면 문학 이론서 『소설신수』는 "극히 정치적인 입장에서 나온 것"인데, 그 이유는 그것이 결국 자유민권운동의 탄압에 성공한 당시의 정치 체제를 간접적으로 긍정해버린 의미를 내포하기 때문이다. 이로 인해 '정치'민권에 서의 자립은 또 다른 '정치'국권로의 편입이 된다.

에 사상적 배경을 제공한 루소의 『민약론』을 번역하기도 했다.

31 이에나가 사부로는 "그들(자유민권론자—인용자 주)을 한층 더 직접적으로 자극했던 것은 미국 의 독립전쟁이나 프랑스 대혁명과 같은 역사"였으며, "이러한 부르주아민주주의 혁명을 지향한 혁명적 민주주의 사상이 자유민권론의 핵심이었음을 잊어서는 안 된다"고 말한다(위의 책, 60 면). 니시카와 나가오 역시 메이지 유신 후 20년 동안을 일본역사 가운데 프랑스 혁명에 대한 관심이 가장 컸던 시기 중 하나로 지적하며, "프랑스 혁명의 역사는 당시 개혁된 자유주의자와 자유민권을 위해 싸웠던 사람들에게 커다란 격려가 되었다"고 한 바 있다(니시카와 나가오, 윤대 석 역, 『국민이라는 괴물』, 소명출판, 2002, 200면).

32 "일본의 일반적인 문학사를 보면, 쓰보우치 쇼요가 『소설신수』에서 〈권선징악〉을 부정하고 근 대 문학의 이념을 확립했다고 되어 있다. 그러나 그것은 사실 극히 정치적인 입장에서 나온 것이었 다. 〈권선징악〉이라는 말은 에도 시대의 유교적 문학이 아니라 메이지 10년대(1877~1886)에 자유 민권 운동과 밀접하게 연관되어 쓰여졌던 〈정치 소설〉의 경향을 의미하고 있었다. **쓰보우치 쇼요가 말하는 근대 문학의 〈신수(神髓)〉란 그러한 〈정치〉에서 자립하는 일을 의미했다. 그러나 현실 적으로는 자유 민권 운동은 좌절했고 그 대신 겉모양뿐인 헌법과 의회가 세워졌다. 메이지 20년 대의 근대 문학은 자유 민권 투쟁을 계속하는 대신 그것을 경멸하고 투쟁의 내면적 과격성을 전환시킴 으로써 사실상 당시의 정치 체계를 긍정한 것이었다.**" 가라타니 고진, 박유하 역, 「한국어판 서문」, 『일본 근대문학의 기원』, 민음사, 2007, 8~9면.

『교제지여왕』의 집필 시점은『소설신수』와 거의 겹쳐져 있다.『소설신수』에서 쇼요는 '권선징악'을 부정한다. 또한 "인정사태 자체에 대한 공정한 관찰과 충실한 묘사를 지지하고 반대로 작가가 자기 의지대로 이야기를 조작하고 통제하는 행위를 배격"[33]하는 소설의 리얼리즘을 말한다. 한편『교제지여왕』은 '피흘리는 혁명'을 부정한다. 쓰보우치 쇼요는 혁명 세력의 투쟁사 속에서는 리얼리즘을 찾으려 하지 않았다. 그의 번역은 당시의 정치 체제를『소설신수』보다 더욱 직접적으로 긍정하는 맥락이라 볼 수 있다.

3)「불국혁명의 꽃佛國革命の花」 - 같은 독자층, 새로운 원천정보

『교제지여왕』이후 7년이 경과한 시점인 1893년, 도쿠토미 로카는『가정잡지』를 통해 롤랑부인의 전기인「불국혁명의 꽃」1893.12~1894.2을 발표하였다. 도쿠토미 로카는 민유사民友社의 경영자인 도쿠토미 소호德富蘇峰의 동생으로서, 그 역시 민유사에서 활동한 바 있다.「불국혁명의 꽃」이 발표된 매체인『가정잡지』역시 민유샤가 편찬한 것이었다. 이 연재물의 집필로부터 약 5년 후, 로카는 소설『불여귀不如歸』로 성공을 거두고 독자적인 문인의 길을 걷게 된다.

도쿠토미 로카는 1898년 4월에『세계고금世界古今 명부감名婦鑑』이하『명부감』이라는 여성 전기물 모음집을 편찬하는데,「불국혁명의 꽃」이 여기에 다시 포함된다. 총 22명의 여성 전기가 수록된 이 단행본에서,「불국혁명의 꽃」은 첫 번째 순서에 위치하였다.[34]『명부감』의 발간 의도는 로카가 쓴 '예언例言'

---

33 황종연,「노블, 청년, 제국 - 한국 근대소설의 통국가간 시작」,『상허학보』14, 2005, 270면.
34 '예언(例言)'에 의하면, 이 단행본에 수록된 전기물들은 모두『가정잡지』와『국민지우』에서 기존에 연재되었던 글들이다. 수록된 22편의 전기 제목을 차례대로 제시하면 다음과 같다. (1) 프랑스 혁명의 꽃 (2) 늙은 여황(女皇) (3) 톨스토이가의 가정교육 (4) 수라장 속의 천사 (5) 정치가의 아내 (6) 사회개량운동의 어머니 (7)영웅의 아내 (8) 현모(賢母) (9) 무정한 생명 (10) 한 자루의 붓 (11) 화가 (12) 북미의 교육가 (13) 야차(夜叉)얼굴의 보살 (14) 과학의 부인 (15) 서양 마누라의 기질 (16) 오를레앙의 소녀 (17) 명여배우 (18) 유럽정계의 세 여걸

에서 잘 드러난다. 초반부에서는 "오늘날의 급선무는, 하나는 **부인 여러분**의 지기志氣를 진흥할 길을 찾고, 하나는 여러분의 견문을 넓히는 길을 번성케 하는 데에 있다"라고 하며, 마지막 부분에서도 "이 책에서 기재하는 부인들의 내력이 편향되고 지나치게 생략되었더라도, 운 좋게 **자매제현**姉妹諸賢의 눈에 들어 얼마간 마음을 위로하고 흥분시킬 만한 부분이 있다면, 편저자로서 잊을 수 없는 행운이겠다"라며 여성 독자를 전제로 하는 발언을 한다. 이는 『교제지여왕』의 지향점과 일맥상통한다. 제목에서부터 드러나듯이 '숙녀'『숙녀귀감 교제지여왕』나 '부인'『세계고금 명부감』, 즉 여성의 본보기로서 자리매김하는 것이 두 텍스트의 일차적 목표였던 것이다.[35]

전체적인 구성은 *The Queens of Society*나 『교제지여왕』의 전개와 거의 일치한다. 작은 일화들 역시 중복되는 바가 많다. 그러나 「불국혁명의 꽃」에는 『교제지여왕』은 물론 *The Queens of Society*에서도 등장하지 않는 정보들이 삽입되어 있다. 예를 들어, 어린 시절 롤랑부인의 일화에서 언급되는 생 피에르9면, 로마공화정의 인물들 ― 카이사르, 브루투스, 키케로 등 ― 이 서신에서 인용된 것21, 25면, 롤랑부인과 뷔조Buzot의 불륜적 관계를 언급하는 대목39~40면 등을 들 수 있다. 또한 가장 자주 등장하는 고유명사들이 대부분 서로 다른 일본어로 표기되어 있음을 알 수 있다.[36] 「불국혁명의 꽃」은 별도의 정보 수집과정을 거쳐서 나온 결과물이었다.[37]

도쿠토미 로카가 *The Queens of Society* 혹은 그에 준하는 텍스트를 참조한

---

(19) 독여잡록(讀餘雜錄) (20) 나폴레옹의 강적 (21) 우자우매(友姉友妹) (22) 금관의 부인. 로카는 이 전기들 중에서 '오를레앙의 소녀', '과학의 부인', '우자우매(友姉友妹)'는 미야자키 고쇼시(宮崎湖處子), '북미의 교육가'는 미야케 덴수이(三宅天水), '현모(賢母)' 중에 '웨슬리의 어머니'는 오카다 시바사쿠라(岡田紫櫻)가 필자임을 미리 밝히고 있다.

35 「佛國革命の花」가 수록된 『名婦鑑』에 실린 22명의 인물 역시 뛰어난 남편, 아들의 아내이자 어머니였다.

36 예를 들면 다음의 〈표 5〉와 같다.

정황도 있다. 예컨대 롤랑부인이 감옥에서 읽었던 책들을 언급하는 대목을 대조해보면, *The Queens of Society*가 (1) 톰슨의 시, (2) 플루타르크 영웅전, (3) 흄의 영국사, (4) 셰리던의 사전을 순서대로 나열한 것을 쇼요는 일일이 거론치 않았지만, 로카는 정확히 해당 순서대로 기술하였다.[38] 네 종류의 서적이 동시에 동일한 순서대로 인용된 것이 우연일 리는 없으므로, 로카가 쇼요의 일본어판을 건너 뛰어 *The Queens of Society*를 직접 참조했거나, 와튼이 집필과정에서 참조한 원자료 자체를 로카가 활용했을 가능성도 존재한다. 이 중 어떤 경우라 해도 와튼, 쇼요, 로카의 판본은 소스 텍스트를 일정 부분 공유하고 있었다.

4) 급진적 면모와 그 한계

동일한 대상을 다룬다 해도 집필자의 의도나 정치적 성향의 동질성까지 보장되지는 않는다. 그렇다면 로카의 텍스트는 쇼요의 것과 비교해볼 때 어떠한 차별성을 갖고 있을까?

*The Queens of Society*의 경우 혁명 발발 이전까지의 내용이 전체의 45%에

〈표 5〉『交際之女王』과 「佛國革命の花」의 고유명사 번역 비교

구분	『交際之女王』	「佛國革命の花」	구분	『交際之女王』	「佛國革命の花」
롤랑	朗蘭	ローラン	자코뱅	邪コ삥	ジャコビン
마농	麻ノン	マノン	브리소	武リッソウ	ブリッソ
플루타크	ブルタアク	ブルタアーク	로베스피에르	魯ベスビエル	ロベスピール
리옹	里オン	リオン	뷔조	舞ウゾウ	ブゾオ
지롱드	ジロンヂン	ヂロンド	아페이	亞ッペイ	アッペー

37 쇼요와 로카의 롤랑부인 전기 사이에 발표된 롤랑부인 관련 글로는, 「마담 롤랑드夫人의 伝」, 『烈婦登幾子』제22호, 1889.6; 「欧米古今十二女傑列伝 : 롤랑夫人」, 『婦女雜誌』, 1卷2号, 1891.2 등이 있다(히라타 유미, 「여성의 개주―근대 일본의 「여전」이라는 언설」, 『지식의 근대기획, 미디어의 동아시아」, 성균관대 동아시아학술원 동양학학술회의 자료집, 2007, 부록 자료 참조).

38 Wharton, p.81; 쓰보우치 쇼요, 133면; 도쿠토미 로카, 37면.

이르고, 『교제지여왕』도 같은 방식으로 계산해볼 때 41% 이상을 차지한다. 그러나 「불국혁명의 꽃」에서는 이 시기의 기록이 30% 미만으로 줄어들었다. 제목에서부터 '프랑스 혁명'을 내세우는바, 「불국혁명의 꽃」은 혁명기의 롤랑부인에게 좀 더 많은 포커스를 맞추고 있다. 로카의 것은 분량으로만 따지자면 『교제지여왕』의 절반에도 미치지 못한다. 그런데 이 압축된 서사에서 강조된 것은 혁명기의 롤랑부인이었다.

단지 이 시기에 대한 분량만 늘어난 것이 아니다. 로카의 저술에서는 와튼과 쇼요까지 이어지던 보수적 혁명 인식과는 차별화되는 지점이 생긴다. 오히려 혁명을 지향하는 롤랑부인의 성향이 여러 군데 강조되며, 로베스피에르에 대한 비난도 찾아볼 수 없다.[39] 롤랑부인과 관련된 묘사를 예로 들어 보자.

롤랑부인은 즉각 혁명의 전도사가 되어 모든 수단을 이용하여 혁명의 사상을 홍보했다. 롤랑은 리옹 클럽에 들어가 대단히 진력盡力하여, 리옹에서는 혁명당은 롤랑당이라 불리기에 이르렀다. 롤랑부인은 손에 넣을 수 있는 모든 혁명 소책자를 이웃과 도시 가까운 마을에 싸라기눈과 같이 뿌려댔으며, '인간의 권리'라고 인쇄된 품속의 수건을 걸으면서 나누어주었다. (…중략…) 혁명이 일어나고 18개월 사이에 롤랑부인은 혁명론자 가운데 가장 급진적인 자가되었다. 롤랑부인은 오직 그 이상을 향해 똑바로 나아가려 한 것이다. 소요와 무장봉기, 부인은 이를 인민의 천부天賦의 권리라 하고, 오히려 그 수가 적음을 한스러워 했다. 부인은 혁명의 진보를 미온적이라고 생각했다.로카, 18~19면[40]

---

39 『交際之女王』에 총 19번 등장하며 집중적인 비판의 대상이 된 로베스피에르의 이름은, 「佛國革命の花」에서는 총 6번 확인할 수 있을 뿐이다. 게다가 이 6번의 언급 중에서도 로베스피에르만을 잔혹하게 묘사하는 경우는 찾아볼 수 없다.

여기서 묘사되는 롤랑부인은 급진적 혁명론자이며 정부에 대한 날카로운 비판의식의 소유자다. 무엇보다 롤랑부인은 무장봉기와 혁명의 심화를 주장하고 있다. 이러한 묘사는 *The Queens of Society*나 『교제지여왕』에서는 발견되지 않는 새로운 모습들이다.

하지만 여기에는 반전이 있다. 로카의 텍스트에서 나타나는 이러한 변별점에도 불구하고, 내용이 후반부로 흐르면서 혁명의 과격함을 배격하는 태도가 급부상하는 것이다.

> 롤랑부인은 '이젠 왕정을 타도하였다' 하며 우리를 열어 혁명의 맹수를 놓아줘 버렸다. 맹수는 왕정을 물어 쓰러뜨리고 이제는 돌아서서 파수꾼을 향하는구나. (…중략…) 커다란 발걸음을 움직이기 시작한 혁명이라는 거인은 한 발짝 한 발짝마다 속력이 더하여져, 더욱더 포효하고 포효하면서 진정한 공화정과 그 주장자들조차도 발아래 밟고 맹렬히 나아가려 하였다.**로카,** 32~33면**41**

상기 인용문은 로카 자신이 앞서 서술해놓았던 급진적 활동과는 정반대의 내용이다. 그렇다면 먼저 등장하는 급진성에 대한 기술은, 오히려 롤랑부인 자신이 "내가 혁명에 열중했던 것은 당신이 잘 알고 있다. 아, 나는 이것을 부끄러워한다. 혁명은 무도無道 때문에 더럽혀졌다. 혁명이 원망스럽고, 현재 이 위치에 머문 것도 부끄럽기 그지없다"**로카,** 35면와 같이 자신에 대한 질책과 후회를 극적으로 증폭시키는 역할을 하게 된다.

---

40 이 외에도 9~10·18·19~20·21~23면에는 급진적 혁명을 지향하던 롤랑부인의 언행들이 계속하여 등장한다.
41 34면 이하에서도 이러한 태도를 계속 발견할 수 있다.

로카가 혁명의 긍정성에 동의한 것은 '공화정 수립'의 단계까지였다. 최종적으로는 도쿠토미 로카의 「불국혁명의 꽃」 역시 와튼이나 쇼요가 이미 보여준 보수적 혁명관의 자장 안에 머물러 있었다고 할 수 있다. 그러나 로카의 작업으로 인해 롤랑부인에 대한 해석의 지평이 확대되었음을 간과해서도 안 된다. 실제 중국과 한국으로 연이어 유통된 롤랑부인 전기는 로카로부터 시작되었기 때문이다.

4. 량치차오의 『근세제일여걸近世第一女傑 라란부인전羅蘭夫人傳』
  ─혁명을 경계하라

1) 여성의 모델에서 영웅들의 어머니로

량치차오는 1902년 10월, 「불국혁명의 꽃」을 저본으로 한 「라란부인전」을 『신민총보新民叢報』에 발표하였다.[42] 그는 저본의 48개 단락을 32개독자적으로 삽입한 앞뒤의 추가분을 합하면 34개로 축소하였다. 그리고 이 과정에서 대량의 첨삭이 가해졌다. 전역全譯했다고 볼 수 있는 단락은 19개에 불과하다. 특징적인 것은 글의 전반부에 삭제가 빈번히 발생하고 후반부로 갈수록 전역되는 경우가 많다는 것이다. 이는 앞에서 본 로카의 서사 배분과 같은 패턴이다. 다만 이미 압축적이던 로카의 것을 량치차오는 다시 한번 압축했다는 차이

---

[42] 김병철은 량치차오가 쓰보우치 쇼요의 『朗蘭夫人傳』을 번역한 것이라고 설명하였지만(김병철, 앞의 책, 232~234면), 이는 사실에 부합하지 않는다. 강영주 역시 김병철의 논의를 그대로 받아들인 바 있다(강영주, 「개화기의 역사 전기문학1─장지연의 『애국부인전』을 중심으로」, 『관암어문연구』 8, 1983, 88면). 량치차오의 저본을 밝힌 최초의 연구자는 마츠오 요오지다(松尾洋二, 「梁啓超と史伝─東アジアにおける近代精神史の奔流」, 狭間直樹編, 『共同研究 梁啓超─西洋近代思想受容と明治日本』, みすず書房, 1999, 273면).

가 있다.

량치차오가 특별히 세밀하게 번역한 후반부는, 롤랑부인이 자코뱅의 탄압에 굴하지 않는 모습이나 사형의 순간 앞에 의연한 모습 등, 대의를 위해 고난을 감내하는 일화들이 많았다. 량치차오는 초중반의 작은 일화들을 최대한 덜어내었는데, 삭제의 대상이 된 것은 "가정 사정, 구혼자들, 동료, 용모, 연애, 옥중의 소사 등"[43]이었다.

놓치지 말아야 할 것은 바로 저본의 36~38단락에 대한 량치차오의 삭제 부분이다. 글의 후반부에는 삭제나 축약을 거의 하지 않았던 량치차오였지만, 이 대목에서만큼은 대량의 삭제가 등장하기 때문이다. 우선 36단락의 후반부 약 70%는 롤랑부인과 뷔조의 불륜적 관계가 언급되는 대목이다. 본래 로카의 텍스트에서는 그들의 비극적 사랑을 동정의 시선으로 그리지만 량치차오는 전량 삭제를 택한다. 37단락의 경우, 영국의 한 여성이 수감된 롤랑부인을 면회하고서 진술한 내용을 다루고 있다. 이 부분은 기본적으로 전역이라 할 수 있지만 저본과의 대조를 통해 마지막 대목의 문제성을 알 수 있다.

금년 13살 되는, 부인이 가장 사랑하는 딸의 소식을 물으니, 부인은 갑자기 뚝뚝 눈물을 흘리며 남편과 어린 딸을 생각하니 자유의 희생이 되려는 용기도 아내이고 어머니인 감정에 묻혀 가는 듯하다. 순국의 열부는 지금까지 반드시 좋은 아내와 자애로운 어머니가 아니었던 것은 아닌 것이다. 로카, 41~42면

그 13살 된 사랑하는 딸의 소식을 물은즉, 부인이 갑자기 눈물을 머금고 거의 목이 메어 능히 말을 하지 못하니 슬프도다. 그 놀랍고 맹렬한 위엄과 명

---

43 마츠오 요오지, 위의 책, 273면.

성이 온 세상에 진동하는 롤랑부인이 이토록 다정하고 인애한 줄을 누가 알 았으리오.량치차오, 10면

로카의 글은 롤랑부인 또한 아내이자 어머니일 뿐이라는 사실을 강조하는 반면, 량치차오의 역본은 '놀랍고 맹렬한 위엄과 명성이 온 세상에 진동'한다는 영웅의 형상을 전제하고 그 위에 인간적 면모를 곁들이는 형국이다. 이어지는 38단락은 감옥에서조차 의연한 듯했지만 홀로 있을 때는 눈물을 보였던 롤랑부인의 모습이다.로카, 42면 이 역시 량치차오의 개입으로 삭제된다. 연애 스캔들이 있었던 롤랑부인, 평범한 아내와 어머니로서의 롤랑부인, 그리고 홀로 눈물을 흘리곤 했던 롤랑부인. 결국 량치차오는 한 여성으로서의 롤랑부인을 묘사하는 대목을 공통적으로 삭제했던 것이다. 이렇듯 쇼요나 로카와는 달리 량치차오의 롤랑부인전은 신여성의 모델과는 거리가 있었다.

오히려 량치차오가 고려한 주력 독자층은 남성이라고까지 할 수 있다. 량치차오가 독자적으로 삽입한 마지막 부분에는 다음과 같은 언급이 있다.

대개 프랑스의 대혁명은 실로 근세 유럽의 가장 큰 사건이다. 근세뿐 아니라 고금에 없었던 일이다. 유럽뿐 아니라 천하만국에서 없었던 일이다. 수천 년 동안 전제해 온 판을 없애고 백 년 이내에 자유하게 하는 정치를 시작하매 그 여파가 팔십여 년 동안 남았고 그의 영향은 수십여 개 국가에 미쳤다. 수백 년 이후의 역사가로 하여금 이를 인류의 새 기원이 되는 한 기념물로 영원히 삼게 하였다. 어찌 이리도 거룩한가. **이것을 시작한 자는 한 보잘 것 없는 연약한 여자이다.** 그 롤랑부인이 어떤 신기한 힘이 있어 온당파 지롱드당 전체를

지배할 수 있고 프랑스 전국을 지배할 수 있으며, 유럽 전체의 수백 년 동안의 인심을 지배할 수 있었는지 전혀 이해가 되지 않는다.량치차오, 12면

량치차오에게 롤랑부인은 곧 프랑스 혁명의 기원이며, 따라서 프랑스 혁명의 영향력을 받은 유럽 전체가 롤랑부인의 영향권 아래에 있는 것과 같다. 그러나 그가 저본으로 삼았던 「불국혁명의 꽃」은 이러한 화법으로 롤랑부인을 그리지 않았다. 역사적 사실을 참조하자면, 롤랑부인이 정계에 진출하기 이전에 이미 프랑스 혁명은 발발하였고, 더구나 지롱드당의 짧은 집권기 외에는 그가 활약할 수 있는 어떠한 기회도 부여된 적이 없다. 즉 롤랑부인은 프랑스 혁명의 기원도, 완성도 아니었던 것이다. 량치차오의 방식처럼 프랑스 혁명의 세계사적 의의를 강조하는 동시에 지롱드의 인물 롤랑부인을 강조하는 것은 그 자체가 이율배반적이다. 하지만 결국 량치차오의 번역은 롤랑부인을 혁명의 기원으로 둔갑시킨다. 본 장의 서두에 인용했던 대로, 량치차오에게 롤랑부인은 19세기 유럽의 어머니, 곧 나폴레옹, 마찌니, 비스마르크 등의 어머니여야 했던 탓이다.

2) 죽임당한 영웅, 프랑스 혁명의 이율배반

롤랑부인이 영웅의 모태가 되기 위해서는 앞에서처럼 프랑스 혁명의 가치가 극대화되어야 했다. 그러나 량치차오 텍스트의 핵심이라 할 수 있는 결론부는 대부분 프랑스 혁명의 과격성을 비판하는 내용으로 채워져 있다.[44] 량치차오의 글에 나타나는 이러한 이중적 혁명 인식을 어떻게 이해해

---

44 「羅蘭夫人傳」의 가장 큰 특징은 후반부에 독자적으로 추가된 량치차오 자신의 글에 있다. 분량 또한 적지 않아 전체의 17% 정도를 차지한다.

야 할까? 애초부터 프랑스 혁명 속에는 량치차오 본연의 정치적 성향과 충돌하는 지점이 있었다. 이미 1901년부터 량치차오의 프랑스 혁명 언급에는 부정의 수사가 동원된 바 있다. "1789년의 대혁명이 전무후무한 참극을 만들어 내고 그 후에 다시 군주와 백성의 두 파가 전쟁과 싸움을 계속하여 약 수십 년을 서로 일어나 죽이므로 피가 흘러 들판을 덮으니 그 국민의 곤고함과 병듦은……",[45] "홍양洪楊의 변태평천국의 난-인용자이 일어나 60성省을 복종시켜 괴롭게 하고 600여 유명한 성城을 유린하여 그 참상의 잔인함이 프랑스 1789년에 모자라지 않으니……"[46] 등과 같이 프랑스 혁명에 대한 언급은 주로 '피와 잔인함'으로 점철된다. 이는 혁명에 대한 그의 보수성이 최소한 1902년에 주조된 것이 아님을 보여준다.[47] 롤랑부인의 위상이 혁명의 기원에서 혁명의 희생양으로 급격히 변모하는 것은 바로 이러한 량치차오의 정치적 성향과 연관되어 있었다.

> 그러나 롤랑부인은 마침내 이 일로 인해 죽었으니 대저 남편이 몸을 나라에 허락하였다가 나라 일에 죽는 것은 부인의 뜻이었지만, 왕당파나 귀족당파에게 죽은 것이 아니라 평민당파에게 죽었으며, 혁명이 실패하였을 때 죽지 않고 혁명이 잘된 후에 죽는 것은 부인의 뜻이 아니었다. 량치차오, 12면

---

45 「中國積弱溯源論」, 『淸義報』 77~84, 1901.4.29~7.6.

46 위의 글.

47 마츠오 요오지는 량치차오의 정치적 보수성의 강화를 1902년의 코슈트-마찌니-롤랑-카부르의 순으로 게재되는 번역 전기물의 연재 양상 속에서 관찰한 바 있다. 그에 따르면 롤랑부인 전기는 량치차오가 보수적 입장으로 돌아선 경계에 있다(마츠오 요오지, 앞의 글 참조). 그러나 량치차오의 혁명가 전기(코슈트, 마찌니)에서도 이미 반혁명성이 드러나고 있고, 「中國積弱溯源論」에서도 확인 가능하듯 1902년 이전의 프랑스 혁명 서술 역시 보수적 입장을 강력하게 견지하고 있었다.

량치차오는 혁명의 부정성을 강조하기 위해 롤랑부인의 죽음이 비극이라는 것을 거듭 말한다. 와튼, 쇼요, 그리고 로카에게서 공히 발견되던 보수적 혁명 인식은, 량치차오에 이르면 더욱 강화되어 롤랑부인의 삶 자체가 혁명의 부정성을 설파하기 위한 도구로 활용되기에 이른다. 이어지는 결론부의 내용들 역시 대부분 프랑스 혁명과 같은 유혈 사태가 중국에서 일어나서는 안 된다는 것과 혁명 자체에 대한 경각심을 부추기는 언설들로 채워진다. 프랑스 혁명이 "근세 유럽의 가장 큰 사건"이며 "인류의 새 기원"이라던 먼저의 높은 평가는 프랑스와 유럽 각국을 참혹한 지경에 이르게 한 공포의 경험으로 전락한다.[48] 롤랑을 부각하기 위한 맥락에서 프랑스 혁명의 위대함을 강조할 수밖에 없었던 량치차오는, 갑자기 입장을 선회하여 프랑스 혁명의 의의에 대해서 문제를 제기하는 것이다. 같은 글 안에서 혁명의 어머니는 혁명의 희생양이 되고, 자유 정치의 기원적 사건은 참혹한 공포의 기억이 되었다. 다음은 글의 마지막 대목의 일부이다.

> 윗사람이 난리를 두려워하지 아니하면 백성을 어리석게 만들고 압제하는 것으로 해결책을 삼아 난리의 토대를 만들고, 아랫사람이 난리를 두려워하지 아니하면 난리를 말함으로써 마음에 통쾌하게 여겨 공덕을 멸시하며 실력을 양성치 아니함으로 난리의 토대를 만드는지라. 그런즉 난리를 면하고자 할진대 상하가 서로 두려워함을 버리고야 그 무슨 방법이 있으리오.

---

48 "프랑스 대혁명의 참혹한 것은 비록 백 년 이후 오늘날에 우리 동방나라 백성들이 들어도 또한 마음이 떨리거든, 그 당시의 유럽 열국이야 어찌 알지 못하고서 온 유럽에서 분주히 그 뒤를 밟아 지금 19세기의 후반기에 이르기까지 그 풍조가 그치지 아니하였으리오. 대개 백성의 지혜가 한 번 열리면, 고유한 권리와 고유한 의무를 얻지 못하고 다하지 못하고서는 능히 편안하지 못할 줄을 사람마다 다 스스로 아나니, 그때에 프랑스 왕과 프랑스 귀족들이 이 뜻을 알았다면 프랑스가 어찌 이런 참혹한 지경에 이르렀으며 또 그 후의 유럽 각국의 임금과 귀족들이 이 뜻을 알았으면 그 후의 유럽각국이 어찌 이런 참혹한 지경에 이르렀으리오."(량치차오, 13면)

량치차오의 최종 결론은 '난리, 즉 혁명을 두려워하라'이다. 그는 윗사람이든 아랫사람이든 혁명의 토대를 만들어서는 안 되며, 이를 위해 서로가 두려워해야 할 것을 역설한다. 롤랑부인의 이야기를 통해 도출된 이러한 교훈은, 그 자체로 량치차오의 번역이 만들어 낸 새로운 원본성이다.

5. 『근세제일여중영웅 라란부인전』 – 혁명의 재맥락화

1) 여성 독자층의 한국적 조건

량치차오의 롤랑부인 전기인 「라란부인전」이 한국어로 처음 완역된 것은 1907년 『대한매일신보』의 국문판[49] 연재1907.5.23~7.6를 통해서였다.[50] 연재 직후인 동년 8월에는 단행본으로도 출간되었다. 제목은 『근세제일여중영웅 라란부인전』으로서, '여걸'이 '여중영웅'으로 바뀌었을 뿐이다. 신문연재와 단행본 모두 번역자는 제시되어 있지 않으나 내용 및 문체상의 차이가 없어 동일인의 작업이라는 사실이 확실시된다.

『라란부인전』은 당시 여성들이나 서민층에서 주로 사용했던 순국문체로 번역되었다. 같은 예로는 장지연이 번역한 잔 다르크 전기인 『애국부인전』광학서포, 1907이 있는데, 둘 다 여성을 다룬 전기라는 공통점을 지닌다. 그

---

49 시기별 『대한매일신보』의 문체별 분류에 대해서는 김영민, 『한국의 근대신문과 근대소설』, 소명출판, 2006, 65~67면을 참조.

50 완역은 아니었지만 「라란부인전」의 번역은 잡지 『소년한반도』에서 먼저 이루어졌다. 다만 제목이 「자유모(自由母)」인 까닭에 오랜 시간 연구자들의 시선에 포착되지 않았다. 「자유모」는 『소년한반도』가 발행된 1906년 11월부터 1907년 4월 사이의 6개호에 빠짐없이 연재되었다. 『대한매일신보』 연재본과는 달리 국한문체로 번역되었으며, 번역자는 소년한반도사의 초대 사장 양재건(梁在謇)이었다. 「자유모」의 성격에 대해서는 손성준, 「국한문체 『라란부인전』, 「자유모(自由母)」에 대하여 –대한제국기 량치차오 수용의 한 단면」, 『사이間SAI』 31, 2021 참조.

렇다고 해서 전면적으로 '여성독자 전용'이라는 기치를 내걸지는 않았다. 국문을 사용할 수 있는 자라면 누구나 독자가 될 수 있었다.

이쇼셜은 슌국문으로 미우 지미잇게 믄들어 일반 국민의 이국ᄉ샹을 비양ᄒᄂᆫ 칙이오니 이국ᄒᄂᆫ 유지흔 남ᄌ와 부인은 만히들 사셔 보시오.[51]

『대한매일신보』에 실린 이 광고문은 '유지한 남자와 부인', 즉 남녀를 모두 언급하고 있다. 이는 '숙녀귀감', '귀부감'이라는 수식어가 붙어있던 일본의 경우와는 차별화되는 대목이다. 일본의 롤랑부인 전기가 처음부터 여성 독자를 겨냥했다면, 중국과 한국의 경우는 남성 독자를 염두하고 있었다. 그러나 량치차오의 「라란부인전」의 경우 번역을 게재한 『신민총보』의 독자층을 우선적으로 고려했을 것이므로 남성 독자층이 주가 되는 것은 당연하다. 한국어 『라란부인전』은 순국문으로만 발간되었다. 연재된 신문 역시 국문판이었고, 단행본 역시 순국문체였다. 문체가 뚜렷하게 이분화되어 있었던 한국적 상황을 보건대 한국어 『라란부인전』은 중국보다 더 직접적으로 여성독자층을 의식했다고도 볼 수 있다.

위 광고문의 '부인'에 대한 언급에 주목해보자. 일반적인 한국의 전기물 광고에서 여성을 단일한 단위로 의식하는 경우는 없었다. 그것은 국문체와 국한문체 두 가지의 문체로 모두 번역된 전기물의 경우에도 마찬가지였다. 빌헬름 텔의 활약상을 그린 『서사건국지瑞士建國誌』[52]의 신문 광고에는 "**지사**志士의 구국구민救國救民ᄒᄂᆫ 사샹思想과 인민人民의 애국심愛國心을 양셩養成ᄒᄂᆫ

---

51 『대한매일신보』 국문판, 1907.8.31, 4면.
52 국한문체 : 박은식 역, 대한매일신보사, 1907.7 / 국문체 : 김병현 역, 박문서관, 1907.11.

데 긴요緊要한 책자冊子"라는 문구가 있고 『이태리건국삼걸전伊太利建國三傑傳』[53] 광고에는 "유지군자有志君子는 불가부좌우不可不座右에 치置호고 상목常目에 괘掛홀 책자冊子"[54]라고 말한다. 곧 '지사志士' 및 '군자君子' 등 남성을 지시하는 용어만이 등장하는 것이다. 『라란부인전』 광고에서 '부인'의 언급이 특별한 것은 이러한 맥락에서다. 일본어 롤랑부인 전기의 경우 직접적으로 여성 독자를 위한 글임을 드러내지만, 량치차오의 텍스트에서는 오히려 남성 독자의 독서물로서 기능하는 편이 강하고, 한국어판의 경우 남성 독자를 향한 메시지를 염두하되 여성 독자를 고려한 문체를 선택함으로써 중국어 버전과는 또 한 번 궤를 달리한다.

2) 거부된 량치차오의 혁명관

『라란부인전』의 번역 태도를 보면, 내용적으로 개입한 흔적을 거의 찾을 수 없다.[55] 첨삭이 전무한 것은 아니지만 극히 일부에 불과하며 서사의 흐

---

53 국한문체 : 신채호 역, 광학서포, 1907.10 / 국문체 : 주시경 역, 박문서관, 1908.6.
54 『황성신문』, 1907.11.3, 4면.
55 동일 대목을 비교해보자. —嗚呼, 自由自由, 天下古今幾多之罪惡, 假汝之名以行。此法國第一女傑羅蘭夫人臨終之言也。羅蘭夫人何人也, 比生於自由, 死于自由。羅蘭夫人何人也, 自由彼而生, 彼由自由而死。羅蘭夫人何人也, 彼拿破崙之母也, 彼梅特涅之母也, 彼瑪志尼噶蘇士俾士麥加富爾之母也。質而言之, 則十九世紀歐洲大陸一切之人物, 不可不母羅蘭夫人。十九世紀歐洲大陸一切之文明, 不可不母羅蘭夫人。何以故, 法國大革命, 為歐洲十九世紀之母故。羅蘭夫人, 為法國大革命之母故。(량치차오, 1면); —셔문에왈 오호라 ᄌ유여 ᄌ유여 텬하 고금에 네 일홈을 빌어 힝흐 죄악이 얼마나 만으뇨 흐엿스니 이말은 법국데일 여즁영웅 라란부인이 린죵시에 흐말이라 라란부인은 엇던사름인고 뎌가ᄌ유에셔 살고 ᄌ유에셔 죽엇스며 라란부인은 엇던 사름인고 뎌가 나파륜 의게도 어미요 마지니와 갈소스와 비스뮉과 가부이의게도 어미라 홀지니 질졍흐야 말홀진딕 십구세긔의 구쥬 딕쥭에 일졀 일물이 라란부인을 어미 삼지아님이 업고 십구세긔의 구쥬 대륙에 일졀 문명이 라란부인을 어미 숨지아닐수 업도다 무삼연고요 법국의 대혁명은 구쥬 십구세긔의 어미가 되고 라란부인은 법국 딕혁명의 어미가된 ᄭ닭이라흐노라.(라란부인전, 1면)
한편 고유명사의 경우, 국문의 표음어적 특성을 살려 량치차오가 사용한 한자를 한국식 발음대로 옮기는 방식을 사용한다. 인용문상에서도 확인 가능하듯 라란(롤랑), 나파륜(나폴레옹), 매특날(메테르니히) 등은 이 과정에서 생성되는 어휘들이다. 『라란부인전』에서 주요 고유명사의 번역

름과는 무관한 내용들이다.[56]

하지만『대한매일신보』연재본을 보면 중요한 사실이 하나 발견된다.『라란부인전』의 마지막 연재분인『대한매일신보』7월 6일자 내용이 롤랑부인의 처형 및 남편 롤랑의 자살 장면에서 끝나는 것이다. 편집진은 7월 6일자 신문 연재분에 '미완'이라고 표기하여 다음 회를 예고해 놓았다가 다음날인 7월 7일자 '사고社告'를 통해 '완'으로 정정한다.[57] 연재 종결을 공식화한 것이다. 하지만 다음에 이어질 내용이야말로 량치차오가 독자적으로 추가한 저본의 핵심 내용이었다.

만약 이것이 단순한 편집 실수 때문이라면『라란부인전』연재는 최초부터 이 대목까지 예정된 것이라 볼 수 있다. 연재 방침이 긴급히 변경된 것이라 할지라도 편집진이 저본의 마지막 부분을 싣지 않기로 결정했다는 사실에는 변함이 없다. 결국 량치차오가 기술한 이 부분에 대한 의도적 배제가 있었다는 해석이 가능하다. 앞서 논의했듯이, 량치차오의 추가분은 프랑스

양상을 제시하면 다음과 같다.

〈표 6〉『라란부인전』의 고유명사 번역 양상

현대어	중국어	국문 번역어	현대어	중국어	국문 번역어
롤랑	羅蘭	라란	리옹	里昂	리앙
나폴레옹	拿破崙	나파륜	지롱드	狄郎狄士	덕랑덕스
메테르니히	梅特涅	민특날	단통	但丁	단정
마찌니	馬志尼	마지니	플루타르크	布爾特奇	포이특긔
비스마르크	俾士麥	비스믹	루이	路易	로역
카부르	加富爾	가부이	브리소	布列梭	포렬스
호메로스	荷馬	하마	로베스피에르	羅拔士比	라발스비

56 예를 들어 루이 14세가 언급되는 대목에서 량치차오는 "영국에 엘리자베스 여왕이 있던 것이 프랑스에 루이 14세가 있던 것과 비슷하다"(13면)라고 작은 글씨로 보충설명을 달아두었다. 국역판은 총 5회 등장하는 이러한 주석 형태의 설명을 번역하지 않았다.

57 "정오(正誤). 작일 본보 데일면에 긔직ᄒᆞᆫ 쇼셜 라란부인전은 임의 긋치낫스믹 미완을 완ᄌᆞ로 긔졍ᄒᆞ오며 ᄎᆞ호부터 다른 쇼셜을 게재하겟습"『대한매일신보』, 1907.7.7, 1면.

혁명의 부정성을 설파하며 혁명의 공포와 고통에 대한 경각심을 세우는 내용이었다. 『라란부인전』 번역이 독특한 것은 충실한 번역으로 일관하다가 정작 원작자의 목소리가 가장 고조된 부분에 이르러서 대량의 삭제가 시도된 데 있다.

흥미로운 것은, 연재가 끝나고 『라란부인전』이 곧이어 단행본으로 발간될 때는 문제의 추가분을 그대로 번역하여 실었다는 점이다. 이것은 또 무슨 의미일까? 대상 독자의 문제에 있어서, 단행본 『라란부인전』의 독자층은 일간지 『대한매일신보』의 구독자에 비하자면 제한되어 있었을 것이다. 편집진은 더 많은 독자들에게 노출되는 신문 연재물의 경우에만 량치차오의 부정적 혁명관에 대한 의식적인 차단을 가하였다. 단행본 『라란부인전』역시 량치차오의 텍스트를 마저 번역하는 데에 머물지 않는다. 단행본의 경우 – 공교롭게도 량치차오의 방식과 동일하게 – 저본의 내용이 매듭되는 지점부터 독자적으로 추가한 부분이 있었다.

3) 희망으로서의 혁명

한국어판 『라란부인전』에 대한 기존연구는 이 추가부분에 대해서 대체로 적극적인 평가를 하지 않았다. 내용의 소개 차원에서 다루거나,[58] 애국심을 촉구하던 많은 계몽서적들에게서 나타나는 전형적인 패턴 정도로 이해한 것이다.[59] 그도 그럴 것이 이 추가 텍스트의 의도는 애국의 당위성을 천명하는 데 상당 부분 할애되어 있다.[60] 이 때문에 강영주의 경우 "**국역자**

---

58 우림걸, 『한국개화기문학과 량치차오』, 박이정, 2002, 69~70면.
59 강영주, 「개화기의 역사 전기문학1 – 장지연의 『애국부인전』을 중심으로」, 『관악어문연구』 8, 1983, 89면.
60 예를 들면 다음과 같다. "우리 대한 동포도 진실로 능히 그 일동일정과 일언일사를 다 본받아, 그 지개를 품고 그 사업을 행치 못하면 어찌 가히 애국하는 지사라 하며 어찌 가히 국민의 의무라

는 국왕을 처형할 만큼 격렬했던 자유민권운동으로서의 프랑스 혁명의 이념을 제대로 파악하고 있었는지의 여부조차 의심스러울 만큼 이를 차치하고 애국의 이념만을 부각시키고 있는 것"[61]이라는 비판을 가하기도 한다. 물론 이는 사실에 부합하는 설명이다. 하지만 그것은 비단 '국역자'만의 문제가 아니었다. 전 단계의 량치차오는 물론, 일본의 쓰보우치 쇼요와 도쿠토미 로카, 심지어 *The Queens of Society*의 저자 와튼에 이르기까지 모두가 마찬가지였기 때문이다. 지금까지 분석했듯이 이 텍스트들은 정치적 해방 및 민권 운동으로서의 프랑스 혁명을 강조하는 것과는 거리가 있다. 롤랑부인의 생애 자체를 신여성의 모델로서 조명하거나 프랑스 혁명의 중심에 있었던 자코뱅을 비난하는 맥락이었고, 죽임 당한 롤랑부인을 통해 프랑스 혁명을 실패의 사례로 설정하거나 혁명의 폭력성을 강조하는 데 활용되기도 했던 것이다.

한국어 단행본의 추가분은 그래서 이채롭다. 프랑스 혁명을 가장 비판적으로 기술한 량치차오의 텍스트를 저본으로 했음에도 불구하고 혁명적 변화가 한국사회에 속히 일어날 것을 기대하는 언설로 가득하기 때문이다.

내가 이 글을 읽으매 일천 번 감동하고 일만 번 깨닫는 것이 가슴 가운데서 왈칵왈칵 일어나서 마음을 진정할 수 없으나, 오직 그 가장 관계되는 것을 두어 가지 들어 한 번 말하노니 대개 프랑스는 그 때에 한국처럼 부패하고 위급하지 아니하면서도 오히려 큰일을 하루아침에 일으켰고 **부인은 프랑스에서 한**

___
하리오. 사람이 세상에 처하여 진실로 능히 그 의무를 다한 연후에야 바야흐로 가히 사람이라 이를지니, 저 금수와 벌레를 볼지라도 각기 그 성품대로 그 의무를 행하거든 하물며 사람 되고서야 금수와 벌레만도 못하리오. 그런즉 사람의 마땅히 행할 의무라 하는 것은 무엇인가 말하길, 제나라를 사랑함이라."(라란부인전, 39면)
61 강영주, 앞의 글, 89면.

날 시정의 여인에 불과하되 오히려 큰 사업을 천추에 세웠으니, 하물며 이때 이 나라의 선비와 여인들이랴.[62]

'지금의 한국'보다는 오히려 나은 사정이었던 '그때의 프랑스'가 혁명을 일으켰다는 것, 그리고 그 혁명의 시발점이 평범한 여인이었다는 것. 이 두 가지에 대한 강조는 – 역사적 사실 여부를 떠나서 – 호소력을 갖기에 충분했다. 국역자는 량치차오가 프랑스 혁명이 결국 실패했다는 결론으로 독자를 이끌었던 것과는 정반대로, 프랑스 혁명의 '운동성' 자체를 강조하는 지점에서 글을 맺고자 했다. 원래 량치차오의 텍스트가 당대 한국사회에 큰 영향력을 가졌던 것은 그의 저술에서 '자강'과 '애국'이라는 공통의 가치를 쉽게 찾을 수 있었던 데서 기인하는 바가 컸다. 그러나 롤랑부인전의 메시지는 이질적이었다. 한국어 판본의 첨가분이 희망으로서의 혁명을 말하는 것에 포커스를 맞추는 것은 이 때문이라 할 수 있다. 물론 국역판 롤랑부인 전기가 '혁명' 자체의 필요성을 주장했다고는 볼 수 없다. 다만 국역판 추가분의 혁명 담론이 서구 열강의 지위까지 자신들을 끌어올려줄 동력으로 인식되고 있다는 점은 량치차오의 사례와 명확한 대조를 이룬다.

무릇 이 롤랑부인전을 읽는 자여. 여자는 하나님이 나눠주신 보통의 지혜와 동등된 의무를 능히 자유롭게 하지 못하여 집안에 갇혀있던 나약한 마음을 하루아침에 깨트리고 나와 이 부인롤랑부인-인용자으로서 어미를 삼고, 남자는 그 인류의 고유한 활동성향과 자유의 권리를 능히 붙들지 못하여 남의 아래에 있기를 달게 여기는 비루한 성품을 한칼로 베어 버리고 나아와 이 부인

---

62 『근세제일여중영웅 라란부인전』, 대한매일신보사, 1908 재판, 39면.

으로서 스승을 삼아, 이천만인이 합하여 한 마음 한 뜻 한 몸이 된 즉, 대한이 유럽 열강과 더불어 동등하게 되지 못할까 어찌 근심하리오.*라란부인전, 40~41면*

이 글이 발표되던 1907년, 한국의 상황은 분명 암울했지만 역설적이게도 그것이 오히려 희망을 이야기하게 했다. 결과적으로 한국어판의 추가분은 롤랑부인 전기 위에 통국가적으로 드리워져 있던 프랑스 혁명에 대한 부정적 인식을 상쇄하는 효과를 낳았다.

6. 중역 주체의 자의식

본 장에서는 프랑스 혁명기의 여성인 롤랑부인의 전기가 번역 공간을 순차적으로 거치며 어떠한 새로운 의미들을 갖게 되는지를 분석하였다. 혁명에 대한 인식과 여성독자라는 화두를 큰 축으로 하였지만 세부 분석에 있어서 비교의 층위가 체계적이지 않은 것은 본 장의 한계이기도 하다. 다만 이 지점은 어쩌면 비균질적인 원본성의 방증일지도 모른다.

살펴본 바와 같이, *The Queens of Society*에서 정치적으로는 올바르고 재능도 뛰어나지만 신앙적·인격적으로는 부족한 모습으로 형상화된 롤랑부인은, 부정적 요소가 제거된 채 근대 여성의 본보기로 일본에 소개되었다. 그런데 량치차오에 이르면 이 모범적 여성은 혁명의 기원으로까지 거듭나게 된다. 프랑스 혁명의 급진성은 정도의 차이만 있을 뿐 쇼요, 로카 그리고 량치차오에 이르기까지 경계해야 할 대상으로 규정되었다. 특히 량치차오의 경우, 롤랑부인을 혁명의 어머니뿐 아니라 피해자로 묘사하며 이중적 혁명

인식을 보여주기도 한다. 그러나 한국에서는 오히려 량치차오의 보수적 혁명관을 삭제신문하거나, 급진적 사회변화에 대한 기대의 메시지를 첨가단행본하는 양상으로 저본을 변용하였다.

3종의 서구영웅전을 통해 살펴봤듯이 량치차오의 중역은 곧 '풀어서 다시 쓰기'라는 공통된 특징을 가지고 있었다. 그의 방식은 서사와 정보의 재구성과 독자적 교훈의 첨가로 요약된다. 여기서 생각해 볼 문제는 량치차오의 과감한 인물 재설정이다. 그의 번역으로 인하여 롤랑부인의 새로운 형상이 중국과 한국에 전파될 수 있었다. 이러한 변주를 가능하게 했던 동인動因은 무엇일까? 량치차오는 자신이 이미 번역된 대상을 이중으로 번역한다는 사실을 인식하고 있었다. 이러한 중역 주체의 자의식은 저본 텍스트의 종류, 원저자의 권위, 역자의 성격 등에 따라 다른 방식으로 구현될 수 있다. 이보상의 예에서 보았듯이 특정 명제에 대해서는 더욱 공고화하는 경향도 보여준다. 그러나 량치차오의 경우, 이 자의식은 자기 텍스트에 대한 원본성을 강하게 의식하게 만들었다. 서구에 대한 중역은 곧 이름, 사건, 시간, 장소 등에 대한 '정보 공유'로 인식될 수 있었다. 따라서 여기서의 번역은 원본原本과 사본寫本의 관계를 낳는 것이 아니라, 새로운 원본을 창출하는 행위가 된다. 중역적 자의식을 가진 이들은 앞서 번역한 매개자 역시 자신의 필요성을 위해 소스 텍스트를 활용했음을 알고 있었다. 저본이 이미 '훼손된' 상태된 것을 아는 이상, 이 자의식은 나름의 원본성 창출에 추진력을 더한다. 량치차오가 서구영웅전을 연재할 때 한 번도 원저자를 밝힌 적이 없다는 것은 그가 갖고 있던 자기 텍스트에 대한 '원본성 의식'을 반증한다.

따라서 량치차오가 저본으로 삼은 일련의 텍스트들과 교훈의 동질성이 일본의 일부 계열과 일치한다는 이유로, 량치차오가 그 사상적 자장 속에 있었다고 단정할 수는 없다. 량치차오는 전혀 다른 정치적 맥락 속에서 이 절적인 공간을 향하여 '새로운 글'을 썼다. 달리 말하자면, 「불국혁명의 꽃」 이 일본에서 담당하던 사회적 기능과 「라란부인전」이 중국 및 중국인들에게 다가갔던 의미 사이에는 큰 차이가 존재했다. 이 시기의 번역자는 번역으로부터 영감을 얻는 측면뿐 아니라 저본을 철저히 도구적으로 활용하는 태도를 동시에 갖고 있었다.

량치차오의 텍스트가 있는 그대로 한국적 상황 속에 수용될 수 없었던 것 역시 같은 맥락이다. 지금까지 살펴본 량치차오 발 서구영웅전 세 편, 즉 코슈트 전기부터 롤랑부인 전기까지의 한국적 수용을 통해 다음과 같은 문제를 제기해 볼 수 있다. 우선, 량치차오의 정치적 성향과 한국에 미친 영향을 재고할 필요가 있다. 그가 원하는 모델은 사실상 피 흘리기를 거부하는 온건한 개혁자 像으로 고정되어 있었다. 「갈소사전」, 「의대리건국삼걸전」, 「근세제일여걸 라란부인전」은 량치차오가 『민보』의 혁명파 진영과 대립하며 보수적 정치색을 본격적으로 표출하기 이전 『신민총보』가 언론계의 헤게모니를 장악하던 시기의 저작이다. 그러나 그의 인물 형상화 방식은 이미 진보라고는 할 수 없는 방향으로 획일화되어 있었다. 그의 영웅전 중 가장 혁명지향적 인물을 다룬 「갈소사전」에는 '코슈트 아닌 코슈트'가 량치차오의 타협적 메시지를 옹호하며 자리하고 있었고, 「의대리건국삼걸전」의 진정한 주인공은 사실 입헌군주정의 영웅 카부르였으며, 「근세제일여걸 라란부인전」에서 롤랑부인은 결국 혁명에 의해 목숨을 잃는다.

량치차오 관련 연구는 대부분 1902년도의 량치차오를 급진적 성향을 견지하던 시기로 규정한다.[63] 그러나 1902년 초의 그의 첫 전기물 「갈소사전」

---

63 이러한 시각은 리쩌허우(李澤厚)의 량치차오 평가에서 기인하는 바가 크다. 리쩌차

에서 확인할 수 있듯, 이 시점에서 이미 혁명에 대한 그의 방어적 자세는 충분히 노정되어 있다. 그의 이후 저술에서는 그 같은 성격이 점차 전면화되는 것이지 그의 보수화를 모종의 계기에 의한 급격한 전환으로 볼 이유는 없다. 이러한 측면에서 1900년대 후반 한국에서 량치차오의 이름을 내걸고 대량으로 생산되는 논의들이 실제로도 량치차오의 목소리인지는 재검토되어야 한다. 왜냐하면 살펴본 바와 같이 당대 출판물은 내용에 충실하지 않으면서도 량치차오의 이름을 부각시키는 경우가 있었으며, 량치차오의 메시지 자체도 ─ 그가 소개하는 '소재'를 제대로 활용한다는 측면에서는 ─ 만족스러울 만큼 강렬하지 못했기 때문이다. 이는 모두 한국적 상황에서 번역자의 개입 가능성을 증폭시키는 조건들이다.

다음으로, 순국문체 번역과 관련하여 량치차오의 전기물을 살펴보고자 한다. 한문 독자층과 국한문 독자층의 중첩을 감안할 때 새 독자층 확보에 있어서 순국문체 번역이 갖는 의미는 매우 크다. 1907년에서 1908년 사이 한국에서는 1902년 한 해 동안 량치차오가 잇따라 발표한 전기물 세 편을 모두 번역하여 소개했다. 그런데 그중 「갈소사전」만은 순국문체로 번역되지 않은 사례로 남게 된다. 다시 말해서 1908년 이보상이 번역한 이후 『갈

오를 반동과 보수로만 예단해 온 연구자들을 비판하며 량치차오의 글을 1903년 이전과 이후로 나누어, 1902년에 해당하는 『신민총보』 초기 논저들까지에 한해 일종의 면책권을 부여했다. 파괴와 혁명의 정서가 혼재되어 있었던 1902년까지의 량치차오가 오히려 사상계몽 활동에 소홀했던 당시 혁명파보다도 더 진보적인 영향을 일으켰다는 것이다. (리쩌허우, 임춘성 역, 「량치차오와 왕궈웨이에 대한 간략한 논의」, 『중국근대사상사론』, 한길사, 2005 참조) 그러나 코슈트전을 비롯하여 1902년도에 잇따라 발표된 이탈리아의 건국삼걸과 프랑스의 롤랑부인 전기를 그 저본이 된 일본어 저술들과 비교해 보건대, 량치차오는 파괴 및 혁명의 정서를 오히려 저본보다 약화시킴으로써 일종의 자기 검열을 수행하고 있었다. 리쩌허우의 말대로 량치차오가 진보적 영향력을 행사한 것은 상당 부분 진실에 부합한다. 량치차오가 한 차례 걸러냈을지라도 그가 소개한 새로운 지식들은 대단히 다채로웠으며 신선한 자극을 주기에 충분했다. 그러나 그가 진정 1902년 시점에도 혁명주의에 경도되어 있었다면, 자신이 선택한 무기들을 더욱 날카롭게 사용했을 것이다.

소사전』은 변함없이 한문 지식인층의 독서물로만 남겨진 채 명맥을 다했다. 여기에는 여러 요인이 있겠지만 다음과 같은 진단도 필요하다. 대한매일신보사의『라란부인전』은 여성 독자를 염두에 둔 특수한 측면이 있었으며 량치차오의 목소리를 그대로 가져오기보다 저본의 가감을 통해 새로운 의미를 창출했다. 신채호의『삼걸전』은 량치차오가 카부르 중심의 전기로 기획한 것을 혁명가 마찌니 쪽에도 무게를 분산시킨 텍스트였다. 그 새로운 원본성이 일으킨 일정한 반향이 주시경의 국문『삼걸전』번역으로 이어진 하나의 계기가 되었을 것이다. 하지만 애초에 량치차오의 텍스트를 가장 누락 요소 없이 옮겨온 이보상의 번역은 순국문 번역이라는 결과물로 연계되지 못했다. 그것은 결국 이보상에 의해 전달된 량치차오 본연의 목소리가 한국의 독자들에게 인상적인 화두를 던지지 못했다는 사실의 반증이 아닐까. 량치차오의 글을 저본으로 하면서도 2차 독자로 연계되지 못한 유일한 전기물은 아이러니하게도 량치차오의 목소리에 가장 충실한 것이었다.

제3부

지식으로서의 제국 영웅

제1장
비스마르크 없는 비스마르크 전기,『비사맥전』

1. 들어가며

1900년대의 출판물을 개괄해볼 때, 한국에서의 비스마르크 전기는 다소 이른 시점인 1906년에서 1907년 사이에 집중적으로 소개되었다. 특히「비스마룩구청화滿話」의 경우 최초의 신소설로 알려진 이인직의 『혈의 누』와 동시기에 연재될 정도로 등장이 빨랐다. 비스마르크Otto Eduard Leopold von Bismarck, 1815~1898는 근대 동아시아에 소개되었던 어떤 영웅보다도 가장 당대와 가까운 인물이었다. 비스마르크의 모든 업적은 한·중·일이 서구 중심의 질서로 편입되고 있던 19세기 후반부에 성취되었다. 특히 독일제국의 성립은 유례없는 사건으로, 전 지구적 규모의 파급 효과를 낳았다.[1] 이러

---

1   "프로이센이 1866년 쾨니히그래츠에서 오스트리아–헝가리군에게, 1870년 스당에서 프랑스군에게 압도적인 군사적 승리를 거둔 일은 비스마르크의 프로이센을 유럽 대륙의 맹주로 세우고 독일 제국을 창조했을 뿐만 아니라, 프랑스의 군주제에 종말을 선고했고, 교황청의 세속적 권력을 파괴했으며, 그의 나라를 아프리카와 아시아, 오세아니아에 신참 제국주의자로 진출시켰다." 베네딕트 앤더슨, 서지원 역,『세 깃발 아래에서–아나키즘과 반식민주의적 상상력』, 길, 2009,

한 사실은 동아시아의 지식인들에게 두 가지 의미로 다가왔을 것이다. 하나는 비스마르크의 정치술이 '지금 당장' 통용될 수 있는 첨단의 국가 경영 모델이라는 것이고, 또 하나는 '비스마르크'라는 이름 자체에 권위가 깃들게 되리라는 전망이었다.

하지만 익히 알려진 대로, 비스마르크는 보수적 성향의 정치가였다.[2] 민권과 국회를 탄압하던 그의 행적을 고려한다면, 민지民智를 열기 위한 운동이 한창이던 20세기 초의 한국과 비스마르크의 연관성이 쉽게 상상되지 않는다. 뿐만 아니라 그는 침략적 대對아시아 정책을 펼치고 있던 독일제국의 건설자이기도 했다. 그럼에도 불구하고 비스마르크는 한국의 각종 매체에 가장 빈번하게 등장하는 서구인 중 하나였다. 『독립신문』이나 『황성신문』의 비스마르크 관련 기사들은 그에 대한 한국 언론의 관심이 이미 19세기부터 시작되었음을 보여준다.[3] 전기물 역시 활발하게 소개되었다. 한국 최초의 본격적 비스마르크 전기라 할 수 있는 「비스마룩구청화」가 『조양보』에 연재되기 시작한 시점은 1906년 7월이었다. 같은 해 12월에는 박용희가 도쿄 유

104~105면.

2 여기서 보수성이 의미하는 것은 군국주의를 천명하여 왕권을 숭상하고, 민주주의를 상징하는 의회 활동에 대해서는 탄압과 경시로 일관했던 비스마르크의 주장과 태도를 말한다.

3 예컨대 『독립신문』의 경우, 1899년 7월 7일의 「일장 춘몽」이라는 기사에서는 한 인사의 꿈 내용 속에 비스마르크의 보불전쟁 승리가 언급되고, 동년 10월 31일자 「론셜」(논설)에는 비스마르크의 小傳이 실려 있으며, 동년 11월 3일자 「론셜」에서도 역시 비스마르크의 말을 비중있게 인용하여 기자의 논지를 펼치고 있다. 『황성신문』의 경우에도 "德國의 現任總相휜호헨로헤 公은 其職을 坮키 難ᄒᆞᆯ듯ᄒ야 辭職홈이 皇帝의셔도 亦此를 允許ᄒ실 模樣이라 盖其承任ᄒᆞᆯ 者를 求ᄒᆞᆫ듸 皇帝의 猛烈ᄒᆞᆯ 精神을 滿足히할만ᄒᆞᆯ 者ᄂᆞᆫ 故總相比斯麥公의 子比斯麥公아니고ᄂᆞᆫ 其人이 無ᄒ고 且該 公은 皇帝와 不和ᄒ더니 近頃解和홈으로써 德國總相이되리라고 外國新聞의 伯靈通信에 記ᄒ얏더라"(「德國總相」, 『황성신문』, 1900.4.4)라는 '외보(外報)'란의 기사가 있는데, 그 내용은 독일제국의 현재 수상의 역량부족을 지적하며 적임자는 고(故)비스마르크의 아들 밖에 없다는 외국신문의 인용이다. 20세기의 기사들은 훨씬 다채롭다. 예컨대 『대한매일신보』의 경우 외교력을 강조하며 삼국동맹을 이끌어낸 비스마르크를 소개하기도 한다(「天下大勢論」, 『대한매일신보』, 1907.10.29).

학생들의 학회지 『태극학보』에 「역사담歷史譚 비스마ー ㄱ(비사맥比斯麥) 전傳」 이하 「비스마ー ㄱ전」을 게재했으며 또 다른 유학생 학보인 『낙동친목회학보洛東親睦會學報』에서도 완시생玩市生의 연재물 「비사맥전俾士麥傳」이 확인된다. 단행본 전기 역시 국내에서 등장했는데, 보성관 번역원 황윤덕黃潤德, 1874~?이 역간한 『비사맥전比斯麥傳』보성관, 1907.8이 바로 그것이다.

그러나 역사전기물은 주로 구국계몽을 위한 저항적 성격에만 문학사적 가치가 부여되었기 때문에, 제국의 영웅을 주인공으로 내세운 사례는 적극적으로 평가되기 어려웠다.[4] 다만 텍스트의 집중적 생산에는 그것을 가능하게 한 시대적 가치가 자리 잡고 있기 마련이다. 비스마르크의 전기 역시 예외는 아니다. 당시의 여러 인물들이 비스마르크의 삶을 통해서 제시하고자 한 메시지는 과연 무엇이었을까?

본 장에서는 위에서 언급한 박용희의 「비스마ー ㄱ전」과, 황윤덕의 『비사맥전』에 초점을 맞추어 비스마르크 전기물의 한국적 변용 양상을 드러내고자 한다.[5] 박용희와 황윤덕의 텍스트는 둘 다 사사카와 기요시笹川潔, 1872~1946

---

4 애국계몽서사의 반제국주의적 성격과 제국주의 영웅의 전기 사이의 모순 관계는 여러 연구자들이 이미 지적한 바다(예로 김교봉, 「근대문학 이행기의 역사전기소설 연구」, 『계명어학회』 4, 1988, 15~16면). 그렇지만 선행 연구들은 '서양의 국가적 영웅' 혹은 '서구 제국주의 영웅' 등으로 이들 부류를 당시 전기물의 한 갈래로 인정하면서도 분석 대상에서는 배제했다(예로 강영주, 「근대 역사소설의 선행형태-애국계몽기의 전기문학」, 『한국 역사소설의 재인식』, 창비, 1991, 23~25면).

5 『조양보』의 「비스마룩구淸話」는 1898년에 나온 무라카미 슌조(村上俊藏)의 『ビスマーク公淸話』(Charles Lowe, 村上俊藏 譯, 『ビスマーク公淸話』, 裳華房, 1898)를 저본으로 한 것이다. 그리고 무라카미의 텍스트는 찰스 로우(Charles Lowe)의 *Bismarck's table-talk*(Charles Lowe, *Bismarck's table-talk. Edited with an introduction and notes*, London H. Grevel, 1895)를 번역한 것이다. 한편 완시생의 「俾士麥傳」(『洛東親睦會學報』, 제3~4호, 1907.12~1908.1)의 경우 『德相斯麥傳』(廣智書局編譯, 1902)이라는 중국 서적을 번역 대본으로 하고 있다. 『德相俾斯麥傳』은 다른 일본 텍스트에 기반을 두었을 가능성이 크지만, 서론에 등장하는 '商君', '管仲'이라는 중국 영웅들의 언급 등을 볼 때 완시생이 중국어본을 참조한 것은 분명하다. 일본 유학생 학보에 게재했던 버전도 중국어본을 참조한 경우를 확인할 수 있다. 다만 본 장에서는 사사카와의 텍스트에 기반한 사례에 집중한다.

의 『ビスマルック』博文館, 1899(이하 『비스마르크』)를 저본 삼아 역술한 것이다. 이 지점은 '사사카와-박용희' 대 '사사카와-황윤덕'이라는 또 하나의 비교 항을 확보해준다.

2. 사사카와 기요시의 『비스마르크』-'우승열패'의 내면화와 군권君權주의

1) 일본의 비스마르크 수용 배경

메이지 일본이 유럽에서 가장 급속도로 성장한 독일에 관심을 쏟는 것은 당연한 수순이었다. 이와쿠라 사절단의 공식 보고서 『미구회람실기美歐回覽實記』의 국가별 비중을 보면, 미국과 영국 다음으로 많은 권수가 독일10권에게 할당되어 있다.[6] 『미구회람실기』는 "비스마르크의 위명은 세계에 울려 퍼지는 듯하다"고 기록하고 있다. 1873년 3월 15일 일본의 사절단을 공식 만찬에 초청한 비스마르크는 스스로 '소국' 출신이라는 점을 내세우며 소국이 어떻게 강대국을 따라잡고 추월할 수 있는가에 대한 담화를 나누기도 했다.[7]

이상의 맥락에서 이후 일본 사회에 등장하는 대량의 비스마르크 관련 저술들은 기본적으로 비스마르크 및 독일제국에 대한 경탄을 전제로 하고 있었다. 현재 비스마르크 관련 서적 중 독일어 및 영어 전기물이 30권 이상에

---

6 다나카 아키라, 현명철 역, 『메이지 유신과 서양 문명-이와쿠라 사절단은 무엇을 보았는가』, 소화, 2006, 76면. 『미구회람실기』와 관련해서는, 미야지마 히로시, 「'화혼양재'와 '중체서용' 재고-일본·중국과 구미와의 만남」, 백영서 외, 『동아시아 근대이행의 세 갈래』, 창비, 2009 참조.
7 『미구회람실기』三, 329~330면. 다나카 아키라, 앞의 책, 73~74면에서 재인용. 이와쿠라 사절단은 귀국후 보고문에 "프로이센이 영국이나 프랑스보다 훨씬 유용해 보인다"고 진술하기도 했다. Nakai Akio, "Das japanische Preußen-Bild in gistorischer Perpektive", Gerhard Krebs, ed, *Japan und Preußen*, München, iudicium, 2002, p.20. 고유경, 「근대계몽기 한국의 독일 인식-문명담론과 영웅담론을 중심으로」, 『근대계몽기 지식의 굴절과 현실적 심화』, 소명 출판, 2007, 298면에서 재인용.

이른다고 하지만,[8] 이 수치가 그리 놀랍지 않은 이유는 메이지시기 일본의 비스마르크 관련 단행본만 해도 최소 20여 종[9]이 확인되기 때문이다. 비스마르크는 일본에서 거의 최다 빈도로 소개된 서양인이라 할 수 있다.

---

8 강미현, 『비스마르크, 또 다시 살아나다』, 에코리브르, 2010, 16~17면. 이 목록에서 시야에 넣고 있는 몸젠(Wilhelm Mommsen)이나 테일러(Alan J. P. Taylor), 아이크(Erich Eyck), 엥겔베르크(Ernst Engelberg), 갈(Lothar Gall) 등의 비스마르크전과 더불어 비교적 초기 저작인 마륵스(Erich Marcks), 마이어(Arnold Oskar Meyer)의 것도 20세기 전반에 나온 것이다. 그러나 본 장에서 다룰 메이지시기 일본인이 참조한 서구 자료는 앞의 자료들보다 시기상 앞선 것들이다. 단적인 예로 일본 최초의 비스마르크 전기로 추정되는 '卑斯麦格伝' 제1권(ヘゼキール, 仁風館)의 출간은 1874년 4월로, 비스마르크가 독일제국을 수립한 지 불과 3년이 경과한 시점이었다.

9 이 수치는 일본 국회도서관 소장 자료를 중심으로 살펴본 결과이며, 종합 위인전의 일부분으로 묶인 경우는 제한적으로만 포함시킨 것이다. 잡지 『국민지우』나 『태양』 등에도 비중 있는 비스마르크 관련 기사가 존재하나 단행본이 아닌 경우는 수치에 포함되어 있지 않다. 목록은 다음과 같다.
〈전기류〉
1. 卑斯麦格伝. 第1卷 / ヘゼキール. 仁風館, 明7.4.
2. 日耳曼大宰相比斯馬克政略起源 / シイ・ラドリート. 山内瑞円, 明10.1.
3. 独逸国大宰相比斯馬克氏政略溯原 / フレデリック2世. 丸屋善七, 明17.3.
4. 独逸国大宰相比斯馬克候ト碩学ブルンチュリー氏トノ談話 / 梅田六之助. 梅田六之助, 明19.1.
5. 蓋世之偉業 一名 独逸国宰相比斯馬克公実伝 / Bullen, George 著, 山口荘吉 訳, 春陽堂, 明20.6.
6. 比公議院政略 / モリヤ, ゼンベエ ハットリ, フクマツ, 小林新兵衛, 明23.11.
7. 鉄血宰相伝 / 吉川潤二郎, 開拓社, 明30.11.
8. 独逸帝国史 / ハンス・ブルム, 富山房, 明31.10.
9. ビスマーク公清話 / チャールス・ローエ著他, 裳華房, 明31.10.
10. ビスマルック, 笹川潔, 明32.4(世界歴史譚; 第4編).
11. 鉄血宰相語録 / 村上濁浪, 国光社出版部, 明35.8.
12. ビスマルク普仏戦争軍中書翰 / 蜷川新, 快報社, 明37.12.
13. 比斯麦が夫人に与うるの書 / 蜷川新, 国民書院, 明38.2.
14. ビスマルク言行録 / 吉川潤二郎, 内外出版協会, 明41.10(偉人研究; 第50編).
15. 愛の比斯馬克 / 長田秋濤, 春陽堂, 明42.8.
〈관련 서적류〉
1. 欧米各国政党巨魁政談演説集 / 西村玄道, 西村玄道, 明14.12.
2. 国家社会制 / Dawson, William Harbutt, 光吉元次郎訳, 哲学書院, 明25.6.
〈종합 전기류〉
1. 近世世界十偉人 중 鐵血宰相(松本君平) / 松村介石 等著, 文武堂, 明33.2.
2. 歴史講話 중 鉄血宰相ビスマルク / 池田晃淵, 浮田和民, 早稲田大学出版部, 明39.12.
3. 偉人の跡 중 ビスマルクとグラッドストン / 三宅雪嶺, 丙午出版社, 明43.3.
4. 世界偉人伝 중 鉄血宰相の側面 / 福田琴月, 実業之日本社, 明43.7.
5. 世界偉人譚 중 鉄血宰相の少時 / 稲村露園, 富田文陽堂, 明44.10.

사사카와 기요시가 『비스마르크』를 집필한 시점은 1898년 도쿄제국대학 정치학과를 졸업한 직후였다. 그는 쇼우요우松陽 신문사를 거쳐 『요미우리신문』의 기자가 되었으며 1910년부터는 요미우리의 주필로 활동했다.[10] 주로 국가 경영과 관련 있는 사회과학 분야의 책들을 저술했는데,[11] 그중에서도 『일본의 장래日本の将来』는 러일전쟁 이후 일본이 한국 병탄을 비롯해 팽창적 제국주의 정책을 추진하던 시기에 집필되었다. 일본의 국가 이윤 창출 및 국민 통합의 방향을 제시한 이 책에서, 사사카와는 일본 국민이 정신상으로 굳건하게 단결한다면 백인 위주의 세계주의에 맞서 능히 지분을 확보할 수 있으며, 이를 위해 아시아의 여러 나라를 올바르게 선도해야 한다고 주장했다.[12]

그의 첫 번째 저술이었던 『비스마르크』는 하쿠분칸의 전기물 총서 『세계역사담』의 일부로 간행된 것이었다. 『비스마르크』는 이 총서의 제4편에 해당한다. 비스마르크보다 앞서 편찬된 인물은, 제1편의 석가, 제2편의 공자, 제3편의 예수밖에 없었다. 인간을 초월한 존재로 일컬어지는 세 인물 다음으로 비스마르크가 등장한 사실이 인상적이다. 36편에 이르는 전기물의 주인공 목록은 단번에 기획된 것이 아니라 수정을 거듭했기에, 다른 인물들에 비해 앞쪽 순서의 위상이 보다 확고했다고 볼 수 있다.

사사카와가 『비스마르크』 집필에 참조한 자료는 현재 밝혀져 있지 않다.

---

10 勝尾金弥, 「笹川潔」 항목, 大阪國際兒童文學館 編, 『日本兒童文學大辭典』 1권, 大日本圖書株式會社, 1993, 332~333면.
11 사사카와 기요시의 저술을 간행순으로 정리해면 다음과 같다.
 (1) ビスマルック, 博文館, 明32.4(世界歴史譚; 第4編). (2) 財政学, 博文館, 明32.6(帝国百科全書; 第31編). (3) 近世教育史論, 普及社, 明33.4. (4) 日本法制大意, 大日本図書, 明35.11. (5) 大観小観, 弘道館, 明39.3. (6) 日本の将来, 弘道館, 明40.10. (7) 眼前小景, 敬文館, 明45.1. (8) Van Hise, Charles Richard, 笹川潔 譯, 富源保存論, 明誠館書店, 大正6.
12 笹川潔, 「日本の将来」(復刻版), 近代日本社会学史叢書編集委員会, 『近代日本社会学史叢書』 47, 龍溪書舍, 2010, 213~215면.

하지만 본문에 독일어 서적이나 독일인 저자에 대한 언급이 없는 만큼, 주로 영문 자료들이 동원되었을 것으로 보인다. 『비스마르크』 내에서도 찰스 로우Charles Lowe, 1848~1931의 자료가 직접 언급되는 등, 사사카와가 영문서를 활용했던 정황은 쉽게 확인된다.[13] 훗날 그는 영문 서적을 정식으로 번역하여 출판하기도 했다.[14] 특정 저술의 일부를 따로 인용한 점은, 사사카와가 찰스 로우의 저술뿐 아니라 여러 다른 자료를 복합적으로 활용했음을 암시한다. 이 경우 조지 불런George Bullen이나 쥘 오슈Jules Hoche 등의 저서가 그의 참고 대상이 되었을 가능성이 크다.[15]

한편 본문에서 직접 언급되는 영문 텍스트가 하나 더 있다. 바로 토마스 칼라일의 *On Heroes, Hero-Worship and the Heroic in History*이하 Hero-Worship이다. 이 점을 들어 비스마르크의 전기가 칼라일에게서 유래했을 것이라는 추측이 나오기도 했다.[16] 사사카와는 직접 칼라일과 '영웅숭배론'을 거론하며

---

13 "타임즈 기자 찰스 로우는 앞서 비스마르크 전기와 또 근래 '리뷰 오브 리뷰스(*Review of Reviews*, 인용자 주)' 지에 반복해서 기재함으로써 공이 놀랄 만한 외교적 재능을 소유자라는 논지를 세우고 있는데, 그 가운데 필자가 가장 흥미를 느끼는 한 소절이 있어 **번역을 시도해보면**,(이하 생략)" (사사카와, 103면) 사사카와가 찰스 로우라는 특정 저자명을 언급하고, 그의 저술들을 인용하고 있다는 것은 해당 영문 서적을 『비스마르크』 집필에 직접 활용했음을 뜻한다. 스스로도 "번역을 시도"해본다는 표현을 쓰고 있다.

14 1917년에 나온 『부원보존론(富源保存論)』이 그것인데, 이는 Van Hise가 미국에서 발표한 *Conservation of Natural Resources*(1910)에 대한 번역서였다.

15 사사카와가 참고 가능했던 19세기까지의 영문판 비스마르크 관련 전기류는 대략 다음과 같다. George Bullen, *The story of Count Bismarck's life : for popular perusal*, John Camden Hotten, 1871.; Charles Lowe, *Prince Bismarck : an historical biography*, London; New York : Cassell, 1885.; Henry Hayward, *Bismarck intime. The iron chancellor in private life*, D. Appleton and company, 1890.; Charles Lowe, *Bismarck's table-talk. Edited with an introduction and notes*, London H. Grevel, 1895.; Jules Hoche · Charles R. Rogers, *The real Bismarck*, New York, R. F. Fenno & company, 1898.; Moritz Busch, *Bismarck : Some Secret Pages of His History*, Macmillan & co., 1898.; Jules Hoche, *Bismarck at home*, London, Macqueen; Boston, Page, 1899.

16 "비스마르크의 전기가 사실은 칼라일에게서 유래하였음을 알 수 있다."(이헌미, 「대한제국의 '영웅' 개념」, 하영선 외, 『근대한국의 사회과학 개념 형성사』, 창비, 2009, 369면, 각주 15)

다음과 같이 말한다.

가령 칼라일이 그의 영웅숭배론 중에서 쓰고 있는 필봉을 빌려 이 시대의 게르만 민족의 거인을 비평한다면, 비스마르크 공은 확실히 영원히 살아있을 사람, 독일제국은 멸망할지라도 공은 사라지지 않을 것이다. 용감한 철혈정책의 개산開山이여, 위대한 국가사회주의의 조상이여. 당신은 결코 단순히 빌헬름 1세의 충복으로 무덤에 묻힐 사람이 아니었다.사사카와, 120~121면

하지만 '영웅숭배론'의 인용으로 등장하는 이 대목이 실제 *Hero-Worship* 일 가능성은 희박하다. *Hero-Worship*은 비스마르크가 정계에 진출하기 전인 1841년도에 이미 출간된 서적이었다. 칼라일이 후기 저술인 프리드리히 대왕 전기[17]에서 프로이센의 군국주의를 옹호하였으며,[18] 1881년까지 생존해 비스마르크의 활약상을 알고 있었다고 추정할 수는 있다. 그렇다고 해서 *Hero-Worship*과의 연관성이 생기는 것은 아니다. 20세기 중반에 간행된 *Hero-Worship* 판본[19]에서도 비스마르크의 이름은 찾아볼 수 없다. 설령 사사카와가 칼라일의 저작을 접했을지는 몰라도 『비스마르크』의 저본으로 삼지는 않았을 것이다.

한편 사사카와는 필요에 따라 일본어 자료도 참조했을 것이다. 언급했듯 사사카와가 『비스마르크』를 집필하던 시점에는 이미 일본 출판계에 다수의 비스마르크 관련 저작이 유통되고 있었다. 분명한 것은 사사카와가 단일

---

17 *The History of Friedrich II of Prussia, Called Frederick the Great*(1858~65).
18 에른스트 캇시러, 최명관 역, 『국가의 신화』, 서광사, 1988, 237면.
19 Thomas Carlyle, *On Heroes, Hero-Worship and the Heroic in History*, Carl Niemeyer, ed, Univ. of Nebraska Press, 1966.

자료에 기대지 않았다는 점이다. 즉, 그의 비스마르크 전기는 자신의 주장과 해석이 큰 비중을 차지할 수밖에 없었다.

2) 『비스마르크』의 독자적 구성과 객관화 전략

『비스마르크』의 특징 중 첫 번째로 언급해야 할 것은 구성 방식이다. 『비스마르크』는 네 개의 장으로 이루어져 있는데, 일반적인 전기 내용을 제1장 '약력'에서 다루고 제2장 '철혈정략'과 제3장 '국가사회주의'를 통해 정책 관련 부분을 집중적으로 조명한다. 마지막 장인 '비스마르크공☆론論'은, 앞에서 활용하지 못한 에피소드들을 옴니버스식으로 펼쳐놓는다. '약력' 외의 장에서도 전기적 내용들이 등장하므로 전체를 시계열적으로 구성할 수도 있었지만, 사사카와는 이와 같이 주제별로 집중하는 전략을 구사했다. 사사카와 자신도 구성상의 독특함을 의식하여 제1장의 말미에 장章들의 전후 관계를 해명해 두었다.

> 그의 외교에 관한 공인으로서의 일생의 줄거리[梗槪]는 아주 간략히 줄여 이와 같고, 지금 여기에서는 순서에 따라 그 내용의 대요大要를 서술함이 타당하다고 생각되는 하나, 쓸데없는 농담 식으로 넘어갈 우려가 있으므로 이를 제3장으로 넘겨서, 전술한 바와 같이 그가 관직에서 사퇴[掛冠]하게 된 전말을 간략히 적어 신속히 약전略傳의 장을 닫으려고 한다.사사카와, 46면

사사카와는 이렇게 일대기적 기술 방식을 포기하면서까지 정책적 부분을 더 강조하고자 노력했다. 이는 천재 정치가로 명망 높았던 비스마르크의 장점을 부각하기 위한 장치이다. 제2장 '철혈정략'은 외교가로서의 면모를,

제3장 '국가사회주의'는 내정 개혁자로서의 비스마르크를 조명한다. 철혈 재상으로 알려진 비스마르크였기에 쉽게 수긍이 가는 '철혈정략'장과 달리, '국가사회주의'는 일견 비스마르크의 생애와 연관이 없어 보인다. 하지만 사사카와는 사회주의 사상을 일찍부터 접한 인물이었다. 그는 사회주의에 대한 이해를 바탕으로 사회주의 진영과 비스마르크의 갈등을 '국가사회주의'장에서 잘 다룰 수 있었다.[20]

『비스마르크』의 내적 특수성은 저자의 태도에서도 그 일면이 드러난다. 다음은 『비스마르크』의 「자서自序」이다.

언론의 자유, 출판의 자유, 국회의 설립, 교통의 발달, 무릇 이들 사정들로 인하여, 반드시 소위 '사람은 관속에 들어가서야 처음으로 평가된다'는 격언을 파괴하는 바가 많아졌음은 의심할 수 없다. 하지만 내치, 특히 외교라고

---

20 누마나미 누나토(沼波瓊音)가 남긴 1912년에 대한 술회에 사사카와의 '지우'들이 등장한다(「내가 아는 레이운자」, 『이 외길』 중, 야마구치 마사오, 오정환 역, 앞의 책, 629면에서 재인용). 이름이 거론되는 총 7명 중 '고센'을 제외하면 전부 도쿄제대 출신이며 상당수는 하이쿠 단체인 '筑波会'의 회원들(잡지 『제국문학(帝国文学)』을 통하여 활동을 펼쳐 '제국파'로도 불림)이었다. 다만 문학사가 아닌 법학사 출신은 사사카와가 유일했다. 이들의 이후 행보를 보면 극좌파에서 우익 성향의 인사까지 다양하지만 – 지우 중 '레이운자(嶺雲子)'는 다오카 레이운(田岡嶺雲, 1871~1912)으로, 1880년대 자유민권운동에 많은 영향을 받고 고치시(高知市) 내 결사에도 참여했다. 이후에는 비전론 및 좌익운동과 관련된 문필 활동에 집중한다. 1910년 5월 대역사건으로 무정부주의자 고토쿠 슈스이(幸德秋水)가 체포될 당시에도 다오카가 함께 있었던 것으로 알려져 있다. 한편 '고센(枯川)'은 사카이 도시히코(堺利彦, 1871~1933)의 호인데, 사카이는 일본의 대표적인 사회주의 운동 지도자였다. 그는 고토쿠 슈스이와 함께 주전론으로 돌아선 『万朝報』를 퇴사하고 '평민사(平民社)'를 결성한 바 있으며 일본 최초로 『공산당선언』을 번역(1904)하기도 했다. 또 다른 인물 시라카와 리요(白河鯉洋, 1874~1919)는 신문기자 및 중국학자로서 살았으며 '입헌국민당' 계열의 중의원을 지냈다. 그런가 하면, 글쓴이인 누나미 케이온(沼波瓊音, 1877~1927)은 20년대 들어 사회주의 운동의 확산을 우려하고 황실중심주의를 확고하게 천명한 바 있다 – 전반적으로 반정부적 성향이 우세했다(적어도 젊은 시절에는). 그러나 사회주의 진영보다는 비스마르크가 고안한 정부 주도의 정책 실현(국가사회주의)을 긍정한다는 점(사사카와, 86~92면)과 『비스마르크』의 전체적 성격으로 보건대, 사사카와는 이미 청년 시절인 1899년부터 좌익으로부터 거리를 두었다고 할 수 있다.

하는 호걸이 운용運用하는 정략政略에 있어서는, 아직 문외한이 능히 헤아려 알 수 없는 사회 물정의 복잡함에 따라, 또한 점점 더 현저해질 것이다. 그러나 충신이 변하여 간물奸物이 되고 영웅이 화하여 범인凡人이 되는 것과 같은 일들은, 지나간 옛날을 보아 지금과 이후로는 찾을 수 없게 되기를 원한다. 역사가도 아니며 소위 당대의 문사文士도 아니지만, 비스마르크 공 전기를 저작하는 것은 다소 수월하였다. 바라건대 한정된 지면이나마 비스마르크 공을 좇아 그의 권력 보좌[權助]를 논하는 것으로 비난을 피할 수는 없을까.

기해춘단己亥春旦, 칸라이管籟암자 주인 씀

사사카와는 언론, 출판, 교통 등의 영향으로 인물에 대한 평가가 뒤집힐까 우려한다. 위 서문이 작성된 것은 1899년 봄으로, 비스마르크 사후 1년이 채 경과하지 않은 시점이었다. 당시 구미 언론들은 비스마르크에 대해 엇갈리는 평가들을 내놓았다. 사사카와가 세인들이 영웅을 오해할까 걱정하는 것은 이러한 역사적 상황 때문이다. 비스마르크에 대한 여론의 비방들을 의식하고 있던 사사카와는 '중립적 글쓰기' 방식을 택했다. '숭배'의 관점에서 기술된 일부 전기들을 감안한다면 『비스마르크』는 상대적으로 주인공에 대한 거리를 유지하고 있다. 대신, 나름의 논리를 들어 비스마르크를 옹호하는 것이 사사카와의 의도였다.

이로 인하여 사사카와의 주요 논의는 일단 비스마르크에 대한 '부당한' 비판을 소개하는 것으로 시작해, 변론으로 이어지는 패턴을 보인다. 주요 쟁점은 비스마르크가 철혈정책으로 주변국을 희생시켰다는 것과, 국권·왕권을 강화하면서 민권을 억압했다는 비판이었다.

3) 정당화된 주변국 침략, 강자의 사회진화론

사사카와는 프랑스 대사 베네데티의 비스마르크 비판을 인용하며 군대를 앞세워 주변국을 희생시킨 대목을 공론화한다.사사카와, 61~62면 사사카와가 인용하고 있는 이 내용은 비스마르크식의 대외 정책이 갖는 도의적인 한계를 간파하고 있다. 자국의 번영을 위해 주변국을 희생시키는 것은 정당화될 수 없기 때문이다. 그러나 사사카와는 스스로 소개한 베네데티의 비판을 다음과 같은 논리로 반박한다.

> 생각건대 비스마르크는 명백히 게르만 연방통일을 목표로 덴마크, 오스트리아와 프랑스를 희생물로 삼은 사람이다. 무릇 그렇다 하더라도, 인간은 국민으로서 태어난다. 이미 국민으로서 태어난 자가 조국의 영광을 원하지 않고, 조국의 부강을 바라지 않을 이유가 없다. 하물며 우열과 승패는 사회의 통리通理, 적자생존은 인간세상에서 항상 볼 수 있는 것이다. 이것이 공이 궐기하여 외교의 기선을 제압하는 이유이고, 소위 평지에 파란을 조성하는 죄는 모름지기 이를 시대의 추세에 부담시켜야 할 것이며, 공의 책임과는 관계가 없는 것이다.사사카와, 62면

이 내용은 메이지 30년대의 국가주의와 사회진화론의 결합이 대단히 견고했다는 증좌로 손색이 없다. 개인을 무시하고 강대국 건설을 위해 국민으로서의 삶만을 강조하는 화자의 태도는 우승열패, 적자생존의 법칙 속에서 당위성을 획득한다. 결국 사사카와의 비스마르크 변호는 약육강식의 부조리를 '시세'의 책임으로 돌리는 방식이다.

계속해서 사사카와는 비스마르크의 전쟁 도발을 여타 정복형 영웅들의 행위와 차별화한다. "아, 알렉산더의 지략, 나폴레옹의 업적이 위대하다면

위대한 것이지만, 그러한 지략을 기다리고 그러한 업적을 기대하는 것은 단지 영역을 확장하고 판도를 전개함에 있는 것일 뿐, 어찌 평화에 있겠는가. 검은 검이라 하더라도 망령되이 사람을 베고 말을 벤 것은 그들의 검이고, 생명을 보호하고 재산을 온전케 하기 위해 사람을 베고 말을 벤 것은 비스마르크의 검이 아니겠는가."사사카와, 83~84면 여기서는 비스마르크가 수행한 통일 사업의 '평화적 성격'이 제시되었다. 비스마르크의 전쟁은 영토 확장을 위한 침략전과는 달리 평화의 추구 때문이었다는 것이다.

침략적 전쟁 도발까지 자국의 평화를 위한 것이라며 면책권을 주는 언술은, 현재진행형이었던 일본의 주변국 침략 행보를 정당화하는 논리와 흡사하다. 제1회 제국회의1890년에서 일본 수상은 자국의 주권선뿐 아니라, 이익선을 열강으로부터 보호하기 위해 조선을 점령해야 한다는 주장을 펼쳤는데, 청일전쟁 이후에는 그 이익선 자체가 확장되는 양상이 전개된다.[21] 이 구도에서 조선은 일본의 평화와 이익 확보를 위한 디딤돌일 뿐이었다.

4) 군권주의자 비스마르크 – 민권 억압에 대한 합리화

서문에서 사사카와는 "바라건대 한정된 지면이나마 비스마르크 공을 쫓아 그의 권력 보좌[權助]를 논하는 것으로 비난을 피할 수는 없을까"라며 『비스마르크』의 성격을 예고한 바 있다. 비스마르크의 직책을 감안할 때 여기서 '권조權助'라 함은 신하된 비스마르크가 국왕의 권력을 보좌하는 것을 뜻한다. 즉, 비스마르크의 비범한 면모와 역사적 성취들의 의미가 결국 '유능한 충신'의 행위로 규정되는 것이다(옛 일본어 '權助'에는 본래 '남자 종복'의 의

---

21 야마무로 신이치, 정재정 역, 『러일전쟁의 세기 – 연쇄시점으로 보는 일본과 세계』, 소화, 2010, 70~72 · 113~116면.

미도 포함되어 있다).

비스마르크의 역할을 군권君權의 수호자로 규정하는 것은『비스마르크』전체를 관통하는 특징이다. 사사카와는 비스마르크가 "군권주의를 삼가 열렬히" 받든 인물로 묘사하며 선조로부터 이어온 "존왕심의 결과"로 "군권주의를 갈앙渴仰하게 된 것"사사카와, 9면을 구체적으로 기술한다. 이와 관련하여 그는 왕족을 험담하는 무리의 머리에 맥주잔을 내려친 비스마르크의 일화를 소개하며 다음과 같이 덧붙인다. "이 한편의 일화는 그의 존왕심을 증명하고도 남는 것이 아니겠는가. 대저 이미 그의 주의主義가 이러한 고로, 어찌 당시 민권 진작의 추세에 거역하지 않으랴."사사카와, 10면 명료하게 드러나는 비스마르크의 민권 경시 성향에 대해, 사사카와는 "프랑스 혁명에 의해 흔들릴 정도로 천박한 것은 아니었을 것"[22]이라며 오히려 '존왕심'을 두둔하였다. 사사카와는 철혈정략을 설명하는 대목에서 "프로이센 왕실의 신성함을 유지하고 뿌리 내리게 하기 위해서 민권의 진작을 누르고 방지할 힘이 필요함은 의심할 바가 없다"사사카와, 58면라고 강조하기도 했다. 사사카와의 군권주의 옹호는 다음 대목에서 더욱 명확해진다.

그가 국가 절대주의를 휘두르며 극심한 반입헌적 행위를 시도한 것이 바로 이 때였으며, 암살의 표적이 된 것도 바로 이 때였다. 하지만 그는 국회의 맹렬한 저항에

---

22 일본의 전기물 저자들은 프랑스 혁명에 대해 자주 언급한다. 쓰보우치 쇼요, 도쿠토미 로카, 이시카와 야스지로, 다케코시 요사부로, 야나기다 쿠니오, 그리고 사사카와 기요시 등이 여기에 속하는데, 이들의 글에서 프랑스 혁명은 한결같이 부정적으로 묘사되어 있다. 프랑스 혁명에 대한 부정적 인식은 메이지 초기의 정책 입안자의 입장에서부터 발견되기도 한다. 이토 히로부미의 집권 이전 메이지 정부의 핵심 인사였던 오쿠보 도시미치는 이와쿠라 사절단의 의견서에서 "프랑스의 민주정치는 그 흉폭 잔인함이 군주독재보다도 심했다"(방광석,『근대일본의 국가체제 확립과정 - 이토 히로부미와 '제국헌법체제'』, 혜안, 2008, 41면에서 재인용)고 했는데, 이는 물론 프랑스 혁명을 염두에 둔 발언이다.

대해 추호도 굴복하는 기색 없이, 인민의 증오가 일신에 집중되고 위험 직전에 처하고도, 절대 마음을 굽히는 바 없었다. 그가 어느 날 말하였다. '지금 당장 천하의 민심을 달래기 위해서는 내가 먼저 교수대에 올라가는 것이 최선의 계책이다. 하지만 나는 그럴 수 없다. 보라, 불과 몇 년 뒤의 나를. 반드시 나의 명성은 자자해질 것이고 그들의 환영을 받는 지위에 서게 될 것이다'. 그의 자신감은 생각한대로 적중했고, 더욱이 그 선견지명에는 경악하지 않을 수 없다.^{사사카와,}
68~69면

위 인용문은 "비판 제기 → 변론"이라는 사사카와의 서술 방식을 잘 보여준다. 비스마르크의 절대주의적 국정 운용과 국회 탄압 사실들조차 '자신감과 선견지명'으로 비호하는 것이 사사카와의 태도였다. 비스마르크의 존왕주의적 면모, 즉 충신으로서의 정체성을 강조하는 것은 그가 비판 받아 온 반입헌주의, 국가절대주의, 민권 축소 등을 합리화하는 작업이기도 했다. 사사카와에 의해 비스마르크는 '군주의 충복'이라는 정체성을 부여받게 되고,[23] 사사카와는 그러한 비스마르크를 긍정하면서 군권과 민권 사이에서 명백히 전자의 손을 들어주었다.[24] 결과적으로 부국강병만 된다면, 어떤 수단이라도 용인할 수 있다는 입장인 것이다.

한편, 사사카와는 왕의 충복이라는 비스마르크 상을 위협할 만한 부분을 미리 해명하여 자신의 주장을 관철시키기도 했다. 만약 비스마르크가 진정한 존왕론자라면, 새로운 군주인 빌헬름 2세에게도 충성을 다했어야 옳다.

---

23 "독일제국의 재상이라기보다는 사실 차라리 군주의 충복이라고 하는 것이야말로, 어쩌면 핵심을 꿰뚫고 있는 표현"(사사카와, 115면).
24 이어지는 내용 중 사사카와가 칼라일을 인용해 "당신은 결코 단순히 빌헬름 1세의 충복으로 무덤에 묻힐 사람이 아니었습니다"(사사카와, 121면)라고 하는 것은 비스마르크가 그만큼 큰 인물이었다는 존숭의 수사지 비스마르크의 존왕주의를 부정하는 발언은 아니다.

그러나 실상 비스마르크는 자기의 명성을 뛰어넘고자 한 야심가 빌헬름 2세와 대립하는 과정에서 불명예스럽게 해임되었으며, 물러난 후에는 군주와 현 정부를 비방하기도 했다.[25] 사사카와는 자신이 존왕론자로 그려낸 비스마르크가 국왕과 대립한 것에 대해 납득할 만한 이유를 제시해야 했다. 여기서 그는 사이고 다카모리西郷隆盛의 사례까지 동원하며 또 한 번 비스마르크의 선택을 정당화했다.[26]

일본의 엘리트가 존왕론을 지지한다는 것은 물론 당시 천황제에 대한 긍정과 맞닿아 있다. 주지하듯이 일본은 국민국가로 거듭나는 과정에서 천황제라는 특수한 통치 이데올로기를 활용했다. 메이지 30년대에 이르면 이는 일본 사회 속에서 견고한 위치를 확보한다. 1945년 이후 일본 진보적 지식인들은 비합리적 국가 시스템인 천황제에서 패전의 근본 원인을 찾기도 했

---

25 이진일, 「비스마르크–히틀러가 재구성한 철혈재상의 기억」, 권형진 · 이종훈 편, 『대중독재의 영웅만들기』, 휴머니스트, 2005, 369~371면. 독일제국 수립 이후 비스마르크에 대한 현지에서의 영웅화 작업은 본격화되는데, 이는 복합적 배경을 지니고 있다. 비스마르크에 의한 독일 통일은 프로이센 중심의 흡수 통일이었기에, 통일 이후에도 정치적 대항 세력이 상존하고 있었다. 또한 비스마르크가 재위 기간 취한 신교 중심의 사회 통합 정책으로 인하여 카톨릭중앙당 세력이 정적이었을 뿐만 아니라, 새로 즉위한 빌헬름 2세와의 불화로 인해 친군주 세력의 반발도 있었다. 이상의 요소들로 인하여 비스마르크 숭배 작업은 비스마르크와 이해관계가 같은 민족자유당(die Nationalliberalen)에 의한 대항 전략으로 수행되었다. 정상수, 「비스마르크–프리드리히와 히틀러 기억과의 전투」, 『영웅만들기–신화와 역사의 갈림길』, 휴머니스트, 2005, 322~325면.

26 이 사례를 들어 공의 존왕심을 의심하는 자는 예컨대 세이난전쟁(西南戦争 : 1877년 일본 서남부의 가고시마의 규슈 사족인 사이고 다카모리를 앞세워 일으킨 반정부 내란)을 두고 난슈(南洲 : 사이고 다카모리의 호)의 불충을 논하는 것과 유사하며, 식자들은 이에 동의하지 않을 것이다." (사사카와, 116~117면)
사이고 다카모리는 관직에서 하야한 뒤 중앙정부에 대한 무사 계급의 반란으로 일어난 세이난전쟁을 주도하다 결국 자결한 인물이지만, 천황 중심의 왕정복고 실현에 결정적 수훈을 세운 유신의 영웅으로 여겨졌다. 사사카와는 일본인들이 사이고 다카모리의 반역을 당시의 정부에 대한 의분이었을 뿐, 천황에 대한 불충이 아닌 것으로 인식하고 있다는 점을 영리하게 이용하며 비스마르크의 반(反)군권적 행동 역시 정당화했다. 이어지는 대목에서도 빌헬름 1세와의 일화를 소개하며 일본사의 흐름과 함께 비스마르크의 존왕심을 드높인다. "이 순간의 광경은 실로 공의 인물됨을 설명하고도 남음이 있다 할 것이다. 히로시마의 대본영에 시중드는 첩을 데리고 돌아가는 사람은 이 대목에서 다소 부끄럽게 여기지 않을 수 없으리라."(사사카와, 118면)

지만,[27] 이데올로기가 원색적으로 작동하고 있던 시기에는 목소리조차 나오기 어려웠다. 이러한 측면에서 사사카와의 '충신 비스마르크' 형상화는 천황제를 중심으로 하는 메이지 일본의 특수한 국가주의와도 연동되어 있었다.

3. 박용희의 「비스마─ㄱ 전傳」—시세에 대한 경계와 국민정신

1) 박용희의 번역과 그 의도

1885년 서울에서 태어난 박용희는 태극학회의 설립시기부터 활발하게 활동한 인물이었다. 그는 태극학회의 전신이었던 일본어 강습소 설립부터 상호尚灝, 장응진張膺震 등과 함께 행동했다.[28] 『태극학보』 제2호1906.9 「본회회원명록本會會員名錄」을 보면, 박용희는 회장이자 발행인 장응진張膺震과 부회장 최석하崔錫夏 바로 아래로 분류된 평의원 6인 중 한 명이었다.[29] 같은 호 '회원소식'란에는 "본년本年 구월학기九月學期에 각各 학교學校 회원會員 입학入學"이라 하여 6명의 입학 정보를 소개하고 있는데, 이 중 "회원會員 박용희씨朴容喜氏는 제일고등학교第一高等學校에 입학入學ᄒ다"라고 소개되었다. 그가 입학한 도쿄의 제1고등학교는 교토의 제3고등학교와 더불어 넘버스쿨 중에서도 엘리트들이 모이는 곳으로 유명했으며[30] 기본적으로 제국대학 입학 전 예

---

27 야스마루 요시오, 이원범 역, 『천황제 국가의 성립과 종교변혁』, 소화, 2002, 14면(「역자의 말」).
28 한시준, 「국권회복운동기 일본유학생의 민족운동」, 『한국독립운동사연구』 2, 1988, 36면.
29 金志侃, 全永爵, 金鎭初, 李潤柱, 金洛泳 등과 함께 이름을 올리고 있다. 『태극학보』 제4호 (1906.11.24)의 雜報에는 기존 평의원 6명 외 申相鎬와 文一平이 추가되어 8명이 기재되어 있다. 그 아래 사무원 5명, 회계원 1명, 서기원 3명, 사찰원 3명, 일반 회원 47명이 더 기록되어 있는 것으로 보아 태극학회 내에서 박용희가 차지하는 비중은 큰 편이었다. 『태극학보』 제3호 (1906.10)의 회사요록에는 "九月 二十四日 任員會를 開ᄒ고 太極學校 規則을 改定ᄒ 後에 全永爵 氏로 校監 朴容喜氏로 幹事를 撰任ᄒ다"라 하여, 조직 개편 중에 박용희가 '간사'라는 직책을 추가로 맡았음을 알린다.

비교육 차원의 역할을 맡는 유망한 교육기관이었다. 제1고등학교를 거친 박용희는 도쿄제국대학 정치학과를 졸업하게 된다. 귀국 후 1914년에 조선총독부 내무부 산하 지방국 제1과에서 속屬, 1915~1916년에 경성전수학교에서 교유敎諭라는 관직을 맡은 기록이 남아있다.[31]

박용희가 『태극학보』에 게재한 글 중 연재물을 추려보면 다음과 같다.

〈표 1〉 『태극학보』 소재 박용희 연재 글

구분	원제목	게재 호(횟수)	기간
1	歷史譚 클럼버스傳	제3호~제4호(2회)	1906.10~1906.11
2	歷史譚 비스마-ㄱ(比斯麥)傳	제5호~제10호(6회)	1906.12~1907.5
3	海底旅行[32]	제8호~제21호(11회)[33]	1907.3~1908.5
4	歷史譚 시싸-(該撒)傳	제11호~제14호(4회)	1907.6~1907.10
5	歷史譚 크롬웰傳	제15호~제23호(9회)	1907.11~1908.7

「해저여행」을 제외한 박용희의 연재물은 전부 '역사담歷史譚'이라는 명칭이 붙어 있다. 박용희가 애초 「비스마-ㄱ전傳」의 저본으로 참조한 사사카와 기요시의 『비스마르크』는 하쿠분칸이 편찬한 『세계역사담』 총서의 일부였다. 이 총서명 '역사담歷史譚'은 박용희의 모든 전기물 앞에 위치한 것과도 일치한다.[34] 역사담 시리즈는 콜럼버스 전기의 첫 번째 편을 1회로 하고 크롬

---

30 오오누키 에미코, 이향철 역, 『사쿠라가 지다 젊음도 지다』, 모멘토, 2004, 246면.
31 출생년도 및 도쿄제대 관련 정보 이하는 국사편찬위원회 한국사데이터베이스 중 '한국근현대인물 자료' 참조.
32 「해저여행(海底旅行)」은 『해저2만리』의 저자로 잘 알려진 쥘 베른(Verne, Jules Gabriel, 1828~1905) 원작 *Vingt mile lieus les mers*를 부분 번역한 것으로, 박용희가 저본으로 삼은 것은, 이헤이 산지(太平三次)의 『오대주중해저여행(五大州中海底旅行)』이었다.(김종욱, 「쥘 베른 소설의 한국 수용과정 연구」, 『한국문학논총』 49, 2008, 63면)
33 『태극학보』 제12·17·19호에는 「海底旅行」 연재가 누락되어 있다.
34 박용희가 비스마르크 전기보다 앞서 집필한 콜럼버스, 나중에 집필한 율리우스 시저와 크롬웰 전기 역시 박문관(博文館)의 『세계역사담』 제10편과 제33편을 참조한 것이다. 각 권의 서지사항은 다음과 같다. 桐生政次, 『閣竜』, 1899.12(世界歷史譚; 第10編); 柿山淸, 『該撒』, 1902.2(世界歷史譚; 第33編); 松岡國男, 『クロンウェル』, 1901.7(世界歷史譚; 第25編).

웰 전기의 마지막 편을 21회로 하여『태극학보』상에 고정 게재되었으며, 세 차례의 누락이 있는 「해저기행」과는 달리 중단된 적이 없었다. '역사담'은 박용희의 주력 집필 대상이자,『태극학보』전체에서도 주요 연재물이었다 고 할 수 있다. 「비스마ㅡㄱ전」은 태극학회의 기관지『태극학보』의 제5호 1906.12부터 제10호1907.5까지 총 6회에 걸쳐 연재되었다.

「비스마ㅡㄱ전」의 저본은 밝혀지지 않은 상태였으나,[35] 그것이 사사카와 의『비스마르크』임을 확인하는 것은 어렵지 않다. 다만 박용희의 번역 태도 는 통상의 범주에서 멀찍이 이탈해 있었다. 그는 사사카와 텍스트의 일부 정보만을 활용하였고, 그것마저 자신만의 독자적 메시지를 전하기 위한 재 료로 삼았다. 다음을 통해 확인해보자.

〈표 2〉『비스마르크』와 「비스마ㅡㄱ전」의 구성 비교

사사카와 기요시,『비스마르크』(121면)			박용희, 「비스마ㅡㄱ傳」(24면)		
목차	분량	비율	연재 구분	분량	비율
(第一) 약력	17면	14.1%	1회(제5호)	4면	16.7%
	14면	11.6%	2회(제6호)	3면	12.5%
	24면	19.8%	3회(제7호)	5면	20.8%
			4회(제8호)	6면	25%
(第二) 철혈정략	28면	23.1%	5회(제9호)	2면	8.3%
(第三) 국가사회주의	9면	7.4%	6회(제10호)	4면	16.7%
(第四) 비스마르크 공론	29면	24%			

『비스마르크』와 「비스마ㅡㄱ전」의 면당 글자수는 비슷한 수준이므로 121면과 24면의 차이는 그 자체로 상당하다. 그런데 박용희는 121면을 단 순히 24면으로 축약한 것이 아니다. 음영을 넣어 표시한 「비스마ㅡㄱ전」의

---

35 "이 역서는 아직까지 원저자 미상이어서 그 원류와 수용태도를 알 길이 없으나"(김병철,『한국근 대 번역문학사 연구』, 을유문화사, 1975, 222면).

제4회 연재분은 아예 사사카와의 텍스트와 무관하기 때문이다. 즉 박용희의 24면에는 추가분까지도 포함되어 있다. 게다가 나머지 연재분 역시 박용희의 창작 분량이 존재했다. 고도의 압축과 새로운 내용들의 첨가는 원텍스트상의 메시지를 무화無化시키고 주인공의 상像을 뒤흔들기에 충분했다. 엄밀히 말해『비스마르크』는「비스마━ㄱ전」에 있어서 번역 대본이라기보다 참고 자료 정도였다.

박용희는 연재의 첫 부분에 이 글을 쓰게 된 이유를 제시해두었다.

구우대세區宇大勢가 순환무궁循環無窮에 인생기회人生機會가 역수이변천亦隨而變遷일시 승시이활동자乘時而活動者는 류방무궁流芳無窮ᄒ고 괴기이망라자乖機而網羅者는 류취만대流臭萬代ᄒᄂ니 하기세태무정지심호何其世態無情之甚乎아. 저지著者가 어사於斯에 불능금일편개세지루不能禁一片慨世之淚가 용종우수이방황여유실龍鍾于袖而彷徨如有失이라가 빙억십구세기구주굴지지철혈정략가차공지사업憑億十九世紀歐洲屈指之鐵血政略家此公之事業ᄒ고 분연기무이장소단우奮然起舞而長嘯短吁ᄒ니 시時에 사린四隣은 적막寂寞ᄒ고 월광月光은 몽롱朦朧ᄒ데 객사客思는 경경耿耿ᄒ고 추풍秋風은 소슬蕭瑟이라. 배등궤좌排燈跪坐ᄒ고 열람비공전閱覽比公傳ᄒ니 당시當時 보로사국普魯斯國 국세國勢가 방불간현금동아형편彷彿干現今東亞形便이라. 여여余가 익유감우차益有感于此ᄒ야 직역공전이비아동포直譯公傳而俾我同胞로 주의우차注意于此ᄒ노라.[36]

인용문은 대세의 흐름에 올라탄 자는 흥하고, 낙마한 자는 대대로 망할 수밖에 없는 냉정한 세태를 먼저 논하고, 그 시세를 적극 활용한 비스마르크를

---

36 「비스마━ㄱ(比斯麥)傳」,『태극학보』 제5호, 1906.12, 22면. 이하 출처는 인용문과 함께 약식으로 부기함.

귀감으로서 소개한다고 말한다. 사사카와는 시세를 활용했던 한 영웅의 긍정적 면모를 부각시켰으나, 박용희는 시세의 폭력성을 경고하는 것을 주지로 삼는다. "당시 프로이센의 국세가 거의 지금의 동아시아 형편이라. 내가 이에 느끼는 바가 있어 비스마르크 공의 전기를 직접 번역하여 우리 동포로 하여금 그것을 주의하게 하노라"와 같은 방어적 의도는 사사카와의 『비스마르크』에서는 읽어낼 수 없는 것이었다.

2) 존왕론자 면모의 약화, 무대에서 내려온 비스마르크

이와 같은 박용희의 저술 방향에도 불구하고 애초에 비스마르크는 '약자'의 주의력 환기를 위해서는 적합한 도구가 아니었다. 20세기 초의 서구 영웅전에서 주인공과 역자의 메시지 사이의 괴리가 클 경우, 균열은 캐릭터 쪽에서 발생한다. 박용희는 사사카와의 비스마르크 관련 서사들을 대량으로 생략하거나 변용하였다. 여러 차이 중 하나로 우선 사사카와의 강조점이었던 '군권주의자로서의 비스마르크'를 들 수 있다.

당시 비스마르크는 이미 포메라니아 선출의 대의사代議士로서, 프로이센 국회에 참석하여 군권주의를 삼가 열렬히 받들며, 의사당의 일각에 걸출한 인물이었다. ① 애초에 비스마르크가 군권주의를 갈앙渴仰하게 된 것은 그의 선조로부터 이어내려온 존왕심의 결과였겠지만, 생각건대 의심할 바 없이 그의 모친은 브란덴부르크 왕가를 가까이에서 모셨고 장차 독일황제가 된 빌헬름 또한 당연히 그의 어머니를 경모敬慕해주신 사실이 있으므로, 그의 어린 마음에 품었던 존왕심은 프랑스 혁명에 의해 흔들릴 정도로 천박한 것은 아니었을 것이다. 그가 일찍이 나폴레옹 1세의 말발굽 아래 프로이센이 유린당함을 분개한 것은 틀림없는 사실로,

왕실의 쇠퇴를 만회하겠다는 마음이 잠시도 머리에서 떠나지 않았음은 매우
명백한 것이었다. 사사카와, 9~10면

> 공소公이 포베라니아 대의사代議士로 보국普國 국회國會에 참렬參列ᄒ야 중의衆議
> 를 압도壓倒ᄒ고 군권주의君權主義를 열심주장熱心主張ᄒ니라. 공소公이 차此 군권주
> 의君權主義를 주장主張흠은 석대昔代에 보국普國이 나파레온 일세一世 마제馬蹄에 유
> 린蹂躪되고 ② 보국普國 국민國民이 나파레온 일세一世에게 분명奔命흠을 불승不勝ᄒ야
> 도탄塗炭에 몰화沒畫 흠을ᄒ야 모양某樣 보국普國의 국권國權을 회복回復ᄒ고 황실皇室의
> 실력實力을 실현實現케 ᄒ야 ③ 파리성하巴里城下의 맹약盟約을 체결締結코자 ᄒᄂᆫ 만강
> 혈滿腔血이 조차지간造次之間이라도 불망不忘흠이더라. 박용희, 제5호, 23~24면

위 인용문은 사사카와가 군권주의자 비스마르크를 처음으로 묘사한 대
목과 그에 대한 박용희의 번역이다. 박용희는 존왕적 성향의 배경이 된 비
스마르크의 가정 환경과 프랑스 혁명에 빗댄 존왕심 옹호 대목은 옮기지 않
은 반면①, 나폴레옹 1세에 대한 원한과 국권 회복에 대한 각오 등은 첨가했
다②, ③. 이 조치로 인해 군권론자로서의 비스마르크를 재현하려던 사사카
와의 초점은 '국권 회복'으로 전이된다. 박용희는 이어지는 2면 이상의 군
권론자 비스마르크 관련 내용 역시 외면했다.[37] 이상은 군권주의 자체를 긍
정한 사사카와의 입장과 확연히 엇갈린다. 박용희는 국민의 정신적 담합을
무던히 강조했지만 '군권'을 그 구심점으로 삼지는 않았던 것이다.

그는 사사카와가 형상화한 비스마르크의 성격을 변주했을 뿐만 아니라

---

[37] 예컨대 맥주집 일화나 "그가 민권확장 운동을 사갈(蛇蝎) 보듯이 싫어하게 된 깊은 이유가 여기
에 있다고 할 것이다"(12면)와 같은 서술들을 옮기지 않았다.

전반적으로 비스마르크의 존재감 자체를 약화시켰다. 프로이센이라는 국가는 나폴레옹의 압제를 극복한 역전의 서사를 보유하고 있었지만 정작 비스마르크 개인은 실패 없는 천재 정치가로서의 위상이 압도적이었다. 「비스마―ㄱ전」이 주인공에게 초점을 맞출수록, 약자의 입장에서는 감정이입이 어려웠으며 시세의 폭력을 고발하는 박용희의 기획 의도도 약화될 수밖에 없었다. 이에 박용희는 비스마르크의 천재성과 역사적 성취에 대한 찬양을 대부분 생략하거나 축소하게 된다.[38]

이렇게 박용희의 「비스마―ㄱ전」은 철저하게 저본의 설정 자체를 허물고 자신의 목소리로 대신 채워 넣게 된다. 그렇다면, 박용희가 채워 넣고자 했던 것들에 대해 살펴보자.

3) 철혈정책의 변용과 사회진화론의 양면성

〈표 2〉에서 제시했듯이 본래 총 28면에 이르는 사사카와의 「철혈정략」은 박용희의 텍스트에서는 불과 2면 정도로 압축되었다. 박용희는 「철혈정략」 챕터 자체를 연재 5회분에 넣었다. 바로 그 앞 연재분인 4회의 제목은 "비스마―ㄱ比斯麥傳 附"였으며, 「철혈정략」을 옮긴 5회분 역시 "比斯麥傳附 續"이라 되어 있었다.[39] 사사카와가 철혈정략 부분을 독립시킨 이유는 임팩트를 더 강하게 하기 위한 것이었지만, 박용희는 철혈정책 파트의 대부분을 생략

---

38 사사카와, 40~41·53·91~92·94·103·105·100~102면 등에 등장하는 각종 비스마르크 예찬은 박용희의 「비스마―ㄱ傳」에 옮겨지지 않거나 소략된다.

39 마지막 연재인 6회분에서는 "府"자가 사라지고 다시 그냥 "比斯麥傳 續"으로 바꿨지만, 결정적으로 부록의 시작인 4회부터 마지막회까지는 내용의 전환마다 '其一, 其二, 其三……'과 같이 일련의 연속 번호와 함께 소제목을 부여하여 사실상 4회부터는 모두 부록이라는 것을 알려주고 있다. 철혈정책 부분을 역술한 연재 5회분에는 '其五'가 붙어있고(참고로 '其五'의 제목은 '鐵血政略의 所自出'이다) 6회에서 '其六'까지 이어진다. 이는 연재 번호가 아니라 제4회에서 '其一'부터 '其四'까지가 이미 등장했기에 순서상 그러한 것이다.

했을 뿐 아니라 여러 부록 중 하나로 처리했다. 실상 비스마르크 하면 바로 떠오르는 수식어 자체가 '철혈재상'인 만큼,[40] 이러한 양상은 의외라 할 수 있다.

그러나 박용희가 「철혈정략」을 통해 강조하고자 한 부분도 존재했다. 그가 무엇을 옮기고 옮기지 않았는지를 아래와 같이 정리해보았다.[41]

〈표 3〉 박용희의 「철혈정략」 번역 양상

구분	第二 鐵血政略 (사사카와 기요시)	박용희
1	청년 시절의 게르만 통일에 대한 포부와 관련된 일화	×
2	민권반대와 군대의 힘 강조	×
3	철혈정책의 의미와 역사적 맥락	○
4	프랑스 대사의 비스마르크 비판과 그에 대한 사사카와의 반론	○
5	1853년 크림전쟁 시기 프로이센과 오스트리아 관계와 비스마르크	×
6	1861년 빌헬름 1세 집권, 의회 해산, 비스마르크 재상 취임 연설(철혈정략 천명)	○
7	반대파 및 국회와의 대립 일화들	×
8	1863년 오스트리아와의 대립	×
9	덴마크 전쟁의 경위, 그리고 승전	×
10	오스트리아와의 갈등 심화, 프랑스의 개입	×
11	1866년 프로이센-오스트리아 전쟁 발발과 승리	×
12	1867년 이후 주요 국제 정세, 보불전쟁 전 비스마르크의 외교 활동	×
13	보불전쟁 승리와 철혈정략에 대한 예찬	○

박용희는 철혈정략에 대한 직접적 언급이 없는 대부분의 일화를 생략했다. 본래 사사카와는 비스마르크의 각종 외교 활동과 전쟁 수행들, 즉 가장 뚜렷한 업적들과 관련된 내용들을 「제2장 철혈정략」에 수록했다. 「제1장

---

40 당시 일본과 중국의 비스마르크 묘사에는 '철혈'이라는 수식어가 곧잘 수반되었으며 전기물 제목 자체에 등장시키는 경우도 발견된다. 예를 들어 松本君平, 「鐵血宰相」, 松村介石 等『近世世界十偉人』, 文武堂, 1900(日); 蜕菴, 『鐵血宰相俾斯麥傳』, 『新民叢報』 34호, 36호(中).
41 박용희의 글쓰기 자체가 대부분 의역이며 축역이기 때문에, 도표상 '○'로 표기했다 하더라도 대체적인 양상만을 옮긴 것이지 제대로 된 번역은 아님을 언급해 둔다.

약력」에서 다룬 것과 중복되는 내용도 있었지만, 제2장을 통해 비스마르크의 활약상은 더욱 구체적으로 펼쳐졌다.[42] 이 대목들은 당연히 승리의 기록으로, 약자의 정신적 단결과 시세에 대한 각성을 도모한 박용희에게는 주효하지 않았던 것으로 보인다.

하지만 박용희 역시 위 내용 중 지면에 소개한 사례가 있다. 바로 〈표 3〉의 4번에 해당하는 프랑스 대사 베네데티의 비판과 그에 대한 사사카와의 반론 대목이다. 이 대목은 사사카와의 텍스트 제2장의 앞 부분에 등장함에도 불구하고 박용희의 저술에서는 가장 마지막에 배치되었다.[43] 이는 해당 대목에 대한 박용희의 특별한 관심을 대변한다. 사사카와와 박용희의 관련 대목을 대조해보자.

(A) 프랑스 대사 베네데티는 앞서 비스마르크를 비방하여 가로되, '유럽의 국민들은 제19세기 이전부터 대전란의 재난에서 벗어나 있다. 그럼에도 비스마르크 공은 빌헬름 황제와 은밀히 음험陰險한 모의에 골몰하며 후일의 재앙과 난리[禍亂]를 준비하기 위해 정예 군대를 양성하여, 돌연 기회를 틈타 거병하여 덴마크를 쳐부수고, 다시 거병하여 오스트리아를 유린하며, 세 번째는 그 맹렬한 병마兵馬의 압력을 프랑스에 가해왔다. 프로이센 왕국의 발호 때문에 가련한 이들 세 나라가 어떻게 희생물로 제공되었던가. 의심할 바 없이 이 황제와 재상이 감히 평지에 파란을 불러일으켰기 때문이며, 나아가 고금에 예

---

42 사사카와는 그러한 서술을 통하여 그 모든 것이 결국에 철혈정책의 성과였음을 강조하고자 했다. 때문에 "이는 철혈재상의 공적에 속한다고 할 것"(사사카와, 75면), "비스마르크의 철혈정책은 두 차례의 효력을 발휘하여"(사삭와, 79면), "철혈정책의 효과가 이미 이와 같았고, 그리하여"(사사카와, 83면)와 같이 덧붙이고 있다.
43 사사카와의 분량상 박용희는 도표 숫자를 기준으로 3-4-6-13의 순서를 3-6-13-4의 순서로 변경하였다.

를 볼 수 없는 **무장평화**武裝平和의 출현을 초래한 결과, 매년 엄청난 조세와 적 잖은 장정들이 각국의 도처에서 징발되어 인류 문명의 발달이 저해되고 국민 의 행복은 억제되기에 이르렀다. 아, **프로이센 황제와 비스마르크 공 모두가 평 화의 도둑이며 문명의 적이 아니고 무엇이랴** 라고. 대사 베네데티 백작은 절세의 야심가 나폴레옹 제3세의 고굉지신股肱之臣이다. 따라서 필자는 백작이 비스 마르크를 공정하게 논평할 자격을 가졌는지 아닌지를 판단함에 있어 의혹을 가지는 자이긴 하지만, **비스마르크가 평지에 파란을 불러일으킨 사람**이라는 한마 디는, 다소 그 의도를 이해하지 않으면 안 된다.

(B) 생각건대 비스마르크는 명백히 게르만 연방통일을 목표로 덴마크, 오 스트리아와 프랑스를 희생물로 삼은 사람이다. 무릇 그렇다 하더라도, 인간 은 국민으로서 태어난다. 이미 국민으로서 태어난 자가 조국의 영광을 원하 지 않고, 조국의 부강을 바라지 않을 이유가 없다. 하물며 우열과 승패는 사 회의 통리通理, 적자생존은 인간세상에서 항상 볼 수 있는 것이다. 이것이 공 이 궐기하여 외교의 기선을 제압하는 이유이고, 소위 평지에 파란을 조성하 는 죄는 모름지기 이를 시대의 추세에 부담시켜야 할 것이며, 공의 책임과는 관계가 없는 것이다.사사카와, 61~62면

(A) 불제佛帝 나파레온 삼세三世의 복굉服肱 베네뎃지-백伯이 일직 비공比公을 평회平和의 수讎며 문명文明의 적敵이라 평론評論 ᄒ얏시니 기其 평론評論의 적당 適當 여부與否ᄂ 하여何如ᄒ던지 비공比公을 평지풍파平地風波라 지목指目ᄒ 일구一 勾ᄂ 비불무의非不無意로다.

(B) 하고何故뇨. 비공比公이 독일제국獨逸帝國 창립創立과 일이만련방日耳曼聯邦 통일統一에 대對ᄒ야 쩬마ᄀ (정말丁抹) 오스타리아墺地利 후란스佛蘭西를 희생犧

牲에 공공供ᄒᆞ얏고 수십만數十萬 비휴貔貅를 고골枯骨에 귀귀歸ᄒᆞᆫ 고故라.

연然이ᄂ 국민國民이 되야 국민國民의 의무義務에 국궁진췌鞠躬盡瘁ᄒᆞᄂ 자者ㅣ가, 엇지 조국祖國의 광영光榮과 부방父邦의 부강富强에 불득사不得已ᄒᆞᆫ 희생犧牲에 구애拘礙ᄒᆞᆯ가. 쑨 아니라 우황又況 우열승패優劣勝敗ᄂ 사회社會의 통리通理며 무장적武裝的 평화平和는 인세人世의 상관常觀에 세태世態를 당當ᄒᆞ야 외교外交의 기선機先을 예총豫摠ᄒᆞ며 무단武斷의 기미機微를 전췌前揣ᄒᆞᆫ 자者를 엇지 평화平和의 수讐와 문명文明의 적敵이라 외평猥評ᄒᆞᆯ가. 연칙然則 평지풍파平地風波의 양출釀出은 시세時勢의 소치所致요 비공非公의 소지所知로다.박용희, 제10호, 28~29면

편의상 두 텍스트를 각각 (A)와 (B)로 구분하였다. 위에서 나타나듯, 박용희는 프랑스 대사의 비스마르크 비판을 담은 (A)에 대해서는 대폭 압축하여 강조한 부분만을 옮겼지만 반론을 제기하는 (B)는 대부분을 옮겼을 뿐만 아니라 강조 표기한 대목을 추가로 삽입하며 사사카와의 논조에 적극 개입하고 있다.

(B)에 대한 박용희의 번역 태도는 그가 진화론적 세계관에 찬동하고 있었다는 근거이다. 그러나 (B) 대목이 비스마르크 전기에서 의미하는 바는 서로 달랐다. 사사카와의 경우는 비스마르크를 향한 국제적 비난에 대항하는 차원이었다. 이 때문에 해당 부분의 등장 자체가 「제2장 철혈정략」에서 정책의 당위성을 전개해나가는 지점에 위치했던 것이다. 박용희는 이 대목 자체를 의도적으로 끝으로 옮겨 메시지를 강화하였다. '소극적 변론사사카와'으로부터 '적극적 주장박용희'으로 변모한 것이다. 이는 냉혹한 국제정세를 강조하고자 한 박용희의 의도와 공명한다.

박용희는 (B)를 옮기는 가운데 "무장적武裝的 평화平和는 인세人世의 상관常

觀에 세태世態를 당當ᄒ야"라는 내용을 삽입했다. 여기서의 '무장적 평화'는 사사카와의 (A) 대목에 먼저 등장한 '무장평화武裝平和'를 (B)로 이동시켜 재배치한 것이다. 사사카와 박용희의 '무장평화'는 개념부터 이질적이다. 전자는 프랑스 대사 베네데티의 말로서, 비스마르크가 구축한 표면적 평화 정책을 비난하는 의도로 사용되었다.[44] 하지만 박용희의 '무장적 평화'는 이와는 전혀 다른 의미, 즉 "인간 세상에서 항상 관찰되는 세태"로 포장된다. 박용희가 그 용어를 활용해야 했던 이유는 그것이 직관적으로 표방하는 의미 자체, 곧 '무장'에 의한 '평화'의 강조에 있다. 여기서 방점은 '평화' 쪽이다. 비스마르크를 변호하기 위해 우승열패와 적자생존을 언급한 사사카와의 접근은 이미 류큐 왕국이나 대만을 점유하고 있던 일본의 대외 정책을 긍정하는 논리이기도 하다. 그러나 박용희의 논의에서는 이와는 반대로, 평화 수호를 위한 저항 담론이 된다.

본래 사회진화론은 강자의 논리였음에도 불구하고, 한국에 수용되는 과정에서 생존경쟁의 엄혹함과 경쟁력 제고의 당위성을 강조하는 이론적 근거로 기능하였다. 이러한 변용은 강자와 약자의 위치 전환을 기대하게 만든다는 점에서 사회진화론의 기본 원칙과 모순되었으나,[45] 그로 인해 한말의 지식인 대다수가 수용하고 재생산하기도 했다. 박용희의 텍스트는 사회진화론의 한국적 재현에 가까웠다.

---

44 지금도 '무장평화'는 비스마르크의 독일제국 통일 이후부터 제1차 세계대전 발발 이전까지의 한시적 세력 균형을 지칭하는 용어로 준용되고 있다. 실상 베네데티의 지적은 비스마르크를 비판하는 현대적 관점을 동시대인이 예견한 것에 가깝다.
45 전복희, 「사회진화론의 19세기말부터 20세기초까지 한국에서의 기능」, 『한국정치학회보』 27-1, 1993, 415~416면.

4) 국민정신과 그 실천 - 공적公敵의 설정 · 국채보상운동

언급했듯이 4회 연재분은 한 회 전체가 박용희의 독자적 추가 부분이다.[46] 여기서 그는 「기일其一」과 「기이其二」를 통해 프로이센을, 연이어 프랑스其三와 스페인其四의 경우를 다룬다.[47] 이 내용들은 소제목상에 노출되어 있듯 '국민정신'에 대해 말하고 있다. 국민정신 담론은 후쿠자와 유키치가 탈아입구脫亞入歐론과 더불어 내세운 일본 국민의 정신적 차별화 논의에서부터 그 용례를 살펴볼 수 있다.[48] 그러나 박용희의 '국민정신'이 내세우는 바는 이와 전혀 다르다.

4회 연재분의 네 가지 서사가 말하는 박용희식 국민정신의 실체는 바로 국민교육에 있다. 「기일」은 프로이센의 반反프랑스 교육을 묘사하고 있다. 박용희에 의하면, 프랑스에게 입은 패전의 상처와 압제를 극복하기 위한 프로이센의 실천이 바로 국민교육이었다. 여기서 박용희가 "차此 교육敎育은 즉卽 보국普國 대국민적大國民的 정신精神의 근본根本"이라 단언하는 국민교육의 내용은, 대적 프랑스에 대한 증오를 환기시키고 철저한 복수를 다짐하는 것이

---

46 분량 역시 모든 연재분 중에서 가장 많은 전체의 25%에 달한다. 여기에 해당되는 내용은 전부 사사카와의 『비스마르크』와는 상관없는 내용으로 이루어져 있으며 이 때문에 엄밀히 말하면 「비스마-ㄱ傳」은 복수의 저본을 갖는 번역물이라고 할 수 있다.

47 대략적으로 정리하자면 다음과 같다. 먼저 「其一 一千八百七十年 普佛戰爭 前의 푸로시아 大國民的 精神」에서는 제목과 같이 비스마르크 이전 시대의 프로이센을 다룬다. 구체적으로는 1806년 나폴레옹이 이끄는 프랑스에게 대패하고 이후 굽박의 시기를 견뎌내며 결국에 독립에 이르는 과정을 서술하고 있다. 프로이센은 프랑스군을 맞아 1806년 10월의 예나 전투를 비롯, 아우어슈테트 전투에서 연이어 치명적 패배를 겪었다. '1806년경'이라고 직접 언급한 박용희의 의도는, 프로이센의 국가적 굴욕을 내세우기 위한 것이다. 「其二 一千八百七十年 普佛戰爭後의 푸로시이 大國民的 行動」은 제국 수립 이후 독일의 학문적 발전 및 대외 관계에서의 활약상을 상찬하는 한 단락 분량의 짧은 글이다. 「其三 一千八百七十年 普佛戰爭後에 후랑스 大國民的 精神」은 반대로 독일로부터 패퇴된 프랑스의 입장에 서서 프랑스인들이 절치부심하여 국난을 극복한 모습을 조명한다. 마지막인 「其四 一千八百年頃 스펜-(西班牙)國民의 精神」은 프랑스의 압제하에 놓은 1800년대 스페인의 국민들이 아동들에게 어떠한 교육을 통하여 公敵을 주지시키고 애국심을 고취시켰는가에 대한 것이다. 이상이 「비스마-ㄱ傳」 제4회 연재분 전체의 구성이다.

48 코모리 요이치, 송태욱 역, 『포스트콜로니얼』, 삼인, 2002, 58~60면 참조.

다. 요컨대 국민정신의 근본은 교육이며 그 내용은 성장기 아동들에게 국가의 원수를 주지시키는 데 있었다.[49]

나머지인 「기이」부터 「기사其四」 역시 국민교육을 강조하기는 매한가지다. 「기삼其三」에서는 "소학교교육小學校教育에 갈력竭力흠이 이전以前 보국普國에 불하不下흘 쁜더러"[50]와 같이 「기일」의 연장선상에서 보불전쟁 이후 패자로 전락한 프랑스의 국민교육을 다루고 있다. 또한 나폴레옹의 형이 왕으로 등극한 시기의 스페인을 다룬 「기사」에서는 "국민정신國民精神 양성養成의 유지자有志者는 소학시대小學時代의 아동兒童에 교훈教訓하긔를 좌左의 문답問答으로 흠"박용희, 제8호, 24면이라 하여, 역시 아동을 대상으로 정적政敵의 존재를 각인하는 교육의 예를 보여준다.

한편, 제목에 '정신'이 아니라 '행동'을 삽입한 「기이其二 일천팔백칠십년

---

49 박용희, 제8호, 20~21면.
50 박용희, 제8호, 24면. 박용희는 이하 26면까지는 실제 스페인 교사와 학생 간의 교육 내용을 다음과 같이 대화식으로 제시하고 있다.

(問)兒童더라 兒童더라 느히덜은 무어시야?
(答)上帝의 天惠로 西班牙의 國民일세
(問)이 對答은 무슨 뜻인가?
(答)愛國的 國民이란 뜻일세
(問)어화우리 國敵아느?
(答)ㄴ파레온 이 닉 公敵
(問)졔의 性質 엇더흐가?
(答)獸心魔慾 이 두 가지
(問)惡魔의 從卒은 몟친가?
(答)요-셰후 , 수-라 , 소드이 일세
(問)三者 中의 最惡者는?
(答)彼此一般일세
(問)나파레온 나은 者는?
(答)罪와 惡이 두을
(問)수-라 는 누기뇨?
(答)나파레온 을 煽動흐는 者
(問)소드이 는 무어시뇨?
(答)二者를 聯結흔 者

(問)第一의 性質은 엇더흐뇨?
(答)傲慢과 壓制일세
(問)第二의 性質은 엇더흐뇨?
(答)奪掠과 殘忍일세
(問)第三의 性質은 엇더흐뇨?
(答)梟心과 獸慾일세
(問)후란쿠(佛國民)는 무어시요?
(答)前에는 基督敎徒 只今은 異端일세
(問)佛人을 殺滅흘 者는 罪惡일가?
(答)아니요 아니요 져ㅣ 異端의, 犬, 戎을 殺戮흐는 者는
　神惠를 이부리라
(問)萬一 西國 國民이 이 義務에 惰忽흐는 時에는?
(答)聖神의 冥罰과 精神의 死刑을 이부리라
(問)敵人에도 우리를 救濟코져 흐는 者에는 엇지흘가?
(答)밋지말게ㅣ 밋지말게!!
(問)泰山갓치 밋을거슨?
(答)愛國我와 忠國魂일세!! 나-가세, 나-가세 愛國에
　防牌와 獨立에 槍에, 不依의 투구와 精神의
　갑옷으로 나-가세!!!

一千八百七十年 보불전쟁후普佛戰爭後의 푸로시이 대국민적大國民的 행동行動」 역시
"**국민교육**國民教育을 익려盆勵ㅎ야 각색과학발달各色科學發達에 무부주도無不周到 홈
으로 현금現今 세계문학계世界文學界의 태두泰斗가 되고"박용희, 제8호, 22면와 같이
'국민교육'의 효용에 대해 언급한다는 점에서 궤를 같이 한다. 그런데 「기
이其二」의 핵심은 따로 있다. 다음은 「기이」의 전문이다.

기이其二

일천팔백칠십년一千八百七十年 보불전쟁후普佛戰爭後의 푸로시이 대국민적大國民的
행동行動

보민普民이 임의 적년積年의 구적仇敵 불란서佛蘭西를 대파大破흔 후後로 상하일
심上下一心ㅎ야 불이전승不以戰勝으로 자긍자만自矜自滿ㅎ고 국민교육國民教育을 익
려盆勵ㅎ야 각색과학발달各色科學發達에 무부주도無不周到흠으로 현금現今 세계문
학계世界文學界의 태두泰斗가 되고, 쏘 불민佛民에는 유회수단柔懷手段을 시용施用ㅎ
야 모양구원某樣舊寃을 망각忘却ㅎ며 금목今睦을 돈후敦厚케 흠으로, 비록 불국정
계佛國政界예 쌴벳타 당黨과 여如흔 격렬激烈흔 당파黨派가 복수復讐에 주소진력晝宵
盡力ㅎᄂ 종귀수포終歸水泡케 ㅎ고 지금只今은 내치內治에 주목注目ㅎ며 외흔外釁을
효색梟索ㅎ야 혹或 **삼국동맹**三國同盟으로 요동사건遼東事件에 용취容嘴도 ㅎ며 혹령사
살상或領事殺傷을 빙자憑資ㅎ야 **교주만**膠洲灣**도 침점**浸占ㅎ야 유력시행唯力是行은 이 아니
해국該國에 현금現今 극동極東에 대對흔 수단手段이 아인가?박용희, 제8호, 22면

이 문장은 역사적 원한이 있던 프랑스 국민에 대해서는 "유회수단柔懷手段
을 시용施用ㅎ야 모양구원某樣舊寃을 망각忘却ㅎ며 금목今睦을 돈후敦厚케" 하는
반면 "극동極東에 대對흔 수단手段"은 "유력시행唯力是行"이라는 박용희의 성토

직후 등장한다. 여기서 박용희는, 청일전쟁 후 독일이 삼국간섭을 통해 랴오동반도遼東半島 할양을 무위로 돌리면서, 정작 자신들은 자오저우만膠州灣을 조차지로 점령한 이중성을 고발하고 있다. 국민교육의 핵심으로 제시된 '대적'과 '우리'의 구도가 현실 정치의 영역으로 들어온 셈이다.

그런데 박용희는 '우리'를 한국으로 국한한 것이 아니라 '극동', 즉 동아시아인의 집합체로 설정한다. 독일에 의해 야기된 일본과 청의 피해를 '우리'의 것인 양 기술하고 있는 것이다. 특히 랴오동반도와 관련해서는 삼국간섭의 폭력성만 제기할 뿐 그 지역을 차지할 예정이었던 일본의 침략성은 지적하지 않는다. 이로 미루어 볼 때 박용희가 국민교육의 내용으로 삼고자 했던 것은 동서양의 대결 구도였다.

인종 대결 혹은 아시아주의 담론의 영향으로 독해 가능한 박용희의 태도는, 서세동점西勢東漸의 도래 이후 식자층에 널리 퍼져있던 것이다.[51] 그러나 『몽견제갈량夢見諸葛亮』의 예에서 볼 수 있듯이 러일전쟁 이후로 개진된 동양연대론은 일본에 대한 실망을 표출하는 형태로 변모되고 있었다. 특히 박용희가 속한 태극학회 등의 일본 유학파 일부는 학회지를 통하여 일본이 아시아 연대 및 동종의 결속 논리로 결국 한국을 취하고자 한다는 경고를 발신하기도 했다.[52]

그러므로 박용희가 서구 열강만을 경계했다 해서 이를 일본의 침략 의도에 대해 무감각했다거나, 일본 중심의 아세아 재편을 긍정했다고 섣불리 판단할 수는 없다. 오히려 이미 일본의 보호국 신세로 전락한 한국의 사정을

---

51 서양이 촉발하여 일본을 통해 들어온 '아시아주의'의 한국적 수용에 대해서는 박노자, 앞의 책, 2장 「1880년대 아시아주의와의 조우」 참조.
52 정환국, 「애국계몽기 한문소설(漢文小說)에 나타난 대외인식의 단상―『몽견제갈량(夢見諸葛亮)』의 경우」, 『민족문학사연구』 23, 2003, 142 · 149면.

고려한다면, 프로이센·프랑스·스페인 역사를 통해 '국가의 원수'를 기억하라는 화두를 던지는 것은 곧 한국과 일본의 관계를 환기하는 장치일 수도 있다.[53]

「비스마ㅡㄱ전」은 박용희가 실제로 국내 정세에 민감했다는 것을 보여준다. 부附의 '기삼其三'은 보불전쟁에서 패전국 국민이 된 프랑스인들이 굶으면서까지 국가의 빚을 탕감한 일화, 독일의 점유지가 된 지역의 학교에서까지 전국적으로 실시하는 국치國恥에 대한 교육, 참전자의 애국적 유언 등을 주 내용으로 한다. 아래 인용문은 말미에 첨가된 박용희의 주장이다.

역자왈譯者曰 보불민普佛民의 표한용감慓悍勇敢이 불하고구려민족不下高句麗民族이는 오호嗚呼라 현금現今 우내지망국민족宇內之亡國民族이야 이감효피량국爾敢效彼兩國 국민이능교기대국민지정신國民而能較其大國民之精神ㅎ야 분발수천년침체지천성호奮發數千年沈滯之天性乎아. 여소안일이욕문余所按釰而欲聞이며 차且 인생일세生一世에 욕망불안지欲忘不按者는 소시지견문小時之見聞이며 유시지교훈幼時之敎訓이며 임종지유훈臨終之遺訓이요 가지국민지최난관加之國民之最難關은 음식지절감飮食之節減이어늘 피불민彼佛民은 능감능과能敢能果ㅎ야 절주식이보국재絶晝食而補國財 (일인一人의 일일주식평균액一日晝食平均額을 일화日貨 십전十錢으로 가정假定홀진된 불국佛國 전국민全國民의 일일성비一日省費가 약삼백만원略三百萬圓이요 아국我國에 일인일일주식평균액一人一日晝食平均額을 오전五錢으로 가정假定홀진된 전국全國 일일성비一日省費가 일백만원一百萬圓이며 연주煙酒의 평균액平均額도 주식晝食에 불하不下홀지니 만일萬一 일단一旦ㅁ 결심決心만 ㅎ는 경우境遇에는 일일一日에 약이백만원略二百萬圓의 국고보

53 따라서 학회지에서 일본의 침략성을 직접적으로 지적하기 어려웠던 외부적 요인, 예컨대 일본 유학생이라는 신분적 제약이나 국내 유포시 거쳐야 했던 통감부의 검열 등도 고려될 필요가 있다.

조國庫補助를 득得홀지니 이 아니 막대莫大의 재원구급방책財源救急方策이 아닌가) ᄒ 얏

시니 참 진개과감적眞個果敢的 정신精神을 유有ᄒ 국민國民이라, 엇지 이 호개국민

好個國民을 모범模範치 아니흘소냐.박용희, 제8호, 23면

본 대목에서 박용희는, 작금의 프로이센과 프랑스 국민을 본받아 잃어버
린 고구려 민족의 용맹스런 천성을 회복하자고 주장한다. 눈여겨 볼 것은
프랑스가 "음식지절검飮食之節減"이라는 지난한 방식까지 동원하여 국채를 보
상했다는 내용을 곧장 한국 상황에 대입한 점이다. 박용희의 계산에 의하면
점심 한 끼와 음주 흡연의 절감을 통해 하루 200만 원의 국고 보조가 가능
했다. "막대莫大의 재원구급방책財源救急方策"으로 제시된 박용희의 주장은, 같
은 시기 전개되었던 국채보상운동의 연장선상에서 파악된다. 「비스마ᅳᄀ
전」 중 제4회의 연재 시점은 1907년 3월이었고 국채보상운동 발기는 바로
직전인 1907년 2월 21일이었다. 국채보상운동 「발의 취지문」[54]에는 이천
만 인민들이 3개월간 흡연을 중단하여 당시 나라 빚이었던 1,300만 원을
갚는다는 전략이 소개되었다. 미세한 차이를 제외하면 박용희의 제언과 동
일하다.[55]

이렇듯, 박용희의 「비스마ᅳᄀ전」은 당시의 번역 전기물이 첨예한 시사
적 문제와 연동되어 있었다는 것을 잘 보여준다.[56] 기억해야 할 것은 그러

54 김광제·서상돈, 「발의 취지문」, 『대한매일신보』, 1907.2.21.
55 장지연이 『대한자강회월보』 제9호(1907.3)에 실었던 「斷煙償債問題」는 대구 군민대회의 광경
    을 실으며 해당 전략을 다시 한번 소개하고 있다(이동언, 「김광제의 생애와 국권회복운동」, 『한
    국독립운동사연구』 12, 1998, 131~132면). 즉, 박용희가 언급한 국채 상환 전략은 기본적으로
    대구광문회가 발의한 내용이 신문, 잡지를 통해 널리 유포된 결과라 할 수 있다. 당시 박용희가
    속한 태극학회는 『태극학보』를 통해 국채보상운동에 동참할 것을 권고하는 글을 발표했고 실제
    모금 활동을 펼치기도 했다(한시준, 앞의 논문, 58면).
56 국채보상운동이 전기물 집필과 결합되는 양상은 박용희의 텍스트에만 한정된 것이 아니었다.
    노연숙은 장지연의 『애국부인전』을 사례로 들어 정치서사와 국채보상운동의 결합 양상을 살펴

한 발화의 매개가 다름 아닌 '비스마르크'였다는 사실이다. 피지배자들에게 설파한 저항운동의 당위성이 제국의 건설자를 앞세운 서사물 속에서 주장된 것은 「비스마-ㄱ전」의 역설이 아닐 수 없다.

4. 황윤덕의 『비사맥전比斯麥傳』 —정형화된 영웅, 상상된 철혈정략

1) 번역의 배경과 황윤덕의 번역 태도

황윤덕黃潤德[57]에 의해 『비사맥전比斯麥傳』이 역간된 것은 1907년 8월로, 이는 박용희의 「비스마-ㄱ전」 연재 종료 이후 약 3개월이 경과한 시점이었다. 황윤덕이 비스마르크라는 인물을 동경하여 자발적으로 『비스마르크』를 번역한 것인지는 확인하기 어렵다. 그의 이름은 『비사맥전』 본문의 첫 면과 판권지에 '보성관번역원普成館繙譯員'으로 명기되어 있었다. 보성관 번역원으로서 그는 1907년 6월에는 『만국지리萬國地理』를, 동년 7월에는 『농학초계農

본 바 있다. 노연숙, 「20세기 초 동아시아 정치서사에 나타난 '애국'의 양상」, 『한국현대문학연구』 28, 2009 참조.

57 황윤덕은 1874년 2월 28일생으로 본관은 창원(昌原)이다(이하 출처를 따로 밝히지 않은 황윤덕에 대한 정보는 『대한제국관원이력서』의 정리를 참조했다. http://db.history.go.kr/url.jsp?ID=im_114_00925). 어려서 국한문산술(國漢文算術) 학교를 졸업했지만 일본어는 1905년에서야 배웠다. 그의 일본어 학습은 유학 등의 계기가 아닌 국내의 사숙 기관을 통해서 이루어졌다. 『比斯麥傳』은 황윤덕이 일본어 학습을 시작한 지 2년 후에 나온 성과였다. 1900년 통신사 전화과 주사로 이미 판임6등 관직에 오른 바 있는 그는 이듬해 황해도에서 선박세 위원이 된 후 1904년에 해임된다. 다시 관직을 수행한 것은 1906년으로, 궁내부시취(宮內府試取) 주전원(主殿院) 당무과(當務課) 주사로 피선되어 이후 여러 가지 보직을 거치고 1907년 궁내부서기랑(宮內府書記郞) 6품이 된다. 그러므로 황윤덕의 일문번역 학습은 해임 후 다시 관직에 나가기 전 사이에 진행된 것이다. 통감부 시기, 그의 일본어 능력은 궁내부에서 정식 서기 자리를 맡는 데 도움을 주었을 것이다(「取引停止, 丁宇鎭 黃潤德」, 『동아일보』, 1930.3.16). 한편 만약 (동명이인이 아닌) 동일인이라면 식민지시기 황윤덕은 사업가로 변모하여 '중앙연료'라는 주식회사의 대표 자리까지 역임한 것으로 나온다(『동아일보』, 1928.2.18). 또한 1933년에는 중국어 강습소를 운영한 기록이 있다(『매일신보』, 1933.5.12).

學初階』를 번역했다. 내용면에서 세 서적 간의 공통점이 없는 것으로 미루어 번역의 기획은 보성관 측에서 나왔을 공산이 크다. 그러나 또 한 명의 보성관 번역원이 안국선이었다는 사실로 보아, 번역원 활동이 개인적 이력과 무관하다고 단정할 수도 없다. 역자의 개입 여지도 상당했던 것으로 추정된다.[58]

이용익李容翊, 1854~1907이 세운 보성관에서 발행한 서적들은 기본적으로 구국계몽운동의 성격을 내포하고 있었다.[59] 『비사맥전』의 판권지 다음면에 광고된 서적들은 동서양의 역사, 세계 지리, 전기, 근대적 학문들, 외교와 상업 등 다양한 범주로 구성되어 있다. 이는 당시 신지식의 대표적 범주들을 망라했던 것이다.[60] 황윤덕이 번역한 『비사맥전』도 이들 사이에 놓여 있었다.

『비사맥전』에 원저자나 저본의 출처는 제시되지 않았지만, 황윤덕은 사사카와 기요시의 목차와 구성, 내용의 대부분을 성실히 옮기는 방식을 택하였다.

---

58 권두연, 「보성관의 출판 활동 연구 – 발행 서적과 번역원을 중심으로」, 『현대문학의 연구』 44, 2011. 32~36면. 안국선의 『比律賓戰史』는 마리아노 폰세의 저술 *CUESTION FILIPINA*를 공역한 미야모토 헤이쿠로우와 후지다 스에타카의 『南洋之風雲』(1901, 하쿠분칸)을 안국선이 중역한 것이다. 노연숙, 「安國善의 『比律賓戰史』와 번역 저본 『南洋之風雲』 비교 연구」, 『한국현대문학연구』 29, 2009, 46~47면.

59 『比斯麥傳』의 발행소 보성관과 인쇄소 보성사는 모두 이용익이 세운 출판 기관이다. 이용익은 고위 관리 출신으로서 국가의 근대적 기술 도입에 주력하였으며 보성 전문문학교의 설립자이기도 하다. 러일전쟁시기에 일본에 압송되었던 그가 1905년 1월에 환국하며 일본의 서책들과 인쇄기 등을 가져와 세운 것이 보성관과 보성사다. 이용익은 귀국 후 일진회 타도에 힘썼으며, 고종의 밀서를 갖고 프랑스로 원조 요청을 떠나기도 했다. 『比斯麥傳』이 발행되던 1907년, 해외에서 구국운동을 전개하던 이용익은 블라디보스토크에서 사망했으나 보성사는 존속되어 3·1운동의 독립선언문을 인쇄하기도 한다.

60 더욱 구체적인 보성관의 출판 서목과 필자들에 대해서는 권두연, 앞의 글, 21~23면 참조.

목차	『비스마르크』(122면)		『비사맥전(比斯麥傳)』(71면)	
	분량	비율	분량	비율
自序	1면	0.8%	×	
(第一) 약력	55면	45.1%	30면	42.2%
(第二) 철혈정책	28면	22.9%	17면	24%
(第三) 국가사회주의	9면	7.4%	6면	8.5%
(第四) 비스마르크 공론	29면	23.8%	18면	25.3%

표에서 확인되듯, 두 텍스트의 챕터별 비중 차이는 사실상 무시해도 될 만하다. 그러나 황윤덕 역시 저본의 모든 내용을 그대로 옮긴 것은 아니었다. 예를 들어보자.

로하우 장군이 임기를 마치고 베를린으로 귀환하자 비스마르크는 장군의 추천으로 일약 프랑크푸르트 주차駐箚의 프로이센 사절이 되었고, 그가 청운의 계단에 오르게 된 실마리가 된 것은 바로 이 때였던 것이다. 당시의 국왕도 역시 그의 수완을 매우 의심하여 '신임 공사는 능히 그 책임을 완수할 것인가' 하고 하문하였다. 로하우는 왕에게 대답해 말하길, '비스마르크는 확실히 천하의 큰 그릇이며 그의 재능은 두말할 것 없이 멀찌감치 신이 미칠 바가 못되옵니다'라고. 과연 포의백면布衣白面[61]의 그는 사절의 임기 중에 미증유未曾有의 ① 민완敏腕을 발휘하여 열방列邦의 사신들을 마음껏 희롱했으며翻弄, 때로는 연방의회 의장 레히베르크 백작과의 결투를 약속하여 그를 거의 가지고 놀 정도였다. 비스마르크의 외교에 관한 지식은 바로 ② 프랑크푸르트 주차駐箚 때에 얻은 선물이었다.사사카와, 15~16면

---

61 포의(布衣)는 헤이안 시대에 6품 이하의 지체 낮은 관료가 입던 옷 또는 그 관료를 뜻하며 백면(白面)은 경험이 없음을 의미한다.

차시此時에 비사맥比斯麥이 「로하우」장군의 임소를 사ᄒ고 백림伯林에 환還ᄒ
야 장군將軍의 추천推薦으로 환로宦路 일약一躍ᄒ야 「후랑구후호루도」에 주차駐
箚ᄒᄂᆞᆫ 보로서普路西 사절使節이되야스니 비사맥比斯麥의 청운계제靑雲階梯에 등登
ᄒ 기본基本은 실實로 차시此時에 인因흠이라 당시국왕當時國王이 비사맥比斯麥의
재능才能을 의疑ᄒ사 신임공사新任公使의 직책職責을 능能히 감당堪當흠을 하순下詢
ᄒ시니 「로하우」장군將軍이 왕王께 답주왈答奏曰 비사맥比斯麥은 확실確實히 천하
대기天下大器라 기재능其才能이 본래本來브터 신新의 원불급遠不及흘비라 ᄒ더라
과연果然 비사맥比斯麥이 포의백면布衣白面으로 기다사절其多使節중에 미증유未曾有
ᄒ ① 수단手段을 양휘揚揮ᄒ야 열국사신列國使臣을 번롱翻弄ᄒ더라 시時에 연방
회의의장聯邦會議議長 「례히베루쑤」백伯으로더부러 결투決鬪를약約ᄒ야 백伯으로
ᄒ야곰 압도壓倒케ᄒ얏스니 비사맥比斯麥의 외교상外交上에 관關ᄒ 지식知識은 실
實로 차시此時브터 ② 익진益進ᄒ니라황윤덕, 10면

여기서는 세 군데의 차이점을 확인할 수 있다. 첫째, 황윤덕의 번역에서
는 왕의 발언이 생략되어 있다는 점, 둘째, '민완을 발휘하여'를 '수단手段을
양휘揚揮ᄒ야'①라는 표현으로 대체한 것, 그리고 셋째, 저본의 '프랑크푸르
트 주차 때에 얻은 선물이었다'를 '익진益進ᄒ니라'②라고 옮긴 것이다. 이와
같이 황윤덕은 흐름상 필요없거나 중복된 내용은 생략하기도 했고 어휘 및
구절의 변화도 시도했다. 이 특징은 『비사맥전』 전반에 걸쳐 확인된다.[62]

---

62 내용에 대한 부분적 삭제를 예로 들면, "사람들이 후세에 전한 일이 있은 것도 바로 이 때이다"(사
사카와, 4면), "이것은 그의 일화 가운데 가장 우스워할 만한 것이다", "그러나 그는 격렬한 귀향
병의 환자였으므로"(사사카와, 5면), "지금 이 자리에서 간략한 필체로 덴마크 전쟁의 기원을
서술해보면"(사사카와, 21면), "이 사이에 비스마르크는 어떻게 하고 있었을까"(사사카와, 29
면), 그 외 33·35·39·42·48·54·57·65·81·82·88·108·110·111·115면 등. "그
런데", "결국", "이 같이", "이후", "들은 바에 의하면"(사사카와, 22·23·28·40·105면)과 같
은 연결어의 삭제 등도 쉽게 찾을 수 있다.

그 외에도 어미의 변화, 의미 전달을 위한 내용[63] 및 주석[64]의 첨가, 서술 순서의 전환 등을 들 수 있다. 그리고 이런 변화들은 대부분 저본의 서사적 구도를 해치지 않는다는 공통점이 있다. 즉, 황윤덕의 번역은 저본의 전체적 흐름은 유지하기 때문에 박용희식의 '다시쓰기'와는 거리가 멀었다.

2) 변론적 요소의 제거

박용희식의 압축처럼 파격적이지는 않지만 황윤덕의 텍스트에도 '부분 삭제'를 뛰어 넘는 '대량 삭제'가 발견된다. 편의상 가장 분량이 큰 것들에 대해 등장 순서대로 ①에서 ⑤까지 번호를 매겨보았다. 우선 ①과 ②는 전

어휘 및 구절을 황윤덕 나름의 방식으로 대체하는 것을 예로 들면, 저본의 "附添婦"(사사카와, 8면)를 "養育ㅎ온女"(황윤덕, 5면)이라 하고, "비스마르크의 외교에 관한 지식은 바로 프랑크푸르트 주차(駐箚) 때에 얻은 선물이었다"(사사카와, 16면)를 "比斯麥傳의外交上에關한知識은실로此時로브터益進ㅎ니라"(10면)로 바꾸었다. 그 외 11 · 16 · 18 · 22 · 24 · 28~34 · 36 · 38~41 · 44면 등이 있으며, 그 이하로도 지속적으로 발견된다.

63 "至ㅎ야비斯麥의年이十九歲라"(황윤덕, 2면), "王室을誹謗홈을大怒ㅎ야"(황윤덕, 6면), 그 외 11 · 28 · 29 · 41면 등이 있다. 이상은 부분적 첨가에 불과하지만, 제3장 '비스마르크公 論'의 초반부의 경우 약 2면에 걸친 에피소드 5개의 추가 삽입이 있다. 이것이 황윤덕의 삽입 중 가장 압도적인 분량을 차지한다(황윤덕, 54~56면). 제3장은 본래 비스마르크의 다양한 면모를 드러내기 위하여 독립된 일화들을 나열해 놓은 장(章)이기에, 황윤덕이 삽입해 둔 일화들은 저본의 본래 일화들 사이에 자연스럽게 배치될 수 있었다. 그 내용인즉, '① 프랑스와의 전쟁 직전 그림을 통해 전쟁 결정을 알린 화 ② 친구들과 산보 중 물에 빠진 사람을 구한 일화 ③ 농사일에 관련해 부인과의 담화 ④ 연회를 좋아하지 않았던 비스마르크의 대처 일화 ⑤ 연설하기 좋아하는 정치가에 대한 비스마르크의 평가'로 구성되어 있다. 이 삽입 에피소드들의 고유명사 표기 등을 미루어 볼 때 적어도 일본어 자료에 대한 번역인 것은 확실하다. 따라서 본 내용의 출처에 대해서는 두 가지 가능성을 상정할 수 있다. 첫째, 비록 1899년 판의 『비스마르크』에는 없지만 이후 재판 (再版)을 발행하는 과정에서 사사카와가 첨가했을 경우다. 황윤덕의 1907에 번역했으므로 위 내용을 포함한 재판이 그 전에 나왔다면 황윤덕이 참조할 수 있었다. 그러나 현재로서 1899년 도 『비스마르크』만 확인할 수 있기에 본 가설은 검증불가능하다. 두 번째 가설은, 이 대목을 추가하기 위해 황윤덕이 기타 자료를 동원했을 가능성이다.

64 "卽比斯麥"(황윤덕, 7면), "奧國貨幣元四五錢"(황윤덕, 16면), "法國半元"(황윤덕, 20면), 그 외 20 · 21 · 23 · 25 · 27 · 30 · 44 · 67면 등. 주로 황윤덕의 주석은 괄호가 있는 것과 없는 것으로 나뉘며, 전자의 경우 특정 고유명사를 보충 설명하기 위한 목적이 많았다. 예를 들어 고유명사 뒤, "(人名)" · "(地名)"(황윤덕, 21면) · "(國名)"(황윤덕, 25면) 등을 넣어 당시 한국인들 대부분이 알 리 없었던 독일어 고유명사들에 대한 이해를 도운 것이다.

개될 전기의 내용과 구성을 미리 일러두는 저자의 설명들이다.[65] 이들은 비스마르크의 서사 자체와는 무관하기에 누락되어도 큰 영향을 주지는 않지만 화자의 존재감은 대폭 축소된다.

본래부터 『비스마르크』는 저자의 존재감이 강한 전기물이었다. 사사카와는 비스마르크가 진실된 영웅이자 충신인 이유를 변론하며 자신의 목소리를 수시로 전면에 내세웠다. 그러나 황윤덕은 비스마르크를 변론하는 것에 큰 관심을 두지 않았다. 이는 ③의 생략 부분들을 통해서도 드러난다.

③ 그럼에도 반대당 일파가 그를 함정에 빠뜨리는 바 되었는데, 무정하게도 새 황제도 역시 그들을 믿고 자신을 의심한 것에 대해 분노했기 때문일 뿐이었다. 이것을 공의 경력과 공훈과 지위에서 생각해보면, 정성스럽게 살펴보아야 할 것이며, 그렇지 않으면 이 사례를 들어 공의 존왕심을 의심하는 자는 예컨대 **세이난 전쟁**을 두고 **난슈의 불충**을 논하는 것과 유사하며, 식자들은 이에 동의하지 않을 것이다. (…중략…) **히로시마 대본영**에 시중드는 첩을 데리고 돌아가는 사람은 이 대목에서 다소 부끄럽게 여기지 않을 수 없으리라.

사사카와, 116~117면

③은 일본의 역사와 비교하며 기술된 부분이다. 저자인 사사카와의 신원

---

65 ①"지금 여기서 재상인 그의 사업을 빠짐없이 서술하는 것은 도저히 이 소책자가 허용하는 한도를 넘어선다. 재상으로서의 그의 사업은 독일건국사의 거의 전체를 차지한다. 그럼에도 재상으로서의 그의 사업을 기술하지 않는다면 필자가 결국 무엇 때문에 비스마르크 전기의 원고를 쓰는지를 이해하기가 힘들게 된다. 이 말로써 필자가 수박 겉핥기이긴 하지만 그 대강의 개요를 약술하고자 하는 이유를 대신할 수 없을까. 의심할 바 없이"(사사카와, 19면) ②"그의 외교에 관한 공인으로서의 일생의 줄거리[梗槪]는 아주 간략히 줄여 이와 같고, 지금 여기에서는 순서에 따라 그 내용의 대요(大要)를 서술함이 타당하다고 생각되기는 하나, 쓸데없는 농담식으로 넘어갈 우려가 있으므로 이를 제3장으로 넘겨서, 전술한 바와 같이 그가 관직에서 사퇴하게 된 전말을 간략히 적어 신속히 약전(略傳)의 장을 닫으려고 한다."(사사카와, 46면)

조차 밝히지 않은 황윤덕이 세이난, 난슈, 히로시마 등 일본의 고유명사가 포함된 상기 대목을 그대로 옮길 리는 없었다. 더 중요한 것은 위 인용문의 의도다. 여기서 사사카와는 비스마르크가 충신이 아니었다는 세상의 의심을 논박하고자 했다. 즉, 사사카와에게는 핵심적인 대목이었지만 황윤덕에게는 그렇지 않았던 것이다.

대량으로 삭제한 다른 부분도 사사카와가 펼친 비스마르크 변론에 해당한다. ④는 비스마르크가 정적에게 냉정했던 면모가 오히려 장점이라는 사사카와의 편들기이며 ⑤는 비스마르크가 민권 축소를 조장했다는 이들에 대한 사사카와의 반박이다.[66] 대량 삭제 부분들은 이러한 맥락에서 서로 연동되어 있었다. 황윤덕은 번역 과정에서 결코 저본의 많은 대목들을 고치거나 생략하지 않았다. 그가 삭제한 일부 내용은 주로 사사카와의 목소리가 가시적으로 드러나는 부분들①②④⑤, 그리고 사사카와가 애써 비스마르크를 옹호하려 했던 내용들③④⑤에 집중되어 있었다.

비스마르크에 대한 세간의 평가를 바로 잡는 것, 그리고 그가 누려야 할 영웅의 위상을 보호하는 것은 비스마르크에 대한 사전 지식이 이미 널리 유

---

[66] ④ "무릇 이와 같은 일은 간혹 한두 번에 그쳤다 할 것이나, 이 역시 공이 얼마나 과감한 추진력의 기질에 넘쳤는지를 알기에 부족할까. 공에게는 원래 수많은 정적이 있었고 또한 세간에는 공을 혹평으로 대하는 자 또한 적다 할 수 없다. 그러나 무릇 일세에 걸출한 자 중에 적이 없는 자 누가 있으랴. 대저 팔방미인은 위대한 인물 가운데는 없는 법이다. 빈트토르스트나 라쌀(Ferdi-nand Lassalle) 같은 이들은 모두 공의 위정(爲政)에 극력 반대한 자이다. 그리고 글래드스턴이 안식일에 교회당 안에서 정적과 악수하던 아량과는 반대로 공은 여태껏 그 정적에게 호의를 표시한 적이 없으며 항시 악감정으로 그들을 대했다고 한다. 이는 틀림없이 공의 단점이 아닌가. 그렇지만 굳이 위선의 가면을 쓰고 정적과 담소하는 정치가라는 자들 보다는 오히려 감정을 굽히려 하지 않은 점이 공다운 행동일 것이다. 이것이 내가 오히려 공을 평가하는 이유이다."(사사카와, 119~120면) ⑤ "오호, 그건 그렇다 치고, 몰리에르가 말한 바, '그는 게르만을 키웠고, 그리하여 게르만인의 권리를 축소시켰다'라는 이 한마디에 그에 대한 평가를 바꿀 수 있으랴? 나는 오히려 公과 같은 호걸을 필요로 하는 국토에 태어나기를 바라지 않을 수 없다."(사사카와, 121면)

포된 다음에야 가능하다. 그러나 한국 독자들은 비스마르크에 대한 역사적 평가에 큰 의미를 부여할 수 없었다. 사사카와의 『비스마르크』가 놓여 있던 일본의 배경과는 달리, 황윤덕의 『비사맥전』은 책으로 나온 한국 최초의 비스마르크 전기였다. 당시 한국에 소개된 서구영웅전들은 하쿠분칸의 전기 총서류처럼 대량으로 편찬할 수 없었기에, 필요에 따라 인물을 선별하여 소개할 수밖에 없었다. 이에 황윤덕은 주인공에 대한 논쟁거리를 정리하는 사사카와식 접근에 동참하지 않고 자신의 방식으로 비스마르크의 효용 가치를 확보하고자 했다.

3) 상상된 철혈재상

황윤덕은 사사카와가 소개해 둔 인간적 면모들을 다수 삭제하면서까지 비스마르크를 완전무결하게 그려내고자 했다. 예를 들어, 사사카와가 비스마르크의 친족정치적 성향을 밝힌 대목에서, 황윤덕은 "만약 내가 억측해본다면, 카프리비 등이 몰래 새 황제에게 강하게 사주하여 공의 은퇴를 촉구하도록 만든 요인 중 하나도 여기에 있다고 할 수 있지 않을까"^{사사카와, 110면}라는 대목을 삭제하여 비스마르크의 권위에 흠집이 생길 만한 가능성을 차단했다. 다음과 같은 개입 역시 흥미롭다.

오토가 차츰 장성하여 수도인 베를린으로 옮겨 본네르, 슐라이만헤르 등의 문하에서 가르침을 받고, 17세 때 처음으로 괴팅겐의 대학에 입학한다. 호방하고 무뢰하게, 맥주의 통음痛飮과 **결투의 승패에 그의 생활의 태반을 헛되이 보내버린 것은 바로 이때였다.**^{사사카와, 2~3면}

비사맥比斯麥이점장漸長ᄒ,며백림도伯林都에부찬ᄒ,야「본네루」「수라이맛헤루」

등히等下에훈도薫陶ᄒ,고년年이십칠十七에「겟진겐」대학大學에초입初入하니위인偉

人이호방豪放ᄒ,야맥주麥酒를통음痛飲ᄒ,고 **호남결투好男決鬪**ᄒ,야人에게굴屈치하니ᄒ,

더라황윤덕, 1~2면

여기서 황윤덕은, 사사카와가 시간을 "헛되이 보내버린" 비스마르크에 대
해 묘사한 대목을 "사람에게 굴하지 않았다"고 미화한다. 또한 "청년의 십팔
번에 속하는 탁상공론에 지나지 않는 것으로서, 진정으로 시세時勢를 통찰하
여 자신의 능력에 기초한 일대 포부를 표현한 것으로는 느껴지지 않는다"사사
카와, 56면라고 되어 있던 저본을 "허론虛論이아니오진실真實로시세時勢를동견洞見
ᄒ,야자가自家의흉중胸中에일대포부一大抱負를표현表現ᄒ,야미래未來에독일제국獨
逸帝國을건설建設코저흠이라"황윤덕, 31면와 같이 변형시켰다. 젊은이의 치기 정
도로 묘사된 내용을 선견지명에 대한 예찬으로 다시 쓴 것이다. "이것은 그
의 일화 가운데 가장 우스워할 만한 것이다", "그러나 그는 격렬한 귀향병의
환자였으므로"사사카와, 5면와 같은 대목 역시 황윤덕은 번역 대상에서 제외했
다. 이렇듯 황윤덕은 비스마르크에 대한 부정적 서술이라면 대수롭지 않은
것까지 감추거나 긍정적으로 포장했다.

여기에는 황윤덕이 갖고 있던 영웅상이 투영되었을 가능성이 높다. 사사
카와는 비스마르크의 인간적 면모도 그려내고자 했다. 그는 『세계역사
담』이라는 대규모 총서 속에서 한 인물을 담당했기에, 출발 지점부터 비스
마르크를 (다른 인물들에 견주어) 상대화할 여지가 주어져 있었다. 그러나 『비
사맥전』은 단권으로 독립된 번역본이었다. 황윤덕으로서는 주어진 조건에
서 최대한 한국이 요구하는 영웅의 형상으로 가공할 필요가 있었다. 『비사

맥전』이 발간된 1907년 8월은 헤이그 특사 사건 이후 고종의 강제 퇴위와 정미칠조약, 군대해산 등이 잇따라 발생한 시점이다. 이를 감안할 때, 만약 구국의 영웅이 존재한다면 그 모습은 현실을 초월한 존재로 형상화되는 것이 자연스러웠을지도 모른다.[67]

결국 완벽한 정치가가 황윤덕이 상상하고 믿고 싶었던, 그리고 재현했던 비스마르크의 형상이었다. 이 지점에서 황윤덕이 그려낸 '철혈정략'의 특수성도 도출된다. 황윤덕은 번역 중에 철혈정략을 각별히 강조했다.

철혈정략이라 함은 무엇인가. **모르긴 해도** 이와 같은 정략은 비스마르크가 창안한 것이고, 철혈정략이라는 것은 무단武斷정치의 의미이며, 전쟁정략의 의미이다. 철화鐵火와 검광劍光의 사이에서 수만명의 생명을 고골枯骨로 변하게 함으로써 국운을 열려고 하는 정책을 의미하는 것이다.사사카와, 59면

철혈정략이란 것은 무엇이오. **국가에서 산의 철로 무기를 만들지 아니하면 세상을 족히 진동시키지 못하고, 영웅이 가슴의 반을 피로 채워 넣지 아니하면 족히 백성을 구하지 못하나니** 이와 같은 정략은 비스마르크의 창조함이니 철혈정략은 무단정치의 의미요, 전쟁정략의 의미니 철화와 검광 사이에 수만 생령이 화化하여 고골이 되게 하느니, 이로써 국운을 열려는 정책이라.황윤덕, 33면

---

67 이런 측면에서 『태극학보』(제7호, 1907.2)와 『대한매일신보』(1907.10.3)에 공동으로 실린 「韓國이 渴望ᄒᆞᄂᆞᆫ 人物」의 내용은 시사하는 바가 크다. "國이 亂홈에 忠臣을 思호다ᄒᆞ얏스니 韓國은 忠臣을 思慕ᄒᆞᄂᆞᆫ 時代오 非常히 人物이 生호 然後에야 非常히 事業을 成就혼다 ᄒᆞ얏스니 韓國은 非常혼 人物을 要求ᄒᆞᄂᆞᆫ 時代로다 美國의 獨立을 華盛頓을 持ᄒᆞ야 其目的을 達ᄒᆞ얏고 德國의 聯合은 比斯麥을 持ᄒᆞ야 其主義를 成ᄒᆞ지 아니ᄒᆞ얏ᄂᆞᆫ가" 한국 사회에서 비스마르크는 조지 워싱턴과 마찬가지로 "비상한 인물을 요구하는 시대"에 출현하는 구국 영웅의 한 전범으로 인식되었던 것이다. 워싱턴과 비스마르크의 많은 이질성에도 불구하고 두 이름은 하나의 가치 속에서 통합되어 있다. 이러한 문맥에서 비스마르크의 실체는 부재할 수밖에 없다.

황윤덕의 텍스트에서 강조된 부분은 그가 독자적으로 삽입한 문장이다. 위 내용은 저본의 제2장 「철혈정략」 초반에 등장하는 개념 정의, 즉 "철혈 정략이라 함은 무엇인가"에 대한 답이라 할 수 있다. 황윤덕은 비스마르크 서사에서 가장 핵심이라 할 수 있는 대목에 자신의 목소리를 삽입하였다. 특히 '철'과 '피'라는 표현을 자연스럽게 사용함으로써 흡사 이 삽입구가 원래부터 비스마르크의 것처럼 보이게 했으며, 전자인 '철鐵'을 국가적 가치로, 후자인 '혈血'을 영웅의 자격으로 배치하는 독자적 해석도 시도했다. 황윤덕은 저본에 있던 불확실한 설명을 제거하고, 그 자리를 철과 피를 동원한 강력한 수사로 대체하여 철혈정략의 존재감과 당위성을 강화한다. 여기서 황윤덕은 스스로가 비스마르크의 철혈정략에 적극 호응했을 뿐 아니라, 더욱 비타협적인 철칙 – 진정한 영웅이 취해야 할 자세로서 – 으로 선전하는 주체가 되었다.[68]

19세기 후반의 강제 개항 이후 이어졌던 한반도의 수난은 기본적으로 군대의 운용과 규모, 무기의 질과 같은 '무력武力'의 차이에서 기인했다. 그것을 모를 리 없던 지식인들에게, 그 무력을 가장 효율적으로 활용했으며 모든 외교 문제를 자국의 이익으로 바꾼 비스마르크는 충분히 매력적인 캐릭터일 수 있었다.[69] 황윤덕이 철혈정략을 적극적으로 수용한 것도 같은 맥락

---

68 한편, 제2장 '철혈정략' 내의 다른 대목에서도 황윤덕의 의도적 개입은 발견된다. 예를 들어, 1864년 덴마크와의 전쟁 이전 분위기를 기술하는 대목에서 "슐레스비히 · 홀슈타인 紛議가 일어나게 되었고 간신히 전쟁에까지는 이르지 않고 중지되었다"(사사카와, 71면)라는 부분을 황윤덕은 「수스례스우이히, 호루스다인」 의論議가紛起홈에及ㅎ야ㄷ듸여戰爭을成ㅎ니라"(황윤덕, 40면)과 같이 옮겼다. 이어지는 단락에서 전쟁의 발발 내용이 등장하기는 하나 위 대목은 엄연히 다르다. 의미가 정반대로 되어 버린 것이다. 전체적인 황윤덕의 번역 능력을 감안할 때 "辛く も戰に臻らずして止みぬ"라는 내용을 "ㄷ듸여戰爭을成ㅎ니라"로 오역했을 가능성은 크지 않다. 이는 철혈정략 관련 내용을 더욱 적극적으로 개진하고자 한 황윤덕의 의도적 변주라 할 수 있다.
69 더구나 먼저 논의했듯이 사사카와는 비스마르크의 무력 사용이 평화적 목적이었다는 주장을 펼쳐보임으로써 무력 사용에 대한 명분도 세워두었다. 황윤덕의 텍스트에서 해당 대목은 다음과 같이 옮겨졌다.

일 것이다. 이러한 황윤덕의 진화론적 사고를 굳이 박용희의 저항적 변용에 비해 열등한 것이라 간주할 필요는 없다. 이들의 글쓰기에는 공통적으로 저항 의식과 동경이 혼재되어 있었다. 그들이 비스마르크를 소개한 궁극적인 의도가 제국주의의 긍정이 아닌 주권 수호에 있었다는 것도 명백하다. 진화론적 세계관 속에서 '독립'과 '열강으로의 합류'는 모순이 아니라 하나의 발전도상에 놓여 있었다. 1907년을 즈음한 한국의 담론 지형에서 우선순위는 독립과 자강을 향했다. 게다가 사회진화론과 영웅 담론의 한국적 결합은 '역전'의 가능성을 기대하게 만들었다. 비스마르크라는 돌연변이의 출현은 당시 한국인에게 있어서 프로이센과 프랑스의 지위를 순식간에 뒤바꾼 사건, 다시 말해 국제정치의 생태계를 붕괴시킨 사건으로 인식되었다. 이러한 국가 차원의 대역전극은 분명 한국 지성계가 갈급해 할 만한 화두였다. 이것이 당시 각종 영웅물과 건국·독립사 저술들이 유행할 수 있었던, 그리고 구국계몽운동을 펼친 보성관이 비스마르크의 단행본 전기를 발간했던 주요 배경일 것이다.

"검은 검이라 하더라도 망령되이 사람을 베고 말을 벤 것은 그들의 검이고, 생명을 보호하고 재산을 온전케 하기 위해 사람을 베고 말을 벤 것은 **비스마르크의 검이 아니겠는가.**"(사사카와, 84면)
"大抵劒은一般是劒이로딕妄佞히人을斬ᄒ고馬롤斬ᄒᄂᆫ者ᄂᆫ彼等의劒이오生命을保護ᄒ고財産을完全ᄒ기爲ᄒ야人을斬ᄒ고馬롤斬ᄒ者ᄂᆫ곳比斯麥의劒이니라(황윤덕, 48면)".
'평화와 재산을 보전하기 위한 검'으로 표현된 비스마르크의 무력 사용은, '반문'의 형태에서 '화증'의 형태로 변화되어 있다. 이와 같이 황윤덕은 번역 과정에서 자신이 호응했던 철혈정책 관련 부분을 강조하는 노력들을 여러 차례 보여준다.

5. 번역 공간의 비균질성

사사카와 기요시의 『비스마르크』는 다음과 같이 끝난다.

> 오호, 그건 그렇다 치고, 몰리에르의 소위, '그는 게르만을 키웠고, 그리하여 게르만인을 축소시켰다'라는 이 한마디로 회기回記할 수 있을까. 나는 오히려 공公과 같은 호걸을 필요로 하는 국토에 태어나기를 바라지 않을 수 없다.
> 사사카와, 120~121면

여기서 사사카와는 민권을 위축시킨 비스마르크에 대한 몰리에르의 비판에 의문을 제기한다. 「자서自序」에서부터 사사카와가 노출한 '비스마르크 평가 바로잡기'는 이 대목에서 완성되었다. 이처럼 사사카와는 변론의 화법을 구사했다. 군대를 앞세운 대외정책에 대해서는 비스마르크가 우승열패 시대의 최적자라며 옹호하였고, 민권 축소에 대해서는 군권주의 강조를 통해 맞서며 오히려 그와 같은 영웅이 등장할 만한 국가적 토양을 염원했다.

사사카와의 글에서는 그의 판단과 성향에 따라 비스마르크의 상이 결정되었지만 박용희와 황윤덕이 원한 것은 사사카와와 거리가 있었다. 이에 두 번역자는 사사카와의 매듭 지점을 자신들의 시작 지점으로 삼고, 각기 다른 기준으로 작업을 수행하였다. 박용희는 비스마르크의 이름을 내걸었지만 글의 전개 과정에서는 자신의 목소리를 전면으로 배치하는 전략을 취한다. 다채로운 구성의 「비스마ー ㄱ전」은 폭력의 시대를 고발하고 타국의 저항운동 사례를 보여준다는 점에서 나름의 일관성을 확보하고 있다. 국민정신에 대한 강조는 이러한 방향성 속에서 타진되는 박용희 나름의 대안이었다.

「비스마ㅡㄱ전」에서 '비스마르크의 자리'는 점차 사라지고 결국에 '박용희의 목소리'만이 남은 것은, 당시 전기물 번역이 지닌 도구적인 성격을 증명해준다. 비스마르크의 생애는 단지 유용한 지식일 뿐이었다.

한편 황윤덕이 번역한 『비사맥전』은 보성관의 계몽 기획 속에서 등장했다. 황윤덕은 저본의 변론적 색채를 걷어내고 첨삭을 통해 사사카와의 비스마르크를 자신이 생각하는 완전무결한 영웅의 형상에 가깝게 만들었다. 또한 그는 철혈정책의 의미를 극대화하여 한국의 정치 현실 속에 드리워진 절망을 벗겨낼 수 있는 화두로 삼고자 했다. 박용희가 실천적 대안을 비스마르크 서사의 외부에서 찾았다면, 황윤덕은 내부에서 찾은 것이라 할 수 있다.

비슷한 시기에 집필되었을 뿐 아니라 동일한 일본어 자료를 활용했음에도 「비스마ㅡㄱ전」과 『비사맥전』은 거의 모든 면에서 다르다. 본 상에서는 그 차이의 기본이 되는 것을 각 번역자의 문제의식으로 전제하고 분석을 수행했지만, 그 외에도 태극학회와 보성관이라는 출판 주체, 잡지와 단행본이라는 출판 형태, 일본과 한국이라는 출판 지역 등 다양한 변수가 복합적으로 작용했을 것이다. 이를테면 박용희가 저본에 전혀 얽매이지 않고 직접적 발화의 형식을 취했던 것은, 『태극학보』라는 매체의 성격과 연재물이 갖는 서사 구성의 탄력성 등 외적 조건이 뒷받침되었기에 가능했다. 반면 황윤덕은 보성관에 소속되어 있었을 뿐 아니라 단행본이라는 틀 속에서 작업해야 했다. 정식 비스마르크 전기를 책으로 엮어내야 하는 그로서는 부분적으로 첨삭하는 것 외에 목소리를 낼 여지가 많지 않았다. 황윤덕 나름의 변주는 이러한 조건 속에서 시도된 것임을 참작해야만 한다. 기억해야 할 것은, 동일한 대상을 동일한 언어로 번역한 텍스트 사이에서조차 뚜렷한 차이를 보인 경우가 다수 존재했다는 사실이다. '한국적 특수성'이라는 통합적 구도 속에서 쉽게 지워질 수 있는 '내부의 다양성'에 보다 주의를 기울일 필요가 있다.

비스마르크는 아시아를 공략 중이던 독일제국의 국부였으나 그의 삶과 업적은 식민지로 전락하고 있던 한국에까지 활발히 번역되었다. 그러나 이는 단순히 제국주의에 대한 동경이 아니라 비스마르크를 발화의 도구로 삼는 것이었다. 사회진화론의 폭력성을 들어 박용희나 황윤덕의 텍스트를 단죄하는 것은 쉬운 일일지 모른다. 그러나 애초부터 진화론적 원리는 한국적 맥락에서 곧이곧대로 수용되지 않았다. 독일 영웅의 전기를 표방하는 동시에 독일의 침략성을 비판하거나 국채보상운동을 호소하는 등 예측 불허의 혼종성을 지닌 「비스마ㅡㄱ전」은 이를 상징적으로 보여준다.

제2장

대한제국의 황혼과 개혁 군주, 『피득대제전』

1. 들어가며

표트르 대제[1]는 17세기 무렵의 러시아를 철저히 개혁하여 강국으로 가는 기틀을 마련한 인물이다. 이 사실만을 놓고 본다면, 동아시아의 표트르 전기 번역은 '신흥 강국을 건설한 영웅을 알자'는 메시지 하나로 정리될 수도 있어 보인다. 그러나 문제는 그리 단순하지 않다. 한국·중국·일본은 당시 러시아와 정치적으로 각기 다른 관계를 맺고 있었기에 러시아를 표상하는 '칭兆'인 표트르를 다루는 방식 또한 동일할 수 없었다. 여기에는 '삼국간섭', '아관파천', '러일전쟁' 등의 굵직한 역사적 사건들이 가로 놓여 있다.

19세기까지는 신문의 단발성 언급에 그치던 한국의 표트르 관련 글은,

---

1   표트르 1세(Pyotr I, 1672~1725)를 높여 부르는 표현이다. 이하 본 장에서는 '표트르', 혹은 '표트르 1세'로 칭한다.

1907년에 이르러 전기물 형태로 거듭 활자화되었다. 다음의 표를 참조할
수 있다.

〈표 5〉1900년대 한국의 표트르 1세 전기물

시기	제목	필자	출처
1907.4~10	彼得大帝傳	조종관	『共修學報』제2~4호
1908.5.25~7.25	彼得大帝傳	완시생	『대한학회월보』제4~6호
1908.11.5	聖彼得大帝傳	김연창	광학서포 발간 단행본
1908.11~1909.2	러시아를中興식힌 페터大帝	최남선	『소년』제1년 제1권~제2년 제2권

세 개의 잡지가 표트르의 전기를 1년 내외 간격으로 연재했고, 한 차례는
단행본으로도 발간되었다. 목록에 올리지는 않았으나 러시아 거주 한인에
의해 발행된 『대동공보』에서도 표트르 관련 기사를 찾을 수 있다.[2] 이 외에
도 표트르를 다룬 일회성 기사는 다수 있었다.

러일전쟁은 일본의 제국주의 행보가 전면화된 사건인 동시에, 러시아의
강국 이미지가 실추된 계기이기도 했다. 따라서 이 직후 러시아의 영웅을
집중 조명하는 것은 뭔가 앞뒤가 맞지 않는 느낌이다. 러시아가 강국이 되
기까지의 서사는 패전 이후 빛이 흐려질 수밖에 없었다. 그럼에도 불구하고
한국에서 표트르 전기 번역은 빈번하게 시도되었다. 이러한 집중 조명은 무
엇을 의미하는 것일까?

한국어 역본의 저본은 하쿠분칸의 『세계역사담』 시리즈 12편인 사토 노
부야스佐藤信安, 1873~1914의 『피득대제彼得大帝』[3]였다. 〈표 5〉에서 제시한 전기
물 중 최남선이 집필한 「러시아를중흥中興식힌 페터대제大帝」를 제외한 나머

---

2 「표트르 대제」, 『대동공보』, 1909.7.2.
3 佐藤信安, 『彼得大帝』, 博文館, 1900.

지는 사토 노부야스의 『피득대제』를 저본으로 삼았다음영 표기.[4] 이 정도의
횟수로 중복 번역되었다는 것 자체로 이미 사토 노부야스의 텍스트는 문제
적이다.[5] 이 텍스트로부터 논의를 시작해 보자.

2. *Peter the Great*─전통 파괴에 대한 일침, 비판적 표트르 인식

19세기에는 이미 여러 종류의 영문판 표트르 전기들이 간행되어 있었
다.[6] 러시아는 급속한 선진화를 이루었으며 푸시킨, 톨스토이, 도스토예프
스키 등 걸출한 문호에 의해 문화적 위상도 한껏 제고되어 있었다. 이 나라
의 근간을 만든 표트르 1세가 재조명되는 것은 당연한 수순이었다.[7]

사토 노부야스가 『피득대제』 주 저본으로 활용한 것은 바로 카지미에슈
발리셰프스키Kazimierz Klemens Waliszewski, 1849~1935의 *Peter the Great*[8]이었
다. 사토는 『피득대제』 '서序'에서 "최근 프랑스인 노이도魯伊都[9] 씨가 저술한
피득대제전彼得大帝傳을 읽으매 (…중략…) 그것을 초역抄譯함으로써 세상 사람

---

4 사토 노부야스의 텍스트와 세 편의 한국어본의 연관을 최초로 밝힌 이는 김병철이다(김병철,
   『한국근대번역문학사 연구』, 을유문화사, 1975, 228~230면).
5 중역의 경로가 다른 최남선의 텍스트는 본 장의 논의 대상에서 제외하고자 한다.
6 Orlando Williams, *Life of Peter the Great*, Mifflin and company, 1882; John Lothrop Motley,
   Peter the Great, T. Nelson, 1887; Jacob Abbott, *Peter the Great*, Harper & Brothers, 1887;
   Oscar Browning, *Peter the Great*, Hutchinson & co., 1898 등.
7 표트르에 대한 학자들의 관심은 최근까지도 다채롭게 전개되어왔다. 제임스 크라크라프트, 이주
   엽 역, 『러시아를 일으킨 리더십 표트르대제』, 살림, 2008의 후주(242~255면)에는 표트르 대
   제에 대한 서구권의 각 분야 연구 성과들이 잘 안내되어 있다.
8 K. Waliszewski, translated from the French by Lady Mary Loyd, *Peter the Great*, William
   Heinemann, 1898.
9 사토는 본문 번역 자체에서도 종종 실수를 범했다. 예를 들어, 표트르의 형 '표도르'가 등장해야
   할 부분에 다른 형인 '이반'의 이름을 넣거나(사토, 40면), 1600년대 표기를 1700년대로 여러
   차례 오기한 것(사토, 42 · 45 · 49면) 등이 있다.

을 경성시키고자", "본서는 노이도 씨가 저술한 표트르 전기에 주로 기대고" 등과 같이 스스로 저본의 출처를 밝히고 있다. '노이도魯伊都'는 영문판 번역자 'Loyd'를 지칭한다. 프랑스어 원작을 영역자 로이드의 것이라 하거나 영국인 로이드를 프랑스인으로 소개하는 착오가 있긴 했지만, 사토가 집필을 결심한 계기와 집필에 필요한 정보들을 *Peter the Great*을 통해 제공받은 것은 분명하다.

*Peter the Great*의 원저자 발리셰프스키는 폴란드 태생으로, 바르샤바와 파리에서 공부했지만 오랜 시간을 프랑스에서 거주하였으며, 모든 저술을 프랑스어로 썼다. 이 외에도 러시아에게 정복당한 폴란드 출신이라는 정체성, 피지배국 출신으로서 지배국의 역사를 연구한 점, 그러면서도 동시대 러시아 독자들을 의식하지 않을 수 없었던 정황 등은 발리셰프스키의 집필 배경으로 고려되어야 할 요소들이다. 그는 1870년경부터 파리, 런던, 베를린, 빈, 성페테르부르크 등에서 30여 년을 몰두하여 러시아 역사에 대한 저술들을 발표했다. 구체적으로는 러시아의 첫 황제인 이반 4세로부터 19세기 말까지의 약 3세기에 이르는 역사를, 주요 왕들을 중심으로 다수 집필했다.[10] 발리셰프스키는 조국인 폴란드 역사에 새로운 시야를 제공하는 폴란

---

10 그의 저술 목록은 다음과 같다. 많은 경우 각 저서들에 대한 프랑스어 및 러시아어 판본들도 존재하나 여기에서는 영문판만 선별하여 목록화했다. 이 목록의 총합은 프랑스어로 작성된 발리셰프스키 저술 목록의 합과 큰 차이가 없어 보이는바, 그의 저술 대부분이 영어로 소개되었다고 보아도 될 것이다.

The Romance of an empress : Catherine II of Russia, William Heinemann, 1895; The story of a throne; Catherine II of Russia, William Heinemann, 1895; Peter the Great, William Heinemann, 1897; MARYSIENKA Marie De La Grange D'Arquien Queen of Poland, and Wife of Sobieski 1641-1716, William Heinemann, 1898; A history of Russian literature, D. Appleton and company, 1900; Paul the First of Russia, the son of Catherine the Great, William Heinemann, 1913; Ivan the Terrible, William Heinemann, 1904; Poland, the unknown, William Heinemann, 1919 등.
참고로, 발리셰프스키의 첫 번째 저술로 판단되는 것은 Archiwum spraw zagranicznych francuskie do dziejów Jana Trzeciego, Nak. Akademii Umiejtnoci Krakowskiej, 1879로서, 폴란드어로 집

드 역사서, 러시아 문학사 등에도 관심을 가졌고, 죠셉 콘라드 등과 다수의 서신을 교환하기도 하는 등 평생을 역사 연구 속에서 보냈다.[11] 현대의 러시아사 연구자들 역시 여전히 그의 작업을 인용하고 있다.[12]

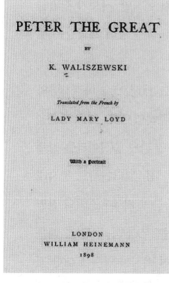

Peter the Great의 초판은 1897년 5월에 두 권으로 분책되어 나왔고, 단권으로 묶인 재판再版은 1898년에 나왔다. 출판사는 모두 런던에 위치한 William Heinemann[13]으로, 발리셰프스키의 다른 영역서들도 대부분 이곳을 통해 출판되었다. Peter the Great의 영역자는 책의 속표지에 "Translated from the French by Lady Mary Loyd"라고 명기되어 있듯, 메리 로이드Lady Mary Sophia Hely-Hutchinson Loyd, 1853~1936였다. 로이드는 프랑스어 서적을 영어로 옮기는 데 특화된 전문 번역가였다. William Heinemann을 통해 출판

필되었다. 특히 러시아 관련 저술을 살펴보면, 시대순으로 발표한 것은 아니었지만 결과적으로 는 근세기의 주요 러시아 황제들에 대해서는 빠짐없이 다루었을 정도로 전문성을 갖추었다.

11 이상 인적 사항의 출처는 Snyder, Louis Leo, *The making of modern man : from the Renaissance to the present*, Van Nostrand, 1967; Krzyżanowski, Ludwik, *Joseph Conrad : centennial essays*. Polish Institute of Arts and Sciences in America. 1960, p.121.
특히 그의 저서 *Poland, the unknown*은 몰락한 국가로서의 폴란드의 한계들을 지적해 온 기존의 적대적 해석과는 다른 방어적 구도를 창출했다는 평을 받기도 했다. Nevins, Allan, *The Gateway to History*. D.C. Heath and Company, 1938, p.369.

12 당대 영미권의 주요 학술 서평은 빈번하게 발리셰프스키의 저술을 다루었다. 최근의 연구서로는 비비안 그린, 채은진 역, 『권력과 광기』, 말글빛샘, 2005; D. P. 미르스끼, 이항재 역, 『러시아 문학사』, 씨네스트, 2008을 참조.

13 설립자 윌리엄 하이네만(William Heinemann, 1863~1920)의 이름을 딴 것이다. 1890년에 세워진 이 출판사는 웰스(H. G. Wells), 스티븐슨(Robert Louis Stevenson), 키플링(Rudyard Kipling) 등과 같은 작가의 저술 뿐 아니라 국외의 주요 서적들을 활발히 번역하여 영국에 소개했다. Linda Marie Fritschner, 'Heinemann, William(1863-1920)', *Oxford Dictionary of National Biography*, Oxford University Press, 2004.

된 발리셰프스키의 기타 저술들도 거의 전담하다시피 했으며 그 외에도 다양한 작품 번역에 참여했다.[14] 로이드는 자신의 첫 번째 번역서로 추정되는 한 서적의 첫머리에 번역 작업의 기쁨과 감격을 담은 기념사를 붙여둔 바 있다.[15] 이를 통해 프랑스어에 애정을 갖고 적극적 자세로 번역에 임했으리라 추정할 수 있다.

표트르에 대한 역사 저술로서 *Peter the Great*의 특징은 무엇일까? 앞서 언급했듯, 발리셰프스키의 *Peter the Great*은 저자 자신의 전문 영역인 '러시아 왕가 시리즈'의 일환으로 저술된 것이다. 그러므로 그의 저술들이 갖는 전반적인 특징에 주목할 필요가 있다.

발리셰프스키의 필력에서 *Peter the Great*은 초기 저술에 속한다. 초판본 *Peter the Great*에서 "*The Romance of an Empress, The Story of a Throne* 등의 저자"라는 설명이 전부이다. 그런데 이듬해 간행되는 *Peter the Great*의 두 번째 판본에는 두 저서에 대한 각각의 평가도 함께 실려 있었다.[16] 두 서평의

---

14 발리셰프스키 저술을 제외한 로이드의 번역서를 예로 들면 다음과 같다.
   Du Pontavice de Heussey, Robert, *Villiers de l' Isle Adam; his life and works, from the French of Vicomte Robert du Pontavice de Heussey*, William Heinemann, 1894; Ernest & Henriette Renan, *Brother and sister; a memoir and the letters of Ernest and Henriette Renan*, Macmillan and Co., 1896; Napoleon I, *New letters of Napoleon I, omitted from the edition published under the auspices of Napoleon III*, Appleton and company, 1898; Clément Huart, *A history of Arabic literature*, Appleton, 1903 등 다수.

15 "TO / THE EVER BLESSED MEMORY / OF THE UNKNOWN INDIVIDUAL / WHO FIRST INTRODUCED ME TO / THE KNOWLEDGE OF THE FRENCH LANGUAGE, / THIS TRANSLATION / IS GRATEFULLY DEDICATED / BY MARY LOYD." Du Pontavice de Heussey, Robert, *Villiers de l' Isle Adam; his life and works, from the French of Vicomte Robert du Pontavice de Heussey*, William Heinemann, 1894.

16 먼저 *The Romance of an Empress*에 대해서는 "이 책은 황녀 자신의 고백에 기반하고 있다" "역사의 몇몇 이야기들은 그 신비한 사건들과 스릴있는 에피소드들로 인하여 예카테리나 2세의 그것보다 더욱 로맨틱하다. 몇몇 캐릭터들은 더욱 호기심을 자극하는 문제들을 보여준다"라는 *The Times*의 서평이, 그리고 *The Story of a Throne*에 대해서는 "간행된 그 어떤 소설도 열광적 흥미를 제공하는 이 역사적 전문서와 견줄 수 없다"는 *The World*의 서평이 각각 인용되어 있다.

공통점은 역사물이면서도 뛰어난 오락성을 보장한다고 강조하는 것이다. *The Times*는 스릴, 로맨틱과 같은 용어로 서평을 장식하며, *The World*는 소설도 따라갈 수 없다는 수사를 동원하여 재미를 강조하고 있다. 즉, 발리셰프스키는 *Peter the Great* 발표 시점까지 이미 역사적 소재를 서사화하여 대중 친화적인 작품들을 생산했고, 이를 통해 나름의 명성을 획득하고 있었던 것이다.

발리셰프스키의 이러한 특징은 *Peter the Great* 이후에도 이어졌다. 올리버 워드롭은 *Le Berceau d'une Dynastie : les premiers Romanov, 1613~1682*프랑스어에 대한 한 서평에서, 이 저술로 인하여 16세기부터 18세기를 아우르는 발리셰프스키의 러시아 역사서 집필이 일단락되었음을 언급하면서, "작가야 기껏해야 이야기꾼에 불과하지만 그는 그 이상의 존재가 되기를 목표로 삼는다"고 고평한다. 또한 줄곧 이어져 온 그의 글쓰기 방식, 즉 "유머러스한 활력", "행복한 어구들"이 독자로 하여금 유쾌하게 그의 저술을 쫓아갈 수 있도록 해줬다고 인정하고 있다.[17] 단순한 스토리텔러를 뛰어넘는 발리셰프스키의 통찰력과 전문성, 그리고 문장의 경쾌함과 재기발랄함은 그의 전체 저술들을 관통하는 특색이었다.

식민지 출신의 역사가 발리셰프스키는 제국 러시아의 역사를 평생의 연구 대상으로 삼았지만, 활동 자체가 민족주의적 저항 의식 속에서 수행된

---

[17] "With this volume, the third of the series entitled *Les Origines de la Russie moderne*, M. Waliszewski ends his interesting survey of Russian history from the middle of the sixteenth to the end of eighteenth century, a work to which he has devoted twenty years. Though it is as a story-teller that the author is at his best, he aims at being more, and in those passages which least lend themselves to picturesque treatment he still reveals his good-humored vivacity and lightness of touch in happy phrases which keep the reader cheerful and keen to pursue." Oliver Wardrop, Reviewed work(s) : *Le Berceau d'une Dynastie : les premiers Romanov, 1613-1682*, *The English Historical Review* vol.25, no.97, Oxford University Press, Jan., 1910, p.173.

것은 아니었다. 물론 발리셰프스키는 러시아 역사의 장엄한 이미지에 위배되는 저술도 발표했다. 예컨대 표트르의 진정한 계승자로 알려진 예카테리나 2세는 많은 치적에도 불구하고 남성 편력에 의한 부정적 이미지가 오늘날까지 남아있는데, 그런 이미지가 유럽 내에서 확산되는 데는 발리셰프스키의 *The Romance of an Empress*1895가 기여한 부분도 적지 않을 것이다.

발리셰프스키가 지닌 최소한의 정치적 중립성은 바로 이 지점에서 담보된다. 러시아 역사상 가장 걸출한 영웅인 표트르 1세라 할지라도, 작가가 러시아 출신이 아닌 이상 표트르에 대한 주관적 외경심이 개입될 여지는 크지 않다. 그뿐만 아니라 그의 독자들은 대부분 프랑스 및 영국 등 서유럽에 편중되어 있었다. *Peter the Great*은 프랑스어로 쓰여졌고 이후로도 여러 언어로 번역되었는데, 정작 러시아어로 번역된 것은 발표 이후 10여 년이 경과한 1908년이었다.[18] *Peter the Great* 서문에서는 러시아 독자들을 의식하는 저자의 조심스러움도 엿보이지만,[19] 실질적인 1차 독자는 러시아인이 아니었다. 결국 그의 집필 방향 및 러시아에 대한 비판적 시각은 19세기 말에서 20세기 초 서유럽의 러시아 인식과 더 긴밀히 연동되어 있었다고 할 수 있다.

발리셰프스키가 구성한 표트르의 전기는 단순한 시계열적 기술에서 탈피하여 '그의 교육', '인물론', 그리고 '그의 업적'을 테마로 한 세 가지 파트로 구성되어 있다. 각각의 큰 항목들은 다시 세부 챕터로 구성되는데 정리하면 다음과 같다.

---

18 Kazimierz Waliszewski, *Petr Veliki*, Moskovskoe knigoizdat. tov. "Obrazovanie", 1908.
19 "저는 제가 정확했기를 희망합니다. 저는 제가 충실했음을 알고 있습니다. 저는 놀라기도, 실망하기도, 심지어 화가 나기도 했던 것 같습니다. 저는 저의 러시아 독자들이 그들의 감상을 조심스럽게 숙고할 것을 촉구하고자 합니다. 무언가를 인정하는 용기는, 그것이 무엇이었던 간에 매우 필요한 가치입니다. 러시아에게 있어서, 이 용기는 매우 쉬운 것입니다."(Waliszewski, 「PREFACE」, p.vii)

〈표 6〉 *Peter the Great*의 내적 구성

구성	면수	비율 (%)
PART I－*HIS EDUCATION*		
BOOK I－FROM ASIA TO EUROPE I. THE KREML, AND THE GERMAN FAUBOURG 3 II. THE TSAREVNA SOPHIA 21 III. THE MONASTERY OF THE TROITSA 43	52	9.25
BOOK II－THE LESSONS OF THE CIVILISED[20] WORLD I. ON CAMPAIGN－A WARLIKE APPRENTICESHIP－THE CREATION OF THE NAVY－THE CAPTURE OF AZOF 53	21	3.74
II. THE JOURNEY－GERMANY－HOLLAND－ENGLAND－THE RETURN 74	27	4.8
PART II－THE MAN		
BOOK I－BODY AND MIND I. PHYSICAL PORTRAIT－CHARACTERISTIC TRAITS 103 II. INTELLECTUAL TRAITS AND MORAL FEATURES 128 III. IDEARS, PRINCIPLES, AND MORAL FEATURES 167 IV. PRIVATE LIFE 187	100	17.79
BOOK II－THE TSAR'S ASSOCIATES I. COLLABORATORS, FRIENDS AND FAVOURITES 201 II. THE FEMININE ELEMENT 234 III. CATHERINE 263	88	15.66
PART III－HIS WORK		
BOOK I－EXTERNAL STRUGGLE－WAR AND DIPLOMACY I. FROM NARVA TO POLTAVA, 1700-1709 291 II. FROM THE BALTIC TO THE CASPIAN 327 III. THE APOGEE－FRANCE 358	103	18.33
BOOK II－THE INTERNAL STRUGGLE－THE REFORMS I. THE NEW REGIME－THE END OF THE STRELTSY－ST. PETERSBURG 392 II. MORALS－HABITS AND CUSTOMS 413 III. THE ECCLESIASTICAL REFORMS AND THE SUPPRESSION OF THE PATRIARCHATE 441 IV. THE SOCIAL REFORM－THE TABLE OF RANKS 452 V. PETER'S ECONOMIC WORK 462 VI. THE POLITICAL WORK OF PETER THE GREAT 478 VII. THE ARMY AND THE NAVY 498 VIII. THE OPPOSITION－THE TSAREVITCH ALEXIS 508 IX. PETER THE GREAT'S LAST WILL－CONCLUSION 544	171	30.43
합 계	562	100

이 책은 562면에 달하는 분량에다가 페이지 당 어휘 역시 많은 편이다. 발리셰프스키의 역사물은 대체로 이렇게 압도적 볼륨을 갖고 있다.

발리셰프스키가 집필에서 가장 주력한 부분은 전체 분량의 과반수에 육박하는 PART Ⅲ '그의 업적His Work'이었다. '국외에 대한 투쟁 – 전쟁과 외교'와 '국내에 대한 투쟁 – 개혁들'의 두 영역으로 나눠져 있는 이 챕터에서 발리셰프스키는 국내 개혁에 방점을 찍는다. 동아시아에 널리 알려진 표트르의 이미지처럼 서유럽 견문이나 정복전쟁에서의 승리보다는 종래의 러시아를 개혁한 결과의 명과 암을 그려내는 데 집중했던 것이다. 유럽 독자의 주된 관심 역시 표트르 1세 및 예카테리나 2세 등의 정복 사업보다는 내부 개혁이 러시아의 전통적 가치들과 어떻게 길항했는가와 같은 신생 강국의 내밀한 사정일 터였다.

발리셰프스키 역시 표트르 1세의 역사적 무게를 인정했다.[21] 그러나 그것은 일반적인 전기물에서 접할 수 있는 예찬과는 궤를 달리 한다. 그는 한 사람의 역사가이자 '타자'의 시선을 갖고서, 비판해야 할 것은 날카롭게 비판했다. 이를테면 표트르 1세에 대한 부정적 세평들을 다수 소개하며 역사가 그의 과오를 덮어주었다는 지적까지 곁들인 바 있다.

19세기 초, 프랑스 혁명과 나폴레옹 헤게모니의 이중 영향 아래, 반동적 본성이 다시 한 번 지배하였다. 혁명의 기획은 공포로 보였다; 민족적 정서는 독일에서처럼 러시아에서도 일어났고, 게르만노피 당이 다른 나라에서 일어

---

20 현대 영어로는 'Civilized'이다.
21 예를 들어 서문에서 저자는 다음과 같이 언급한다. "표트르는 – 내 어떤 도움도 없이 – 이미 그가 최고에 적합하다고 생각할 수밖에 없는 기념비를 갖고 있습니다."(Waliszewski, 「PREFACE」, p.vii)

난 것처럼 슬라보피 당은 국가에서 부상했다. 표트르와 그의 사업은 둘 다 비방을 받았다. 그리고 나서 또 다른 갑작스러운 변화가 있었다. 의견들은 위축되기 시작했다. 슬라보피 당의 어떤 대표자들은 비난의 가혹함을 조정하고 줄이는 데까지 나아갔다. 표트르는 더 이상 **러시아의 품에 부패와 외국 문명을 드리워 러시아를 본래 모습과 가장 행복했던 운명으로부터 멀어지게 한 죄**를 추궁받지 않았다. 표트르 스스로가 필연적으로 재촉해온 **몰락과 폭력**이라는 과오는 유지되었다. 따라서 그의 간섭 없이 더 천천히 진행되고 더 건실하게 축적된 진보의 본질적 가치를 떨어뜨렸다.[22]

발리셰프스키는 표트르에게 내려진 냉정한 평가를 당연시했다. 그에 의하면, 표트르가 저지른 죄에 대한 추궁이 잦아든 이유는 단지 시간이 흐르면서 희석된 것일 뿐이다. 중요한 것은 표트르의 죄로 지적되는 내용이 무리하게 외국 문명을 도입하여 러시아의 정체성을 망가뜨린 데 있다는 점이다.[23] 현대 학자들 사이에서는 표트르가 정치체제 개편에 미온적이었다는 이유로 '서구 추종'이라기보다는 '서구의 기술만을 받아들였을 뿐'[24]이라는 의견도 있지만 발리셰프스키의 생각은 달랐던 것이다. 그러나 역설적으로 표트르의 '서유럽식 근대화'는 얼마 후 동아시아의 지식인들이 선망해마지 않는 표트르 1세 최대의 미덕으로 변모하게 된다.

프랑스 혁명에 대한 반발 심리가 표트르에 대한 부정적 평가로 이어졌다

---

22 Waliszewski, p.552.
23 이는 현대 사학자들이 표트르 1세의 한계와 관련하여 지적하는 주된 내용이기도 하다. 문명식, 『러시아 역사』, 신아사, 2009, 280·287면 등 참조. 한편, 제임스 크라크라프트와 같이 표트르의 개혁 자체를 대단히 긍정적으로 해석하는 논자들 역시 존재한다. 제임스 크라크라프트, 앞의 책 참조.
24 CCTV 다큐멘터리 대국굴기 제작팀, 김안지 역, 『강대국의 조건-러시아』, 안그라픽스, 2007, 104면

는 발리셰프스키의 설명 역시 의미심장하다. 저자는 프랑스 혁명과 표트르 1세의 사업을 '혁명의 기획'이라는 점에서 동일한 층위에 올려놓았다. 절대군주제를 무너뜨린 전자와 절대군주제를 공고히 한 후자가 전대前代와의 '단절'이라는 점에서는 매한가지로 비판되었던 것이다. 발리셰프스키는 급격한 변화 자체를 부정적으로 바라보았다.

한편 발리셰프스키는 표트르의 '시대착오적' 개혁들에 대해 다음과 같이 유감을 드러내고 있다.

> 비교적 최근에, 고위 러시아 공직자가 그의 소작농들의 훌륭한 행동을 포상하기 위하여 그들에게 학교를 주겠다는 생각을 했다. 그 건물은 완벽하게 빈 채로 남아있다. 그리고 강제 출석을 위한 그 설립자의 시도는 오직 종들이 단체로 그를 기다리도록 조종하고 자비를 간청하는 결과만을 낳았다. '주인님, 우리는 항상 우리의 의무를 다했습니다. 왜 당신은 우리를 벌주시나요?' 이것이 표트르가 그의 농노Moujiks에게 전달한 문명화의 아이디어였다.[25]

표트르에 대한 이와 같은 비판은 "국가는 살쪄 가는데, 인민은 여위어 갔다"[26]고 한 끌류체프스키V. O. Klyuchevskii나, 비록 나라와 지배자는 부강해졌으나 "국민에게는 아주 무거운 짐을 지게 하였다"[27]는 로버트 마시의 평가와 일맥상통한다. 잔혹한 방법으로 농노제를 강화하여 평민이나 귀족이나 실제로는 노예와 다름없었다는 비판은 현대 러시아 사학자들 사이에서

---

25 Waliszewski, p.553.

26 기연수, 「표트르 대제의 개혁에 관한 고찰」, 기연수 외, 『러시아 위대한 강대국 재현을 향한 여정』, 한국외대 출판부, 2009, 30면에서 재인용.

27 로버트 마시, 민평식 역, 『러시아의 위대한 개혁자 피터 대제』, 병학사, 2001, 511면.

도 지적되는 바다.[28] 이처럼 발리셰프스키는 가능한 한 표트르의 오점들을 공론화하려 애썼다. 그러나 동아시아로 건너온 후 *Peter the Great*의 표트르 비판은 대부분 소거되고 만다.

3. 사토 노부야스의 『피득대제彼得大帝』-정복자 표트르

1) '외국만유'라는 동력

19세기 말에서 20세기 초, 일본과 러시아의 관계는 대단히 부정적이었다. 일본에게 있어서 러시아는 미국과의 굴욕적 개항 이후 두 번째로 불평등 조약을 체결하게 만든 억압적 타자였고,[29] 청일전쟁의 승리에 찬물을 끼얹은 삼국간섭의 주축국이었으며,[30] 한국을 식민지화하는 데 있어서도 가장 큰 걸림돌이었다.[31] 지리상 가장 가까운 곳에 위치한 러시아는 실제로도 1861년의 쓰시마 사건, 1885년의 거문도 사건, 1900년 의화단 사건[32] 및

---

28 포보보노프(48~49면) 및 사하로프(89면), CCTV 다큐멘터리 대국굴기 제작팀, 앞의 책, 참조.
29 일본의 첫 개항 상대는 1854년 페리(M. C. Perry)에 의한 미일강화조약이었고, 이듬해인 1855년 푸탸틴에 의한 러일화친조약이 그 다음이다(야마무로 신이치, 정재정 역, 『러일전쟁의 세기 –연쇄시점으로 보는 일본과 세계』, 소화, 2010, 21면).
30 삼국간섭에서 러시아의 적극성은 주지의 사실로, 예를 들어 러시아는 프랑스, 독일과는 달리, 고베에 군함을 파견하여 일본에 압력을 가하기도 했다.
31 삼국간섭에서 러시아 공사가 일본 정부에 제출한 다음의 권고에는 이미 조선 독립의 문제가 핵심적으로 거론되고 있다. "랴오둥반도(遼東半島)를 일본이 소유하는 것은 항상 청국 수도를 위험하게 할 뿐만 아니라 이와 동시에 조선국의 독립을 유명무실하게 하는 것으로, 이상은 장래 오랫동안 극동의 영구 평화에 장애를 줄 수 있는 것이라고 인정된다."(야마무로 신이치, 앞의 책, 77면에서 재인용) 삼국간섭 이후 일본은 을미사변(1895)을 일으켰고, 한국은 아관파천(1896)으로 러시아 세력과의 결탁을 공고히 했다.
32 의화단 사건 때 무력개입을 통해 청에 대한 대외정책의 돌파구를 의식하던 일본은 같은 시기 러시아가 진군시킨 군대를 만주에 주둔시켜 실익을 노리자 반발하게 된다. 이는 일본과 러시아 양국의 갈등이 표면화된 계기였다. 이후 일본은 1902년의 영일동맹을 등에 업고 러일전쟁에 대한 강경론이 득세하게 된다. 함동주, 『천황제 근대국가의 탄생』, 창작과비평, 2009, 191~194면 참조.

블라고베셴스크 학살 사건[33] 등의 배경에 등장하며 일본의 위협이 되고 있었다. 이와 더불어, 임박한 시베리아 철도의 완공은 일본의 절대적인 불안요소일 수밖에 없었다.[34] 1902년에 나온 한 소설에서 러시아의 동방침략함대 사령관을 "전 세계 해군사회에서 악마처럼 전율스러운 일대의 효웅梟雄"[35]으로 묘사한 것이 대변하듯 소위 '공로병恐露病'이 하나의 현상으로 떠오르기도 했다. 한때 러시아 제국은 메이지 일본의 급속한 서구화에 영감을 제공한 대상이었다. 이와쿠라 사절단의 구미 탐방 자체도 표트르 1세의 서유럽 사절단으로부터 영감을 얻은 것으로 전해진다. 그러나 이제 러시아는 일본의 급부상에 치명적 위협을 가할지도 모르는 존재가 되어 있었다.

메이지시기 텍스트들 가운데 표트르 관련 글은 그 빈도가 여타의 영웅들보다 적은 편이다. 러시아로 인하여 분루를 삼키던 일본인들이 러시아의 영웅에 관대할 이유는 없었다. 특히 표트르에 대한 단독 저술은 거의 찾아보기 힘들다. 그와 관련된 글 대부분은 짧은 일화들을 한데 묶어 편찬한 종합전기물이나 수신서류에서 등장할 뿐이다.[36] 일본에 만연해 있던 부정적 러

---

33 1900년 7월 3,000여 명에 달하는 청나라 주민을 만주로 출병한 러시아군이 학살한 사건으로, 일본 내 반러 감정을 고조시키는 결정적 계기가 된다. 야마무로 신이치, 118~122면 참조.

34 철도가 완성된다면 러시아는 당시 재해권을 장악한 영국의 영향력이 미치지 못하는 육로를 통해 동아시아까지 대규모의 군대를 보낼 수 있었다. 청일전쟁 후 동청철도 부설권을 얻은 러시아는 1898년 원래 일본에 할양될 예정이었던 랴오둥반도를 청으로부터 조차지로 획득하며 동청철도의 지선 남만주철도 부설권까지 얻게 된다. 이는 시베리아 철도 완성의 마지막 부분이 될 터였다. 위의 책, 63~90면 참조.

35 오시카와 슌로, 『무협의 일본』, 博文館, 1902. 야마무로 신이치, 앞의 책, 63면에서 재인용.

36 메이지 시기의 표트르 관련 전기물을 모으면 대략 다음과 같은 목록이 작성된다. 각 서적에서 표트르가 나오는 지점을 따로 부기해 두었다. 본 목록은 1910년까지의 유관 텍스트로 한정한 것이다.

　1. 塚原渋柿園 訳, 『魯国事情』, 秋声書屋, 1873. 巻之四에 「彼得帝遺訓」으로 등장.

　2. 田村左衛士 訳編, 『泰西偉人』, 田村左衛士, 1892. 8인의 전기 중 7번째에 「彼得太帝」로 등장.

　3. 吉村銀次郎, 『泰西軍人亀鑑』, 大日本中学会, 1895. 102개의 에피소드 중 69번째에 등장. 「彼等ハ彼等自身ヲ破ルノ術ヲ吾人ニ教ヘリ (露帝彼得ノ耐忍)」.

　4. 山本利喜雄, 『露西亜史』, 東京専門学校出版部, 1901. 중반에 「第十六章~第十八章 彼得大帝(露

시아 인식은 러일전쟁 이후에도 계속되었을 가능성이 크다. 예로, 하쿠분칸이 세계 주요 국가들의 역사 및 문화 등을 개괄한『세계독본世界讀本』시리즈를 들 수 있다. 영국, 독일, 오스트리아, 이탈리아, 프랑스, 스위스 외에도 스페인, 포르투갈, 아프리카 각국 및 중국, 조선, 동양 각국 등 각 대륙의 주요국이 모두 등장하는 이 기획물 가운데, 러시아 관련 내용은 일절 발견되지 않는다.[37]

이러한 맥락에서, 1900년에 발표된 사토 노부야스의『피득대제』와 같은 본격적 전기물은 희소한 사례다. 사토의 전기물 자체도『세계역사담』이라는 총서의 틀이 아니었다면 출판되기 어려웠을지 모른다. 하쿠분칸은『세계역사담』의 주인공 편성에 고대 중국의 명장 악비로부터 최근의 인물인 비스

　　西亜の改造者、上・中・下)」로 등장.
5. 松村介石, 『人物短評』, 警醒社, 1902. 23개의 에피소드 중 8번째「彼得大帝の勇胆」로 등장.
6. 久松義典, 『殖民偉蹟』, 警醒社, 1902. 44개의 일화 중 36번째「彼得大帝」로 등장.
7. 渋江保, 『世界英雄神髄』, 東海堂, 1903. 12개 에피소드 중「(第四) 彼得大帝は私行の甚た修まらぬ人なり」로 등장. 『附カタリナ女帝の事』가 함께 있음.
8. 渋江保, 『露西亜闇黒史』, 文明堂, 1904. 16장까지의 구성 중「第五章 彼得大帝」로 등장.
9. Staehlin Storcksbury, 神山閏次 訳, 『彼得大帝の面影』, 警醒社, 1904 여러 면모를 옴니버스식으로 전개해나가는 책. 전기적 기술은 아니지만 희소한 단독 사례.
10. 山方香峰 編, 『世界人豪の片影』, 実業之日本社, 1906. 50명의 사례 중 4번째에「彼得大帝」으로 등장.
11. 成瀬正弘 編, 『西洋古今名訓逸話集』, 警醒社, 1907. 194개의 짧은 스토리 속 48번째에「彼得大帝」라는 이름으로 등장.
12. 林董 訳編, 『修養の模範』, 丙午出版社, 1909. 100개의 사례 중 40번째에「露国彼得大帝の信義」로 등장.
13. 横井時雄, 『欧洲近世史論』, 警醒社, 1910. 30장까지의 구성 중「第十七章 彼得大帝と露西亜の勃興」로 등장.
37　세계 주요국과 주요 테마에 대한 사전적 정보들을 제공한 교양류 서적 중 러일전쟁 이전에 출간된 池辺義象의『世界読本』(弘文館, 1902)의 경우 단권 구성으로도 영국, 독일, 프랑스, 터키 등과 함께「露西亜の風俗 (러시아의 풍속)」이라는 챕터가 존재하는 반면, 러일전쟁 이후에 나온 巌谷小波, 金子紫草의『少年世界読本』(博文館, 1907)의 경우 5권까지의 볼륨을 갖추고도 러시아를 위한 지면은 존재하지 않는다.(第1巻 英吉利; 第2巻 支那・朝鮮・暹羅・波斯及東洋各国; 第3巻 独逸・墺太利; 第4巻 西班牙・葡萄牙・亜非利加各国; 第5巻 仏蘭西・瑞西) 한편, 이 시리즈에 러시아와 더불어 일본 불평등 조약의 포문을 연 미국이 포함되지 않은 것도 주목할 만하다.

마르크에 이르는 다양한 인물군을 끌어들였다. 러시아와의 갈등 국면이 심화되기 전인 1899년이라는 간행 시점도『피득대제』가 탄생할 수 있었던 조건이라 할 수 있다.

사토 노부야스에 대한 기록은 많지 않다. 기본적으로 이는 그가 40대 초반에 생을 다했기 때문이다. 저서 표지를 통해 그가 도쿄제대 출신의 법학 사法學士였다는 것 정도만이 확인된다. 그는『피득대제』를 포함하여 두 권의 저서를 남겼는데 나머지 한 권 역시 하쿠분칸을 통하여 출판되었다.[38]

사토는 *Peter the Great*과는 전혀 다른 내용 구성과 방향성을『피득대제』에 부여하였다. 사토의 작업이 대부분 발리셰프스키의 *Peter the Great*에 기대고 있기에 정보를 옮긴다는 의미에서는 번역일 수 있지만 그조차 제한적으로 이루어졌다. 사토가「서序」에서 '초역'임을 미리 언급한 것도 이 때문이다. 문제는 그 초역의 정도인데, 대량의 압축과 개입으로 인하여 저본의 색채 자체가 거의 드러나지 않는다. 하지만 결과적으로는 이 때문에『피득대제』가 나름의 원본성을 획득하게 된 것이기도 하다.

다음은『피득대제』의「서」로서, 사토의 의도가 무엇인지 어느 정도 드러나 있다.

내가 본래 사전史傳을 좋아하여, 평상시 시간을 내어 그것을 읽고, 특히 영웅호걸 경세위훈의 자취를 쫓는 것이 가장 흥미진진하다. 책을 해석하는 능

---

[38] 『警察監獄全書』 중 제5편인『日本監獄法』(1901)이 그것이다. 1900~1901년에 걸쳐 나왔으며 각 편과 집필자는 다음과 같다. 1編『監獄学』(谷野格); 2編『司法警察手続法』(中大路正雄); 3編『警察學』(宮國千代吉); 4編『衛生法』(広中佐兵衛); 5編『日本監獄法』(佐藤信安) 하쿠분칸은 사토의 첫 번째 저술이었던『彼得大帝』후 사토의 전문성을 살릴 수 있는 법학 분야의 기획을 의뢰한 것이다. 하쿠분칸의 출판 사업은 '메이지 최대'라는 수식어가 말해주듯 미치지 않는 영역이 없어,『일본법령대전』,『현행벌칙대전』,『제국육법전서』, 그리고『국제법』,『통신법』,『위생법』 등 30여 종에 이르는『博文館發兌法律書類』총서에 이르는 다수의 법제 서적 편찬에도 많은 노력을 기울였다. 사토 노부야스가 참여한『警察監獄全書』도 이들과 동질의 기획으로 분류 가능하다.

력은 거의 부족하나, 최근 프랑스인 로이드魯伊都 씨가 저술한 피득대제전彼得大帝傳을 읽으매, 그의 사람됨과 이룩한 유업의 성대함을 깊이 깨닫고, 오늘날 러시아의 부강을 이루게 한 사실이 우연이 아님을 알아, 충심감개衷心感慨의 정을 견디며, 역으로 약간 그것을 초역抄譯함으로써 세상 사람을 경성시키고자 했는데, 때마침『세계역사담』의 간행이 있어, 곧 그중 한 편으로서 이를 강호에 발표하게 되었다.

본서는 로이드 씨가 저술한 표트르 전기에 주로 기대고, 기타 영국인 마로馬路 및 타이건陀爾健 씨 등의 저서 몇 종을 참작하여 나왔다. 서사의 정확성은 저자가 가장 유의한 것이다. 단지 행문의 누졸陋拙함으로 인하여 큰 옛 호걸의 진상을 밝힐 힘이 부족할까 우려한다.

메이지 33년 3월 중완中浣 저자 지識

'서'에서 드러난 의도를 간추리면, 표트르의 인물됨과 그가 달성한 업적들이 "오늘날 러시아의 부강을 이루게 한" 근본적인 원동력임을 발견했기에 이를 나누고자 했다는 것이다. 이는 당연히 배우는 자의 자세로서, 발리셰프스키의 저술에 나타나는 비판적 접근과는 동떨어져 있다. 일본에게 러시아는 문명화 모델의 정점이라 할 수는 없었지만,[39] 그 부강함 자체는 동경의 대상이 될 수 있었다. 즉, 저술의 의도는 '국가'에 초점이 맞춰져 있었다. 20세기 초입의 일본에서 '국가의 부강'은 여전히 도달해야 할 산이었고 풀어내야 할 난제였다. 한 가지 더 주목할 것은, 외국어 전기류 서적에서 얻은 교훈을 통해 "세상 사람을 경성시키고자" 했다는 사토의 의식 자체이다. 그는 러시아의 부강함의 비밀을 아는 데서 그치지 않고 사람들에게 가르치

---

[39] 마리우스 B. 잰슨, 장화경 역,『일본과 세계의 만남』, 소화, 1999, 88면.

고자 했다. 이는 동아시아 전통의 '사인 의식'이 근대와 조우한 형태인 동시에,[40] 당시의 전기물 번역에 기대되었던 실천 방향이 무엇이었는지에 대한 일정한 대답이기도 하다.

〈표 7〉은 사토가 활용한 *Peter the Great*의 해당 대목을 장 단위로 구분한 것이다.[41]

〈표 7〉 *Peter the Great*와 『彼得大帝』의 구성 비교

『彼得大帝』			*Peter the Great*
목차	면수 (132면)	비율	
제1장 서언	4	3.03%	×
제2장 표트르의 탄생	7	5.3%	PART I – *HIS EDUCATION*
제3장 표트르의 유년시대	19	14.4%	BOOK I – FROM ASIA TO EUROPE
제4장 표트르의 장년시대	20	15.15%	BOOK I – FROM ASIA TO EUROPE BOOK II – THE LESSONS OF THE CIVILISED WORLD I. ON CAMPAIGN – A WARLIKE APPRENTICESHIP – THE CREATION OF THE NAVY – THE CAPTURE OF AZOF
제5장 표트르의 외국만유	21	15.91%	BOOK II – THE LESSONS OF THE CIVILISED WORLD II. THE JOURNEY – GERMANY – HOLLAND – ENGLAND – THE RETURN
제6장 표트르의 내치개혁	7	5.3%	PART III – *HIS WORK*

---

40 사이토 마레시, 황호덕·임상석·류충희 역, 『근대어의 탄생과 한문－한문맥과 근대 일본』, 현실문화, 2010, 제1장 중 「사인 의식의 형성」 참조.
　사토가 발리셰프스키의 텍스트 외의 다른 자료를 참조한 것이나 스스로 삽입한 내용 등 모든 변수가 이 표에 반영된 것은 아니다. 예로, 제9장에서 집중적으로 다뤄진 표트르의 유훈 역시 PART II와는 관계가 없다. 또한 챕터의 경계가 엄격하게 일치하지 않는 부분도 있다. 사토에 의해 사건·내용이 재구성되는 단계에서 저본 정보의 활용이 복합적으로 이루어져 경계를 가르기 애매한 부분들이 생기기 때문이다. 예를 들어, 실제 사토의 텍스트에서 스트렐치 근위대의 폐지를 다루는 부분은 제5장의 끝부분이지만, 그것을 구현하기 위해서는 그 하나의 항목만을 *Peter the Great*의 PART III – BOOK II 하부범주에서 독립시켜야 하는 복잡함이 야기되므로 제6장 '표트르의 내치개혁'의 우측란에 포함시켰다. 이러한 제한이 있음에도 불구하고 도식화시킨 것은, 이를 통해 사토가 저본을 어떠한 방식으로 재구성했는지에 대해 거시적 윤곽을 드러낼 수 있기 때문이다.

『彼得大帝』			Peter the Great
목차	면수 (132면)	비율	
			BOOK II−THE INTERNAL STRUGGLE−THE REFORMS
제7장 표트르의 외교와 침략	26	19.7%	PART III−*HIS WORK* BOOK I−EXTERNAL STRUGGLE−WAR AND DIPLOMACY
제8장 표트르의 만년	15	11.36%	PART II−*THE MAN* BOOK I−BODY AND MIND BOOK II−THE TSAR'S ASSOCIATES PART III−*HIS WORK* BOOK II−THE INTERNAL STRUGGLE−THE REFORMS
제9장 표트르의 인물	13	9.85%	PART II−*THE MAN* BOOK I−BODY AND MIND BOOK II−THE TSAR'S ASSOCIATES

위 표를 토대로 사토의 『피득대제』가 보여주는 기본적인 차이점을 정리하면 다음과 같다. 첫째, *Peter the Great*와 비교할 때 가장 명시적인 것은 분량이 축소된 것이다. 소년 독자층을 주 대상으로 한 총서에서 소화하기에 *Peter the Great*는 지나치게 방대하고 전문적이었다. 한 면당 세로 12행에 불과한 132면의 『피득대제』는, 작은 글자 크기, 면당 가로 약 40행에 이르는 촘촘한 줄 간격을 가진 562면의 *Peter the Great*와 비교 자체가 무색하다. 그 차이는 다른 사례들과 비교해볼 때 더 확연해진다. 쓰보우치 쇼요가 『교제지여왕交際之女王』의 저본으로 삼은 *The Queens of Society*의 마담 롤랑 전기는 총 분량이 38면에 불과했으며, 히라타 히사시가 『이태리건국삼걸伊太利建國三傑』의 저본으로 삼은 *The Makers of Modern Italy*의 경우 총 78면이었다. 그러나 쓰보우치와 히라타의 역본은 둘 다 151면에 달했다. 이들 일서의 경우 페이지 수는 오히려 영서보다 분량이 많았다. 이러한 비교에서 드러나듯 *Peter* *the Great*과 『피득대제』는 일반적인 '저본과 역본'의 관계라 보기 어렵다.

이 간소화의 이유로는 번역의 의도 및 대상 독자의 차이를 들 수 있다. 영국이나 프랑스 등지에서 널리 읽힌 발리셰프스키의 전기와는 달리, 메이지 30년대에 접어든 『세계역사담』 발간 시점에서, 일본의 전기물 소비 계층은 주로 청소년 독자층에 고정되어 있었다. 서구 편향의 메이지 일본에서 열강의 영웅들이 『세계역사담』과 같은 전기류를 통하여 소개될 때, 그 속에서 발리셰프스키와 같은 '평전'적 서술이나 비판 의식을 찾기 힘든 이유가 여기에 있을 것이다. 많은 분량보다는 간명한 압축과 적절한 교훈이 요구되었다.

둘째, 『피득대제』는 *Peter the Great*의 주제별 기술과 달리, 시계열 순으로 전면적 내용 재편을 시도했다. *Peter the Great*의 본래 목차에서 알 수 있듯이, 발리셰프스키의 텍스트는 성장기 서사 및 해외 체험 등의 PART I 'His Education' 이후 표트르의 성향을 다룬 PART II 'The Man'으로 전개된다. 그러나 사토의 경우 PART I의 끝부분에 해당하는 제5장 '표트르의 외국 만유' 이후 제6장 '내치 개혁'과 제7장 '외교와 침략'으로 나아간다. 발리셰프스키의 'The Man'은 표트르의 외모, 개성, 여러 미덕, 그의 친구와 동료 등을 두루 연구한 내용이다. 사토는 시간 순으로 전개되는 전기물의 틀을 유지하기 위하여 'The Man'을 전체 구성에서 생략했다. 이로써 발리셰프스키가 33% 이상의 비중으로 집필했던 PART II 'The Man'은 『피득대제』의 마지막 부분인 제9장 '표트르의 인물'에서 극히 일부만이 발췌되어 다뤄진다. 정리해보면, 사토는 시간 순서에 의거하여 1장에서 8장을 먼저 기술한 후, 인물론을 제시했다.[42] 6장부터 9장 사이의 저본 대응에서 PART II와

---

[42] 일대기 이후 '인물론'을 종장에 위치시키는 패턴은 같은 『세계역사담』 시리즈인 비스마르크나 워싱턴 전기에서도 발견된다.

PART Ⅲ가 뒤섞여 있는 것은 이 때문이다.

셋째, 내적 비중의 재분배이다. 사토는 저본의 특정 부분은 압축하고 다른 특정 부분은 강조하며 새로운 표트르의 상을 주조한다. 그렇게 하여 강화된 표트르의 이미지는 크게 두 가지로, 하나는 적극적인 서구 학습자이고 다른 하나는 정복 영웅으로서의 면모이다. 〈표 8〉은 사토의 『피득대제』를 구성하는 각 장들의 주요 내용들을 추려서 정리한 것이다.[43]

〈표 8〉『彼得大帝』의 주요 내용

구분	목차	주요 내용
제1장	서언	러시아 현황 개괄/표트르 1세 이전의 약소국 시기 러시아
제2장	표트르의 탄생	표트르의 부왕 알렉시스와 모후 나탈리아 관련 일화/표트르의 탄생 및 유아기 교육 일화
제3장	표트르의 유년시대	장난감 검에 대한 애착 및 선천적 상무기상 언급/부왕의 붕어와 표트르의 배다른 형인 표도르 3세의 즉위/왕족 내의 두 파벌 소개/어린 표트르가 왕에게 찾아가 자신이 꿉박받는 것을 직접 고한 일화/표트르의 안전을 위한 이주/표트르의 외모 묘사/표도르 3세의 급사로 인하여 차기 왕으로 공선된 표트르/모후의 섭정/표트르의 배다른 누이 소피아의 모략으로 스트렐치 군대의 폭동 발발. 표트르 편의 주요 인사들이 살해됨/폭도 앞에서 의연한 10세의 표트르 일화/소피아에 의해 동생 이반이 공동 황제로 추대되고 소피아의 섭정 시대가 시작됨/궁과 떨어져 실전을 방불케 하는 군사 훈련과 함께 성장하는 표트르/물에 대한 공포증을 극복한 일화
제4장	표트르의 장년시대	버려진 배를 수선한 것을 계기로 배에 대한 애착을 갖게 됨/사냥에서 귀족들이 망신당한 일화/해군력의 필요성을 느끼고 직접 선박 제작에 나섬/결혼/결혼 생활 및 모후의 걱정을 뒤로한 선박 제작 몰두/소피아 세력의 몰락과 소피아의 수도원 유폐/공동 황제 이반이 표트르에게 전권을 위임/군비 증강 및 선박 제조·항해술 연마에 박차를 가함/해군의 창설/모후 나탈리아의 붕어/항해 중 강풍을 만나 죽음의 위기를 넘기고 기념비를 세운 일화/새 군함으로 터키 영해의 아조프를 공격하나 실패함/공동 황제의 이반의 붕어/군대 정비와 아조프 재공격과 점령
제5장	표트르의 외국만유	자국 기술과 인재 양성에 대한 한계 절감과 외국 순시에 대한 결심/백성들의 우려 및 반란 세력 진압 일화/정권 위임 후 독일로 향함/프로이센 왕과 우호적 관계 맺음/덴마크 여황과의 만남/새로운 물건들의 대한 호기심 일화/각종 제조장 관찰/선박 사업을 고려한 네덜란드 방문/자안담 항구에서 지인 만나 함께 기숙함/상공업 번성에 대한 깊은 인상 받음/신분 위장 후 조선소 직공으로 일함/신분이 노출되어 장소를 이동함/네덜란드 정부의 기술 협력 및 기술자 초빙

---

43 사토의 텍스트에 포함된 약 1장 분량의 '서(序)'는 도표에 구현하지 않았다.

구분	목차	주요 내용
		등의 성과를 얻고 후 영국으로 이동/영국 정부의 좋은 대우를 거절한 일화/영국의 각종 문물들에 놀란 표트르/조선소 체험 뿐 아니라 수학·항해술·해부학 등을 학습함/영국 왕과의 교제 및 영국 기술자 초빙/오스트리아 빈 방문 후 소피아와 스트렐치 군의 반란 발발 및 진압 소식 접함/이탈리아 베니스 방문 후 모스크바 시민들의 환호 속에 귀국
제6장	표트르의 내치개혁	긴 수염 단속 일화들/교육 기관, 의대, 식물원 등의 설립/징병령 시행/귀족의 권한 축소/측근 레폴트의 사망 관련 일화/각지에 재판소 설치, 제조업 보호금 증여, 도로 및 운하 건설, 흡연 장려/표트르 1세의 개혁 정책에 대한 찬성과 반발 진영의 대립/필자의 평가
제7장	표트르의 외교와 침략	스웨덴 정벌에 대한 예지몽 일화/주변국과의 전쟁 협력 조약/스웨덴 왕 찰스에 대한 소개/나르바 전투에서의 참패/스웨덴 군의 방심과 폴란드 공격/예카테리나와의 만남 일화/성페테르부르크의 탄생과 천도/스웨덴 왕 찰스의 모스크바 진공 결심과 전투의 시작/스웨덴의 병력 충원 좌절/모스크바 근교에서의 전투/찰스 왕의 부상과 스웨덴의 패퇴/터키로 간 찰스의 재기 노력/러시아에 대한 터키의 개전 선포/포위된 표트르 1세와 뇌물을 이용한 위기 탈출 일화/러시아와 4개 연합국의 스웨덴 공격/예카테리나 황후와의 서유럽 방문/연합 함대의 스웨덴 해군 대파/덴마크 공격 중 유탄에 의해 사망한 찰스/스웨덴과의 강화 조약 체결/프랑스 파리 방문 및 각종 시설 견학/프랑스 재상의 무덤 방문 일화/암스테르담 경유하여 귀국/대제의 존호 얻음
제8장	표트르의 만년	황태자 알렉시스와의 갈등/반역죄로 감옥에 갇힌 알렉시스, 사형 선고와 죽음/만년의 교통 개선 사업 및 페르시아 침략/집의원, 원로원 설치, 항해술 유학 파견, 농민 교육장려/직업장 설치 및 호구 조사/연회에서 생긴 전대 부왕과의 비교 일화/예카테리나의 정식 황후 즉위 및 그녀의 성품/예카테리나의 정부로 의심된 인물에 대한 처형 일화/병상에서의 표트르가 신군함 검열에 기어코 행차한 일화/표트르의 죽음과 그의 위업을 기림
제9장	표트르의 인물	표트르의 역경 극복을 상찬/다면다각적 인물인 표트르/금주의 결심 실천과 손수 몸으로 본을 보이는 미덕/도적들의 참수 현장에서의 용서 일화/표트르의 외국 서적 번역과 의료 행위/황녀에게 유년 교육을 강조한 일화/착수한 일을 끝까지 완성하고 모범을 보이는 덕성/중환 중에도 사업에 열광적으로 임한 일화/15개조 유훈의 소개/위무제 및 나폴레옹과 비교한 마지막 평가

확인 가능하듯이, 가장 풍부한 내용을 갖고 있는 두 장을 꼽으라면 제5장 '외국만유'와 제7장 '외교와 침략'을 들 수 있다. 제5장 외에도 전반부에 해당하는 3, 4장은 비교적 많은 에피소드들로 구성되어 있는 반면, 7장을 제외하면 후반부의 나머지는 상대적으로 허술하다. 일문판의 1~5장까지는 영문판의 PART I 'HIS EDUCATION'에 기반하고 있다. 그러나 이 대목에 대한 영문판의 비율이 18% 미만인데 반하여, 일문판은 총 53%를 상회한

다.[44] 즉 사토는 표트르의 성장기 및 초기 행적, 그리고 해외에서의 체험을 크게 확대해 다루었다. 이는 한 영웅의 성장 서사를 보여줄 수 있다는 점에서 하쿠분칸의 『세계역사담』, 나아가 전기물의 지향과도 상통했을 터이다.

그중에서도 저본과 가장 압도적 차이를 보여주는 것이 바로 제5장이다. 『피득대제』의 제5장 '표트르의 외국만유'는 발리셰프스키의 텍스트 PART I의 BOOK II 중 다시 'II. THE JOURNEY — GERMANY — HOLLAND — ENGLAND — THE RETURN'을 기반으로 하여 집필되었다. 이 대목은 일문판의 경우 약 16%에 이르는 반면, 본래 영문판에서는 전체의 5%에도 미치지 않았다. 사토는 이렇게 '외국만유'의 비중을 본래의 세 배 이상으로 확대했을 뿐 아니라, 제5장을 전체의 하이라이트인 '국내 개혁'과 '국외 정복' 직전에 배치함으로써 표트르의 모든 위업이 '외국만유'라는 동력에서 기인한다는 구도를 설정했다. 이로 인하여, *Peter the Great*와 『피득대제』를 따로 읽는다고 가정할 때 '외국만유'에서 받는 느낌은 매우 다르다.

전문 연구서에 가까운 저본을 기승전결을 갖춘 일대기로 재구성하는 과정에서 '외국만유' 대목은 그 시기상 자연스럽게 주목될 수밖에 없었다. 사토의 시계열적 배치는 외국만유로 인하여 얻은 깨달음을5장 먼저 국내 개혁에 적용하고6장 그 힘을 바탕으로 침략 전쟁을 수행한다7장는 서사의 연속성을 지탱한다. 제5장 '외국만유'의 다음 내용인 제6장 '내치개혁'의 첫 문단은 다음과 같다.

이 개혁은 인문발달의 신기원이 되어, 감히 러시아 제국은 그의 대개혁으

---

44 물론 영문판의 일부 다른 내용이 일문판 1~5장 내에 첨가되어 있으며 일문판 자체에 필자인 사토의 목소리가 첨가되어 있는 등 정확한 일대일 비교의 조건은 성립되지 않지만, 그러한 점들을 감안하더라도 분량 및 비중의 격차는 상당하다.

로 인하여 한 신기원을 만들었다 이야기해도 과언이 아니다. 그가 서구 선진 국을 크게 순시하여 여러 가지 신지식을 습득하고 그것을 활용하여 자국 내치의 이혁釐革, 제도 내치 등을 뜯어 고쳐 정리함 - 인용자 주을 계도하니, 이탈리아에서 귀국할 때 일시에 서구 문명을 수입코자 하여 풍속상이며 사상상이며 학문상이며 기술상에서 전부 일도양단적 개혁을 결행하였다.사토, 71~72면

이러한 5장과 6장의 연계 부분은 저본인 *Peter the Great*에서는 찾아볼 수 없다. '배움'을 '실천'하는 표트르의 미덕을 부각할 수 있다는 점에서도 '외국만유'는 소년용 독서물에 적합한 포인트를 제공할 수 있었다. 그러나 보다 결정적인 이유는, '외국만유'의 강조가 결국 서구 문명을 통한 발전의 정당성을 천명하기 때문이라 할 수 있다. 표트르의 '외국만유'는 일본의 근대화에 지대한 영향을 미친 이와쿠라 사절단을 연상시키는 이벤트였다.

애초에 원저자 발리셰프스키는 표트르가 서구 문명에서 얼마나 많은 수혈을 받았는가에 큰 비중을 할당하지 않았다. *Peter the Great* 외의 서구권 표트르 전기와 비교해봐도, 예외적인 일부[45]를 제외하면 발리셰프스키가 유독 해당 부분을 소략하게 다루었다는 사실을 알 수 있다.[46] 전술했듯 발리셰프스키는 표트르의 과도한 서구 기술 도입으로 인한 부작용을 지적하는 입장이었다. 그가 식민지 폴란드 태생이었다는 점도 고려 요소다. '비서구

---

[45] Stephen Graham, *Peter the Great, A life of Peter I of Russia called the Great*, Ernest Benn Ltd, 1929의 경우, 367페이지의 총 분량 중 21면(pp.85~105)으로써 5%대를 차지할 뿐이다.

[46] 대체적으로 외국 방문시기의 분량은 생각보다 많지 않지만 10~15% 정도 비중을 점하고 있다. Oscar Browning, *Peter the Great*, Hutchinson & co., 1898의 경우, 337페이지의 총 분량 중 외국에서 문물과 기술을 배운 시기에 대한 서술은 33면이다. 좀 더 비중 있게 다룬 케이스는 Jacob Abbott, *Peter the Great*, Harper & Brothers, 1887으로, 총 368페이지 분량 중 44면(pp.112~155)이 여기에 해당된다. 또한 John Barrow, *The life of Peter the Great*, A. L. Burt, 1903의 경우 405페이지 분량 중 62면(pp.50~111)을 차지하여 15.3%에 해당하는 비중을 보인다. 이는 사토 텍스트의 비중에 필적하는 분량이다.

권의 강대화에 서구 문명 유입이 필수'라는 명제는 기본적으로 제국의 논리이다. 혹은 경쟁에 뛰어들 수 있는 독립 국가라야 최소한의 긍정적 기대를 걸 수 있다. 일본인 사토는 이를 적극 호응했으나, 폴란드인 발리셰프스키는 소극적이었다. 사토는 *Peter the Great*을 통해 발리셰프스키의 주지를 충분히 파악했지만 그와는 다른 집필 방향을 설정했다. 원저자가 단지 표트르의 교육 과정과 기술 도입책의 일환으로 여겼던 대목을 사토는 향후 대내·외 활동을 좌우할 결정적 국면으로 제시한 것이다.

표트르가 영매英邁의 자세로 영구한 계획을 운용하여 용진감위勇進敢爲로 자국의 내치를 개혁하고 국위를 진양振揚하는 이유는, 그 뜻이 진실로 완루頑陋한 적폐積弊를 타파하고, 빈둥빈둥 놀기만 하는 풍습을 바로 잡음으로써 자국의 주의정신을 정하는 데 있었다. 그러므로 표트르가 일어나 대혁신을 행한 이래로 서구 문명을 점차 유입하여 돌연 그 면목을 일신함에 이르렀다. 그러나 일장일단은 면할 수 없는 바라. 상류층의 백성은 진보를 희망하여 그의 개혁을 찬성하고 하류층의 백성은 보수를 원하여 그의 개혁을 방해하려 하니 질시반목하고 상하가 상쟁하였다. 결국에 양자의 거리는 갈수록 막대해져 옳고 그름도 없어졌다.

하지만 그가 문명의 지식을 유입하고 문명의 이기를 채용함은 **결코 외국을 숭배하기 위함이 아니라, 실로 무한한 열심으로써 자국을 애호**愛護**하기 위한 것이었**다. 그러므로 그 개혁은 모두 러시아의 현재뿐 아니라 다가올 미래의 이익이 되고, 러시아 신문명의 기초가 되며, 러시아 대부강의 근본이 되었다. 러시아 시인 푸시킨은 표트르를 노래하여 "내 고향을 업신여기지 아니하고 개혁을 완수했다"고 전하는구나. 사토, 77~78면

이는 「내치개혁」 장의 마지막 부분이다. 여기서 사토는 서구 문명의 수용에서 시작된 내부 개혁이 결국 러시아를 강대국으로 만들었음을 재확인하고 있다. 그런데 이 대목은 표트르의 개혁을 둘러싼 러시아 사회의 계층 갈등을 소개하기도 한다. 사토 역시 급격한 서구화에 대한 비판적 시선을 의식했던 것이다. 이때 사토는 표트르의 실용주의를 들어 적극 변론에 나섰다. 사토가 말하는 표트르의 입장강조표기은 결국 일본 내 문명론자들의 정당성을 대변하는 논리로도 전유 가능하다. 다시 말해 러시아의 성장 신화는 일본이 현재 취하고 있는(혹은 취해야 할) 서구적 근대화를 지속해야 할 역사적 근거였던 것이다.

2) 유훈遺訓을 둘러싼 문제

제6장 「표트르의 내치개혁」은 PART III BOOK II 파트 중 일부에 근간하며, 제7장 「표트르의 외교와 침략」은 PART III BOOK I의 정보로 구성되어 있다. 즉 사토는 저본의 순서인 '국외 사업 → 국내 사업'을, '국내 사업 → 국외 사업' 순으로 뒤집었다. 중요한 것은 일문판의 '국내 사업' 서술 비중 자체가 *Peter the Great*과는 달리 크게 축소되었다는 것이다. PART III BOOK II인 「THE INTERNAL STRUGGLE – THE REFORMS」의 비중은 전체의 30%를 상회한다. 그러나 같은 맥락에 있는 제6장 「표트르의 내치개혁」은 5%대에 불과한 것으로 나타난다. 제8장 「표트르의 만년」 부분에서 일부를 다시 발췌하기는 하나, 이를 감안한다 해도 해당 대목에 훨씬 많은 생략이 있었던 것이다.

반대로, PART III BOOK I 「EXTERNAL STRUGGLE – WAR AND DIPLOMACY」와 그것을 발췌한 제7장 「표트르의 외교와 침략」은 저본이 18.33%, 사토의 텍

스트가 19.7%로서 오히려 『피득대제』의 비중이 높다. 저본상의 PART Ⅲ BOOK Ⅱ인 국내 투쟁 부분은 *Peter the Great*의 클라이맥스이자 발리셰프스키의 논평이 가장 많은 대목이었다. 즉, 원저에서는 러시아 내부를 변화시킨 표트르가 핵심이었다. 그러나 이 부분은 사토에 의해 대폭 삭제된 채 전진 배치되었고, 정복 전쟁과 외교 파트가 그 자리를 꿰찼다.

이러한 측면에서 눈여겨볼 대목이 바로 사토가 따로 삽입한 표트르의 유훈遺訓이다. 『피득대제』의 제9장 「표트르의 인물」은 초반을 제외하면 모두 표트르가 남긴 유훈 15개조로 채워져 있다. 제1조[47]의 경우 "기회를 잘 타서 침략을 시도"할 것과 평시의 무력 준비가 "타국을 병합하여 강대국에 이르는 수단"임을 환기하는 총론이고 나머지는 세부 전략에 해당한다. 예를 들어 제9조에서는 페르시아 및 시리아를 이용하여 인도에 침입할 것을 명하고 있으며, 제14조에서는 프랑스와 오스트리아를 이간질시켜 결국 독일과 프랑스를 정복할 것까지 내다보고 있다. 덧붙여, 마지막 항목인 제15조는 "이상의 주책籌策을 통하여서 전 유럽을 경략經略해야 하고, 또한 그것을 경략하지 않을 수 없다"사토, 125~132면[48]와 같은 궁극적인 도달점을 제시하는 것으로 마무리된다. 이상과 같이, 유훈의 내용은 대부분 침략을 통한 대제국의 건설과 전 유럽 장악을 위한 지침으로 이루어져 있다. 사토는 이를 표트르가 진정한 영웅의 안목을 가진 증좌로 보았다사토, 132면.

표트르의 유훈은 이미 1870년대에 소개되어 있었다.[49] 그런데 당시의 쓰임은 사토가 제시하는 맥락과 같지 않았다. 스기 코우지杉亨二, 1828~1917가

---

47 원문에는 '조(條)' 대신 '관(欵)'을 사용하고 있다.

48 『明六雜誌』 제3호(1874) 중 「峨国彼得王の遺訓」나 한국의 『독립신문』에 소개된 표트르의 유훈에는 이 15조가 존재하지 않는다.

49 卷之四,「彼得帝遺訓」, 塚原渋柿園 譯, 『魯國事情』, 秋聲書屋, 1873 ; 杉亨二,「峨國彼得王の遺訓」, 『明六雜誌』 第3號, 1874.

『명륙잡지明六雜誌』 제3호에 발표한 「아국피득왕의 유훈峨國彼得王の遺訓」은 그 단적인 예다. 여기서 스기 코우지는 사토 노부야스가 25년 후에 하게 되듯 표트르의 유훈 14개조를 하나하나 열거했는데, 모든 조목을 소개한 후에 등장하는 필자의 변이 흥미롭다. 표트르의 유훈 중에 러시아의 국교인 그리스 정교를 타국을 병탄하는 도구로 삼는다는 내용이 있는데(이는 제12조에 해당한다), 이 종교가 이미 일본에 들어와 있어 그 해를 염려한다는 것이다. 스기가 이 문제에 대해 제안한 방책은 "우리가 눈을 크게 떠 일절의 잡교를 그만두고 세계에 성행하는 좋은 종교를 선택하여 지식을 밝히고, 이를 통해 저 그리스도 정교의 위로 넘어서는 것"이었다.[50] 그리스 정교를 앞세운 러시아의 침략을 경계하는 것, 결국 스기는 이 하나의 메시지를 위하여 14개 조목을 모두 소개한 것이었다. 물론 나머지 조목을 통해서도 러시아의 잠재적 위협을 환기할 수 있었다.

요컨대 스기의 표트르 유훈 소개는 러시아에 대한 견제이지 사토 노부야스처럼 영웅의 선견지명을 상찬하는 차원이 아니었다. 1874년의 스기가 약소국의 입장이라면 1899년의 사토는 강대국의 행보를 내면화하는 단계인 셈이다. 이는 물론 일본의 달라진 위상을 역설해준다.

문제는 *Peter the Great*에 표트르 1세의 유훈 부분이 없었다는 사실이다. 메이지 일본에서 유통된 표트르 1세의 유훈은 현재 '위서僞書'로 알려져 있다.[51] 두 텍스트의 분량차를 감안할 때, 발리셰프스키의 텍스트에 없던 내용이 오히려 사토의 텍스트에는 존재한다면 그 부분이야말로 문제적이다. 사토는 *Peter the Great*를 접하기 이전에 이미 표트르의 유훈을 알고 있었거

---

50 杉亨二, 앞의 글, 115면(『明六雜誌』 원문의 출처는 山室信一・中野目徹 校註, 『明六雜誌(上)』, 岩波書店, 2008이다).
51 山室信一・中野目徹 校註, 위의 책, 109면의 도입부 해설.

나 전기 집필 과정에서 접했을 것이다. 그리고 그는 그 유훈을 장황하게 소개하였다. 사토는 '서'에서부터 *Peter the Great*가 준 큰 깨달음을 고백했지만, 그 서적을 충실히 소개하는 것은 애초부터 그의 의도가 아니었다. '정복 영웅'의 면모가 강화된 표트르는 이렇게 탄생했다. '서'에서 이미 나타나듯 사토의 글에는 강대국 러시아를 선망하는 '뒤따르는 자'의 심리가 기저에 깔려있다. 그의 관점에서 표트르의 성공 신화는 '정복'으로 완성되었다. 이에 제국으로 발돋움하는 '강한 러시아'에 대한 조명과, 러시아의 '무력'이 거둔 승리의 비중이 커지는 것은 필연적이었다.

4. 한국의 표트르 대제 수용

1) 민영환과 윤기진의 상반된 평가

대략적으로나마 표트르 1세의 삶을 정리하고, 치적을 상찬한 한국의 첫 기록은 민영환의 기행문인 『해천추범海天秋帆』1896으로 추정된다. 아관파천 이후 한국 내 러시아의 영향력은 막강해졌고 고종은 니콜라이 2세의 대관식에 축하 사절단을 통해 몇 가지 외교적 도움을 요청코자 했다. 이때 특명전권공사로 파견된 민영환은 1896년 4월 1일부터 10월 21일 사이 6개월 이상의 일정 동안 11개국을 거쳤는데, 그와 관련된 기록과 나름의 소회를 『해천추범』에 남겼다. 민영환에 의한 표트르 1세 언급들은 대관식 이후 사절단이 상트페테르부르크에 도착한 6월 8일부터 단속적으로 세 차례 이어졌다. 그 기록들은 민영환의 여정이 가장 무르익었을 시기에 작성된 것이라 할 수 있다.[52]

민영환은 표트르에 대한 첫 번째 언급에서 러시아의 역사가 그리 오래되지 않았으며, 몽골족이 세운 원나라에 의해 정복당하기도 했던 약한 나라였다고 먼저 설명한다. 이어서 그러한 국운에 전환점을 가져온 이가 표트르였음을 밝힌다. 즉 여기서 표트르 1세는 한 약소국을 강대국으로 바꾼 위대한 군주의 전형이다.[53]

민영환이 서술한 표트르의 개혁 방식은 '예로 몸을 낮추고 어진 이를 불러온 것'이었다. 유교사상의 세례 속에서 자란 민영환의 의식 속에서, '예'라는 가치를 이방국에 대입한 것과 임금의 겸손한 자세를 긍정한 것은 주목할 만하다. 한편, '불러 온 것'이라는 표현에서도 드러나듯 이 부분은 실제 표트르가 대량의 외국 기술자 유입 및 각종 영역에 유능한 외국인들을 고문으로 초빙한 것을 의미할 것이다. 대관식 사절단의 임무 중 하나가 러시아의 재정 및 군사 고문의 초빙이었던바, 이 대목은 결국 대한제국이 나아가야 할 바를 제안하는 것이기도 했다.

6월 10일자 『해천추범』에서 표트르 1세는 제법 상세한 전기적 사실과 함께 본격적으로 재등장한다.[54] 푸시킨의 시 「청동기마상」의 원천이 된 표트르 동상으로부터 영감을 받은 민영환은 적지 않은 지면을 할애하여 표트르의 삶과 업적들을 소개하였다.[55]

---

52 사절단은 상트페테르부르크에 8월 19일까지 머물렀는데, 이 두 달여의 기간은 사행 중 머물렀던 여타 도시에서보다 압도적으로 길었고, 사행의 공식 목적인 대관식도 종료된 이후인지라 상트페테르부르크 자체에 대한 더 많은 기록을 남길 수 있었다. 이 때문에 상트페테르부르크에서의 체험은 민영환의 의식 속에서 서구 인식 자체의 준거점으로 자리 잡았을 것이다. 류충희, 「민영환의 세계여행과 의식의 점이」, 성균관대 석사논문, 2007, 69면.
53 민영환, 조재곤 편역, 『해천추범-1896년 민영환의 세계일주』, 책과함께, 2007, 94면.
54 『해천추범』, 6월 10일, 민영환, 앞의 책, 96~98면.
55 여기서도 표트르 이전의 '미개 러시아'를 빠트리지 않고 강조함으로써 표트르의 치세를 돋보이게 하였다. 표트르의 일대기에서 만날 수 있는 정형화된 국면들이 이 한 단락 안에 함축되어 있다. 영국에서 정치를 배우고 돌아왔다는 등의 다소 어긋난 부분도 포함되어 있긴 하나, 북방

표트르에 대한 『해천추범』의 마지막 언급은 6월 19일자 기록으로서, 상 트페테르부르크 건설 당시 기거했던 집에 대한 기술이다.

3시에 네바강의 다리를 건너 북쪽으로 조금 가니 표트르 대제가 수도를 열 때 살던 집이 있는데 매우 낮고 작아서 4~5칸을 넘지 않는다. 이러한 검약한 제도 로 계책을 삼았으니 참으로 나라를 **중흥**시킨 현명한 군주다. 『**해천추범**』, 6월 19일[56]

여기서 민영환이 말하는 표트르의 미덕은 바로 '검약'이다. 상트페테르 부르크라는 대도시에서 보고 느끼는 모든 것은 그 건설자인 표트르를 상찬 하는 재료가 된다. '중흥'이라는 표현은 6월 10일자 기록에서도 등장한 바 있다. '러시아를 중흥시킨 황제'라는 이미지는 '위대한 표트르'의 상징과도 같았다. 비단 '중흥'이라는 표현이 아니더라도 6월 8일자의 "(표트르에 의해) 나라가 비로소 강하고 커졌다"처럼 유사한 대목이 민영환의 표트르 관련 서술에 공통적으로 등장한다. 표트르가 갖고 있는 국가 '중흥'의 상징성은 약 12년 후에 최남선에 의해 집필될 표트르 전기의 제목 - 「러시아를 중흥 中興식힌 페터대제大帝」 - 에서도 재현된다.[57]

민영환이 세 차례에 걸쳐 기술하는 표트르 대제에 대한 내용에서 비판적 시각은 거의 발견되지 않는다. 친러정부가 들어선 대한제국 관료 진영의 분 위기를 대변하는 것이라 할 수 있다. 이는 독립협회 진영의 러시아 및 표트

전쟁의 적국 스웨덴을 구체적으로 언급하는 등 나름의 디테일도 갖추고 있다.
56 민영환, 앞의 책, 108면. 상트 페테르부르크를 건설할 때 표트르가 기거한 검소한 집과 관련하여, 구메 구니타케 역시 『미구회람실기』를 통해 민영환과 흡사한 소회를 남긴 바 있다. 구메 구니타 케, 서민교 역, 『특명전권대사 미구회람실기-제4권 유럽대륙(중)』, 소명출판, 2011, 105면.
57 최남선은 『소년』을 통해 표트르 1세 뿐만 아니라 민영환에 대한 글을 게재하기도 했다. 「閔忠正 公小傳」, 『少年』 3호, 1909.1. 이는 최남선의 표트르 전기 연재와 함께 한 호에 실린다.

르 관련 기사와 의미심장한 대비를 이루는 것이기도 하다. 독립협회는 1898년 1월, 친러세력의 러시아 절영도 조차를 성토하며 1차 만민공동회의를 개최하기에 이르렀다. 이들의 노력은 성공했고 러시아는 한 발 물러서게 되지만 이후로도 정부의 친러세력과 독립협회 간의 갈등은 계속되었다. 1898년 3월 31일자 『독립신문』에 소개된 독립협회 회원 윤기진尹起晉[58]의 러시아 및 표트르 관련 기사는 이러한 배경 속에서 나왔다. 이 기사의 분량은 총 4면의 신문 중 1면과 2면의 대부분을 차지했다.

윤기진의 집필 의도는 러시아의 침략 야욕을 환기시켜 독자들이 경계심을 갖게 하는 데 있었다. 그런 만큼 표트르 관련 서술은 비판적 시각으로 점철되었다. 기사의 초반에 언급된 러시아인 고문 정치 비판은 민영환의 사행 결과와 무관하지 않다. 민영환을 대표로 한 사절단은 본래의 주 목적인 왕실 수비병 파견 및 일본국채 상환을 위한 300만 엔 차관은 물론, 조선과 러시아 간 전신선 가설 등의 안건도 달성치 못하고 재정 및 군사고문 초빙 문제에만 답을 얻어왔다.[59] 그런데 윤기진은 이들의 고문 활동이 오히려 범국민적 불안을 야기시키고 있다며 비판한다. 아울러 러시아는 이미 한국에 폭력적 외교술을 펼친 바 있는 일본과 영국보다 더 흉악한 간계를 품은 대적으로 설정되기도 했다.[60] 표트르가 거론되는 문맥은 바로 이러한 현실 환기 다음이다.

---

58 1898년의 『독립신문』 기사는 윤기진이 옥구(沃溝) 군수로 부임하는 와중에 보낸 의견서였다. 그와 관련된 1900년 1월 17일의 공식문서 「全羅北道管下府尹郡守 治蹟」에 의하면 여산(礪山) 군수, 1902년 문서에는 비안(比安) 군수로 언급되는 등 전라북도 여러 지역을 담당한 것으로 보인다. 위의 1900년 보고서는 윤기진에 대하여 "自沃之礪가 尚由善政이라 臨事剛明ᄒ니 吏莫售奸ᄒ고 廳訟公平ᄒ니 民皆悅服홈"이라는 좋은 평가를 싣고 있다(국사편찬위원회 홈페이지, 「각사등록 근대편」 참조).

59 민영환, 조재곤 편역, 앞의 책, 7면(역자 해설).

60 1898년의 시점에서 이미 일본은 강화도 조약 강제 체결, 동학농민운동에 대한 폭력적 진압, 명성황후 시해 사건 등을 일으킨 국가였고, 영국의 경우 러시아를 견제한다는 명목으로 1885년 4월부터 1887년 2월에 걸쳐 조선의 거문도를 점령한 바 있었다.

러시아 사람의 심법을 대강 말씀하리니 자세히들 들으시오. 러시아 나라가 본래 지구 북방을 차지하여 기후가 심히 차고 토지가 또한 척박한 중에 풍속이 완악하고 인심이 패려하기로 백년 이전까지도 만이蠻夷를 면치 못하고 몽고에 부속이 되어 서러움을 받더니 서양 책력으로 1700년 전에 피득이라 하는 임금이 태어나매 영특하고 굉걸하여 제왕의 위를 버리고 낮고 천한 의복을 입은 후에 각국에 미행微行하여 배 짓는 곳에 품도 팔며 의사醫士에게 수업하고 또 산술도 배우며 농사하는 법을 배워 여러 해를 천역과 고초 함을 지내고 본국에 돌아가 도로 임금이 되어 대대로 전하여 내려오던 더루운 버르장이를 일조에 다 버리고 구라파 각국의 부강한 법을 본받아 수십년을 황제 위에 있다가 죽을 때를 당하여 열네 가지 조목으로 유언하는데 제일 조목에 수군과 육군을 갈아서 각국 토지를 빼앗아 폭원을 넓히게 하라 하였더니 그후 자손이 대대로 피득의 유언을 지키어 서북으로 분란 삼성을 삼키고 남으로 파란국을 멸하며 돌권과 파샤를 침범하여 속지로 점령하고 몽고와 이리를 통하고 동으로 만주를 얻었으니 러시아 나라의 폭원이 동서를 합하면 장이 일만 팔천리요 남북이 육천여 리라.『독립신문』, 1면

위 인용문에서 소개되는 표트르의 상은 복합적이다. 초중반에 서술되는 표트르는, 한갓 변방의 미개 나라에 가까웠던 러시아를 유럽식으로 새롭게 건설한 인물이다. 그러나 후반부에는 침략과 정복의 메시지로 구성된 표트르의 14개 조 유훈이 쟁점화된다. 그 유훈대로 표트르의 후손들이 끊임없는 정복사업을 펼쳐 이제는 동양에도 손을 뻗고 있다는 것이다. 이는『명륙잡지明六雜誌』에서 스기 코우지가 러시아의 일본 병탄을 경계했던 방식과 대단히 유사하다. 1874년 일본의 한 지식인이 느꼈던 위기감, 그 문제의 제기 방

식이 1898년의 한국에서 평행이론처럼 재현되고 있었다. 결국 윤기진에 의해 기술되는 표트르는, 러시아 자국을 강성케 한 '그들의 왕'이며, 그의 후손들이 만든 제국의 존재는 동양 평화를 위협하는 악의 근원이었다.

대략 사십년 전에 아시아 서방을 욕심내어 터키를 치다가 영국과 프랑스 군사에게 패하여 그 임금까지 죽으매 다시는 흑해 근방을 여어 보지 못하고 지금 또 동양을 삼키고자 하여 해삼위에 포대를 두고 시베리아에 철도를 놓아 내후년이면 필역이 될지라. 이때를 당하여 영국과 미국 등 여러 나라가 동양에 장사하는 권을 겨루고 일본이 **해륙군을 확장하여 밤낮으로 경륜**하는 것이 동양 모든 나라의 힘을 합하여 이 사나운 러시아 적국을 막으려 하건마는 청국은 꿈을 꾸고 대한은 술에 취하여 주야로 하는 것이 모두 헛된 일이요 다만 아는 바는 양반과 상놈이라. 지금부터 스스로 강하고 스스로 주장하는 계책을 가져도 러시아 형세가 동으로 침범하는 환난을 면키 어렵거든 하물며 적국 러시아를 청하여 그 보호를 받으려 하고 매매사를 러시아에 의지하여 목하에 아직은 잠시만 조금 편안하기를 구하는 심정은 곧 우리나라를 팔고 저의 집들을 망하려 하는 경륜이라.『**독립신문**』, 2면

이어지는 내용은 러시아의 침략 의도를 모르는 한국인과 오히려 그들에게 도움의 손을 뻗은 한국 조정을 질타하는 것이다. 윤기진 역시 일본이 러시아에게서 느꼈던 가장 심각한 위협 요소인 시베리아 철도의 완성을 문제시한다. 그가 취하는 러시아에 대한 경계는 기본적으로 러일전쟁 이전 일본이 취했던 태도와 통하는 부분이 많다. 다만 윤기진은 그 위협 앞에 선 일본과 한국의 대응이 전혀 다르다는 점을 한탄했다.

동양주의 및 인종 대결 담론이 횡행하던 당시 동아시아에서 독립협회와 한국의 많은 식자층은 러시아를 거대한 위협으로 인식했다. 윤기진은 이미 러시아에게 잠식된 폴란드의 사례까지 들어서 독립협회 회원들의 각오를 다지고 있다.[61] 앞서 민영환의 경우는 삼국간섭과 아관파천 이후 한국 정부 내에 러시아 세력의 우위가 확고해진 상황 속에서 파견된 대신의 신분이었고, 윤기진의 경우는 조정의 친러파와 대립각을 세웠던 독립협회 진영의 인식을 대변하는 것이다. 그에 따라 두 진영이 표트르라는 인물을 형상화하는 방식도 엇갈리고 있었다.

2) 일본 유학생들의 표트르 수용

한국에서 사토 노부야스의 표트르 전기를 처음으로 번역한 이는 조종관趙鍾觀이다. 관비 유학생 중 한 명이었던 조종관은 황실 특파 유학생들과 마찬가지로 도쿄부립중학교에서 수학했는데, 1907년도 봄에 졸업한 25명의 유학생 명단에서 이름이 확인된다.[62] 그는 대한공수회공수학회의 기관지 『공수

---

61 "옛적에 폴란드가 러시아에게 망할 때에 폴란드 임금이 자기 나라 땅을 잘라 러시아에 바치는 문서를 쓰고 자기 나라의 외부대신 로기미리를 불러 도장을 찍으라 한즉 로기미리가 자기 임금의 명을 거역하고 벼슬을 도로 바치며 가로되 살아서는 폴란드의 신하요 죽어서는 폴란드의 귀신이 되겠노라. 하였으니 폴란드는 비록 멸망하였으나 로기미리의 장한 이름은 지금가지 유전하는지라. 우리 대한국 독립협회 회원들도 살아서는 대한국의 신민이요 죽어서도 대한국의 귀신이 될지라. 언제든지 나라를 위하여 충의 있는 옳은 일을 하다가 혹 절박한 경우를 당하거든 폴란드 로기미리의 일을 본받아 죽기로 마음을 변개치 말지니 만일 부귀에 팔리고 위협하는데 겁들을 내어 우리나라 국체를 손상하고 권리를 잃을 지경이면 오늘날 협회 동맹을 저버리는 반복 소인이 될 뿐만 아니라 일편 열심히 우리 대한국을 위하여 당당한 충의지심으로 대한국 자주독립 하는 기초를 튼튼케 하며 독립협회를 설립하여 우리나라 동포 형제들을 개명하라고 권면하던 제손씨의 죄인이 될지라."(『독립신문』, 1898.3.31, 2면) 여기서 윤기진은 '로기미리'라는 폴란드 충신의 행적을 모델로 제시하며 혹 대한제국이 멸망의 기로에 서더라도 충의를 다할 것을 역설한다. 흥미로운 것은, 그 로기미리가 나라를 위해 임금의 명을 거역한 것에 경의를 표하는 대목이다. 이미 국가와 군주를 분리하여 사고하고 있으며 충성의 대상을 위계화할 때 우선순위는 국가에 있었다. 이는 독립협회의 정치의식과 무관하지 않을 것이다.
62 「雜報」, 『태극학보』 제9호, 1907.4, 59면. 비록 『태극학보』상의 기사지만, 졸업생 25인에 대한

학보共修學報』에 「피득대제전彼得大帝傳」을 연재하였다. 그는 「피득대제전」 외에 「동물의 진화론」이라는 기사를 『공수학보』에 게재하기도 했다. 대한공수회는 1904년 일본으로 파견된 황실 특파 유학생 50인이 설립한 유학생 단체였다.[63] 조종관은 대한공수회가 1909년 1월 대한홍학회로 통합된 이후에도 활동을 이어나간다.[64]

　1907년 1월 계간으로 창간된 『공수학보』는 1908년 초에 발간된 제5호까지 명맥을 유지했다. 이 중 「피득대제전」은 『공수학보』 제2호부터 제4호에 걸쳐 총 세 차례에 걸쳐 '잡찬雜纂' 란에 연재되었다.[65]

내용은 '회원소식'이 아닌 '학계소식'에 있기 때문에 태극학회와 조종관을 연관짓는 것은 어렵다.
63　동경의 한인 유학생 단체 중 초기의 것으로 1895년 5월 조선에서 파견된 113명의 관비 유학생이 주축이 되어 결성한 대조선인일본유학생친목회(大朝鮮人日本留學生親睦會)를 들 수 있다. 1898년 9월부터 제국청년회로 개칭하여 활동했던 이 단체가 공식적으로 해체된 것은 정부 소환령이 있던 1903년 2월이기 때문에, 황실 특파 유학생의 파견 시기인 1904년은 그 직후였다. 김상기, 「한말(韓末) 태극학회(太極學會)의 사상(思想)과 활동(活動)」, 『교남사학(嶠南史學)』 1, 1985 참조.
64　「本會 會員錄(續)」, 『대한홍학보』 제5호, 1909.7, 83면. 한편, 그의 귀국 후 행적에 대해서는 알려진 바가 거의 없지만, 『동아일보』 1925년 9월 6일자 「수해동정금」과 11월 3일자의 「수재동정금」 기부자 명단에 한자명이 일치하는 '조종관(趙鍾觀)'이라는 이름을 찾을 수 있다. 9월 6일자는 당주동(唐珠洞) 총대급(總代扱), 11월 3일자에는 청주군수급(扱)의 명단에 포함되어 있다. 당주동은 서울 종로구에 속해 있기 때문에 두 기사의 인물이 동일인이 아닐 가능성과 2개월 사이 조종관이 서울에서 청주로 이사했을 가능성이 공존한다. 한편 해당 기사에는 통상적으로 기부 금액순으로 이름이 제시되는데, 9월 6일자(5원이 가장 많은 금액) 기사의 경우 조종관은 1원 기부자에 속하고 11월에는 50전을 기부한 것으로 되어 있다.
65　『공수학보』는 '論說', '詞林', '學海'(혹은 '學術'), '雜纂', '會報'(혹은 '叢報'나 '彙報') 등으로 구성되었는데, 이 중 표트르 전기는 '잡찬'에 속했다. '잡찬' 란에는 주로 「일본홍국사(역)」, 「열국의 형세급 민정(역)」, 「열국국민의 특성(역술)」과 같은 번역물과 「열강의 교육대세」, 「동유관념」, 「세계기투」 등의 국제 관계 기사들이 실렸다.

〈표 9〉『彼得大帝』와 「彼得大帝傳」의 구성 비교[66]

구분	「彼得大帝傳」	『彼得大帝』
제2호 (1회)	서문	저자 序
	표트르의 탄생 - 표트르의 부왕 알렉시스와 모후 나탈리아 관련 일화 / 표트르의 탄생 일화	제2장 표트르의 탄생
	표트르의 유년시대 - A유아기 교육 일화[67] / B장난감 검에 대한 애착 및 선천적 상무기상 언급	제2장 표트르의 탄생(A) / 제3장 표트르의 유년기(B)
제3호 (2회)	장난감 검에 대한 애착 및 선천적 상무기상 언급 / 부왕의 붕어 / (표트르의 배다른 형인 표도르 3세의 즉위) / 왕족 내의 두 파벌 소개 / 어린 표트르가 왕에게 찾아가 자신이 핍박받는 것을 직접 고한 일화 / 표트르의 안전을 위한 이주 / 표트르의 외모 묘사 / 표도르 3세의 급사로 인하여 차기 왕으로 공선된 표트르 / 모후의 섭정 / 표트르의 배다른 누이 소피아의 모략으로 스트렐치 군대의 폭동 발발, 표트르 편의 주요 인사들이 살해됨 / 폭도 앞에서 의연한 10세의 표트르 일화 / 소피아에 의해 동생 이반이 공동 황제로 추대되고 소피아의 섭정 시대가 시작됨 / 궁과 떨어져 실전을 방불케 하는 군사 훈련과 함께 성장하는 표트르 / 물에 대한 공포증을 극복한 일화	제3장 표트르의 유년기
제4호 (3회)	표트르의 역경 극복을 상찬 / (다면다각적 인물인 표트르) / 금주의 결심 실천과 (손수 몸으로 본을 보이는 미덕) / 도적들의 참수 현장에서의 용서 일화 / 표트르의 외국 서적 번역과 의료 행위 / (황녀에게 유년시 교육을 강조한 일화) / 착수한 일을 끝까지 완성하고 모범을 보이는 덕성 / (중환중에도 사업에 열광적으로 임하는 일화) / 15개조 유훈의 소개 / 위무제 및 나폴레옹과 비교한 마지막 평가	제9장 표트르의 인물
	번역자 조종관의 말	

사토 노부야스와 조종관의 표트르 전기는 저본과 역본의 관계이면서도 크게 다르다. 가장 큰 차이는 조종관이 저본의 4~8장을 전부 번역하지 않고 무리하게 연재를 종료했다는 것이다. 나름대로 소제목까지 붙여가면서 주요 내용을 빠짐없이 옮긴 1회와, 사토의 제3장 「표트르의 유년시대」를 한 회에 충실히 구현한 2회 연재의 번역 태도는 3회 연재에 이르러 갑자기

---

66 괄호로 처리한 것은 조종관이 옮기지 않은 내용을 뜻한다.
67 조종관은 '표트르의 유년시대'라는 소제목을 사용하면서도 사토의 챕터 구분과 차이를 보이기도 한다. 저본인 사토의『彼得大帝』의 경우, '유아기 교육'에 대한 일화는 '표트르의 탄생' 끝부분에 해당한다.

수정되었다. 위 도표에서 2회와 3회의 경계를 겹선으로 나타낸 것은 이 때문이다.

애초에 조종관은 사토 노부야스의 저술에 충실하고자 애썼다. 그 예로, 조종관의 첫 단락을 들 수 있다. 그의 「피득대제전」은 서문 격의 글로 시작된다.

> 내가 최근 시험 휴가를 얻어 영웅호걸전기에 빠져 읽을 새 피득대제전을 읽고 흥미진진하여 책을 번역하는 것에 게으름이 불가하니라. 한 편을 통독하니 황제의 업적의 광대함이 심히 감동되고 러시아 금일 부강이 실로 우연이 아니라. 이에 쓰지 않을 수 없어 한 편을 초역한다. 옛 영웅의 진상 일반을 표현하여 밝히고자 하나 행문行文이 진의를 담기 불가하니 이는 한계라 할 것이다.조종관, 『공수학보』 제2호, 42면

여기에는 신변잡기적 내용을 포함하여 조종관의 집필 경위가 드러나 있다. 그러나 사실 이 대목도 첫 문장을 제외하면강조 표기 부분 저본을 쓴 사토 노부야스의 「서」에 있는 내용을 재구성한 것에 지나지 않았다. 조종관은 대부분의 주요 어휘를 사토의 「서」에서 가져왔다. 표트르 전기 소개의 목적이나 행문의 부족함 등의 언급도 되풀이했다. 실제 조종관의 번역은, 문장 단위의 충실한 직역이라 할 수는 없지만 대부분의 에피소드를 전달하고 있다는 점에서 일종의 원문주의를 고수한 것이었다. 조종관은 〈표 9〉에서 괄호로 표시한 것을 제외한 사토의 모든 일화를 담아내었다.

2회까지의 연재분까지 나름의 성실함을 보여준 그의 번역은 연재 3회에서 완전히 달라진다. 제3회의 제목 아래에 "(中約)"이라고 기입한 그는 사

토 텍스트의 마지막 장^章에 해당하는 내용만을 소개하고「피득대제전」을 종결지었다. 만약 2회까지의 번역 태도로 일관한다면, 사실상 최소 10회에서 15회 정도의 연재 분량이 요구되던 참이었다. 그러나「피득대제전」은 겨우 저본의 발단 부분^{표트르의 유년기}만이 번역된 시점에서 갑자기 종장으로 건너갔다.

이렇게 투박한 방식으로 연재를 매듭하게 된 사정은 2회 연재가 이루어진『공수학보』제3호 이후 갑작스럽게 출현했을 가능성이 크다. 다음 회에서 연재가 끝난다는 사실을 인지했다면 2회분의 번역 대목이 여전히 유년기에만 머물러 있었을 리 없기 때문이다. 중요한 것은 조종관이 마지막 1회 분량을 집필할 때, 하지 못한 이야기들^{제4~8장}을 요약하는 방식이 아니라 마지막인 제9장을 옮기기로 결정했다는 데 있다. 이 선택은 독특하다. 정작 조종관이 건너 뛴 제4~8장이야말로 표트르의 삶에서 핵심이라 할 수 있는 외국 만유나 내정개혁, 그리고 대외전쟁 등이기 때문이다. 그가 옮긴 제2, 3장, 그리고 마지막으로 선택한 제9장은 일반적으로 볼 때 표트르의 부수적인 면모에 지나지 않는다.

조종관은 표트르 전기의 방점을 발리셰프스키처럼 내정개혁에 찍거나, 사토 노부야스처럼 서구 학습 및 정복 사업 쪽에 찍지 않았다. 조종관이 전하고자 한 메시지는 그의 유일한 첨가 부분이라 할 수 있는 마지막 단락에서 드러난다.

아, 만약 인심이 순직한 200년 전 옛 나라도 참혹하고 교활하며 악랄한 수단으로 사람과 국가를 빼앗으며 사람과 종족을 멸하거든, 하물며 금일의 경쟁이 날로 극심하여 아침에는 옥과 비단으로 보내고 저녁에는 창과 방패로 보내어, 동서 양구에 병사가 쉬는 시대가 하나도 없구나. 오호라, 두렵도다!

금일 나라를 훔치는 흉한! 아! 불쌍하도다. 금일 죽은 나라의 외로운 백성!조

종관, 『공수학보』 제4호, 33면[68]

위 인용문은 약육강식의 국가 경쟁 시대를 경계하는 내용이다. 조종관은

러시아가 200여 년 전 표트르에 의해 강대국이 된 이후 얼마나 타국을 짓

밟아 왔는지를 강조하며 오늘날의 시대는 더욱 참혹한 일들이 벌어지고 있

다고 통탄한다.

이것이 조종관이 전하고자 했던 궁극적 메시지라면, 그가 마지막 연재분

에서 왜 하필 표트르의 주요 업적들이 아닌 제9장을 번역하여 소개했는지

가 이해된다. 제9장의 대부분은 표트르의 유훈으로서, 그 내용은 유럽과 아

시아 지역까지 아우르는 대외 정복의 당위성과 세부 전략이었다. 이는 러시

아의 침략적 성향을 잘 대변해준다. 애초에 조종관이 이 부분을 특화시키고

자 했는지, 아니면 1907년 7월 이후의 일련의 상황이 그에게 이 메시지를

강조할 동기부여를 한 것인지 확증할 수는 없다. 하지만 마지막 연재 분량

에 조종관이 채워 넣은 내용을 통해 이 시점에 최우선으로 생각했던 목표는

직접적으로 드러난다. 그것은 "죽은 나라의 외로운 백성"이 처한 현실을 직

시하게 하는 데 있었다.

사토 노부야스는 '러시아가 부강할 수 있었던 원인'을 표트르의 삶 속에

서 발견했고 그것을 나누고자 한다며 서론에 밝히고 있다. 또한 자신이 참

조한 *Peter the Great*에는 포함되어 있지 않았던 표트르의 유훈을 독자적으

---

68 원문은 다음과 같다. "譯者曰吁라以若人心純直之二百年前古國이猶以若慘陰狡惡之手段으로奪人

家國하며滅人種族컨든而況今日之競爭이日劇ㅎ야朝以玉帛ㅎ며暮以干戈ㅎ야東西兩球에無一日

息兵之時代乎아嗚呼可畏라今日盜國之兇漢!吁嗟可矜ㅎ도다今日喪國之孤氓!"

로 삽입하여, 그 교훈 자체를 영웅의 안목으로 예찬했다. 하지만 조종관은 이러한 성격을 지닌 사토의 텍스트를 정반대의 발화에 동원했다.[69] 표트르의 유훈 자체가 위서일 가능성이 크다는 것은 이미 언급했거니와, 스기 코우지나 사토 노부야스, 윤기진과 조종관에 이르기까지 특정 정보가 시간이나 공간을 이동하며 각자의 다른 주장을 떠받치는 양상은, 수용자 중심의 원본성 창출이라는 이 책의 전제에도 시사하는 바가 크다.

한편, 조종관의 추가 대목은 다음의 이유로 또 하나의 의의를 갖는다. 그의 「피득대제전」은 러일전쟁 이후의 글이다. 윤기진도 표트르의 유훈을 언급하며 러시아의 대외 정책이 내장한 폭력성을 경계했지만, 그 기사의 시점과는 달리, 1907년 당시 러시아 세력은 한국의 직접적 위협이 되지 못했다. 사실상 위 인용문에서 러시아는 '악의 축'으로 적대되기보다는 옛 사례로서 언급될 뿐이다. 결국 조종관이 '옛' 러시아의 역사를 통해 '현재'의 경계 대상으로 상정한 것은 통감부를 통해 한국 정부를 좌우하던 일본이라 할 수 있다. 비록 직접적 거론은 없지만 조종관이 거듭 사용하는 '금일今日'에 주목한다면 답은 더 뚜렷해진다. 인용문의 마지막 대목인 "오호라, 두렵도다! 금일 나라를 훔치는 **흉한!**"은 일본을, "아! 불쌍하도다. 금일 **죽은 나라**의

---

69 이 외에도 사토가 쟁점화했던 몇 가지 포인트 역시 조종관의 연재물에서는 증발할 수밖에 없었다. 본래 사토는 제1장 〈서언〉을 통해 표트르의 러시아의 후진성과 미개함을 먼저 언급한 바 있다. 이는 표트르 이후의 러시아가 얼마나 강성해졌는지를 비교할 지표를 먼저 세워두기 위해서다. 그러나 조종관은 2장과 3장에 대해서는 충실하게 번역했음에도 불구하고 1장의 내용은 생략했다. 이는 그의 관심이 러시아의 성공적 변모 과정을 조명하는 것에서 멀었음을 방증한다. 또한 사토의 경우, 외국만유 부분의 비중을 높여 표트르가 선진 기술 도입에 얼마나 열성적이었으며 그것이 자국 개혁에 얼마나 큰 결실로 이어졌는지 보여주고자 했고, 나아가 정복전쟁 대목의 비중을 배가시켜 그 힘이 러시아의 외부 팽창으로 연계되었다는 서사적 구도를 만들어 두었다. 하지만 조종관은, 결과적으로 그 모든 내용을 괄호쳐두고 유훈 대목만을 부각시켜 러시아의 성공 과정에 독자가 감정적으로 동화될 여지조차 남겨두지 않았다. 조종관은 2회 연재 이후 표트르 전기 작업을 갑자기 마무리해야 할 상황에서 러시아라는 국가의 침략성을 밝히고 이를 통하여 폭력을 수반하는 진화론적 경쟁 세계의 본질을 말하는 것에 집중한 것이다.

외로운 백성!"은 대한제국을 전제로 한 내용으로 보아도 무방하다. 본 연재 분량이 게재된 『공수학보』 제4호는 1907년 10월에 발행되었는데 7월에 발행된 제2호와 제3호 사이, 한국에서는 일본에 의한 고종의 강제 퇴위7월 18일, 정미칠조약7월 24일, 신문지법 발효7월 27일, 군대해산7월 31일 등의 강제 조치가 연이어 발생하며 국세가 땅에 떨어진 상황이었다. 관비유학생들로 구성된 대한공수회의 구성원들은 조정의 상황에 더욱 민감했을 것이다. 비탄해 하는 조종관의 목소리가 한국의 현실을 향해 있던 것은 의심의 여지가 없어 보인다.

한만수는 일본에 강제병합 되기 전 활발히 생산된 영웅서사의 존재를 검열에 대한 시간적·공간적 우회의 초기 사례로 주목한 바 있다.[70] 서구영웅전이 유통된 동아시아 전체가 그런 것은 아니지만, 한국의 경우에 한정하자면 이 명제는 충분히 적용 가능하다. 『공수학보』 제4호의 발행은 이미 한국 내 신문지법이 발효되는 등 언론 환경이 악화되던 시점에 이뤄졌다. 유학생 학보라고는 하나 일본을 직접적으로 대적화하는 발언을 쏟아내는 데는 제약이 따를 수밖에 없었다.[71] 이러한 조종관에게 표트르 전기는 일제를 "흉한"으로, 대한제국을 "죽은 나라"로 규정할 수 있는 적절한 우회로를 제공했던 셈이다.

조종관의 표트르 전기가 『공수학보』에서 종결된 후인 1908년, 『대한학

---

70 한만수, 「植民地時期 한국문학의 檢閱場과 英雄人物의 쇠퇴」, 『어문연구』 34-1, 2006 참조.
71 유학생 학보는 기본적으로 "이천만동포의 지덕계발"을 목표로 하여, 일본 내 유학생 교류보다 한국 내 유포를 통한 계몽 운동에 방점을 두고 있었다(한시준, 「국권회복운동기 일본유학생의 민족운동」, 『한국독립운동사연구』 2, 1988, 51~53면). 이 경우 당연히 한국 내 관련 검열법의 규제를 받는데, 실상 1907년의 신문지법이 아니더라도 그 이전부터 일본유학생 학보는 게재 내용상의 제약이 존재한 것으로 확인된다. 예컨대 초기 학회지인 『태극학보』의 경우, 제5호 (1906.12)부터 '투서주의'라는 광고를 실어 "정치상의 기사는 일절 수납지 아니"한다고 명시하고 있다(한시준, 앞의 글, 38면).

회월보』에는 또 하나의 표트르 전기가 연재된다.『대한학회월보』는 1908 년 1월에 설립된 도쿄 지역 한인 유학생 단체인 대한학회의 기관지이다. 대한학회의 경우 대한공수회와는 달리, 기존의 유학생 통합 단체인 대한유학 생회[72]를 중심으로 낙동친목회洛東親睦會 · 호남학회湖南學會 등의 단체가 재통합 된 단체였다. 이 통합 때 대한공수회는 참가하지 않았지만, 대한공수회의 평의원을 역임한 어윤빈이 대한학회의 5부편찬부·교육부·토론부·운동부·교제부에 서 부장을 맡기도 하는 등 부분적 통합은 존재했다. 태극학회 · 대한공수회 · 연학회硏學會 등은 대한학회가 1909년 1월에 대한흥학회로 또 한 번 통합 하는 과정에서 합류하게 된다. 이로써 대한학회는 일본의 한인 유학생 단체 의 총연합 단체라 할 수 있는 대한흥학회의 전신이 되었다.

『대한학회월보』의 표트르 전기는 조종관의 것과 동일한 「피득대제전彼得 大帝傳」이라는 제목으로 3회에 걸쳐 연재되었다[제4호~제6호, 1908.5~7]. 필자는 완시생玩市生으로서, 이 필명을 사용한 인물이 누구였는지 단정할 수는 없지 만, 1907년에『낙동친목회학보洛東親睦會學報』를 통해「비사맥전俾士麥傳」을 먼 저 역술한 사실로 보아 서구영웅전에 일관된 관심을 가졌던 것을 알 수 있 다. 낙동친목회는 문내욱文內郁, 김기환金淇驩, 이은우李恩雨, 한치유韓致愈 등을 비롯하여 약 20명 정도의 비교적 적은 회원 수를 가지고 있었다. 완시생은 그중 한 명이었을 것으로 추정된다.

완시생과 조종관의 전기 번역 및 연재 양상에는 몇 가지의 차이점이 존

---

72 1906년 9월부터 대한학회로 통합되기 전까지 활동한 일본 동경의 한인 유학생 단체이다. 1904 년 이후부터 일어난 일본 유학생들 사이의 출신지역 및 분파적 갈등 해소에 대한 요구가 반영되어 설립되었으며 회장은 상호(尙灝), 부회장은 최린(崔麟)이 역임했다. 기관지로 최남선·변영주 (卞永周)·윤태진(尹台鎭) 등이 필진으로 참여한『대한유학생회학보』가 있다. 이 월간지 학보 는 1907년 3월부터 5월까지 세 개 호가 발간되었다(한국학중앙연구원,「대한유학생회학보」, 『한국민족문화대백과』, 2009 참조).

재한다. 예를 들어 조종관이 옮기지 않은 저본의 제1장을 완시생은 옮겼고, 반대로 조종관은 약소하게나마 가져온 사토의 '서序'를 완시생은 옮기지 않았다. 또한 완시생의 번역 방식도 조종관처럼 '축역'이지만, 두 텍스트는 고유명사의 번역이나 문장의 면면에 있어서 명확한 차이를 보이고 있다.

완시생의 표트르 전기는 미완으로 종결된다. 사토의 '서'는 번역하지 않았으나 기본적으로 저본인 『피득대제』를 성실하게 압축하여 옮기는 방식이 마지막 연재분인 『대한학회월보』 제6호까지 이어졌다. 1회에서 3회 연재분은 저본의 1장부터 3장까지를 순서대로 소개하고 있으며, 1장을 제외하면 소제목 역시 그대로 가져온다. 다만, 3회 연재분은 마지막에 "차장미완此章未完"이라 덧붙여두었다. 1, 2장과는 달리 사토 텍스트 3장의 내용은 3회 연재에서 전부 담아내지 못했던 것이다. 완시생의 표트르 전기는 이대로 종결되었다.

공교롭게도 이로 인하여 완시생도 조종관과 마찬가지로 저본의 제3장 이후를 소개하지 못하게 된다. 그러나 그 경위는 다르다. 조종관은 연재 종료를 미리 알고 마지막 연재분인 3회를 통해 『피득대제』의 제9장을 소개했으나, 완시생의 경우는 그러한 과정조차 없었다. 결과적으로 조종관보다 완시생의 텍스트가 더 소략한 미완성작이 되었던 것은 이 때문이다.

완시생의 「피득대제전」이 게재된 지면은 '사담史譚' 1~2회과 '사전史傳' 3회란이었다.[73] 유학생 학회지들의 '사담'·'사전'란이나 전기물 연재는 동시기 하쿠분칸이 편찬했던 『세계역사담』의 타이틀 '史譚', 그리고 『태양』과 『소년세계』의 '사전史傳'란 체재를 모델로 삼았을 가능성이 크다. 단, 유학생 학회지는

---

[73] 같은 지면을 통해 연재된 전기물의 주인공으로는 콜럼버스(哥崙布)·아리스토텔레스(亞里斯多德) 등이 있고, 「김장군덕령소전(金將軍德齡小傳)」·「정평사문부소사(鄭評事文孚小史)」와 같은 자국인 전기가 실리기도 했다.

하쿠분칸 발행 종합잡지와 비교할 수 없을 만큼 발간이 불확실했다.[74] 이는 자본력의 격차에서 기인하기도 했지만, 1904년부터 다년간 반복된 한인 유학생 단체의 해체와 통합 속에서 학회지들의 존폐가 수시로 엇갈렸기 때문이기도 했다. 완시생도 장기간 예정된 지면을 기다리는 입장이었으나, 대한흥학회로의 통합 과정에서 대학학회는 해체되는 수순을 밟았고 결국 『대한학회월보』와 함께 「피득대제전」를 위한 공간 역시 사라졌다. 다음 연재 기회가 없다는 것을 미리 알았다면 조종관처럼 역자 의도라도 밝힐 수 있었을지 모르나 상황은 이를 허락지 않았다. 중요한 것은, 사실상 『대한학회월보』와 『대한흥학보』가 연속적 관계에 있었기에 편집진의 의지만 있었다면 『대한흥학보』에서라도 「피득대제전」의 연재가 속개될 수 있었다는 사실이다.[75]

그런데 완시생의 연재 중단 이유는 단순한 내부 사정, 예컨대 편집진의 자체적 결정이나 완시생 개인의 사정 등과도 거리가 멀어 보인다. 우선, 『공수학보』도 마찬가지였지만 『대한학회월보』의 「피득대제전」 역시 기획 단계에서만큼은 적어도 1년가량의 장기 연재를 전망하고 있었다. 언급했듯이 조종관과 완시생은 저본인 사토 노부야스의 텍스트를 매 장 충실히 옮기며 출발하였다. 총 9장으로 구성된 사토의 텍스트를 감안할 때, 외적 요인이 없었다면 퍽 오래 지속될 연재였다. 게다가 연재의 마지막이 된 『대한학회월보』 제6호 이후, 제7호부터 제9호에는 「피득대제전」의 연재 누락에 대

---

74 상업성을 갖춘 대규모 출판사 하쿠분칸의 『태양』이나 『소년세계』의 경우 〈사전(史傳)〉란에 연재된 전기물이 단행본으로 다시 간행될 정도로 연재물 자체의 완성도를 확보하고 있었다. 또한 일본 현지에서 활동한 중국의 량치차오나 한국의 박용희, 조종관, 완시생 등이 전기물 역술에서 원천 재료로 삼는 텍스트는 하나 같이 단행본으로 발간된 일본서들이었다. 하지만, 계몽운동 차원의 접근이 더 본질적이었던 중국과 한국의 다양한 잡지들의 경우 그 형식을 가져올 수는 있어도 꾸준한 연재 분량을 확보할 수는 없었던 것이다.
75 실제로 『대한학회월보』 마지막호에서 『대한흥학보』 첫 호로 연속하여 이어진 「淸國의 覺醒과 韓國 [前 大韓學會月報 續]」라는 기사가 이 경우에 해당된다. 『대한흥학보』 제1호는 『대한학회월보』뿐만 아니라, 『대한학보』 및 『태극학보』의 일부 중단 기사도 되살리는 통로의 역할을 했다.

한 사정 설명이 빠짐없이 등장했다.[76] 공통적으로 지면과 '편집상의 이유로 본호에서 누락되었다'는 내용이다. 특히 제9호의 설명에서는 다음 호에 표트르 전기를 재개하겠다는 언급도 포함되어 있다. 비록 제9호를 끝으로 『대한학회월보』 자체가 폐간되기 때문에 그 약속은 지켜지지 않았지만 편집진은 완시생의 전기를 이어나갈 의지를 보여주고 있었다. 학회지의 지면 부족으로 인해 게재 우선순위에서 밀리게 된 상황이라면 이토록 꾸준히 다음 호를 기약하는 공지를 내보내는 것보다, 차라리 아주 적은 분량이나마 연재를 이어나가는 것이 합리적이다.

결론적으로 완시생 텍스트의 연재 중단 및 재연재의 무산은 외부의 요인, 구체적으로는 유입된 한인 출판물에 대한 통감부 자체의 검열 강화와 연관이 있다고 판단된다. 「피득대제전」의 연재가 이루어진 제6호까지 『대한학회월보』는 매달 간행되었으나, 제7호는 예정된 1908년 8월이 아닌 9월에 나왔다. 이렇게 발행이 지체된 사정 이면에는 검열 강화라는 요인이 자리하고 있었을 가능성이 크다. 광무신문지법은 1908년 4월 이후 단속규정을 강화하여 한국 내로 유입되는 재외 한인 매체에 대한 압수 및 발매금지를 강행하고 있었다.[77] 이러한 상황 속에서 편집진은 발행자체를 우선적으로 강행하기 위해 잠재적 피검열 대상인 표트르 전기를 연재에서 유보한 것이 아닐까 한다. 『대한흥학보』로의 통합 이후로도 표트르 전기 연재는 결국 재개되지 못했다. '사전史傳', 혹은 '전기傳記' 등의 관련 게재란이 재등장하였음에도 표트르의 이름은 끝내 발견되지 않는다.[78] 이렇게 사토 노부야스의 『피

---

76 "史傳은 紙面과 編纂의 不相許ᄒᆞᄂᆞᆫ 事情을 因ᄒᆞ야 本號에만 闕홈"(제7호, 36면), "編纂上에 不相許ᄒᆞᄂᆞᆫ 事를 因ᄒᆞ야 本號에만 闕홈"(제8호, 31면), "編纂上의 事情으로 因ᄒᆞ야 次號에 讓留홈"(제9호, 42면)

77 한국학중앙연구원, 「공립신보」, 『한국민족문화대백과』, 2009 참조.

78 제1호 콜럼버스 / 제3호 페스탈로치 / 제4~5호 마젤란 / 제7~9호 디아스(「大統領 쎼아스氏의

득대제』에 대한 번역 시도는 유학생 매체의 발행물에서는 명맥을 다했다.

한 러시아 영웅의 전기가 1907년에 『공수학보』에 연재된 이후 1908년에 같은 도쿄 지역의 유학생 기관지인 『대한학회월보』에 연이어 연재된 사실을 단순한 우연으로 보기는 힘들다. 대한학회로 통합되는 과정 중에 대한공수회 회원 일부가 동참한 사실에서 확인되듯, 『대한학회월보』의 필진이 『공수학보』의 존재를 몰랐을 리 없고, 주요 연재물에 표트르의 전기가 있었다는 사실 또한 파악하고 있었을 것이다.[79] 그렇다면 표트르의 존재는 일본 유학생들 사이에서 '알면서도' 중복 번역할 정도의 의미를 갖고 있었던 셈이다. 그 의미는 곧 그들이 연재를 갑작스레 중단한 이유와도 연동되어 있을 수 있다.

3) 김연창의 『성피득대제전聖彼得大帝傳』-개혁 군주로서의 표트르

1908년 광학서포를 통해 나온 김연창金演昶의 『성피득대제전聖彼得大帝傳』은 한국에서 발행된 표트르 전기 중 유일한 단행본이자, 사토의 텍스트를 처음 완역한 결과물이기도 했다.

『대한계년사』 1894년 9월 기록에 의하면 김연창은 유생으로서, 일본보빙사 파견 때 궁내부 주사 김준기와 함께 의화군義和君 이강李堈을 수행한 바

鐵血的 生涯」/ 11호 나폴레옹(「大英雄 那翁의 戰鬪訣」)

79 따라서 다음과 같은 가설도 세워봄 직하다. 대한공수회의 경우 1909년 1월에 대한흥학회로 통합되며 해체될 때까지 명맥을 유지하지만 『공수학보』는 1908년 1월 제5호를 마지막으로 더 이상 간행되지 않았다. 한편 대한학회의 『대한학회월보』는 1908년 2월부터 월간지로 시작된다(동년 11월까지 총 9개 호 발행). 즉 두 기관지는 시기적으로 연속되어 있었다. 1907년에는 이미 유학생들의 통합 운동 분위기가 무르익어 있었고 대한학회는 그 중심에 있었다. 이로 인해 대한공수회의 편찬진은 장차 자신들이 들어가게 될 대한학회와 그 기관지 『대한학회월보』의 존재에 힘을 실어주는 차원에서 『공수학보』와 관련된 작업을 『대한학회월보』 측으로 연계했을 가능성이 있다. 따라서 새로운 일본 유학생 통합 기관지가 된 『대한학회월보』가 기존의 분립 기관지들이 진행하던 기획물 중 일부를 계승하는 과정에서 불완전 연소된 조종관의 표트르 전기를 선택했을 수도 있다.

구분	사토		김연창	
	면수	비율	면수	비율
제1장 서언	4면	3.03%	3면	3.7%
제2장 표트르의 탄생	7면	5.3%	3면	3.7%
제3장 표트르의 유년시대	19면	14.4%	12면	14.81%
제4장 표트르의 장년시대	20면	15.15%	14면	17.29%
제5장 표트르의 외국만유	21면	15.91%	13면	16.05%
제6장 표트르의 내치개혁	7면	5.3%	4면	4.94%
제7장 표트르의 외교와 침략	26면	19.7%	15면	18.52%
제8장 표트르의 만년	15면	11.36%	8면	9.88%
제9장 표트르의 인물	13면	9.85%	9면	11.11%
합 계	132면	100%	81면	100%

있다.[80] 한국 최초의 해운회사인 이운사利運社 직원으로 학도감독學徒監督 직책을 수행한 것도 눈에 띄는 이력 중 하나이다.[81] 인천 관찰부 주사主事를 지내기도 했다.[82]『대한계년사』 1895년 10월의 내용 중에는 김연창이 "통쾌하다면 통쾌하다고 할 수 있습니다. 그러나 정권이 서양 사람의 수중에 들어갔으니, 이것은 큰 불행입니다"[83]라고 말한 기록이 있다. 여기서 통쾌하다함은 전날 의병이 궁궐로 들어가 을미사변과 연관된 내각 인사를 죽이고자 시도했다는 것 때문이고 서양 사람의 영향력 확대를 비관하는 이유는 이 시점에 서양 선교사 언더우드, 아펜젤러, 게일 등이 고종의 호위로 궁에서 숙직을 하고 있었기 때문이다. 이 기록으로 짐작되듯 김연창은 외세의 개입을

---

80 정교, 조광 편, 변주승 역,『대한계년사』2, 소명출판, 2004, 72면.
81 공문편안(公文編案) 1895년 2월 4일, 서울대학교 규장각한국학자료원 사이트(e-kyujanggak. snu.ac.kr) 원문자료 DB 참조. 이운사는 1892년 설립된 국내 최초의 해운회사로, 주로 세곡을 운반했다. 이운사의 선박들은 청일전쟁 이후 일본우선주식회사에 위탁경영으로 넘어갔다가 다시 돌려받게 되지만 세곡이 금납으로 대체되어 효용이 적어진 상태였다. 이후 이운사의 해운업은 민간 기업이 담당하게 되었다.
82 정교, 앞의 책, 199면.
83 위의 책, 137면.

경계하는 입장이었다. 특히 김연창은 만민공동회에 참여한 독립협회의 회원으로서 조정 내 러시아 세력을 적극 견제하기도 했다. 친러파 외부 대신 민종묵閔種默이 러시아에게 한국 내의 여러 이권을 넘기고 그들로 하여금 만민회를 탄압하게 하려 한다는 소식을 전해 듣고 급히 만민회에서 연설로 알려 민종묵의 계획을 무산시켰다는 내용도 전해진다.[84] 윤기진이 『독립신문』 기사를 통해 러시아를 성토한 것과 마찬가지로, 김연창 역시 러시아에 관한한 같은 태도를 취하고 있었던 것이다.

이상의 이력을 가진 김연창이 후에 '표트르 대제'의 이름을 건 전기물을 번역한 것은 역사의 아이러니에 가깝다. 그의 『성피득대제전』이 광학서포를 통해 나온 것은 1908년 11월 5일로, 독립협회 활동으로부터는 약 10년이 경과한 시점이었다.[86] 물론 단순히 번역 요원으로 동원되었을 가능성도

---

84 정교, 조광 편, 변주승 역, 『대한계년사』 4, 소명출판, 2004, 42~43면.

85 페이지 분량은 반올림/내림을 적용하였기에 정밀하지 못하다. 예를 들어 김연창의 2장의 경우 실제로는 7면까지 이어지나 비중상 7면을 3장의 영역으로 경계 지은 것이나, 마지막 페이지는 82면이지만 2행 가량에 불과하여 페이지 구분에서 제외시킨 것 등이 있다. 참고로 사토의 텍스트 존재하는 1장 분량의 '序'는 표에 제시하지 않았다.

86 김연창은 이에 앞서 최소한 한 차례의 다른 번역 경험을 갖고 있었다. 그것은 한국인 영웅을 다룬 을지문덕 전기이다. 두 저술이 모두 전기물이었다는 점에서 김연창의 일관된 관심을 읽어낼 수 있다. 그런데 두 경우의 '기점언어'와 '목표언어'는 다를 수밖에 없었다. 표트르 전기보다 앞선 번역이었던 을지문덕 전기의 경우 국한문체 『乙支文德』(광학서포, 1908.5.30)을 순국문체 『을지문덕』(광학서포, 1908.7.5)으로 '내부 번역'한 것이었다. 기왕의 연구에서는 서구 영웅에 대한 번역으로부터 자국 영웅 전기 집필로 이행되는 단계론을 지적한다. 그러나 김연창의 사례는 자국의 영웅을 먼저 번역한 이후에 서양 인물의 번역으로 나아가는 경우도 존재했다는 근거가 된다. 한편, 일본어를 국한문체로 번역한 김연창이, 그 이전에 이미 국한문체를 순국문체로 번역한 바 있다는 사실은 이목을 끈다. 두 작업 모두 김연창과 신채호의 연관성을 보여주며(을지문덕 전기는 신채호 텍스트를 내부 언어로 번역한 작업이었고, 표트르 전기는 김연창의 작업을 신채호가 교열로 지원했다) 광학서포를 통해 나왔다. 또한 시기 역시 거의 겹친다는 점에서 '김연창'이라는 다른 한 명의 동명이인이 존재했을 가능성은 없다. 그렇다면 이는 번역물이 홍수처럼 쏟아져 나왔던 1900년대 전체를 살펴보더라도 발견하기 어려운 특수한 경우가 된다(비슷한 사례로 장지연 정도를 꼽을 수 있다. 그는 순국문체로 된 『애국부인전』(1907)과 국한문체인 『중국혼』(1908)을 둘 다 역간하였다). 김연창은 외국어를 자국어로 번역하는 외부에서 내부로의 통상적 번역과, 국한문과 순국문이라는 당시의 이중 언어체계를 관통하는 내부 번역을 동시에 구현했던 것이다.

완전히 배제할 수는 없지만, 그의 전력으로 보아 자신의 이상과 충돌하는 작업에 수동적으로 따를 인물은 아닐 터이다. 그렇다면 1898년과 1908년 사이에, 김연창의 사고에 큰 변화가 있었다고 보거나 처음부터 두 시기의 활동이 모순되지 않았다는 설명이 가능하다.

『성피득대제전』은 유학생 학회지들의 경우와는 달리, 상당 수준의 직역 태도를 고수한다. 사변적 내용이 들어 있는 사토의 '서'를 제외하고는 각 장의 제목도 그대로이며, 몇 군데를 제외하면 저본의 문장을 있는 그대로 옮긴 수준이다.[87] 비록 고유명사의 전환[88]이나 일부 설명의 삽입[89]도 있지만,

---

[87] 소량의 삭제는 43·54·81면 등에서 발견된다. 그 외 『聖彼得大帝傳』에서 나타나는 저본과의 차이는 다음과 같다. 인용처리의 차이(19·30·35면 등), 단락 구분의 차이(65·71면 등), '彼得(표트르)'를 '帝(황제)'로 전환 바꿈, 전체적인 분량 축소 시도(단락 합치기, 인용문 없애기, 일부 단락 삭제, 그림 없앰) 등. 한편, 원문에 표트르 사후 "170년"이라고 한 것을 "173년"으로 수정한 부분(김연창, 72면)도 있다.

[88] 사토의 텍스트 및 그것을 저본으로 하는 세 전기들의 주요 고유명사를 비교해보면 『聖彼得大帝傳』의 특징이 잘 드러난다. 참고로, 사토의 고유명사는 한자어이나 가타카나 루비가 달려 있으나 표에서는 생략했다.

⟨표 11⟩ 표트르 1세 전기들의 고유명사 비교

현대어	사토	조종관	완시생	김연창
이반바실리예비치	易黃馬西路懷的	·	易黃馬西路懷的	伊毁馬西路比致
미하일 표도로비치 로마노프	美加惠留不惠土 呂比知羅馬信	미카엘뻬트로비드로 마노부	·	美加悅, 厚豫斗路比致, 羅馬路夫
나리쉬킨	那爾伊素金	那爾伊素金	那爾伊素金	那利斯金
나탈랴	那達利亞	那達利亞	那達利亞	那多利亞
소피아	索比亞	索比亞		索比亞
모스크바	莫斯科	莫斯科	莫斯科	莫斯科
크레믈린	古列漠列弗	古列漠列弗	·	巨廉列弗
표도르	黑窩德	黑窩德	世吾德	世奧德

김연창은 저본의 가타카나 루비에 의거하여 한국식 발음에 적합한 한자어를 따로 선별하려는 노력을 보이고 있다. 그의 어휘 재구성은 조종관이나 완시생의 것과 다를 뿐 아니라, 당시 기타 번역 서적과 비교해보아도 큰 특징이다. 한편, 조종관과 완시생의 경우도 일부에서는 저본과 다른 어휘를 사용(음영 부분)한 흔적이 나타난다.

[89] 일본어 전기에는 없던 대목을 덧붙인 것은 1899년 사토의 집필 시점에서 일본 독자에게 상식에 해당하던 것들이 1908년 한국인 독자층에게는 생소한 것이었음을 간접적으로 밝혀준다.

이 역시 내용의 흐름을 바꿀 만한 것은 아니다.

〈표 10〉에서 확인 가능하듯, 각 장에 대한 두 전기의 비중 차이도 미미하다. 면당 어휘수를 감안하면 분량 역시 거의 일치한다. 즉 김연창의 번역은 조종관과 완시생의 글에서 나타난 에피소드 중심의 압축적 소개와는 전혀 다른 양상을 보인다.[90] 특히 『성피득대제전』는 조종관의 현실 비판과 같이 독자적 메시지도 딱히 포함되지 않은 원문의 재생산에 가깝다.

대체 표트르의 전기에 대해 한국인들이 그토록 반복적인 관심을 보인 이유는 무엇이었을까? 사토가 집필한 『피득대제』를 김연창과 같이 성실히 옮길 경우 한국적 맥락에서는 다음과 같은 의미를 획득하게 된다. 첫째, 『피득대제』는 사토의 서문에서도 나타나듯이 러시아가 부강해진 원리를 탐구한다는 의의를 지닌다. 즉, 일국사의 차원에서 볼 때 '약소국'의 위치에 있던 국가가 '강대국'으로 역전한 과정을 담은 내용인 것이다. 이는 식민지로의 전락이 가시화되고 있던 한국인에게 보다 각별한 의미로 다가왔을 법하다.

둘째, 『피득대제』는 러시아 제국의 건설자에 대한 성공 신화로서, 러시아에 대한 긍정을 기본으로 한다. 러시아는 러일전쟁에서 패퇴함으로써 한반도를 위협할 수 있는 위치에서 멀어졌고, 오히려 일본의 한국 점령을 견제할 유일한 외세로 인식되기도 했다. 러일전쟁까지만 해도 인종 간의 대결로 이해하고 '동종' 일본을 지지한 많은 한국의 식자층은,[91] 전승 후 일본이

---

90 김연창의 번역이 이처럼 다른 이유는 내용을 담는 그릇의 차이이기도 하다. 『聖彼得大帝傳』은 조종관과 완시생의 텍스트와 달리 '단행본'의 형태였다. 이 외적 요인은 기획 단계에서부터 '지면'의 제한이나 연재의 불확실성 문제에서 자유롭게 해준다. 따라서 단체의 이합집산이 반복되던 유학생 학회지 게재보다 김연창의 경우가 안정감의 측면에서 우위를 점하는 것은 당연하다. 형식의 차이(잡지 / 단행본)가 결국 내용의 차이(초역 / 직역)를 만든 것이다. 이러한 점은 당시 공존했던 전기물의 두 존립 기반인 잡지 연재물과 단행본이 보여주는 기본적인 성격이기도 하다. 그러나 이 역시 일반화시킬 수는 없다. 연재물일 경우라도 국문관 『대한매일신보』의 「라란부인전」처럼 직역을 고수하는 경우가 존재하며, 단행본일지라도 현채의 『월남망국사』나 장지연의 『애국부인전』, 신채호의 『이태리건국삼걸전』처럼 역자의 개입이 두드러진 경우가 있다.

즉각적으로 한국을 병합하는 수순을 밟자 '눈앞의 이익 때문에 동양주의 연대를 파괴했다'는 비판을 표출하기 시작했다. 물론 그 와중에도 동양주의는 끝내 포기되지 않았다.『몽견제갈량』의 경우는 일본 대신 중국 중심의 아시아 통합을 갈망하기도 한다.[92] 그러나 러시아의 국부를 집중 조명하는 것은 적어도 동양주의와는 다른 차원에서 인접 강국을 긍정하는 논리와 맞닿아 있다.[93] 즉 러시아는 한국 내 일본 세력의 상승과 함께 균세均勢의 차원에서 재발견된 것이다.

셋째,『피득대제』는 '황제'의 서사였다. 20세기 초의 많은 전기물 번역 속에서도 제국의 영웅일 뿐만 아니라 그 신분이 황제였던 경우는 의외로 드물다. 김연창이 성실히 옮긴 사토의『피득대제』는 뛰어난 군주 한 명의 출현으로 국가의 운명이 탈바꿈할 수 있다는 희망을 던진다. 그런데 엄밀히 말해서 표트르의 전기는 백성의 모델이 아니라 군주의 모델이다. 환언하면 국민 개개인의 영웅화를 주창하며 당대에 널리 강조된 '소영웅론'[94]이 아닌 '대영웅주의'를 취한다는 것이다.『해천추범』뿐만 아니라 러시아 자체를 비난한 윤기진의『독립신문』기사에서도 그러한 군주의 존재만큼은 부러

---

91 최규진,「러일전쟁 전후 한국인의 러시아 이미지 형성 경로와 러시아 인식」,『마르크스주의 연구』7-3, 2010, 234~235면.

92 정환국,「애국계몽기 한문소설(漢文小說)에 나타난 대외인식의 단상―『몽견제갈량(夢見諸葛亮)』의 경우」,『민족문학사연구』23, 2003, 142면.

93 청국과의 공조 논의가 김연창으로부터 나올 수는 없었던 것은 그가 청국에 대한 속방 의식을 신랄하게 비판한 독립협회 진영 출신이라는 점과도 연동된다. 또한 독립협회가 지목한 당시의 공적 러시아와 개혁 모델이었던 일본의 위치가 180도 뒤바뀌었다는 사실은 균세와 정립 논리를 통해 시대적 변천에 대처하는 약소국 지식인의 한 대응 양상을 보여준다.

94 예로,「大呼英雄崇拜主義」라는 논설은 이탈리아의 건국 삼걸을 언급하며 진정한 영웅은 삼걸이 아니라 그들을 숭배했던 이탈리아 국민이라는 식으로 논지를 펼친다(『황성신문』, 1909.7.29). 소영웅론은 종래의 일인 영웅 개념에 반하여 국민 개개인을 영웅으로 규정하는 것으로,「무명의 영웅」담론 등의 형태로 근대 동아시아 사회에 공통적으로 유포되었다. 이에 대한 동아시아 내부의 변용은 이헌미,「대한제국의 '영웅' 개념」, 하영선 외,『근대한국의 사회과학 개념 형성사』, 창비, 2009 참조.

움의 대상이었다. 일본 유학생인 조종관과 완시생이 학회지를 통해 표트르를 내세운 것 역시 국민의 모델을 제시하기 위함이라기보다는 적자생존의 세계를 헤쳐 나갈 수 있는 왕의 탄생을 기대하는 것에 가깝다고 할 수 있다. 물론 일국의 '황제까지도' 자신을 낮추어 헌신했다는 구도를 통해 일반인의 각성을 역으로 촉구하는 효과도 있었을 법하다. 그러나 실제 표트르가 실천한 개혁은 그가 '황제였기에' 가능했던 것들임을 간과해서는 안 된다.

특히 세 번째 이유는 표트르 수용의 한국적 특수성을 밝히는 중요한 열쇠가 된다. 조종관이 번역 태도를 급작스레 바꾼 1907년 7월 이후 표트르 전기에 대한 번역 시도는 동시다발적으로 이어졌다. 여기에는 7월 18일 고종의 강제 퇴위와 함께 이루어진 순종의 대한제국 황제 취임이 계기로 작용했을 수 있다. 표트르 전기는 '새 황제'의 개혁 이야기였다. 『피득대제』의 초반 서술은 표트르가 황제에 오르기까지 얼마나 지난한 과정을 거쳤는가에 집중되어 있다. 김연창은 순종이 비극적인 양위 과정을 겪었다는 점에서 표트르와 동일시하는 한편, 표트르를 통해 새 황제가 어떤 자세로 국정에 임해야 하는지에 대한 화두를 제시하고 싶었던 것이 아닐까.

직역 중심의 번역이었음에도 불구하고 김연창의 텍스트에는 흥미로운 지점이 발견된다. 바로 표트르를 지목하는 저본의 3인칭 대명사 '彼' 대신 '帝'를 사용하는 것이다.[95] 사토가 '彼'를 사용했음에도 김연창은 모두 황제를 직접 지칭하는 어휘로 응수했다. 당시 한국 사회에서 3인칭 대명사 '彼'의 쓰임이 완전히 정착된 것은 아니었지만, 그렇다고 그 용례를 발견하는 것이 어렵지는 않으며 결정적으로 김연창 본인도 황제를 지칭하지 않는 경우에는 '彼'를 손쉽게 구사하고 있었다.[96] 김연창에 이르러 계속하여 반복

---

[95] 22·27·35·37~38·44~46·49면 등을 포함하여 『성피득대제전』의 수십 군데에 이른다.

삽입된 '帝'라는 주어의 무게는 남다른 것일 수밖에 없었다.

그렇다면 여기서 표트르 전기의 효용은 자국 군주의 강력한 개혁 조치를 탄원하는 역할을 담당하는 것이 된다. 한때 독립협회가 제창했던 입헌군주제와 같은 정치 개혁은 이미 실현 불가능한 꿈이 되었다. 어차피 통감 정치가 진행되었으며 정미칠조약으로 관내 주요 인사들까지 일본인으로 채워졌던 마당에 허수아비 군주로 강제 옹립된 순종에게 어떤 실질적 권한이 존재할 리 만무했다. 그러나 명목상으로라도 '제국'이었고 아직은 황제가 존재했다. 표트르 전기의 유통자들은 왕이 극적으로 개명된다면 실낱같은 희망이라도 있는 것이라고 자위했을 수 있다. 이러한 측면에서 『성피득대제전』은 현실 정치를 염두에 둔 또 다른 형태의 영웅대망론이었던 셈이다.

5. 잠재적 번역 가능성

한국의 표트르 전기는 러시아가 러일전쟁 이후 한반도에 대한 통제력을 상실하고서 쏟아져 나왔다. 여러 매체와 단행본을 통해 표트르의 이야기는 집중적으로 번역되었고, 거기에는 다양한 차이들이 나타난다. 적어도 조종관, 완시생, 김연창은 1900년도에 하쿠분칸을 통해 발간된 사토 노부야스의 『피득대제』를 번역 저본으로 활용하였다. 사토의 『피득대제』 역시 발간당시 일본 사회의 계몽적 흐름을 담지하고 있었다. 본래 사토는 집필 과정에서 발리셰프스키의 *Peter the Great*을 주로 참조했으나 발리셰프스키가 전통 파괴에 대한 비판의 관점에서 표트르의 내부 개혁을 비중 있게 다룬 반

---

96 『성피득대제전』의 6·9·24·29·39~42·49~53·55면 등을 예로 들 수 있다.

면 사토는 러시아의 부강함을 낳은 원인서구학습과 결과정복 전쟁의 승리 과정를 강조했다. 다시 말해 발리셰프스키는 표트르를 자국의 유수한 문화를 파괴한 군주로 형상화했으나 사토는 개혁 조치가 낳은 부작용에 대해서는 거두절미하고 철저히 강대국화 과정에 초점을 맞추었다. 사토의 작업은 자국 독자들에게 일본의 미래가 밝음을 천명하는 것이기도 했다. 이미 일본은 러시아의 길을 따르고 있었기 때문이다.

사토 노부야스가 제국주의 정책 관련 비중을 높였다면, 일본 내에서 유학 중이던 조종관은 오히려 한국이 처한 약자로서의 상황을 환기하여 경계심을 불러일으키는 차원에서 러시아의 침략성을 강조하기도 했다. 연재가 중단된 완시생의 표트르전이나 단행본으로 완역된 김연창 텍스트의 경우, 사토의 것과 대비할 때 뚜렷한 내용적 변별력을 갖추지는 못했지만 번역의 시공간적 맥락 속에서 전혀 다른 정치적 기능을 수행하게 된다.

19세기 말 한국을 둘러싼 열강의 각축은 러시아와 일본의 구도로 좁혀져 있었다. 러시아와의 전쟁에서 승리한 일본은, 한국에 을사늑약1905과 고종 강제 퇴위, 군대해산, 정미칠조약1907 등의 강경 조치들을 시행해나갔다. 이는 급격한 반일 여론의 형성과 전국적 의병운동으로 격화되었다. 실제 1907년도 러시아와 일본 사이에 비밀 협약이 체결되기 전까지 러시아는 일본의 한국 병탄을 반대하는 입장이었다. 이에 균세를 활용해야 했던 한국 식자층은 러시아가 우세할 때는 러시아를 규탄하지만, 일본이 우세할 때는 러시아에 기대를 걸었어야 했던 것이다. 이런 맥락에서 표트르는 위협의 존재가 일본으로 고정되는 순간 재발견되었다. 한편 '새 황제'표트르가 강대국을 건설한 서사가 '새 황제'순종의 즉위 직후 집중 소개되었다는 측면에서 사실상 친일 관료에 의해 장악된 정치권력을 뒤흔들 왕권의 부활에 대한 염원을 읽어낼 수도 있다. 이러한 정황들을 고려할 때 단순히 20세기 초 한국의 표트르 전기들을 제국주의 영웅에 대한 추수 정도로 폄하하는 것은 옳지 않다. 애초에 강력한 잠재적 번역 가능성을 내재한 표트르 전기는 대한 제국의 황혼기에 집중적으로 번역될 운명이었다.

제3장

새 시대를 열 소년자제의 모범,『오위인소역사』

1. 들어가며

『오위인소역사五偉人小歷史』는 이능우李能雨가 번역하여 1907년 5월 보성관普
成館에서 나온 국한문체 단행본이다. 이 번역서는 외적 조건부터 몇 가지 문
제적 지점을 지니고 있다.

첫째, 이 저작을 '전기물'로 분류한다면, 20세기의 단행본 번역 전기 중
최초의 것이 된다. 단행본 전기물의 번역 출판은 1907년부터 활성화되었
다. 그중『오위인소역사』의 발간 시점인 5월은 두 번째인 박은식의『서사
건국지瑞士建國誌』대한매일신보사, 1907.7보다 근소하게 앞서 있다. 둘째,『오위인
소역사』는 당대의 다양한 단행본 전기물 중 유일하다고 할 수 있는 소전小傳
모음집이다. 다섯 명은 물론이고 당시 한국의 전기 서적류에는 복수의 주인
공을 다루는 서적조차 찾기 어렵다.『오위인소역사』는 각 인물의 일대기를
압축하고 선별된 일화에 집중하는 형태를 취한다. 셋째, 번역자 이능우는

본문 첫 면에 "좌등소길佐藤小吉 저著 / 이능우李能雨 역繹"이라 하여, 일본인 원저자 사토 쇼키치佐藤小吉라는 이름을 밝혀두었다. 이 역시 당시 번역물로서는 일반적이지 않았다.[1] 이 사실이 더욱 흥미로운 이유는, 이능우가 제목을 새로 만들었다는 데 있다. 『오위인소역사』는 사토 쇼키치의 저술 중에서 『소년지낭少年智囊 역사편歷史篇』育英舍, 1903.3.을 번역한 것이었다. 당시의 번역 문화에서 제목 자체를 이 정도 수준으로 변경하는 경우는 찾아보기 힘들다. 이는 원저자를 명확하게 밝힌 것과는 분명 상충되는 것이다.

이상의 요소들에도 불구하고, 『오위인소역사』는 학계의 관심을 거의 받지 못했다. 그 이유로는 번역 텍스트 연구의 본격화가 그리 오래되지 않았다는 점, 무명에 가까운 이능우라는 역자, 파악되지 않은 저본의 정체 등을 들 수 있다. 그러나 이미 1970년대에 간행된 『역사전기소설』 총서[2]에 수록된 접근성이 좋은 자료임에도 텍스트의 의미가 분석되지 않은 사정에는 보다 근원적인 이유가 존재할 지도 모른다.

사실 번역 텍스트 연구에 있어서 한국적 변용 양상은, 암묵적으로 합의된 정치적 지형도를 벗어나기 쉽지 않았다. 그 지형도에서 '올바름'을 지닌

---

1 『五偉人小歷史』의 출판사인 보성관 전체 단행본을 보더라도 50여 권 대부분이 번역서인데 이중 원저자를 명기한 경우는 『오위인소역사』와 더불어 『越南亡國史』, 『外交通史』, 『初等理化學』 정도에 그친다(보성관 발행 서적의 정리는 권두연, 「보성관의 출판 활동 연구─발행 서적과 번역원을 중심으로」, 『현대문학의 연구』 44, 2011, 21~23면 참조). 1900년대 번역물의 전체 상을 따져보면 『瑞士建國志』, 『埃及近世史』, 『愛國精神』, 『普魯士國厚禮斗益大王七年戰史』 등 단행본들에 저자명이 표기된 경우가 더러 포착된다. 하지만 그렇지 않은 경우가 더 많았다는 것은 분명하다. 단일 저자로서 꾸준히 저자명이 노출된 경우는 『음빙실문집』이나 『월남망국사』를 계기로 이름 자체가 광고 효과를 담지했던 량치차오(梁啓超)의 저술들을 들 수 있다.
2 『역사·전기소설』(전10권), 아세아문화사, 1978. 이 영인본 총서의 발간은 역사전기물 연구에 기폭제가 되었으면서도 한편으로는 수록 기준의 모호함과 배제된 텍스트의 주변부화로 비판의 대상이 되어왔다. 『오위인소역사』는 본 총서 제4권에 『법국혁신전사』, 『애급근세사』, 『법란서신사』에 이어 마지막 자료로 수록되어 있다. 그러나 마지막 두 페이지의 순서가 바뀌는 편집상의 오류와 일부 원문이 아예 누락된 것이 있다. 필자는 원본의 소장 기관 중 동국대학교를 통해 누락된 일부를 확인하였다.

텍스트는 물론 약자의 입장에서 '애국'이나 '독립'의 가치를 천명하는 것이었다. 그런데 『오위인소역사』는 구성부터 이미 그 가치로부터 비켜난 것으로 보인다. 이 서적의 첫 면에는 "오위인소역사목록五偉人小歷史目錄"이라 하여, "아역산대왕亞歷山大王 / 각룡閣龍 / 화성돈華盛頓 / 열이손涅爾遜 / 피득대제彼得大帝"[3]의 이름이 등장 순서대로 기재되어 있다. '아역산대왕亞歷山大王'은 고대 마케도니아의 알렉산더 대왕Alexandros the Great, BC 356~BC 323, '각룡閣龍'은 이탈리아 출신의 탐험가 크리스토퍼 콜럼버스Christopher Columbus, 1451~1506, '화성돈華盛頓'은 미국 초대 대통령 조지 워싱턴George Washington, 1732~1799, '열이손涅爾遜'은 영국의 해군 제독 넬슨Viscount Horatio Nelson, 1758~1805, '피득대제彼得大帝'는 러시아의 황제 표트르 대제Peter the Great, 1672~1725이다. 이 다섯 명의 이름이 주는 일반적 인상은 '서양사의 적자嫡子들'이라 할 만하다. 다시 말해 『오위인소역사』는 곧 '강자 혹은 제국주의 열강의 역사'로 비춰질 여지가 다분하다.

하지만 '오위인'은 국가의 명운을 좌우한 이들의 서사와 영웅 담론이 유행했던 당시의 한국에서 즐겨 호출한 진용이기도 했다.[4] 말하자면 단독 전기물의 주인공으로서도 주류가 되기에는 큰 손색이 없었던 것이다. 애초에 이들을 단순히 '적자'나 '강자'의 범주로 단순화 할 수도 없다. 좀 더 세밀하게 접근해 보면, '오위인'은 활약했던 시대나 국적도 각각 다르고 종사했던 분야 또한 달랐다. 일단 다섯 명의 활동 영역은 '정치가' 세 명알렉산더, 워싱턴,

---

3 원문은 세로쓰기임. 줄 바꿈은 ' / '로 표기.
4 고대 영웅에 속하는 알렉산더에 대한 관심은 비교적 적었던 편이고, 넬슨의 경우 직접적인 전기류 기사는 확인되지 않지만 당대 지식인들 사이에서는 익히 알려진 존재였을 것이다. 예컨대 신채호의 「水軍第一偉人 李舜臣」(1908)는 넬슨과 이순신을 비교하는 대목이 상세하게 등장한다. 워싱턴, 콜럼버스, 표트르 대제에 대해서는 다음을 참고할 수 있다.

표트르, '탐험가' 한 명콜럼버스, '군인' 한 명넬슨이다. 이 대분류 자체도 다르거니와 편의상 '정치가'로 묶어 둔 세 명의 편차도 크다. 알렉산더 대왕은 초대형 제국을 만든 정복형 군주였다. 표트르 1세의 경우도 정복 전쟁을 수행하긴 했으나 그는 러시아의 지위를 끌어올린 개명 군주에 가깝다. 워싱턴은 군인 출신의 정치가로서 대분류에서부터 경계에 걸쳐 있는 인물이며, 미국의 독립과 공화정체의 수립에 활약한 혁명가로도 볼 수 있기에 더욱 이질적이다.

요컨대, 위 인물 진영만으로는 '올바른' 정치성을 찾을 수도 없지만, 역으로 초지일관되는 '불온한' 정치적 기조 또한 찾기 힘들다.[5] 『오위인소역사』의 저본인 사토 쇼키치의 『소년지낭 역사편』에서 이상화된 국가나 정치 모델의 문제는 관건이 아니었다. 환언하면, 한국의 번역 주체는 애초에 정

〈표 12〉 1900년대 한국의 워싱턴, 콜럼버스, 표트르 대제 관련 주요 연재물 및 단행본

워싱턴	「華星頓의 日常生活 座右銘」, 『太極學報』	이훈영	1907
	「華盛頓傳」, 『大韓留學生會學報』	최생(崔生 : 최남선)	1907
	『華盛頓傳』, 匯東書館	이해조	1908
콜럼버스	「클럼버스傳」, 『太極學報』	박용희	1906
	「哥崙布傳」, 『大韓學會月報』	정석용	1908
	「閣龍」, 『大韓興學報』	미상	1909
표트르 대제	「彼得大帝傳」, 『共修學報』	조종관	1907
	「彼得大帝傳」, 『大韓學會月報』	완시생	1908
	『聖彼得大帝傳』, 廣學書鋪	김연창	1908
	「러시아를 中興식힌 페터大帝」, 『小年』	최남선	1908~9

5 물론 크게 보면 군주정과 공화정의 공존이며, 여기서 군주정이 우세한 것이 사실이다. 알렉산더와 표트르뿐 아니라, 군인 넬슨 또한 군주정 영국을 위해 봉사했던 인물이기에 그 경향은 더욱 짙어진다. 하지만 사토 쇼키치에게 군주정의 우월함을 선전하고자 했던 의도가 있었더라면 굳이 워싱턴을 선택하지 않았을 것이다. 당시 일본에서 큰 명망을 얻고 있던 비스마르크나 이탈리아의 통일 재상 카부르 같은 인물을 삽입하는 손쉬운 길이 있기 때문이다. 그가 공화주의 진영에서 주로 활용했던 워싱턴을 선택한 것은, 행여 편중되어 보일 수 있던 정체의 단일성을 지양한 것에 가깝다.

치적 구심력이 배제된 일본어 텍스트를 선택한 것이다. 그렇다면 과연 이들 텍스트의 지향점은 무엇이었을까? 저본인『소년지낭 역사편』의 경우부터 살펴보자.

2. 서양사로 구축되는 민족적인 것들

『소년지낭 역사편』을 펴낸 이쿠에이샤育英社는 1892년 도쿄에서 시작하여 1920년대까지 명맥을 이어간 일본의 출판사다. 역사, 철학, 사회과학, 자연 과학, 문학, 언어 등 다양한 서적들을 간행했으며, 핵심 영역은 역사서와 중 등교과용 기초 학문서였다.[6] 『소년지낭 역사편』은 '소년지낭少年智囊'이라는 동명의 표제를 내세운 기획 시리즈물 중 '역사'에 해당하는 편이었다. 이 시 리즈에는『소년지낭 물리편物理編』足立震太郎,『소년지낭 군사편軍事編』長尾耕,『소년 지낭 동물편動物編』石川千代松도 존재했는데, 이들이 모두『소년지낭 역사편』과 동시기인 1903년도에 발간되었다는 데에서 본 기획을 전략적으로 추진한 출판사 측의 노력이 드러난다. 한편 '소년지낭'뿐 아니라 '유년지낭幼年智囊' 시 리즈(현재 '군사', '물리', '지리' 편이 확인된다)도 존재했던 사실에서, '지낭' 시 리즈가 이쿠에이샤의 주요 상품이었다는 것을 알 수 있다.

『소년지낭 역사편』이하『소년지낭』의 저자 사토 쇼키치는 도쿄제국대학의 문 학사文學士 출신으로 여러 저술을 남긴 인물이다.[7] 사토가 1910년에 편찬한

---

6   일본 국립국회도서관 홈페이지(http://www.ndl.go.jp)를 참조하였다.

7   사토 쇼키치의 인적 사항이나 사상적 성향 및 주요 활동에 대해서는 거의 알려진 바가 없다.
    다만『소년지낭 역사편』및 같은 시기에 나온『日本史綱』등에는 '文學士 佐藤小吉'라 표기되어
    있어서, 그가 도쿄제대 출신이라는 점은 확인할 수 있었다. 당시 '문학사', '법학사' 등의 신분명
    은 해당 출신만이 사용했기 때문이다. 사토의 저술로 확인되는 것을 시간순으로 나열하면 다음과

『신대물어神代物語』의 본문 첫 면에는 도움을 준 외부 인사들의 명단이 등장하는데, 휘호나 서문 등을 보내 준 그들의 면면은 자못 화려하다.[8] 황궁의 귀족이나 원로 학자, 정부 관계자 등의 동참을 이끌어낸『신대물어』의 필자였다는 사실은 사토 쇼키치가 상류층 지식인이었을 가능성에 무게를 실어주며, 친민족적·친정부적 성향의 지식 활동을 전개해왔으리라는 점을 추론하게 해준다.

역사는 사토의 전문 분야였는데,『소년지낭』뿐만 아니라 동시기에 간행한 그의 중등교과서『일본사강 상·하日本史綱 上·下』育英社, 1903를 통해서 나타나듯, 당시 그는 교육용 역사서를 집필하는 데에 주력했다. 애초에 '소년지낭' 시리즈의 일환인 이 서적에서 사토는 소년 독자층의 존재를 의식하고 집필에 임해야 했다. 1890년대 중반 이후 일본의 출판계에는 소년 독자층을 대상으로 한 전기물의 발행이 총서의 형태를 띠고 크게 일어나고 있었다.[9] 또한 메이지의 출판물 중에는『소년지낭』과 같이 여러 인물의 압축된 일대기를 한 권에 배치하거나, 복수의 주인공을 다루되 주제별로 각각의 일화를 종합한 서적들도 다수 발견된다.[10]『소년지낭』은 이러한 출판계의 흐름 속

같다.『日本史綱』, 育英舍, 1903;『少年智囊 歷史篇』, 育英舍, 1903;『神代物語』, 大日本図書, 1910;『日本の婦人』, 目黒書店, 1927;『国史講座』第1~7, 受驗講座刊行会, 1930;『系譜精表』, 東洋図書, 1933;『三笠山と若草山』, 飛鳥園, 1936;『奈良朝史』, 日本文学社, 1938;『飛鳥誌』, 天理時報社, 1944;『茶道古典全集』(第3卷), 淡交新社, 1960. 그 外『和宮小傳』이라는 책도 있다.

8 "東京帝國大學 文科大學 敎授 文學博士 田中義成 題簽 / 御製 宮內省御歌所 所長 男爵 高崎正風 閣下 揮毫 / 皇后宮御歌 宮內省 御歌所 主事 阪正臣 先生 揮毫 / 皇太神宮 大宮司 子爵 三室戸和光 閣下 題字 / 前 司法大臣 貴族院 議員 男爵 千家尊福 閣下 題詠 / 貴族院議員 男爵 紀俊秀 閣下 序文 / 內務省 神祇局長 法學博士 井上友一 先生 序文 / 東京帝國大學 文科大學 敎授 文學博士 三上參次 先生 序文". 佐藤小吉,『神代物語』, 大日本図書, 1910, 1면.

9 대표적인 총서류로는 民友社의『소년전기총서』(1896~), 하쿠분칸의『소년독본』(1898~) 및 『세계역사담』(1899~) 등이 있었다. 소년 독자를 지향한 이러한 움직임은 일본에서 관련 자료에 대한 주요 연구가 '아동문학'의 영역에서 이루어진 이유이기도 하다. 주요 연구로 勝尾金弥,『伝記児童文学のあゆみ-1891から1945年』, ミネルヴァ書房, 1999.

10 몇 가지 예로 松村介石 等著,『近世世界十偉人』, 文武堂, 1900; 池田晃淵, 浮田和民,『歷史講話』,

에 놓여 있었다.

그런데 각종 저술을 통해 확인되듯 정작 사토 쇼키치의 본령은 서양사가 아닌 일본사였다. 이에 사토 쇼키치는 『소년지낭』의 집필을 위해 기존에 일본어로 간행되어 있던 해당 인물의 전기물들을 요령 있게 재구성하는 방식을 택한다. 사토가 집필의 근간으로 삼은 자료 중 유력한 것은 하쿠분칸의 『세계역사담世界歷史譚』 시리즈로 보인다. 사토의 역간 시점인 1903년은 총 36편에 이르는 『세계역사담』의 순차적 출판이 일단락 된 직후였다. 가령 『소년지낭』의 세 번째 인물인 워싱턴 관련 내용은 『세계역사담』 제13권 『화성돈華聖頓』의 압축 버전과 진배없으며, 다섯 번째 인물 표트르 관련 내용 역시 총서 제12권 『피득대제彼得大帝』와 대부분 중첩되어 있다.

하지만 사토 쇼키치는 위의 『세계역사담』 시리즈보다 소년 독자에게 더욱 적합한 글쓰기 방식을 택했다. 우선 그는 경어체를 구사했다. 실수로 보이는 일부 문장을 제외하고 이 원칙은 일관되게 지켜졌다. 또한 그는 내용의 곳곳마다 에피소드에 대한 감상이나 적절한 강조 문구를 삽입하여 독자의 공감을 이끌어내고자 했다.[11] 사건에 대한 저자의 추가 해설은 독자의 이해를 돕는 역할을 했다. 덧붙여 『소년지낭』은 동시기의 여타 서적보다 활자 크기도 컸고, 소년 독자의 기호에 맞는 삽화도 여러 장 들어 있었다.[12] 이상의 노력들은 그가 실질적으로 소년 독자층을 강하게 의식했음을 방증

早稲田大学出版部, 1906; 三宅雪嶺, 『偉人の跡』, 丙午出版社, 1910; 福田琴月, 『世界偉人伝』, 実業之日本社, 1910; 稲村露園, 『世界偉人譚』, 富田文陽堂, 1911 등을 들 수 있다.

11 예를 들어 "대단히 담대한 것이 아니겠습니까"(佐藤小吉, 『少年智嚢 歴史篇』, 育英舍, 1903, 14면), "그 한 사람은 누구였을까요. 말할 필요도 없이 콜럼버스 이 사람이었습니다"(33면), "만일 이때 군인이 되었다면 훗날 그에게 향해온 운명과는 동떨어진 관계가 되어 어떤 운명이 되었을까요"(41면), "잠깐 그 무렵의 영국의 형편을 이야기하지 않으면 안되는데"(45면) 등과 같은 것들이다.

12 『소년지낭』에 실린 삽화는 총 6장으로, '알렉산더' 편 1장, '콜럼버스' 편 2장, '워싱턴' 편 1장, '넬슨' 편 2장, '표트르' 편 1장이다.

한다.

따라서 특정 정치 체제의 선전은 어울리지도 효율적이지도 않았을 것이다. 하지만 그러한 정치적 선전이 없었다고는 해도『소년지낭』이 중립적인 역사서술용 서적이었던 것은 아니다. 엄밀히 말해『소년지낭』은 전기물 모음집의 외양을 갖추었음에도 인물 자체에 초점을 맞추기보다는 특정 메시지를 전하기 위해 인물을 활용한다. 이 책의 내용적 특징을 단적으로 말하면, 바로 주요 서양사 속에 자국 일본의 콘텐츠를 끼워 넣는 것이었다. 다음 인용문을 통해 사토 쇼키치가『소년지낭』을 통해 어떠한 방식으로 '일본'을 노출하는지 살펴보자. 이는 '알렉산더' 편의 첫 부분이다.

> ① 일본에서 위대한 인물을 꼽으라면 다이코太閤라 하는 것처럼, 서양에서는 알렉산더라든지 나폴레옹의 이름을 댈 것입니다. 그렇다면 알렉산더란 어떤 인물인지, 그의 전기를 기술해 보겠습니다. 서양 여러 나라 가운데 가장 먼저 문명화한 것은 그리스이며 그 다음은 로마입니다. 지금의 영국·프랑스·독일 등은 모두 훗날 개화한 것으로, 말하자면 그리스·로마의 문명이 도입되어 그 덕분으로 문명화하였다고 하여도 좋을 정도입니다. 그리스는 ② 우리 일본의 신화의 시대(초대천황인 진무神武천황의 재위 이전의 시대)였던 옛적부터 대단히 융성한 국가였지만 ② 제6대 고안孝安 천황대 무렵에는 상당히 국가의 세력이 쇠약해져 있었습니다.[13]

이를 통해 확인할 수 있는 사토 쇼키치의 '일본 접속' 패턴에는 크게 두 가지가 있다. 하나는 ①의 경우처럼 일본의 역사적 인물을 내세우는 것이

---

13 佐藤小吉,『少年智囊 歷史篇』, 育英舍, 1903, 1~2면.

다. 첫 번째 강조 부분의 '다이코太閤'는 최고위직을 의미하는 동시에, 도요토미 히데요시豊臣秀吉를 지칭하는 표현이기도 하다. 알렉산더의 전기에서 가장 먼저 거론된 인물은 알렉산더가 아니라 도요토미였다. 사토에게 있어서 서양사의 주요 국면들은, 일본적인 것들의 환기 지점이기도 했다. 사토는 이러한 유명 일본인 외에, 일본의 역사적 사건들을 비슷한 방식으로 삽입하거나 일본인들만이 알 수 있는 비유를 들기도 한다. 이러한 형태의 개입은 다섯 인물의 전기 전체에 걸쳐 등장한다.[14] 다른 하나는 ②와 같이 천황의 연호나 일본식 고키皇記[15]를 기준으로 한 시간의 표현 방식이다. 거의 모든 연도 표기에서 이 원칙은 고수되어, 서양인의 전기임에도 『소년지낭』에는 '서력'이 한 차례도 등장하지 않게 된다.[16] 이상의 두 가지 패턴으로 인해, 서양 전체를 무대로 한 『소년지낭』 속에서 가장 지속적으로 등장하는 것은 다름 아니라 일본에 관한 언급이었다.

이와 같이 『소년지낭』의 기본 서술 전략은 서양사의 주요 장면들을 직선으로 펼치는 동시에, 그 직선을 따라 일본사의 주요 사건들을 평행선으로 배치하는 것이었다. 사토는 서양이라는 거대한 타자 앞에서 일본을 쌍으로 형상화[17]하여, 둘 사이가 대칭적 관계라는 도식을 구축하고 '일본'을 새로

---

14 예컨대 "이를테면 우리 일본의 겐코노에키(元寇の役, 1274·1281년 두 차례의 원나라의 일본침입, 인용자 주)라고도 할 수 있는 사건이 있었습니다"(7~8면), "가우가멜라라는 곳에서 페르시아왕과 세키가하라 전투(일본의 전국시대를 마무리 지은 중요한 전투, 인용자 주)와 같은 의미의 싸움을 벌여"(12면), "그 모습은 대만의 산골에서 나온 토인이 도쿄를 구경하고 깜짝 놀란 만큼이라고도 할 수 있을 정도였을 것입니다"(86면), "자, 우리 일본의 (메이지)유신의 사정과 매우 흡사하지만 여하간 미개국이었던 러시아가 표트르 덕택에 훌륭한 문명국이 되었습니다"(91면) 등이 있다.
15 초대 천황인 진무천황이 즉위한 기원전 660년을 원년으로 하는 일본의 기원이다.
16 예외적으로 '세기'를 사용한 경우는 두 군데가 있다. 이 때 사토는 독자 이해를 위해 '세기'의 개념 설명(58면)을 넣었고 해당 시점의 일본 역사(78면)도 병렬하여 제시했다. 사토의 전체 연도 표기는 본 장 후반부의 도표에 정리되어 있다.
17 '쌍형상화 도식' 개념을 만든 사카이 나오키는 이 개념을 통해 "일본 대 서양이라는 비교의 틀이

운 대주체로 떠오르게 한 것이다. 『소년지낭』은 일본의 역사를 재료로 한 민족성 강화의 기획이었다.

3. 인물의 선택 원리-일본이라는 수렴점

일견 '역설적 동거'로 보이는 다섯 인물의 집합이지만, 사토 쇼키치의 주인공 선택에는 일관된 요소가 있다. 바로 일본과의 연관성이다.

첫 번째 인물인 **알렉산더**는 서양의 고대사를 논할 때 빠지지 않는 인물이다. 시간 순으로 따져볼 때도 그가 '역사편'의 서두를 장식하는 것은 자연스럽다. 하지만 사토는 이러한 상식 차원에서만 알렉산더를 호출한 것이 아니다. 그는 알렉산더와 관련된 역사적 국면에 일본사의 주요 장면을 대입할 것을 계산에 넣고 있었다. 『소년지낭』에는 알렉산더의 부왕 필리포스의 시대에 그리스인들이 한 마음으로 페르시아 군대에 대적한 것을 두고 원나라의 일본 침입에 빗대어 설명하는 부분이 등장하며,[18] 알렉산더의 마케도니아군이 페르시아 정벌 과정에서 벌인 결정적 전투에 대해, 일본 전국시대의 세키가하라 전투의 의미와 등치시키는 대목도 있다.[19] 결정적으로, 사토는 마지막 부분에서 알렉산더의 성정性情을 도요토미와 비교하며 다음과 같이 서술해 두었다.

본질적으로 상상적"(사카이 나오키, 후지이 다케시 역, 『번역과 주체-'일본'과 문화적 국민주의』, 이산, 2005, 119면)이라는 것을 강조했다.

18 佐藤小吉, 『少年智囊 歷史篇』, 育英舍, 1903, 8면.

19 위의 책, 12면.

조그만 마케도니아 공국에서 일어나 엄청난 대국을 차지한 것과 또한 야심이 큰 점들은, **다이코**가 일개 필부에서 몸을 일으켜 세워 천하를 손에 넣고 결국 **조선과 중국의 정벌에 나선 것**과 또 배포가 컸던 점들과 매우 흡사할 것입니다.[20]

위 인용문은 알렉산더와 도요토미의 정복 전쟁을 열악한 환경을 극복하고 대업으로 나아간 동질의 사건으로 묘사하고 있다. 이렇듯 알렉산더의 사례는 사토에게 임진왜란을 긍정적으로 환기하는 통로이자, 도요토미를 적극적으로 영웅화하는 근거로 활용된다. '야심'이나 '배포'와 같은 미덕 속에서 피침략자의 고통은 은폐되어 있다.

두 번째 주인공 **콜럼버스**를 통해서는 특정 인물이나 사건보다는 콜럼버스의 시대에 공존하던 '일본이라는 공간'이 화두로 등장한다.

여러분이 아시는 **우리 일본**에 외적을 보낸 원나라의 칭기즈칸을 섬긴 가신 가운데 마르코 폴로라는 사람이 있었습니다. 이 인물은 이탈리아인으로 17년간이나 중국에서 관리로 근무했으며, 귀향길에는 아시아의 동해안을 따라 인도에서 페르시아만으로 건너가 바그다드와 콘스탄티노플을 통과하여, 선물로는 갖가지 진기한 보석과 비취옥이라든지 세인들에게 전혀 익숙하지 않은 물품들을 대량으로 가져왔습니다. 그리하여 말하길, "중국보다 더 동쪽에 '**지팡구**'라는 나라가 있어, 그곳의 다이묘의 가옥은 황금 널빤지로 지붕을 이었고 아름다운 꽃과 향기로운 꽃들이 많이 있으며 황금과 보석은 지천으로 많다"라고 했습니다. 마르코 폴로의 지팡구라는 섬은 바로 **우리 일본**을 가리키는데, 이로써 **일본**이 서양에 널리 알려지기 시작한 것이라고 합니다. 마르

---

20 위의 책, 19면.

코 폴로가 **우리 지팡구**에 대하여 대단히 재미있게 소개한 이래로 유럽인들의 마음에 커다란 자극을 주었으며, 항해술과 탐험을 하는 일이 대단히 유행했던 시대였으므로 **누구라도 그런 섬은 한번 가고 싶다고 마음속에 생각지 않는 이가 없었습니다.** 그러나 어느 곳에서 **지팡구**로 가느냐 하는 것이 어려운 것이었습니다. 아프리카 남안을 항해하여 가려 하면 타는 듯한 햇빛과 갖가지 위험한 상황을 만나지 않으면 안 되었고, 또 지금의 터키에서 아시아로 항해해 가려 하면 그 당시 투르크인들이 소아시아지방에서 방해를 하였으므로 이 해로로도 항해할 수 없었습니다. 어찌하면 좋을지 생각하고 있던 차에 좋은 생각을 낸 인물이 있었습니다. 그가 콜럼버스였습니다.[21]

위 인용문에서 사토는 마르코 폴로의 일본지팡구 관련 서술에 기대어 나름의 상상력을 발휘하고 있다. 마르크 폴로에 의해 서술된 일본은 확실히 위 내용처럼 각종 보석으로 찬란하게 빛나며 막대한 재화를 자랑하는 곳이다. 그러나 항해로 개척의 목적을 일본에 다다르기 위한 항해자들의 열망으로 진단한 것은 과한 해석이다. 사실 전체 232장으로 구성된 『동방견문록』에서 일본 관련 내용은 단 한 장에서 다루어질 정도로 비중이 적다.[22] 결정적으로, 『동방견문록』에는 일본 외의 섬들을 소개할 때도 일본 같은 방식의 묘사가 여러 차례 출현했다.[23] 그러나 사토는 '지팡구' 관련 내용만을 편파

---

21 위의 책, 22~24면.
22 해당 장은 159장이다. 마르코 폴로, 김호동 역주, 『마르코 폴로의 동방견문록』, 사계절, 2000, 416~419면. 『동방견문록』은 다양한 사본이 있는 관계로 구성과 내용에 편차가 크다. 본 장에서 참조한 국역본의 저본은 A.C.Moule & P.Pelliot의 집철·교감본인 영역본 *The Description of the World*(London : George Routledge & Sons Ltd., 1938)이다.
23 예를 들어 자바(Java) 섬에 대해 "이 섬에는 얼마나 재화들이 많은지 이 세상 어느 누구도 그것을 다 말할 수 없을 것이다"(위의 책, 428면)라고 했고, 세일란(Seilan, 세일론—인용자) 섬에 대해 "이 섬에는 다른 어느 곳에서도 나지 않는 훌륭한 루비가 있다. 또한 사파이어, 토파즈, 자수정을 비롯한 다른 여러 보석들도 나온다"(440~441면)라거나, 마아바르(Maabar)의 왕을 묘사하며

적으로 활용하여 콜럼버스의 노력이 결국에는 일본으로 가기 위한 여정이었던 것처럼 포장하였다. 위의 내용 외에도 "콜럼버스도 이 시기에 소문이 퍼져있던 지팡구에 관해 궁리를 시작하여 서쪽으로 항해하면 그 극락 같은 지팡구에 도달하게 될 것이라고 생각했습니다"[24]와 같은 내용이 반복 등장한다.[25] 결국 콜럼버스의 성취가 갖는 역사적 의의가 '서양이 일본으로 가는 길을 개척해낸 것'이라는 해석이 가능해진 것이다. '콜럼버스' 편을 통한 사토의 의도는 곧 역사 속 일본이라는 공간의 이상화였다.

세 번째 주인공인 **워싱턴**에 이르러서 사토는, 첫 두 인물을 활용할 때와는 전혀 다른 시각에서 일본을 이야기한다. 앞의 논의가 일본의 역사적 사건 및 인물에 대한 긍정(알렉산더)과 일본이라는 역사적 공간에 대한 긍정(콜럼버스)이었다면, 사토가 워싱턴을 통해 반영하고자 하는 일본의 모습은 부정에 가깝다.

우선 사토는, "남의 나라를 **빼앗거나** 군주에게 모반을 하거나 타인을 속이는 일"은 "일본에도 중국에도 서양에도" 많지만 그들은 진심으로 훌륭한 인물이 아니라고 말한다.[26] 그는 예로부터 있어왔던 이러한 부류를 '영웅호걸'이라 명한다. 그리고 그 대척점에 위치시키는 모델이 바로 워싱턴이다. 그가 강조하는 워싱턴의 탁월함은 정신적·인격적 부분에 있다. '워싱턴' 편에 등장하는 일본 관련 내용 역시 이와 연관되어 있었다.

"이 왕이 두르고 있는 수많은 보석과 진주들은 웬만한 도시 하나 값보다 비쌀 것이다. (…중략…) 내가 설명했듯이 이 왕국에서 그토록 많은 보석과 진주가 산출되기 때문에, 그가 그렇게 많은 것을 지니고 있다고 해도 전혀 놀랄 일은 아니다"(444면)과 같은 진술도 동궤에 있다. 이러한 보석류 외에, 『동방견문록』에는 각종 물산의 풍족함을 설명하는 예 또한 다종다양하다.

24 위의 책, 25~26면.

25 "콜럼버스는 한층 더 서쪽에 나라가 있음이 틀림없으며 그 나라는 **지팡구**라는 것을 믿어 의심치 않았습니다"(위의 책, 27면), "콜럼버스는 이 **땅**을 **일본**의 끝자락으로 생각했지만, 실은 잘못 생각한 것이었고"(위의 책, 36면).

26 위의 책, 38면.

그때의 연설에, '저는 결코 이러한 자리에 어울린다고는 믿지 않지만, 여러

분의 추천으로 맡으라고 하시니 받아들이도록 하겠습니다'라니 이 얼마나 재

미있지 않은가요. 자신을 선출해달다고 스스로 떠벌리는 **일본의 의원들**과는

천양지차입니다.[27]

이는 워싱턴이 독립군의 총사령관직에 추대된 직후의 연설 장면인데, 인

상적인 것은 주인공의 겸허함을 통해 일본의 국회의원을 비판하는 사토의

현실 정치관이다. 당시 일본의 전기물에는, 주인공의 이름에 기대어 작금의

일본 정치계를 직접 비판하거나 일본(인)이 쟁취해야 할 바를 명확히 하는

경우가 나타났다.[28] 공식적으로 소년의 전기물을 겨냥한 이 책에서도 같은

시도가 나타난다는 것은 그 같은 경향이 꽤 만연해 있었다는 방증이다. 여

기서 엿보이듯, 사토가 단순히 일본의 모든 것을 찬양하는 방식으로만 일관

한 것은 아니다. 이는 아래와 같이 도요토미의 한계를 지적하는 것에서도

드러난다.

---

27 위의 책, 49~50면.
28 예컨대 코슈트의 전기「ルイ、コッスート」에는, "지금 우리나라의 보수당은 자주 일본인의 약함
을 슬퍼하여 일본인은 도저히 구미인에 이길 수 없다며 앞장서 외친다"(石川安次郎,「ルイ、コッ
スート」,『近世世界十偉人』, 文武堂, 1900, 793면)라는 정당 비판이 실린 바 있고 나아가 "이는
실로 일본의 마에다 마사나(前田正名) 씨 무리의 공상과 닮은 우스쫑스런 법률로 우리는 그 난폭
함에 어안이 벙벙해질 따름이지만, 본래 제정주의·보수주의·국가주의 등을 그리워하는 자는
일반적으로 곧잘 폭정을 실행하려 하는 법이다"(같은 책, 825면)와 같이 실명을 거론한 정치가
비판까지 등장한다. 전기물 주인공을 경유하여 일본인의 사명을 강조하는 예로는 다음의 비스마
르크 번역 전기에 붙인 서문을 참조할 수 있다. "바야흐로 동양의 풍운은 나날이 급박해져 우리
일본은 귀하에게 용맹스럽고 과단성 있으며 담두(膽斗)와 같은 남아가 될 것을 요청하는 시대가
되었다. 적어도 당대 인걸(人傑)의 임무를 맡을 기개 있는 인사들은 그가 군인이건 정치인이건
학생이건 실업가이건 묻지 않고, 모름지기 눈을 이들 전쟁터의 영걸들의 실제 이야기에 집중시
켜, 이로써 그 기백과 능력을 크게 키워나가야 하지 않겠는가."(Charles Lowe, 村上俊蔵 譯,
『ビスマーク公清話』, 裳華房, 1898, 村上俊蔵「自序」)

자, 이렇게 기술하고 보니 워싱턴은 세인들이 이야기하는 영웅이나 명장은 아닙니다. 나폴레옹이나 도요토미 히데요시 다이코 같은 (전장에서의) 공적은 찾을 수 없지만, 그럼에도 워싱턴은 서양에서 말하는 위인으로서 그 정신이 훌륭하고 또 순수하기로는 나폴레옹이나 다이코와 비교할 수 없습니다. 나폴레옹은 공화정체를 쓰러뜨리고 황제가 되었고, 다이코는 오다 노부나가 가문을 대신하여 간파쿠關白 자리에 올랐습니다. 워싱턴도 만일 이 두 사람 같은 마음이 티끌만치라도 있었다면 미국의 국왕이 되는 일은 대단히 쉬운 일이었습니다.[29]

인용문에 따르면 도요토미는 영웅이지만 위인은 아니고, 워싱턴은 영웅은 아니지만 위인이다. 전자는 공적 중심의 인물이지만, 후자의 위대함은 정신에 있다. 이미 '알렉산더' 편에서 일본의 대표 영웅으로 소개된 도요토미였기에 이러한 문맥에서의 재등장은 이채롭다. 그런데 위 인용문은 워싱턴이 도요토미보다 낮다는 식의 가치 판단과는 거리가 멀다. 사토는 각각이 우월한 영역을 따로 언급할 뿐이다. 중요한 것은 이 구도에서는 워싱턴의 정치적 공적이 정신적 가치 아래에 존재감을 잃는다는 사실이다. 이는 마찬가지로 후쿠야마 요시하루福山義春의 『화성돈華聖頓』博文館, 1900에 기반했으면서도 워싱턴을 전사 및 혁명의 영웅으로 형상화한 중국인 띵쩐丁錦의 『화성돈전華盛頓傳』廣知書局, 1903과는 분명 대조적이다.[30] 사토의 글에서 국왕이 될 수 있었음에도 하지 않은 것이 미덕인 이유는, 지금은 '영웅호걸'이 필요한 시대가 아니기 때문이다. 앞서의 국회의원 비판 역시 같은 맥락이다. 체제

29 佐藤小吉, 앞의 책, 52~53면.
30 상세한 논의는 이 책의 제4부 2장 중 띵쩐(丁錦)의 중국어본 워싱턴 전기 관련 분석을 참조. 전반적인 중국의 워싱턴 수용사와 그 정치성에 대해서는 판광저(潘光哲), 고영희·손성준 역, 『국부 만들기—중국의 워싱턴 수용과 변용』, 성균관대 출판부, 2013을 참조.

의 유지와 안정에 필요한 것은 자신을 뽑아달라고 외치는 인물이 아니다. 이렇듯 워싱턴에게서 '영웅'이라는 명명을 제거한 조치는 사토의 현실 인식과 맞닿아 있다. 이와 관련해서는 한국어 번역본인 『오위인소역사』의 비교 분석에서 재론하도록 할 것이다.

한편 여전히 영웅 같은 용맹함이 요구되는 이들이 있었으니, 바로 군인이다. 네 번째 인물인 영국인 **넬슨** 제독의 경우는 바로 '일본 군인의 본보기'로 제시되었다.

19세기의 위대한 인물은 누구냐고 물으면 영국인들은 반드시 넬슨을 꼽습니다. 그리고 말하길, '넬슨은 영국군인의 본보기가 되는 인물이다'라고. 제가 생각하기론 넬슨은 영국 군인만의 본보기가 아니라 또한 **우리 일본 군인의 본보기로서 훌륭한 인물**, 그뿐 아니라 또한 세계 각국인들이 본받을 만한 인물이라 생각합니다.[31] 넬슨은 영국 군인의 모범이라 할 만한 인물로 영국인들이 숭앙하는 것도 무리가 아닙니다. 그런 군인이 있었기에 해군이 강력했던 것으로, 세계적인 강대국으로 추앙되는 것도 무리가 아닌 것입니다. 이 넬슨은 **우리 일본 군인의 본보기로 삼아도 충분한 인물**이므로 여기에 그의 이야기를 올린 것입니다.[32]

전술했듯이 사토의 현실 인식에서 영웅이 권력을 탐하는 시대는 지났다. 그렇기에 잠재적이긴 하나 기존 체제에 위협적 존재가 있다면 군사력을 지닌 군인일 것이다. 따라서 군인을 영웅으로 높이는 데에는 전제가 필요했

---

31 佐藤小吉, 앞의 책, 56면.
32 위의 책, 76면.

다. 그것은 곧 '충성심'의 확증이었다. 사토는 넬슨을 절대적 충성심의 표본으로 묘사한다. 절망 속에 있던 그에게 그냥 갑자기 조국을 위한 헌신의 각오가 샘솟은 것이다.[33] 용장에게 전제되어야 할 반체제 기질의 제거, 즉 충성심의 가치는 이와 같이 돌연 삽입되었다.

프랑스 혁명의 경과가 비교적 소상히 기술된다는 것은 '넬슨' 편의 특이점 중 하나다. 특히 루이 14세의 처형 사건은 "일본인은 도저히 꿈에도 상상할 수 없는 일"로 묘사되는 등, '넬슨' 편에서의 공화정치는 강한 부정성을 안고 있다.[34] 여기서 넬슨은 반혁명의 기수, 즉 프랑스 혁명의 광기를 막은 인물로 묘사된다. 기존 권력에 대한 충성심이라는 맥락에서 이러한 전개는 의미심장하다. 사토는 "혁명의 전염"을 방지하고자 영국이 프랑스와 전쟁을 개시했으며 넬슨의 활약이 컸다고 평가한다.[35] 그런데 이 국면의 전환에서 상찬의 대상이 되는 것은 넬슨만이 아니다.

---

33 "그러므로 어느 때는 자신이 너무 병약함을 탄식하며 여러모로 생각하여, '도저히 해군에는 맞지 않으므로 군인은 포기하자'며 너무 절망하여 바다에 몸을 던져버릴까조차 생각했습니다. 그랬더니 무언가 돌연 어두운 곳에 불빛이 보이는 것처럼 가슴속에 충성심이 솟아나, '내 조국을 위해, 내 조국을 위해 이 한 몸을 바치자. 자, 자, 결코 낙담해선 안 된다. 대장부는 크게 행동해야 한다. 이제부터는 운을 하늘에 맡기고 어떤 곤란과 고난이 있더라도 두려워하지 말고 굴하지 않고 나아가야 한다'고 결심했습니다. 그리하여 넬슨의 마음은 개운해졌고 다시 태어난 듯 즐거움이 가득해졌습니다. 세상에는 체격이 장대한 이도 대단히 많습니다. 하지만 신체 장대한 것만으로 군인이 되었다 하더라도 조금도 도움이 되지 않습니다. 가장 소중한 것은 정신이 건강한 것입니다. 정신이 건강하다 함은 진심이 있고 충성심과 용감함이 넉넉한 것입니다. 육군이 되겠다 해군이 되겠다는 뜻을 품는 세상 사람들은 넬슨의 경우를 떠올려주었으면 하는 것입니다."(위의 책, 65~66면)
34 "그런데 프랑스의 형편을 한마디 이야기하지 않으면 안 되는데, 미국이 독립되고 곧, 즉 일본의 간세이 원년 쇼군 이에나리(家齊) 공 시대에 프랑스에 대소동이 일어나, 국민의 조정과 귀족들에 대한 반대운동이 일어나게 되었습니다. 일본인은 도저히 꿈에도 상상할 수 없는 일이지만 결국 프랑스왕은 황공스럽게도 국민들에게 목이 잘렸고, 그리하여 그 후는 왕을 두지 않고 공화정치를 공포하는 등 정말 엄청난 사태가 발생했습니다. 이는 역사적으로 프랑스 혁명으로 불리며 대단히 유명한 이야기입니다."(위의 책, 67~68면)
35 佐藤小吉, 위의 책, 68면.

유럽 여러 나라가 모두 그에게 정복당했지만 유일하게 그의 명령에 복종하지
않는 한 나라가 있었습니다. 이것이 지금 우리 일본의 동맹국인 영국이었습니다.[36]

사토는 여기서 영국의 위대함을 말하는 동시에 그 영국이 바로 일본의
동맹국이라는 사실을 강조한다. 『소년지낭』은 시종 서양사의 굵직한 사건
들과 일본을 연관 지었는데, 여기서는 동맹국이라는 위치를 활용하여 '자랑
스러운' 영국의 영광을 공유하는 전략을 선보였다.

『소년지낭』의 마지막 인물, **표트르** 1세의 전기는 어떠한 맥락에서 일본
과 맞닿아 있을까? 이 질문에 답하기 위해, 표트르 전기의 배치가 갖는 이
질성을 먼저 지적할 필요가 있다. 네 번째 인물까지의 흐름은 서양사의 연
대순을 따른다.[37] 그런데 마지막 챕터의 주인공 표트르의 존재로 인하여 이
시계열적 배치가 일관성을 상실한다. 표트르의 역사적 무대는 세 번째 주인
공 워싱턴의 탄생 이전이었기 때문이다.

사토 쇼키치의 언급들을 종합해보면, 표트르를 가장 마지막에 배치한 이
유는 러시아의 개화 시점이 가장 나중이었기 때문이다.[38] 그러나 의문은 남

---

36 위의 책, 69~70면.
37 기원전 인물인 알렉산더가 서장을 장식하고, 이후 15세기를 무대로 했던 콜럼버스(1451~1506),
    다음은 18세기 인물인 조지 워싱턴(1732~1799)과 19세기 초까지 활약한 넬슨(1758~1805)이
    다. 또한 연대상 멀찍이 떨어져 있는 알렉산더를 제외한 콜럼버스, 워싱턴, 넬슨의 세 인물은 서양사
    적 주요 사건에 연쇄적 인과를 공유하기도 한다. 콜럼버스가 발견한 아메리카에 워싱턴이 미국을
    수립하고, 사토가 서술했듯 미국의 독립은 프랑스 혁명의 원인 중 하나가 되었다. 그 혁명 후의
    프랑스는 나폴레옹이라는 인물을 낳고, 이는 다시 넬슨의 영웅 등극을 예비하는 계기가 되는 것이다.
    결국 이상의 사건들을 조합해보면 거칠게나마 근세 서양사의 전형적 연결 고리가 완성된다.
38 그는 현재 러시아가 누구나 인정하는 유럽의 강국이라 전제한 후, "그런데 이 러시아가 영국 · 프
    랑스 등의 다른 나라와 같은 정도로 아주 예전부터 개화된 위대한 나라냐고 한다면 결코 그렇지는
    않습니다. 아마도 이 나라만큼 뒤늦게 개화한 나라도 없을 것입니다"(위의 책, 78면)라고 말했
    다. 결국 서양사에서 차지하는 비중 자체가 상대적으로 낮았던 것이다. 그는 말한다. "서양인이
    말하기로는, '제18세기 시작 무렵까지는 러시아인들은 역사의 무대에 나타나지 않고 있었다'라
    고. 실제 그러합니다".(위의 책, 78면)

는다. 왜 하필 서구 열강 중에서도 가장 후발주자를 택한 것일까? 주인공의
자리에 더 어울릴 법한 인물이 없는 것도 아니었다. 가령 알렉산더와 콜럼
버스 사이의 긴 공백에 로마의 율리우스 시저를 넣거나, 워싱턴에서 넬슨으
로 이어지는 느슨한 고리에 나폴레옹을 활용하는 대안도 있었다. 하지만 사
토에게는 러시아여야만 했던 이유가 있다.

> 요즈음 우리 일본에서 빈번히 러시아 러시아라고 말하므로, 그 위대한 황제
> 의 업적을 이야기하면서 또 동시에 왜 그토록 미개했던 국가가 급속히 위대한
> 국가가 되었는가 하는 유래를 기술해보겠습니다. 우리 일본이 점차 세력이
> 융성해져 러시아와도 손을 잡고 교우하지 않으면 안 되는 오늘날이므로, 그
> 역사의 대강을 알아두시는 것도 결코 무익한 일이 아니리라고 생각합니다.[39]

사실 러시아는 세력 확장 노선을 걷던 일본으로서는 매우 불편한 존재였
다. 지리적으로 "유달리 우리 일본과는 가까운 나라"[40]였던 탓에 이권 다툼
에서 필연적으로 충돌할 수밖에 없었을 뿐 아니라, 당시 일본 사회에는 자
신들이 러시아의 대아시아 정책의 희생양이 될지 모른다는 불안감도 팽배
했다.[41] 이러한 상황이라면 그들을 제대로 알고 대처하는 것이 필요했다.
『소년지낭』이 발표된 1903년은 러일전쟁을 목전에 둔 시점으로 여러 가지
상황에서 두 나라의 관계는 악화일로에 있었다. 그러나 위 인용문에서 밝히
듯 사토는 양국이 "손을 잡고 교우"하는 미래를 그리고 있다. 이는 '표트르'

---

39 佐藤小吉, 위의 책, 78~80면(79면은 삽화).
40 위의 책, 78면.
41 야마무로 신이치, 정재정 역, 『러일전쟁의 세기―연쇄시점으로 보는 일본과 세계』, 소화, 2010,
   63~90면.

편 마지막 부분에 "현재 러시아 황제폐하는 니콜라이라고 하며, 예전 메이지 24년 아직 황태자 전하였던 시절에 일본을 순방하신 분"[42]이라고 소개한 데에서도 드러난다. 현 러시아 황제에게 극존칭까지 사용하며 그가 일본에 친화적일 것이라는 기대를 담고 있는 것이다. 동반자적 관계가 될 경우 가장 든든한 인접국이 바로 러시아였다. 물론 그 반대의 경우 가장 위협적 존재가 될 수도 있었다. 분명한 것은 '소년'들이 살아갈 가까운 장래에 있어서, 러시아만큼 그 존재감을 피부로 느낄 수 있는 타자는 거의 없었으리라는 점이다. 결국 표트르 대제는 일본의 장래를 위해 선별되었다고 할 수 있다.

이상과 같이, 『소년지낭』에서 주인공의 존재 이유 및 그들의 역사에서 건져 올린 메시지들은 모두 일본이라는 공간으로 수렴되었다. 유럽 강대국의 역사를 알게 될수록 일본의 소년 독자들은 자국의 역사에 더 근접해갔다. 나아가 그 전체적 구성은 일본의 역사가 서양사의 주요한 사건들과 유사한 경험을 거쳐 현재에 이르렀다는 서사를 이루고 있었다. 다섯 명의 주인공들은 일본이라는 공동체의 기억을 창출하고 공유하며 지속적으로 환기해줄 코드였다. 독자들은 서구 위인들을 통해 걸러진 각종 메시지를 통해 나아갈 길을 제시받을 수 있었고, 그 길을 걷는 이는 '지낭智囊'이 될 터였다. 그러나 『소년지낭』을 통해 사실상 독자들이 얻을 수 있는 핵심적 '지혜'는 일본인으로서의 정체성을 견고히 하는 데 있었다. 사토의 의중에 정체政體의 선전은 포함되어 있지 않았을지 모른다. 그러나 정치의 개념을 보다 넓은 차원에서 적용한다면, 국사를 통해 국가의 신봉자를 길러 내고 모범 국민의 자격을 위해 분투할 소년들을 준비시킨다는 점에서 『소년지낭』이야말로 고도의 정치적 텍스트였다.

---

42 佐藤小吉, 앞의 책, 95~96면.

4. 『오위인소역사』의 번역과 결과적 탈정치화

『오위인소역사』의 본문에는 역자 이능우李能雨의 이름이 명기되지만, 판권지에는 역자 항목 대신 "편집자編輯者 경성전동京城磚洞 보성관번역부普成舘繙譯部"라고 되어 있다. 당시 보성관 번역서에는 역자 이름 앞에 따로 '보성관번역원'이라는 신분이 따로 병기되는 경우도 있었다. 이능우는 안국선, 황윤덕, 김하정, 유문상 등 10명으로 추산되는 '번역원' 그룹은 아니었지만, 판권지의 표기를 보건대 적어도 보성관의 번역 사업과 연관되어 있었다. 보성관의 활동 방향과 별개로 번역자 개인에 의해 번역의 특성이 결정될 수 있었다는 점은 선행 연구에서도 지적된 바 있다.[43] 결국 『오위인소역사』의 번역에도 이능우의 선택이 중요한 요소로 작용했을 것이다.

이능우는 관립중학교 심상과를 졸업하고 동교 교관으로 임용된 바 있으며, 1908년 내부 본청 대신관방 문서과의 '번역관6급'으로 재직했다는 기록이 대한제국 직원록에 남아 있다.[44] 이후 그의 구체적인 행적은 의외로 1920년도에 전국을 들끓게 했던 '대동단사건大同團事件'에서 발견된다. 이 사건은 독립운동을 위한 비밀결사 대동단이 의친왕 이강李堈을 임시정부가 있던 상하이로 망명시키려던 것으로, 계획이 발각되면서 단원 대부분이 체포되고 끝내 조직은 해체되기에 이른다. 이능우의 이름은 당시 사건을 보도하던 『동아일보』 기사[45]와 이 사건에 대한 검찰 조사 자료 등에서 피고로 등장한다. 이능우는 이 사건 이전인 1919년 5월 23일에도 주요 단원과 함께

---

43 이상의 보성관 관련 논의는 권두연, 앞의 글, 31~36면을 참조했다.
44 위의 글, 32면.
45 「大同團事件 豫審決定書(一)」, 『동아일보』, 1920.6.29, 3면; 「大同團事件 豫審決定書(四)」, 『동아일보』, 1920.7.2, 3면.

일본 경찰에게 체포된 적이 있었다. 그는 대동단에서 자금조달 책임자의 역할을 했다. 대동단의 이능우가『오위인소역사』의 번역자 이능우와 동일 인물이라는 근거는, 「이능우에 대한 검찰 조서」 등에 등장하는 그의 이력이 번역자 이능우와 일치하기 때문이다.[46] 1883년 11월 16일생[47]인 그는 친일적 삶을 살다가 대동단원으로 전향하여 징역살이에까지 이른, 당시로서는 흔치 않은 행보를 보여준다.『오위인소역사』의 번역은 그가 친일 노선에 속해 있던 시기에 이루어졌을 가능성이 크다. 하지만 그가 연관 관계를 맺고 있던 보성관의 이념 자체가 애국적 계몽운동에 있었고 이능우 역시 결국에는 독립운동으로 나아갔던 만큼, 당시의 그도 한쪽으로 편향되어 있었다고 단정하기는 어렵다.

『소년지낭 역사편』에서『오위인소역사』로의 번역 과정에서 관찰되는 변화는 크게 다음의 두 가지를 들 수 있다.

---

46 이능우의 이력 소개는 「이능우에 대한 경찰 조서」(1),『대동단사건』(I),『韓民族獨立運動史資料集』5, 국사편찬위원회, 1986, 4면; 「이능우에 대한 예심 조서」(1),『대동단사건』(II),『韓民族獨立運動史資料集』6, 국사편찬위원회, 1986, 24~25면 등의 정보를 정리한 신복룡의 다음 기술을 인용하는 것으로 대신한다. "이 밖에도 본시 친일 노선을 걸었으며 경술 국치 때에는 합방記念章을 받은 적이 있던 李能友를 가입시키는 데 성공했다. 그는 번잡한 경력의 소유자였다. 명문 경성관립중학교를 졸업한 이능우는 모교의 교관, 경무국 주사,『중앙신문』기자, 內部 제방세 조사위원, 내부 참여관 보좌관을 지냈으며, 경술 국치 이후에는 경성의『매일신보』기자가 되어 1913년까지 활약한 바 있으며, 최근까지 경성신문사 내의 조선고서간행회에서 번역을 담당하고 있던 지식인으로서 꿈도 많았다. 그러나 이제 낭인의 생활을 하고 있던 이능우는 평소에 알고 지내던 兪泰熙로부터 중국 방면에서 독립 운동을 하다가 최근에 귀국한 최익환이라는 인물이 있다는 말을 듣고 1919년 4월에 유태희의 소개로 初音町에서 최익환을 만나 대동단에 가입하게 되었다. 최익환을 만나 대동단의 취지에 공감한 이능우는 다시 羅景燮(일명 羅世煥)을 포섭하여 단원으로 끌어들이는 데 성공했다."(신복룡,『大同團實記』, 선인, 2003, 58면).
한편, 1925년에 개최된 '전조선인기자대회'의 준비위원 중『매일신보』명단에 이능우의 이름이 확인되는데(「기자대회준비위원회」,『동아일보』, 1925.4.12, 2면), 이를 보아 대동단사건 이후 이능우는 한때 속했던『매일신보』에서 기자 활동을 재개한 것으로 보인다. 그는 이때의 '전조선인기자대회'에서 상무위원을 맡은 바 있다(「記者大會는 四月中」,『동아일보』, 1925.3.17, 2면).
47 「대동단사건에 대한 경성지방법원 예심결정서」에 나오는 정보이다. 한편, 「대동단사건에 대한 경성지방법원 1심 판결문」에 따르면, 이능우의 본적은 경성부 장사동 137번지이고, 출생은 동부 봉익동이며, 당시 無職이었다(신복룡, 앞의 책, 203·223면의 '부록'에서 재인용).

첫째, 소년 독자 지향에서 이탈한 것이다. 단순히 제목에서만 '소년'을 누락시킨 것이 아니라 소년을 염두에 두고 설정한『소년지낭』의 전반적 차별화 지점들도『오위인소역사』에서는 사라진다. 이능우는 일단 일본어본의 문체적 특징이었던 경어 사용을 따르지 않았으며 각종 장면들에 수반되던 사토 쇼키치의 추가 해설이나 감정 이입성의 발화들도 생략하였다. 이 외에 삽화 부분이 전량 삭제되기도 했다.

한국어로 번역된『소년지낭』, 즉『오위인소역사』가 더 이상 소년용 서적이 아닌 이유는 무엇일까? 번역 과정에서 나타나는 대상 독자층의 변화는, 기본적으로 지식 수용의 시차時差와 출판 시장의 조건 차이에 기인한다. 당시 한국은 매개자역자나 독자를 망론하고 신지식 수용의 주체가 한문 소양을 지닌 성인 남성층이었다. 따라서 대부분의 번역서는 국문 독자층을 대상으로 한 전략적 콘텐츠[48]를 제외하면 국한문체로 번역되었다. 소년의 독서물로 걸러지고 개량화되는 데에는 시간이 소요될 수밖에 없었다. 일본의 경우도 서양 영웅의 번역 전기물이 제대로 유통되기 시작한 1880년대의 서적들은 우선 성인 독자층을 대상으로 자리매김한 것이었다.『소년지낭』의 경우는 그러한 단계를 지나 1890년대 중후반 이후 본격화된 이 소년 독자 취향의 총서류 전기 발간의 흐름 속에 놓여 있는 단행본이었다.[49] 그러나 이 서적이『오위인소역사』로 번역된 1907년의 한국은, 서구영웅전이 각종 학회지와 신문을 통해 한창 소개되고 있었다. 또한 이러한 단계에서는, 번역 대상이 될 만한 일본어나 중국어 저본이 확보된다 해도 단행본 출판에

---

48 예컨대 번역 전기는 새 시대의 '국문소설'이 취해야 할 모범으로서 강조되기도 했다. 물론 이때의 주 대상은 국문 독자층이다. 이와 관련한 상세한 논의는 손성준, 「전기와 번역의 '縱橫' ─1900년대 소설 인식의 한국적 특수성」, 『현대소설의 연구』 51, 2013 참조.
49 이 책의 제1부 1장을 참조.

앞서 정기 간행물을 통해 먼저 선보이는 편이 일반적이었다. 1900년대 한국에서 번역 전기는 기본적으로 성인 남성들의 콘텐츠였고, 『오위인소역사』 이전까지로 한정한다면 단행본으로 발간된 경우는 전무하다시피 했다. 소년 독자를 의식한 전기물의 출현은 1908년 11월에 창간된 『소년』의 「소년사전少年史傳」란을 기다려야 했다.

둘째, '일본과 관련된 흔적의 삭제'이다. 이것이야말로 『소년지낭』과 차별화되는 『오위인소역사』의 가장 큰 특징이라 할 수 있다. 이능우는 『소년지낭』을 옮겨내다가 일본의 역사나 인물이 등장하면 즉시 삭제했는데, 그 정도가 대단히 치밀하다. 단적으로 『오위인소역사』에서 일본 관련 논의는 그 흔적조차 찾아볼 수 없다. 서양 각국의 위인들을 소개하는 서적에서 일본인과 일본사는 그 존재 자체가 불순물이기에 이는 당연한 조치로 볼 수도 있다. 그런데 『소년지낭』의 일본 언급 비중은 지나치게 컸다. 『소년지낭』이 말하는 서양사의 각 부분은 일본의 사정과 긴밀하게 연동되어 있었고 다섯 주인공과 관련된 메시지의 수렴점 자체도 일본이었기에, 일본이라는 존재를 지우는 것은 텍스트의 본질을 해체하는 것이나 진배없었다. 즉, 『소년지낭』의 특수성이라 할 만한 정치적 속성이 무화無化되는 것이다.

그러나 일본 텍스트의 정치성에서 이탈한다고 해서 『오위인소역사』가 온전한 탈정치성을 획득하는 것은 아니다. 말하자면 일본이 주체가 되는 민족성 고취의 정치적 배치에서 그 '방식'은 유지한 채 '주체'만 한국으로 치환한다면, 이는 외장外裝만 달리한 정치성의 재현이 될 뿐이다. 이능우의 개입 중에는, 이러한 측면에서 눈여겨봐야 할 부분이 존재한다. 먼저 다음 표를 보자.

---

50 실제 콜럼버스의 탄생은 1451년이며, 사토가 쓴 "에이쿄(永享) 9년"은 1437년으로 서로 어긋난

구분	『소년지낭 역사편』	면	『오위인소역사』	면
알렉산더	그리스는 우리 일본의 신화의 시대(초대천황인 진무[神武] 천황의 재위 이전의 시대)였던	2	그리스는 서력 기원전 2200년, 거금 4200년경의	1
	제6대 고안 천황대 무렵에는	2	기원전 350·60년경에는	1
	일본의 기원 325년(고안[孝安] 천황 57년)으로	8	기원전 337년이니	3
	우리 일본의 기원 338년 7월에	13	기원전 324년 7월에	5
콜럼버스	우리 일본의 아시카가(足利) 막부말경 서양에서는	20	서력 13세기경 서양에	8
	콜럼버스는 (…중략…) 일본의 고하나조노(後花園) 천황 재임 때인 에이쿄(永亨) 9년[50]에 이탈리아의 제노바 시에서 태어났습니다. 정확히 남북조가 통일되고부터 26년[51]째에 해당합니다.	24	콜럼버스는 (…중략…) 서력 1436년에 이탈리아의 제노바 시에서 태어나니, 즉 태종(太宗) 18년 병진(丙辰)이라.	9
	일본의 고츠치미카도(後土御門) 천황 때인 메이오(明應) 원년 4월 17일에	32	이는 서력 1492년이오 우리 성종(成宗) 23년 임자(壬子) 4월 17일이라.	12
	메이오 원년 8월 3일	32	당년 8월 3일	13
	메이오 2년에는	37	또한 익년에	14
워싱턴	일본의 교호(享保) 17년 즉 도쿠나가 8대장군 요시무네(吉宗) 시대	40	서력 기원 1732년 즉 우리 영조(英祖) 8년 임자(壬子)에	14
	그 다음해 즉 일본의 야스나가(安永) 5년	47	익년 서력 1776년 즉 우리 영조 52년 병신(丙申)	17
	일본의 야스나가 4년 4월에 개전된	47	서력 1775년 4월에 개전된	17
	이로부터 9년째 즉 덴메이(天明) 3년(고키[皇紀] 2443년) 9월	47	그 후 제9년 즉 서력 1783년 9월	17
	간세이(寬政) 11년(고키 2459년) 12월 14일	51	서력 1799년 12월 14일	18
	그로부터 3년 후는 우리 일본의 모토오리 노리나가(本居宣長)라는 학자가 사망한 해입니다.	51	×	
넬슨	도쿠나가 쇼군의 중흥기로 불리는 8대 요시무네 공의 사후 8년째 되는 해, 즉 모모조노(桃園) 천황의 보력(寶曆) 8년에	58	서력 1758년에	20
	즉 간세이 원년 쇼군 이에나리(家齊) 공 시대에	67	1789년에	23
	결국 간세이 5년에	68	1793년에	23
	이는 일본의 분카(文化) 2년 10월 25일에 해당	75	×	
표트르	우리 도쿠나가 5대 쇼군 츠나요시(綱吉)의 시대로	78	×	
	헤이안(平安) 왕조 시대에	80	×	
	세이와(淸和) 천황 즉위 4년, 즉 조칸(貞觀) 4년의 일입니다.	81	서력 862년이라.	27
	4대 쇼군 이에츠나(家綱) 시대, 즉 간분(寬文) 12년에 출생한	82	서력 1672년에 출생한	28
	오사카 군대에서 도요토미 가문이 멸망한 해의 3년전 되는 해에	82	×	

구분	『소년지낭 역사편』	면	『오위인소역사』	면
일본 겐로쿠(元祿) 9년에		84	1696년에	29
일본의 겐로쿠 11년 연말에		89	1698년에	
이때가 겐로쿠 16년으로 정확히 아코(赤穗 : 지금의 고베 지역)의 의사(義士) 오이시 요시오(大石良雄)이 할복했던 해입니다.		93	서력 1703년이라.	32
이 해가 우리 일본에서 아라이 하쿠세키(新井白石)가 죽은 교호(亨保) 10년이었습니다.		94	서력 1725년이라	33
예전 메이지 24년 아직 황태자 전하였던 시절에 일본을 순방하신 분으로서, 메이지 1년에 탄생하시고 메이지 27년 즉위하신 분으로 알고 있습니다.		96	서력 1891년 황태자 때에 **일본국에 만유**하였으며 서력 1894년에 즉위하니라	33

위 표는 일본어본의 특징인 일본식 연도 표기에 대한 한국어 번역을 정리한 것이다. 쉽게 확인되듯, 『오위인소역사』에서 저본의 일본색은 남김없이 사라지고 '서력'이 그것을 대체했다.[52] 이능우는 일본식 연도 표기를 서력으로 바꾸기 위한 별도의 계산 과정을 거쳤다. 즉, 서양사를 설명하기 위한 잣대를 서양에서 취하는 노력을 가미한 것이다. 다만 이능우는 세 차례에 걸쳐 조선식 연호를 사용하기도 했다**강조 표시**. 비록 세 군데에 불과하고 서력을 앞세우고 뒤따르는 모양새라고는 해도, 이능우 역시 사토의 방식을 그대로 차용한다. 이는 미약할지언정 세계사 속에서 국사의 알리바이를 확인하고자 하는 욕망의 전이轉移일 수 있다.

연호의 교체와 같은 단편적 개입보다 좀 더 문맥을 흔드는 변주도 발견된다.

다. 또한 이능우가 사토의 정보를 참조한 "서력 1436년"은 잘못된 정보를 다시 잘못 옮긴 것이다.
51 중세 일본의 남북조 통일은 1392년이므로, 26년째는 곧 1418년을 의미한다. 즉 여기서 사토는 다시 한 번 오류를 범했다. 이능우가 태종의 연호로 표현한 것은 사토의 1418년과 일치한다.
52 일본을 노출시킨 경우는 도표의 마지막에 등장하는 단 한 차례다. 이 역시 저본의 색채와는 다르다.

자, 이렇게 기술하고 보니 워싱턴은 세인들이 이야기하는 **영웅**이나 **명장**은 아닙니다. 나폴레옹이나 도요토미 히데요시 다이코 같은 (전장에서의) 공적은 찾을 수 없지만, 그럼에도 워싱턴은 서양에서 말하는 위인으로서 그 정신이 훌륭하고 또 순수하기로는 나폴레옹이나 다이코와 비교할 수 없습니다. 나폴레옹은 공화정체를 쓰러뜨리고 황제가 되었고, 다이코는 오다 노부나가 가문을 대신하여 간파쿠關白 자리에 올랐습니다. 워싱턴도 만일 이 두 사람 같은 마음이 티끌만치라도 있었다면 미국의 국왕이 되는 일은 대단히 쉬운 일이었습니다.[53]

워싱턴은 세계에 회자되는 **인인군자**仁人君子요, **또 영웅**이라. 처사가 방정하며 심지가 결백한 것은 나폴레옹도 미치지 못할지라. 나폴레옹은 공화정체를 타파하고 황제가 되었으니 워싱턴이 만일 이 사람과 같이 했다면, 아메리카의 황제가 되었을 것이다.[54]

두 인용문의 차이는 이능우가 생략한 일본 관련 내용만이 아니다. 사토의 워싱턴은 영웅이 될 수 없었다. 사토는 위 인용문 이외에도 "그는 영웅도 아니며 또 학자도 아니었습니다"[55]와 같이 워싱턴을 같은 방식으로 규정한다. 전술했듯 『소년지낭』의 워싱턴은 상당부분 정신적·인격적 모범이라는 틀에 한정되어 있었다. 물론 위 인용문의 발언처럼, 사토는 제위를 거부하고 공화정체를 확립한 워싱턴의 공적을 상찬하기도 했다. 그러나 그것은 공화정 자체가 우월하다는 의미와는 거리가 멀다. 단지 스스로 낮아진 워싱턴

---

53 佐藤小吉, 앞의 책, 52~53면.
54 李能雨, 『五偉人小歷史』, 普成館, 1907, 19면.
55 佐藤小吉, 앞의 책, 53면.

의 정신에 박수를 보내는 것일 뿐이다. 이와 마찬가지로 나폴레옹이 공화정을 무너뜨리고 황제가 된 것에 대한 사토의 유감 표명은 나폴레옹의 욕심에 대한 것이지 공화정의 무산에 대한 것이 아니다. 이는 이어지는 도쿠토미에 대한 유감에서 다시 한 번 확인되는데, 나폴레옹과 도쿠토미의 공통점은 정치체제가 아니라 부정적 욕망에 있기 때문이다. 이 욕망 비판의 이면에는 그것이 공화정이든 군주정이든, 기존 정치권력 전복을 경계하는 필자의 보수적 태도가 놓여 있다. 이렇듯 사토가 '영웅'이라는 개념을 긍정적으로 사용하지 않은 것은 영웅이라는 존재가 전복의 욕망을 발산할 수 있기 때문이었다.

반면 이능우는 워싱턴을 영웅이라 못박았다. 위 인용문 외에도, 그는 '워싱턴' 편의 시작 부분에 저본에 없던 "오늘날 **진정한 영웅호걸**은 아메리카의 워싱턴이라"[56]와 같은 문장을 손수 첨가한 바 있다. 사토가 "그는 **영웅도** 아니며 또 학자도 아니었습니다"[57]라고 한 부분에 대해서는 "그는 **명장도** 아니며 학자도 아니라"[58]로 고쳤다. '영웅'이라는 기표를 의도적으로 고수한 것이다. 이능우는 사토가 말하는 '영웅으로서의 워싱턴 부정' 자체를 거부했다. 그가 워싱턴을 접한 채널은 『소년지낭』이 전부가 아니었다. 당시 한국 지식인층 사이에서 워싱턴은 이미 대표적 영웅으로 익히 알려져 있었고, 워싱턴을 다루는 동시기 한국의 텍스트들 역시 저항성을 내포하는 경우가 많았다.[59] 이능우는 미국의 독립을 이끈 워싱턴의 영웅적 형상을 부각하지 않

---

56 李能雨, 앞의 책, 14면.
57 佐藤小吉, 앞의 책, 53면.
58 李能雨, 앞의 책, 19면.
59 워싱턴 관련 정보는 『독립신문』 시기부터 시작하여 신문·잡지의 기사 차원에서는 꾸준히 등장한 편이고 초기 단행본의 경우 현은(玄隱)이 번역한 역사서 『美國獨立史』(황성신문사, 1899)를 통해 독립전쟁에서의 활약이 상세히 알려졌다. 전기물의 좋은 예로는 최남선이 최생(崔生)이라는 필명으로 유학생 학회지에 게재한 바 있는 워싱턴전을 들 수 있다. "吾將敍述華盛頓之傳호야 示爾

는 것은 편향된 해석임을 감지했을 것이다. 이에 '영웅'이라는 수사를 되살려 저항적 워싱턴상을 제한적으로나마 회복시키려 한 것이다.[60]

분명 조선 연호의 사용이나 워싱턴의 예는 번역 공간의 정치적 특성을 감안한 개입이라 하겠다. 이는 엄연히 지적되어야 할 『오위인소역사』만의 특징이기도 하다. 그러나 이를 근거로 『오위인소역사』의 속성 자체를 정치적 서사로 단정하는 것은 무리다. 총체적 평가를 위해서는 그것을 넘어, 텍스트를 관통하는 성격의 파악이 필수적으로 요청된다. 그렇다면 『소년지낭』에서 일본색을 지울 경우 남게 되는 것들은 무엇이었을까? 다음은 『오위인소역사』를 이루는 내용을 핵심 정보 및 일화 위주로 간략히 정리한 것이다.

〈표 14〉 『오위인소역사』의 소단위 내용 정리

구분		내용
알렉산더 대왕	1	서양 문명의 기원으로서의 그리스·로마 소개
	2	알렉산더 대왕의 아버지 필리포스 2세 언급
	3	유년의 알렉산더 일화들 : 단순 운동 경기보다 각국 제왕들과의 경쟁을 원함 / 자신이 차지할 땅이 줄어들기에 아버지의 승전을 기뻐하지 않음 / 거친 야생마를 길들여 아버지로부터 크게 인정받음
	4	알렉산더의 교육 및 스승 아리스토텔레스의 소개
	5	페르시아 정벌 전 필리포스 2세가 암살됨
	6	강대국 페르시아에 대한 설명과, 그들의 침입을 막았던 역사 소개
	7	알렉산더의 제위 등극과 페르시아 정벌을 위한 출병 준비
	8	자신 앞에서 초연한 신하 디오게네스에 대한 감복

模範ᄒ리니 試看苛政之終局이 能得如何之效益ᄒ며 血戰之結末이 竟收幾多之福利ᄒ라"(崔生, 「華盛頓傳」, 『大韓留學生會學報』 제1호, 1907.3, 53면)와 같이, 여기서의 워싱턴은 혈전을 통한 승리의 획득을 상징하는 존재였다. 이능우의 번역 시점 이후로도 한국에서의 워싱턴은 혁명성과 용맹성을 담지하는 경우가 지속적으로 등장한다. 이해조는 『華盛頓傳』(회동서관, 1908)을 통해 전사(戰士)로서의 워싱턴을 강조한 띵젠의 중국어 저본을 이어받고 있으며, 국문판 『대한매일신보』에는 '소설' 란에 「미국독립ᄉ」(1909.9.11~1910.3.5)가 연재되기도 했다. 『美國獨立史』나 이해조의 『華盛頓傳』 등은 1910년 11월 19일 조선총독부령에 의해 금서로 지정된 51종의 도서에 포함된다.

60 게다가 도요토미에 대한 비판이 생략된 것으로 인해, 본시 욕망을 부정하던 사토의 해석이 나폴레옹에 의해 몰락한 공화정체에 대한 아쉬움으로 해석될 소지를 강화시켰다는 것도 지적해둔다.

구분		내용
	9	페르시아와의 전쟁에서 승리함. 이미 거대한 성과를 올렸지만 더 많은 정벌을 못하여 아쉬워함
	10	질병에 걸려 32세의 나이로 사망
	11	유래 없는 대제국의 건설 등 알렉산더의 위대함에 대한 적극적 평가
	12	전쟁 중 병사들을 생각해 혼자만 물을 마시지 않음, 포획한 재물에 대해서도 부하에게 모두 분배함
	13	포로로 잡힌 페르시아 왕비의 장례를 치러주어 페르시아 왕이 감격함
	14	페르시아의 다리우스 왕이 제안한 화친을 거절한 일화
	15	알렉산더의 초상을 산에 조각하는 것에 대해 거부, 그러나 알렉산더의 이름을 딴 지명들이 생김
콜럼버스	1	역사적으로 서반구가 늦게 발전되었음을 소개
	2	마르코 폴로에 의한 아시아의 서구 소개 및 아시아로 가기 위한 항해술과 항로의 개척 흐름 언급
	3	콜럼버스의 가정환경과 교육 과정 소개
	4	항법사가 됨, 이탈리아 항해사의 딸과 결혼하여 직업적 발전의 계기 얻음
	5	서쪽으로의 항해를 통해 아시아로 갈 수 있다는 신념의 형성
	6	후원자 구하기의 어려움. 아내의 사망, 부채 등 가정의 몰락 후 스페인으로 감
	7	사제를 통해 콜럼버스의 항해 계획이 스페인 왕 페르디난드, 여왕 이자벨라에게 소개 됨
	8	난관을 뚫고 스페인의 지원을 얻어 항해에 나서게 됨
	9	긴 항해에도 불구하고 육지를 발견하지 못하여 선원들의 동요가 일어남
	10	끝내 육지 발견, 서인도로 간주하여 원주민을 인디언으로 부르게 된 사연 소개, 계속 되는 항해 활동
	11	부덕하다는 구실로 본국에 소환, 불만을 품은 채 70세에 사망
	12	영구히 남게 될 그의 업적을 기림
워싱턴	1	워싱턴의 출생과 가족에 대한 소개
	2	성장 과정과 영국 해군으로의 복무 시도 무산 일화
	3	16세에 페어팩스 백작의 험준한 소유지 측량 경험
	4	19세에 프랑스와 인디언의 식민지 침공 때 군인으로 활약, 극심한 위험 상황에서 살아남음
	5	형의 사망으로 소유지를 계승하고 부유한 여인과의 결혼으로 지주가 됨, 전원생활과 사냥을 즐김
	6	버지니아 주 의원에 선출됨. 의견 주장보다 신중하게 듣는 유형이던 워싱턴
	7	인지조례 등의 일로 영국의 통치에 식민지 내부의 불만이 쌓여감
	8	필라델피아 대륙회의에서 영국과의 전쟁을 결의하고 사령관에 워싱턴을 임명함. 겸손한 자세로 수용
	9	독립전쟁이 승리로 돌아가고 영국이 아메리카의 독립을 인정
	10	군사력의 객관적 차이에도 승리할 수 있었던 워싱턴의 공로 상찬. 고향으로 돌아간 워싱턴
	11	의원들이 워싱턴을 대통령으로 추대. 워싱턴이 겸허히 받아들임, 재임까지 거치고 귀향함
	12	은퇴한 지 2년 반이 지난 후 고향에서 병을 얻어 사망. 온 유럽이 애석해 함

구분		내용
	13	워싱턴의 위대한 인격에 대해 평함, 군인들이 자신을 왕으로 추대하는 것을 막은 일화
	14	꼼꼼한 업무 처리 능력 언급, 사적 야욕 없이 능력과 헌신으로 대통령에 이르렀음을 강조
	15	워싱턴의 외형 소개, 자녀는 없었지만 모든 미국인의 아버지로 평가받는 워싱턴을 언급
넬슨	1	넬슨을 영국인이 꼽는 19세기 최고의 위대한 인물이자 군인의 표상으로 소개
	2	5세, 갑자기 사라졌다가 위험한 강가에서 발견됨, 두려움을 모르는 아이로서의 일화
	3	9세, 어머니의 장례식에 온 해군 제독 서클링에게 자극받아 해군이 될 생각을 함
	4	15, 6세 무렵, 영국의 북극탐험에 따라나섬. 백곰을 발견하고 선장의 동의 없이 추격에 나섬. 자신의 원하는 일에 대해서는 끝까지 밀어붙였던 넬슨에 대해 서술
	5	자신의 병약함을 탄식하여 절망하나 조국에 헌신한다는 각오로 재기함
	6	이후 넬슨의 이력에 대해 약술, 여러 수훈 속에서 진급
	7	프랑스 혁명의 전개에 대한 설명
	8	영국과 프랑스의 전쟁에서 큰 부상에도 불구하고 용맹하게 싸움
	9	나폴레옹의 출현과 영국의 위기에 대한 설명
	10	트라팔가 해전에서 승리하나 총알에 맞음. 의연한 태도로 승리를 확인하고 전사함
	11	넬슨의 승리가 영국과 유럽을 구했음을 상찬하고 이후 나폴레옹의 몰락을 소개
	12	그의 공적을 기리는 영국인들에 대한 언급
표트르 대제	1	현재 5개 강국으로서의 러시아지만, 가장 늦게 개화한 국가로 소개
	2	러시아의 역사적 기원과 오늘날의 러시아가 될 수 있었던 이유로 표트르 대제를 소개
	3	표트르 가문의 역사와 누나인 소피아와의 갈등, 황제 등극까지의 상황 소개
	4	해군력과 바다를 통한 진출의 필요성 깨달음, 함대 창설 및 흑해의 관문 확보
	5	인재들을 해외로 파견하여 기술 수입 추진, 본인도 네덜란드 파견 일행 속에 동참함
	6	신분을 숨기고 조선소의 직공으로 일하는 표트르. 조선술 외에도 다양한 분야를 배움
	7	네덜란드에서의 10개월 체류 이후 영국으로 건너감. 국회 및 대학 등을 통해 견문 넓히고 귀국
	8	내치 개혁 단행(전통식 수염, 옷차림 등에 대한 세금 부과, 태양력 사용, 학교 등 각종 시설 설립 등)
	9	정복 사업 펼침, 스웨덴과의 북방 전쟁을 통해 영토를 확장한 과정 소개
	10	왜 표트르가 '대제'로 불리는지 설명(노력과 실천, 불굴의 정신 등)

위에서 확인되듯, 『오위인소역사』의 내용은 기본적으로 역사적 사실에 대한 설명과 다섯 인물의 일화 및 평가음영 표시가 적절하게 조합되어 있다. 결국 이 서적의 주된 효용은 근대 지知의 핵심인 '세계 지知'의 학습과, 각 인

물로부터 묘출되는 '보편적 교훈'에 있었다. 일본의 역사 기억을 공유하는 일본인 만들기가 『소년지낭』의 정치화된 지점이라면, 모든 일본 관련 흔적의 삭제는 곧 탈민족화, 탈정치화의 작업이 된다. 그러한 개입 이후 남게 되는 역사적 지식과 교훈들에서, 오늘날의 위인전과 구별되는 특별한 면모를 찾기란 쉽지 않다. 『오위인소역사』에서 남는 것은 '오위인'의 '소역사' 그 자체이며, 이들 서양사의 주인공들은 일본을 위한 복무를 끝내고 서양 각국의 자기 공간으로 귀환한다. 보존되는 교훈들 역시 꿈, 도전, 인내, 겸손, 충성, 희생, 실천, 노력 등과 같은 전형적인 것들이다. 물론 이러한 속성은 번역의 결과로 나타난 '결과적 탈정치성'이다. 그러나 이 '결과적'이라는 말이 '우연의 산물'을 의미하는 것은 아니다. 이능우 또한 자신의 텍스트 개입이 낳게 될 결과를 인식하지 못했을 리 없다. 그의 작업은 그 안에 내포된 '서구 역사에 대한 지식'과 '정신적 가치'들이 당시 한국에 필요하다는 판단의 소산이기도 했다.

그런데 사실 '정신적 가치', 즉 앞서 '보편적 교훈'이라 명명했던 이 가치들 또한 근대에 진입하며 각광받게 된 것들이다. 서구영웅전의 번역은 특정 정체政體에 대한 욕망과 지향뿐만 아니라 한국인에게 결핍되어 있다고 전제된 서구적 근대의 가치들을 선전하는 도구이기도 했던 것이다. 이러한 관점에서, 비록 직접적으로 민족성을 함양하던 『소년지낭』의 정치적 전략과는 거리가 멀다 해도, 『오위인소역사』 역시 노력과 근면 등의 자질 함양을 골자로 하는 수신修身 담론의 기획에 동조하고 있었다.[61] 이 역시 엄연히 정치적 고려였던 것이다.

---

61 이와 관련해서는 피식민자 '국민성 담론' 및 『자조론』에서 시작한 '수신 담론'에 대한 연구를 참조. 예컨대 차태근, 「량치차오(梁啓超)와 중국 국민성 담론」, 『중국현대문학』 45, 한국중국현대문학회, 2008; 윤영실, 「최남선의 수신(修身) 담론과 근대 위인전기의 탄생」, 『한국문화』 42, 2008 등.

5. 번역장의 재인식을 위하여

본 장에서는 1900년대의 번역 전기 『오위인소역사五偉人小歷史』1907와 그 저본인 일본서 『소년지낭少年智囊 역사편歷史編』1903의 비교를 중심으로, 번역장으로서의 한국에 대한 재인식을 시도해보았다. 통념상 20세기 초 한국의 전기물은 현대 위인전과 다른 두 가지 차이점을 갖는다. 첫째, 저자의 발화 의도 속에 역사 속 주인공이 긴박되어 있다. 둘째, 주요 독자층이 성인이다. 여기서 전자의 의도란 주로 정치적인 것이기에 후자의 독자적 지향과 맞아 떨어지게 된다. 그러나 일본의 경우, 정치적 속성은 유지한 채 대상 독자만이 성인에서 소년으로 급격히 이행해 갔다. 이를 단적으로 보여주는 것이 『소년지낭』의 사례다. 이에 반해 『오위인소역사』의 경우 『소년지낭』의 정치적 성격은 지워지고 독자층은 성인 남성이 주가 되는 국한문 지식인층을 향했다. 결과적으로 『오위인소역사』는 주요 독자층만이 소년이 아닐 뿐 현대의 탈정치화된 위인전에 근사해졌다. 이러한 분석 결과는 당시 텍스트의 성격을 정치적 산물로만 규정하던 선행 연구들과 충돌한다.

보다 중요한 사실은, 이러한 이능우의 개입 양상이 당대의 번역에서 예외적인 현상일 리 없다는 것이다. 예를 들어, 같은 보성관을 통해 나온 비스마르크의 전기 『비사맥전』이 좋은 예다. 보성관 번역원 황윤덕은 사사카와 기요시笹川潔의 『비스마르크』를 번역하며 일본어 저본에서 구현된 프로이센의 역사 및 비스마르크의 일화와 갖가지 일본사의 접속 장면들을 고스란히 덜어냈다. 이러한 개입 방식은 당연히 중국의 사정이 반영된 내용에서도 확인할 수 있다. 량치차오가 베트남 망명 지사 판 보이 쩌우의 증언을 토대로 쓴 「월남망국사越南亡國史」1905, 그리고 몇몇 일본서들을 저본 삼아 『신민총보』에 연재한 전기물 「훙가리애국자갈소사전匈加利愛國者喝蘇士傳」1902, 「의대리건국삼걸전意大利建國三傑傳」1902, 「근세제일여걸近世第一女傑 라란부인전羅蘭夫人傳」1902 등에는 중국의 상황을 지적하는 내용들이 추가되어 있는데, 현채의 『월남망국사』1906나 이보상의 『훙가리애국자갈소사전』1908, 신채호1907나 주시경 1908이 한 차례씩 번역한 『이태리건국삼걸전』, 『대한매일신보』'소설'란에 연재된 「근세뎨일녀즁영웅 라란부인젼」1907 등에서는 해당 대목을 찾아볼 수 없다. 이와 같이 일본과 중국을 경유하는 과정에서 각각의 정치성이 부여된 근대의 역사물과 전기물은, 한국으로 재번역되는 가운데 그들의 사정에 따라 삽입된 전략적 내용들을 상실했다. 근대 한국의 번역 서사와 그 저본 간의 차이를 면밀히 살펴볼 때, 역자의 개입 양상에서 '첨添'보다는 '삭削'이 크게 우세한 것은 여기에 기인할 때가 많다. 이는 당대의 지식 수용 방식이었던 중역이 한국이라는 번역장에 수반하는 특수한 현상이었다.

끝으로. 종래의 1900년대 번역 연구는 '저본과의 편차'에 초점을 맞추어 당시의 한국적 정치 상황에 걸맞은 정치적 의의만을 가치 판단의 잣대로 삼는 경우가 주류를 이루었다. 그러나 텍스트에 대한 총체적 평가를 위해서는 그것을 넘어, '남아 있는 내용'에 의해 구성된 새로운 전체상을 궁구하는 과정이 요청된다. 이 두 가지 모두를 전제로 할 때, 해당 텍스트가 당대에 획득했을 의미를 보다 객관적으로 탐색할 수 있을 것이다.

애국 계몽의 딜레마, 『애국정신담』

1. 들어가며

서구 근대문학이 번역을 통해 동아시아에 확산되기 이전, 올바른 문학적 효용이란 직면한 정치적 격변기에 교훈을 줄 수 있는 정치담政治談의 형태였다. 다시 말해 지식인들의 관심은 아직 리터래처literature의 하위 장르로서의 소설이 아닌, 정치서사 혹은 정치소설의 이름으로 유통된 텍스트로 몰렸다. 그리고 그러한 정치서사들은 대개 실제의 역사를 배경으로 삼아 특정한 진영의 정치논리를 대변하고 있었다. 성공담이든 실패담이든 유용한 정치적 교훈을 수반한다는 데에서는 매한가지였다.

번역 공간으로서의 한국은 동아시아 내 '역로譯路'에서 '종착역終着譯'에 해당한다. 즉, 애국 계몽의 기획 속에서 한국이 사용한 것은 일본이나 중국이 이미 사용한 바 있는 텍스트였다. 이 사실은 다시 두 가지를 의미한다. 하나는 근대 동아시아의 애국 담론에는 한·중·일 각각의 특수성 외에도 보편성이 공존한다는 것이다. 이는 곧 동아시아를 하나의 단위로 사고할 수 있는 방법론적 가능성이 된다. 애국 담론은 국경으로 날카롭게 구획된 내셔널리티의 산물만이 아니라, 동아시아 전체에 유통된 지식을 내적 동력으로 하기도 했다. 따라서 경계를 넘나드는 텍스트는 지역적 기표로서의 동아시아를 넘어, 보편적 지식 네트워크로서의 동아시아를 역으로 구성하는 거점이 될 수 있다. 이하에서 분석할 『애국정신담愛國精神談』은 이 문제를 검토하기에 적실하다. 다른 하나는 일본과 중국이라는 비교항의 존재가 한국적 특수성에 대한 입체적 조망을 가능케 한다는 것이다. '애국계몽기'라는 일국사적 시대관을 견지한 종래의 연구는 종횡縱橫으로 걸쳐 있는 텍스트의 초국가적 중층성을 온전히 문제 삼지 못했다. 이하에서는 『애국정신담』의 한·중·일 역본들의 분석을 중심으로, 각 판본들이 어떠한 방식으로 각 시공간 속에서 재맥락화되어가는지를 살펴보고자 한다.

『애국정신담』에 대한 기존 논의 중 서지사항 이상을 고찰한 경우는 찾아보기 어렵다.[1] 그 이유는 『애국정신담』의 학술적 가치가 떨어지기 때문이 아니다. 오히려 『애국정신담』이야말로 1900년대의 한국인에게 특별했던 콘텐츠였다. 이를 단적으로 보여주는 것이 번역의 횟수다. 당시 한국에서 『애국정신담』은 2년 정도 사이에 4차례나 중복 번역되어 소개된 바 있다. 『애국정신담』에 비견되는 사례로는 익히 알려진 『월남망국사越南亡國史』 정도만이 존재할 뿐이다.[2] 『월남망국사』에 쏟아진 연구자들의 관심과는 대조

---

1 기존 연구 중 서지사항이 잘 정리된 것은 한영균의 「현대 한국어 태동기의 다중 번역 서사물에 대한 기초적 연구」, 『국어사연구』 19(국어사학회, 2014)이다. 이 연구는 다중 번역물 15종의 서지와 문제를 정리한 연구인데, 그중 하나로서 『애국정신담』을 다루었다. 다만 이 연구는 한국어 판본 순서에서 『서우』 연재본이 가장 빠른 것으로 소개했으나 실은 『조양보』 연재본이 최초의 번역이다.
2 각 역본의 서지는 다음과 같다. 현채 역, 『越南亡國史』, 보성사, 1906; 주시경 역, 『월남망국ᄉᆞ』, 박문서관, 1907; 이상익 역, 『월남망국ᄉᆞ』, 현공염 교열 및 발행, 1907.

적으로,[3] 『애국정신담』은 그 번역의 경위나 번역상의 특징조차 제대로 규명되어 있지 않았다. 게다가 『애국정신담』은 당시 한국의 담론 지형도에서 가장 중추적 위치에 있던 '애국'을 정면으로 내세운 텍스트였다. 하지만 비슷한 조건의 저술이면서 이미 여러 측면에서 분석된 바 있는 『애국부인전』1907[4]과는 달리 『애국정신담』의 경우 오랜 시간 단 한 편의 단독 논고도 제출된 바 없었다. 이는 『애국부인전』과 『애국정신담』에 공통적으로 장지연 張志淵이 참여전자에는 역자, 후자에는 교열자했다는 사실을 환기한다면 더욱 의아한 일이다. 당대의 애국운동을 이끈 주요 인물의 작업 중 『애국정신담』처럼 연구사적 공백으로 남아 있는 경우는 좀처럼 찾아볼 수 없다.

이상의 견지에서 본 장에서는 동아시아에 편재했던 『애국정신담』의 텍스트적 변폭과 그 의미를 단계별로 밝히고자 한다.

---

3 2010년부터의 연구만 예를 들어본다. 서여명, 앞의 글; 고병권·오선민, 「내셔널리즘 이전의 인터내셔널 - 『월남망국사』의 조선어 번역에 대하여」, 『한국 근대문학연구』 21, 한국 근대문학회, 2010; 송명진, 「『월남망국사』의 번역, 문체, 출판」, 『현대문학의 연구』 42, 한국문학연구학회, 2010; 김남이, 「20세기 초 한국의 문명전환과 번역 - 중역(重譯)과 역술(譯述)의 문제를 중심으로」, 『어문논집』 63, 민족어문학회, 2011; 장효청, 「한국의 『월남망국사』 수용 양상 연구」, 대구대 석사논문, 2013; 가영심, 「1900년대 동아시아의 『월남망국사(越南亡國史)』 유통과 수용 - 한국, 중국, 월남을 중심으로」, 『이화사학연구』 49, 이화사학연구소, 2014 등.

4 배정상, 「위암 장지연의 『애국부인전』 연구」, 『현대문학의 연구』 30, 한국문학연구학회, 2006; 박상석, 「『애국부인전』의 연설과 고소설적 요소 - 그 면모와 유래」, 『열상고전연구』 27, 열상고전연구회, 2008; 홍경표, 「위암 장지연의 『애국부인전』에 대하여」, 『향토문학연구』 11, 향토문학연구회, 2008; 서여명, 앞의 논문; 송명진, 「역사·전기소설의 국민 여성, 그 상상된 국민의 실체 - 『애국부인전』과 『라란부인전』을 중심으로」, 『한국문학이론과 비평』 46, 한국문학이론과비평학회, 2010; 노연숙, 「20세기 초 한국문학에서의 정치서사 연구 - 한·중·일에 유통된 텍스트를 중심으로」, 서울대 박사논문, 2012 등.

2. 메이지 일본의 『애국정신담愛國精神譚』

─감춰진 상상력과 충군애국주의 교육

『애국정신담愛國精神譚』은 보불전쟁에서 패한 프랑스가 국난을 극복하고 다시금 강대국으로 일어나는 과정을 담아낸 역사서술이자, 두 명의 핵심 인물을 중심으로 이야기를 전개한다는 점에서 서구영웅전이기도 했다. 모든 내용은 철저히 프랑스인의 입장을 중심으로 전개되며, 예상 가능하듯 원전 역시 프랑스어로 된 텍스트였다. 이를 동아시아에서 최초로 번역한 인물은 오다츠메 카츠히로大立目克寬와 이타바시 지로板橋次郎였으며, 해당 번역서는 『애국정신담』이라는 제목으로 카이코우샤偕行社를 통해 1891년에 간행되었다. 원전에 대한 최소한의 정보는 역자의 서문에 포함되어 있다.

> 역자는 이에 감복하는 바 있어 1888년 프랑스 엽보兵獵步兵 중위 에밀 라비스 エミール・ラ井ッス 씨의 저서 가운데 군사교육상 젊은이들에게 유익한 짧은 이야기를 발췌 · 번역하여 여기에 '애국정신담'이라고 제목을 붙였다.[5]

위 인용문은 1888년이라는 간행시기, '에밀 라비스'라는 저자명, 군사교육에 유익하다는 내용, 선택적 번역이 가능한 짧은 이야기 형태 등, 저본의 여러 특징적 사실들을 제시하고 있다. 이에 근거하여 조사해보면 Émile Lavisse, *Tu seras soldat, histoire d'un soldat français : récits et leçons patriotiques*[6] Paris : A. Colin, 1888를 『애국정신담』의 저본으로 확정할 수 있다. 두 텍스트가

---

5 エミール・ラ井ッス, 板橋次郎 · 大立目克寬 譯, 『愛國精神譚』, 偕行社, 1891, 「序」 3면.
6 제목을 번역하자면, "너는 군인이 될지어다. 프랑스 군인의 역사 : 애국 교육 이야기" 정도가 된다.

저본과 역본의 관계에 있다는 것을 증명하는 것은 어렵지 않다. 전자에 수록된 201종의 삽화 중 28종을 일역자들이 『애국정신담』에 그대로 옮겨와 사용했기 때문이다.[7]

일역자가 밝혀두었듯이 원저자 에밀 라비스Émile Lavisse, 1855~1915는 군인이었다. *Tu seras soldat*의 초판[1888] 간행 당시는 중위였으나 재판의 속표지에 수록된 정보를 참조컨대 1901년 시점에는 제8 엽보병의 대위(CAPITAINE AU 8e BATAILLON DE CHASSEURS A PIED)로 복무하고 있었다. 에밀 라비스에 대해 확인할 수 있는 정보는 많지 않지만 *Tu seras soldat* 외에도 그가 남긴 몇몇 저술들은 그가 전쟁사나 군사학 방면의 집필에 능통했던 인물이라는 사실을 증언해준다.[8]

흥미로운 것은 공동 일역자 두 명 역시 현역 육군 보병장교였다는 점이다. 서적의 초판과 재판의 간행에 표시된 계급이 다른 점도 비슷하다. 『애국정신담』 1891년 초판본의 경우 오다츠메 카츠히로大立目克寬는 중위, 이타바시 지로板橋次郎는 소위였지만 6년 후의 재판에서는 둘 다 대위로 진급되어 있었다.[9] 이제 두 텍스트의 정체성은 꽤나 명료해진다. 프랑스와 일본의 장교가 각각 군사교육을 목적으로 집필·번역한 서적이었던 것이다. 그들은

---

7   일역판 『愛國精神譚』의 경우 초판에는 삽화를 넣지 않았다가 재판(1897)부터 포함시키게 된다. 다만 필자가 실물로 확인할 수 있었던 *Tu seras soldat* 판본은 1888년도의 초판이 아니라 1901년 판본이다. 그러나 원전의 초판을 저본으로 삼았을 일본어 판본의 간행 시기로 미루어, *Tu seras soldat*의 1901년도 판본의 삽화는 당연히 초판부터 있었다고 간주할 수 있다. 1888년 판본 역시 표지사진까지는 확인 가능했다. 두 판본의 표지를 제시해둔다.

1888년판   1901년판

8   *Sac au dos : études comparées de la tenue de campagne des fantassins des armées française et étrangères*, Paris : Hachette et Cie, 1902; *Devoirs d'officier : conseils donnés aux élèves-officiers de l'École militaire d'infanterie*, Paris : L. Fournier, 1910.
9   그들의 계급 변화는 각 판본의 본문 1면을 통해 확인할 수 있다.

직업군인이라는 점에서 출발지점이 동일할 뿐 아니라 서문에서 천명하는 집필 의도 또한 상통했다. 우선 에밀 라비스의 「AVANT-PROPOS서문」부터 살펴보자.

이 책은 학교의 어린 친구들을 위한 것이다.

책의 주인공들인 상상 속 인물들을 중심으로, 우리 시대에 가장 근접한 정통적 이야기들을 모았다.

독일의 포로였던 프랑스 군인들이 겪었던 비참함, 조국의 고통 그리고 독일의 침공이 우리에게 얼마나 피해를 입혔는지에 대해서 아이들에게 가르치면서, 나는 그들의 마음을 만지고, 나라에 대한 사랑을 견고하게 하고 싶었다.

이해력의 수준과 상관없이 무난하게 받아들일 수 있도록, 매우 간단한 용어를 사용하여 단순히 프랑스 군대의 구성을 설명하면서, 학생들에게 프랑스 군대는 강하고, 잘 조직되어있음을 말했다. 나는 그들의 마음에 신뢰를 주고 싶었다.

군대의 고귀한 임무를 설명하면서, 그리고 군대의 필요성, 유용성을 증명하며, 장교들과 병사들의 규율에 대한 예와 그들의 희생을 이야기 하면서, 나는 아이들에게 신성한 의무인 군복무를 사랑하게 하고 잘 준비시키고 싶었다.

그리고 결론적으로 나의 생각을 말하자면, 모든 프랑스의 학교들에서, 교사들이 각 학생들에게, 이 작은 책 맨 처음에 내가 큰 글씨로 작성한 것을 자주 전하였으면 좋겠다 : 너는 **군인이 될지어다.**

— 에밀 라비스[10]

---

10 Émile Lavisse, *Tu seras soldat, histoire d'un soldat français : récits et leçons patriotiques*, Paris : A. Colin, 1901, "AVANT-PROPOS". 진한 글씨는 원문을 반영함.

*Tu seras soldat*가 나온 1880년대 후반의 프랑스는, 보불전쟁의 비극을 뒤로 하고 1870년대의 경제적 번영기[11]를 거쳤고 전후의 세대들이 새로운 주역으로 떠오르고 있었다. 위 서문에서 에밀 라비스는 *Tu seras soldat*가 '어린 학생'들 위해 집필되었음을 거듭 강변한다. 전쟁에서의 참패 직후인 1872년, 군대는 의무병역제로 재조직되었고[12] 성장기의 학생들은 자연스레 군인이 될 준비를 감당해야 했다. *Tu seras soldat*는 이러한 배경 속에서 학생들을 겨냥하여 군인의 정신에 대해, 군대의 전투기술에 대해 가르치고 준비하게 하는 일종의 교련 교과서 역할을 지향했다. 원제인 *Tu seras soldat, histoire d'un soldat français*너는 군인이 될지어다. 프랑스 군인의 역사에는 "récits et leçons patriotiques애국 교육 이야기"라는 부제가 달려 있는데, 그 아래에는 또 한 번 작은 글씨로 이 저술의 성격을 설명해주는 문구가 위치한다. 바로 "d'instruction et d'éducation militaires군사 교육 지침"이 그것이다.

이러한 성격에 걸맞게 *Tu seras soldat*는 쉬운 용어, 큰 활자, 거의 두 면에 한 차례 꼴로 등장하는 삽화 등을 특징으로 한다. 본 내용이 매듭된 이후에는 'PARTIE SUPPLÉMENTAIRE부록 파트'를 마련하여 30여 페이지에 걸쳐 공성전용 무기, 개인화기, 모스 부호, 항해 간 식별 코멘트 등에 대한 기본적인 지식들을 기술해두었다. 또한 부록 다음에도 각 챕터별로 질의 응답을 유도하는 질문들을 미리 정리해 둔 'QUESTIONNAIRE질의', 학생들에게 생소할 수 있는 군사용어를 풀어놓은 'LEXIQUE어휘' 등 교육의 효과를 담보할 수 있는 장치들을 배치하고 있다. 종합하자면 *Tu seras soldat*는 예비 군인으로서의 정신적 무장뿐 아니라, 전술, 무기 등 군사 지식에 대한 백과사전

---

11 로저 프라이스, 김경근·서이자 역, 『혁명과 반동의 프랑스사』, 개마고원, 2001, 253면.
12 다니에 리비에르, 최갑수 역, 『프랑스의 역사』, 까치, 2000, 337면.

식 보조 자료의 역할까지 의도한 군인 양성용 훈육서였다.

『애국정신담』을 출판한 카이코우샤偕行社는 일본 육군장교들의 친목 및 학술교류 등을 위해 조직된 단체로서『해행사기사偕行社記事』라는 기관지를 간행하는 한편, 군사훈련 및 전쟁사와 관련된 각종 출판 활동을 이어가고 있었다.[13] 이 단체의 일원이었던 두 명의 일역자 오다츠메 카츠히로와 이타바시 지로가 애초에『애국정신담』를 발표한 지면도『해행사기사』로 추정된다.[14] 일역자들은 번역 과정에서 '군인'이나 '군대' 관련 내용 대신 '애국정신담'이라는 제목을 전면에 등장시켰다. 이 역시 *Tu seras soldat*의 부제인 '애국 교육 이야기]récits et leçons patriotiques'와 큰 차이가 없는 만큼 저본에 근간하긴 했지만, 한편으로는『애국정신담』이 나온 1891년이라는 시점도 고려되어야 할 것이다. 당시는 전년도에 반포된 '교육칙어敎育勅語'1890의 반향이 직접적으로 체감되던 때였다. 교육칙어는 국민을 개인이 아닌 천황의 신민臣民으로서 양성한다는 취지를 공식적으로 천명한 천황제 국가주의의 전경화이자, 메이지시기 교육의 핵심이 되는 '충군애국주의'의 원점이었다.[15] '교학성지'1879의 "봉건적 유교주의를 '충군애국'이라는 근대적 내셔널리즘

---

13 偕行社의 초기 출판물로는 三橋惇 編,『偕行雑誌』第1号, 偕行社, 1881; 林陸夫 編, 恒川敬一郎 書,『兵員要語帖』, 偕行社, 1884; レーネルト 著, 荒井宗道 訳,『軍隊指揮官之手簿』, 偕行社, 1889 등이 있다. 패전 이후, 단체의 성격은 변했지만 현재까지도 존속되고 있으며 간행된 출판물은 수백여 종에 이른다.

14 일본국회도서관 자료의 서지 중, 한 「愛國精神譚」 판본이『偕行社記事』第54号(1891.2)의 부록(附録)으로서 확인된다. '제3회'라고 표기되어 있는 만큼, 처음부터 단행본으로 나온 것이 아니라 이 잡지에 나누어 연재된 듯하다. 초판본 발행시기 역시 1891년인 것을 감안하면 연재 직후에 단행본화가 이루어진 셈이다.

15 "내용이야 어떻든 간에 도덕상의 원리를 천황의 권위로 국민에게 강요한다는 것 자체가 중대한 의미를 지니고 있다고 하지 않을 수 없다. 게다가 칙어는 '예배'의 대상이 되기도 하고 엄숙한 어조로 '봉독(奉讀)'되기도 함으로써, '어진영'에 대한 최상의 경례와 함께 국민의 천황에 대한 절대 복종의 태도를 관습적으로 육성하는 데 주효하였다는 점에서도 커다란 역사적 의의가 있었다." 이에나가 사부로, 수유+너머 일본근대사상사팀 역,『근대 일본사상사』, 소명출판, 2006, 74면.

의 방향으로 흡수한 것"[16]이 바로 교육칙어였다. 원저에서는 부제에 머물러 있던 '애국'이 보다 앞자리를 차지하게 된 데에는 이러한 흐름도 일조했을 것이다. 오다츠메와 이타바시는 서문의 첫 머리에서도 천황의 '성지聖旨'부터 거론한다. 다음은 『애국정신담』의 역자들이 붙인 「서序」의 전반부다.

지난 번 군비를 증강하라는 성지聖旨가 계신 이후 그 여파가 지방의 학교에도 미쳐 소년 제자들로 하여금 군사훈련의 일부를 연습할 수 있도록 하였으나, 이 모든 군사·체육상의 훈련을 받는 행태를 보건대, 일반적으로 군인이라 함은 덕행과 의무를 중히 여기고 지조와 식견을 널리 드높이지 않으면 안된다는 정신과, 포연과 빗발치는 총탄 속을 바삐 내달리며 추위와 더위와 배고픔과 갈증을 이겨내고 참으로 비참한 고난의 중심에 있더라도 고고히 그의 뜻을 바꾸지 아니하고 상관의 명령에 잘 복종하고 전우간에 서로 돕고 목숨을 깃털처럼 가벼이 여기며 오로지 영광된 명예만을 바라는 몸가짐을 갖는 것인데, 이에 관하여는 하나도 알지 못하고 도리어 군인들의 하나하나의 모든 행동거지만을 보고 야만스럽다는 둥 말하며, 게다가 군인들을 사랑하고 소중히 여기는 마음이 없는 것은 군사교육이 아직 갈 곳이 멀다 할 것이고 이는 참으로 널리 개탄을 참을 수 없는 바이다. 눈을 돌려 프랑스의 오늘날의 정세를 보건대 나라는 부강하고 군사는 강대하며 유럽의 한 구석에 위치하고서 위풍당당하게 세계를 흘겨보는 이러한 부강한 나라를 이루게 된 것은 결코 우연한 일이 아닌 것이다. 틀림없이 1870년의 패전이 낳은 결과일 것이다. 즉 연이은 패전 이후 온 나라가 신분의 귀천과 나이의 노소를 불문하고 모두 와신상담 격렬히 기

---

16 이권희, 「메이지기(明治期) 국민교육에 관한 통시적 고찰－교육사상의 변용과정을 중심으로」, 『日語日文學研究』 91, 한국일어일문학회, 2014, 477~478면.

운을 내어 힘쓴 시기에도 그들의 몸에서 적개심을 떠나보내지 않았고, 할양되는 두 주州와 배상할 군비를 아직 회복하지 못하였지만 모름지기 분골쇄신한뜻으로 나라를 소중히 발전시켜 1870년의 국욕을 설욕하고자 하는 정신, 바로 이것을 국가의 사업과 문물에 발현시킨 것이 오늘날의 부강함을 이룬 이유라 할 것이다.[17]

『애국정신담』이 나온 시기, 일본의 교육은 주체적 개인이 아니라 국민, 그것도 국가와 천황이 동격인 독특한 정체政體에 복속할 신민臣民의 양성을 목표로 하고 있었다. 학생이 군사훈련 프로그램을 통해 유사시 국체를 보존하는 일원으로 거듭날 준비를 하는 것은 교육칙어의 세부 내용과도 공명한다. 하지만 패전을 경험한 프랑스의 예비 군사교육과는 근본적인 차이가 있었다. 청일전쟁까지는 3년 이상이 더 경과해야 했다. 아무리 '성지'가 있었다고는 하나 어린 학생들이 군대의 필요성이나 군인의 중요성을 절박하게 인식하기는 어려웠을 것이다. 강조 표기한 대목에서 나타나듯 육군 장교인 역자들은 이러한 현실을 개탄스러워 하였고, 결국 그것이 『애국정신담』의 번역을 추동한 셈이다. 프랑스의 군대 이야기는 군대와 군인이 모름지기 어떠해야 하며 얼마나 위대한 일을 해낼 수 있는지를 효율적으로 예증하고 있었다.
　이어서 「서」의 후반부를 살펴보자.

특히 프랑스의 두 스승이 그 제자들에 대해 빈틈없이 마음을 기울인 군사교육은 실로 감동적이고도 남음이 있다. 역자는 이에 감복하는 바 있어 1888년 프랑스 엽보병獵步兵 중위 에밀 라비스ㅌミㅡルラ뀨ッス 씨의 저서 가운데 군사

17　ㅌミㅡル・ラ뀨ッス, 板橋次郎・大立目克寬 譯, 앞의 책, 「序」 1~2면.

교육상 젊은이들에게 유익한 짧은 이야기를 발췌·번역하여 여기에 '애국정신담'이라고 제목을 붙였다. 무릇 1870년 보불전쟁으로부터 시작하여 1884년의 베트남전쟁의 종결까지의 전사戰史 이야기는 수없이 많아 이들을 모두 망라하기는 불가능한 일인지라 우선 한 명의 교사와 한 사람의 병사의 생애를 주안으로 삼아 상술하고 이와 연관된 다른 인물들의 개별적인 작은 이야기들을 덧붙이겠다. 이는 요컨대 다름이 아니라 뛰어난 공을 세운 용맹한 병사의 아름다운 업적들을 끌어모아 젊은이들로 하여금 찬미하고 칭송하게 하며 항상 곁에 구비하게 하여 그들이 충성됨과 애국의 정신을 힘차게 발양시키고자하는 마음에서 비롯되었다. 그러므로 오직 정확한 사실만을 선별하여 논란의 여지를 덜고 그 사실의 서술과 글의 전개는 오로지 평이하게 쓰고자 하는 취지로 독자들이 쉬이 이해하도록 하고 재미를 느끼게 하며 비장감을 생길 수 있도록 함을 주된 목적으로 삼았다. 생각건대 독자의 마음에 분발하고자 하는 감정을 불러일으키려면 오히려 사실을 수려하게 꾸며내지 않으면 안될 것이다. 그런데 역자는 본디 붓을 잡는 문사가 아니고 무장의 기질이 강하고 소박한 한 군인에 불과한고로 글을 매끄럽게 다듬어 세인들의 기호에 맞춰내는 일은 불가능한지라, 사실의 기술과 글의 전개가 졸렬함을 부끄러워하며 이를 보류하고 있음은 분별 있는 독자들은 포착하시리라 본다. 이에 불구하고 감히 인쇄에 붙여 이 글을 세상에 내놓는다. 역자 지識[18]

---

18 위의 책, 「序」 2~4면. 필자가 입수한 『愛國精神譚』의 판본은 총 3종으로서, 초판인 메이지 24년(1891년)판과 재판인 메이지 30년(1897년)판, 그리고 메이지 45년(1912년)판이다. 초판과 재판의 경우 편집 방식의 차이로 인해 페이지 경계에 변화가 있긴 하나 내용이나 문체상에는 전혀 차이를 발견할 수 없었다. 재판인 1897년판과 1912년 판은 아예 단일 판본으로 보아도 무방하다. 이하 인용문의 면수는 시기상 중국어본의 저본이 되었을 재판(1897년)을 기준으로 삼겠다.

「서序」의 후반부에서 일단 눈에 띄는 것은 공동 역자가 선택한 번역의 방식이다. "짧은 이야기를 발췌·번역"하되 "우선 한 명의 교사와 한 사람의 병사의 생애를 주안으로 삼아 상술하고 이와 연관된 다른 인물들의 개별적인 작은 이야기들을 덧붙이겠다"는 것이 일역자의 설명이다. 많은 이야기가 있으나 취사선택하여 번역했다는 것인데, 이로써 굳이 텍스트를 비교하지 않더라도 상당한 수준의 내용 변주가 있으리라는 것은 자명해진다. 「서序」의 말미에 역자 스스로가 밝혀둔 "사실의 기술과 글의 전개가 졸렬"하다며 양해를 구하는 대목 역시 일반적인 번역자의 변에서 볼 수 있는 것은 아니다. 충실한 번역을 전제로 한다면, 그러한 졸렬함의 책임은 원작자의 몫이기 때문이다. 그만큼 『애국정신담』은 Tu seras soldat와는 이질적인 텍스트로 변모하였다.

가장 명료한 차이점은 이미 언급했듯 일역자들의 '발췌'가 '한 명의 교사와 한 사람의 병사'에 집중되어 있었다는 사실이다. 여기서 말하는 교사는 원작의 '보드리Baudry'이고, 병사는 '모리스 데샴Maurice Déchamps'이라는 인물이다. 원래 Tu seras soldat에는 더 다양한 에피소드와 콘텐츠가 있었지만, 오다츠메와 이타바시는 보드리와 모리스를 중심으로 전체를 재편하게 된다. 엄밀히 말하자면 프랑스어판에서도 두 인물은 가장 큰 비중을 차지하고 있었다. 하지만 일역 과정에서 그들의 중심성이 보다 강화된 것이다. 이는 두 판본의 목차 비교를 통해서도 잘 드러난다.

〈표 1〉 *Tu seras soldat, histoire d'un soldat français*(1901) 목차

구분	제목		면
CHAPITRE 1	LES PRISONNIERS FRANÇAIS EN ALLEMAGNE	독일의 프랑스인 포로	3
CHAPITRE 2	LA PATRIE	고향	25

구분	제목		면
CHAPITRE 3	LE TIRAGE AU SORT	징병 추첨	47
CHAPITRE 4	LE DRAPEAU	군기(軍旗)	74
CHAPITRE 5	AU RÉGIMENT	연대	83
CHAPITRE 6	LES AVANT-POSTES	전초	97
CHAPITRE 7	LA DISCIPLINE	규율	124
CHAPITRE 8	LES RÉSERVISTES LES GRANDES MANOEUVRES	대규모 군사훈련의 예비역	145
CHAPITRE 9	LA JUSTICE MILITAIRE	군대의 정의(正義)	192
CHAPITRE10	EN ALGÉRIE	알제리	202
CHAPITRE11	LA MARINE FRANÇAISE	프랑스 해군	224
CHAPITRE12	AU TONKIN	통킹	251

〈표 2〉『愛國精神譚』(1897) 목차 및 저본과의 챕터 비교

구분		제목		면
저본	역본			
CHAPITRE 1	第一章	ファルスブール落城	팔스부르(Phalsbourg) 함락	1
	第二章	佛囚普人ノ虐待ヲ蒙ムル	프랑스 포로, 프로이센인들의 학대를 받다	6
CHAPITRE 2	第三章	ボードリー故國ニ帰リテ子弟ノ愛國心ヲ喚起ス	보드리(Baudry), 귀국하여 제자들의 애국심을 불러일으키다	23
CHAPITRE 3	第四章	メルシーノ怯懦モーリスノ奮勵	메르시에(Mercié)의 나약한 행동과 모리스(Maurice)의 분투	47
CHAPITRE 4	第五章	モーリスパリーニ軍旗授與式ヲ観ル	모리스, 파리에서 군기수여식을 관람하다	57
CHAPITRE 5	第六章	モーリスナンシーノ連隊ニ入ル	모리스, 낭시의 연대에 입대하다	68
CHAPITRE 6	第七章	モーリス病痾ヲ養フテボードリーノ門ニ遊フ	모리스, 병가로 요양하러 보드리의 집에 들어가다	74
CHAPITRE 7	第八章	メルシー軍紀ヲ破リテ軍隊放逐ノ刑ニ遇フ	메르시에, 군의 기강을 어기고 군대 추방의 벌을 받게 되다	91
CHAPITRE 8	第九章	ボードリー子弟ヲ率ヒテ對抗演習ヲ観ル	보드리, 제자들을 데리고 대항훈련을 관람하다	100
CHAPITRE10	第十章	モーリス再役シテアルゼリーニ軍ニ入ル	모리스, 재입대하여 알제리에 있는 부대에 들어가다	110
CHAPITRE11	第十一章	モーリス安南出征軍ニ従フ	모리스, 베트남 출정군에 수행하다	117
CHAPITRE12	第十二章	モーリス東京ニ功名ヲ挙ケ錦ヲ衣テ故郷ニ帰ル	모리스, 통킹에서 공을 세워 이름을 떨치고 금의환향하다	131

각 표에서 확인할 수 있듯이, 일역자들은 원저의 CHAPITRE 1을 독립된 두 개의 장章으로 나누었지만, CHAPITRE 9[19]를 생략함으로써 결국 전체 챕터 수는 12개로 유지했다. 흥미로운 것은 챕터 제목의 차이다. 프랑스어 원전의 경우 각 챕터의 제목상에 특정인의 이름을 노출하지 않는다. 반면 일역본의 경우 1, 2장을 제외한 나머지는 대부분 보드리 혹은 모리스의 이름으로 채워져 있다는 것을 알 수 있다. 일역본의 에피소드 중에도 두 인물 이외에 별도의 인물이 중심이 되는 경우는 등장하지만, 그 같은 경우라 할지라도 보드리와 모리스는 이야기의 전달자 역할을 하거나 이야기가 시작되는 계기를 제공하는 등 간접적으로 연결되어 있다. 예를 들어 일역본에서 제8장 「메르시에, 군의 기강을 어기고 군대 추방의 벌을 받게 되다」는 유일하게 보드리나 모리스가 아닌 인물의 이름이 제목에 위치한다. 그러나 이 역시 보드리가 이미 이전부터 알고 있던 메르시에라는 신병이 군 생활에 적응하지 못하고 하극상을 일으킨 소식을 듣는 것으로 시작하고 있다.[20] 보드리에게서 시작하여 메르시에에게로 옮겨가는 방식인 것이다. 이렇듯 챕터의 제목에 없는 경우라 해도 보드리와 모리스는 『애국정신담』의 중심을 잡는 역할을 했다.

한편, 대응되는 챕터의 제목 자체에도 큰 변화가 생긴다. 예컨대, CHAPITRE 6 「전초」는 제7장 「모리스, 병가로 요양하러 보드리의 집에 들어가다」라는 제목으로 바뀌는데, 단순히 제목만으로는 일치점을 찾기 힘들다. CHAPITRE 11의 「프랑스 해군」이 제11장에 「모리스, 베트남 출정군에 수행하다」로 옮겨진 것도 마찬가지다. 일역자들이 이러한 선택을 감행할 수 있었던 이유는,

---

19 원저의 CHAPITRE 9는 예비역 비셰(Bichet)가 물의를 일으켜 법정에서 처분받는 일화를 중심으로 구성되어 있는 짧은 챕터였다.

20 エミール・ラヰ ッス, 板橋次郎・大立目克寛 譯, 앞의 책, 91면.

「전초」나 「프랑스 해군」이라는 원저의 내용 자체가 모리스가 요양하러 간 곳에서 '전초' 교육을 하고, 모리스가 베트남으로 출정하는 과정에서 '프랑스 해군'에 대한 일화들을 듣게 되는 상황으로 설정되어 있기 때문이다. 요컨대 원작자는 교육의 내용에 방점을 두었고, 일역자는 주인공의 행동이나 동선에 방점을 두었다는 것을 유추할 수 있다.

일역자들은 교육 콘텐츠를 강조하는 원저 *Tu seras soldat*에 주인공 중심의 에피소드 나열이라는 질서를 부여하는 가운데, 또 하나의 결정적 차이를 만든다. 바로 *Tu seras soldat*가 지닌 '야전교범'적 성격, 군사교육 콘텐츠로서의 성격을 대거 삭제해버린 것이다. 원저는 어린 학생들을 위해 군인의 역사와 영웅적 일화들을 모아 '정신적 군사교육'의 측면을 제시했을 뿐 아니라 전술, 화기 등에 대한 '기술적 군사교육'의 측면을 함께 담당할 수 있도록 작성되었다. 후자는 '부록'을 통해서도 제시되지만, 각 챕터 내부에서도 관련 일화가 등장할 때마다 즉각적으로 이루어지고 있었다. 이를테면 *Tu seras soldat*에는 군인의 지도 활용이 얼마나 중요한 것인지에 대해 학생이 묻고 모리스가 답하는 일화가 등장한다.[21] 그 바로 다음은 삽화를 곁들인 '독도법讀圖法'에 대한 상세한 설명으로 연결되어 있다.[22] 인물 간의 서사는 중단된 채 기술적 군사교육이 이루어지는 것이다. 이렇듯 *Tu seras soldat*의 구성은, 정신적 군사교육과 기술적 군사교육이 한 데 엮여 소주제별로 반복되는 형태다. 일역자들은 이 중 이야기 중심인 전자를 위주로 『애국정신담』을 완성시켰다. *Tu seras soldat*에 등장하는 총 201종의 삽화 중 일역본이 28종만을 싣게 된 이유도 기본적으로 여기에 있다. 원저의 삽화 중 다수는 기술적 군사

---

21 *Tu seras soldat*, pp.169~171.
22 *Ibid.*, pp.161~179.

교육과 관련된 것인데, 일역자들은 이를 옮길 필요가 없었던 것이다.[23]

그런데 여기에는 프랑스어본과 비교하여 주목해야 할 보다 근본적인 일역본만의 특징이 존재한다. *Tu seras soldat*의 서문 중 두 번째 문장을 복기해본다.

책의 **주인공들인 상상 속 인물들**을 중심으로, 우리 시대에 가장 근접한 정통적 이야기들을 모았다.

원저자 에밀 라비스는 주인공들이 실은 상상 속 인물들personnages imagi-naires이라는 것을 미리 밝혀두었다. 실제로도 *Tu seras soldat*의 전반에 걸쳐 영웅적 활약상을 보여주는 보드리와 모리스는 각종 인명사전이나 보불전쟁사에서 찾아볼 수 없는 가상의 인물이다. 에밀 라비스가 모은 여러 에피소드 대부분은 저자가 말하듯 생생하게 전해져오는 "정통적 이야기"였겠지만, 그 이야기의 구슬들을 한 데 꿰어낼 수 있는 실의 역할은 가상의 인물들이 담당했던 것이다. 이를 감안하고 책의 전체 구성을 관찰해보면 스승의 궁극적 모델인 보드리와 군인의 궁극적 모델인 모리스가 얼마나 큰 작위성을 지니고 있었는지가 확연해진다. 이를테면 투철한 애국자 보드리는 프랑스인들이 프로이센의 포로 신세로 갇혀 있던 현장, 귀향하여 고향의 다음세대를 교육하는 현장 등에서 가장 지혜롭고 적절한 행동으로 본이 되며 각

---

23 다음의 경우는 예외적이라 할 수 있다. 1897년에 나온 일역본 재판의 경우, 본문의 번역이 끝난 다음에 일종의 부록 형식으로 삽화 모음 지면이 등장한다. 이는 '진지구축'과 관련된 저본의 기술적 군사교육의 부분만을 따로 모아 역술의 말미에 재배치한 것이다. '전초'와 관련된 일화는 본문에서도 비중 있게 다뤄지며, 초병 근무는 학생(예비 군인)의 입장에서도 유사시 수행할 수 있는 기초적 임무에 속하기 때문에 기술적 군사교육에 관한 삽화 중 이례적으로 소개해 둔 것이라 판단된다.

종 교훈을 추출하여 들려주는 역할을 담당한다. 또한 모리스는 군기수여식, 대규모 모의전투, 신병교육, 전술교육의 현장을 보여주는 매개가 될 뿐 아니라, 무엇보다 알제리, 통킹 등 프랑스가 연이어 식민지를 개척하는 현장 속에서 스스로 복무 기간을 연장하면서까지 활약상을 펼친다. 요컨대 두 인물 모두 지나치게 완벽하고 전형적인 면모만을 보여주며 갖가지 교육적 상황과 사건, 그리고 전쟁의 역사에 늘 함께했다. 그야말로 현실감이 결여된, 가상의 캐릭터인 것이다.

하지만 일역자들은 원저자 에밀 라비스가 드러낸 보드리와 모리스의 허구적 성격 자체를 감춘다. 서문 후반부에서 확인할 수 있듯, 그들은 "프랑스의 두 스승[24]이 그 제자들에 대해 빈틈없이 마음을 기울인 군사교육은 실로 감동적"이라며 일역자 스스로가 감상의 주체가 되어 두 스승의 존재를 기정사실화하고, "오직 정확한 사실만을 선별하여 논란의 여지를 덜고 그 사실의 서술과 글의 전개는 오로지 평이하게 쓰고자 하는 취지"를 운운하는 것 또한 첨언할 필요도 없이 같은 맥락이다. 이로 인해, *Tu seras soldat*는 보다 작위성이 강화되는 『애국정신담』에 이르러 오히려 '역사서'의 지위를 확보하게 된다. 최대한의 교육 효과를 담보하려면, 실제 사건에 기반한다는 구도가 더 유리했을 것이다. 결국 *Tu seras soldat*를 완성하는 데 에밀 라비스의 상상력이 필요했다는 사실은 일본 독자들에게 비밀로 봉해지게 되었다.

---

24 보드리와 모리스를 의미한다. 모리스 역시 간부급 군인으로서 예비 군인들에게 전술을 가르치는 역할을 담당한다. 결국 둘 다 내용상의 학생 및 독자들에게는 서사를 이끄는 주체인 동시에 스승의 위치를 점하고 있는 것이다.

3. 청말의 『애국정신담愛國精神談』 - '패전 이후'의 애국과 제국주의 논리의 혼종

『愛國精神談』 1면

*Tu seras soldat*의 일역본 『애국정신담愛國精神譚』은 1902년 상하이의 광지서국廣智書局을 통해 『애국정신담愛國精神談』으로 중역重譯된다. 제목에서는 '譚'에서 '談'으로의 변화만이 확인된다. 역본에는 매개가 된 일역자들, 즉 오다츠메 카츠히로와 이타바시 지로의 존재는 누락된 채, 원저자 에밀 라비스만이 '애미아립愛彌兒拉'으로 소개되어 있다. 번역자 정보는 '애국일인愛國逸人'이라는 필명만 제시된다. 여타 광지서국 서적들은 물론 당대에서는 '애국일인'의 다른 용례를 찾을 수 없었다. 일종의 일회성 필명이었던 셈이다. 『애국정신담』의 본문 1면에는 큰 활자의 제목 바로 아래에 '일명애국일화一名愛國逸話'라는 부제가 달려 있다. 서적 전체를 통틀어 유일하게 제시된 이 부제를 통해 '애국일인'이 '애국일화'로부터 파생된 필명이었음을 알 수 있다.

1898년에 설립된 광지서국은 기본적으로 캉유웨이와 량치차오 등 청말의 유신파 인사들의 정치 및 문화운동을 지원한 출판기구로 알려져 있다. 하지만 설립 초기에 간행된 서적들의 면면은 결코 단일한 정치적 입장을 대변한다고 보기 어려울 정도로 넓은 스펙트럼을 보여준다. 『애국정신담』이 나온 1902년은 광지서국의 역사 중 가장 많은 서적이 출판된 연도다.[25] 일본을 경유한 번역 및 중역의 비중이 절대적이었던 광지서국의 서적 목록을 일

---

25 吴宇浩, 「广智书局研究」, 复旦大学硕士学位论文, 2010, 42면.

별해보면, 그들의 정치적 방향성이 유신파로서의 입장을 강화하는 것보다는 근대지식의 전방위적 소개에 가까웠다는 것을 알 수 있다. 예를 들어, 무정부주의자 고토쿠 슈스이의 저술을 번역한 『이십세기지괴물제국주의二十世紀之怪物帝國主義』1901나 마르크스의 이론을 중역한 『근세사회주의近世社會主義』1903와 같은 서적들 역시 광지서국을 통해 나왔다.[26] 이러한 광지서국의 이력은 당시 광지서국에 가장 큰 영향력을 행사하던 량치차오의 행보와 연관지어 생각해볼 수 있다. 1902년은 『신민총보新民叢報』는 반청혁명파 인사들에게까지 광범위한 영향을 행사했고, 가히 량치차오의 위상을 중국 언론계의 정점에 올려놓았다.[27] 망명객 신분으로 일본에 거주하던 량치차오가 『신민총보』를 인쇄, 배포한 곳은 요코하마였고, 이 잡지의 중국 발행처가 바로 상하이의 광지서국이었다. 광지서국을 통해 간행된 량치차오 개인의 저·역서는 단연 광지서국 전체에서도 가장 큰 비중을 차지하였다.[28] 당시 '애국'은 량치차오의 저술 활동에서 핵심 요소였다. 애국자의 모델로 제시한 코슈트, 삼걸, 롤랑부인의 전기물이 전부 1902년도 한 해에 발표된 것들이었으며, 『신민총보』 창간호부터 꾸준히 연재된 「신민설」의 '신민新民'이란 다름아닌 '공덕公德', 즉 국가를 위한 덕을 갖춘 이를 뜻하고 있다.[29] '공덕'과 '애국'이 같은 토대를 공유하고 있는 것은 물론이다.

---

26 이 두 서적은 모두 자오비전(趙必振)에 의해 번역되었다. 그중 『二十世紀之怪物帝國主義』의 한국적 수용에 대해서는 임상석, 「근대계몽기 국문번역과 동문(同文)의 미디어」, 『우리어문연구』 43, 우리문학회, 2014 참조.

27 관련하여, 차태근, 「량치차오, 『신민총보』, 20세기 중국문명을 열다」, 부산대 점필재연구소 고전번역학센터 편, 『동아시아, 근대를 번역하다』, 점필재, 2013 참조.

28 뭣宇浩가 종합한 서지에 의하면, 1901년에서 1911년 사이에 확인되는 량치차오의 저·역술은 총 37종이다. 이 중 1902년 어간인 1901~1903년 사이에 나온 것만 16종에 달한다. 뭣宇浩, 앞의 책, 46~47면 참조.

29 「신민설」과 관련해서는 양계초, 이혜경 주해, 『신민설』, 서울대 출판문화원, 2014의 해제 「양계초의 신민, 『신민설』」을 참조.

『애국정신담』의 경우, 제목에서 환기되는 것만으로도 량치차오의 관심사와 일치하는 지점이 명료해 보인다. 애초의 간행 의도 역시 큰 틀에서는 희생과 헌신으로 국난을 극복해간 애국자의 삶과 실천을 일화의 형식으로 펼쳐보이는 데 있었을 것이다. 하지만 애국일인이 직접 붙인 「애국정신담서愛國精神談叙」, 곧 『애국정신담』의 서문을 참조하면 보다 문제적인 맥락을 간취할 수 있다.

① 청일전쟁 한 번으로 해군과 육군이 줄지어 와해되고, 강개하여 비가悲歌를 부르는 선비들은 떠들썩했다. 위로는 관료에서 아래로는 서생까지, 농공이나 시정의 도둑에 이르기까지 국치國恥에 피가 끓어 솟구치지 않는 자가 없었다. 비록 병사들은 좋은 방책이 없을지언정 자기 몸을 희생하고자 했다. 그러나 당시의 분기는 구름의 발뒤꿈치가 되고 격정은 바람에 눌리었음을 본다. 군자는 그러한 냉혈인종이라 할 수 없다. 오래지 않아 바람과 파도는 점차 잦아들었고 나라 전체가 어두컴컴해졌으며 와신상담臥薪嘗膽의 날들은 주악奏樂을 즐기는 시간으로 변하였다. 정부의 우둔함, 고루하고 난폭함이 전과 같았다. 관료들은 구차하고 비열하며 더럽고 추악하여 밑의 사람들을 핍박함이 전과 같았다. 군인들의 부패와 타락, 인내 없음이 전과 같았다. 지식인들의 견문은 좁고 흐리멍덩하여 전과 같았다. 몇몇의 지사들은 부득이 대의大義를 제창하며, 국가를 멸망의 위기로부터 구하는 길에 대해 논하였으나 곧 세상 전체가 그것을 부정하고 그것을 비웃었다. 부월斧鉞로 칼과 톱을 대신하려는 상황에 처하기에 이르렀고 중원의 원기가 다하였다. ② 톈징과 베이징津京이 함락되던 날, 모처에는 등을 높이 달고 결채結彩로 장식하여 축하하는 자, 전보를 보내 영국 여왕에게 축하하는 자, 깃발을 높이 들어 모모 국의 추종자를 자청하는 자, 혀의

힘을 빌어 무고한 사람의 재물을 탐하는 자, 다른 사람에게 재물을 바치고 뇌물을 받는 자 등이 있었다. 특사를 파견하여 외국 관리에게 면죄부를 구하는 사람은 왕이 도성 밖으로 도주하는 중에 즐거워하기에 이르렀다. 또 내가 감히 말할 것이 있겠는가. 오늘의 상황을 들어 갑오년청일전쟁-인용자 주과 비교해 보면, 가치에 있어 사람과 짐승만큼의 거리가 있다. 이전에는 얼마나 굳건하였으며, 지금은 얼마나 고달픈가. 그러나 원기가 이미 꺾여 전체가 무너지니 구할 수가 없도다. 오호라. 망국의 비참함이여. 살육과 극심한 고통, 성이 무너지고 집이 파괴되며 만민이 도탄에 빠져 아무런 희망이 보이지 않는 것이 비참한 게 아니라, 마음이 죽은 것이 비참한 것이다. 마음이 이미 죽어, 비록 나라의 이름은 아직 존재하나 실제로는 망한 지 오래로다. 프랑스는 1870년의 패배를 당한 이후, 알자스와 로렌 두 성을 할양하고 50억 프랑을 배상하게 되었다. 국고의 지출과 상업의 몰락으로 백성이 편안히 살 수가 없었다. 그러나 온 나라가 하나가 되어 와신상담하니, 불과 몇 년 만에 원기를 회복하고, 불과 몇 년 만에 프로이센을 쫓아 이전의 복수를 생각하는 일이 벌어졌다. 현재에 이르러, 정병 4백만을 보유하여 육군 세계 1위를 차지하고 세계 2위의 해군을 거느리며, 세계에서 가장 부유한 국가가 되었다. 프랑스가 아니면 누가 했겠는가. 프랑스인이 저술한 애국일화 한 권이면 당시 비분강개의 면모를 아는 데 족하다. 우리가 이를 읽는다면 어찌 두려움 없이 악한 일을 저지를 수 있겠는가. 임인壬寅, 1902년-인용자 주 7월 중순, 애국일인愛國逸人이 바다에서 서序하다.[30]

더 이상 학생용 군사교육에 대한 문제의식은 찾아볼 수 없다. 번역자의 날

---

30 愛彌兒拉, 愛國逸人 譯, 「序」, 『愛國精神談』, 廣知書局, 1902.9.

선 문장은 작금의 청국 정부를 향하고, 위정자들을 향하며, 심지어 나태하고 이기적인 모든 중국인들을 향한다. 이 서문은 청일전쟁에서의 패전①과, 의화단전쟁 시기의 치욕②을 날카롭게 환기하는 가운데 그 이후로도 변함없이 무능하고 무책임하며 무기력한 자국민을 강력히 질책하고 있다. 가까운 장래를 대비하는 차원이라기보다는 현재의 문제를 들춰내는 기제로 삼아 읽는 자들로 하여금 양심의 가책을 주고자 하는 의도가 다분하다.

일역자들의 서문에서도 강조된 서양판 "와신상담"의 우수 사례는 다시 11년이 경과된 중국어 번역 시점에 이르러 보다 위용을 떨쳤다. 1891년의 일본어 번역 당시 선전되었던 프랑스의 성취는 "할양되는 두 주써와 배상할 군비를 아직 회복하지 못하였지만 모름지기 분골쇄신 한뜻으로 나라를 소중히 발전시켜 1870년의 국욕을 설욕하고자 하는 정신, 바로 이것을 국가의 사업과 문물에 발현시킨 것이 오늘날의 부강함을 이룬 이유"[31]와 같은 내용이었다. 이것이 1902년에는 "정병 4백만을 보유하여 육군 세계 1위를 차지하고 세계 2위의 해군을 거느리며, 세계에서 가장 부유한 국가"로 우뚝 서기에 이른 것이다. 이러한 구체적 수치는 일역본에는 없던, 애국일인이 직접 첨가한 것들이다.

서문 내용을 미루어볼 때, 중역본의 방점은 '패전 이후' 프랑스인들이 얼마나 참혹한 고초를 겪었으며, 또한 극복해냈는지를 생생하게 증언하는 것이었다. 중국 역시 패전 이후의 시대를 살고 있었다. 청일전쟁에서의 패배로 안팎으로 큰 타격을 입은 중국은, 의화단을 등에 업고 선전포고를 한 직후 영국을 위시한 8개국 연합군에게 수도 베이징을 점령당하는 신세로까지 전락했다. 청일전쟁 및 의화단전쟁 당시의 배상 내용은 보불전쟁의 대가로 프

---

31 エミール・ラヰッス, 板橋次郎・大立目克寛 譯, 앞의 책, 「序」 2면.

랑스가 치러야 했던 내용을 연상시키기에 충분하다.[32] 애국일인의 기본 입장은 전쟁에서의 패배는 불가항력이라 해도 '패전 이후'는 의지에 의해 좌우될 수 있다는 것이다. 이에 중국어판 서문 분량의 7할 이상은 패전 이후의 중국을 향한 비난으로 채워진다. 프랑스는 망국의 길에 들어선 나라가, 어떻게 반전을 일으킬 수 있는지를 역설하는 최근의 사례였다. 프랑스인들이 감내해야 했던 치욕의 현장, 그들이 치러야 했던 막중한 대가를 보여줄 수 있다면, 같은 패전 이후라도 여전히 '마음이 죽어 있던' 중국인들에게 자극제가 될 것이라는 게 역자의 계산이었을 것이다. 이 지점에 이르러, 『애국정신담』은 교련 교과서 혹은 군인의 위상을 높이는 이야기책에 머물러 있던 저본들의 의미망에서 벗어나, 국민 계몽서를 지향하고 있음을 알 수 있다.

그런데 『애국정신담愛國精神談』과 그 저본들 Tu seras soldat, 『愛國精神譚』 자체에 내장된 제국주의적 욕망은 그 어떤 대상보다 중국과 직접적으로 충돌하고 있었다. 이 텍스트의 진면목은 단순히 애국적 일화를 모은 것에 있지 않았다. 실상 『애국정신담』은 제국주의에 대한 적극적인 긍정 없이는 성립 불가능한 서사적 체계를 지녔다. 거론한 『이십세기지괴물제국주의』나 『근세사회주의』와는 이질적인 셈이다. 보다 구체적인 분석을 통해 『애국정신담』의 실체에 다가가보기로 하자.

열 두 챕터는 각각 독립된 여러 에피소드의 묶음 형태로 구성되어 있다. 각 에피소드들의 연계성이 전혀 없는 것은 아니나 실상 최소한의 흐름만이 이어질 뿐이다. 각 장의 에피소드를 망라하여 분기점을 나눠보자면, 『애국

---

32 보불전쟁의 대가로 프랑스는 알자스-로렌을 프로이센에 할양했고, 배상금은 50억 프랑이 책정되었다. 한편 청일전쟁의 결과로 타이완이 일본의 식민지가 되었고, 청은 랴오둥반도의 반환 문제로 2억 3,000만 냥, 의화단전쟁의 배상금으로 4억 5,000만 냥의 부채를 지게 되었다. 러시아는 의화단전쟁에 편승하여 만주를 점령하기도 하였다. 가와시마 신, 천성림 역, 『중국근현대사 2 ─ 근대국가의 모색 1894-1925』, 삼천리, 2013, 82·91면.

정신담』은 크게 세 부분으로 볼 수 있다. 첫째 부분은 보불전쟁의 참패로 프랑스인들이 겪는 비참한 고난과 그에 대한 저항의 일화들을 모은 것으로서 1~3장에 해당한다에피소드 20개. 둘째 부분은 어린 학생들이 어엿한 군인으로서 성장해가고 구체적인 전술훈련을 수행하는 과정으로서 4~9장에 해당한다에피소드 40개. 그리고 셋째 부분은 그렇게 군인이 된 병사들이 타국으로 파병되어 식민지를 건설하는 내용으로서 10~12장에 해당한다에피소드 17개.

중국어 번역은 비교적 저본에 충실한 편이었다. 적어도 총 77개의 에피소드 중 완전히 누락된 사례는 3개밖에 없기 때문이다. 이들 세 에피소드의 경우 인상적인 내용이 아닌데다가, 앞뒤 문맥상 오히려 옮겨지지 않는 편이 더 매끄러운 느낌을 줄 수도 있었다. 즉, 이들의 누락에서 모종의 감춰진 의도를 읽어내긴 힘들다. 그러나 내용 전체를 볼 때, 꼼꼼한 직역으로 일관한 경우는 희소하다. 구절 및 문장의 일부를 생략한 경우는 번역 전반에 걸쳐 나타나며, 그보다 빈도는 덜해도 첨가한 경우 역시 적지 않다. 표현을 완전히 바꾸는 경우들도 상당하다. 이렇듯 많은 첨삭과 변주의 사례들은 일정한 패턴이나, 일관된 의도로 수렴되지 않을 정도로 다채로운 맥락 속에 놓여 있다.[33]

요컨대 애국일인은 『애국정신담愛國精神譚』의 요체를 『애국정신담愛國精神談』에 거의 담아내긴 했지만, '첨'과 '삭', 그리고 '다시쓰기'를 자유롭게 구사했다. 중요한 것은 자유로운 번역 태도를 지닌 역자가 프랑스의 제국 경영 성공담마저 별다른 여과 없이 옮겨내고 있다는 점이다. 전술했듯이 이 책의

---

33 이를테면 삭제나 축약의 경우, (1) 표현이 과격할 때, (2) 내용이 장황하거나 지나치게 상세할 때, (3) 반복적 내용이 있을 때, (4) 고유명사가 많을 때, (5) 중국인과 관련된 편향적 서술이 있을 때 등을 꼽을 수 있지만, (1)의 경우 첨가의 사례에서 오히려 보다 과격한 방향으로 나타나기도 하고, (5) 역시 예외적으로만 적용되는 등 특정지을 수 없는 대목이 많다. 무엇보다 각 일화가 지닌 기본적인 성격의 차이 역시 큰 관계로, 각각의 경우에서 번역자의 의중을 따로 탐색하는 섬세한 접근이 필요할 것이다.

번역 의도는 보불전쟁 직후 프랑스인의 와신상담 이야기를 중국인의 자극
제로 삼는 데 있었다. 그런데 그 와신상담의 결과가 원수에 대한 복수로 흐
르기는커녕, 스스로 힘을 지닌 가해자가 되어 제3의 피해자를 양산하는 전
개가 이루어진다면, 이는 우승열패, 약육강식의 제국주의 판도를 강화시키
는 것일 뿐이었다. 『애국정신담』의 세계관에서는 알자스-로렌을 빼앗긴
대신 알제리와 통킹을 취하는 것이 진정한 애국으로 포장되었다. 애국일인
은 스스로 문장을 걸러내는 선택적 번역을 견지하면서, 이러한 제국주의의
야욕을 정당화하는 일화들 자체를 숨아내지는 않았다. 이를테면, 주인공 모
리스는 프랑스의 침략 정책을 위한 도구로 활용되면서도 아무런 문제의식
을 갖지 않을 뿐 아니라, 오히려 그것을 입신의 기회로 간주한다.

> 또한 모리스가 생각하길, '알제리는 프랑스의 용맹하고 사나운 군사들에
> 의해 복속되어 지금은 그 속령이 되었다. 그래서 아랍인들은 프랑스인을 꺼
> 리고 싫어하여 여러 차례 반란이 일어났다고 들었다. 그렇다면 내가 전장에
> 서 공을 세워 이름을 역사책에 기록할 시기가 아니라고 할 수도 없다'라 여기
> 고 4년간 근무한 뒤 재복무를 지원하여 허락을 얻고 또한 아프리카의 연대에
> 전임되길 원했다.[34]

프랑스가 알제리를 속령으로 삼는 이유나 경위는 중요하지 않다. 단지
이전의 "용맹하고 사나운 군사들"의 활약이 있었을 뿐이다. 모리스는 아랍
인들의 반란이 프랑스의 침략과 인과관계에 있다는 것을 알면서도 그 반란

---

34 エミール・ラヰッス, 板橋次郎・大立目克寛 譯, 앞의 책, 110면; 愛彌兒拉, 愛國逸人 譯, 『愛國精神
談』, 廣知書局, 1902.9, 29a면. 이하 서적 제목과 면수로 약식 표기한다.

자체를 기회로 삼아 이름을 날리고 싶어 했다. 그것을 위해 재입대하는 것이 결국 모리스의 입장에서는 애국이었다. 이제 모리스는 바로 얼마 전까지 피 끓는 각오로 복수를 벼르고 있던 대상, 바로 '프로이센' 군인과 동일한 위치에 놓여 있었다.

일찍이 아랍인들은 프랑스인들의 지배에 속하게 된 것을 승복하지 아니하여 이에 저항했다. 이에 아군 군인들은 식민지배를 지원하고 그 장애를 철저히 없애버리기 위해 각 지방을 시찰하라는 명을 받고 중령 몽타냑Montagnac의 지휘사령인 엽보병 제8대대와 유사르 기병 1중대로 구성된 한 대대는 즉각 각자 열흘분의 식량을 휴대했다.[35]

위는 알제리에서의 전술 이동 중 인솔사관이 이곳 프랑스군의 역사를 설명하기 시작하는 대목이다. "그 장애를 철저히 없애버리기 위해"라는 표현이 선명하게 나타내듯, 프랑스 군인에게 식민지의 저항군은 '장애물'에 불과하며, 그것을 "철저히 없애버리"는 것이 그들의 사명이다. 『애국정신담』 전반에 걸쳐 애국정신을 체현한 집단으로 대표되는 군인들은 실전 상황에 이르자 단지 "식민지배"를 지원하는 수단이자, 저항하는 '또 다른 애국자들'을 박멸하는 무력에 불과한 존재가 되었다.

『애국정신담』의 후반부에는 식민지 건설의 야욕이 대단히 적나라하게 서술된다. 베트남 내부에서 사업을 확장하려다 충돌이 일어나자 현지 세력을 소탕하기 위해 파견된 가르니에 대위는 "'프랑스 국기인 삼색기를 통킹에 세울 기회는 지금 이때다'라며 용기를 북돋아 통킹의 하노이항에 입항"[36]한

---

35 『愛國精神譚』, 112면; 『愛國精神談』, 30b면.

다. 이후 통킹전투에서 가르니에를 비롯한 프랑스 군인이 전사하자 주인공 모리스의 부대가 그들의 복수를 위해 원정길에 나서는데, 해당 대목은 다음과 같이 묘사되고 있다.

주아브 제1연대 1대대는 다행히 출정군에 가세하여 프랑스의 명예를 수호하게 되었고 통킹전투에서 전사한 프랑스 병사들의 복수를 하려고 장정들은 실력을 발휘할 기회를 기다리며 이 원정을 기뻐하였다. 그 가운데서도 모리스 중사는 공을 세워 이름을 알릴 시기가 왔다며 환희작약하지 않을 수 없었고 여러 병사들과 함께 운송선에 탑승하여 통킹을 향해 돛을 달고 알제리를 출발했다.[37]

보다 강력한 화기로 무장한 프랑스군이 베트남을 접수하기 직전 "실력을 발휘할 기회"라거나 "이름을 알릴 시기가 왔다"며 기뻐하는 모습을, 과연 패전 이후의 와신상담이 보상받는 순간이라 말 할 수 있을까? 그들은 단지 19세기 제국주의의 폭력적인 전형을 보여주고 있는 '군인'이라는 이름의 도구였다. 이상의 모든 내용을, 다름 아닌 제국주의 열강들에 의해 가장 큰 피해를 보고 있던 중국인이 번역하여 소개한 것이다.

심지어 후반부의 상당 부분에서 프랑스군의 대적은 중국군이다. 전술했던 『애국정신담』의 전체 구성 중 세 번째인 식민지 건설에 있어서, 그 대상은 알제리10장와 베트남11~12장이었다. 먼저 베트남에 영향을 행사하고 있던 중국과는 이권 다툼이 발생할 수밖에 없는 처지였기 때문에 실상 마지막 두

---

36 『愛國精神譚』, 118면; 『愛國精神談』, 32a면.
37 『愛國精神譚』, 120면; 『愛國精神談』, 32b면.

챕터는 프랑스군과 중국군의 전쟁이 묘사된다. 물론 최종 승자는 프랑스다. 이러한 경위가 거의 고스란히, 그것도 철저히 프랑스의 시선에서 중국어로 번역되는 상황이 발생한 것이다.

　　이 전쟁의 발단을 캐어 보면 1872년 이래 프랑스 상인 뒤피Jean Dupuis라는 자가 통킹에서 사업을 경영해보고자 백방으로 힘을 다해 공들인 효험을 거의 발휘하려 하는데 추가로 필요한 것이 있어 본국인 프랑스로 돌아가 수개월 후 다시 통킹에 배를 타고 오니 어찌 뜻하였으랴, 그의 부재를 틈타 흉악한 무뢰배 도적들이 그가 사업하고자 하는 목적을 방해하고자 했고, 이들 흉악한 무리들 가운데 가장 세력이 강한 것은 흑기적黑旗賊으로서 그 무리는 중국정부호那政府의 명을 듣지 않고 스스로 한 명의 수령을 받들어 군대를 편제하고 통킹 베트남지방을 횡행하며 정부도 역시 이를 토벌해 멸할 수 없었다.[38]

상인 뒤피나 흑기적이하 '흑기군' 등은 베트남의 역사서에서도 등장하지만 위 서술은 결코 흑기군이나 베트남 정부의 입장을 대변해주지 못한다. 본래 흑기군의 경우, 태평천국의 난1850~1864 이후 통킹으로 들어온 류잉푸劉永福가 조직한 군대였다. 류잉푸는 처음에는 약탈을 일삼았으나 1867년 베트남의 응우옌 왕조에 귀순한 뒤 프랑스의 통킹 진출을 수차례 막아냈을 뿐 아니라 여전히 약탈자 집단이었던 백기군, 황기군까지 토벌하는 활약을 펼치게 된다.[39] 하지만 『애국정신담』은 베트남 편에 섰던 흑기군을 단지 베트남과 중국마저 손 댈 수 없었던 골칫거리 정도로 간주했다. 이 과정에서 프

---

38 117면; 31b~32a면.
39 유인선, 『새로 쓴 베트남의 역사』, 이산, 2002, 283~285면.

랑스의 식민화 야욕은 은폐된다.

　　이보다 앞서 중국 정부는 베트남국을 속국으로 간주하여 프랑스가 군대를 베트남에 들이는 것에 노하여 프랑스 정부를 향해 이를 책망하였다. 프랑스 정부는 베트남을 독립국으로 간주한지라 서로 그 의견을 달리 하였다. 이에 중국정부는 흑기적을 달래어 호국군으로 삼고 그 힘을 빌려 프랑스군을 공격하므로 프랑스 정부도 단호히 베이징 주재의 프랑스 공사를 소환하였고 출정군을 베트남에 보내기에 이르렀다.[40]

　　당시로서 베트남의 가장 큰 대적은 프랑스였다. 그럼에도 불구하고 『애국정신담』은 프랑스군에 항전하기 위한 흑기군과 중국군의 연합전선을 비판한다. 베트남을 바라보는 중국의 입장을 문제 삼는 것도 궤변에 가깝다. 청일전쟁의 결과 체결된 시모노세키 강화조약의 제1항은 "청국은 조선국이 완전한 자주독립국임을 인정한다"였다. 승전국 일본이 이 조항을 강제한 이유는 청국과 조선을 분리시킨 연후에야 조선의 식민지화가 순조롭기 때문이었다. 위 인용문에서 프랑스 정부가 "베트남을 독립국으로 간주한" 이유 역시 마찬가지다. 그러나 프랑스의 입장에서 기술된 『애국정신담』에 그러한 의중이 드러날 리는 없다. 단지 '베트남의 독립을 인정하는 프랑스' 대 '베트남을 속국으로 간주하는 중국'의 대립 구도만 있을 뿐이다. 이렇듯 프랑스의 명분만을 포장한 대목을 중국인 역자는 가감 없이 번역했다.

　　그의 번역은 프랑스에게서 '패전 이후'라는 중국과의 공통분모를 발견한 데서 시작되었을 것이다. 그러나 애초부터 원저는 '예비 군인의 양성'에 초

---

40 120면; 32b면.

점 맞추어져 있었고, 무엇보다 식민지 정복의 역사를 예비 군인의 정신교육용 자료로 포장한 산물이었다. 다시 말해『애국정신담』의 '애국정신'은 '군인정신'에 다름 아니었다. 군인정신이란 아군과 적군의 이분법을 근간으로할 수밖에 없다. 즉,『애국정신담』은 '중국'을 '적'으로 규정하고 있었다. 그렇다면 애국일인은 이 텍스트가 자국민이 나아가야 할 바를 보여주기는커녕 중국을 욕 되게 할 수도 있다는 것을 전혀 알지 못했던 것일까? 1902년어간의 유신파가 주창했던 애국은 청 정부를 편드는 것과는 거리가 있었다.당시 광지서국 저술 출판의 흐름을 볼 때, 량치차오를 비롯한 유신파 지식인들의 창끝은 1차적으로 청국 정부의 부패와 무능함을 향했고, 다음으로잠들어 있는 중국인들을 일깨우는 데 있었다. 이러한 방향성은 반청혁명의기치를 내건 진영과도 별반 다르지 않은 것이었다. '서序'에서부터 청일전쟁이나 의화단사건의 비극을 지적했듯이, 역자는『애국정신담』의 본문을 통해 청일전쟁 이전에 이미 중국이 프랑스와 베트남을 사이에 두고 벌인 전쟁에서 참패한 적이 있다는 것을 드러내보였다. 이로써 청 정부의 무능함을비판하는 효과는 강화된다.

하지만 이 전략은 일회성 이상이 되기 어렵다. 얼마 가지 않아 광지서국의 정치노선은 량치차오의 보수화와 함께 보다 명료해진다. 그리고 량치차오는 베트남과 중국의 입장에서 프랑스의 식민지배를 비판하는 정 반대의기획에 착수한다. 그 결과물이 바로 베트남의 독립운동가 판 보이 쩌우潘佩珠와의 합작으로 나온『월남망국사越南亡國史』1905였다. 이 텍스트는 최초 1905년『신민총보』에 연재되었으며, 같은 해 광지서국을 통해 책으로 엮었다.『월남망국사』는 식민지로 전락한 베트남의 참혹한 비극과 베트남 애국지사들의 에피소드로 가득했다. 예를 들어보자.

정문질丁文質은 예안 사람이다. 황실을 구원하라는 조서에 응하여 의병을 일으키다가 군사가 패하여 프랑스 사람한테 잡혀 효수를 당했다. 그의 시신이 부패되어 문인들이 거두어 장사하기를 애걸했는데 프랑스 사람이 그의 몸만 돌려주고 머리는 돌려주지 않고 불로 태웠다. 소위 문명강국이 하는 행동은 이와 같은데 정문질이 운이 좋게도 이를 당했다. 이때 정 씨의 부친과 남동생도 난리 와중에 죽었고 또 정 씨의 아들 둘, 딸 하나, 조카 둘 모두 어린 아이들인데 프랑스 사람에게 죽었다. 문명국에서는 이와 같이 사람 죽이기를 좋아한다. 정문질은 처음에 진사進士 출신으로 의흥부義興府의 관리였는데 군대와 인민이 그를 매우 좋아했다. 프랑스 사람과 여러 번 싸우고 여러 번 이겼다. 남정 성이 망했을 때도 오직 의흥부만이 함몰되지 않았다. 정문질이 이렇게 잔혹한 형벌을 받더니 조국에 충성을 다한 애국자가 유럽의 제일 중한 법을 위배한 것인가?[41]

이 일화는 『애국정신담』 전반부의 비극적 에피소드들과 너무나 닮아 있다. 특히 많이 중첩되는 것은 민병대를 조직하고 활약하다가 발각되어 떳떳이 죽음을 맞이한 프랑스 교사들의 이야기다. 그러나 엄밀히 말하자면, 인용문의 정문질은 프로이센인에게 학대당했던 어떤 '프랑스 사람'에게 잔인하게 짓밟힌다. 특히 정문질처럼 온 가족이 함께 죽임을 당한 일화는 적어도 『애국정신담』 내에서는 없었다. 필요할 때면 언제나 "세계 각국의 발전사를 언급"[42]할 만큼 세계사에 대한 관심이 특별했으며 광지서국의 중추였던 량치차오가 『월남망국사』보다 3년 전에 나온 『애국정신담』의 존재를 몰

41 양계초 편저, 안명철·송엽휘 역주, 『역주 월남망국사』, 태학사, 2007, 44~45면.
42 서강, 이주노·김은희 역, 『양계초 중화유신의 빛』, 이끌리오, 2008, 332면.

랐을 가능성은 희박하다. 『월남망국사』는 위 일화의 말미에서 묻고 있다. "정문질이 이렇게 잔혹한 형벌을 받더니 조국에 충성을 다한 애국자가 유럽의 제일 중한 법을 위배한 것인가?" 마치 량치차오는 『애국정신담』의 '애국'과 『월남망국사』의 '애국' 사이의 극명한 온도차를 일부러 드러내는 듯하다. 그는 '애국'과 '애국'이 맞부딪힐 때, 결국 강자의 애국만이 보상받는 세상을 지켜보고 있었다.

기실 『월남망국사』 역시 순수한 의도로 베트남의 편에 서는 모양새는 아니었다. 가령 량치차오는 '부록' 「월남소지越南小志」를 통해 중국과 베트남의 오래된 역사적 관계를 상술하는 등 은연 중에 베트남이 프랑스보다는 중국의 영향권 아래 있는 편이 좋았다는 구도를 설정했다. 이는 물론 중국 중심의 정치성이다. 그럼에도 불구하고 끝까지 패자의 입장에 선 『월남망국사』가 보여준 성취는 적지 않았다. 그것은 적어도 『애국정신담』의 세계관에 내포된 욕망, 즉 패자로 출발하되 제3의 패자를 전제로 한 승자되기의 욕망을 어느 정도는 극복했다는 증좌로 보이기 때문이다.

4. 한말의 『애국정신담』 – '정치소설'의 전략과 중역의 탈정치화

한국의 『애국정신담』과 관련해서는 과거의 단편적 소개만이 남아있을 뿐이며, 그것마저도 잘못된 정보가 뒤섞여 있는 형편이다. 예컨대 송민호는 잡지 『조양보朝陽報』의 '소설'란을 분석하며 "다만 「애국정신담愛國精神談」이라는 무서명소설無署名小說이 연재되었을 뿐인데, 이 작품作品은 1908년 중앙서관中央書館에서 단행본單行本으로 간행刊行될 때 '이채우李埰雨'라는 작자명作者名이 적혀 있는 것으로 보아 이채우李埰雨 소작所作임이 분명하다"[43]라고 언급한 바 있다. 여기에는 세 가지 오류가 존재한다. 첫째는 『조양보』의 「애국정신담」과 단행본 『애국정신愛國精神』의 저자를 둘 다 이채우로 상정한 것이다.[44] 둘째는 「애국정신담」을 번역된 것이 아니라 이채우의 '저작'으로 인식했다는 것이다. 셋째는 『조양보』 연재본과 이채우 역 단행본 사이에 존재했던 『서우西友』 연재본 「애국정신담」을 누락시킨 것이다.

　김병철 역시 『애국정신담』을 다루었다. 저본의 확정과 번역 태도 고찰에 주안을 둔 김병철의 연구는 송민호의 소략한 소개보다 한층 진전된 내용을 보여준다. 그는 한국어 판본 3종과 일본어 판본의 도입부를 나란히 제시한 후 "상기上記 대비對比에서 알 수 있는 것처럼 3종種의 우리말 번역은 동일同一 대본臺本을 그 대본으로 사용했으리라는 가능성이 짙으며, 그 원류原流를 상기上記한 일역본日譯本에 두고 있다는 것도 알 수 있다. 그 수용태도受容態度도 비교적 일역서日譯書를 충실하게 옮긴 축자역逐字譯임을 알 수 있다. 일역日譯이 발췌역술拔萃譯述일진대 그것을 다시 중역重譯한 우리말 번역이 어떠한 것이리라는 것도 능히 추측이 간다"[45]라고 서술했다. 하지만 이는 실상과 다르다. 일본어에서 바로 한국어로 번역된 것이 아니라 중국어 역본이 가교 역할을 했기 때문이다. 한국어 판본들이 일역본이 아닌 중역본과 저본–역본의 관계로 이루어져 있다는 것은 다음의 목차 대비만으로도 선명하게 드러난다.

---

43 송민호, 『韓國開化期小說의 史的 研究』, 一志社, 1986(1975), 38면.
44 "분명하다"라고까지 단언할 수 있는 근거는 제시되지 않았다. 두 판본의 동일 번역분을 대조해 보면, 각기 다른 문장과 어휘를 사용했음이 드러나는 만큼 보다 신중한 판단이 필요하다.
45 김병철, 『한국 근대 번역문학사 연구』, 을유문화사, 1975, 222면.

〈표 3〉한·중·일『애국정신담』의 목차 비교

구분	일본어본	중국어본	한국어본(이채우 역본)
第一章	ファルスブール落城	發斯伯城之淪滔	發斯伯城의淪陷
第二章	佛囚普人ノ虐待ヲ蒙ムル	普人之虐遇法囚	普人의虐遇法囚
第三章	ボードリー故國ニ帰リテ子弟ノ愛國心ヲ喚起ス	波德利歸國鼓吹青年之愛國心	波德利歸國ᄒ야青年의愛國心을鼓吹
第四章	メルシーノ怯懦モーリスノ奮勵	麥爾西之怯懦與莫利斯之奮發	麥爾西의怯懦와莫利斯의奮發
第五章	モーリスパリーニ軍旗授與式ヲ観ル	莫利斯觀授與軍旅式於巴黎	莫利斯가軍旅授與式을巴黎에觀
第六章	モーリスナンシーノ連隊ニ入ル	莫利斯入南昔聯隊	莫利斯가南昔聯隊에入
第七章	モーリス病痾ヲ養フテボードリーノ門ニ遊フ	莫利斯養病遊於波氏之門	莫利斯가波氏門에養病
第八章	メルシー軍紀ヲ破リテ軍隊放逐ノ刑ニ遇フ	麥爾西因破軍紀遭放逐之刑	麥爾西가軍紀를因破ᄒ야放逐의刑을遭
第九章	ボードリー子弟ヲ率ヒテ對抗演習ヲ観ル	波德利率子弟觀鏖戰練習	波德利가率諸子ᄒ고鏖戰練習을觀
第十章	モーリス再役シテアルゼリー軍ニ入ル	莫利斯再役入亞熱利軍	莫利斯가再役ᄒ야亞熱利軍에入
第十一章	モーリス安南出征軍ニ從フ	莫利斯從軍安南	莫利斯가安南에從軍
第十二章	モーリス東京ニ功名ヲ挙ケ錦ヲ衣テ故郷ニ帰ル	莫利斯建功東京	莫利斯가建功東京

한자의 쓰임은 물론 모든 고유명사가 완벽하게 일치하는 점으로 미루어 볼 때, 이채우가 중국어본을 사용한 것은 분명하다. 목차에 한정해보자면 이채우는 중국어본의 한자어를 그대로 차용하되, 통사구조의 간단한 변화와 한글 조사만 추가하는 선에서 번역에 임했다. 이러한 방식은『조양보』와『서우』판본의 목차에서도 동일하게 나타난다. 다른 번역자들의 작업이었던 만큼 차이가 없는 것은 아니지만, 중국어본의 고유명사를 그대로 가져온 점만은 동일했다.

중국어 역본을 저본으로 한 한국어 판본 4종을 정리하면 다음과 같다.

〈표 4〉『애국정신담』한국어 판본 4종의 서지

역자	제목	매체	출판시기
※ 역자 미상	「愛國精神談」	『朝陽報』9~12호(4회 연재) ※ 미완	1906.11~1907.1
盧伯麟	「愛國精神談」	『西友』7~10호(4회 연재) ※ 미완	1907.6~8
李埰雨	『愛國精神』	단행본(中央書館)	1908.1
이채우	애국정신담	단행본(中央書館)	1908.1

한국에서 『애국정신담』의 번역이 처음 이루어진 시기는 1906년 11월로, 이는 1907년에서 1908년 사이를 정점으로 하는 번역 역사전기물의 양적 전성기보다 약간은 이른 편이다. 특히 중국어판 『애국정신담愛國精神談』의 수입판매 광고의 시점이 1906년 10월 29일이었다는 점이 눈길을 끈다.[46] 만약 『조양보』의 번역자가 이 경로를 통해 저본을 획득한 것이라면 서적의 입수와 번역이 거의 동시에 이루어진 것이며, 그렇지 않더라도 중국어본과 국한문체 번역본이 비슷한 시기에 유통된 셈이다.

4종의 번역 판본 중 『조양보』와 『서우』의 「애국정신담」은 각 4회에 그친 연재 횟수에서도 예상할 수 있듯이 완역되지 못하였다. 전자의 경우 제3장의 일부까지, 후자는 제2장까지의 번역만을 선보일 수 있었다. 이들에 대해서는

---

46 김상만(金相萬)이 낸 이 광고는 「新書發售廣告」라는 제목으로 동년 11월 6일까지 이어지며, 11월 6일 광고란부터는 '고유상(高裕相)서포'의 이름으로 등장한 비슷한 방식의 중국서적 목록 속에서도 '愛國精神談'을 확인할 수 있다. 즉, 11월 6일자 광고면의 경우 중국서 '愛國精神談'이 두 군데의 광고란에 동시에 게재된 셈이다('고유상서포'의 경우 11월 17일까지『황성신문』4면에 지속 광고되었다). 김상만과 고유상은 각기 광학서포, 회동서관의 창립자들인데, 그들은 중국 서적의 수입 및 판매도 병행했던 것이다. 한편, 김상만이 선전한 중국서 목록 32종은 다음과 같은데, 필자의 확인 결과 이들은 예외 없이 상하이의 광지서국 간행 서적이었다. "中等教科倫理學一冊定價新貨; 師範教科實驗小學管理術一冊; 小學校教員用新理科書四冊; 中學用世界地理教科叅考書一冊; 中學用世界地理教科書一冊; 萬國地理誌一冊; 世界近世史二冊; 商業敎本一冊; 萬國商業志一冊; 萬國憲法志一冊; 英國憲法論一冊; 世界進化史一冊; 國憲汎論三冊; 國際公法志一칙; 最近衛生學一冊; 經濟教科書一칙; 天則百話一칙; 男女育兒新法一칙; 福澤諭吉譚藂一칙; 希臘三大哲學家學說一칙; 意大利獨立史一칙; 修學篇一칙; 哲學論網一칙; 憲法精理一칙; 猶太史一칙; 英文成語字典一칙; 華英合壁二十世紀讀本一칙; 歐洲文明進化論一칙; 帝國主義一칙; 人羣進化論一칙; 處女衛生一칙; 愛國精神談一칙"「新書發售廣告」,『황성신문』, 1906.10.29, 4면.

제1장_애국 계몽의 딜레마, 『애국정신담』   425

후술하도록 하고 완역이 이루어진 단행본의 경우를 먼저 살펴보자.

번역자 이채우에 대해서는 구체적으로 알려진 것이 거의 없다. 시기를 감안하면 1909년 대종교가 조직된 직후부터 종교인으로서 활약하여 1920년대까지의 행적이 남아 있는 한 인물이 확인되지만,[47] 이 역시 동명이인이 아니라는 보장은 없다. 적어도 1908년까지의 행적에서 드러나는 이채우는 활발한 번역가였다. 그는 2종의『애국정신담』외에도 연이어 번역서들을 남겼는데,『십구세기구주문명진화론十九世紀歐洲文明進化論』右文館, 1908,『세계식민사世界殖民史』右文館, 1908 등이 해당 서적들이다. 이들은 모두『애국정신담』과 마찬가지로 광지서국 발행서를 저본으로 삼았으며, 진화론적 세계관과 친연성을 갖고 있다.『십구세기구주문명진화론』은 제목에서부터 '진화론'을 내세우고 있고,『세계식민사』는 역사상 주요 제국들의 식민지 경영을 정리한 서적으로서, 구체적 사례들을 들어 약육강식의 세계사적 흐름을 증언한다.『애국정신담』도 이러한 맥락과 크게 다르지 않았다. 앞서 중국어 역본의 분석에서 살펴봤듯이, 강자 프로이센은 약자 프랑스를 점령하고, 프랑스는 보다 약자인 알제리와 베트남을 정복한다.

다만『애국정신담』이 다른 두 서적과 차별화되는 점은 역사나 이론이 아닌 그 서사성에 있다.『애국정신愛國精神』의 신문광고를 보면, 이채우 역시 이 대목에 기대를 걸었던 정황이 드러난다. 이채우는 따로 한국어판 서문을 달지 않았기에, 결국 광고상의 선전문구가 책의 대의를 드러내는 역할을 담당하는 셈이다. 1908년도 1월 11일자『황성신문』에서 처음 관찰되는 아래 광고는 한 달 이상이나 지속적으로 게재되었다.

---

47 대종교의 이채우는 보령(保寧)을 본관으로 하고 호은(湖隱)이라는 호를 썼다. 1923년 대종교가 정교(正敎)로 승질될 때 대형(大兄)의 호를 받았고, 후에 총본사 전리(典理)에까지 오른다. 생몰년은 미상이다(한국민족문화대백과 사전, 항목 '이채우' 참조).

정치소설政治小說 애국정신愛國精神

법국애미아랍씨원저法國愛彌兒拉氏原著 대한이채우씨역술大韓李埰雨氏譯述 장지연씨교열張志淵氏校閱

전일책팔십여혈全一冊八十餘頁 / 정가금이십오전正價金二十五錢

△본서本書는 법국法國이 서력일천팔백칠십년전쟁西歷一千八百七十年戰爭의 패육敗衄으로 인因ᄒ야 아로이성亞魯二省의 국토國土를 할양割讓ᄒ고 오억만불五億萬佛의 배관賠欸을 상여償與ᄒ 후국세後國勢 위미萎靡ᄒ며 민생民生이 도탄塗炭이로되 능거국能擧國이 일치一致에 와신상단臥薪嘗胆ᄒ야 불수년이원기회복의不數年而元氣恢復矣요 불수년이수욕여보개혼不數年而遂欲與普開釁ᄒ야 사복석년지구의思復昔年之仇矣라 흘금문지迄今問之컨듸 점세계제일제지륙군력点世界第一第之陸軍力ᄒ며 거세계제일위지해군국居世界第一位之海軍國ᄒ야 위세계최부강지국爲世界最富强之國이 비법국이수야非法國而誰也아 관차일서觀此一書면 족이규견당시강개비분지일반의足以窺見當時慷慨悲憤之一班矣리니 시기비금일국민지소모범자야부是豈非今日國民之所模範者耶夫아[48]

광고문의 내용은 새로운 것이 없다. 중국어판 「서序」의 뒷부분을 국한문체로 번역한 것에 지나지 않기 때문이다. 직역은 아니어서 약간의 내적 편차가 나타나긴 해도,(의도적인지 오역인지 모르지만 "世界第一位之海軍國"의 해당 부분은 원래 "世界第二等之海軍國"였다) 기본적으로 역문으로 간주할 수 있다. 이는 곧 이 광고문 자체가 역자인 이채우에 의해 작성되었음을 입증한다. 광고문이 이채우의 손에서 나온 것이라면, 이를 통해 다시 역자의 의도에 접근해볼 수 있다.

주목해볼 것은 광고문 자체에 '정치소설'이라는 표제를 붙인 것이다. 다

---

48 『皇城新聞』, 1908.1.11, 3면 광고.

른 동아시아 판본들과 한국어 역본 사이의 근본적인 차이가 여기서 발견된다. 이는 이채우가 번역한 중앙서관 간행 단행본뿐만 아니라, 『조양보』 판본에서도 확인되는 현상이다. 『조양보』의 「애국정신담」이 게재된 지면이 바로 '소설小說'란이었기 때문이다. 비록 일역자나 중역자 역시 '담·담譚·談'이라는 서사 장르적 표제를 내세웠지만 의도적으로 역사서의 정체성을 강조했던 두 역본과는 달리, 한국어본은 4종 중 3종이 '소설'로서 소개된 셈이다.[49] 분명 역사서보다는 무게감이 덜했을 텐데도 굳이 '정치소설' 혹은 '소설'로 소개한 이유는 단연 소설 독자층의 흡수에 있을 것이다.

그런데 여기에는 한 가지 사항이 더 고려되어야 한다. 국한문체로 역사 서술을 번역하며 처음 '정치소설'이라는 표현을 쓴 사례는 박은식이 번역한 『정치소설政治小說 서사건국지瑞士建國誌』대한매일신보사, 1907였다. 당시 박은식은 장지연, 신채호 등과 연합전선을 구축, 종래의 국문소설 중 주류를 이루었던 '전傳류 구소설'을 집중적으로 공격하였다. 나아가 이에 대한 대체재, 즉 '신소설'로 내세운 것이 바로 서양 위인들의 '전傳'이었다. 박은식, 장지연, 신채호 등은 '전'이라는 기표에 익숙하던 기존 소설 독자층의 이목을 붙들되, 번역을 통해 전혀 새로운 내용을 전달하고자 했다. 즉, 그들은 '소설'의 속성 자체를 '정치성'을 내포한 '역사담'을 중심으로 새롭게 편성하려 하고 있었다. 이 중 장지연은 『애국정신담』이 최초로 연재된 『조양보』의 주필이었고, '신소설'이라는 표제를 붙인 『애국부인전』의 역자였으며, 이채우가 번역한 국한문 『애국정신』의 교열자이기도 했다. 이채우가 국한문판

---

49 『조양보』판 연재본과 이채우 역간본 2종을 합쳐 3종이다. 물론 광고문의 경우 기본적으로 국한문체 판본에 대한 것이지만, 순국문체 판본 역시 이채우에 의해 나왔으며, 역간 시점과 출판사가 동일하다는 면에서 '정치소설'로서의 선전은 두 판본 모두에게 해당되는 것으로도 간주할 수 있다.

뿐만 아니라 동시기에 순국문체『애국정신담』의 역자로도 이름을 올리고 있다는 사실도 이 맥락에서 환기할 필요가 있다. 수많은 번역서들이 쏟아져 나온 한국의 1900년대에도 이처럼 단일 인물이 국한문과 순국문체 번역서를, 같은 출판사에서 동일 시점에 출간한 경우는 거의 찾아볼 수 없다. 이는 『애국정신담』을 통해 보다 넓은 독자층을 확보하고자 한 의도와, 이 콘텐츠의 서사성이 국문 독자층에게도 호소력을 발휘할 것이라는 역자의 기대를 동시에 보여준다. '정치소설'로서의 선전이 독자의 확대를 감안한 것이라면, 가장 거대했을 국문소설의 독자층을 고려하지 않을 수 없었을 것이다.

한편, 광고문의 일부를 실마리로, 이채우가 한국어판『애국정신담』에 부여하고자 했던 또 하나의 성격에 접근할 수 있다. 문제의 부분은 광고문의 마지막 문장, "시기비금일국민지소모범자야부是豈非今日國民之所模範者耶夫아"이다. 이 문장이 독특한 이유는 대부분이 중국어 서문을 번역한 위 광고문 중 중국어 문장을 의식적으로 변주한 유일한 부분이기 때문이다. 위의 마지막에 대응되는 중국어 역본은 "우리가 이를 읽는다면 어찌 두려움 없이 악한 일을 저지를 수 있겠는가"였다. 이채우는 이것을 "이 어찌 금일 국민의 모범할 바 아니겠는가"로 수정하였다. 이미 살펴봤듯이, 중국어 역자는 누차 패전을 경험하면서도 바뀌지 않는 청 정부와 중국인들을 향하여 질책의 목소리를 높였다. 서문의 마지막 문장에도 그것이 드러난 것이었다. 하지만 패전의 경험조차 없는 상황에서 국권이 넘어가고 있던 한국의 경우, 국민을 직접적으로 비난할 명분은 부족했다. 단지 그들에게 국난을 겪고 있는 상황을 어떻게 극복해야 할지의 모범을 제시할 뿐이었다.

이와 같이 대한제국의 정치적 상황은 어떠한 방식으로든 번역에 영향을 미치게 된다. 같은 문맥에서, 『애국정신담』의 한국 내 판본 비교를 통해 드러나는 다음 지점에 주목해야 한다. 한국어 판본 4종 중 2종인 잡지 연재본의 연재 양상은 다르게 나타난다. 『조양보』 연재본은 「애국정신담」의 '제3장'을 연재하던 와중 잡지 폐간으로 인해 어쩔 수 없이 '미완'으로 남게 된반면, 노백린이 번역한 『서우』 연재본은 잡지 자체는 계속 발간되었지만 '제2장'까지의 분량만 실은 후 의도적으로 연재를 중단했다. 특히 마지막 연재분에 '미완'이라는 단서조차 달지 않았다는 것은 당초 「애국정신담」의 제2장까지만 소개하는 것을 의도했다는 의미로 해석된다. 이상의 차이가 발생하는 이유는 서사의 내적 분절과 연관되어 있다. 『애국정신담』의 1장과 2장은 패전의 비참함과 포로로서 학대받는 삶을 그려내고 있다. 3장은 학대의경험담과 군사교육이 중첩되는 영역으로서, 4장부터는 본격적으로 군인정신을 함양하고 전술교육이 이루어지며 식민지 정복으로 나아가는 일화들이전개된다. 노백린이 『서우』에 「애국정신담」을 마지막으로 연재한 1907년 8월은, 대한제국의 군대가 강제로 해산된 직후다. 당시의 한국에서, 군인정신이나 식민지 정복의 일화는 주효하지 않았다. 2장까지만 번역하기로 한 노백린의 선택은 이러한 판단과 연관되어 있을 것이다.

이는 이채우의 번역 태도를 통해서도 일정 부분 확인된다. 사실 국한문체 번역을 기준으로 할 때 이채우는 애국일인과는 대조적으로 직역적 태도를 고수한다. 일부 구절이 생략되기도 하지만, 내용의 흐름에 지장을 주는대목과는 관련이 없으며 에피소드 단위의 누락은 전무하다. 그러나 이채우의 번역 태도에서도 균열은 보인다. 특히 반복적으로 눈에 띄는 차이가 하나 있다. 다음을 살펴보자.

(A)

【일역본日譯本】 이러한 기회를 얻음에 따라 1870년의 프랑스의 치욕과 자신 보드리-역자 주이 스스로 목격했던 상황을 이야기하며 소년과 제자들의 애국심을 불러일으키는 일에 힘썼다.24면

【중역본中譯本】 1870년에 자신이 겪은 갑작스러운 참상으로써 소년과 제자들에게 상세하게 진술했다. 보드리는 강개격잉慷慨激昻된 열성으로 사자후獅子吼를 발하였다.7b면

(B)

【일역본】 하루는 그의 모친이 모리스에게 말하였다. "넌 제대로 노력하도록 해라. 네가 부하 병사들을 지휘함에 있어 스스로 본이 되고자 애써야 해."55면

【중역본】 하루는 그의 모친이 모리스에게 말하였다. "너는 노력해야만 한다. 너는 절대 아버지의 복수를 잊어서는 안 돼."16b면

(C)

【일역본】 이 초병이 이러한 결심이 없었다면 어찌 되었을까. 전초대는 그 임무를 완수할 수 없었을 것이다.79면

【중역본】 오호라, 이 초병은 그야말로 이렇게 책임을 다하였구나. 한 명이 죽어 전 부대를 구하였다.22b면

이상은 애국일인이 번역 과정에서 시도한 부분적 변주의 몇 가지 사례다. 스승의 '사자후를 토하는 열성'을 추가한 (A), '본이 되라'는 충고를 '복수

를 잊지 말라'고 고친 (B), '임무를 완수했다'는 내용을 '목숨을 던져 모두를 구했다'고 표현한 (C)는 공통적으로 저본의 일반적 진술 위에 과격한 수식이나 과잉된 감정을 덧입히고 있다. '패전 이후'의 체험을 갖고 있는 중국의 역자는 보다 절박함을 불어넣는 수사를 동원하여 독자의 공명을 유도했던 것이다. 이제 이채우의 경우를 살펴보자.

(A)

【중역본中譯本】 그렇지 않은즉 사수하지 않는 이상 내 친구와 친지들을 볼 면목이 없다. 17a

【한역본韓譯本】 그렇지 않은즉 사수하리라. 37면

(B)

【중역본】 박수갈채를 쏟지 않는 자 없었다. 혹은 "죽음으로써 명예의 표장表章을 수호하라"며 천지를 울리게 외쳤다. 당시 한 노인이 18b

【한역본】 모두 박수갈채라. 한 노인이 39면

(C)

【중역본】 그러므로 군기軍旗를 사수死守할 것을 맹세하는 것은 본국을 사수할 것을 맹세하는 것이다. 19b면

【한역본】 그러므로 군기軍旗를 지킨다고 맹세함은 본국을 지킨다는 맹세함이니라. 42면

애국일인의 언술에서 등장하는 감정적 발언은 이채우의 번역 과정에서

압축되고(A), 죽음을 내세운 수사들도 이채우에 의해 삭제되었다(B, C). 다시 말해 국한문체 역본의 경우 저본의 감정 과잉이나 주관적 언술과는 거리를 두는 방식의 개입이 나타나는 것이다.

저본의 객관적 요소는 적극적으로 옮기되, 주관적 요소는 배제하는 이채우의 방식을 어떻게 이해할 수 있을까? 이는 번역이라는 행위 자체의 특수성과 번역 공간의 사정이 어우러진 문제다. 번역은 지식의 유통 면에서 원본의 공간이 축적해온 순차적 질서를 뒤섞어버리는 역할을 한다. 특히 그것은 대량의 번역이 집중되는 시기에 두드러진다. 근대 동아시아의 번역은 많은 경우 시간차를 무화시키는 뚜렷한 목적성을 띠고 이루어졌다. 중국어 역본의 분석에서 이미 언급했듯이, 일본어를 경유한 광지서국의 번역물들은 성격적으로 극과 극을 달린다. 이미 30여 년을 축적해온 일본의 번역 성과를 단기간에 옮겨내려 했기 때문이다. 그럼에도 불구하고 중국어판『애국정신담』과『월남망국사』는 3년이라는 시간적 격차를 두고 간행되었다. 전자에서 '애국'이라는 기표 아래 은폐되어 있던 제국주의의 흉포함은 후자에 이르러 어느 정도 극복되어 있었는데, 이는 결국 일정한 시간차가 가져다준 지식의 순차적 수용에서 기인할 것이다.

하지만 한국의 경우 부여된 '번역의 시간' 자체가 중국보다 훨씬 짧았을 뿐 아니라, 번역의 후보군은 반대로 중국보다 광범위했다. 1906년에 등장한 번역 서적들은 예외적으로 빠른 편이었고, 1909년만 되어도 번역의 동력은 확연히 떨어지게 된다. 즉, 대부분의 번역서들이 집중된 시기는 1907년에서 1908년 사이의 2년 남짓이었다. 한국에서 현채가 보성관을 통해 국한문체『월남망국사』를 역간한 시점은 1906년 11월이다. 이는 1906년 11월은 바로『조양보』에「애국정신담」첫 회가 연재된 시점과 동일하다. 완전히 상반된 이야기를 하고 있는 콘텐츠들이 같은 시기에 한국의 독자들을 만나게 된 것이다. 여러 차례 거론된『조양보』의 예를 추가로 꼽아보자면, 「애국정신담」이 연재되고 있던 바로 그 시기, 같은 호의『조양보』에는 보불전쟁을 야기하고 프랑스를 무참하게 짓밟은 프로이센의 영웅 비스마르크의 전기물이 연재되고 있었다.[50] 프랑스와 베트남이 동시에 학습되었던 것처럼, 프랑스와 프로이센 역시 한데 엮여 번역되었던 것이다.

여기서 일정한 정치적 지향을 읽어내기는 어렵다. 한국에서 '애국'이라는 가치를 널리 알리고 유통시키는 일은, 서양 각국의 근대사들을 편중 없이 옮겨오는 작업과 더불어, 당연히 충돌할 수밖에 없던 그들의 성공담과 식민지로 전락한 동양의 망국사들을 모두 끌어들이는 동시다발적 번역 속에서 이루어졌다. 압축된 시간 속의 대량 번역 속에서 어느 한 편의 손을 높이 드는 것은 또 다른 '애국'에 대한 방기일 수 있었다. 저본의 감정적 과잉을 경계한 것은 이러한 사정에서 비롯되었을 가능성이 크다.

5. 근대적 기획으로서의 애국

한·중·일 3국이 모두『애국정신담』을 통해 '애국'의 당위성을 말했으나 각 번역자가 의도했던 '애국'의 성격은 달랐다. 한국에서는『애국정신담』이 총 4차례나 반복 번역되었다. 그중 잡지『조양보』와『서우』의 연재본은 미완인 채 끝났고, 이채우가 국한문체와 순국문체로 번역한 2종은 동

---

50 해당 전기물은 「비스마룩구淸話」(『조양보』 2~9, 1906.7~1907.1)이다. 「비스마룩구淸話」의 번역적 특징에 대해서는 손성준, 「번역 서사의 정치성과 탈정치성―『조양보』 연재소설 「비스마룩구淸話」를 중심으로」, 『상허학보』 37, 상허학회, 2013 참조.

시기에 단행본으로 간행되었다. 이들 4종은 예외 없이 애국일인의 중국어 역본을 저본으로 하여 다시 번역한 것이었다. 이채우는 직역 위주의 번역 태도를 견지했지만 죽음을 수반하는 수사나 감정적 과잉을 축소시키는 개입을 보여준다. 본 장에서는 이를 저본이 지닌 고유한 정치적 입장을 희석시키는 시도로 보았다. 한국에서 『애국정신담』은 『월남망국사』와 거의 동시기에 번역되었다. 두 텍스트는 공통적으로 '애국'이라는 자장 속에서 존립하고 있었다. 이들을 동시적으로 수용하려 할 때 번역자들이 취할 수 있는 태도는 각각의 정치성에 편중되지 않고 '애국' 자체의 편재성을 널리 공유하는 형태가 될 터였다. 이러한 한국 번역장의 상대적 탈정치성은 결국 '미번역된 콘텐츠'와 '번역 가능한 시간'이라는 두 축의 함수가 빚어낸 것이었다. 동아시아 3국 중 한국은 전자에 대해서는 최고점에, 후자에 대해서는 최저점에 위치하고 있었다.

한국의 번역자들이 역사물과 전기물을 번역할 때 '소설'이 아닌 것을 알면서도 '소설'로 명명한 현상 역시 같은 문맥에서 곱씹어볼 수 있다. 정도의 차는 있지만 일본이나 중국의 지식인들이 '역사 및 전기'와 '소설'을 별도의 영역으로서 개척해나간 반면, 한국은 우선순위 번역 텍스트를 주로 '역사 및 전기'에서 찾았고 대신 여기에 '소설'의 옷을 입히는 방식을 취한다. 『애국정신담』이 '정치소설'로 광고되거나 잡지의 '소설'란에 연재된 것은 한국이 유일했다. 한국의 『애국정신담』 번역자들은 프랑스의 실제 일화들로 이해했을 애국일인의 역서를 다시 번역하면서도 '소설'이라는 기표 아래 배치하고자 하였다. '미번역된 콘텐츠'는 많지만 실제 '정치소설'을 번역하여 기존 소설 독자층에게 우회적으로 정치의식이나 애국심을 주입하기에는 허락된 '번역 가능한 시간'이 절대적으로 부족했던 것이다. 최선의 선택은 실제 역사를 번역하여 애국에 대한 가장 직접적인 자극을 주되, 그 대상 독자를 '소설'이라는 기표로 유인하는 데 있었다. 이채우가 국한문체뿐 아니라 순국문체 『애국정신담』의 동시 간행을 준비한 이유는 여기에 있을 것이다.

덧붙일 것은, 『애국정신담』 속의 '애국'이 자국의 경계를 벗어나는 순간 폭력을 정당화하는 도구로 기능했다는 점이다. 『애국정신담』은 '애국'을 자명한 가치로 추종하는 동안 가해지는 또 다른 '애국'에 대한 폭력을 역설적으로 드러내는 텍스트이다. 모두가 애국을 내세워 자국의 이익을 최우선으로 하기에 결국 남는 것은 '강자의 애국'일 뿐이다. 그러므로 이 텍스트의 본질은 결국 진화론적 세계질서와 연동될 수밖에 없다. 실상 연쇄적 번역으로 엮여 있는 근대 동아시아의 애국 담론은 그 기저에 이러한 사회진화론적 논리를 공유하고 있었다. 다만, 그 질서 속에 나뉘져 있는 '강자'와 '약자'의 관계를 전복시킬 수도 있는 일말의 가능성이 '애국'이라는 기표에 짐지워져 있었을 따름이다. 물론 '패자'가 '승자'로 변모하는 데에는 더 많은 애국자가 더 많은 피를 흘릴 것이 전제되어 있었다. 그런데 이는 '애국'을 둘러싼 또 다른 의미의 무한경쟁이자 적자생존이 될 터였다. '사회진화' 속의 '애국진화'가 가닿을 도달점이란 '애국자'의 목숨을 담보로 한 전쟁밖에 없었다. 이렇듯 '애국' 자체에 내포된 국민 동원의 논리에는 늘 전시 상황이 잠재되어 있었다.

'애국'은 자연발생적인 것이 아니라 번역되고 기획된 근대의 산물이었다. 동아시아 3국은 국민국가로 이행하는 과정, 혹은 정복하고 정복당하는 과정에서 공통적으로 '애국'을 소리 높였으며, 각자의 시공간적 문맥에 따라 그 의미를 채워나갔다. 중국이나 한국의 현실을 감안할 때 국가 간 약육강식을 아름답게 포장한 『애국정신담』의 번역이 근본적 대안은 될 수 없었다. 문제의 원점은 '중역'이라는 번역의 방식 자체에 이미 내재되어 있었다. 앞다투어 '애국'의 기치를 높이던 시기 그 제목으로 인해 『애국정신담』은 동아시아 번역장에서 가장 주목받는 텍스트 중 하나였다. 그러나 이 제목은 *Tu seras soldat*너는 군인이 될지어다를 『애국정신담愛國精神譚』으로 변경한 일본인 번역자에 의해 출현한 것이었다. 중역의 방식이 지닌 한계상 이 경위는 은폐될 수밖에 없다. 이렇듯 소스 텍스트의 맥락이 아닌 저본이 제공하는 이미지만이 시야에 들어오는 이상 중역, 특히 정치서사의 중역은 늘 거시적 방향성에 대한 의구심이 수반되는 작업이었을 터이다. 물론 당대인의 세계관을 기준으로 할 때 『애국정신담』의 의미가 그토록 반동적이진 않았을 가능성이 크다. 어쨌건 참담한 실패를 딛고 일어선 한 국가와 그 구성원들의 피나는 노력이 담겨 있었으니 말이다. 하지만 아무리 '애국'의 기치를 높이 들었다고 해도 조금만 주의를 기울였다면 '애국'이야말로 강자들이 약자를 탄압하는 가장 그럴 듯한 명분이 될 수 있다는 사실 또한 보다 적극적으로 발신할 수 있었을 것이다. 이에 대한 구체적인 깨달음을 제공하는 고토쿠 슈스이幸德秋水의 『이십세기지괴물제국주의二十世紀之怪物帝国主義』警醒社, 1901는 이미 한국에도 번역되어 있었다. 특히 고토쿠 슈스이가 '애국심'의 폭력성을 갈파한 대목은 「논애국심論愛國心」이라는 제목으로 『조양보』의 '논설'란에 5회에 걸쳐 역재되었다. 아이러니하게도 『조양보』는 바로 『애국정신담』을 연재한 잡지이기도 했다.

제2장

성인군자와 독립투사 사이, 『화성돈전』

1. 들어가며

본 장에서는 조지 워싱턴 전기의 동아시아 계보를 살펴볼 것이다. 20세기 초 동아시아에서 신흥강국 미국은 관심의 대상이 될 수밖에 없는 위치에 있었고, 그 관심은 자연스럽게 국부 워싱턴을 향하였다. 당대에 쏟아진 다양한 워싱턴 관련 지식 중, 여기서 주목하는 것은 일본인 후쿠야마 요시하루福山義春의 『화성돈華聖頓』부터, 중국인 띵찐丁錦의 『화성돈華盛頓』, 한국인 이해조의 『화성돈전華盛頓傳』까지 순차적으로 번역된 텍스트들이다.[1] 이는 워싱턴 관련 번역물 중, 저본과 역본의 관계로 세 공간을 관통한 유일한 사례이다.

---

1   후쿠야마와 비교해보면 띵찐의 제목에서는 가운데 한자가 '聖'에서 '盛'으로 바뀐다. 이해조의 한국어본은 띵찐의 표기를 따르되 '傳'을 삽입하여, 『華盛頓傳』으로 제목을 변경했다. '華盛頓傳'은 이해조보다 앞서 『대한유학생회학보』 1호(1907.3)에 최남선이 발표한 위싱턴전의 제목이기도 하다.

이 워싱턴 전기에 대한 선행연구로는 최원식의 것을 참조할 수 있다. 그는 번역 판본들의 존재를 최초로 확정하고 유의미한 텍스트 분석도 수행하였다.[2] 즉, 이는 선구적 작업에 해당한다. 하지만 후쿠야마 요시하루와 띵쩐에 대한 최원식의 논의는 검토 결과 사실과 어긋난 부분이 있었다. 최원식은 각 집필자들의 배경을 통해 그들의 의도를 추론하였는데, 애초에 저자에 대한 판단이 틀렸다면 그 추론은 성립될 수 없다. 또한 그는 후쿠야마의 영문 저본들이나 후쿠야마와 띵쩐 사이의 편차 등은 거의 분석하지 않은 채, 이해조의 결과물에 의거하여 대부분의 논의를 전개했다. 그러나 이해조의 역본은 번역 계보의 마지막 결과물이기 때문에 앞 단계의 변동을 전체적으로 조감할 수 있는 자료는 아니다. 가령 최원식은 띵쩐의 『화성돈』에 대한 이해조의 번역을 "중역판의 거의 충실한 번역에 그친"[3] 것으로 규정하고 있다. 그런데 띵쩐과 이해조의 텍스트 차이가 크지 않다면, 띵쩐의 작업이야말로 동아시아 내에서 '일본어 텍스트' 대 '중국어·한국어' 텍스트 사이의 결정적 차이를 발생시킨 분기점이 된다. 다만 그의 연구에서 이 단계의 분석은 거의 이루어지지 않았다. 이상의 문제의식에 따라 본 장에서는 번역 판본들을 순차적으로 따라가는 텍스트 중심의 분석을 통해 최원식의 선행연구를 보충해 보고자 한다.

---

2 최원식, 「『화성돈전』 연구—애국계몽기의 조지 워싱턴 수용」, 『민족문학사연구』 18, 민족문학사학회, 2001.
3 최원식, 위의 글, 298면.

2. 후쿠야마 요시하루의 『화성돈華聖頓』 – 유교적 영웅 워싱턴

1) 번역자 후쿠야마 요시하루

최원식은 일본의 워싱턴 전기 『화성돈』의 판권란에 저자로 등장하는 이름인 후쿠야마 요시하루와 언어학자 오가와 나오요시小川尙義, 1869~1947를 동일인으로 간주하였다.[4] 그 근거는 『일본아동문학대사전日本兒童文學大辭典』의 인명사전 부분 중 '오가와 나오요시' 항목에서 오가와가 바로 『화성돈』의 저자라고 증언한 데 있다. 그러나 사실 해당 사전에는 "판권란의 저자명은 후쿠

1914년도 판본 『華聖頓』의 표지

야마 요시하루지만 관계불명"[5]이라고 되어있기도 하다. 이보다 앞서 카츠오 킨야勝尾金弥 역시 후쿠야마 요시하루를 오가와 나오요시로 소개한 바 있었지만, 그에게도 확신은 없었다.[6] 카츠오는 오가와 나오요시의 유족에게 '후쿠야마 요시하루'가 오가와의 필명이 맞는지 문의하기도 했다. 하지만 돌아온 답은 명확하지 않다는 것이었다.[7] 요컨대 후쿠야마와 오가와가 동일인이라는 결정적 근거는 아직 없다.

그럼에도 지금껏 두 인물이 동일인이라는 설이 유지될 수 있었던 유일한 이유는 1900년도에 나

---

4 최원식, 위의 글, 283~284면.

5 大阪國際兒童文學館 編, 『日本兒童文學大辭典』 1권, 大日本圖書株式會社, 1993, 160면.

6 勝尾金弥, 앞의 글, 79면; 勝尾金弥, 『伝記児童文学のあゆみ-1891から1945年』, ミネルヴァ書房, 1999, 99면 등.

7 勝尾金弥, 「伝記叢書「世界歴史譚」の著者たち」, 『愛知県立大学文学部論集』 37, 児童教育学科編, 1988, 90면.

온『화성돈』과는 달리 1914년에 나온 새 판본의 본문 첫 면에 '소천상의小川尚義 저著'가 명기되어 있기 때문이다. 하지만 다음의 근거들을 볼 때, 이는 단지 편집이나 인쇄상의 오류일 가능성이 높다. 첫째, '소천상의'가 등장한 1914년 판본에도 판권지와 표지에는 여전히 '복산의춘福山義春'이라는 이름이 올라가 있다. 더욱이 '소천상의小川尚義'와 '복산의춘福山義春'은 시각적으로 유사한 한자의 조합이다. 둘째, 오가와 나오요시의 행보를 짚어볼 때『화성돈』의 집필에 무리가 있다. 오가와는 학자로서 평생을 대만어 연구에 매진한 인물이다. 그는 제1고등학교를 거쳐 1896년 도쿄제국대학 문과대학 박언학과博言學科를 졸업하고 동년 10월부터 대만총독부 학무부에서 근무했다. 대만 현지에서 본격적 연구를 시작한 그는 1898년『일태소사전日台小辭典』[8]를 발간하였고, 이후로도 사서辭書편찬에 힘쓰며 대만어의 권위자로 자리매김하였다. 대만 현지에서 초기 연구에 집중하던 차에 갑작스럽게 전기물 집필에 참여했을 가능성은 희박하다. 게다가 1900년도 시점에 오가와는 이미 대만에 주재하고 있었다. 물론 이 시기 오가와 나오요시의 개인 이력에서도『화성돈』집필은 발견되지 않는다.[9] 셋째, 후쿠야마 요시하루福山義春라는 이름을 가진 실제 인물이 동시기에 존재했다. 1873년 3월 구마모토현 다마나玉名군에서 태어난 그는 제5고등중학교를 거쳐 1898년도에 도쿄제국대학 문과대 한학과에서 학위를 취득하였다. 1899년 5월에는 문부성으로부터 교원자격증을 수여받았는데, 과목은 한문, 일본사, 세계사였다. 그는 1899년부터 이바라키현립茨城県立 진죠중학교尋常中学校의 츠치우라土浦 분교에서 재직한

8　스승인 우에다 카즈토시(上田万年, 1867~1937)와의 공저이다.

9　『華聖頓』의 출판 전후 시점에 오가와는 대만에서 일본어학교의 교수를 맡았고(1899), 1901년에는 대만총독부의 편수관(編修官) 직책을 담당했다. 蔡茂豊, 「小川尚義と台湾の日本語教育」, 『台灣語言學一百周年國際學術研討會 : 紀念台灣語言學先驅小川尚義教授』報告ペーパー, 2007, 4면.

후, 이 학교가 1900년 4월 본교화된 후 1904년까지 초대교장을 역임하게 된다.[10]

이러한 후쿠야마의 이력은 그가 『화성돈』을 집필한 당사자라는 결론에 이르게 한다. 이 외에도 『화성돈』의 저자 정보로 제시되어 있는 '문학사文學士', 집필 시점에 교육가로서의 경력을 시작한 것,[11] 그리고 교원자격 과목에 세계사가 포함된 것도 미국사 관련 작업을 뒷받침하는 배경이다. 『화성돈』의 출판 직전인 1899년에 『한문독본漢文讀本』[12]이라는 중등 교과서를 집필한 점에서도 연속성을 확인할 수 있다. 후술하겠지만 이 한문 교과서와 워싱턴 전기의 교훈적 지향은 중첩되어 있었다. 『화성돈』의 후쿠야마 요시하루는 그 이름 그대로 실존하고 있었던 것이다.

핫토리 테츠세키服部鉄石나 다카하시 타치가와高橋刀川 등의 회고에 의하면 후쿠야마는 능력과 기품을 두루 갖춘 교육가였다.[13] 그런데 1910년도에 나온 『수호중학水戸中學』[14]에서 확인되는 평가는 완전히 상반된다. 미토중학교의 역사와 기풍, 주요 사건을 정리한 이 자료는 후쿠야마가 부임한 1904년 9월 27일부터 학생들의 습격을 받는 등 곤욕을 겪은 사실을 드러내는 데서 시작하여, 기개, 교육 방침, 수완 등의 결핍을 지적하고 있으며, 후쿠야마가 "생도들 간에 제재위원을 두어 그들에게 폭력을 마음대로 행사하게 한 점"[15]도 비판하였다. 결국 후쿠야마는 1908년 3월의 졸업식에 참석했다가

---

10 服部鉄石, 『茨城人物評伝』, 水戸 : 服部鉄石 , 1902, 141~142면; 高橋刀川, 『常陽人物寸観』水戸 : 高橋刀川, 1904, 52~53면 참조.

11 후쿠야마는 『華聖頓』의 '序'에서 "우리나라 소년자제(少年子弟)가 마땅히 그(워싱턴, 인용자 주)를 사표로 삼아야 할 것"이라 명시하고 있다. 교육자로서의 신분과 집필 의도가 호응하고 있는 것이다.

12 福山義春, 服部誠一 編, 『漢文讀本 ― 中等教科』, 育英舍, 1899.

13 服部鉄石, 앞의 책, 142면; 高橋刀川, 앞의 책, 53~54면.

14 琴山生(三島良太郎), 『水戸中学(附 ・ 茨城県学事年表)』, 水戸 : 三島良太郎, 1910.

15 위의 책, 109면.

학생들의 불량한 태도에 분개한 모리 마사타카 지사에 의해 파면당한다.[16] 이후 그의 행보는 불분명하다. 다만 『화성돈』을 집필했던 1900년 당시의 그는 성공가도를 달리던 엘리트 교육가였다. 이는 『화성돈』의 특징을 이해하기 위한 기본적 배경이 될 것이다.

2) 미국 관련 내용의 보완

후쿠야마는 '범례'를 통해 자신이 워싱턴 전기 집필에 참고한 영문 서적 6종의 정보를 밝혀두었다.[17] 이 저본들의 개괄적 특징을 정리하면 다음과 같다.

① Lives of Presidents : 19세기 미국 출판계에는 동일 제목의 책이 다수 존재했기에 여러 판본이 사용되었을 가능성도 있다. 다만 Abbott의 판본이 활용된 것은 분명하다.[18] 이 판본은 1대 대통령 조지 워싱턴부터 17대 대통령 앤드류 존슨까지의 소전小傳 모음집으로서, 주관적 서술보다는 역사적 기록에 가깝다.

② Chamber's Famous Men[19] : 유명 인물 19인을 함께 다루고 있다. 후쿠야마가 밝힌 6종의 영문서 중 5종은 미국에서 나왔지만, *Famous Men* 만은 영국 런던에 위치한 W. & R. Chambers를 통해 발간되었다. 따라서 적어도 19세기 미국의 워싱턴 전기들처럼 "터무니없는 찬사의 혼합"[20] 은

---

16 위의 책, 111~112면.

17 "본서를 엮는 데 있어 참고한 서적은 다음과 같다. Lives of Presidents. / Chamber's Famous Men. / W. M. Thayer's George Washington. / Lee & Sheppard : History of American Revolution. / R. Frothingham : Rise of the Republic of the United States. / M. King : Handbook of the United States." 福山義春, 『華聖頓』, 博文館, 1900, '凡例'.

18 John S. C. Abbott, *LIVES OF THE PRESIDENTS OF THE UNITED STATES OF AMERICA, FROM WASHINGTON TO THE PRESENT TIME*, B. B. Russell&Co., 1867. Abbott, p.13과 후쿠야마, 9면, Abbott, p.14과 후쿠야마, 11면 사이의 일치점을 예로 들 수 있다.

19 *Famous Men, being biographical sketches*, W. & R, Chambers, 1892(First Edition : 1886).

20 John A. Garraty, *The Nature of Biography*, Alfred · A · Knopf, 1957, p.100

경계할 수 있었다.[21]

③ W. M. Thayer's George Washington[22] : 503페이지에 이르는 분량이 모두 워싱턴 개인에게 할애되어 있는 만큼 내용도 풍부하다. 소설처럼 등장인물들의 대화가 전면화되어 있는 것이 특징이다. 기존에 나온 워싱턴 전기들의 성과 역시 활용하여 전문성도 겸비하고 있다.

④ Lee & Sheppard : History of American Revolution[23] : Robert Sear의 본 저서는 미국의 초기 역사를 중점적으로 다루며 연대기적 기록을 사전식으로 상술한다.

⑤ R. Frothingham : Rise of the Republic of the United States[24] : 미국사 전문가 Richard Frothingham의 후기 저술로, 미국의 독립 과정과 초기 역사를 정리하였다. 주州의 형성기인 1643년부터 워싱턴의 대통령 임기 초인 1790년까지의 시기를 다룬다.

⑥ M. King : Handbook of the United States[25] : 2,600장 이상의 일러스트와 53장의 컬러 지도를 포함한 미국사 및 지역 정보 서적이다. 951면에 이르는 분량의 방대한 지식을 담고 있다. 각 주를 기준으로 챕터를 구분하고 다시 각 키워드들을 배치한 사전 형태이다.

후쿠야마는 서문의 끝에 자신을 "편자編者"로 내세운다. 분명 이 책은 그

---

21 후쿠야마는 적극적으로 *Famous Men*을 활용하였다. 예컨대 『華聖頓』 4~10면은 주로 *Famous Men*, pp.2~3에 의거하고 있다.

22 W. M. Thayer, *From Farm House to the White House The life of George Washington, his boyhood, youth, manhood, public and private life and services*, Hurst&CO., 1890.

23 Robert Sear, *The pictorial history of the American Revolution with a sketch of the early history of the country, the Constitution of the United States, and a chronological index*, Lee and Shepard, 1850.

24 Richard Frothingham, *The rise of the republic of the United States*, Little, Brown, and company, 1881(First Edition : 1872).

25 Moses Foster Sweetser, *King's handbook of the United States*, The Matthews-Northrup co., 1896.

의 표현대로 편집의 산물이었다. 다만 다양한 영문 자료를 참고한 새로운 결과물이었다는 점에서 후쿠야마는 '저자'라고도 할 수 있다. 사실 후쿠야마는 영문 서적뿐 아니라 기존에 일본어로 간행된 워싱턴 전기를 참고하기도 했다.[26] 그러나 그가 공개한 목록에는 영어 원서만이 존재했다. 이 목록은 후쿠야마에 의해 일본어로 재탄생된 워싱턴 이야기가 '본토의 지식들'에서 직접 가져온 것이며, 기계적인 번역의 결과가 아니라 직접 재구성한 것임을 전시한다.

상기 저본 중 ①부터 ③은 전기물이고, ④와 ⑤는 미국 역사서이며, ⑥은 지역학 사전에 가깝다. 즉 후쿠야마는 복수의 전기 속에서 핵심 서사를 선택적으로 배치했을 뿐 아니라①~③, 미국사와 지리지를 보강하였다④~⑤. 특히 후자는 후쿠야마의 추가적 노력이 엿보이는 대목이다. 다음은 일본어 『화성돈』의 목차 및 챕터 비중이다.

〈표 5〉『華聖頓』의 목차 및 챕터 비중

구분	목차	면수		비중(%)
		삽화	내용	
首章	緖言	0	2	1
제1장	學校生徒及び測量旗手(학생생도 및 측량기수)	1	15	10
제2장	英佛植民地戰爭及び陸軍大佐(영국·프랑스식민지전쟁 및 육군대령)	3	37	24
제3장	英王の壓制及び州會議員(영국왕의 압제 및 주회의원)	1	13	8
제4장	獨立戰爭及び美軍總督(독립전쟁 및 미군총사령관)	3	55	36
제5장	北美合衆國の獨立及び大統領(북미합중국의 독립 및 대통령)	0	14	9
제6장	「ワシントン」の高踣及その人物(워싱턴의 은거 및 그 인물)	2	18	12
합계		10	154	100%

---

26 예를 들어, 후쿠야마 텍스트의 16면과, 7년 앞서 나온 漠北生,『ワシントン傳』(警醒社, 1893)의 12면을 비교해보면, 가타카나 등의 세부 사항과 문장의 전개까지 거의 맞아떨어진다. 후쿠야마가 제시했던 6종의 영문 원서에서는 같은 내용을 발견할 수 없기 때문에 해당 부분은 후쿠야마가 『ワシントン傳』에서 차용한 것으로 볼 수 있다.

챕터 제목에는 기본적으로 '측량기수'로부터 '대통령'까지 워싱턴의 신분 변화가 제시되어 있다. 중요한 것은 제1장을 제외하면 '프랑스와의 전쟁'부터 '미국의 독립'에 이르기까지 미국이 처한 상황이 앞서 등장한다는 점이다. 이는 후쿠야마가 활용한 영문서들과는 다른 점이다. 예컨대 *Famous men*에 수록된 워싱턴 전기의 경우, 워싱턴의 개인적 관심과 결혼 생활, 토지 및 재산 관리 등 '국가'나 '정치'와는 상관없는 'private'한 내용을 2개 챕터에서 다룬다.[27] 후쿠야마의 『화성돈』 내에서 이러한 내용은 거의 찾아볼 수 없다. *Famous men* 등의 영문판 저자는 시종일관 워싱턴이라는 존재를 서사의 중심에 두고 있다. 그러나 후쿠야마의 『화성돈』에는 워싱턴이 개입하지 않은 정치적 변동과 전쟁의 기록들도 상세하다.[28] 후쿠야마의 입장에서 워싱턴이 경외의 대상인 이유는 결국 '미국'의 위상에 있었다. 후쿠야마는 『화성돈』의 마지막 대목에서 "하지만 그를 천세동안 영원히 전할 만한 기념물은 이 최대의 기념비도 아니고 또한 워싱턴의 분묘도 아니며, 그가 기초를 굳건히 한 북미합중국 그 자체임을 모르는가"161~162면라고 덧붙이고 있다. 요컨대 『화성돈』에서는 주인공 워싱턴과 비교될 정도로 미국의 존재가 큰 비중을 차지했다.

---

27 다음은 6개 챕터 중 강조 표기한 (3), (5)가 이에 해당한다. (1) p.1 워싱턴의 초년기 서술(영문 소제목 없음) / (2) p.6 War with the French on the frontier / (3) p.11 Private and political life from 1759 to 1775 / (4) p.15 War of Independence / (5) p.26 Retirement into private life / (6) p.28 Washington as President of the United States.

28 때문에 여러 페이지가 지나도록 워싱턴의 이름조차 등장하지 않는 경우들도 빈번하다. 가령 제3장 '영국왕의 압제 및 주회의원'과 제4장 '독립전쟁 및 미군총사령관' 초반까지 워싱턴의 등장은 손에 꼽을 정도이다. (1) 61면에 한 차례 언급된 뒤 67면이 되어서야 다시 언급되는가 하면, (2) 70면에서 등장한 이후 다시 호명되는 것은 75면에 이르러서이다. (3) 85면 이후에도 90면이 되기 전까지 워싱턴의 이름은 없다. (1)은 영국과 미국의 갈등, (2)는 독립전쟁 개시의 경위 (3)은 독립선언문 소개 내용이 핵심이기 때문이다.

3) 유교사상으로 재현된 워싱턴

후쿠야마의 워싱턴 형상화에서 가장 두드러지는 부분은 바로 워싱턴의 성품 속에서 유교적 덕목을 찾는 데 있다. 우선 후쿠야마가 붙인 서문을 살펴보자.

내가 미국사를 읽어 천년을 썩지 않을 위인 워싱턴의 일생을 보았으니, 그 기고氣高한 品性을 회상할 때마다 몸이 마치 비습불결卑濕不潔한 도하를 떠나 수령상쾌秀靈爽快한 부용芙蓉의 봉우리에 오르는 듯한 심정이 되지 않을 수 없다. 그의 일심一心은 모든 다른 인류를 초월하여 순미의 德性을 구비하고, 그의 일체一體는 멀리 티끌의 세계를 떠나 평화 · 청결 · 장엄의 분위기 속에서 살아가는 것이다. 워싱턴은 호걸 중의 군자이며, 군자 중의 영웅이로다.

비평가가 말하길, 세상에 완전한 사람이 없다 하나, 위아래 삼천년에 성인聖人 이외에는 그 완전에 가까운 자 – 오직 조지 워싱턴이라. 강건하지만 능히 유하며 엄하되 능히 조화하며, 의지가 견고하고 재지가 원만하며, 영웅의 담략이 있으면서도, 군자의 성덕을 겸하며, 자시自恃의 정신이 부富하되 겸손의 성질이 풍부하며, 개인의 자유주의를 생각하되 국가의 관념을 잊지 않으니, 신자로서는 경건의 도徒가 되고, 군인으로서는 지용의 장이 되고, 정치가로서는 인도의 향도자가 되고, 평민으로서는 박애 · 공명정대의 인물이 되었도다. 들어보니 아브라함 링컨이 밭을 경작할 때 조지 워싱턴의 品性을 심히 흠모하여, 그처럼 정직하고 그처럼 행하고 그처럼 멈추는 것을 생각하고 행하고 자고 앉고 누워도 그 전傳을 놓지 않고, 정신의 곳곳마다 이상적인 인물에게 제대로 훈도를 받아, 끝내 미국 제2의 국부가 되어 유럽과 미국의 천지로부터 존경을 받았다. 오호, 워싱턴의 品性은 이미 영걸 링컨의 숭배를 받은 것으로, 하물며 구미의 인사 제일의 인물을 구하자면, 먼저 손가락은 워싱턴을 향해 굽혀야 하지 않을까. 우리나라 소년자제少年子弟가 마땅히 그를 사표로 삼아야 할 것이다. 지금 및 현시 사회에 대해 차마 말하지 못할 것이 많다. 우리나라 다음 세대의 국민은 원컨대 워싱턴의 **품성**에 귀감을 광풍으로 썻어, 자유를 위해, 공도를 위해, 국가를 위해, 인류를 위해 크게 힘쓸 바 있기를. ─편자編者 지識

핵심인 마지막 문장을 포함하여 후쿠야마는 워싱턴의 업적이나 재능을 내세우지 않고, 품성을 본받으라고 강조한다. '품성'이라는 단어는 서문 내에서만 5회에 걸쳐 등장하며, '덕성德性', '군자君子', '성인聖人', '완전에 가까운 자', '성덕聖德', '자시自恃의 정신', '겸손의 성질', '경건의 도', '인도人道의 향도자', '박애공명정대의 인물' 등 유사한 표현까지 고려하면 이 서문 전체가 품성 예찬론이라 할 수 있다.

후쿠야마는 유교의 이상적 인간상을 뜻하는 '군자'나 '성인'이라는 표현을 동원했다. 군자는 도덕적으로 완성된 인격자를 뜻하며, 성인은 그 궁극적 도달점이다. 실제로 워싱턴의 일부 일화들은 유교적 인간상과 잘 어울린다. 가령 어린 시절 부친이 아끼던 나무를 칼로 상하게 했으나 잘못을 정직하게 고백한 사건이나, 건국 이후 왕위 내지 종신 대통령직을 고사한 일화 등이 그러하다. 이 때문에 워싱턴은 후쿠야마의 집필 이전부터 이미 다양한 공간에서 탁월한 '품성'의 이미지로 수용되고 있었다.[29] 다만 후쿠야마는 그것을 유교적 성인군자의 이미지와 보다 적극적으로 결합시키고 있다는

---

29 워싱턴의 인격에 대한 강조나 도덕적 모범화는 19세기 영문 서적들에 이미 내포되어 있으며, 『華聖頓』이 발간되기 이전에 중국이 소개한 워싱턴 관련 서사에서도 나타난다(潘光哲, 『華盛頓在中國─製作「國父」』, 三民書局, 2005, 1~7면). 워싱턴의 나무 관련 일화는 『華聖頓』 발간 이전 한국의 『독립신문』에서도 소개된 바 있다(「논설」, 『독립신문』, 1899.11.17).

점에서 차별화된다. 이는 그가 한문학 분야의 전문가인 것과 무관하지 않을 것이다. 이미 언급한 바와 같이 『화성돈華聖頓』를 간행하기 직전 후쿠야마는 한문 교과서 『한문독본漢文讀本』를 편찬한 바 있었다. 이 교과서는 천황 중심의 이데올로기 강화를 위해 구성되었지만, 그 내실은 '성덕'·'인서仁恕'·'효'·'충'·'예' 등의 유교 덕목을 다룬 일본 유학자들의 문장이기도 했다.[30]

서문 외에도 후쿠야마는 워싱턴의 일화들을 유교의 핵심 덕목들과 함께 소개하고 있다. 예컨대 독립전쟁에서 사령관직을 수행하던 시기에 나온 경질 논의를 돌파할 수 있었던 것은 다름 아닌 워싱턴의 '인덕仁德' 때문이라고 언급된다후쿠야마, 121~122면. 워싱턴의 품성이 지닌 힘은 독립전쟁 승리 직후에 발생한 군인들의 반란을 해결하는 장면에서도 발휘된다. 당시 군인들은 자신들을 제대로 대우하지 않는 정치가들에게 분노하여 워싱턴을 왕으로 추대하고자 했다. 그러나 워싱턴은 오히려 군인들을 책망하고 설득하여 문제를 해결한다후쿠야마, 133면. 이러한 면모는 『맹자』의 사단四端 중 사양지심辭讓之心, 시비지심是非之心을 연상케 하는 것이다. 후쿠야마는 소년기의 워싱턴이 목숨을 걸고 물에 빠진 어린 아이를 구한 일화를 소개하며 이를 사단 중 다른 하나인 "측은지심惻隱之心"으로 표현하기도 하였다후쿠야마, 158~159면.

전술한 워싱턴의 일화들이 주로 유교사상의 핵심인 '인仁'이 '덕德'의 형태로 발현된 것이라면, 후쿠야마는 워싱턴에게서 또 다른 공자의 가르침인 '극기복례克己復禮'의 사례 역시 면밀하게 조명한다. "이 같은 그의 위대한 인내와 같은 것은 참으로 유례를 찾아볼 수 없는 것으로서 세인들이 경탄하는 것이다"후쿠야마, 97면와 같이, '인내'의 강조는 사실상 『화성돈』 전체를 관통

---

30 이 책은 이와가키 마츠나에(巖垣松苗), 오야마 노부유키(靑山延于), 라이 산요(賴山陽) 등 당대의 유학자 및 한학자의 문장 69편을 엮은 것이다.

하고 있다. 예컨대 독립전쟁의 초중반, 미국군은 지속적으로 영국군에게 열세였다. 사령관 워싱턴은 연전연패를 거듭하는 한편 모든 악조건을 감내해야만 했다. 따라서 영웅의 행적에 대한 기록이라고 보기에는 초라한 내용들이 이 시기에 펼쳐진다.[31] 이렇듯 미국군의 역경을 집중적으로 서술한 이유는 후쿠야마가 방점을 둔 '불굴의 정신'이 그러한 극악한 상황 속에서야 제대로 빛나기 때문이다. 특히 106면부터 108면 사이의 실패의 기록 중간 중간에는 '그럼에도 불구하고 실망하지 않았다'거나 '희망을 포기하지 않았다'는 문장이 총 7차례나 반복된다. 그리고 후쿠야마는 이러한 워싱턴의 면모를 '극기克己'라는 유교적 용어로 거듭 표현하였다. 다음 인용문은 『화성돈』의 마지막 부분에 등장하는 워싱턴에 대한 종합적 평가로서, 후쿠야마의 유교적 가치관을 대변해주는 것이기도 하다.

동서고금의 역사를 조사하여 소위 영웅호걸이라는 자의 생애를 생각해보면, 그가 대업을 훌륭히 성취하고 이름을 천세에 빛낸 것은 반드시 재주와 학식과 지식의 양과 대담함과 지략이 비범했던 이유 때문만은 아니었다. 그에게는 천진난만함과 자신을 기망하지 않고 남을 속이지 않는 성정이 충만했고, 어느 날 아침 지성至誠이라는 영험한 기운이 번뜩이며 떨쳐 일어나 사태에 대처해나가니, 하늘이 그에게 난세의 시대를 지배할 힘을 주고 온 세상이 그에게 경륜의 위업을 성취할 대임을 맡겼음을 알 수 있다. 워싱턴은 바로 이같은 인물이었다. 그는 소년이었을 때 소위 재주 많은 아이가 아니었고 오히려 중용中庸의 재능을 지녔다. 다만 그가 정의를 추구했으며 훌륭하게도 진정

---

31 가령 97면에서 시작된 각종 전투에서의 패배 및 열악한 상황에 대한 기록은 트렌턴 전투의 승리가 등장하는 113면에 이르기까지의 계속된다.

하고 올바른 인간이 되고자 했던 **지성至誠**이 드디어 그로 하여금 위대한 사업
을 성취하도록 했다. 정의와 올바른 길을 바랐던 일념은 능력을 얻게 했고 또
한 인내와 **극기克己**의 성품을 얻을 수 있게 하였고, 어떤 위험에도 동요하지 않
을 강직한 성품을 함양하게 했다. 그가 정의와 올바른 길을 추구하기 때문에
겪었던 **극기克己**라는 공부는 그에게 냉정한 두뇌와 명석한 판단력을 얻을 수
있게 하였다.**후쿠야마, 152~153면**

　강조 표기한 것 중 사서四書의 제목이기도 한 '중용'은 치우침이 없는 삶
의 실천적 태도를 의미하는 유교사상의 정수이다. '지성'은『중용』24장의
제목인 「지성지도至誠之道」에도 등장하듯, 중용의 가치와 불가분의 관계에 있
다. 중용이 '지극한 정성' 속에서 발현되는 가치이기 때문이다. 그리고 이
지성의 상당 부분은 자신의 나약함을 극복하는 '극기'의 실천이기도 하다.
이 모든 유교적 용어는 우연한 배치가 아니라 한학자이기도 했던 후쿠야마
의 의도 속에서 워싱턴의 삶과 융합된 것이었다.

3. 띵쩐의『화성돈華盛頓』―혁명 전사로서의 워싱턴

1) 번역자 띵쩐

　후쿠야마의『화성돈』은 출판 후 약 3년이 지난 시점에 중국의 띵쩐에 의
해『화성돈華盛頓』文明書局, 1903.8으로 역간되었다. 중국의 워싱턴 소개는 띵쩐
이전부터 이미 다채롭게 이루어지고 있었지만,『화성돈』과 같은 단행본 번
역서는 당시로서도 드문 것이었다.[32]

문명서국은 관리 출신이자 반청혁명파 세력에 협력하기도 했던 리엔추엔 廉泉, 1868~1931이 중심이 되어 설립한 출판사다. 문명서국과 번역자 띵쩐에 대해서는 최원식 역시 소개한 바 있다.[33] 다만 띵빠오슈丁宝书, 1866~1936가 곧 띵쩐이라고 밝힌 부분은 사실이 아니다. 동일 지역 출신이며 동시기에 문명 서국에서 활동하기는 했지만, 띵빠오슈는 띵쩐과 생몰 연도부터가 다르며 주요 활동 분야 역시 미술이었다.[34] 띵쩐은 반청 결사 운동을 하다가 신해혁 명 이후 군인의 길을 걸어 1921년에 육군중장까지 올랐으며 중화인민공화 국 시기에는 농업부 고문으로도 활동한 인물이다.[35]

『화성돈』을 번역한 1903년은 띵쩐이 보정군정사保定軍政司에서 번역 일을 하 던 시기였다. 『화성돈』의 판권지에는 '원역자原譯者 일본日本 복산의춘福山義春', '번역자飜譯者 무석無錫 정금丁錦'이라 되어 있다. 저본에는 '일본日本'이라는 국 가명이, 역본의 경우는 '무석'[36]이라는 출신지가 제시되었다. 번역 당시 띵 쩐이 이미 반청계열의 조직에 몸담고 있었으며 나중에는 쑨원의 동맹회에도 가담한 점으로 미루어, '청淸' 대신 '무석'이라 표기한 이유는 짐작 가능하다. 띵쩐이 일본어 저본의 서지를 밝혀둔 사실 자체도 중요하다. 그가 워싱턴 전

---

32 그 양상과 성격이 판광저에 의해 보고된 바 있다. 그에 의하면, 중국에서의 워싱턴 형상은 시대의 조류와 수용자의 정치적 성향에 따라 성군(聖君), 혁명가 등으로 변주되었으며 결정적으로 중국 의 국부 만들기 프로젝트 속으로 들어와 쑨원과 동일시되는 구도로 이어졌다(潘光哲, 앞의 책 참조). 판광저 역시 띵쩐의 『華盛頓』을 간략히 언급했지만, 후쿠야마와의 연관성은 논의되지 않았다. 대신 그는 띵쩐의 텍스트를 예로 삼아 백화체로 재번역한 중국의 사례들을 소개하였다 (潘光哲, 앞의 책, 116~118면).

33 최원식, 앞의 책, 171~172면.

34 그는 리엔추엔이 1902년 문명서국을 창립할 당시 초빙되어 미술편집과 문명서국이 부설한 문명 소학교의 교원을 겸임하였으며, 문명서국을 통해 『古今画苑』을 발표하기도 했다. 朱丽, 「书籍出版 与文化传播－年文明书局哲学社会科学类书籍出版研究」, 华东师范大学 硕士学位论文, 2011, 15면.

35 보다 상세한 연보는 『互动百科』, 「丁锦」(http://www.hudong.com/wiki/%E4%B8%81%E 9%94%A6?prd=so_1_doc, 최종검색일 : 2019.01.20) 항목 참조.

36 우시(無錫)는 띵쩐의 출신지로 장쑤성(江苏省)의 한 지명이다.

기를 번역한 1903년 당시, 일본은 중국 청년들에게 상대적으로 자유로운 정치 공간이었다. 청조와 일본 문부성의 회담으로 정해진 1905년의 '재일본 청국유학생 단속규칙' 시행에 반발한 중국 유학생들의 대대적 동요와 격분은 그 '전위적 공간'에 대한 상실에서 비롯되었다.[37] 실제로 『화성돈』이 나온 1903년은 추용鄒容의 『혁명군革命軍』, 진천화陳天華의 『경세종警世鐘』과 같은 반청혁명운동사의 핵심 저작들이 일본에서 출판된 연도이기도 하다. 당시 일본에는 번역을 전문으로 하는 중국 유학생 단체도 조직되어 있었다.[38] 이러한 정황들은 땅쩐이 어째서 자신의 저본 관련 정보를 숨길 필요가 없었는지를 설명해준다.

그런데 땅쩐은 후쿠야마 요시하루의 이름까지 내세워 『화성돈』이 번역서라는 사실을 명시하면서도, 가필을 통해 자신의 목소리를 높이거나 의도에 부합하지 않는 내용은 과감하게 생략하기도 했다. 그의 텍스트 변용은 거의 모든 페이지에서 발견된다. 단순한 보완도 있었지만,[39] 텍스트의 성격 자체를 바꾸는 의도적인 개입도 상당했다.

2) '충'과 '애국'의 축소, '독립'과 '자유'의 강조

땅쩐의 반청의식은 곧 '국가'의 비중을 의식적으로 늘린 후쿠야마의 텍스트와 충돌할 수밖에 없었다. 그 증거는 『화성돈』의 '서언緖言'에서부터 드

---

37 요시자와 세이치로, 정지호 역, 『내셔널리즘으로 본 근대 중국 애국주의의 형성』, 논형, 2006, 205면 참조.

38 1900년에 설립된 최초의 중국인 유학생 단체 여지회(勵志會)로부터 나온 역서휘편사(譯書彙編社)가 그것이다. 이 단체의 기관지『譯書彙編』은 1900년 12월에 창간되었다. 山室信一,『思想課題としてのアジア-基軸·連鎖·投企』, 岩波書店, 2001, 358면.

39 "風潮迴矣 機會至矣 然不有蟻空 不能潰隄 不有鍼芒 不能泄氣.(풍조가 빛나고 기회가 이르렀다. 그러나 개미구멍이 없으면 제방이 무너지지 않고, 바늘구멍이 없으면 기운이 새어나갈 수 없다)"(땅쩐, 29면) 이는 독립전쟁의 개시 직전, 영국 내각 상황을 설명하기에 앞서 땅쩐이 가필한 대목이다. 땅쩐은 전반적으로 비유, 은유, 직유의 화법을 익숙하게 구사한다.

러난다. 띵쩐은 후쿠야마의 '서序'를 수정하여 옮겼다. 가령 후쿠야마가 "우리나라 다음 세대의 국민"이라 서술한 것을 띵쩐은 "나 이후 사람"으로 대체하며 '국國'과 '국민國民'이라는 표현을 제거했다. 후쿠야마는 '국민'이 '국가'에 헌신하는 방향으로의 교훈을 기대했다. 그러나 주어진 국체를 긍정적으로 바꾸는 데 노력하는 것은, 아예 국체를 전복하고자 했던 띵쩐의 지향성과 거리가 멀었다.

이를 상징적으로 보여주는 것이 바로 그가 '모국母國'이라는 단어를 옮기는 방식이다. 띵쩐은 이 단어를 처음 번역할 때 작은 글씨로 "속지대본국이언屬地對本國而言"띵쩐, 24면이라는 주석을 달아 놓았다. 즉, 그는 이 단어에 주의를 기울였다. 띵쩐이 '모국'을 언급하는 사례들을 따져보면 전쟁, 착취, 분리 등 주로 부정적 측면에서 식민지와 연관되는 경우에 한정되어 있다띵쩐, 24면, 26면, 32면, 37면 등. 또한 이를 역으로 활용하여 모국임에도 불구하고 (그들은) 식민지를 착취했으며, 모국임에도 불구하고 (식민지) 싸워야 했으며, 모국임에도 불구하고 (식민지는) 분리의 결단을 내렸다는 식의 반어적 화법을 구사했다. 이러한 효용과 거리가 먼 일반적인 서술 속의 '모국'은 그냥 '영국'으로 대체하기도 했다.[40]

'모국'이라는 단어를 전략적으로 활용했듯이, 띵쩐은 한때 '영국'에게 충성했던 워싱턴 상像을 의도적으로 축소했다. 예컨대 프랑스와의 전쟁 직전 젊은 워싱턴이 프랑스군 주둔지를 찾아가 영국의 입장을 직접 전하는 위험한 임무를 받게 되는 대목에서, "그리하여 소좌 워싱턴은 **이 책임 막중하고 가장 위험한 사명을 수행하기에** 제일 적당한 자로 결정되었고, 명령은 결국

---

40 "다른 한편으로는 사절을 **모국**으로 속히 가게 하여"(후쿠야마, 70면); "또한 영국으로 속히 가서"(띵쩐, 69면); "식민지는 잠시 **모국**의 형세를 관찰하여"(후쿠야마, 70면); "식민지방은 영국의 형세를 엿보아"(띵쩐, 29면) 등.

23세의 청년사관에게 내려졌다"^{후쿠야마, 22면}는 "때에 온전히 감당할 재능을 가진 이는 소좌 워싱턴을 제외하고 적당한 자가 없어 끝내 선택되었으니, 워싱턴의 나이 23세였다"^{띵쩐, 9면}로 번역되었다. 띵쩐은 과거 영국에 충성하던 워싱턴을 연상시키는 대목을 의도적으로 생략했던 것이다. 띵쩐의 번역에서 발견되는 축소에는 이러한 친국가적 면모나 충忠과 관련된 이미지가 자주 확인된다.⁴¹ 또한 띵쩐은 영국을 묘사하는 대목에서 비판의 강도를 높이고 미국에 대해서는 긍정적 표현을 동원하였다.⁴² 이상의 개입들은 영국을 청나라의 대리물로 삼고자 하는 띵쩐의 의도에서 나왔을 것이다. 다시 말해 미국의 반영反英혁명에서 중국의 반청反淸혁명을 연상하게 만드는 것이다.

이러한 맥락에서 주목할 만한 표현이 있으니, 바로 '애국'이다. 가령 워싱턴이 영국 군대에 소속되어 프랑스와 싸우던 시기를 배경으로, 후쿠야마가 워싱턴을 "위대한 애국적 사업에 뛰어난 자"^{후쿠야마, 41면}라고 표현한 부분을 띵쩐은 단순히 "큰 임무에 가하다"^{띵쩐, 17면}라고 수정하였다. 띵쩐은 영국을 청 정부의 알레고리로 활용하였기 때문에, '애국'의 목적어인 '국'이 '영국'이어서는 곤란했던 것이다. 한편 띵쩐은 저본에 없던 "우리 국민의 노력이 그것을 가능하게 할 것이다"^{띵쩐, 36면}라는 내용을 추가했다. 이때의 국민은

---

41 띵쩐은 프랑스군 총독을 만나 임무를 수행하고 귀대하는 과정을 축약하였다. 영국을 위한 헌신과 희생이었기 때문일 것이다(후쿠야마, 25면; 띵쩐, 11면). 또한 프랑스와의 전쟁 중 워싱턴이 군제 개편을 단행하며 고난을 참는 대목 역시 제대로 옮기지 않았다(후쿠야마, 46~47면; 띵쩐, 19면).

42 가령 프랑스와의 전쟁에서 수세에 몰린 주지사가 원병을 요청하는 대목에서 띵쩐은 "두려움과 급함이 가득한 모양"(띵쩐, 15면)이라는 구절을 추가하였고, 워싱턴을 재등용하려 한 식민지 총독에게는 "크게 두려워"(띵쩐, 18면)를 덧붙였다. 후쿠야마가 "탐욕스런 지사와 잔인한 영국 정부"(후쿠야마, 61면)라 한 것을 띵쩐은 "지사의 이리의 탐욕과 개의 욕심, 정부의 벌의 눈과 승냥이의 마음"(띵쩐, 25면)처럼 다양한 비유로 바꾸어 그들의 야만성을 강조하기도 했다. 영국 군에 대해서도 띵쩐은 "교활한 이리", "살모사", "호랑의 욕심으로"(띵쩐 27면)과 같이 저본에 없는 표현으로써 영국군을 묘사하거나 "영국군"(후쿠야마, 93면)을 "호랑(虎狼)의 영국(英)"(띵쩐, 40면)으로 바꾼 바 있다.

물론 미국을 전제로 한다. 이렇듯 띵쩐의 '충' 혹은 '애국'의 활용은 그 대상이 영국에서 미국으로 넘어가면서, '축소'에서 '강화'로 바뀌게 된다.[43]

이는 워싱턴 서사의 흐름과도 연관되어 있다. 워싱턴의 일대기를 지탱하는 두 기둥은 바로 '영국와 프랑스의 식민지전쟁'과 '영국과 미국의 독립전쟁'이다. 두 전쟁은 국적에 기초한 정체성 분기를 의미하기도 한다. 프랑스와의 전쟁에서 워싱턴을 비롯한 식민지인들은 본국의 군대에 편입되어 프랑스에 맞서 싸운 영국군이었다. 이로 인해 '충'과 관련된 표현들이 받드는 대상은 영국이 될 수밖에 없었다. 반면, 영-미 간의 전쟁 이후 '국가'가 지시하는 대상은 당연히 '미국'이 된다. 식민지인이 '미국인'이 되는 것도 이 대목부터다. 영국에 대한 부정적 이미지 강화와는 달리 띵쩐은 미국, 즉 '신국' 건설의 의의는 더욱 강조했다.[44]

띵쩐의 텍스트에서 '독립'이나 '자유'를 앞세운 수사가 전면에 등장하는 것도 같은 맥락이다. 예컨대 띵쩐은 독립전쟁 발발 직전의 한 정황을 묘사하며 후쿠야마가 "영국신민의 권리를 포기할 것"후쿠야마, 67~68면이라 한 것을 "영국과 의절하고 독립할 것"띵쩐, 28면으로 바꿔놓았다. '권리를 포기'한다는 표현은 '영국인으로서 사는 것' 자체를 특권으로 전제한 것이다. 반면 후자에는 "독립"이 첨가되어 있다. 띵쩐의 텍스트에서 '자유'와 관련된 발언들이 첨가되는 것 역시 통상 자유에 대한 갈망이 '혁명'의 씨앗이 되기 때문일 것이다.[45]

---

43 예컨대 띵쩐은 워싱턴이 식민지군 총사령관 직을 거듭 거절하다 결국 받아들이는 대목에서, "그 밝은 음성을 떨치며 그 충애의 마음을 펼쳐 말하길"(띵쩐, 32면)이라는 대목을 추가 삽입해두었다.
44 가령 젊은 워싱턴이 겪은 고난을 언급하며 후쿠야마가 단순히 '절세의 사업'(후쿠야마, 15면)이라 묘사한 부분을, 띵쩐은 '건공성업(建功成業)'(띵쩐, 6면)이라 옮겨 '새 국가 건설'의 의의에 초점을 맞추었다. 또한 후쿠야마는 프랑스와의 전쟁 경험이 훗날 워싱턴에게 큰 자산으로 작용했다고 평범하게 서술한 반면(후쿠야마, 54면) 띵쩐은 "그리고 이후의 사업에 호랑이 수염을 달고 봉의 날개로 솟구쳐 오르게 되어, **강한 영국에서 벗어나 신국을 만드는 일**이 이미 여기서 비롯되었다"(띵쩐, 22면)라고 거의 전체를 다시 썼다.
45 가령 워싱턴이 자녀가 없었지만 후대의 모든 미국인이 그의 자식과 다름없다는 대목에 띵쩐은

3) 희생의 강조와 전사戰士 워싱턴

띵쩐은 저본보다 격앙된 표현을 사용하여 희생의 가치를 강조한다. 이를테면 워싱턴이 영국에 사절을 보내 식민지의 평화를 위한 설득과 청원 작업을 했다는 저본의 내용 다음에, "우리 백성은 자유를 사랑하여 혹 반드시 강한 자를 상대해야 할 경우 죽을 수밖에 없게 된다"띵쩐, 29면라는 문장을 삽입했다. 또한 후쿠야마가 아들을 전장에 보내야 했던 한 노옹老翁의 예를 들어 "아, 용맹한 장사將士가 원컨대 건재하여 내 아들 존이 당신 군대에 있다면 장부답게 싸우게 하라, 그렇지 않으면 네 아비는 두 번 다시 너의 얼굴을 보지 않을 것이다"후쿠야마, 73면로 처리한 부분을, 띵쩐은 "원컨대 용맹한 장사 만세. 내 아들이 당신 군대에서 **반드시 분기하여 용맹하게 전쟁에서 죽을 수 있도록**, 그렇지 않으면 늙은 아비는 다시는 내 아들의 얼굴을 보기 원치 않는다"띵쩐, 31면와 같이 수정하기도 했다. '장부답게 싸우라'는 말이 '싸우다 죽어라'로 대체된 것이다. 이어서 띵쩐은 이렇게 덧붙인다. "아아 무슨 일인가. 이 무슨 말인가. 어찌 맹렬함이 이에 이르는가. 이에 이르니 얼마나 장쾌한가. 부모자녀가 지극히 사랑하지 않는 것인가. 험한 전장의 전투가 지극히 위험하지 않다는 것인가. 어찌 맹렬함이 이에 이르는가. 이에 이르니 얼마나 장쾌한가."띵쩐, 31면 띵쩐은 독자들로 하여금 독립을 위해 개인과 가족의 희생을 당연시하는 구도를 만들었다.

이 외에도 저본에 없던 '죽음'은 여러 차례 등장한다. 후쿠야마가 "용감히 나아가 분전"후쿠야마, 78면이라 한 것을, 띵쩐은 "용감히 떨쳐 사투死鬪"띵쩐,

---

"자유의 백성을 위해 살고 자유의 귀신을 위해 죽어"(띵쩐, 23면)라는 대목을 첨가하였다. 이 외에도 그는 곳곳마다 '자유'라는 단어를 의도적으로 강조하였다. 후쿠야마 57면; 띵쩐 24면, 후쿠야마 60~61면; 띵쩐 25면, 후쿠야마 74면; 띵쩐 31면, 후쿠야마 87면; 띵쩐 87면 등을 참조.

33면라고 하거나, "27일 그가 브룩클린에 들어가"후쿠야마, 93면를 "27일부터 **그가 죽기를 각오하고 싸우러** 브룩클린에 들어가"띵찐, 40면로 바꾸기도 했다. 띵찐은 이렇게 '죽음'을 앞세운 수사를 통해 독자가 감내해야 할 희생의 수위를 끌어 올렸다. 또한 그는 영국과의 대립과 전투 상황에서의 여러 과장된 묘사들을 사용하여 진영의 대립을 격화시켰다. 즉, 죽음의 수사는 없더라도 희생의 수준을 제고하는 전략은 지속적으로 구사된 것이다.[46]

죽음을 불사한 희생은 곧 용맹함이라는 또 다른 가치와 직결된다. 반청 혁명의 대의를 고려한다면, 워싱턴은 인격적 완성체보다는 혁명을 완수할 수 있는 강력한 존재여야 했다. 결국 그는 후쿠야마가 강화한 '성인' 워싱턴의 이미지를 약화시키고 '전사'의 이미지를 강화하기 위해 텍스트에 개입한다. 예컨대 젊은 시절 워싱턴이 토지 측량 조사를 떠나 고생을 겪은 일화를 소개하는 대목에서 띵찐은 "이 경험으로 인하여 인간 세상의 길이 어려움을 배워, 나중에 중인衆人의 위에 서야 할 그로서는 애련충서愛憐忠恕의 마음을 일으켰을 뿐만 아니라"후쿠야마, 15면에서 "애련충서의 마음" 부분만을 의도적으로 생략하였다. 전사보다는 성인聖人의 이미지에 더 어울리는 표현이기 때문일 것이다.

띵찐은 보다 용맹한 워싱턴의 형상을 주조하기 위해 여러 부분에 걸쳐 새로운 내용을 첨가하였다. 일단 '전사'적 면모와 직결되어 있는 '영웅'이라는 단어의 활용 빈도나 강인함을 연상시키는 비유를 대폭 늘렸다.[47] 영국

---

46 "지금까지 침묵하던 식민지 인민의 격노는 이를 듣고 **일시에 폭발**하였다. 그들은 크게 그 불법을 소리 높여 말하며, 식민지의 돈으로써 식민지를 통치한다면 독립자치에 임할 수 있을 것이라 하였다"(후쿠야마, 63면); "식민지 인민은 이 무례의 말을 듣자 **땔감**이 기름에 불붙는 것 같아서, 짐새의 독이 멈춤 같이 침묵하고 목소리를 삼키며 눈물을 머금던 이들이 이제 모두 정신이 아득해져 슬퍼하고 두려워하기도 하고 후회하기도 했으나 궐연히 일어나 그 죄상을 직접 내걸고 말하길 식민지의 돈으로써 식민지의 일을 통치한즉 독립자치가 가능할 것이라 하였다"(띵찐, 26면) 같은 방식의 개입은 후쿠야마 63면과 띵찐 26면의 대비를 통해서도 확인할 수 있다.

－프랑스 전쟁에서의 워싱턴에 대해 "워싱턴의 열심은 흡사 수증기를 데운 것 같고 만균萬鈞의 돌을 끓인 것과 같아서, 그 솟아나는 힘을 누를 수 없었다"띵찐, 20면라는 대목 역시 후쿠야마의 텍스트에는 없는 것이었다. 띵찐은 "대중은 존경과 열심으로 그를 환영했다"후쿠야마, 79면라는 평범하고 소략한 문장을 다음과 같이 부풀리기도 했다.

> 대중이 무한의 경앙심敬仰心과 애모심愛慕心으로 그 정기旌旗를 환영하고, 곧 무기를 들고 사람들을 지휘하니 말 머리에 모여 본받아 죽고자 하는 자가 길을 막을 정도였다. 그러나 장군이라는 것은 전식민지의 목숨을 담당하는 일이다. 한 사내가 먹지 못한즉 장군이 물어보고, 한 사내가 입지 못한 즉 장군이 도와야 한다.띵찐, 34면

위 내용에는 목숨까지 바치겠다는 무리들의 충성과 장군이라는 직책의 큰 책임이 서술되어 있다. 이러한 상상력에 의한 개입은 워싱턴의 편지를 번역할 때도 이루어졌다. 독립전쟁 초기에 작성된 워싱턴의 편지를 소개하며 군대 지휘자가 갖는 작전 수행의 중요성과 부담감을 추가한 것이다띵찐, 34면. 자신의 문장을 워싱턴의 편지 속에 끼워 넣는 것은 역사적 기록을 주조하는 적극적 개입이다. 그 외에도 띵찐은 워싱턴이 극심한 피로에 시달리면서도 힘써 전투를 감당한 대목을 저본보다 강조하였다띵찐, 40면.

이렇듯 워싱턴은 띵찐의 손에 의해 혁명의 전사로서 다시 다듬어졌다. 후쿠야마의 워싱턴 전기에도 그러한 요소는 분명 내재되어 있었다. 그런데 그 면면들은 후쿠야마가 먼저 만들어 놓은 '인격적 워싱턴'에 의해 띵찐이

---

47 띵찐의 23면과 29면의 추가 부분을 비롯 '영웅'의 수사는 여러 차례 새롭게 발견된다. "맹호와 같고 숫사자와 같은"(띵찐, 20면)처럼 비유를 삽입하여 워싱턴의 강인함을 환기하는 것도 유사한 맥락이다.

원하는 만큼 드러나지 않았다. 이로 인해 띵쩐은 워싱턴에게 부여된 이상적 인격체로서의 이미지를 축소하고, 전사적 이미지를 강화하는 방식으로 텍스트에 개입하였다. 이러한 영웅상은 중국근대사 속에서 군인의 길을 걸어갔던 본인의 여정을 예비하는 것이었을지도 모른다.

4. 이해조의 『화성돈전華盛頓傳』 – 유교적 영웅으로의 회귀

1) 번역자 이해조

띵쩐의 『화성돈』을 『화성돈전華盛頓傳』으로 번역하여 한국에 소개한 이해조李海朝, 1869~1927는 1910년대까지 성행한 '신소설'의 대표적 작가로 널리 알려진 인물이다. 그런 그는 번역 부분에 있어서도 여러 가지 성과를 남겼다. 그중 『화성돈전』은 첫 번째 결과물이었다.[48]

앞서 살펴본 후쿠야마 요시하루나 띵쩐의 행보와 비교해 보면, 이해조의 배경과 성향은 기본적으로 전자에 더 가까웠다. 이해조 역시 후쿠야마와 마찬가지로 교육가로서의 정체성과 한학자로서의 유교적 소양을 지니고 있었기 때문이다. 그는 1905년의 을사늑약을 계기로 민간 영역에서 거세게 일어난 출판 계몽운동에 적극 동참한 인물이기도 했다. 1906년에 발행된 잡지 『소년한반도』의 찬술원이었으며, 1907년 대한협회大韓協會, 1908년 기호흥학회畿湖興學會 등 계몽운동 단체의 구성원으로도 꾸준히 활동했다. 그의 번역이나 『제국신문』을 중심으로 발표한 그의 초기 소설들 역시 이 같은 계

---

48 이해조의 번역(번안) 작업으로는 다음의 성과들을 들 수 있다.
　1.『화성돈전』, 회동서관, 1908; 2.『철세계』, 회동서관, 1908; 3.『누구의 죄』, 보급서관, 1913 등.

몽운동의 연속선상에서 이해할 수 있다.

『화성돈전』은 회동서관을 통해 발행되었다. 판권지에 따르면 중앙서관, 대동서시 등이 『화성돈전』의 분매소로 이름을 올리고 있는데, 이 판매망은 한때 이해조가 몸담았던 대한제국기의 교육운동 단체 국민교육회1904.9~1907.11 와 연관이 있었다. 국민교육회의 핵심 활동이었던 근대 교육기관 및 교과서 보급에 대한 지원은 전체적인 서적 수요 확대로 이어졌고, 이것이 광학서포, 회동서관, 중앙서관, 대동서시 등이 근대적 출판사로 이행하는 계기를 제공했기 때문이다.[49] 『화성돈전』의 번역은 이해조가 『제국신문』의 기자로서 이미 수개월 이상 신소설들을 연재하던 와중에 이루어졌다.[50] 작가로서 자리매김을 해나가던 이해조가 자신의 창작에만 집중하지 않고 번역에 힘을 분배했다는 것은, 두 작업의 지향점이 교육운동가로서의 이해조라는 단일 주체로부터 나왔기 때문에 가능한 일이었다.

'왜 하필 워싱턴이었는가'란 질문 역시 그의 창작과 연동해볼 때 어느 정도 설명이 가능하다. 이해조의 소설과 『화성돈전』에는 약간의 접점이 관찰된다. 그의 첫 번째 『제국신문』 연재작 「고목화」1907.6.5~7.4에서 주인공 권진사를 변화시키고 절대적인 귀감이 되는 캐릭터 조박사는 '미국 워싱턴'에 가서 의학을 배워 온 사람이었다. 「고목화」는 기독교를 사랑과 용서뿐 아니라 서구 문명의 기호로 구현한 작품이었는데,[51] 기독교의 본거지가 워싱턴으로 상정되어 있는 것은 시사하는 바가 있다. 게다가 이해조는 워싱턴

---

49 송민호, 「열재 이해조의 생애와 사상적 배경」, 『국어국문학』 156, 2010, 266~267면.
50 『제국신문』은 경영난으로 1907년 9월 20일 휴간한 뒤 동년 10월 3일에 복간되었다. 그러나 이를 워싱턴 전기의 번역 시기로 상정하기에는 지나치게 짧다. 『제국신문』의 복간 이후 이해조의 소설은 1909년도까지 중단 없이 이어지기에 번역 전기 작업은 소설 집필과 중첩되어 있었다고 보아야 한다.
51 조경덕, 「구한말 소설에 나타난 기독교의 의미─1907년에 발표된 소설을 중심으로」, 『우리어문연구』 34, 2009, 579면.

전기를 번역한 직후 미국 독립운동의 상징인 'Liberty Bell'의 이름을 그대로 딴 소설『자유종』을 발표하기도 했다.[52] 이처럼『화성돈전』역술 시기 전후로 이해조는 미국을 긍정적 가치의 공간으로 인식하고 있었고, 이는 그의 작품세계에도 영향을 미쳤다. 워싱턴 전기의 번역 또한 이해조의 주체적 선택의 결과였을 가능성이 크다.

한편, 이해조는『화성돈전』의 판권지에 '역술자'로 이름을 올리면서도 저본이나 원저자의 정보를 밝히지 않았다. 일본어 저본을 밝힌 띵쩐과는 다른 모습이다. 그는 중국어 판권지를 통해 띵쩐의 저본이 후쿠야마의 텍스트라는 사실을 알고 있었지만 이를 공개하지 않았다. 1903년도의 중국적 상황과 1908년의 한국적 상황에서 일본이라는 공간이 갖는 의미는 엇갈릴 수밖에 없었다. 번역자 이해조의 개입은 이렇듯 원저자의 정보를 감추는 데서 이미 시작된 셈이었다. 물론『오위인소역사』의 사례처럼, 그럼에도 불구하고 원저자 정보를 밝히는 경우도 있었으니 이 역시 결국은 선택의 문제였다.

2) 죽음의 수사와 전사 이미지의 축소

이해조의 번역에서 나타나는 특징은 '첨가'보다는 '삭제'가 훨씬 많다는 것이다. 그가 첨가하는 것은 저본에서 생략된 주어를 다시 살려내고, 기존 단어의 변용을 통해 의미를 좀 더 뚜렷이 하는 정도이다. 즉, 이해조는 주어진 문장의 틀 안에서만 '첨'을 시도하기에, 스스로 만든 '문장' 단위의 삽입은 찾아볼 수가 없다. 이것이 띵쩐과 이해조의 가장 큰 차이다.[53]

---

52 이해조,『자유종』, 광학서포, 1910.7. 그러나『자유종』의 내용은 미국의 독립과 직접적인 관련이 없다. 이 소설은 여성들이 주체가 된 가상의 공개 토론회로서, 당시 계몽주의 문학의 형식적 실험을 보여준다.
53 몇 가지 다른 차이들도 존재한다. 저본의 단락 구분을 임의로 나누거나(이해조, 5·14·16·17·38·54·61면 등) 단순한 중복 구절을 다른 방식으로 통합하기도 한다(이해조, 60면). 또한

이해조의 삭제 패턴은 대개 저본의 부수적인 사항을 생략하는 방식이다. 예를 들어 가족사, 전투 상황 등에서 세밀한 묘사를 제외하거나, 고유명사들을 더 압축하는 것, 혹은 '언행규율'의 항목 번호^{이해조, 3~4면}와 같이 큰 의미가 없는 것들이 다수 삭제된다.[54] 심지어 워싱턴의 활약이 긍정적으로 서술되는 대목에서도 내용 전개에 큰 무리가 없을 시에는 생략을 택했다^{띵쩐 47면; 이해조 47면}.

이처럼 이해조의 삭제는 전체적으로 이루어졌지만, 그 안에서도 번역자의 지향은 드러난다. 단순한 디테일이 아닌데도 생략되거나 변주되는 부분이 반복적으로 나타난다면 이는 분명 이해조의 의도가 개입된 흔적으로 간주할 수 있다. 첨가 작업을 통한 직접적인 이해조의 목소리는 간취하기 어려우나, 최소한 그가 어떤 메시지를 전달하지 않고자 했는지는 확인할 수 있는 것이다.

전술했듯 띵쩐은 후쿠야마의 텍스트를 변용하여 죽음의 수사를 빈번하게 배치하고 국민이 감내해야 할 희생의 수준을 강화했다. 그러나 이해조는 띵쩐의 텍스트를 저본으로 삼으면서도 오히려 그 주요 특징을 소거하는 개입을 보여준다. 예컨대 그는 전쟁 관련 서술에서 부정적이고 과격한 묘사들을 다수 생략한다. 특히 저본상 '죽음'과 관련한 표현에 대해 개입한 흔적이 많다. 독립전쟁의 서술에서 띵쩐이 사용한 "저사불퇴抵死不退"와 "사투死鬪"^{띵쩐, 33면}라는 표현이 생략되어 있으며, "사전死戰" 역시 의도적으로 삭제된다^{띵쩐, 40·48면}. "피살자被殺者"^{띵쩐, 27면}가 "피해자被害者"^{이해조, 27면}로 바뀌는 것도 '살殺'이 '시死'를 환기시키기 때문일 것이다. "추위가 닥치자 굶주리고 추워서

"敵兵"을 "法兵"으로 바꾸고 "法軍"을 "敵軍"(이해조, 14면 등)으로 대체하는 선택도 나타나며, 서술 순서를 반대로 옮기는 경우(이해조, 20면)도 있다.

54 이해조가 삭제한 대목 중 단일 내용으로는 독립 쟁취 후 고향에 은거하면서 추진했던 하천 항행로 사업 건이 가장 길다. 이는 3행 이상의 분량을 생략한 유일한 대목이다(띵쩐 55면; 이해조 54면).

죽으려 도주하는 자, 모두 매한가지라. 비록 위로하려 해도 소용이 없었다"
띵찐, 51면라고 되어 있던 저본을 단순히 "굶주리고 추워서 도주하는 자가 많
았고"이해조, 51면라고 축약한 점 역시 같은 맥락이다. 이는 열악했던 미군의
상황 속에서 속출하는 탈영자를 묘사하는 장면으로서, 본래는 단순히 도주
하는 것이 아니라 견디다 못해 죽고 싶어 도주하는 것으로 해석되어야 할
문장이었다. 이와 같이 고난과 죽음이 관련된 내용을 축소하는 것이 이해조
의 개입 가운데 반복해서 드러나고 있다.

    또한 '죽음'과 관련되어 있지 않아도 높은 수준의 희생을 요구하는 대목
에서는 수위가 낮아지는 경우가 발견된다. 독립전쟁으로 인해 전장에 자식
을 보내는 한 어머니와 관련된 장면을 대조해보자.

> 띵찐 : 자애로운 어머니는 아들을 보내며 ① 「**국가를 위해 어려움을 막으라**」**는
> 한 마디를 소리 높여 부르짖고서야 돌아왔으며**, 어떤 모친은 집에서 쓰던 조총과
> 주석 숟가락을 녹여 만든 탄환을 장남에게 주었고, 또한 녹슨 검은 ② **16세의
> 어린 아들에게 주어**30~31면

> 이해조 : 자애로운 어머니는 집에서 쓰던 조총과 주석 숟가락을 녹여 탄환
> 을 만들어 장자에게 주고 또 녹슬고 낡은 장검을 차남에게 주고30면

이해조는 강조 표기한 두 가지 부분을 옮기지 않았다. 하나는 국가를 위
해 싸우라는 어머니의 메시지로서①, '「 」' 부호로 강조되어 있었다. 이 부호
는 띵찐의 『화성돈』 전체에서 5차례만 사용될 정도로 희소했지만 번역되지
않았던 것이다. 다른 하나는 16세의 어린 아들에게 무기를 주는 장면으로

서②, 이해조는 여기서 나이를 감추었다. 두 개입은 띵찐에 의해 요구된 희생의 수준이 하감되는 효과를 낳는다.

수세에 몰린 전장의 기록들이 축소되는 것 역시 고난의 서사에 대한 일종의 수위 조절이다.[55] 더불어 전투에 대한 각오 및 영웅의 책임감과 희생을 강조하는 대목 등도 다음과 같이 축소되었다. '후쿠야마→띵찐→이해조'의 연속된 텍스트 변동을 살펴보자.

> 후쿠야마 : 대중은 존경과 열심으로 그를 환영했다.79면

> 띵찐 : 대중이 무한의 경앙심敬仰心과 애모심愛慕心으로 그 정기旌旗를 환영하고, 곧 무기를 들고 사람들을 지휘하니 말 머리에 모여 본받아 죽고자 하는 자가 길을 막을 정도였다. 그러나 장군이라는 것은 전식민지의 목숨을 담당하는 일이다. 한 사내가 먹지 못한즉 장군이 물어보고, 한 사내가 입지 못한 즉 장군이 도와야 한다.34면

> 이해조 : 대중이 무한의 경앙심과 애모심으로 그, 정기를 환영하니, 곧 말 머리에 모여 본받아 죽고자 하는 자 - 길을 막을 정도였다.33면

위에서 확인되듯 이해조의 번역은 띵찐이 의도적으로 추가한 대목 중 많은 부분을 삭제함으로써 '저본띵찐'보다 오히려 '저본의 저본후쿠야마'에 가까워졌다. 띵찐의 첨가와 이해조의 생략이 맞물려 발생하는 이러한 중역의

---

55 예컨대 띵찐 판본의 39면과 41면 사이에 삭제가 많은데, 이는 독립전쟁 초기의 롱아일랜드 대패를 중심으로 한다. 그 외에도 "다시금 보스턴 대패와 같은 때로다"(띵찐, 44면)를 "감히 전진치 못하게 하더라"(이해조, 43면)와 같이 축소하여 다시 쓰는 방식도 확인된다.

'회귀' 현상은 다른 곳에서도 발견된다.[56] 이 역시 죽음의 수사가 첨가되었다가 다시 사라진 경우이다. 이러한 예들은 마치 이해조가 땅쩐이 아닌 후쿠야마의 텍스트를 번역한 것처럼 보이게 한다.

3) 이해조의 점진적 개량주의

이해조가 죽음의 수사나 희생을 강조한 대목들을 삭제했던 이유는 일단 번역 공간의 조건과 무관하지 않을 것이다. 땅쩐의 번역 당시 중국은 외세에 의한 부분적 식민화가 진행되던 상황이었지만, 단일 제국의 압도적 영향하에 놓여 있지는 않았다. 거기에 청 정부의 부패와 무능함이 대대적으로 드러나 혁명 운동이 추진력을 얻고 있던 상황이었다. 반면 한국의 경우 이미 보호국체제가 작동하고 있던 상황인데다가, 그 통치 세력은 러시아마저 패퇴시키며 열강의 한 축으로 성장한 신흥제국 일본이었다. 특히 이미 통감부에 의한 출판물 검열이 시작된 한국의 조건은 번역 주체의 태도에 영향을 미칠 수 있었다. 분명한 것은, 19세기 말에서 20세기 초 사이 한국의 지식장에서 '전사' 워싱턴을 만나기가 쉽지 않다는 사실이다. 워싱턴의 이름을 내건 글들은, 그가 언행의 강령으로 삼은 것들을 나열하는 글이나[57] 이타적·도덕적 일화들이 주를 이룬다.[58] 투쟁과 생사의 결단을 외치는 워싱턴의 모습도 간간히 소개되지만, 이는 다른 표제의 논설에서 돌발적 예화로 등장하거나,[59]

---

56 "27일 그가 브룩클린에 들어가서 29일 새벽을 타서 동하(東河)를 건넜다"(후쿠야마, 93면)는 땅쩐에 의해 "27일부터 그가 **죽기를 각오하고** 싸우러 브룩클린에 들어가 29일에 이르러 새벽을 타서 동하를 건넜다"(땅쩐, 40면)로 옮겨졌으나 이해조는 "29일 새벽에 동하를 건너니"(이해조, 39면)만을 남겼다.

57 이훈영(李勳榮), 「워싱턴의 일상생활 좌우명」, 『태극학보』 제8·10호, 1907.3·5; 「잡저-워싱턴의 좌우명을 읽다」, 『서북학회월보』 제11호, 1909.4.1.

58 워싱턴이 아버지가 아끼던 나무를 상하게 한 뒤 정직하게 고백한 일화를 예로 들 수 있다. 원영의, 「제12과 워싱턴」, 『소학한문독본』 하, 광학서포, 1908.

59 여병현(呂炳鉉), 「국민자존성의 배양」, 『대한협회회보』 제9호, 1908.12, 12면.

최남선이 쓴 「화성돈전華盛頓傳」과 같이 첫 회 게재 이후 자취를 감춘 사례였다.[60] 전사로서의 워싱턴 이미지는 분명 '활성화'되어 있지 않았다.

하지만 번역 주체인 떵쩐과 이해조의 기본적인 성향 차이가 보다 본질적인 요소일 수도 있다. 번역 공간의 사정 앞에서 모든 번역자들이 일률적 태도를 취하지는 않기 때문이다. 따라서 앞서의 분석 역시 이해조라는 번역 주체의 선택에 초점을 맞추어 볼 필요가 있다. 떵쩐은 반청혁명파 진영의 인사였고 워싱턴 전기의 집필 역시 미국의 독립운동을 중국의 정치적 현실에 투사하는 차원에서 이루어졌다. 그러나 이해조의 경우 점진적 계몽운동의 한계를 넘지 못한다는 측면에서 후쿠야마 요시하루를 연상시킨다. 교육 방면의 활동 외에도 그들은 한학자로서의 지식 배경을 공유하고 있었다. 유학儒學에 대한 이해조의 이해 수준은 그의 진사 급제 경력에서도 드러나지만, 『화성돈전』의 출판 직후인 1908년 12월부터 『기호흥학회월보畿湖興學會月報』에 연재한 「윤리학」의 취지를 통해서도 잘 확인된다. 이 글은 유교윤리의 전통이 패퇴한 시대에 다시금 개인의 윤리적 실천이 갖는 당위성을 과학적으로 정립하려는 시도이다. '옛 것의 갱신'이라 할 만한 이러한 글에서 후쿠야마가 묘출한 워싱턴의 유교적 형상을 환기하는 것은 어렵지 않다. 물론 이 또한 나름의 의미를 평가해야 할 터이나, 혁명가・전사로서의 워싱턴이 아닌 인격적・윤리적 주체로서의 워싱턴이 강조되는 순간 교훈의 방향은 개량주의로 설정될 수밖에 없다. 이해조의 개량론은 소설 『자유종』에서 나타나는 신분제 폐지나 한자 폐지론에 대한 유보적 태도에서도 거듭 확인된다.[61] 연쇄적 번역으로 이루어진 이해조의 워싱턴 전기에는 후쿠야마와 떵

---

60 최생(崔生), 「워싱턴전(華盛頓傳)」, 『대한유학생회학보』 제1호, 1907.3.
61 배정상, 『이해조 문학 연구』, 소명출판, 2015, 248면.

쩐의 특징이 모두 새겨져 있었다. 하지만 이해조의 개입이 낳은 결과는 본인도 모르는 새, 저본인 땅쩐의 텍스트가 아닌 원저자의 특징 쪽으로 기울어지고 있었다.

간과해서는 안 될 것은, 워싱턴이라는 이름에는 이미 독립 투쟁의 상징성이 깃들어 있었다는 사실이다. 이러한 인식의 한국적 전파에 이해조는 분명 적지 않은 기여를 했다. 땅쩐 판본의 많은 부분을 생략했다고는 해도, 여전히 그의 저본은 땅쩐의 『화성돈』이었고 당연히 생략보다는 그대로 옮긴 대목이 더 많았다. 워싱턴의 일대기를 서술한 당시 한국의 문헌 중 이해조의 『화성돈전』은 가장 상세한 정보를 담고 있었다. 1910년 11월 19일에 발표된 조선총독부 지정 '금서목록'『조선총독부관보』제 69호에 이해조의 『화성돈전』이 포함된 것은 이 서적이 제국의 관점에서는 이미 충분히 불온했었다는 것을 알려준다.

5. 탈경계의 번역 주체들

본 장에서는 후쿠야마 요시하루로부터 땅쩐을 거쳐 이해조로 이르는 워싱턴 전기의 번역 계보를 검토하였다. 후쿠야마에게 워싱턴이 유교윤리의 이상이라면, 땅쩐에게는 영국과 맞서 독립을 쟁취한 혁명 전사에 가까웠다. 그런데 이해조의 단계에 이르면, 정작 땅쩐이 강화시킨 전사적 면모가 축소되고 결과적으로는 후쿠야마가 의도한 유교적 형상이 재강화되는 효과가 창출된다. 물론 총량으로 보자면 땅쩐이나 이해조 모두 자신이 택한 저본을 그대로 옮긴 부분이 더 많다. 그럼에도 번역 과정에서 텍스트에 개입하는 번역자들의 욕망은 곳곳에서 드러난다. 그들은 역자라기보다 텍스트의 주체로서 자신의 의도를 관철시키고자 했다.

이러한 시도들은 과연 '경계'를 넘나드는 실천이었는가? 이는 곧 그들의 방향성이 각 공간의 보편적 필요와 얼마나 달랐는가를 묻는 것을 의미한다. 그런데 사실상 이 질문은 공허할 수밖에 없다. 우리는 대개의 경우 20세기 초 일본·중국·한국의 담론 지형을 단일한 세 가지 형태의 장場으로만 상상해왔다. 그러나 후쿠야마에 의해 워싱턴이 유교와 결합된 인격적 모델로 구현된 바로 그 시점에 사회주의자 고토쿠 슈스이幸德秋水는 제국주의의 폭력을 고발한 『이십세기지괴물제국주의二十世紀之怪物帝国主義』警醒社, 1901를 같은 공간에서 발표한 바 있다. 떵찐에 의해 워싱턴이 죽음을 불사하는 전사로 거듭나던 그 시점에, 중국 언론계의 중심에 있던 량치차오 또한 다른 서구영웅전을 통해 '피 흘리는 혁명과 거리를 두어야 한다.'는 보수적 메시지를 발신했다. 이해조는 중국어 저본의 급진성을 그대로 계승하지 않았지만, 이 또한 그의 선택일 따름이었다. 같은 한국적 상황에서도 박은식은 빌헬름 텔의 이야기를 번역한 『서사건국지』의 서문에서 "독립자유의 사상"을 외쳤으며, 신채호가 번역한 『이태리건국삼걸전』처럼 량치차오의 저본을 사용하면서도 혁명의 당위성은 더 강화시킨 사례 또한 확인할 수 있다. 심지어 이해조의 개입 방식과 대척점에 있는 상기 고토쿠의 급진적 저술 또한 보호국체제의 한국에 번역된 바 있었다. 변영만이 번역한 『세계삼괴물世界三怪物』광학서포, 1908에서는 미국이 자유의 공간으로 인식되는 것 자체를 정면으로 비판한다. 『세계삼괴물』과 이해조의 『화성돈전』은 같은 해에 출판되었다.

이 사례들은 텍스트의 번역 양상을 해석할 때 번역 공간에 대한 선입견을 경계해야 할 필요성을 역설한다. 각국의 번역과 관련된 제 현상은 동아시아를 하나의 거대한 번역장으로 바라볼 때에야 합당한 설명이 가능하다. 사실상 제국과 식민지의 관계였던 일본과 한국이라는 양극의 번역 공간, 거기에 띵쩐이라는 특수한 매개자의 존재에도 불구하고 후쿠야마 요시하루와 이해조 판본의 특징은 중첩되어 있었다. 이 또한 동아시아 번역장의 관점에서 볼 때는 기이한 현상이 아니다. 그 속에는 상상된 '경계'에는 포섭되지 않는 다중의 번역 주체들이 있었기 때문이다.

제3장

땅의 세력을 이기는 하늘의 권능, 『크롬웰전』

1. 들어가며

　동아시아의 크롬웰 전기를 거슬러 올라가면 한 영국인과 만나게 된다. 바로 토마스 칼라일Thomas Carlyle, 1795~1881이다. 그의 저술 *On Heroes, Hero-Worship, and the Heroic in History* 1841, 이하 Hero-Worship는 초대형 베스트셀러가 되어, 영미권에서 널리 읽혔을 뿐 아니라 전 유럽에 번역되어 칼라일 신드롬을 형성했다.[1] 칼라일의 영웅론은 국민국가 형성기의 일본에도 큰 영향을 미치게 된다.[2] *Hero-Worship*에서 소개된 다양한 인물들 중에서도 올리버 크롬웰Oliver Cromwell, 1599~1658에 대한 일본의 관심은 특별했다. 이는 크롬웰에 대한 단독 전기들의 등장으로 이어졌다.[3]

1　자세한 사항은 토마스 칼라일, 박상익 역, 『영웅숭배론』, 한길사, 2003 중 해설에 해당하는 박상익, 「영웅으로 가득 찬 세계를 꿈꾼 칼라일」 참조.
2　일본 내 칼라일의 명망도 높은 수준이었다. 도쿠토미 소호(德富蘇峰, 1863~1957)의 경우, 1880년대 저술에서부터 칼라일의 영향이 엿보이며 1893년『拾貳文豪』라는 세계적 문호들의 전기 모음집에서 칼라일의 이름을 첫 번째에 위치시키기도 한다.

크롬웰만을 본격적으로 다룬 첫 번째 일본 서적은 다케코시 요사부로竹越與三郎, 1865~1950에 의해 나왔다. 그는 1890년 칼라일의 *Hero-Worship* 뿐 아니라 후속 저작이었던 *Oliver Cromwell's Letters and Speeches*이하 Letters and Speeches 및 기타 자료들까지 두루 참조하여 『격랑일格朗咥』民友社, 1890을 집필한다. 일본 민속학의 지평을 열게 되는 야나기다 쿠니오柳田國男, 1875~1962 역시 『クロンウェル이하 '크롬웰'』博文館, 1901을 출간하였다. 『크롬웰』은 하쿠분칸博文館의 『세계역사담』 총서 중 하나로서, 중국과 한국의 크롬웰전 집필에도 공히 참조되었다. 두 일본인의 이러한 독자적 전기 집필은 칼라일이 설정한 영웅으로서의 크롬웰像이 먼저 있었기에 가능했다. 그러나 이들의 크롬웰 전기는 다케코시 및 야나기다의 독자적 발화 속에서 재탄생된다.

『격랑알』과 『크롬웰』은 량치차오와 박용희에 의해 새로운 크롬웰전의 저본으로 활용되었다. 량치차오는 다케코시 및 야나기다의 텍스트를 모두 참조하여 『신민총보』의 '전기'란에 「극림위이전克林威爾傳」을, 박용희는 야나기다의 『크롬웰』을 저본으로 한 「크롬웰전傳」을 유학생 잡지 『태극학보』에 연재하였다. 이들의 크롬웰전 역시 뚜렷한 차별화 지점을 갖고 있었다. 「극림위이전」은 량치차오가 『신민총보』 지면에 직접 연재한 마지막 서구영웅전이기도 하다. 헝가리의 코슈트, 이탈리아의 삼걸, 프랑스의 롤랑부인 등

---

3 본 장에서 집중적으로 다룰 다케코시와 야나기다의 크롬웰 전기를 제외하고 1927년까지 일본에서 간행된 크롬웰 관련 서적들은 다음과 같다. 일본국회도서관 소장 자료를 기준으로 하였다.
   1. 英国清教徒紀事 / 增野悦興著, 福音社, 明22.11(1889).
   2. 英国革命戦史(万国戦史; 第17編) / 渋江保著, 博文館, 明29.2(1896).
   3. オリヴァ・クロンウェル(英雄伝叢書: 第4編) / カーライル著, 戸川秋骨譯, 實業之日本社, 明32.7(1899).
   4. クロムウェル言行録(偉人研究: 第28編) / 河面仙四郎, 內外出版協會, 明41.5(1908).
   5. 偉人クロムウエル / ルーズヴェルト著他, 遠山熙, 山崎梅處譯, 実業之日本社, 明42.1(1909).
   6. クロムヱル伝. 上, 中, 下卷 / カーライル著他, 警醒社書店, 大正2-3(1913-1914).
   7. クロムヱル伝 / カーライル著他, 警醒社書店, 昭和2(1927).

주로 비주류적 영웅을 다뤄오던 그는 일견 성격이 달라 보이는 영국의 크롬웰에 주목하게 된다. 한국과 중국의 크롬웰전은 직접적 관계는 없지만, 하나의 저본에서 파생되었다는 점에서 '불연속적 연속'의 관계에 놓여 있다. 이에 따라 저본과 역본의 차이뿐 아니라 역본과 역본이라는 결과물들 사이의 비교 검토가 가능해진다.

동아시아의 영웅 담론 형성에 있어서 토마스 칼라일의 영웅숭배론이 갖는 의미는 각별하다.[4] 본 장에서는 그 영향력 속에서 탄생한 한·중·일의 크롬웰 전기들에 대해 분석해 보고자 한다.

2. *Hero-Worship*—크롬웰의 복권復權과 대조항으로서의 프랑스

올리버 크롬웰에 대한 역사적 평가는 여전히 합의점 도출에 난항을 겪고 있지만 칼라일 이전에는 그러한 것이 논쟁의 대상이 되기도 어려웠다. "크롬웰은 처음에는 진실했다. 맨 처음에는 진실한 '광신자'였다. 그러나 차츰 앞길이 트임에 따라 '위선자'가 되었다"[5]와 같은 것만이 크롬웰을 위해 할당된 수사들이었기 때문이다. 17세기 중반부터 19세기 초까지 크롬웰에 대한 주류 사가들의 평가는 비난으로 점철되어 있었다.

칼라일이 만든 반전의 원점이 그의 강연록 모음집 *Hero-Worship*이었다. 이 강연을 통해 칼라일은 신, 예언자, 시인, 성직자, 문인, 왕 등 6개 분야로

---

4 도쿠토미 소호가 수용한 칼라일의 무명 영웅론의 동아시아적 변주에 대해서는 이헌미, 「대한제국
   의 '영웅' 개념」, 하영선 외, 『근대한국의 사회과학 개념 형성사』, 창작과비평사, 2009 참조.
5 Hume, 토마스 칼라일, 앞의 책, 345면에서 재인용. 이하 괄호와 면수로만 제시된 것은 모두
   칼라일, 박상익 역의 동일 저술을 의미한다.

정리된 11명의 인물들을 새로이 평가했고 마지막 챕터에 해당하는 '왕으로서의 영웅'에 크롬웰을 내세웠다. "그런데 내가 생각하기에는 한 사람의 청교도, 우리의 가엾은 크롬웰만은 아직도 교수목에 달린 채로 있으며, 아무도 그를 옹호하지 않습니다. 아무도 그를 대역죄로부터 사면해 주려고 하지 않습니다."319면 말하자면, 칼라일은 아무도 시도하지 않았던 그 작업을 시도한 것이다. 크롬웰에 대한 칼라일의 애착은 계속되어 1845년에는 *Oliver Cromwell's Letters and Speeches*1845[6]라는 크롬웰 관련 자료집을 따로 출판하기에 이른다.

*Hero-Worship*의 서술방식은 일반적 전기물의 그것과는 거리가 멀다. 기존의 인물 상을 전복시키는 것 자체가 전반적인 *Hero-Worship*의 전략이라 할 수 있는데, 크롬웰을 다루는 부분은 좀 더 극단적으로 그 전략을 밀어붙이는 양상이다. 칼라일에 의해 배치된 각종 크롬웰 관련 일화는 모두 변론의 근거로 동원된다. 보통의 전기물이 일화가 주가 되고 평가가 종이 되는 형태라면, *Hero-Worship*의 서술 방식은 반대로 주관적 평가크롬웰의 경우에는 변론

---

6 본 장의 고찰은 동아시아에 미친 영향력이 컸다는 측면에서 칼라일의 *Hero-Worship*에 집중되어 있지만, 그의 *Letters and Speeches* 역시 크롬웰 관련 저술을 집필하는 이들에게는 필수적인 자료였다. 이 서적은 그 자체가 '올리버 크롬웰의 목소리'이므로 그 어떤 사서(史書)의 설명보다 활용도가 높았던 것이다. 골드윈 스미스와 프레드릭 해리슨의 크롬웰 전기에서도 칼라일이 편찬한 본 자료집은 언급되며 후술하겠지만 일본의 다케코시 요사부로와 야나기다 쿠니오 역시 이를 활용하게 된다. 칼라일은 자신이 편찬한 이 서적의 자료를 보완하고 편집에 변화를 주며 1846년에 Second Edition을, 1849년에 Third Edition을 간행하였다. 출판사는 주로 런던의 Chapman and Hall과 George Routledge and Sons, 뉴욕의 Harpers and Brothers 등을 통해 이루어졌으며 1845년부터 1900년대 초에 이르기까지 20종 이상의 다양한 판본으로 재발행된다. 분량도 방대하여 활자 크기 및 출판사의 전략에 따라 최소 두 권에서 많게는 다섯 권 이상의 분책으로 나왔다. 다음은 Chapman and Hall에서 세 권으로 엮어낸 Second Edition을 기준으로 한 *Letters and Speeches*의 목차이다. 크게는 칼라일의 Introduction과 크롬웰의 저술로 나누어 있으며, 후자는 자료의 시계열적 정리를 따르고 있다. 자료 파트 내에도 칼라일의 간략한 소개 및 정리의 글들이 삽입되어 있는 것이 특징이다.

가 주가 되고 일화가 좋이다. 말하자면 '어떠한 것은 비난할 거리가 못 된다.'고 선언하고 그 이유를 크롬웰의 일화에서 찾아서 보여주거나 적절한 맥락을 짚어서 납득시킨 후 다시 결론으로서 그 변론을 완성하는 것이 칼라일의 저술 패턴이었다. 이는 주제별로 반복된다.[7]

*Hero-Worship*에서 말하는 영웅이란 기본적으로 통찰력과 성실성을 갖춘 존재다.[8] 칼라일은 다른 부류의 영웅이라 하여 각기 다른 자질을 찾으려 하

〈표 6〉 *Letters and Speeches*의 목차

구분	목차	
Vol.1	Introduction	
	I. Anti-Dryasdust II. Of the Biographies of Oliver III. Of the Cromwell Kindred IV. Event in Oliver's Biography V. Of Oliver's Letters and Speeches	
	Cromwell's Letters and Speeches	
	Part I	To the Beginnig of the Civil War. 1636-42.
	Part II	To the End of the First Civil War. 1642-46.
	Part III	Between the Two Civil Wars. 1646-48.
	Part IV	Second Civil War. 1648.
Vol.2	Part V	Campaign in Ireland. 1649.
	Part VI	War with Scotland. 1650-51.
	Part VII	The Little Parliament. 1651-53.
Vol.3	Part VIII	First Protectorate Paraliament. 1654.
	Part IX	The Major-Generals. 1655-56.
	Part X	Second Protectorate Paraliament. 1657-58.

7 예를 들어 임종 시에 그가 드린 기도를 인용하면서 "나는 이런 사람을 위선자라고는 단 한 번일망정 부르고 싶지 않습니다. 그가 위선자, 연극 배우였고, 그의 생애는 다만 연극에 불과했다는 것입니까?"(346면)라고 반문하는 방식이다. 그가 왜 거짓의 위선자가 아닌지, 그가 왕을 처형한 것이 어째서 잘못이 아닌지, 그가 왜 야심 및 야망과 같은 단어와 거리가 먼 인물인지 등이 계속하여 이러한 식으로 진술되는 것이다. 크롬웰이 말을 유창하게 하지 못했다는 사실은 포장되지 않은 진실성의 표징이었고(321면) 어린 시절의 예민하고 우울한 성격 역시 깊은 성찰의 증거였다.(325면) 특히 칼라일은 크롬웰의 청교도 신앙에 비추어 그에 대한 악질적 평가 중 하나였던 거짓의 사람이라는 지적에 대해 정면으로 대항한다. "태산 같은 비난을 받고도, 그리고 진실을 말한 적이 전혀 없고, 항상 교묘한 가짜 진실만을 말한 '거짓말의 왕'이라고 묘사되어 있음에도 불구하고, 단 하나의 거짓도 발견되지 않는다는 것이 이상하지 않습니까? 거짓말의 왕이라면서 그가 말한 거짓은 하나도 드러난 것이 없습니다."(324면) 진실성에 대한 호소는 크롬웰을 변호하기 위한 칼라일의 가장 효과적인 무기가 된다. 크롬웰의 의회 탄압과 독재 정치에 대한 변론의 방향도 이렇게 설정될 수 있었다.

지 않았다. '왕'으로 분류된 크롬웰의 미덕 역시 마찬가지다. 그런데 이러한 추상적 가치의 적용은 결국 기존의 모든 역사적 과오까지 긍정적으로 재해석하는 회로로 작동하기도 한다.[9]

한편, 크롬웰을 다룬 챕터 「제왕으로 나타난 영웅」에는 프랑스 혁명에 대한 언급이 곳곳에 나타나고 있다. 이미 칼라일은 프랑스 혁명과 관련된 본격적인 연구서인 *The French Revolution*[1837]을 집필한 경험이 있었다. *The French Revolution*과 *Hero-Worship*은 프랑스 혁명에 대한 동일한 입장을 견지한다. 곧 '타락한 왕권에 대한 대중의 역사적 심판'이라는 의의는 인정하면서도, '영웅의 부재'라는 한계를 지적하는 것이다[312면]. 그러나 칼라일이 혼돈과 광란으로 표현하는 프랑스 혁명도 결국에는 나폴레옹에 의해서 질서로 편입된다. 이것이 크롬웰에 이어 나폴레옹이 '제왕으로 나타난 영웅'의 두 번째 사례가 된 이유다.

하지만 칼라일은 나폴레옹이 크롬웰에 비해 그릇이 작으며 진실하지도 못하다고 단정했다.[359면][10] 야망이 비판의 잣대가 되는 칼라일의 시각에서, 나폴레옹은 사기꾼이나 협잡꾼에 가까웠다.[11] 이렇게 나폴레옹은 *Hero-Worship*

---

8 에른스트 캇시러, 최명관 역, 『국가의 신화』, 서광사, 1988, 268면.
9 일찍부터 칼라일의 영웅주의 역사 해석은 학계의 비판을 받아왔다. 카(E. H. Carr)의 칼라일 비판 및 영웅 사관의 폐해에 대해서는 신복룡의 연구(신복룡, 「전기정치학 시론—그 학문적 정립을 위한 모색」, 『한국정치학회보』 32-3, 한국정치학회, 1998, 11~12면)를 참조. 반면 박상익은 기존의 칼라일 평가가 그의 진의를 제대로 파악하지 못했기 때문이라고 역설한 바 있다(박상익, 앞의 글 참조).
10 크롬웰과 나폴레옹에 대한 칼라일의 차별적 접근에 대해, 윤영실은 '영적 영웅'(크롬웰)과 '신을 믿지 않는 시대의 영웅'(나폴레옹)의 차이로 정리한 바 있다(윤영실, 「『소년』의 '영웅' 서사와 동아시아적 맥락」, 『민족문화연구』 50, 고려대 민족문화연구원, 2010, 326면).
11 *Hero-Worship*에서 나폴레옹이 구제되는 순간은 그가 가지고 있던 일말의 진실성이 표출된 특정 일화와 관련될 때에만 존재하는 것이었다. 프랑스 혁명에 대한 초기의 태도, 겸허히 신의 존재를 논하던 것, 무질서에 대한 증오의 예화 정도가 거기에 해당했다. 그러나 그것이 다였다. "그러나 바로 이때 치명적인 사기꾼 기질이 고개를 쳐들었습니다. (…중략…) 그는 "나폴레옹 왕조"가 창건되자 프랑스 혁명의 의의가 그것뿐이라고 생각하게 되었습니다!"(363면)와 같은 언급을

의 말미에 등장하여 크롬웰과 시종 비교당하는 열등항이 된다. 나폴레옹 파트는 그 분량 자체도 크롬웰의 10분의 1정도에 불과했다. 두 인물은 같은 챕터에서 다루어지지만 격의 차이가 분명했다. 사실상 *Hero-Worship*의 「제왕으로 나타난 영웅」 챕터에서 진정한 '왕'은 오직 크롬웰 한 명이라 보아도 무방하다.

주목해볼 것은, 나폴레옹과 크롬웰이 동일선상에 놓임으로써 자연스럽게 프랑스 혁명과 '영국 혁명'[12]이 비교의 선상에 오른다는 사실이다. 칼라일은 크롬웰의 개혁을 루터의 개혁과 프랑스 혁명 사이에 위치한 프로테스탄티즘의 제2막으로 본다. 그리고 프랑스 혁명은 영국 혁명에 이어서 일어난 제3막으로 규정된다358면. 칼라일은 "프랑스 혁명을 통해 천명된 이 새롭고 거대한 민주주의는 하나의 억제할 수 없는 사실이며 이 사실은 온 세계가 그의 구세력과 제도를 다 동원해도 억누를 수 없"362면다고 말하기도 했다. 다만 전술했듯 칼라일이 프랑스 혁명에 대해 긍정하는 것은 심판으로서의 기능에 한정되었다. "우리는 프랑스 혁명 즉 제3막을 결말이라고 부를 수 있습니다. 왜냐하면 저 야만적인 상퀼로티즘과격 공화주의-인용자 주 이하로 인간이 떨어질 수는 없기 때문입니다"358면와 같이 선언하거나, 프랑스 혁명 언급에 '야만', '폭동', '파멸' 등의 수사가 빈번하게 수반되는 이유 역시 여기에 있다. 이렇게 칼라일은 크롬웰과 나폴레옹을 다룸에 있어서 영국 혁명과 프랑스 혁명을 병치하여, 전자의 성취가 우월하다는 것을 의식적으로 보여주고자 하였다.

참조하자면 나폴레옹은 오히려 전형적인 파멸의 모델에 다름 아니었다. 이 부정적 모델에 대한 이야기는 다음과 같은 동정의 변과 함께 마무리된다. "가엾은 나폴레옹, 그는 위대한 역량을 낭비하고 쓸모없는 존재가 되어갔습니다. 우리의 마지막 위인입니다!"(367면)

12 이하 본 장에서 '영국 혁명'이라 함은 '청교도 혁명'을 지칭한다.

3. 다케코시 요사부로의 『격랑알格朗兌』—국민과 영웅, 일본과 영국 정체

올리버 크롬웰의 전기를 최초로 일본어 단행본으로 발간한 인물은 다케코시 요사부로다.[13] 게이오 의숙에서 후쿠자와 유키치로부터 영향을 받은 그는 지지신보사時事新報社를 거친 후 민유사民友社 설립 시기부터 도쿠토미 소호와 함께 활동하게 된다. 『격랑알格朗兌』은 다케코시의 첫 번째 단행본 저작이었다.[14]

『격랑알』에는 다음과 같이 '인용서목'이 명시되어 있었다.

Carlyle's Letters and Speeches of Oliver Cromwell / Goldwin Smith's Cromwell[15] / Harrison's Life of Oliver Cromwell / Lamaltine's Cromwell / Macaulay's History of England · Writings and Speeches · Historical

---

13 역사학자로서 대표적 저술로는 『新日本史』, 『二千五百年史』, 『日本経済史』 등이 있으며, 정치가로서는 1898년 제3차 이토 내각에서 대신 비서관 겸 문부성 칙임 참사관을 지낸 바 있고 입헌정우회로 입후보한 1902년 중의원 총선거부터 5회 연속 당선되기도 한다. 이후 1922년 궁내성 임시 황실 편수국에서 편수 관장이 되어 『明治天皇紀』 편찬에 중추적 역할을 맡았고, 1940년에는 추밀고문관으로 활동하는 등 정부의 여러 공직을 거쳤다. 다케코시의 초기 활동 배경, 그리고 대표작 『新日本史』의 성격에 대해서는 함동주, 「죽월여삼랑(竹越與三郎)와 1890년대 전반기 일본의 역사상」, 『일본역사연구』 20, 일본사학회, 2004 참조.

14 『格朗兌』은 1890년 11월 1판, 12월에 2판이 나왔으며, 1892년에는 판본을 재편하고 서평을 추가한 3판이 간행되었다. 발행자는 카키다 스미오(垣内純朗), 발매소는 민유샤(民友社)로 표기되어 있다. 다케코시는 이미 1886년에 기독교 세례를 받은 신앙인이었기에 청교도 영웅 크롬웰에 대한 동질감이 있었고, 교사 경력이 있을 정도로 영어에도 뛰어났다. 다케코시는 젊은 시절부터 영국 휘그파 사가의 독보적 존재인 토마스 매콜리(Thomas Babington Macaulay, 1800~1859)의 영향을 크게 받았다. 『格朗兌』 집필 시에도 매콜리의 저작을 여러 편 참조했으며, 1893년에 나온 민유샤의 기획물 『拾貳文豪』 시리즈(1893년에 시작되어 1903년까지 총 16권이 발간되었다. 1권이 칼라일, 2권이 매콜리인 것은 당시 민유샤의 역사관에 휘그파의 영향이 컸음을 방증한다)에서 토마스 매콜리 편(제2편)을 담당하기도 한다.

15 골드윈 스미스(Goldwin Smith, 1823~1910)는 옥스퍼드 교수로 영국 근대사를 담당했던 저명한 역사가이자 저널리스트였다. 다케코시가 참조한 스미스의 저술은 원래 *Three English Statesmen*(Macmillan & Co., 1882)에 등장한 세 인물 중 크롬웰 파트로 판단된다. 여기서 다룬 세 정치가 중 나머지 두 명은 John Pym(1584~1643), William Pitt(1759~1806)이다.

Essays / Green's History of English People[16] / Guizot's Cromwell[17] / British Quarterly Review / Hallam's Constitutional History of English

이 목록은 크롬웰 전기 혹은 그를 직접적으로 다룬 저술 5종강조과, 영국 사 및 기타 저술 6종으로 이루어져 있는데, 모두 19세기 유럽 사가들의 주요 저술들이다. 수천 페이지에 달하는 영문 자료를 통해 탄생한 『격랑알』은, 메이지 시기 전기류 가운데서는 독보적이라 할 수 있는 232면3판은 237면의 볼륨을 갖추었다.

다케코시의 기본적인 저술 방식에 대해서는 머리말을 쓴 도쿠토미 소호의 다음 언급을 참조할 수 있다. "덧붙여 말하면 19세기의 대수필가 매콜리와 칼라일의 여러 저서에서부터 골드윈 스미스, 프레드릭 해리슨 제씨諸氏의 저작에 이르기까지, 그 정영들을 발췌하고 그 빼어난 정수들을 발췌한 것이다."도쿠토미, 4면 도쿠토미는 '발췌'를 강조하지만 『격랑알』은 창작의 영역 또한 큰 몫을 차지하고 있었다. 『격랑알』과 인용서목에 있는 영문판 저술들을 대비해보면, 목차부터 다케코시 스스로 구성했다는 것을 알 수 있다.[18] 여

---

16 존 그린(John Richard Green, 1837~1883)의 *History of English People*은 영국 통사의 대표작으로 일컬어지는 유명한 역사서이다.

17 인용서목 중 유일한 프랑스인 역사가인 프랑수아 기조의 저작이다. 이는 다케코시가 영국의 영웅을 기술하는 데 있어 본국의 시각에만 의존하지 않고 나름의 균형감을 갖고자 시도했다는 것을 보여준다. 그는 프랑스어로 된 원본이 아니라 Andrew R. Scoble의 영문 번역서를 참조하였다. Andrew R. Scoble는 크롬웰 관련 저서 외에도 *History of Charles the First and the English Revolution*(1854); *The History of the Origins of Representative Government in Europe*(1861) 등 기조의 저서를 지속적으로 번역한 인물이다.

18 다케코시의 '인용서목'상의 영문 저서들은 목차가 존재하지 않거나 『格朗乞』과의 일치점을 찾을 수 없는 구성을 갖고 있다. 『格朗乞』의 목차는 다음과 같다. '第一章 영웅숭배 / 第二章 청교도가 변하여 일대 民黨이 되다 / 第三章 17세기의 새벽, 헌팅던의 성자 농부 / 第四章 이 무장 기질의 사내야말로 영국의 최대의 인걸이다 / 第五章 공전절후의 대항거 / 第六章 철기군 처음으로 등장하다 / 第七章 무기를 잡고 不正을 하늘에 소하다 / 第八章 마스턴 황원의 대전 / 第九章 군사력으로 결국 국회를 없애다 / 第十章 삼각전투 / 第十一章 크롬웰 철기군과 대적하다 / 第十二章 피의

기서 다케코시의 저본 활용 방식을 예로 들어보자.

다케코시의 '인용서목'에는 세 편의 매콜리 저작이 발견되는데, 이 중 *Historical essays*는 동시대인을 비롯한 여러 정치가들에 대한 저자의 소회를 담은 글이다. 5명의 인물을 대상으로 하는 이 책에서 크롬웰은 보이지 않지만,[19] 크롬웰의 사촌이자 그를 정계에 데뷔시킨 인물인 존 햄프던John Hampden이 두 번째 에세이에 등장한다. 다케코시가 『격랑알』에서 존 햄프던을 전면적으로 내세우는 대목은 제4장 '이 무장 기질의 사내야말로 영국의 최대의 인걸이다'와 제5장 '공전절후의 대항거' 부분인데, 4장의 경우 제목 자체가 햄프던이 크롬웰을 다른 의원에게 소개하던 대사이며, 5장에서는 혁명에 불씨를 지핀 선박세 사건[20]의 주인공으로 햄프던이 묘사되고 있다. 다케코시는 이 대목들을 집필하면서 매콜리의 *Historical essays*를 참조했던 것이다.

한편 '인용서목'의 모든 재료는 『격랑알』이 고수하는 '크롬웰 높이기'의 입장을 전략적으로 객관화하는 데 사용되었다. 예를 들어 프레드릭 해리슨의 *Oliver Cromwell*에는 크롬웰이 집권기에 이룩한 행정, 치안, 외교상의 업적과 각종 개혁을 지목하며 상찬하는 대목이 있다. 해당 부분을 소개한 직후 다케코시는, "이것이 바로 콩트 이래 단 한명의 인류학자였던 프레드릭 해리슨의 평이었다"222면라며 인용의 출처를 구체적으로 밝힌다.[21] 그는 여

인간이 결국 스스로 피를 뿌리다 / 第十三章 크롬웰 최후의 대전 / 第十四章 무명의 都督官 / 第十五章 건설적 크롬웰 / 第十六章 실낙원'

19 순서대로 John Burleigh, John Hampden, Horace Walpole, Lord Clive, William Pitt.

20 의회를 무시하고 선박세 지불을 강요한 찰스 1세에 맞서 존 햄프던이 소송을 신청한 사건을 말한다.

21 다케코시의 기본적인 저술방식에 대해서는 추천문을 쓴 도쿠토미 소호에 의해서도 다음과 같이 언급된다. "덧붙여 말하면 19세기의 대수필가 매콜리와 칼라일의 여러 저서에서부터 골드윈 스미스, 프레드릭 해리슨 제씨(諸氏)의 저작에 이르기까지, 그 정영(精永)들을 발췌하고 그 빼어난 정수들을 발췌한 것이다."(도쿠토미 소호, 4면)

기서 전문 인용의 형식『』 부호으로 언급한 원저자의 진술을 직역했음을 암시한다. 그러나 실제 원문과 대조해보면 상당한 편집과 재구성이 가해졌음을 알 수 있다. 영국 역사를 구체적으로 언급한 부분이 주로 생략되었으나, 크롬웰의 의회 반대를 치적에서 배제하는 해리슨의 첫 번째 언급을 생략한 것은 다분히 다케코시 방식의 영웅 만들기 작업이 겨냥한 바다. 이렇듯, 다케코시는 설령 직역을 표방하더라도 필요에 따라 원 텍스트를 적극적으로 재구성하여 자신의 논지를 보강하기도 했다.

『격랑알』의 크롬웰 형상화는 기본적으로 칼라일의 입장을 계승한다. 다케코시는『격랑알』의 목차 중 제1장을 「영웅숭배」라고 명시했으며 그 내용 또한 대부분 *Hero-Worship*의 주지를 재생산한 것이었다. '영웅숭배'라는 조어 자체가 칼라일로부터 가져온 것임은 물론, 영웅숭배의 필요성에 대한 다케코시의 설명도 칼라일과 정확하게 겹친다다케코시, 3~4면. "우리는 일찍이 프랑스 대혁명에 있어 영웅이 없었던 시대를 보았으며 또한 그 경천동지의 대운동은 결국 무인정치로 끝나는 용두사미의 모습이 되었음을 보았다", "우리는 일찍이 스코틀랜드의 청교도에게서 영웅 없이 전개되었던 활동을 보았다"다케코시, 4면 등과 같이 영웅이 부재했던 혁명의 한계를 설명하는 것 역시 칼라일이 *Hero-Worship*에서 했던 언급을 반복하는 것이다칼라일, 312면, 347면. 다케코시가 영웅을 예언의 영웅, 시가의 영웅, 문학의 영웅 등으로 분류다케코시, 5면한 것도 칼라일의 방식이다. 영웅숭배의 필요성과 관련하여 칼라일의 이름을 직접 소환하기도 한다. "칼라일은 일찍이 장 폴 리히터를 평하여 이르길, '이와 같은 인물의 전기는 그 자체가 스스로 하나의 성서이며, 자유의 복음서이다'라고. 그렇다면 다름 아닌 그 숭배하는 곳의 영웅을 보고 그로써 당대의 성쇠를 알 수 있다는 말을 어찌 믿지 않을 수 있으랴. 아,

영웅숭배를 소홀히 해서는 안 되는 것이다."다케코시, 5면 '인용서목'의 가장 상위 항목을 차지하는 것 역시 칼라일이 편찬한 *Letters and Speeches*이듯이 다케코시의 저술에 미친 칼라일의 영향력은 상당하다.

하지만 칼라일과는 다른 지점 역시 포착된다. 서문이 따로 없는 『격랑 알』은 도입부인 1장 '영웅숭배'가 저자의 시각과 의도를 드러내는 역할을 맡고 있다. 사실상 칼라일의 *Hero-Worship*을 직간접적으로 인용하는 것에 그치던 1장이었으나, 마지막 부분에서 칼라일의 영웅론은 다음과 같이 변주되었다. 이 부분에는 "영웅은 일세의 정신을 생명화한 것일 뿐이다"라는 소제목이 붙어있다.

> **그렇다 하더라도 영웅이라는 것은 한편으로는 하늘이 내려주고 하늘에 속하며, 한편으로는 땅에서 나타나 땅에 속한다.** 보라, 굉음으로 땅을 울리며 달리는 기차, 누가 그것을 움직이게 하는가. 이것이 스스로 달리는가. 저 물과 석탄이 서로 닿고 부추켜 만들어내는 증기의 힘에 다름아니다. 영웅의 시대도 거의 이와 같아서, 그가 국민을 향도하고 고무하고 흥을 돋우어 낸다 하여도, **영웅 스스로가 당시 상황의 표본이며 당시의 형편의 요구에 의해 태어난 산물일 따름으로, 국민의 큰 열심과 큰 소망이 한 사람에게 응축된 것일 뿐이며 일세 일국의 정신이 인간으로 화한 것일 따름이다.** 그가 혹시 위대하다면 국민이 위대한 것이며 만약 그가 고결하다면 국민이 고결하고 훌륭한 것이다. 국민전체가 그렇지 않다 하더라도 국민가운데 큰 세력이나 큰 동기가 진실로 그러한 것이다. 소위 심산대택深山大澤이 아니라면 용사龍蛇가 자랄 수 없는 것은 이를 말하는 것이다.다케코시, 6~7면

칼라일의 영웅론을 그대로 소개하던 다케코시는 '그렇다 하더라도'라는 역접의 연결어를 기점으로 본 인용문을 소개한다. '하늘이 내린 큰 영웅을 알아보는 작은 영웅들이 큰 영웅을 숭배하는 것이 신이 내린 사명'이라는 것이 칼라일의 입장이라면, 위에서 다케코시는 '이 땅에서 위대한 국민이 먼저 대열심과 큰 소망을 가져야 위대한 영웅이 탄생한다.'고 주장하는 것이다. 다케코시는 '땅'이 잉태하는 영웅에 포커스를 맞추며 그 주체를 '국민'으로 제시한다. 즉, '영웅 숭배'에 대한 입장에는 차이가 없으나 '영웅 탄생'에 대해서는 시각이 다르다. 이는 당시 국민 창출을 위해 민간 사학을 지향한 민유샤의 방향성과도 일치한다. 『격랑알』의 발행 직후에 발표하여 큰 대중적 반향을 일으킨 다케코시의 『신일본사新日本史』에서도 '국민'이라는 키워드는 계승된다. 이 책은 역사의 중심에 국민을 위치시킨 일본 최초의 역사서로 평가되기도 하였다.[22]

다케코시의 크롬웰전 자체가 어떤 취지에서 소개되고 있는지를 이해한다면 국민 강조의 맥락은 좀 더 분명해진다. 『격랑알』에는 본 내용에 앞서 도쿠토미 소호가 쓴 '머리말'이 적지 않은 분량으로 등장한다.[23] 다케코시는 사회 진출 초기에 "소호 선생을 그대로 흉내 내는듯한 태도"[24]를 지녔다는 평가까지 들을 만큼 도쿠토미의 영향을 크게 받았다. 『격랑알』에 삽입된 도쿠토미의 발화 역시 다케코시의 의도와 합일을 이룬다고 볼 수 있다.

도쿠토미는 이미 『신일본지청년新日本之靑年』1887에서 나폴레옹에게 '변칙

---

22 함동주, 앞의 글, 116·121면.

23 이 머리말은 총 8면으로 구성되어 있다. 도쿠토미 소호는 2년 뒤에, 역시 민유샤 기자였던 히라타 히사시(平田久)가 역술한 『伊太利建國三傑』(1892)에도 같은 방식의 글을 썼다(이 책의 제2부 2장 참조).

24 杉原志啓, 「竹越三叉とマコーレー」, 『年報近代日本研究』18, 山川出版社, 1996, 176~177면(함동주, 앞의 글, 108면에서 재인용).

의 영웅'이라는 부정적 평가를 내렸고, 「무명의 영웅無名の英雄」1899에서는 루터와 크롬웰을 한 자리에서 언급하는 등 칼라일의 구도를 적극 활용하고 있었다.[25] 『격랑알』의 머리말에서도 크롬웰에 대한 기본 지식이 충분히 드러나는데 이 역시 칼라일의 영향이라 할 수 있다.[26] 그런데 이 글의 말미에는 다음과 같은 내용이 있어 주목을 요한다.

나는 전적으로 이 책에 의해 강건·진술·경건·열렬한 진정한 남아크롬웰-인용자 주가 나의 새로운 일본사회에 소개된 것을 축하한다. 사람에게서 배우려는 자는 그의 마음속 생각을 배워야 하며 그의 사업을 배울 것이 아니다. (…중략…) 옛 사람맹자은 '이윤伊尹과 같은 마음이 있으면 괜찮지만, 이윤과 같은 마음이 없으면 곧 찬탈이니라'라고 말했다. 만약 혹자가 망령되이 크롬웰을 보고 그의 행위를 답습하려 하는 듯한 행위를 한다면, 이는 이른바 호랑이를 그렸는데 고양이와 닮아있는 것이다. 어찌 책을 읽을 때에 눈빛이 종이를 뚫은 자라고 할 수 있으리오도쿠토미, 6~7면.

여기서 읽어낼 수 있는 것은 일종의 '경계심'이다. 크롬웰에게서 배울 것은 마음이지 사업이 아니라는 것을 군이 거론하는 이유는, 도쿠토미의 시각에서 크롬웰이 옳지 않거나 대중들이 받아들이기에 '적합하지 않다.'고 판단되는 부분이 있기 때문이다. 그는 『맹자』까지 인용하며 이 전기를 읽고 단순히 크롬웰 흉내를 내는 것은 오독임을 강조한다.[27] 이러한 경계심을 보이는 이유는 무엇일까?

---

25 이헌미, 앞의 책, 393면.
26 예를 들어 "唯我의 대마왕이며 無心의 사내였던 나폴레옹과 비교해본다면, 그는 참된 면목과 참된 피를 가진 남아였다고 이야기할 수 있을 뿐이리라"(도쿠토미, 5면)와 같이 나폴레옹을 열등한 비교 대상으로 삼는 것은 칼라일로부터 이어진 구도였다.
27 사실 도쿠토미는 이 지점보다 앞서 다케코시의 크롬웰 형상화가 우상화로 흐를 수 있는 가능성에

영국의 오늘날 **자유정치체제** 같은 것은 바로 이와 같은 위기를 거치면서 겨우 얻어낸 것이다. 그들은 자유정치체제를 위해 비싼 대가를 치른 것이다. **고개를 돌려 우리나라의 오늘날을 보면,** 요천순일堯天舜日이 밝게 빛나며 천지에 가득 차고, 길한 기운과 상서로운 구름이 자욱이 끼도록 하늘과 땅에 넘친다. **대헌법이 한차례 하달되니** 만민이 그 경사를 서로 축하하고, 제국의회도 국민의 환호소리 가운데 개설되려하고 있다. 내 어찌 천황에게 그 축복을 감사하지 않을 수 있으리오. 이 책을 읽는 자, 모름지기 **우리 국민이 가장 행복한 시절에 성장하고 있음을 명심하며 감사해야 할 것이다.**

　　제국의회 개설의 달, 소호생蘇峰生.도쿠토미, 7~8면

영국의 경우 크롬웰이 활약한 혁명의 시기도 거치면서 현재의 정치체제를 획득했지만, 일본은 이미 그러한 수준을 달성했다고 도쿠토미 소호는 역설한다. 그런즉 그가 크롬웰의 삶 중 꺼려했던 대목은 그의 혁명 사업이었다. 크롬웰은 영국 역사에서 한시적이나마 군주정을 종식시키고 공화정을 세운 유일한 인물이다. 그 과정에서 국왕 찰스 1세를 참수하기까지 했다. 이렇듯 크롬웰의 혁명기 활동은 입헌군주제를 공고히 하려는 당시 일본의 정치적 지향과는 어긋났다는 데에 도쿠토미 소호의 고민이 있었던 것이다. 따라서 도쿠토미는 현재 일본에 '혁명가 크롬웰'이 필요한 것은 아니라는 것을 분명히 하고자 했다.

대해 우려를 표명하기도 했다. "만약 때로는 이 책이 허물을 덮어 숨겨주는[回護] 경향이 있고 칭찬에 편중되어 있는 듯하다면, 이는 19세기인 오늘날 세상의 여론이 크롬웰에 대해 동조하는 감정이 세력을 떨치고 있는 탓이며, 오직 편찬자의 잘못만은 아니다. 또한 위에 든 제씨들(인용서목의 저자들, 인용자 주)도 그 책임을 분담하지 않을 수 없을지도 모른다. (…중략…) 유감을 느낀다면, 이는 작자가 그를 애모하며 그를 존경하고 숭배하는 감정으로 인해 초래된 것으로, 그러한 실수를 보고 작자의 어짊을 알 수 있다 할 것일 따름이다."(도쿠토미, 4~5면)

도쿠토미 소호가 자국의 정치적 상황을 태평성대로 묘사하는 것은, 1889년 제국헌법과 1890년 제국의회가 연이어 탄생한 것에서 기인한다. 그는 서구 열강 중 정점에 있는 영국의 국체國體를 일본 역시 획득했다고 강조했다. 그러나 실제 메이지 헌법은 1881년 이후 군국주의를 내세운 보수적 입헌체제 수립의 방향으로 기울어져 있었다.[28] 이 때문에 영국과는 달리 의회의 권한이 약했고, 내각은 군주천황를 보좌하는 존재로 규정되어 있었다. 이와 같이 도쿠토미의 자국 진보에 대한 자축은 실질적으로 크롬웰이나 영국의 예를 통해 논의될 수 있는 성질의 것이 아니었다. 크롬웰의 의회 탄압이 그러한 가치를 배격하는 행위였음은 차치하더라도, 일본의 신생 정체와 당시 영국 정체의 격차가 현격했던 것이다. 하지만 도쿠토미 소호에게 그러한 엄격한 비교는 불필요했다. 그것은 영국이라는 일등 국가에 빗대어 일본인의 자긍심을 제고하려는 의도에 도움이 되지 않았기 때문이다.

4. 야나기다 쿠니오의 『크롬웰』 – 시대와 영웅, 비판적 현실 인식

야나기다의 크롬웰 전기, 『크롬웰』은 다케코시의 『격랑알』 이후 11년이 경과한 시점인 1901년 『세계역사담』 시리즈의 제25편으로 발간되었다. 『크롬웰』 상에 기재된 저자명은 마츠오카 쿠니오松岡国男였다.[29] 그는 제1고등학교를 거쳐 1900년 도쿄제국대학 법과대학을 졸업한 후 자신의 첫 번

---

28 방광석, 「1880년 전후 일본 자유민권파의 헌법인식과 헌법구상」, 『동양정치사상사』 10-2, 한국동양정치사상사학회, 2011, 114면.
29 야나기다 쿠니오(柳田國男)의 본명이다. 1901년 5월에 야나기다 가문으로 입적하기 전까지 그는 마츠오카라는 이름을 사용한 것으로 보인다. 이하 본 장에서는 '야나기다'로 통일하도록 한다.

째 저작『크롬웰』을 집필했다. 고등학교 시기부터『문학계文學界』,『국민지
우國民之友』,『제국문학帝國文學』등에 문학작품을 게재했던 그는 구니기다 돗
포, 모리 오가이 등과 교류하는 등 일찍부터 문인으로서의 면모를 보여 왔
다. 그러나 본령이 되는 민속학에 몰두하게 된 이후로, 그의 필력에서『크
롬웰』과 같은 글쓰기를 다시 발견하기는 어렵다.[30]

『크롬웰』의 분량은 143면으로서, 활자 크기를 감안할 때 다케코시의 절반
수준이라 할 수 있다. 이는 크롬웰의 일대기에 대한 세부적인 내용 구성에
있어 야나기다가 다케코시보다 더 많은 생략과 삭제를 가했다는 의미이기도
하다.『크롬웰』의 목차를『격랑알』과 대비해 보면 야나기다가 집필 과정에
서 초점을 맞춘 부분이 떠오를 뿐 아니라『격랑알』으로는 알 수 없었던 다케
코시 글의 특징도 드러난다. 시기적으로 일치하는 대목을 함께 엮어보았다.

〈표 7〉『格朗乬』과『크롬웰』의 목차 비교

『格朗乬』(232면)	면	『크롬웰』(143면)	면
第一章 영웅숭배	1	(一) 발단	1
第二章 청교도가 변하여 일대 민당(民黨)이 되다	7	(二) 그의 시대	7
第三章 17세기의 새벽, 헌팅던의 성자 농부	14	(三) 헌팅던의 한 농부	19
第四章 이 무장 기질의 사내야말로 영국의 최대의 인걸이다	28	(四) 찰스 왕과 국회	28
第五章 공전절후의 대항거	43		
第六章 철기군 처음으로 등장하다	58	(五) 국회군	45
第七章 무기를 잡고 부정(不正)을 하늘에 소하다	73	(六) 혁명	69
第八章 마스턴 황원의 대전	83	(七) 마스턴 황원의 대전투	85

---

30 민속학자로서 야나기다의 특징은 기존의 문헌 중심주의 연구의 한계를 지적하고 현지 조사와
자료 수집의 중요성을 일깨운 데 있다. 가노 마사나오는 야나기다의 기존 역사학 비판을 세 가지
로 요약했는데, 첫째 역사학의 정치사 편향을 생활사 중심으로 서술해야 할 필요성 제창, 둘째
기존의 문헌 중심주의 비판 및 전설과 전승의 축을 제기, 셋째 학문적 실용성에 대한 강조가
바로 그것이다(가노 마사나오, 서정완 역,『근대 일본의 학문─관학과 민간학』, 소화, 2008,
96~99면). 민속학자로서 야나기다의 주요 저술에는『後狩詞記』(1909),『遠野物語』(1910),『蝸
牛考』(1930),『桃太郎の誕生』(1933) 등이 있다.

『格朗兒』(232면)	면	『크롬웰』(143면)	면
第九章 군사력으로 결국 국회를 없애다	90		
第十章 삼각전투	99	(八) 국회와 크롬웰	100
第十一章 크롬웰 철기군과 대적하다	119		
第十二章 피의 인간이 결국 스스로 피를 뿌리다	127	(九) 찰스 왕의 처형	112
第十三章 크롬웰 최후의 대전	136		
第十四章 무명의 도독관(都督官)	149		
第十五章 건설적 크롬웰	176	(十) 만년	120
第十六章 실낙원	207		

두 전기물의 분량과 시기별 흐름을 함께 살펴보면, 혁명 발생 후 찰스 왕의 처형에 이르기까지의 과정에 할당한 양이 다케코시의 경우 58%인 반면, 야나기다는 85%에 달함을 알 수 있다. 약술하면 다케코시는 크롬웰의 일대기 전체를 조망한 것이고, 야나기다는 크롬웰의 혁명기 활동에 초점을 맞춘 것이다.[31]

야나기다의 경우, 다케코시와는 달리 저본의 출처를 제시하지 않았다. 하지만 본문 속에서 여러 차례 언급되는 인물은 역시 칼라일과 매콜리다.[32] 야나기다 역시 다케코시와 마찬가지로 칼라일의 화법 대부분을 가져왔다.

---

31 표의 마지막 줄을 보면, 다케코시는 네 개의 장 구분을 통해 크롬웰의 후기 행적까지도 비교적 상세히 다룬 반면 야나기다는 '만년(晩年)'이라는 하나의 챕터 속에 압축했음을 알 수 있다.
32 예컨대, 다음의 대목들을 참조할 수 있다. "칼라일은 이를 인정하고 (그를) '주의(主義)의 인간'이라 했고, 매콜리 경은 한 발 더 나아가 그의 의지의 건전함을 칭찬했고 그 용기는 나폴레옹을 훨씬 초월한다고 했다"(야나기다, 2면), "칼라일이 수집했던 크롬웰의 편지 속에서도 그의 모친에 관한 언급 속에는 지극히 풍부한 애정이 깃들어 있었음을 인정했다"(야나기다, 2면), "이것이 매콜리 경이 이른바, '세계에 존재하는 가장 위대한 군대'로서, 국왕군의 효장(驍將) 루퍼트 친왕으로 하여금 그 이름을 듣고 전율케 만든 크롬웰의 철기군이었다"(야나기다, 81면). 이상에서 적어도 야나기다는 칼라일의 *Hero-Worship*과 *Letters and Speeches*, 그리고 매콜리의 일부 저술을 참조한 것이 확실해 보인다. 한편 다음의 대목을 미루어 그가 칼라일의 자료를 영문원서로 접했음을 짐작할 수 있다. "칼라일은 그의 전기를 기술하자마자 우선 이 도시의 교회에서부터 이야기를 시작하였고, (…중략…) 특히 많은 그의 서간(書簡) 중 12번째를 펼치면, 그 기간 동안의 그의 소식이 확연히 가까이(目睫)에 다가옴을 느끼지 않을 수 없다."(야나기다, 46면) 여기서 야나기다는 칼라일의 서간 자료 즉, *Letters and Speeches*를 언급하고 있는데, 몇 번째 편지를 인용하는지까지도 밝힌다는 것은 당시 일본어로 번역되지 않은 *Letters and Speeches*를 직접 활용했다는 것을 의미한다.

첫째, 야나기다 역시 프랑스 혁명을 '극심한 역사적 오점'으로 평가 절하했다. 그 내용은 칼라일에 대한 분석에서 살펴본 바와 다르지 않다.[33] 둘째, 크롬웰이 야심가가 아니었음을 변론하는 것과 이를 나폴레옹과 대조하며 제시하는 것 역시 칼라일이 먼저 사용했던 방식이다.[34] 셋째, 의회를 자의적으로 해산시킨 것에 대해 크롬웰이 옳았기 때문이라고 단언하는 것도 칼라일의 화법이다.[35] 다케코시가 그러했듯, 야나기다 역시 이 모든 입장을 그대로 계승하는 것이다. 일부 차이도 존재한다. 프랑스 혁명에 대한 시각은 한층 더 혐오적으로 기술되었고, 나폴레옹뿐만 아니라 칼라일의 *Hero-Worship*에는 언급되지 않은 율리우스 시저를 끌어들이는 점 등이 그러하다. 하지만 칼라일의 역사관을 다소 무비판적으로 수용하는 경향도 보인다. 예컨대 야나기다는 "이에 나는 단언하려 한다. '영국이 크롬웰을 보유했던 것은 프랑

---

33 두 부분을 예로 들어본다. "그렇지만 그 엄청난 전신의 상창은 곧 그가 불세출의 영웅임을 표상한 것으로서, 그 명예로운 전신의 상창 덕분에 대영제국은 프랑스 혁명과 같은 전율할 만한 극심한 오점을 역사에 남기는 일로부터 구제받을 수 있었다"(야나기다, 2면), "아, 이 의지의 힘은 오래지않아 17세기 영국혁명의 기반이 되었고, 더욱이 그 혁명이 프랑스 혁명과 같이 잔혹스런 방향으로 기울지 않게 한 원인이 되었다. 이것이 크롬웰이 위대한 이유이다"(야나기다, 24~25면).

34 "고래(古來)의 영웅 카이사르 같은 이는 확실히 큰 야심을 품은 인물 가운데 한 사람이라 할 것이다. 나폴레옹도 역시 어떤 면으로는 그러한 비난을 면할 수 없다. 그러나 우리의 크롬웰에 있어서는, 그렇게 그의 심경이 더럽혀진 한점의 그림자도 찾아볼 수 없다. 그는 오로지 신의 뜻이 가리키는 바에 따르고 행동했으며, 그의 이상이 확신하며 옳다고 여기는 바를 실행하였을 따름이다."(야나기다, 3면) 나폴레옹과 대조하는 서술은 후반부에서도 재차 등장한다. "가련한 크롬웰이 왕당의 역사가가 말하는 대로 진정 나폴레옹1세보다 더한 대 야심가였다면 그는 결코 이 호기를 붙잡는 일을 잊지 않았을 것이며, 용감무쌍한 철기군을 디딤돌로 삼아 일거에 잉글랜드 황제의 위치에 올랐을 것이다."(104면) 왕당 역사가를 비판적으로 언급하는 것은 여기서뿐만 아니라 수차례 등장하는데, 이는 다케코시가 매콜리와 같은 역사관을 취하는 데서 오는 것으로 보인다.

35 "말하지 말라, 그가 여전히 오만하고 무정하여 이미 완전히 세력이 없어진 불구의 국회를 해산했었다고. 또한 말하지 말라, 국회 의장 웨인 씨를 쫓아내고 40여 명의 의원들을 매도하여, 이만큼 지극히 방자하고 잔인할 수 없었다고. 그러나 이는 그의 죄책이 아니다. 그는 국회의 의원들이 맹목적이고 사리에 어두웠으며, 도리어 그가 고심하고 있었던 건설적 계획에 대해 저항했었던 고로 어쩔 수 없이 이를 해산했음에 그친 것이다. 깨끗하고 청렴·정직했던(廉直)했던 그가 어찌 비천한 야심이 있었겠는가."(야나기다, 137면)

스가 나폴레옹을 보유했던 것보다 몇 단계 우월하다'고"4면라며 크롬웰과 나폴레옹의 위계를 뚜렷하게 설정한다. 이는 물론 칼라일이 의도했던 바다. 그런데 전술했듯 프랑스 혁명에 대한 부정적 인식이 다소 극단적으로 서술되고 있을 뿐, 결국 이러한 인식은 칼라일의 입장 자체를 반복한 것에 불과했다.

물론 이러한 점들만이 『크롬웰』로부터 읽어낼 수 있는 전부는 아니다. 동일한 메시지를 재생산한다 하더라도 메이지 일본이라는 시공간에서는 달리 적용될 수 있다. 이를테면, 크롬웰의 위대함을 논하는 부분에는 그의 '야심 없음'이 빈번하게 강조되었다. 이 메시지는 개인의 입신양명을 위한 교육과 수신에 부정적인 메이지 중기 이후의 사회적 분위기를 대변한다.[36] 영국 역사에서 전무후무한 호국경에 오른 인물을 묘사함에 있어서, 그가 개인을 위해 살지 않았다고 강조하는 것은 크롬웰의 명성을 복권시키는 데 초점을 맞춘 영국에서와는 전혀 다른 교훈을 일본 독자에게 전달하게 된다. 칼라일의 '영웅' 숭배는 이렇게 야나기다의 '국가' 숭배로 대체되어 갔다.

한편 야나기다의 글에서도 칼라일의 주지와는 어긋나는 대목이 등장한다. 다음은 도입부의 마지막 대목이다.

> 영국이란 국가로 하여금 세계에서 으뜸가게 하는 유아唯我의 힘을, 도대체 그는 무엇으로부터 훌륭히 획득하게 되었을까. 바로 '한 권의 성서와 시대의 영향'이었다.야나기다, 7면

야나기다가 꼽는 크롬웰이 영국을 바꿀 수 있었던 원동력 두 가지 중, '한

---

36 마에다 아이, 유은경·이원희 역, 『일본 근대독자의 성립』, 이룸, 2003, 125면.

권의 성서'는 곧 크롬웰의 청교도 신앙을 의미한다. 이는 칼라일로부터 부단히 강조되어 온 영웅화 작업의 큰 축이었다. 문제는 후자인 '시대'다. 칼라일은 영웅의 탄생을 시대의 영향과는 본질적으로 다른 것으로 보았다. 시대의 영향은 상대적이지만 그는 절대적 가치를 신봉했다.[37] 칼라일에게 영국 혁명과 프랑스 혁명의 근본적 차이는 '영웅의 유무'였다. 그가 보기에 시대가 영웅을 만든다면 프랑스 혁명에서도 영웅은 존재해야 하지만 그렇지 못했던 것이다. 그런데 야나기다는 '시대의 영향'을 삽입함으로써, 크롬웰의 시대가 크롬웰로 하여금 새로운 영국을 만들 수 있도록 이끌었다고 암시한다. 요컨대 야나기다의 '시대론'은 칼라일의 구도와 다르다.

야나기다는 다음과 같이 말하기도 한다. "대부분의 경우 시대는 영웅을 만든다고 한다. 나는 지금 여기서 크롬웰의 청년시대의 사상을 명확히 드러내기 위해 당시의 정세를 고찰해 보지 않을 수 없다."11면 여기에는 '시대가 영웅을 만든다'는 것이 하나의 보편적 명제로 고정되어 있다. 다케코시의 경우, '국민이 영웅을 만든다'고 주장했다는 것을 앞서 확인하였다. 이 둘은 영웅의 출현을 현재진행형인 동시에 미래지향적으로 설정한다는 점에서 일맥상통하고 있다. 영웅은 국민이 만들고, 시대가 만드는 것이라는 인식은 공통적으로 영웅 자체를 절대화했던 칼라일의 입장과 충돌한다.

이러한 차이는 칼라일과 일본 저자들의 영웅 숭배를 주장하는 맥락 차이에서 빚어지는 것이기도 하다. 칼라일의 첫 크롬웰 복권 작업이었던 *Hero-Worship*은 과거의 인물을 새롭게 평가하는 것에 집중한다. '이들이야말로 진정한 영웅이었다'라는 식의 주장이 받아들여지기 위해서는 그들의 신성한 속성이 공통적으로 강조되어야 했다. 그러나 메이지 연간 일본의 전

---

37 에른스트 캇시러, 앞의 책, 264면.

기물 발간 사업은 기본적으로 국민 계몽에 초점이 맞추어져 있다. 과거를 재평가 하는 것이 아니라, 미래의 인물을 준비시키는 것이어야 했던 것이다. 국민이, 혹은 시대가 영웅을 빚어낸다고 말할 때 독자들은 자신이 아닌 국가를 위한 교육과 수신에 매진하게 된다. 미래의 영웅이 되기 위해, 혹은 적어도 영웅을 알아보기 위해 준비하는 것이 국민의 도리였다. 칼라일의 영웅론은 이러한 맥락에서 변주되고 있었다.

야나기다의 크롬웰전에서 두드러지는 또 하나의 차이점은 그가 자주 동원하는 기독교적 메타포다. 칼라일이 크롬웰의 청교도적 진실성을 상찬한 이래로, 크롬웰을 긍정적으로 묘사하는 대부분의 저술에서 그의 신앙심은 높이 평가되었다. 야나기다의 경우는 성서의 고유 명사들을 폭 넓게 동원하고 있다는 점에서 차별화된다. 특히 『크롬웰』의 3장 '헌팅던의 한 농부'[38]는 그의 국회 활동 이전 시기를 담아내는데, 대부분의 내용이 신앙적 면모를 구체적으로 다루는 데 할애되어 있다. 다음과 같은 대목은 야나기다가 기독교적 메타포에 익숙했다는 사실을 잘 보여준다.

모세와 야곱의 강건한 의지는 그를 부추겨 한편으로 범인보다 한층 강하고 견실하게 신을 우러러 신앙하도록 함과 아울러, 한편으로는 추하고 더러운醜穢 사회의 사태·물질들과 사악한 인간을 미워하기를 거의 사갈蛇蝎을 대하듯이 하도록 하였으며, 이사야의 완강한 저항력은 점점 그의 유아唯我의 힘을 북돋아 왕성한 극기의 마음을 일으키도록 하였다. (…중략…) 짐작건대 그의 흉

---

38 3장의 초반부에 등장하는 "크롬웰의 전기를 읽는 사람은 이 10여 년간의 그의 침묵을 많이 연구하지 않으면 안 되리라"(22면)라는 문장에 주목할 필요가 있는데, 이는 원문상 한 문단의 일부분이 아니라 그 자체로 독립된 하나의 문단으로서 제시되어 있기 때문이다. 문단 구분이 많지 않은 이 저술에서는 드문 형태인 만큼 이 문장의 이하 내용에 독자의 집중을 환기시키고자 했다는 것을 알 수 있는데, 그 내용은 바로 크롬웰의 신앙적 각성이었다.

중에 그려진 신은 신약의 신의 박애에까지는 이르렀다고 할 수 없으며, 구약에 기록된 강건하고 잔인한 존재에 가까운 존재였다.야나기다, 23~24면

위 인용문에는 다소 널리 알려진 모세 외에도 야곱, 이사야라는 성서 인물의 특징이 언급되어 있을 뿐 아니라, 신약과 구약의 신을 구분지어 사고하는 언술도 나타난다. "이에 크롬웰은 흡사 예수가 가나안 땅을 나서던 것처럼"40면과 같이 성서상의 지명도 비유를 위해 등장시킨다. 성서의 세부적인 정보를 자유롭게 활용하는 면모는, 칼라일의 신앙 강조를 야나기다 나름의 방식으로 적용한 것이라 할 수 있다. 칼라일이 본래 크롬웰의 신앙을 강조함으로써 기대한 것은, 그가 위선자가 아님을 강조하고 집권기에 덧씌워진 야심가로서의 오명—잔부의회를 해체하고 호국경에 오르는 등—을 씻는 데 있었다. 그런데 다음을 보면 흥미로운 사실이 발견된다. 칼라일이 크롬웰을 변론하는 동일 대목과 대조해 보자.

왕을 사형에 처하는 데 그가 관여했다는 것도 비난할 일이 못됩니다. 왕을 죽인다는 것은 큰 일입니다! 그러나 왕과 전쟁을 하는 경우에는 그 일을 피할 수 없습니다. 일단 전쟁을 시작하면 상대가 죽지 않을 경우 내가 죽게 됩니다. 화해라는 것도 확실치 않습니다. 가능할 수도 있겠으나 불가능할 확률이 더 많습니다. (…중략…) 그리고 크롬웰이 했던 다음의 말은 많은 비난의 대상이 되었지만 그것도 그다지 비난할 것이 못됩니다. "만일 전쟁터에서 왕이 내게 맞선다면 나는 왕을 죽이련다." 왜 죽이지 않겠습니까? 이것은 왕보다 더 높은 존재 앞에 서 있는 사람들에게 한 말입니다. 그들은 자기의 생명보다 더 큰 것을 걸고 싸우는 사람들이었습니다. 칼라일, 327~329면

이 조용한 왕의 죽음은 왕당의 역사가들에게 끝없는 동정심을 일으켜, 이렇게 훌륭하고 이렇듯 용기 있는 국왕을 시해한 크롬웰은 (그들에게) 거의 악마와 같다고까지 생각되었다. 그렇지만 이는 크롬웰의 심정을 지나치게 이해하지 못한 것이다. 크롬웰의 안중에는 정의와 이상 이외에 아무것도 보이지 않았다. 어찌 찰스 왕 한사람에 대한 것이었겠는가. 그는 다만 자신의 이상의 적, 정의의 적으로서 왕을 참형에 처했을 따름이었다. 결코 왕당의 역사가가 말하듯 비열한 야심과 사적인 원한의 소유자였기 때문이 아니었다. 보이지 않는가, 저 구약의 여호와의 마음을. 보이지 않는가, 저 맹렬하고 무참한 모세의 행위를. 그곳에는 주의主義가 있고 이상이 있었으며, 그 주의와 그 이상을 위해서는 여호와조차 피를 흘리게 하시고 사람을 죽이기를 마다하시지 않은 것이 아닌가. 나는 여기서 재차 말하고 싶다. '크롬웰은 구약성서 중의 인물이다'라고. 야나기다, 119~120면

'왕을 처형한 자'라는 낙인으로부터 크롬웰을 구제할 때, 칼라일은 전시 상황임을 강조한다. 인용문에서 생략된 부분에는 찰스 1세가 협상의 여지 없는 구제불능의 상태였다고 부가적으로 제시되어 있다. 이렇듯 칼라일은 왕의 처형 상황에 있어서 비교적 이성적인 판단 근거를 제공하였다. 반면, 야나기다는 신앙인 크롬웰을 강조한다. '구약의 여호와의 마음', '무참한 모세의 행위' 등 정형화된 기독교의 상징들이 다시 한 번 크롬웰을 감싼다. 크롬웰을 반복하여 '구약성서 중의 인물'로 규정하는 것은 구약성서상의 신이 심판자적 성격이 강한 데서 연원한다. 신의 사명을 받은 이가 왕을 처형하는 것은 반역이 될 수 없다. 물론 크롬웰의 신앙심을 고평하는 것은 칼라일의 저술 방향과 일치한다. 그러나 칼라일은 왕을 죽인 자로서 비난받는

크롬웰을 구제할 때 이와 같은 변론을 펼치지는 않았다.

　그렇다면 야나기다는 왜 이러한 초월적 권위까지 동원하면서 장황한 변론을 구사한 것일까? 성장기의 학생들을 비롯하여 많은 대중들이 접할 대형출판사의 전기물에서, 칼라일처럼 '전시 상황'이었기 때문에 국왕의 처형이 가능했다는 식으로 기술한다면 천황의 신민臣民으로 교육받던 이들의 머릿속은 복잡해질지 모른다. 게다가 국가주의가 맹위를 떨치던 메이지 후반기의 문맥을 고려한다면 더욱 조심스럽게 다뤄져야 했다. 국왕을 처형하는 데 있어서 최대한의 자세한 설명과 거대한 명분이 필요했던 것은 이 때문으로 보인다.

　여기에 야나기다가 세우는 또 하나의 명분이 있다. 바로 국가 체제의 보호였다. 다음은 찰스 왕이 죽어 마땅했던 죄과가 제시되는 부분이다.

> 　왕은 절대적으로 크롬웰을 적대하며 아울러 크롬웰이 이상으로 하는 **헌정의 미**를 끝까지 박멸하려 하고 있지 않은가. 이는 크롬웰에게 있어 개인의 적일 뿐 아니라, **이성의 적, 국가의 적, 주의主義의 적**이었다. 크롬웰이란 자도 어찌 분격하지 않을 수 있으리오. 더욱이 스코틀랜드의 국왕군이 급기야 더욱 세력을 얻어 점점 국경에 육박하려함에야. 찰스 왕이 화를 당한 것도 또한 지당하다고 할 것이다. 야나기다, 111~112면

　야나기다는 국체政體를 훼손하는 이는 왕이라도 죽어 마땅하다는 것을 강조하고 있다. 이것 역시 종교적 메타포로 읽어낼 수 있다. 위 구도에서 '국체'나 '헌정의 미'는 왕보다 더 존귀한 대상, 즉 종교에 다름 아니다. 야나기다는 국가가 종교에 가장 근접했던 시대를 살고 있었다. 국가 보호의 명분

은, 구약 성서의 인물임을 강조하는 방식만큼이나 종교적이었다.

사실 왕을 처형한 인물을 영웅으로 다룬다는 사실만으로도 『격랑알』이나 『크롬웰』의 메시지는 가볍지 않았다. 특히 야나기다는 총량으로 따지면 거의 두 배에 가까운 다케코시의 텍스트보다 더 많은 부분을 할애하여 국왕의 처형 자체를 클라이맥스로 만들고 있다는 점에서 문제적이다. 하지만 일본은 국왕과 국체가 분리되어 있지 않은 국가였고, 천황 그 자체도 신앙의 대상이었으므로 크롬웰의 혁명 사업이 일본에 적용 가능한 지점은 애초부터 존재하지 않았을지 모른다. 야나기다가 혁명기의 크롬웰에 많은 분량을 할당할 수 있었던 것 역시 그의 시대를 일본의 현 상황과 동떨어진 것으로 인식한 까닭일 수 있다.

그럼에도 불구하고 야나기다는 도쿠토미 소호와 대조되는 비판적 현실인식을 보여준다. 다음은 야나기다가 남긴 마지막 메시지다.

크롬웰의 사업은 높고 크며, 굳건하고 씩씩하다. 그의 사업은 어디까지나 그의 하느님의 뜻이라고 믿었던 이상으로부터 실행되고 성취되었다. 그리고 그가 이상으로 했던 것은, 구약성서에서의 '여호와 신이 보시기에 좋아할 것'이라고 그가 확신했던 신의 나라를 건설하는 것이었다. 이것이 그의 전기가 이처럼 결점이 많고, 창흔瘡痕이 많고, 잔인하고 혹박酷薄한 행위가 많으며 난폭하고 무법한 흔적이 많은 이유이다. 그럼에도 불구하고 그가 돌이 강물 속에 던져진 것처럼 한번 저 세상에 간 후에도, 여전히 그를 회고하지 않을 수 없지 않은가. 아, 제2의 모세는 죽은 지 이미 3백 년, 누군가 그 후계자가 되어, 굳세고 뜨겁게 부딪쳐 수행하지 않으면 안되는 구약성서의 이상을, 이 도의가 흐트러지고 인심이 퇴폐한 20세기의 무대에서 실행해주지 않겠는가. 아!^{야나기다, 142~143면}

도쿠토미는 『격랑알』을 통해 크롬웰의 사업에 초점을 맞추지 말라 했으나 야나기다는 "그의 사업은 높고 크며, 군건하고 씩씩하다"라는 상이한 접근을 보여준다. 또한 도쿠토미는 현 세대를 일종의 정치적 태평성대로 선전하는 등 친국가적 입장에서 독자들의 해석에 경계심을 노출하기까지 했지만 야나기다는 당대를 "도의가 흐트러지고 인심이 퇴폐한 20세기의 무대"로 규정하고 크롬웰의 후계자가 되어 구약성서의 이상정의를 위해 악을 처단할 수 있는 단호한 결의을 수행할 자를 요청한다. 특히 『크롬웰』의 경우 주로 소년 독자층을 대상으로 하면서도, 전문서에 가까운 『격랑알』보다 과감한 메시지를 표출한다는 점에서 이목을 끈다. 이는 물론 집필자의 인식 차이이기도 하겠지만, 1890년경의 민유샤와 1900년경의 하쿠분칸이라는 복합적 변수가 낳은 것이기도 하다.

1900년을 전후하여 하쿠분칸 진영의 텍스트 내에서는 메이지 정부를 비판하는 목소리들이 발견된다. 삼국간섭과 러일전쟁 사이 일본이 또 한 번의 와신상담臥薪嘗膽과 상무정신을 강조하고 있을 때, 하쿠분칸의 매체는 일본 '국체'의 중심성을 더욱 견고하게 구축하기도 했지만 그만큼 정부의 미온적 국가 경영에 대해서는 가혹하기도 했기 때문이다. 이렇듯 일본이라는 동일한 공간 속에서도 두 편의 크롬웰 전기는 서로 다른 목소리를 내고 있었다.

5. 량치차오의 「신영국거인극림위이전新英國巨人克林威爾傳」
  −크롬웰과 입헌 모델 영국의 간극

량치차오는 1903년 2월 『신민총보』 제25호를 시작으로 크롬웰 전기,

「신영국거인극림위이전新英國巨人克林威爾傳」의 연재에 들어갔다. 그러나 이 전기물은 제55호1904.11의 제4회 연재를 마지막으로 더 이상 등장하지 않는다. 량치차오의 저술 중에서는 크롬웰 전기 이전과 그 이후에도 이러한 미완의 글들이 발견된다. 그러나 전기물에 한정하자면 량치차오가 '중국지신민中國之新民'이라는 필명으로 게재한 8편 중 오직 「극림위이전克林威爾傳」만이 유일하게 완결되지 못한 사례였다.[39]

　량치차오는 「극림위이전」을 집필함에 있어서 다케코시의 『격랑알』과 야나기다의 『크롬웰』을 모두 활용하였다.[40] 그의 저본 활용은 〈표 9〉와 같은 양상을 보인다.

39　〈표 8〉 『신민총보』 소재 '中國之新民'의 전기물 연재 양상

구분	『신민총보』 연재 호	해당 전기물
1	4, 6, 7(1902)	「匈加利愛國者喝蘇士傳」(완)
2	9, 10, 14, 15, 16, 17, 19, 22(1902)	「意大利建國三傑傳」(완)
3	17, 18(1902)	「近世第一女傑 羅蘭夫人傳」(완)
4	8, 23(1902)	「張博望班定遠合」(완)
5	25, 26, 54, 55(1903~4)	「新英國巨人克林威爾傳」(미완)
6	46~50(1903~1904)	「明季第一重要人物 哀崇煥傳」(완)
7	63(1905)	「中國植民八代偉人傳」(완)
8	69(1905)	「祖國大航海家 鄭和傳」(완)

40　마츠오 요오지는 량치차오의 크롬웰전이 『格朗乞』을 저본으로 삼고 있음을 제시한 바 있다(松尾洋二,「梁啓超と史伝ー東アジアにおける近代精神史の奔流」, 狹間直樹編,『共同硏究 梁啓超ー西洋近代思想受容と明治日本』, みすず書房, 1999, 287면, 표 3 참조). 그러나 야나기다의 텍스트는 포함하지 않았다.

〈표 9〉「克林威爾傳」과 저본 2종의 관계[41]

구분	목차	梁啓超	竹越与三郎		松岡国男		新民叢報
敍論	敍論	1-2, 4, 7-11	3(竹), 5-6(德)	第一章(竹) 머리말(德)			25호
第一章	克林威爾的家勢及其幼時 크롬웰의 가문과 어린시절	1,4	2-3	第三章			
第二章	克林威爾之時代 크롬웰의 시대	1			2-7	(二)	26호
第三章	克林威爾之收養 크롬웰의 수양	1前,3			1後, 2, 4	(三)	
第四章	査里士與國會之初衝突 찰스 왕과 국회의 첫충돌	3前, 4前			1-2, 3後, 4後	(三), (四)	54호
第五章	査里士與國會之再衝突 及克林威爾之初爲議員 찰스 왕과 국회의 재충돌, 크롬웰의 첫 의원 당선	1-2, 5-6, 11-12			3-4, 7, 10	(四)	
第六章	無國會時代之克林威爾 무국회시대의 크롬웰	2,6	1,3前,5	第四章, 第五章	3後, 4		55호
第七章	短期國會與長期國會 단기국회와 장기국회		1-4	第五章			

그가 복수의 저본을 활용했다는 사실이나 전반부의 전개 양상은, 원래는 4회보다 훨씬 많은 연재 분량을 염두에 두고 있었다는 사실을 암시한다.[42] 이로 인하여, 량치차오의 크롬웰전에서 연재 중단은 그 자체로 쟁점이 된다.

위 표에서 나타나듯 「극림위이전」은 번역물이라고 하기 힘들 정도로 량치차오의 독자적 집필 비중이 크다. 량치차오는 저본들을 자유자재로 배치

---

41 각 칸에 있는 숫자는 해당 장의 단락 순서를 뜻한다. '梁啓超'는 량치차오 자신이 쓴 부분이 주가 되거나 두 저본 이외의 자료를 참조한 부분이다. '竹越與三郎' 하의 오른쪽 칸은 출처가 되는 저본의 장이다. '竹越與三郎' 항목의 '竹'은 다케코시 요사부로를, '德'은 도쿠토미 소호를 지칭한다. 표에서 확인되듯, 량치차오는 첫 번째 연재였던 25호에서는 다케코시의 『格朗乞』만을 참조했고, 2회 연재분인 26호와 3회 연재분인 54호에서는 야나기다의 『크롬웰』만을 활용했다. 그리고 마지막이 되어버린 55호 연재분에서는 다시 다케코시의 것을 기반으로 하였다.

42 1902년도에 나온 그의 전기물 중, 유일하게 두 가지 이상의 텍스트를 저본으로 사용한 「意大利建國三傑傳」의 볼륨이 가장 컸는데, 「克林威爾傳」 역시 「意大利建國三傑傳」의 선례를 따라가고 있었던 것이다. 아니, 오히려 「克林威爾傳」의 연재 흐름을 감안해볼 때 소요될 연재의 횟수 및 분량은 총 6회에 걸쳐 연재한 「意大利建國三傑傳」을 넘어설 가능성도 다분했다. 이미 4회를 연재했음에도 「克林威爾傳」의 내용은 크롬웰의 본격적 활약기에 접어들지 못한 상태였다.

·활용한다. 이로 인하여 사실상 이 표가 번역과 창작의 혼재를 명확히 구분해주지는 못한다.[43] 량치차오의 글은 '문장'을 번역한 것이 아니라, '정보'를 재배치하고 '아이디어', 혹은 '구도'를 재활용한 것에 가깝다. 저본과 직결되어 있어도 온전한 번역이라 볼 수 없고, 독자적인 서술 영역이라 해도 온전한 창작이라 볼 수 없는 양상이 「극림위이전」 전반에 걸쳐 계속된다. 이는 그의 이전 전기물들에도 나타나는 현상이지만 크롬웰에 와서 더 강화되었다고 할 수 있다.

량치차오는 「극림위이전」의 '서론' 첫 단락을 자신의 영국 방문 경험에 기대어 시작한다. 여기서 그는 '과거에 왕을 처형까지 한 왕실의 적이 작금에 이르러 왕의 존경을 받게 된 일이 어떻게 가능한가?'라는 문제제기를 통해 독자의 시선을 집중시키고 있다.

중요한 사실은 그 왕이, 다름 아닌 '영국'의 왕이라는 것이었다. 이어지는 두 번째 단락에서 량치차오는 '영국'에 대한 자신의 특별한 태도를 숨기지 않는다.

---

43 예를 들어 위 도표상에는 량치차오가 '서론'을 작성함에 있어서 다케코시의 글에서 단락 3을, 도쿠토미의 글에서 단락 5와 6을 참조한 것으로 정리되어 있다. 그러나 여기서 량치차오가 도쿠토미 소호의 글을 끌어들이는 방식은, 번역이 아니라 거기서 얻은 약간의 정보를 량치차오 나름대로 소화하고 그 위에 몇 가지를 첨가하여 다시 쓰는 것이다. 때문에 5, 6단락이라 하여 일치하는 지점이 정확하게 맞아떨어지는 것은 아니다.
또한 표에서 량치차오의 독자 영역으로 분류한 단락들 역시 량치차오만의 것이라 할 수 없다. 이를테면, '서론'에서 량치차오의 영역으로 분류한 단락 10은 나폴레옹과 크롬웰을 비교하는 대목이다. 그런데 이 대목을 량치차오의 것으로 분류한 것은, 그 안에서도 독자적 추가 분량이 상대적으로 많기 때문이다. 역으로, 도표상에서는 야나기다 텍스트의 무게를 우선으로 고려했지만, 량치차오 개인의 목소리가 많이 가미된 부분도 있다. 6장에서 3단락의 후반부와 4단락이 그것으로 내용은 '구약의 인물'이라는 크롬웰에 대한 평가다. 량치차오가 크롬웰 서사에 나폴레옹을 열등 비교 대상으로 끌어들이는 것 자체는 다케코시나 도쿠토미, 혹은 야나기다로부터 힌트를 얻었음에 틀림없다(서론의 흐름상으로는 도쿠토미의 영향이다). 량치차오로서는 비교 구도가 확정된 이상, 나폴레옹에 대한 기존 지식을 동원하여 저본보다 더 상세히 재구성할 수도 있던 것이다.

우리 세대는 역사와 정치 서적을 읽을 때마다 한 나라를 언급하면 존경하는 느낌이 생긴다. 그 나라는 바로 영국이다. 왜냐하면 영국은 민정民政의 조국으로서 그 헌정憲政이 세계의 모범이기 때문이다. 우리 세대는 지도와 지지地誌를 볼 때마다 한 나라를 언급하면 질투의 감정이 생긴다. 그 나라는 바로 영국이다. 왜냐하면 영국의 국기는 땅에 펼쳐져 있어 어디서나 영국의 흔적을 찾을 수 있기 때문이다. 이 두 가지 감정을 가지고 있기 때문에 역사·정치·지도·지지를 읽을 때마다 한 위인이 눈앞에 떠오른다. 그 위인이 누구냐하면 크롬웰이다. 크롬웰이 없었다면 오늘 영국의 입헌정치가 없고 크롬웰이 없었다면 오늘 영국의 제국주의도 없다. 크롬웰은 확실히 영국 영웅 중의 왕이고 앵글로 색슨 민족에서 유일무이한 대표이다.량치차오, 2134면 [44]

량치차오가 크롬웰보다 먼저 다룬 주인공들은 차례대로 헝가리, 이탈리아, 프랑스 출신이었다. 이 중 마지막 순서였던 롤랑부인에 대한 전기에서 량치차오는 혁명의 폭력성을 역설했다. 이어서 건설적 대안으로 제시된 것이 영국의 사례였던 것이다. 량치차오는 영국의 입헌정치 모델을 중국에 대입시키길 희망했고, 이를 위해 크롬웰의 삶을 동원했다. 「극림위이전」의 주인공은 크롬웰이라기보다 '영국의 정치체제'에 가까웠다.

량치차오는 이 의도를 관철하기 위해 영국 헌법의 성립 배경을 글의 흐름과 무관하게 늘어놓는다량치차오, 2141~2142면. 가령 그가 제3의 자료를 참조하여 추가한 '권리청원' 승인의 경위와 내용이다.[45] 다케코시나 야나기다의 총 분량은 량치차오의 수 배에 이르지만 해당 대목은 국왕파와 국회파

---

44 이하 량치차오 텍스트의 인용은 다음의 점교본을 참조하였다. 梁啓超 著, 吳松 外 点校, 『饮氷室文集点校』, 云南教育出版社, 2001.

45 량치차오는 관련 내용의 출처를 "格拉兰顿氏著『英國革命史』"(량치차오, 2141면)라고 밝혔다.

대립의 배경 정도로 소략하게 언급할 뿐이었다. 그러나 본래의 집필 의도가 크롬웰보다 영국 정체의 조명에 있던 량치차오는 이 국면에 집중적으로 개입한다.

권리청원은 국가 재정이 간절하게 필요했던 국왕과 세금 확정에 대한 권리를 쥐고 있던 국회 사이의 권력 싸움이기도 했다. 그 줄다리기에서 국왕으로부터 국회로의 권력 이양이 일정 부분 진행되었는데 량치차오는 바로 이 부분에 방점을 두었다. 권리청원을 둘러싼 내용에 앞서 그는 "납세로 참정권을 바꾸는 것은 태서泰西 각국에서 민권을 얻는 유일무이한 방법"량치차오, 2140면이라며 이 화두를 강조한 바 있다. 이러한 강조는 '제6장 무국회시대의 크롬웰無國會時代之克林威爾' 끄트머리에 '부언附言'으로 다시 한 번 등장한다. 이 부분은 수신자를 중국인으로 상정한, 오직 량치차오만의 목소리이다.

(부언) "이익을 대표하는 의원이 없으면 세금을 내지 않겠다"는 격언은 각 국 국민들이 자유를 추구하는 가장 중요한 것이다. 전제 정부는 악랄하지만 세금이 없으면 아무 일도 못한다. 그래서 국민들은 나라의 중요한 것을 가지고 있으니 고칠 수 있다. 세금으로 정부를 압박한다는 생각이 중국인에게 있을까? 있다고 답한다. 있으면 왜 고치지 못하는가? 세금을 안 내면 정부에서 납부하도록 강요할 수 있으니 그들은 못한다고 답한다. (…중략…) 한 마디로 말하자면 중국인의 가장 큰 단점은 의무를 피하는 것만 알고 있고 권리를 통해서 의무를 수행할 줄 모르는 것이다. (…중략…) 우리나라 사람들은 이러한 구사상을 고치지 않으면 끝까지 자유를 얻지 못한다. 고치려면 피가 흐르지 않는 혁명을 통해서도 실현할 수 있다.량치차오, 2145면

여기서 량치차오는 세금을 권력으로 활용하지 못하는 중국인의 태도를 지적한다. 이는 곧 의무와 권리의 균형을 추구하지 않는 구사상에 대한 비판으로 이어졌다. 납세와 민권을 연관시키는 이러한 메시지는 량치차오의 전기에서만 확인할 수 있는 원본적 성격에 해당한다.

한편 위 인용문의 마지막 문장에서는 량치차오의 유혈혁명 경계가 다시 한 번 확인된다. 이는 이 글이 연재된 1904년 당시의 중국 내 혁명파 진영을 의식한 발언으로도 읽힌다. 쑨원을 중심으로 한 동맹회가 조직되는 것은 1905년의 일이었지만, 1903년을 기점으로 이미 중국에서는 "혁명사조가 개량주의를 대신하여 사상무대의 주인공이 되기 시작"[46]했다. 이 시점에 영국의 역사를 들어 입헌정체만으로 목표 지점에 도달할 수 있다고 강조하는 것은 다분히 전략적이라 하겠다.

야나기다가 서두에서 인용한 칼라일의 영웅숭배론 관련 부분들을 중역을 통해 풀어나가던 량치차오는 '서론'의 중간 부분에서 여러 서구 인물들의 이름을 거론하며 등급을 매긴다.[47] 크게는 숭배 대상과 그렇지 않은 부류로 나뉘어 있으며 그 기준은 '영웅으로서의 본성', 즉 내적 자질이다. 이때 크롬웰에게는 거론된 모든 인물들을 초월한 높은 위상이 부여되었다.

---

[46] 리쩌허우, 임춘석 역, 「20세기 초 부르주아 혁명파 사상 논강」, 『중국근대사상사론』, 한길사, 2005, 487면.

[47] "영웅을 숭배하면 영웅의 본색을 숭배한다. 내가 워싱턴을 숭배하고 링컨을 숭배하며 글래드스턴을 숭배하는 원인은 그들이 성공한 영웅이기 때문이다. 내가 윌리엄(維康額们)을 숭배하고 코슈트를 숭배하고 마찌니를 숭배하는 원인은 그들이 실패한 영웅이기 때문이다. 그러나 내가 나폴레옹, 비스마르크, 카부르를 숭배하지 않는 원인은 그들의 외적인 것은 숭배할 만하지만 내적인 것을 숭배할 만한지 단언하지 못하기 때문이다. 그렇지만 크롬웰의 역사를 잘라서 내 앞에 놓으면, 나는 그를 숭배하고 또 숭배할 것이다. 오체투지(五體投地)로 숭배할 것이다!"(량치차오, 2135면) 이 중 숭배하는 인물이 아니라고 단언하는 카부르는 그의 「意大利建國三傑傳」(1902) 내에서만큼은 마찌니(숭배 대상으로 분류된)보다 더욱 강하게 조명되었던 인물이다. 숭배할 만하지만 실패한 인물(마찌니)과 숭배할 만하지는 않으나 성공한 인물(카부르) 중 량치차오가 현 정세에서 적합하다고 판단한 인물은 후자였다(이와 관련해서는 이 책의 제2부 2장 참조).

량치차오가 크롬웰을 변론하는 방식은 칼라일과 비슷하면서도 다르다. 비슷한 부분은 크롬웰의 진실성, 인격, 내면을 강조하여 그의 부정적 행보 마저도 모두 국가를 위한 행동으로 환원시킨다는 점이다. 칼라일의 근거는 '청교도 신앙'이었다. 그러나 량치차오는 단지 크롬웰의 인격이 너무나 숭고했다는 말만 반복할 뿐이다. 신앙에서 출발하여 국가적 대의로 전개되는 칼라일의 구도와 달리, 량치차오는 기본 전제인 신앙을 적극적으로 취급하지 않았다. 이에 따라 그의 고결한 인격에 대한 새로운 설명 방식이 필요했다. 이때 나타나는 것이 바로 비교의 수사들이다.

량치차오는 나폴레옹, 표트르 대제, 로베스피에르, 메테르니히 등 역사적 전환을 가져온 인물들을 크롬웰의 열등항으로 삼는다. 그중에서도 나폴레옹은 특별한 비교 대상이었다. 량치차오는 다케코시나 야나기다보다 훨씬 많은 지면을 할애하여 크롬웰과 나폴레옹의 차이를 다섯 가지로 열거하기도 했다.[48] 량치차오의 크롬웰 높이기는 다소 과하다는 느낌이 들 정도로 계속된다. 서론의 마지막 부분은 다음과 같다.

---

48 "역사학자들은 항상 나폴레옹과 크롬웰을 비교한다. 그런데 나폴레옹이 감히 크롬웰과 비교될 수 있을까? 그들이 일으킨 커다란 난리는 비슷하고, 국위를 알린 것도 비슷하고, 정치적 능력도 비슷하고, 전쟁의 재략도 비슷하다. 그러나 영국의 전제 정체는 크롬웰에 의해 멸망하게 된 것이고, 프랑스 혁명은 나폴레옹이 시작한 것이 아니다. 이것이 두 사람의 첫 번째 차이점이다. 나폴레옹은 정부의 병력으로 시작한 것이고 크롬웰은 의거할 무력 없이 시작한 것이다. 이것이 두 사람의 두 번째 차이점이다. 나폴레옹은 장교에서 시작하고 황제로 끝났는데, 크롬웰은 서민에서 시작하고 평민으로 끝났다(대통령이었으나 평민과 같았다). 이것이 두 사람의 세 번째 차이점이다. 나폴레옹은 제약 없는 무력을 발휘했으나 포로로 끝났지만 크롬웰은 성공하고도 국위를 훼손시키지 않았다. 이것이 두 사람의 네 번째 차이점이다. 나폴레옹이 죽은 후 프랑스는 제정으로부터 민정으로 다시 변했으나 국력이 약해졌고, 크롬웰이 죽은 후 영국은 민정으로부터 왕정으로 변했으나 국력이 강해졌다. 이것이 두 사람의 다섯 번째 차이점이다. 그러므로 나폴레옹은 크롬웰과 결코 비교될 수 없을 것이다. 나폴레옹은 공명의 인물이었고, 크롬웰은 도의 인물이었다." (량치차오, 2136면)

나는 평생에 왕학王學을 가장 좋아한다. 그러나, 내가 『전습록傳習錄』을 백 번을 읽고, 『명유학안明儒學案』 천 번을 읽어봐도 『크롬웰전』 한 번 읽기보다 못하다. 나는 평생에 종교 미신을 싫어한다. 그러나 내가 『크롬웰전』을 읽으면 예배하고 싶고, 기도하고 싶고, 노래로 찬양하고 싶다. 『시경詩經』은 말한다. "높은 산은 우러러보지 않을 수 없고, 큰 길은 따르지 않을 수 없다[高山仰止, 景行行止]." 비록 도달하지는 못하지만 마음으로는 거기를 향한다. 아마 혹자는 나한테 왜 그리도 좋아하냐고 물어볼 것이다. 그렇다면 본 전기를 읽어보길 바란다.

량치차오, 2136면

이미 여러 편의 전기물을 집필한 량치차오였지만, 이러한 선전은 이례적이다. 량치차오는 영국 정체의 성립 과정을 중국이 따라가야 할 궁극적 대안으로 삼았기에, 메신저로 활용할 크롬웰에 대한 묘사 역시 장황해질 수밖에 없었다. 그의 전기물 중 「극림위이전」의 서론이 가장 길었던 것도 같은 맥락이다.

그럼에도 불구하고, 량치차오의 의도와 크롬웰의 실제 행적은 잘 조화되지 않았다. 정작 본론에서 주인공 크롬웰이 제한적으로만 등장하는 것은 이 때문이다.[49] 량치차오는 연재 기간 내내 이 딜레마에 대해 고민했을 가능성이 크다. 「극림위이전」은 공백기가 유난히 긴 연재물이었다. 량치차오는 총 4회가 연재된 크롬웰전 분량 중 2회분을 『신민총보』 26호에 게재한 이후 54호에 이르러서야 3회분을 게재했다.[50] 이 사이의 공백기는 1년 9개월에

---

49 량치차오가 연재한 제7장까지의 내용 중에서 실제 크롬웰이 집중적으로 다루어지는 것은 '제1장 크롬웰의 가문과 어린 시절', '제3장 크롬웰의 수양', '제6장 무국회시대의 크롬웰'이 거의 전부이며 이 중 1장과 3장은 전체 챕터에서 가장 적은 분량이다. 나머지 장에서 크롬웰은 장별 제목에만 이름을 빌려줄 뿐 실제로는 부분적으로만 언급되며, 내용들은 시대와 정치적 배경에 대한 설명, 국회와 국왕 간의 갈등의 역사들, 그리고 량치차오의 정치적 발화로 대부분 채워졌다.

이른다. 숭배의 감정을 아낌없이 고백했던 영웅의 전기를 이토록 오랫동안 중단한 것은 시사하는 바가 크다.

이 휴지기를 거치며 량치차오의 집필 태도는 전환점을 맞는다. 긴 침묵 이후 재개되는 2차 연재기, 즉 3회 연재분부터 그는 두 가지 면에서 전략을 바꾸었다. 첫째는 크롬웰에 대해 상술하는 것을 단념하고 아예 자신이 전하고 싶었던 내용, 즉 영국 정치체제의 성립에 대해 본격적으로 발화하기 시작한 것이다.[51] 둘째는 크롬웰의 신앙 문제를 정면으로 언급한 것이다. 2차 연재기의 다음 인용문에는 크롬웰의 신앙에 대한 량치차오 특유의 입장이 나타나고 있다.

내 머리에 자주 한 생각이 떠오르고 있다. 나는 『크롬웰전』을 읽을 때마다 이 생각이 떠오른다. 어떤 생각이냐면 종교 미신과 혁명 정신의 상관성 문제이다. 주지하듯 유럽 역사에 따르면 모든 정치 혁명의 원동력은 종교 혁명이었다. 국가에 따라서 보면 이탈리아의 창조자 카부르는 미신가迷信家이다. 네덜란드의 창조자 윌리엄는 미신가이다. 미국의 창조자(시작했을 때에는 청교도 식민이었는데, 다음이 워싱턴이고 다음은 링컨이었다)는 미신가이다. 가장 유명한 것은 영국의 크롬웰이다. 그러므로 나는 종교 미신가가 없으면 혁명을 말하지 못한다고 의심했다. 러시아의 허무당을 살펴보면 무종교의 깃발을 들고 있어

---

50 이하 편의상 25·26호의 연재를 '1차 연재기', 54·55호의 연재를 '2차 연재기'로 지칭한다.
51 1차 연재기 동안 량치차오는 크롬웰을 지극히 높이고 그에 관한 이야기들을 일정 부분 서술했었다. 그러나 2차 연재기에는 예찬의 화법이 사라진다. 연재가 재개된 54호(3회 연재분)의 해당 목차는 제4장부터인데, 마지막 회가 된 55호(4회 연재분)까지를 나열하면 '제4장 찰스 왕과 국회의 첫 충돌', '제5장 찰스 왕과 국회의 재충돌, 크롬웰의 첫 의원 당선', '제6장 무국회시대의 크롬웰', '제7장 단기국회와 장기국회'와 같다. 제목들이 말해주듯 대부분의 내용들은 국회와 왕의 충돌을 테마로 하고 있다. 앞서 살펴보았던 권리청원에 대한 부분 등 헌법의 근간이 마련되는 경위에 대해 량치차오가 삽입했던 대목들이 등장하는 것도 물론 2차 연재기다.

도 그렇게 확고하다. 프랑스 대혁명 시대의 주동자는 아무 것이나 파괴한다는 사상을 품고 종교까지 무시해도 세계를 놀라게 했다. 일본의 존양지도尊攘之徒들도 아무 종교의 냄새가 없었는데, 오늘의 일본은 어떤가? 그러므로 미신은 없으면 안 되나 종교뿐만 아니라 허무도 미신이고 파괴도 미신이며 존양尊攘도 미신이다. 앞의 내용에 따르면 종교사상에서 정치를 키우고, 뒤의 내용에 따르면 정치사상으로 종교를 대신한다. 나는 두 가지 방식 가운데서 방황하며 결정하지 못했다. 비록 미신은 만력萬力의 왕이라 해도 두 가지 방식을 살펴보면 차이가 거의 없다. 나는 이에 미신 쪽에 해당하는 크롬웰을 살펴보고자 한다.량치차오, 2143~2144면

위 내용의 핵심은 량치차오가 크롬웰의 '청교도적 신앙'을 다른 가치에 대한 신념과 뒤섞어 상대화시키는 데 있다. 위에서 반복되는 '미신기迷信家', 혹은 '미신迷信'이라는 표현은 곧 '신앙의 인물' 혹은 '신앙'을 뜻한다고 할 수 있는데, 량치차오는 프랑스, 러시아, 일본의 예를 들면서 특정 종교를 대상으로 하지 않더라도 '신앙적 효과'에 의한 혁명 정신의 창출이 가능하다고 결론 내린다. 1차 연재기에서는 거의 거론하지 않았던 신앙의 문제를 2차 연재기에서는 '운동력으로서의 신앙은 종교에 국한되지 않는다'는 논리를 세워 돌파하는 것이다. 이로써 크롬웰의 열정과 내면의 힘을 이끌어 낸 원천이 상대화되었기에 굳이 청교도 신앙을 강조하지 않더라도 중국인들을 향해 영웅적 헌신을 요구할 수 있는 토대가 형성되었다. 게다가 이제 크롬웰의 인생에서 큰 영역을 차지하는 종교적 활동 역시 갈등 없이 서술할 수 있었다.

그렇다면, 활로를 찾는 듯했던 「극림위이전」이 2차 연재기인 3, 4제54호, 제55호회 연재 이후 재개되지 못한 이유는 무엇일까? 「극림위이전」의 마지

막 장이 된 제7장 '단기국회와 장기국회'는 찰스 1세가 반역자들을 처단하기 위해 소집한 왕당파 군대와 의회군이 첫 번째로 격돌하기 바로 직전의 정황을 서술하는 내용이다. 7장뿐만 아니라 2차 연재기의 대부분은 왕과 의회의 대결 국면을 다룬 것이었다. 즉 량치차오는 왕과 의회의 갈등까지만 지면에 실었고, 그 이후 실제의 내전 전개와 크롬웰의 집권기에 대해서는 더 이상 쓰지 않았다. 사실상 끝내 서술되지 않은 서사의 두 축크롬웰이 이끈 내전, 크롬웰의 집권기은 크롬웰 일대기의 핵심적 요소이기도 하다. 그러나 전자의 경우 혁명 과정의 지나친 과격함, 후자는 크롬웰의 의회 탄압이라는 역사적 사실이 량치차오로서는 풀어나가기 어려운 지점이었을 것이다.[52]

량치차오는 4회 연재분 이후 휴지기를 갖고 3차 연재기를 기약했을지도 모른다. 그러나 결국 연재는 속개되지 않았다. 이는 최소한의 발화 의도가 이미 충족되었다는 것을 의미하기도 한다. 일단 크롬웰이라는 도구를 충분히 소비했기에 문제성 짙은 국면들을 다루기보다 연재를 중단하는 편이 합당하다고 판단한 것이다.

---

52 이 두 가지 난점에 대해서는 보론이 필요하다. 량치차오가 최초 크롬웰이라는 의회파 인물을 영웅으로 내세운 것은 자신의 의회 지향적 메시지를 위한 타당한 선택이었을지도 모른다. 그러나 크롬웰이 활약했던 내전 역시 자국 백성들이 피를 흘린 점, 끝내 왕을 처형한 점, 그리고 공화정이 들어섰다는 점 등 프랑스 혁명이 보여준 역사와 중첩되는 양상이 엄존했다. 피 흘림을 피하기 위한 대안이라고 제시한 것이 결국 큰 차이가 없다면 제시하지 않은 것만 못하다. 청교도 혁명의 이러한 전개 과정은 중국에서의 공화 혁명을 반대하고 있던 량치차오에게는 피하고 싶은 대목이었을 것이다. 한편 크롬웰의 의회 탄압은 량치차오의 이해와 가장 크게 충돌한 지점이라 할 수 있다. 영국의 의회는 왕정에서 공화정, 다시 왕정으로의 굴곡을 거듭하는 가운데 꾸준히 권한을 확대시켜갔다. 량치차오가 주목한 것은 이 부분이었는데, 정작 크롬웰이 의회의 성장을 심각하게 가로막았던 것이 문제였다. 철기군을 이끌고 왕당파를 무찌른 무용에 대해서는 그도 긍정했으나 그 이후의 크롬웰의 행적 – 특히 스스로 의회 탄압자가 되기에 이르는 – 을 계속하여 연재하는 것은 오히려 애초의 의도와 정반대의 효과를 낳을 수도 있었다. 권력을 잡은 후 여타의 전제군주와 다를 바 없이 의회와 대적한 크롬웰을 통하여 영국의 정치체제나 의회 권한의 확립을 중국인에게 선전하는 것은 커다란 난제였다.

6. 『태극학보』의 「크롬웰전傳」 – 개신교와 국민정신의 결합

한국의 경우 박용희가 동아시아의 「크롬웰전傳」 번역자 대열에 합류한다.[53] 그런데 연재 도중 그가 태극학회에서 출회하는 상황이 발생하여 당시 회장이던 김낙영이 남은 「크롬웰전」의 연재를 이어받게 된다. 결과적으로는 『태극학보』 내에서도 복수의 번역자가 존재했던 것이다. 두 번역자 중 번역 주체의 개입이 보다 전경화된 것은 「크롬웰전」을 기획한 박용희였다. 「크롬웰전」은 『태극학보』의 '역사담'란에 순차적으로 역재譯載된 박용희의 서구영웅전 4편 중 마지막에 위치했다.[54]

올리버 크롬웰의 전기는 총 9차례 연재되었다. 『태극학보』 총 간행호의 1/3 이상에 크롬웰의 이야기가 담긴 셈이다. 4편의 '역사담' 시리즈 중 가장 많은 분량인 것은 당연했다. 박용희가 직접 쓴 서문의 길이도 남달랐다. 요지는 이러하다. '나라의 존망이 위급해졌다. 이를 타개하기 위해서는 단순히 학문에 매진하는 것만으로는 부족하다. 우리에게 필요한 것은 **정신적 대한제국**을 만들어 외세에 맞서고 주권을 지키는 것이다. 이때 가장 큰 힘이 되는 것은 바로 종교이다. 종교의 참된 의미는 단순히 하늘에 구하기만 하는 게 아니라 실행하여 이루어 내는 데에 있다.' 서문의 이러한 흐름은 다음의 마지막 부분으로 연계된다.

이로 인해 내가 항상 이를 근심하여 기회가 있다면 이들 깨닫지 못한 우리

---

53 크롬웰 전기는 식민지 시기에도 번역된 바 있다. 제목은 『크롬웰』(1922.3.31, 漢城圖書株式會社 刊)이며, 역자는 '한성도서주식회사 출판부'로 되어있다. 이때도 야나기다의 박문사판 전기가 저본이 되었다. 김병철, 『한국 근대 번역문학사 연구』, 을유문화사, 1975, 562~563면 참조.
54 박용희의 「역사담」에 대해서는 이 책의 제3부 1장을 참조.

제국 동포에게 증명할 수 있을지 없을지를 명확히 고하고자 했으나 어쩔 방법이 없어 못하고 있었다. 그런데 근래 두 위인전을 접하니 곧 워싱턴과 크롬웰의 기록이었다. 주의를 기울여 보니 별개의 다른 이가 아니었다. 그들은 즉 청교도의 일인이며 예수의 부활을 믿는 자이다. 이 백성을 도탄에서 건지고자 하며 이 나라를 자유로부터 붙들어 매고자 하여 칼날 아래 스러져도 물러서지 않으며 물과 불로 나아가도 피하지 않고, 위로는 천심天心을 헤아리며 아래로는 창생蒼生을 건졌도다. 부득이한 이유로 인해 후자는 비록 과격한 사건도 있었지만, 이는 곧 우리가 참작할 것이라 그 지점에 대한 긴 말은 불필요하다. 일언이폐지하면, 세대의 사표라 할 수 있으며 우리나라가 갈망하는 종교적 호걸[敎傑]이다. 그러므로 나는 감히 우선 크롬웰 씨의 사적을 기록하여 여러분의 앞길을 지시하고자 한다. 아울러 하늘을 헤아리는 것은 일을 행한 이후에나 가능하며, 만약 단지 아멘만 외치고 단지 저절로 될 것만 기대하면 나는 감히 즉각 여러 동포에게 "큰 일은 정해졌구나. 한국의 운명은 멈추었구나"라고 말하겠다. 깊이 이해하는 데에 데면데면 그냥 넘어가는 일이 없도록 하기를 절실하게 엎드려 바라는 바이다.[55]

크롬웰의 존재는 '역사담'이 먼저 선보인 다른 인물들과는 달랐다. 콜럼버스, 비스마르크, 시저는 그들 각각이 비범했고 정략적 처세에 능했던 반면, 크롬웰은 신의 권능을 담아내는 그릇의 역할이었기에 '예수의 부활을 믿는 모든 이'의 표상이 될 수 있었다. 박용희가 위에서 제시한 워싱턴과 크롬웰의 공통점은 그 정치적 성취를 논함에 있어 곧잘 청교도 신앙이 동원된다는 데 있다. 전자는 영국의 압제를 물리치고 끝내 청교도 국가를 건설했

55 Der Historiker, 「역사담 크롬웰傳」, 『태극학보』 15, 1907.11, 22~23면.

고, 후자는 청교도 혁명을 일으켜 절대군주를 처단했다. 명분은 하늘로부터 온 것이었다. 이로써 비스마르크와 시저까지 이어지던 실리 중심의 인물 선택은 크롬웰을 통해 전기를 맞는다. 박용희는 권력과 맞서 싸워 이긴 청교도인들의 역사를 한국의 정치적 돌파구로 삼고 싶어 했다.

물론 신앙은 워싱턴과 크롬웰의 역사와 관련된 여러 요인 중 하나였을 뿐이며 박용희 역시 이를 몰랐을 리는 없다. 하지만 그의 입장에서 신앙의 문제는 분명 전략적으로 강조될 필요가 있었다. 첫째로, 특별히 다른 대안이 없었다. 박용희가 목격한바, 헤이그 사건처럼 보호조약을 벗어난 외교적 시도가 초래한 것은 더 큰 위기였다. 둘째로, 서술의 태도나 수사를 볼 때 그 역시 종교 자체에 내재된 불가해한 힘을 어느 정도는 신뢰하고 있었다. 그도 당시에 '개신교'[56] 교인이었을 공산이 크다. 실제로 그의 서문은 전도용 팸플릿으로 사용해도 무방한 내용을 담고 있었다. 그 예로 이슬람교, 힌두교 등 다른 거대 종교가 열등한 이유를 열거하며 최종적으로 개신교에 방점을 찍는 서술 방식을 들 수 있다. 결국 박용희는 실제로도 개신교를 통한 한국의 정신적 일치를 목표로 삼게 된 것이다.

박용희가 1907년 11월의 시점에 이렇게까지 확신을 갖고 개신교를 강조하게 된 데에는 또 하나의 맥락도 놓여 있다고 판단된다. 1907년 1월 이른바 평양대부흥운동이 본격적으로 점화되었고, 6개월 동안 전국적으로 확산되었다.[57] 이를 계기로 한국의 개신교가 근본적인 성장을 이룬 것도 널리

---

[56] 이 글에서 '기독교(Christianity)'가 아닌 '개신교(protestantism)'라는 명칭을 주로 사용하는 이유는 이미 한국에서 활동 중이던 '카톨릭(Catholic)' 즉 천주교와의 구분을 위해서이다. 『태극학보』에서 말하는 '예수교'나 서북 지역의 기독교는 기본적으로 16세기 종교 혁명 이후 카톨릭에서 분리되어 나온 개신교를 의미한다. 한편 박용희가 종종 언급하는 '청교도(Puritan)'의 개념은 보통 칼뱅주의에 기반한 개신교 개혁파를 지칭한다.

[57] 박용규, 「평양대부흥운동과 산정현교회(1901~1910)」, 『신학지남』 74-4, 신학지남사, 2007, 97면. 평양대부흥운동의 발흥 원인이나 전개 등에 대해서는 여러 관점의 연구가 제출되어 있다.

인정되는 부분이다.[58] 대부흥운동의 발단이자 핵심이 '회개에의 열망'인바, 그것은 곧 인간의 실질적 태도 변화를 의미했다. 주지하듯 태극학회는 이 대부흥운동의 거점이 된 서북 출신 인사가 중심이 된 단체였다. 잠시 귀국 중에 한국에서 직접 접했든, 편지나 지인, 혹은 새로 건너오던 학생들의 증언을 통해서든, 한 종교운동이 일으키고 있던 전국적 변화는 이미 일본에도 생생하게 전파되고 있을 터였다. 따라서 그 변화의 동력을 모종의 정치적 응집력으로 활용할 가능성을 타진하는 것을 비이성적이라 속단할 필요는 없다.

박용희는 애써 크롬웰 본인에게 조명이 가해지는 것을 막고 '우리도 가능하다'라는 메시지를 주고자 노력한다. 이때 중요한 것은 '실천'이다. 그가 이 부분을 특히 강조하는 이유는 교육받은 비종교인이 쉽게 지닐 수 있는 선입견을 의식했기 때문일 것이다. 그들의 시선에서 종교 행위란 하늘에 염원하는 미신적 속성과, 그만큼 실제 노력은 등한시하는 게으름의 표상을 모두 갖고 있었다. 박용희는 개신교는 다르다고 역설한다. 애초부터 박용희가 개신교를 통한 정신적 제국을 논한 이유는 행동의 변화를 야기하는 데 있었다. 그는 크롬웰 전기의 2회 연재분제16호, 1907.12의 마지막 부분과 제3회제17호, 1908.1 연재분의 중간에도 자기 발화를 시도하는데, 내용인즉 모두 '과

대표적 논저로는 박용규, 『평양대부흥운동』, 생명의말씀사, 2000 참조. 관련 연구사의 개략적 정리는 김상근, 「1907년 평양대부흥운동과 알미니안 칼빈주의의 태동 – 한국교회의 선교운동에 미친 영향을 중심으로」, 『한국기독교신학논총』, 한국기독교학회, 2006을 참조.

58 신학계 내에서는 교세의 확장이라는 결과와 관련해서는 교인의 급격한 증가라는 입장과 거시적 성장의 흐름 속에서 예년과 같은 수준이라는 입장이 나뉘어져 있다. 그러나 양적 증가를 적극적으로 평가하지 않는 입장일지라도 "그것이 한국 개신교인들의 종교성 혹은 영성(spirituality)에 잠재되어 있던 감정적 요소를 드러나게 하고, 나아가 그것을 공적인 종교의식 속에서 표현하도록 해주어서 한국의 개신교가 이제 한국인들의 기질과 문화에 토착화하게 해주었다는 점"(황재범, 「한국 개신교의 1907년 평양대부흥운동에 대한 다양한 해석들의 비교연구」, 『종교연구』 45, 한국종교학회, 2006, 255면)을 강조한다는 점에서 평양대부흥운동 자체에 큰 의의를 부여하는 것은 공통적이다.

감한 실천'을 강조하는 것이었다.

대단하구나! 크롬웰의 유물唯物**은 실행의 주의였다. 기쁘도다!** 올리버의 헌신
은 침착하기가 정신과 같았다. 이미 하나님의 사명을 받든 채로 태어났기에
마땅히 하늘의 일을 체득할 줄을 알았고, 이미 영국 가운데에 떨어져서 자랐
기에 모름지기 자기 나라를 사랑하는 정성을 다하였다. 안타깝구나! 군이 영
국에만 있어 어찌 이 나라에 태어나지 않았는가! 그러나 육체는 유한한 것이
지만, 정신은 무한한 신영이다. 그러므로 나는 우리나라의 뜻있는 아이들이
그의 정신을 사모하고 그의 지기志氣를 본받아 **분연히 한 번 일어나** 망하여 저
무는 와중에도 반드시 하늘을 돌리고 땅을 바꿀 수 있을 것이라 생각한다. 그
의 영령에 경하할 바 있으리라.[59]

우국애민의 지사志士는 그 사람이 감옥에 있는 것도 정토淨土에 있는 것과 같
다는 것을 볼 수 있도다. 아! 이 계란을 쌓아올리는 때를 당하여, 조국 내에
거짓 지사의 풍조를 꾸미지 않고, 세상을 현혹하고 이름을 훔치지 않으며, 명
예를 사고 팔거나 작위를 탐내지 않고, 능히 진실된 마음과 붉은 피로 **우리
이천만을 위해 가마솥에 들어가는 것도 사절하지 않을 자** 과연 몇 명이나
있을 것인가.[60]

---

59 이 첨가분은 순한문으로 작성되어 있었다. 박용희의 문체 자체가 한문의 비중이 높긴 했지만,
순한문의 경우는 이례적이었다. 원문은 다음과 같다. "壯哉크롬웰之唯物實行的主義快哉오리바之
獻身自若如精神已承 上帝之命而生宜知體昊天之事既落英邦之中而長須盡愛自國之誠惜乎君之獨有
於英而盡來臨乎斯邦歟然肉體有限之物 精神無限之靈故余想吾國之有意兒慕君之精神而效君之志氣
奮然一起能必回天轉地於亡莫之中矣于君之靈倘有所慶" Der Historiker, 「역사담 크롬웰傳」, 『태극
학보』 16, 1907.12, 24면.
60 Der Historiker, 「역사담 크롬웰傳」, 『태극학보』 17, 1908.1, 35면.

한국의 상황을 직설하는 박용희의 태도는 비스마르크 편에 이어 다시 전면에 등장했다. 박용희가 참여한 크롬웰 편 3회까지를 보면 앞에 놓여 있던 시저 편과는 번역의 양상에서도 확연한 차이를 보인다.

〈표 10〉「크롬웰전」과 저본 『クロンウエル(크롬웰)』의 비교

松岡國男, 『クロンウエル』(총 143면)			『태극학보』, 「크롬웰傳」(총 35면)			
내용	분량	비율	역자	연재 구분	분량	비율
(一) 발단 : 1~2단락 (二) 그의 시대 : 1~4단락	12면	8.4%	Der Historiker	1회(제15호)	4면	11%
(二) 그의 시대 : 5~11단락 (三) 헌팅던의 한 농부 : 1~4단락	13면	9.1%	Der Historiker	2회(제16호)	3면	9%
(三) 헌팅던의 한 농부 : 5단락 (四) 찰스 왕과 국회 : 1~15단락 (五) 국회군 : 1~14단락	33면	23.1%	Der Historiker	3회(제17호)	5.5면	16%
(五) 국회군 : 15~25단락 (六) 혁명 : 1단락	12면	8.4%	숭고생	4회(제18호)	5면	14%
(六) 혁명 : 2~13단락	14.5면	10.1%	숭고생	5회(제19호)	5면	14%
(七) 마스턴 황원의 대전투 : 1~12단락	15.5면	10.8%	숭고생	6회(제20호)	2.5면	7%
(八) 국회와 크롬웰 : 1~10단락 (九) 찰스 왕의 처형 : 1~11 단락	20면	14%	숭고생	7회(제21호)	5면	14%
(十) 만년 : 1~12단락 중간	15면	10.5%	숭고생	8회(제22호)	3면	9%
(十) 만년 : 12단락 중간~22단락	8면	5.6%	초해	9회(제23호)	2면	6%

시저 편을 연재할 때 박용희는 3회까지 이미 저본 분량의 80%를 소진할 정도로 종료를 서둘렀다. 반면 크롬웰 편에서는 같은 3회 동안 저본의 40%만을 옮겼다. 번역이 배로 촘촘해진 것이다. 이 진도대로라면 연재 종료 시까지 총 7차례의 연재 지면이 필요했다. 물론 비스마르크 편의 4회 연재분처럼 완전히 새로운 이야기를 첨가한다면 횟수는 더 늘어날 터였다. 그러나 박용희는 크롬웰 편을 직접 마무리할 수 없는 상황에 처하게 된다. 1907년부터 진행된 유학생 단체들의 통합운동 과정에서 최린과 함께 태극학회의

평의원에서 사임하게 된 것이다. 이 소식이 학회지상에 공개된 것은 1908년 1월에 발행된 『태극학보』제17호였다.[61] 이로써 같은 호에 실린 「크롬웰전」 3회 연재분은 결국 박용희가 『태극학보』에 남긴 마지막 '역사담'이 되었다. 아울러 박용희가 크롬웰의 나머지 서사를 통해 전하고자 한 메시지가 무엇이었는지도 알 길이 요원해졌다.

그런데 뜻밖에도 「크롬웰전」의 연재는 계속되었다. 상기 표에서 나타나듯 18호부터 22호까지는 '숭고생崇古生', 마지막 연재인 23호에는 '초해椒海' 즉, 김낙영이 번역을 담당했다. 숭고생은 「크롬웰전」 연재 시에만 잠시 등장했다가 사라진 일회성 필명이라 지금껏 정체가 규명된 바 없다. 하지만 실상 숭고생과 초해, 즉 김낙영은 동일 인물일 가능성이 크다. 박용희 연재분과 그 이후는 문체, 어휘, 표현의 차이가 큰데, 박용희 '이후'에 해당하는 숭고생과 초해는 한 묶음으로 볼 수 있을 정도로 유사한 까닭이다. 「크롬웰전」 1~3회15호~17호까지는 한자가 주主가 되고 한글이 종從이 되는 문장이 빈번한 반면,[62] 숭고생·초해의 연재 때는 그런 문장을 찾아볼 수 없다. 숭고생이 담당한 제18호부터는 박용희가 전혀 쓰지 않았던 '~ㅎ였더라'라는 종결어미가 반복적으로 등장하기도 한다. 『태극학보』의 전체 기사 중 'ㅎ였더라'가 가장 많이 사용된 기사는 바로 숭고생이 번역한 「크롬웰전」과 김

---

61 "本月 十二日 總會에 本會 副會長 崔錫夏氏가 有故解任된 代에 評議員 金洛泳氏가 被撰되고 評議員 崔麟, 朴容喜, 金洛泳 三氏 辭任ᄒ 代에 金鴻亮, 楊致中, 李道熙 三氏가 被撰되다."(「會事要錄」, 『태극학보』 17, 1908.1, 59면) 부회장 최석하에 대해서는 징계의 의미가 포함된 '해임'을, 평의원세 명에 대해서는 '사임'이라는 단어를 쓰고 있다. 김낙영의 경우는 회장직을 맡기 위해 평의원을 사임한 것으로 보인다.

62 예를 들어, "不待余言而各自料量愛國之本分矣리라마는 內有數三蒙昧之愚氓이 不知正正當當之救主가 來臨於我國ᄒ고 製肘於雜輩而蠅附於異端ᄒ니 是不可不警醒也며 又有信者而臆解敎意ᄒ야 至若祈禱於上帝之前而訴冤於救主之面則凡事가 皆成이라 ᄒ고 不知體天而實行ᄒ며 效主而實踐 執行以後에야 事乃作成ᄒ니 是ᄂ 無異於對悶間時而不知孵化 以後에야 始有告我者이오니 豈不咨 咨哉아." Der Historiker, 「역사담 크롬웰傳」, 『태극학보』 15, 1907.11, 21면.

낙영이 연재한 「세계문명사」였다.

보다 구체적인 증거는 'ᄒᆞ엿ᄉᆞ니'라는 표현이다. 『태극학보』 26개호 합산 133회가 등장하는 이 역접의 연결 어구는, 모든 필진을 망라해도 김낙영의 문장에서 등장하는 비중이 압도적이었다. 김낙영초해, 학해주인 등의 글이 확실한 기사 내에서만 과반인 67회가 확인되며, '연구생', '모험생', '앙천자', '호연자' 등 그의 또 다른 필명으로 추정되는 경우까지 합치면 수치는 96회까지 상승한다. 숭고생의 'ᄒᆞ엿ᄉᆞ니'는 기사 수 대비 김낙영과 비슷한 빈도로 등장한다김낙영 18개 기사 중 67회, 숭고생 4개 기사 중 15회. 'ᄒᆞ엿ᄉᆞ니' 자체가 김낙영의 인장 수준이었기에, 이 정도 빈도라면 숭고생을 김낙영 아닌 다른 인물로 상상하는 것이 더 어렵다.[63] 정리하자면, 김낙영이 박용희의 번역 연재를 이어받기로 하였고, 이에 숭고생이라는 필명을 사용하다가 마지막 회에서 자신을 직접적으로 드러낸 것이었다.

그렇다면 마지막 회에 '초해'를 사용한 이유는 무엇일까? 이는 연재 종료의 시점만큼은 김낙영으로서 발언하고자 했던 의지의 표명일 것이다. 숭고생의 번역 태도는 박용희와 달랐다. 박용희가 저본을 자유롭게 압축하고 자신의 발화에 적극적이었던 반면, 숭고생은 야나기다 쿠니오의 『크롬웰』을 거의 그대로 옮기는 경우가 우세했다.[64] 이로 인해 연재 횟수는 박용희가 작업했을 때 예상 가능한 분량보다 오히려 늘어나게 되었다. 하지만 단순히 저본을 충실하게 옮기는 차원에서 '역사담'을 마무리하는 것은 김낙영의 의도가 아니었다. 김낙영은 『태극학보』 제19호1908.3의 간행 시점에서, 태

---

63 숭고생 또한 김낙영의 필명인 이상 앞의 96회는 다시 111회로 수정되어야 한다.
64 숭고생 역시 생략한 부분은 많으나 기본적으로 압축 방식은 거의 사용하지 않았다. 말하자면 필요 부분을 발췌하고 그 부분에 대해서는 꼼꼼하게 번역하는 경향을 보인다. 예를 들어 숭고생의 연재분인 「크롬웰傳」 제4회는 야나기다의 텍스트 58~69면을 몇 개의 문장을 제외하고 그대로 옮긴 것이며, 5회 역시 71~85면을 직역의 방식으로 옮긴 것에 가깝다.

극학회의 회장과 학보의 편집·발행을 함께 담당하고 있었다. 그 스스로가 『태극학보』에 가장 많은 콘텐츠를 게재한 인물이기도 하다. 간행 초기는 장응진, 후기는 김원극의 비중이 큰 『태극학보』였지만, 김낙영은 그러한 구분 없이 꾸준히 활동해온 핵심 필자였다. 그는 박용희가 담당하던 '역사담'이 그동안 어떤 역할을 해왔는지를 누구보다 잘 알았고, 첫 임원진 구성 때부터 함께 평의원직을 수행하던 동료가 미처 끝맺지 못한 대목까지 이미 알고 있었을 수도 있다. 이를 차치하더라도 태극학회의 대표이자 학보의 발행인으로서 김낙영은 「크롬웰전」의 마지막 순간을 최대한 활용할 필요가 있었다. 이상의 문맥에서, 그 앞의 지면들을 충실하게 옮겨낸 것은 바로 아래의 마지막 부분을 예비한 것일지도 모른다.

저자는 말한다. 아, 크롬웰이여. 군은 헌팅던 모퉁이에서 외로이 일어났지만 어떻게 이와 같은 대사업을 성취하였으며 영국 인민이 현재 자유의 왕을 만들게 하였는가. 기이한 계책과 기이한 술책이 출몰하여 덧없는 **제2의 파라오 찰스를 참수대 위에 올렸으니**, 군은 제2의 모세의 이상을 능히 성취하지 않았는가. 오호라, 내가 군을 송축하고 군을 추모하는 바이거니와, 지금 제3의 **파라오가 기괴망측한 수단으로 무죄한 한반도국에 무수한 창생蒼生을** 학대하고 신성한 자유를 억압하고 빼앗아 사경死境이 멀지 않았으니, 오호라, 군이여. 동아시아 천지에는 군과 같은 대영웅이 없는가. 내가 들어 보니, 영국 산천이 지극히 아름답고 맑아서 영웅이 배출된다 한다. 과연 그럴지 아닐지는 모르겠지만, 군이 혁명가에 정치가에 군략가에 전무후무한 최대의 이상을 가져, **전부터 동서양 혁명의 대파란의 원동력이 되었다.** 장하고 놀랍도다. 그러나 내가 군을 추모함에 군의 사업을 흠모하고 부러워함이 아니요, 다만 군이 사회의 죄악을 박멸하고 인민의 자유와 복락을 완전히 돌아오게 하기 위하여 백 번을 패배해도 좌절하지 않고 천 번을 부러져도 휘어지지 않아서 하늘을 찌르는 이상과 땅을 녹이는 열성으로 심신을 희생하여 바치고자 함은 내가 하늘을 채울 동정을 표하여 군을 감히 본받고자 하니, 오호라, 크롬웰이여. 군의 신앙과 군의 선행으로 하나님의 영생의 면류관을 받아쓰고, 광명한 극락원에서 무궁한 복락을 향수하려니와, 대저 영국 강산이 군을 태어나게 함은 시세의 도움을 인함이니, 오호, 시세, 시세여! 저 반도 강산도 정령精靈의 기세와 높고 험한 시세가 군이 세상에 나오던 당년과 마찬가지로 비슷한 처지를 당하였으니, 어찌한 명의 크롬웰이 헌팅던 성에서만 출생하랴. 그러므로 내가 군을 쫓아 생각하고 군을 쫓아 축하하는 동시에 저 반도 강산을 향하여 세계 강산 중에 최대의 광영을 예기預期하노라.[65]

크롬웰의 일대기에서 가장 충격적인 대목은 찰스 왕을 참수한 사건이다. 왕을 죽인 영웅의 이야기는 그 자체로 군주제 국가에서 쉬이 다룰 수 있는 성격이 아니었다. 그러나 이 대목에서 김낙영은 그 우려를 피해간다. 그는 지금의 한국 상황에서 찰스 왕은 곧 외세라는 점부터 분명히 했다. 성경을 끌어들인 김낙영의 비유에서, 크롬웰은 제2의 모세이고 찰스 왕은 제2의 파라오다. 이로 인해 크롬웰이 찰스를 죽인 것은 정치 논리를 넘어 성전聖戰의 의미를 획득한다. 나아가 김낙영은 "지금 제3의 파라오가 기괴망측한 수단으로 무죄한 한반도국에 무수한 창생蒼生을 학대하고 신성한 자유를 억압하고 빼앗아 사경死境이 멀지 않았으니"라고 말한다. 제3의 파라오가 일본이라는 것을 눈치채지 못할 독자는 거의 없었을 터다. 찰스의 목을 날린 크롬

---

65 초해, 「역사담 크롬웰傳」, 『태극학보』 23, 1908.7, 17면.

웰의 실천을 계승한다면, 우리도 일본 제국주의의 목을 날릴 수 있어야 한다는 것이 상기 인용문의 구도였다. 간접 화법이긴 하나, 보호국 체제에서 이는 혁명의 메시지와 다름없었다.

본래 칼라일은 영웅의 종류를 나눔에 있어 루터나 녹스를 종교적 영웅에 포함시켰고 크롬웰에 대해서는 '제왕으로 나타난 영웅'이라 규정했다. 그러나 『태극학보』는 크롬웰을 철저히 종교적 범주 속에서만 다룬다. 칼라일이 크롬웰의 청교도 신앙을 강조한 것도 사실이나, 방점은 '청교도'가 아닌 '신앙'에 있었다. 주지하듯 *Hero-Worship*에는 마호메트 역시 영웅의 일인으로 포함되어 있다. 즉 칼라일은 신앙의 계보나 대상보다 신앙의 효과 자체를 중시했다. 그러나 박용희나 김낙영은 아예 '신앙'이 아닌 '청교도'에 해답이 있다는 화법을 펼쳤다. 이러한 전개는 저본이 된 야나기다 쿠니오의 『크롬웰』 자체가 청교도 신앙의 측면을 강조하는 내용들을 담고 있었던 것과도 무관하지 않다. 박용희와 김낙영은 야나기다의 텍스트를 번역하는 가운데, 그러한 요소를 극대화시켜 논의의 핵심으로 삼은 것이다.

이처럼 『태극학보』 진영은 량치차오와는 달리 유럽의 역사에서 프로테스탄티즘의 힘이 갖는 위력을 곧이곧대로 수용한다. 살펴봤듯이 량치차오는 동일한 역사적 근거, 즉 종교적 힘이 혁명의 동력으로 작용한 사례를 어떻게 다루어야 할지 고민한 결과, 신앙의 문제를 탈종교화하는 방향으로 나아갔다.[66] 반면, 박용희와 김낙영은 오직 예수교만이 활로라는 방식으로 접근한다. 그들 눈에 루터의 종교개혁이나 크롬웰의 혁명사업은, 프로테스탄티즘에 의한 정신적 구심점이 기존의 질서에 가공할 충격을 가한 결과로 해석되었다. 땅의 세력이 아무리 압도적이어도 하늘의 권능이 함께 하면 이길

---

66 량치차오, 「新英國巨人克林威爾傳」, 앞의 책, 2143~2144면.

수 있다는 것이 그들의 논리였던 것이다.

7. 원본성의 복합적 변수들

근대 동아시아의 지식인들은 올리버 크롬웰을 경유하여 다양한 논의들을 펼쳤다. 그것은 크롬웰을 영웅으로 재천명한 토마스 칼라일의 크롬웰상像을 다기한 방식으로 변주하는 것으로 나타났다.

다케코시 요사부로의 『격랑알』1890은 기본적으로 칼라일의 입장을 이어받으나, 영웅을 국민의 열심과 소망이 응축되어 탄생하는 것으로 보았다는 점에서 하늘의 신성한 속성을 강조한 칼라일과 차별화된다. 한편 『격랑알』의 머리말에서 도쿠토미 소호는 크롬웰의 혁명 사업이 아닌 그의 정신을 본받을 것을 요청하였으며, 영국의 입헌체제와 일본의 제국헌법을 동일시하는 등 당시 일본의 정세를 적극 긍정하기도 했다. 야나기다 쿠니오의 『크롬웰』1901의 경우 시대가 영웅을 만든다는 입장을 견지했는데, 이는 지상에서의 노력 및 국가를 위한 희생을 전제한다는 점에서 다케코시의 영웅론과 동궤에 있었다. 다만 그는 도쿠토미와는 달리 크롬웰의 혁명 사업 자체를 긍정했으며 현실에 대한 비판적 시각을 견지했다.

량치차오는 『격랑알』과 『크롬웰』을 모두 활용하여 『신민총보』의 '전기' 란에 「신영국거인극림위이전」1903~1904을 연재하였다. 앞서 발표한 전기물을 통하여 프랑스 혁명과 같은 방식에 경각심을 심고자 했던 그는 영국의 입헌체제 성립 과정을 중국이 따라야 할 참된 모델로 제시하기 위해 크롬웰 전기를 기획하였다. 그러나 신앙인으로서의 크롬웰의 면모와 혁명기 활동의 급진성, 그리고 만년의 의회 탄압 등은 량치차오의 지향과 내적 충돌을 일으켰다. 오랜 중단 끝에 새로운 전략을 세워 연재를 재개한 량치차오는, 애초에 의도했던 메시지만을 최대한 집필한 직후 「극림위이전」을 미완으로 남겨두었다.

한국의 「크롬웰전」1907~1908도 야나기다의 텍스트에 기반했지만 량치차오의 것과는 크게 동떨어진 성격이었다. 『태극학보』를 통해 연재된 이 전기물은 태극학회의 내부 사정으로 인하여 복수의 역자가 참여했다. 이미 여러 편의 전기물을 연재해 온 박용희는 프로테스탄티즘을 구심점으로 한 정신적 제국주의를 설파하고자 크롬웰전을 기획했다. 박용희 이후 연재를 이어 나간 김낙영의 문제의식도 크게 다르지 않았다.

전체적인 변주 양상을 보면 일본어 이후, 즉 중역重譯 단계가 심화되는 중국어와 한국어 텍스트의 크롬웰 형상에 훨씬 급격한 변화가 있었다. 예컨대 외부 영웅을 빌려 중국인을 계몽하려는 량치차오의 전기 집필 의도는 크롬웰전에서도 반복된다. 그러나 영국 정체政體에 집중된 그의 논의 속에서 크롬웰 자체의 서사는 실종 혹은 변질되고 만다. 이는 흡사 박용희가 「비스마ㄱ전傳」에서 비스마르크를 배제시킨 것과도 비슷하다. 박용희의 경우, 내면의 가치보다는 개신교를 선전하는 구도 속에 크롬웰을 끌어들였다. 이것 역시 중역이라는 방식 속에 내재된 특수성의 발현으로 해석 가능하다. 번역된 텍스트를 다시 번역할 때 수용자의 개입은 한층 적극적으로 구현되곤 했다. 그리고 그것은 량치차오의 영국 정체나 박용희의 종교성 강조처럼, 서사의 일부 요소를 분리하여 증폭시키는 양상이었다.

본 장에서 확인한 다케코시와 야나기다의 두 크롬웰전은 이질적 성격을 갖고 있었다. 이들의 원본성은 집필자의 정치의식과 현실 인식의 차이뿐만 아니라 10년 이상 분리되어 있는 출판의 시간차와 출판 주체의 성향까지 복합적 변수로 작용하여 빚어진 것이라 할 수 있다. 그러나 중국과 한국의 사례는 잡지라는 출판 형태와 연재의 불연속성 등 여러 가지 외적 조건의 영향을 받기도 했다. 량치차오의 중국어본은 단일 저자, 단일 매체, 단일 연재물이었음에도 공백 기간을 사이에 둔 전·후의 연재분이 메시지나 저술 전략에서 확연한 차이를 보인다. 이 경우, 변수로 작용한 것은 시간의 경과 및 개인의 전략 모색이었다. 그런가 하면, 중단 없이 이루어진 단일 매체의 연재물이었음에도 박용희와 김낙영의 번역에는 차이가 나타난다. 이처럼 동아시아의 크롬웰 전기들은 원본성을 좌우하는 중역의 변인變因들이 얼마나 다양한지를 생생하게 드러내고 있다.

동아시아 번역장과 이중의 번역 경로

1. 번역 경로의 분기와 그 의미

이상으로 근대전환기 한국이 수용한 서구영웅전을 중역重譯의 시좌視座에서 고찰해 보았다. 이 책은 물론 텍스트 중심의 연구서다. 다만 이 작업의 관건은 해당 텍스트에 응축된 번역자들의 주체성이라 할 수 있다. 이 책의 키워드인 원본성 역시 번역자의 실천과 직결되어 있다는 것은 긴말이 필요 없다.

이 책의 제목이 '중역된 영웅'이 아니라 '중역한 영웅'이 된 것도 마찬가지다. 전자는 텍스트에 방점이 있지만 후자는 생략된 주어, 즉 번역 주체의 능동적 수행력을 환기해준다. '하나의 서구영웅전을 중역하기로 선택할 때 역자가 겨냥한 것은 무엇이며, 그 결과물은 번역 공간에서 어떤 의미를 창출하는가?' 이것이 이 책을 관통하는 질문이었다. 제1부는 전체 논의의 입체적 배경을, 제2부는 한국의 번역자들이 량치차오의 텍스트를 어떻게 변용하고 재배치했는지를, 제3부는 약소국의 지식인들이 어떻게 제국의 영웅을 도구화했는지를, 제4부는 '애국'이라는 근대적 기획의 다면성을 밝히는 데 중점을 두었다. 다만 제1부 외에는 동아시아의 중역 단계를 통시적으로 비교하는 방법론을 적용했기에, 각 챕터의 세부 논점들은 전술한 것보다 더욱 풍부하다.

논의를 마무리하는 본 장에서는 지금까지처럼 단일 텍스트에 천착하는 방법 대신 중역의 또 다른 핵심이라 할 수 있는 '번역 경로'의 문제를 다뤄 보고자 한다. 19세기 말에서 20세기 초 '동아시아 번역장飜譯場'을 둘러싼 다양한 문제 가운데 번역 경로라는 텍스트의 외적 조건이 갖는 의미는 무엇일까? 대개의 번역 연구는 텍스트와 텍스트의 비교 자체에 방점이 있으며, 관찰되는 차이는 주로 번역자의 자의적 판단이나 번역 공간의 정치적 사정에서 비롯되는 문제로 귀결된다. 이러한 접근 방식은 물론 타당하다. 하지만 번역이라는 행위 이면에는 번역자의 판단과 실천 자체에 개입하는 여타의 요소들도 존재한다. 그중 번역 경로는 가시적으로 확인 가능한 주요 변수이면서도 아직 제대로 분석된 바 없는 영역이다. 이에 본 장에서는 우선 두 가지 번역 경로의 일반적 성격을 고찰한 다음, 사례 연구로서 비스마르크를 다루는 『조양보』의 전반적 태도를 해석하는 순서로 논의를 진행하고자 한다.

근대전환기 동아시아의 중역 경로는 크게 '서양→일본어→중국어→한국어'와 '서양→일본어→한국어' 두 가지다. 지금까지 이 책에서 조명한 다양한 서구영웅전들 역시 이 범주를 벗어나지 않는다. '서양→중국어→한국어'의 경로, 즉 서양의 원전이 일본(어)이라는 경유지 없이 중국만을 거쳐 한국어로 번역된 경우는 매우 특수한 경우에 국한된다.[1] '서양→

---

1 다만 서양서를 한역(漢譯)한 중국 서적 자체의 수용은 상당한 분량으로 이루어졌다. 이 문제에

한국어'의 경로를 통한 '직수입'의 사례 역시 서양 선교사 등에 의해 확인되지만 주요 경로로 상정할 수준은 아니다. 한국을 기준점으로 삼고 전 단계를 바라본다면 거개의 저본은 '중국어 텍스트'인 경우와 '일본어 텍스트'인 경우로 양분될 수밖에 없다. 이 지점에서 던져야 할 질문은 다음과 같다. 중국(어)을 통해 들어온 지식과 일본(어)을 통해 들어온 그것 사이에는 어떠한 차이가 있는가? 소위 '개화기' 내지 '근대계몽기'를 연구한 많은 이들이 한 번쯤은 품어봤을 의문이다.

한 선행 연구는 간접적으로 이 질문에 답한 바 있다. 당대의 번역전기물을 '서양의 국가적 영웅'과 '약소국의 민간 영웅'의 두 부류로 정리한 다음, "번역·번안전기의 유입과정을 보면, 서양의 국가적 영웅들을 주인공으로 한 번역·번안전기는 일본에서 간행된 자료가 근거가 되었고 민간 영웅들을 주인공으로 한 번역·번안전기는 중국에서 유입된 자료가 근거가 되었"[2]다는 식으로 설명한 것이다. 그러나 이 주장에는 세 가지 문제가 존재한다. 첫째, 이 연구가 제시하는 사례 자체가 많지 않아 종합적으로 탐색해보면 결국 사실관계부터 오류가 나타난다. 둘째, '서양의 국가적 영웅' 대 '약소국의 민간 영웅'이라는 구분은 당대의 인식 및 인물의 역사적 실상과도 괴리된 이분법이다. 모든 인물들은 저마다 자국의 위기사태를 극복하여 독립이나 부국강병을 이룩한 주역이라는 공통점을 갖고 있었다. 셋째, 앞의 두

대해서는 강미정·김경남, 「근대 계몽기 한국에서의 중국 번역 서학서 수용 양상과 의의」, 『동악어문학』 71, 동악어문학회, 2017; 허재영, 「근대 중국의 서양서 번역·보급과 한국 근대 학문에 미친 영향 연구」, 『한민족어문학』 76, 한민족어문학회, 2017 등을 참조. '서양 → 중국어 → 한국어'의 경로에서 한국어의 번역까지 이루어진 희소한 사례 중에는 『신학신설』, 『태서신사』 등이 있다. 전자에 대해서는 김연희, 「19세기 후반 한역 근대 과학서의 수용과 이용─지석영의 『신학신설』을 중심으로」, 『한국과학사학회지』, 한국과학사학회, 2017, 후자에 대해서는 유수진, 「대한제국기 『태서신사』 편찬과정과 영향 연구」, 고려대 석사논문, 2012 참조.

2 김치홍, 『한국 근대역사소설의 사적(史的) 연구』, 한국학술정보(주), 2006, 32~33면.

문제를 차치한다 해도, 근본적으로 이 구도에서는 '약소국의 민간 영웅'을 다룬 중국어 저본 역시 일본어 서적을 저본으로 삼아 탄생한 결과물이라는 사실이 은폐되고 만다.

특히 위의 세 번째 문제는 애초부터 '중국(어)을 통해 들어온 지식과 일본(어)을 통해 들어온 그것 사이에는 어떠한 차이가 있는가?'와는 다른 접근법이 필요하다는 것을 시사한다. 다음은 두 가지 중역 경로를 이미지로 구현한 것이다.

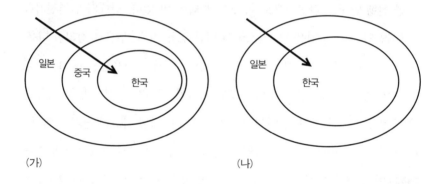

(가)   (나)

두 경로의 차이는 오직 '중국어' 번역 단계의 유무이며 이 단계가 있든 없든 그 이전에 일본어 단계를 관통했다는 사실은 동일하다. 따라서 질문은 이렇게 바뀌어야 한다. 일본(어)에서 중국(어)을 경유하여 들어온 지식삼중역과, 중국(어) 단계가 없이 일본(어) 단계에서 곧장 들어온 그것이중역 사이에는 어떠한 차이가 있는가?

1) 서양→일본어→중국어→한국어

우선 '서양→일본어→중국어→한국어'의 번역 경로가 지닌 의미는 다음의 두 가지로 정리할 수 있다.

첫째, 텍스트 선택의 폭은 상대적으로 제한되지만 그만큼 선별 작업의 효율성은 상승한다. 중역이라는 차선책을 선택할 수밖에 없었던 1900년대의 한국 지식인들 역시 중국어보다는 일본어로 번역된 서양 서적이 훨씬 풍부하다는 것을 알고 있었다.[3] 그렇다면 일본어 번역 능력이 있음에도 불구하고 일부러 중국어 저본을 선택하여 번역하는 일은, 일본어 역본이 아예 없거나 있더라도 중국어 역본만을 손에 넣을 수 있던 상황 정도로 한정될 것이다. 그림 (가)가 나타내듯 '서양→일본어→중국어→한국어'의 번역 경로를 택한 이들은 일본어 번역서의 총량 내부에 위치한 중국어 번역서의 총량, 즉 한 차례 걸러지고 남은 것 가운데서 대상을 선별할 수밖에 없었다. 이 경우 (나)의 '한국' 크기에서 (가)의 '한국' 크기를 제외하고 남은 편차는 '삼중역'이라는 차선책에 대한 일종의 기회비용이 된다.

다만 시각에 따라서는 이러한 '제약'을 전혀 다른 의미로도 해석할 수 있다. 중국어 서적을 저본 삼아 중역된 번역서들을 일별해보면, 오히려 일본어 저본에 의거한 번역서들보다 당시의 한국적 현실에 보다 적합한 메시지를 발신하는 경우가 많다. 예컨대 헝가리의 영웅 코슈트나 프랑스의 마담 롤랑 등은 현대 한국인에게는 매우 생소한 인물군에 속한다. 심지어 가상의 인물인 보드리와 모리스의 이야기까지 중국어 저본에 기대어 여러 차례 번역된 사실을 알 수 있다.『애국정신담』 반면, 오히려 일본어 저본에 기댄 번역물 가운데 보다 보편적인 서구 영웅이 다수 포진되어 있었다. 태극학회에서 활동한 유학생 박용희의 작업이 그 대표적 사례이다. 박용희는 콜럼버스, 비

---

3   량치차오는 이미 1890년대의 『시무보(時務報)』에서부터 이미 일본이 이룩해놓은 번역을 이용해 서양의 학문을 흡수하자고 주장했으며(문정진, 「중국 근대 매체와 번역(飜譯)─『시무보(時務報)』의 조선(朝鮮)관련 기사를 중심으로」, 『중국학논총』 35, 고려대 중국학연구소, 2012, 185면), 량치차오의 글을 광범위하게 탐독했던 한국인들은 그의 이런 발언을 한국 언론에 소개하기도 했다.

스마르크, 시저, 크롬웰과 같은 세계사를 주름 잡았던 대표적 서구영웅전들을 『태극학보』를 통해 역재한 바 있다.

미루어 볼 때 중국어 텍스트를 저본으로 삼는 행위가 수용자, 곧 번역 주체의 필요를 제대로 반영하지 못할 정도로 근본적 차이를 발생시키지는 않았을 것이다. 보다 폭넓은 선택지를 가진 일본어 경로에서 추렴된 인물들이 도리어 세간에 잘 알려진 부류에 가까웠다면, 사실상 엄정한 선별 과정을 위한 다수의 후보 자체가 반드시 필요했는가를 반문해볼 일이다. 그렇다면 오히려 중국어를 경유한 선택지의 '축소'는 그 자체로 검증 작업의 부담 완화, 즉 효율성의 제고로 연동될 가능성이 크다. 중국어 역본의 존재야말로 헝가리의 코슈트나 이탈리아 삼걸처럼 일본어 상태로만 있었다면 간취되기 어려웠을 이들을 발견하는 첩경이었다.

둘째, 원본과의 내적 간극은 보다 커지고 한국인 번역자의 개입은 보다 축소된다. 번역자의 의도와 상관없이 이중·삼중의 연쇄적 번역 과정에서는 그 단계가 더할수록 오역의 가능성이 높아지고 언어적 편차에서 비롯되는 누락 혹은 잉여 또한 커진다. 더욱이, 여기에 중간 단계 번역자들의 주관적 개입이 축적될 경우, 최종 결과물은 첫 형상으로부터 멀찍이 이탈할 수밖에 없다. 그러나 최종 단계에서 번역자의 개입은 보다 축소될 가능성이 높다. '원본과의 간극'이 커진다는 것은 번역의 횟수가 추가될수록 원형에 손상이 많이 간다는 의미이기도 하다. 하지만 번역자의 개입만 놓고 보면, '일본어→중국어' 단계에 비해 '중국어→한국어' 단계에서의 변화는 상대적으로 두드러지지 않는다. 즉, 간극이 발생하는 주요 단계가 앞에 놓여 있기에, 한국어 번역 단계에서 번역자가 개입할 여지는 상대적으로 줄어든다는 것이다.

이러한 현상의 근본적인 원인은 무엇일까? 한국인 번역자의 입장에서 일본어 텍스트를 번역하는 것과 중국어 텍스트를 번역하는 것은 전혀 다른 감각을 동반하는 일이었다. 번역자에게 전자는 서구발 지식의 '대리물' 느낌이 강했다면, 후자는 수용자 본위의 주체성을 강력히 환기하고 있었다. 20세기 초의 시점에서 보면 메이지 유신 이후 서구 지식의 수용에 매진하여 수십 년의 번역 경험과 결과물이 쌓여 있던 일본의 경우, 기본적으로 번역이란 '학습'의 차원이었다. 이미 학습한 것을 가공 혹은 심화하거나 새로운 영역을 개척하기 위한 실천에 가까웠던 것이다. 반면 중국의 번역은 다만 몇 년 정도가 한국에 앞섰을 뿐, 대對국민 '계몽'의 필요성을 우선시 하고 있었다. 이때의 계몽이란 운동의 차원이며 정치적 아젠다의 형성과 불가분의 관계에 있었다. 두말할 필요도 없이 '자기화'는 학습용 지식의 유통을 위한 번역보다는 정치적 현실에 대한 첨예한 문제의식과 파토스를 동반한 번역에서 적극적 양상을 띤다.

중요한 것은 이러한 양국 텍스트의 태생적 차이를 한국인 번역자가 알고 있었다는 사실이다. 한국의 번역자 역시 그가 택한 중역본中譯本이 일본어를 경유한 중역의 결과물임을 인지하고 있었으며, 아울러 중국어로 나온 서구 영웅전이 정치적 위기 속에서 가속화되어 나온 계몽의 도구라는 것도 알았다. 이 경우 한국의 수용 주체는 필연적으로 먼저 진행되었을 중국의 '자기화' 과정 그 자체를 활용할 수 있었다. 한국인의 입장에서 필요한 정치적·계몽적 언설은 다소 이질적이긴 하겠지만 이미 '전 단계'에서 여러 모양새로 반영될 터였다.

서양에 접속하기 위해 중국어 텍스트를 번역한다는 것은 비단 서양어 내지 일본어라는 역로譯路상의 우선순위를 가동할 수 없는 제약만을 의미하는

게 아니다. 동시에 그것은, 유사한 문제의식이 팽배했던 이언어異言語의 공간에서 이미 검증되고 가공된 텍스트를 손쉽게 활용한다는 의미이기도 했던 것이다. 지식의 유통 및 담론의 형성에 걸리는 시간을 획기적으로 단축하는 것이 당시 번역의 지향이었을진대, 이러한 견지에서라면 오히려 중국어 텍스트야말로 매력적인 선택지였다. 일본어 텍스트로 된 잠재적 번역 대상은 방대했으며, 두말할 것 없이 복잡다단한 가공의 과정을 각오해야만 했다. 이 같은 관점을 반영하여 일본어와 중국어라는 두 가지 선택지의 차이를 새롭게 도식화해보면 다음과 같다.

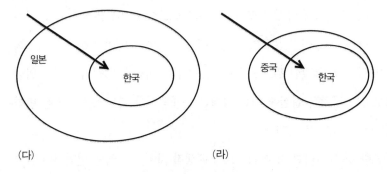

이 도식은 기본적으로 잠재적 번역 대상의 양적 차이를 구현한 것이다. '한국'이 위치한 원의 크기, 즉 한국이 필요로 했던 지식의 양이 일정하다고 가정할 때, 두말할 것 없이 (다)보다는 (라)가 효율적 선택이다. 질적 측면의 효율성도 마찬가지다. (다)에서의 '일본'과 '한국'의 거리보다 (라)에서의 '중국'과 '한국'의 거리는 훨씬 근접해있다. 궁극적으로 계몽을 위한 도구여야 했던 동류의 콘텐츠라 할지라도, 각 공간과 개별 수용자를 위한 질적 '자기화'의 노력을 감안할 때도 전자보다 후자가 쉬운 길이었다. 중역의 단계에서 하부에 위치할수록 텍스트의 선택은 제한적이며 내용 역시 원본에서 더욱 멀어지지만, 다른 관점에서 보자면 탐색의 노력에 대비한 효율성

제고와 내적 지향점을 단순명료하게 만들어 준다는 장점이 있다. 멀어진 원본과의 거리 자체가 어차피 도달해야할 지점이었다면, 그 낙차가 이미 상쇄된 저본이야말로 합리적인 선택이었다는 것이다.

중국을 경유한 신사상 및 신지식 관련 번역서들은 이미 한 차례 검증되었다는 측면에서 남다른 무게감을 지니고 있었다. 박은식은 직접 번역한 『서사건국지』 서문에서 '중국학자'가 쓴 이 책을 읽고 병상에서 앓다가 일어났다는 드라마틱한 표현으로 그 가치를 상찬한 바 있다. 중국을 경유한 번역경로의 문제성과 그 실체는 아직 제대로 드러나지 못한 것일지도 모른다.

2) 서양→일본어→한국어

그럼에도 만약 한국이 '서양→일본어→중국어→한국어'라는 단일 경로만을 취했다면, '중국어'라는 경유지에 지나치게 의존하는 형국이 될 수밖에 없었다. 효율적이고 집중적인 계몽적 발화는 가능했을지언정 중국(인)에게 최적화된 문제의식 이상을 탐색하는 능력은 계발될 여지조차 없었을지 모른다. 중국인에 의해 한 차례 가공된 텍스트의 수용은, 긴급한 해갈은 가능했더라도 광범위한 신지식에 대한 욕구까지 제대로 충족할 수는 없었다. 후보군의 압축이라는 효율성의 측면도 '여기'의 필요와 적확하게 맞아떨어질 때에나 구현될 수 있는 가치였다. 또한 중국어를 경유한다는 것은 이중의 번역 경로 중 한 단계를 추가로 거친 '심화된 가공물'임을 의미했다. 그렇다면 철저히 객관적 사실에 의거한 지식이 강력하게 요청되는 영역에서는 그 가공의 심도로 인해 '객관화 수준'에 대한 의구심에서 자유롭지 못했을 것이다.

동시기에 공존했던 또 하나의 번역 경로, 곧 '서양→일본어→한국어'

는 바로 이러한 두 종류의 난맥을 상쇄할 수 있는 조건을 갖추고 있었다. 어떤 이들은 좀 더 많은 시간과 노력을 투입하더라도 일본(어) 단계에서 바로 수입한 지식을 선호했을 것이다. 다만 이 경로는 별도로 두 가지 차원의 노력을 전제로 해야 했다. 첫째, 번역 공간 내지 번역자의 입장을 반영하기 위한 '정치적 발화'를 원할 경우 전폭적인 가공을 직접 감내해야 했다는 것, 둘째, 일반 교양을 위한 '객관적 지식'을 원할 경우 직역해도 좋을 최선의 후보를 찾기 위해 추가적인 노력이 필요했다는 것이다.

먼저 전자인 '정치적 발화'를 좀 더 살펴보자. 일본어 텍스트를 직접 번역한다는 것은 '덜 가공된' 서양의 지식이 본인의 손에 쥐어져있다는 의미이기도 했다. 전술했듯 중국어 경로의 또 다른 특징이 중국적 가공 과정에서 이미 발생한 원본과의 간극과 그로 인한 한국 번역자의 소극적 개입이었으니, 여기에서도 두 경로의 편차는 크다고 할 수 있다. 일본(어) 단계와 직결된 번역 경로를 따를 경우, 한국적 수용의 단계에서 '자기화'의 과정에 적극적으로 개입할 여지가 더욱 열려 있었다. 이는 곧 저본의 '실험'적 변주가 이 경로에서 나타나기 쉽다는 의미이기도 하다.

이상을 적확하게 대변하는 것이 이미 언급한 박용희의 사례이다. 그가 선택한 서양인들은 콜럼버스, 비스마르크, 시저, 크롬웰과 같이 지명도가 높은 영웅이었으며, 각각의 저본은 일본 출판계의 중심에 있던 하쿠분칸의 역사 인물전 총서인 『세계역사담』 시리즈였다.[4] 특이하게도 그는 단행본 한 권 분량의 일본어 저본을 적게는 『태극학보』 2회 연재 분량 안에서 소화해내면서도 예외적 상황이었던 「크롬웰전」을 제외하면 미완의 경우를 만들지 않았다. 이 과정에서 박용희는 그야말로 저본의 존재 자체를 무색하게 할 만한,

---

4 이 책의 제1부 1장을 참조.

그리하여 번역물이라고 보기에도 무리가 있을 정도의 적극적 변주를 보여준다. 예를 들어, 그가 번역한 비스마르크 전기 「비스마ー ㄱ전」에는 저본과는 아무런 상관이 없는 동아시아 현 정세와 독일 제국주의의 야욕이 고발되거나 국채보상운동에 대한 선전이 포함되어 있으며, 「크롬웰전」 역시 개신교 신앙의 승리로 포장되어 저본으로부터는 멀찍이 이탈한다. 박용희는 철저히 본인이 하고 싶은 이야기를 하기 위해 유명한 인물을 가장 주관적인 방식으로 전유하는 전략을 취했던 것이다.

후자인 '객관적 지식'의 경우를 좀 더 살펴보자. 중국어를 경유하는 경로의 특징 중 하나는 텍스트 선택지의 제한혹은 선택 자체의 효율성과 원본과의 큰 간극이었다. 이는 물론 일본어를 저본으로 삼을 경우 텍스트 선택의 폭이 넓고, 원본에 가까운 재현을 원하는 상황에서도 보다 적합하다는 의미가 된다. 이는 지식 수용의 측면에서는 확실한 이점으로 작용할 수 있었다. 텍스트의 바다가 넓을수록 번역자의 수고는 커질 수밖에 없지만 그만큼 원하던 콘텐츠의 확보 가능성도 높아질 터였다. 예컨대 이능우가 번역하여 보성관을 통해 나온 『오위인소역사五偉人小歷史』는 사토 쇼키치의 『소년지낭 역사편』을 거의 그대로 직역한 결과물이다. 일본 연호 등 가장 일본적 색채가 드러나는 몇몇 부분만을 수정했을 뿐 다섯 명의 위인 이야기 그 자체는 제대로 번역되었다. 하지만 이 책은 출발점부터 『서사건국지』, 『이태리건국삼걸전』, 『애국부인전』 등과 달랐다. 같은 영웅 전기물이기는 하나 그 원류 자체는 성장기 독자를 겨냥한 수신서에 근사했기 때문이다. 말 그대로 윤리적 강령을 담고 있는 아동용 교과서 정도의 역할이라면 굳이 한국적 변용이 수반될 이유가 없는 셈이었다.

2. 『조양보』속 비스마르크의 사례

지금까지 동아시아 번역장의 인물 전기를 중심으로 두 가지 번역 경로, 곧 중국어를 경유한 경우와 그렇지 않은 경우가 갖는 의미를 살펴보았다. 하지만 이상의 설명은 여전히 가설 단계를 벗어날 수 없다. 다만 가설을 객관적으로 검증할 수 있는 방법 틀을 만들어 특정 사례를 심도 깊게 분석해 보는 것은 가능하다.

단일 사례로서 선택한 대상은 앞에서도 다룬 독일의 비스마르크다. '철혈재상'으로 유명했던 그는 근대 동아시아 3국의 인쇄매체에서 가장 빈번하게 등장한 인물이었다. 현 시점에서 보자면 철저히 자국의 이익만을 추구한 인상이 강하지만, 강력한 신흥제국 독일의 건설자라는 위명威名은 서구발 근대의 질서로 편입되던 19세기 말 20세기 초의 동아시아가 그에게 이목을 집중하게 하는 데 부족함이 없었다. 인쇄매체나 출판시장의 질적·양적 측면이 상대적으로 열악했던 한국에서조차 『독립신문』의 기사에서부터 이인직의 『혈의 누』에 이르기까지 떠나 다양한 지면에서 그의 이름을 관찰할 수 있는 만큼, 그를 시금석으로 삼는 것은 설득력을 지닌다.

여기에, 조사의 범위 또한 한정할 필요가 있다. 비록 비스마르크 한 명을 다룬다 하더라도 그와 관계된 모든 논의를 끌어들이는 일은 현실적이지도 않거니와, '번역 경로'의 성격을 집중적으로 고찰하는 데 바람직하지도 않다. 번역 경로를 문제 삼기 위해서는 해당 변수를 제외한 나머지를 동등한 조건으로 유지하는 편이 합리적이다. 이는 조사의 범위를 단일 매체로 한정함으로써 상당 부분 해소된다. 요컨대 한 매체가 두 가지 번역 경로에 있는 저본을 모두 동원하여 비스마르크를 다루게 된다면, 경로의 문제를 따져볼 최소한의 조건은 마련된다는 것이다.

조사의 범위에 넣을 단일 매체로서 다루고자 하는 것은 1906년에 나온 잡지 『조양보朝陽報』이다. 『조양보』는 임화가 신문학사를 서술할 때 '종합잡지'군의 첫 머리에 올린 이후[5] 여러 논자들의 의해 '한국 최초의 종합잡지'라는 정체성을 확고히 해왔다.[6] 실제로 『조양보』는 을사늑약 이후 대거 등장한 정론적 학회지들의 기점에 위치하면서도 상업성까지 겨냥한 '비기관지'였다는 측면에서 『대한자강회월보』, 『서우』, 『태극학보』 등의 일반 학회지들과는 구별된다. 정론성과 상업성의 혼재, 한국 잡지 중 최초로 '실업', '담총', '소설'란 등을 지면 항목으로 도입한 종합성의 지향, 그리고 총 12개호를 간행한 일정 수준의 지속성까지 감안하여 『조양보』를 낙점하는 것은 적절하다. 아울러 이러한 접근은 『조양보』라는 근대전환기의 문제적 매체에 대한 분석으로서도 의의가 있다. 그간의 『조양보』 연구는 매체의 일반적 성격이나 특정 텍스트를 위주로 진행되어왔을 뿐,[7] 번역 경로의 문제

---

5 임화, 「개설 신문학사」, 『임화 문학예술전집 2-문학사』, 소명출판, 2009, 89면.

6 "구한말의 잡지들 가운데서 『조양보』는 몇 안 되는 종합잡지의 하나"(유재천, 「『조양보』와 민족주의」, 『한국언론과 이데올로기』, 문학과지성사, 1990, 202면), "우리 최초의 종합지 성격 『조양보』"(최덕교, 『한국잡지백년 1』, 현암사, 2004, 149면), "그중 최초의 종합지적 성격을 띠고 1906년도에 발간된 『조양보』"(이유미, 「1900년대 근대적 잡지의 출현과 문명 담론-『조양보』를 중심으로」, 『현대소설연구』 26, 한국현대소설학회, 2005, 30면), "『조양보』는 최초의 종합지"(구장률, 「근대 초기 잡지의 영인 현황과 연구의 필요성」, 『근대서지』 1, 근대서지학회, 2010, 87면) 등이 그러하다.

7 예컨대 유재천(1990)은 『조양보』의 인적 진용과 발간 취지, 체제와 편집, 기사의 논조 등을 전반적으로 정리한 바 있고, 이유미(2005)는 『조양보』가 세계에 대한 지식창구의 기능을 한 점에 주목하였으며, 구장률(2010)은 『조양보』의 정치적 메시지들이 서로 상충되는 지점에 대해 지적하기도 하였다. 아울러 '동아시아를 배경으로 한 번역'이라는 관점에서 『조양보』 소재 특정 기사들을 조명한 연구들이 제출된 바 있다. 예를 들어 손성준, 「영웅서사의 동아시아적 재맥락화-코슈트전(傳)의 지역간 의미 편차」, 『대동문화연구』 76, 성균관대 대동문화연구원, 2011; 「번역서사의 정치성과 탈정치성-『조양보』 연재소설 「비스마룩구 淸話」 연구」, 『상허학보』 37, 2013; 「수신(修身)과 애국(愛國)-『조양보』와 『서우』의 「애국정신담」 번역」, 『비교문학』 69, 2016; 임상석, 「근대계몽기 가정학의 번역과 수용-한문 번역 신선가정학(新選家政學)의 유통 사례」, 『한국고전여성문학연구』 27, 2013; 「근대계몽기 국문번역과 동문(同文)의 미디어

를 정면으로 고구한 경우는 없었기 때문이다.

『조양보』에서 비스마르크를 주제로 삼거나, 또는 그의 존재를 직·간접적으로 다루는 기사는 다음과 같다.

〈표 1〉『조양보』 소재 비스마르크 관련 기사

호수	발행일	항목	제목	연재	원저자	번역 경로
1	1906.6.	※ 없음	척등신화(剔燈新話)	1/1	※미상	※집필
		교육	교육의 필요	1/2	※미상	※집필
2	1906.7.10	소설	비스마르크 청화(淸話)	1/9	찰스 로우	일본어−한국어
3	1906.7.25	담총	반도야화(半島夜話)	2/2	※ 미상	※ 집필(일본어 근간)
		소설	비스마르크 청화(淸話)	2/9	찰스 로우	일본어−한국어
4	1906.8.10	소설	비스마르크 청화(淸話)	3/9	찰스 로우	일본어−한국어
5	1906.8.25	논설	논애국심(論愛國心)	3/5	고토쿠 슈스이	일본어−중국어−한국어
		소설	비스마르크 청화(淸話)	4/9	찰스 로우	일본어−한국어
6	1906.9.10	논설	논애국심(論愛國心)	4/5	고토쿠 슈스이	일본어−중국어−한국어
		소설	비스마르크 청화(淸話)	5/9	찰스 로우	일본어−한국어
		소설	세계기문(世界奇聞)	1/1	※ 미상	일본어−한국어
7	1906.9.25	논설	논애국심(論愛國心)	5/5	고토쿠 슈스이	일본어−중국어−한국어
		논설	황화론(黃禍論)	1/1	※미상	※ 집필(일본어 근간)
		소설	비스마르크 청화(淸話)	6/9	찰스 로우	일본어−한국어
8	1906.10.25	논설	논군국주의(論軍國主義)	1/2	고토쿠 슈스이	일본어−중국어−한국어
		소설	비스마르크 청화(淸話)	7/9	찰스 로우	일본어−한국어
9	1906.11.10	논설	논군국주의(論軍國主義)	2/2	고토쿠 슈스이	일본어−중국어−한국어
		소설	비스마르크 청화(淸話)	8/9	찰스 로우	일본어−한국어
		소설	애국정신담(愛國精神談)	1/4	에밀 라비스	일본어−중국어−한국어

－『20세기의 괴물 제국주의』 한·중 번역본 연구」, 『우리문학연구』 43, 우리문학회, 2014 등이
그러하다.

호수	발행일	항목	제목	연재	원저자	번역 경로
10	1906.11.25	소설	애국정신담(愛國精神談)	2/4	에밀 라비스	일본어-중국어-한국어
11	1906.12.10	사설	대관과 거공에게 고함[告大官巨公]	1/1	※미상	※ 집필(일본어 근간)
		소설	비스마르크 청화(淸話)	9/9	찰스 로우	일본어-한국어
		소설	애국정신담(愛國精神談)	3/4	에밀 라비스	일본어-중국어-한국어
12	1907.1.25	내지잡보	밀아자가 입을 열다[蜜啞子開口]	1/1	※미상	※집필
		소설	애국정신담(愛國精神談)	4/4	에밀 라비스	일본어-중국어-한국어

표에서 정리한 총 25개 기사 중 17개는 직접적으로 비스마르크를 거명하고 있으며, 강조 표기한 8개는 비스마르크가 주도한 독일제국 탄생의 최종 관문이었던 보불전쟁普佛戰爭과 관련이 있어 포함시켰다. 확인 가능하듯, 비스마르크의 존재는 간행된 『조양보』의 모든 호에서 직·간접적으로 환기되고 있다.

그중에서도 가장 큰 비중을 차지하는 것은 총 9차례가 역재譯載되었던 전기물 「비스마룩구청화淸話」이다. 「비스마룩구청화」는 일본어 저본을 활용했으며, 중역의 단계는 다음의 서적들로 구성되어 있었다.

〈표 2〉「비스마룩구淸話」의 번역 경로

구분	출판서지	필자(역자)	발표 시기
영국	*Bismarck's Table-Talk, H. Grevel*	Charles Lowe	1895
일본	『ビスマーク公淸話』, 裳華房	村上俊藏	1898
한국	「비스마룩구淸話」, 『조양보』 2~11호(10호 제외)	미상	1906. 7~12

「비스마룩구청화」는 일반적인 계몽운동 차원의 서구영웅전과는 다소 차별화된 부분이 있다. 이 글은 기본적으로 당대의 세계적 인사인 비스마르크의 각종 일화들을 옴니버스 식으로 펼쳐낸 것이다. 각각의 일화는 시계열적

으로 주요 국면에 따라 배치되어 있지만, 연결고리가 거의 보이지 않을 정도로 독립된 이야기들이 나열된 형국이다. 매회 제한된 분량을 연재하는 잡지로서는 효용성이 큰 체재인 셈이었다.

「비스마룩구청화」가 다루는 구체적인 일화나 저본과의 편차 등은 필자의 선행연구에서 이미 상세하게 다룬 바 있다.[8] 이 연재물의 일화들이 형상화하는 비스마르크像을 요약하자면, 지혜롭고 대인大人의 풍모를 지녔으며 때로는 번뜩이는 기지로 과감하게 행동하는 스타일의 정치가이다. 두말할 것 없이 긍정 일색의 면모인 셈이다. 그런데 이러한 비스마르크 형상은 『조양보』의 비스마르크 언급 기사 중 '일본어→한국어'의 번역 경로에 해당하는 경우와 직접 '집필'한 글이지만 일본어 자료를 참조한 경우 거의 일관되게 나타난다. 가령 제6호의 「세계기문世界奇聞」은 비스마르크의 일화 중 늪에 빠진 사냥 친구의 이야기를 소개한다.[9] 살려달라고 애걸하는 친구에게 비스마르크는 '어차피 구하려다가는 나도 휩쓸려 죽을 것이니 차라리 권총으로 죽여 고통을 줄여주겠다'며 총구로 머리를 겨냥하고, 이에 절박해진 친구가 스스로 늪을 헤쳐 나왔다는 내용이다. 비스마르크의 지혜와 과감성을 함께 강조한 에피소드라 하겠다.

3호의 「반도야화半島夜話」, 7호의 「황화론黃禍論」, 11호의 「대관과 거공에게 고함告大官巨公」 등에서의 비스마르크 활용 역시 기본적으로는 동궤에 있다. 물론 이들은 번역이 아니라 엄연히 한국적 특수성까지 고려하여 집필된 독자적 저술이다. 그러나 특성상 다양한 근현대사의 사건과 실존 인물의 관련

8　「비스마룩구淸話」의 번역 경로와 텍스트 분석은 손성준, 「번역 서사의 정치성과 탈정치성-『조양보』 연재소설 「비스마룩구淸話」를 중심으로」, 『상허학보』 37, 상허학회, 2013 참조.

9　본 기사의 출처가 일본어 텍스트라고 판단한 근거는 "비스마릇구公"(「世界奇聞」, 『조양보』 6, 조양보사, 1906.9, 22면)이라는 가타카나의 음역 형태 때문이다. 「세계기문」은 일본어 저본을 번역한 연재물 「비스마룩구淸話」 바로 다음에 위치하고 있었다.

사실들을 동원하였고, 이 과정에서 참조한 텍스트는 일본어에 근간하고 있었다.[10] 우선 비스마르크의 등장은 『조양보』 3호에 국한되지만 1호를 포함하여 두 차례 게재된 「반도야화」는, 여러모로 시바 시로柴四郞, 1852~1922의 『가인지기우佳人之奇遇』1885~1897를 연상시키는 정치소설의 형태를 띠고 있다.[11] 「반도야화」의 주인공인 평양 출신의 '기이한 선비'는 비스마르크와 관련하여 다음과 같이 언급한다.

요약하건대 청나라 정치가는 다만 청나라의 조그만 이익만 겨우 알 뿐이요, 일본의 정치가는 다만 닭대가리 같은 이름을 겨우 구할 따름이니 한탄스럽구나! 일본에 비스마르크 같은 영웅이 있을진대 응당 일본으로써 동양의 패주覇主를 삼기를 비스마르크가 프로이센으로써 독일연방獨逸聯邦의 맹주盟主로 삼음과 흡사하겠거늘, 안타깝다. 일본 정치가여! 병력술책兵力術策만 아름답게 여길 줄 알고 인심人心을 수람收攬할 정성은 없으니, 나로써 보건대 일본을 제국주의帝國主義라고 일컫기는 부족하고 근년 행동은 모두 패자覇者 이하의 재주와 국량이로다. 우리 한국에 이르러서는 정치가 우직愚直하지 아니하면 음모陰謀로 영리營利할 따름이니 두 나라의 작은 재주에 비하여도 또한 더욱 작으니 아주 말할 것이 없도다.[12]

---

10 「반도야화」나 「황화론」을 구성하는 정보들이 일본(어)에서 연유했다고 보는 이유는, 중국(인)보다는 일본(인)의 문제를 다룰 때의 스펙트럼이 훨씬 넓고 취급 방식도 더욱 상세하기 때문이다. 또한 「대관과 거공에게 고함」을 포함한 세 기사의 서양 인물 표기법 역시 가타카나의 음역이다. 예컨대 소구라데슨(소크라테스), 마치니(마찌니), 아리파루찌(가리발디), 피스마룻구(비스마르크), 나파륜(나폴레옹)(이상 「반도야화」), 비스마룩구(비스마르크), 지스레리-(디즈레일리), 졔루만(게르만)(이상 「황화론」), 루-즈베루도(루즈벨트), 가이졔루(카이저), 가부-루(카부르), 가리즈구지(가리발디), 모루도게(몰트케)(이상 「대관과 거공에게 고함」)등이 있다.

11 그러나 「반도야화」가 『조양보』의 '소설'란에 실린 것은 아니었다. 1호의 경우는 아예 잡지의 체재가 확정되지 않은 상태였고, 체재가 완비된 이후인 3호의 경우는 '소설'란이 아닌 '담총'란에 수록되었다. 다만 『조양보』의 경우, '소설'과 '담총'란 자체의 경계가 불분명한 측면이 있으므로 메이지시기의 정치소설을 연상케 하는 「반도야화」가 '담총'란에 실린 것이 특이한 것은 아니다.

동서양의 모든 학문을 통달하여 동아시아 정세 모두를 꿰뚫는 통찰력을 지닌 주인공은 중국이나 일본의 정치가가 모두 동양을 통합할 만한 그릇이 되지 못한다고 한탄한다. 물론 중국과 일본보다도 못한 한국적 상황을 환기하는 것도 잊지 않는다. 주목해야 할 것은, 주인공이 제시한 궁극적 정치가의 모델이 바로 비스마르크라는 데 있다. 프로이센을 중심으로 한 독일제국 건설이라는 비스마르크의 성취가 동양에서도 가능했을지 모르지만, 정작 프로이센의 역할을 맡았어야 할 일본에 비스마르크와 같은 정치가가 없었다는 식이다. 흥미로운 것은 그 직후 "일본 정치가여! 병력술책兵力術策만 아름답게 여길 줄 알고 인심人心을 수람收攬할 정성은 없으니"라는 대목이다. 이에 따르면 일본 정치가의 결핍은 주변국의 인심을 얻지 못한 것이다. 또한 그 결핍을 환기시켜주는 온전한 비교항이 비스마르크인즉, 이는 결국 비스마르크의 성공을 윤리적 측면에서도 정당화시켜주는 발언에 다름 아니다. 이러한 비스마르크와 독일연방에 대한 언설이 신소설 『혈의 누』에서도 대동소이하게 반복되는 것으로 보아,[13] 동시기 지식인들에게 이는 낯설지 않은 문제의식이었을 것이다.

비스마르크를 끌어들여 일본의 각성을 촉구하는 논의는 7호의 「황화론」에서도 반복된다.[14] 역시나 일본어 텍스트를 활용한 부분이 상당수 눈에 띄는 본 기사는 비스마르크와 영국 수상 디즈레일리Benjamin Disraeli, 1804~1881 사이의 일화를 소개하며, 동양 전체가 위협받는 '황화론'의 정국 속에서 일본이 어떠한 역할을 수행해야 온당한지를 역설한다.

---

12 「牛島夜話 續」, 『조양보』 3, 1906.7, 15면.
13 이인직, 『혈의 누』, 문학과지성사, 2010, 69면. 본디 『혈의 누』는 『만세보』에 1906년 7월 22일부터 10월 10일까지 연재되었다. 미루어볼 때, 작중 후반부에 등장하는 구완서의 비스마르크 관련 발화보다는 「반도야화」에서의 논의가 시기적으로 앞서 있음을 알 수 있다.
14 이는 「반도야화」와 「황화론」의 저자를 동일 인물로 상정해볼 근거이기도 하다.

비스마르크가 프랑스 공사公使가 되었을 때에 영국 수상 디즈레일리를 방문하여 거리낌 없이 말하여 "내가 제일 하고 싶은 일은 우리나라 군대를 개조함이다. 우리나라 현재 수상이 인순고식因循姑息하여 이 일을 결행할 수 없는 까닭으로 우리 왕이 이 일을 나에게 전부 위임하였으니, 내가 군대의 힘을 이용하여 여러 동맹국에 계약하여 인근의 작은 나라를 종속하는 구실을 깨뜨리고 오스트리아에 도전한 뒤에 게르만 전 영토의 동맹을 우리 프로이센의 지도 아래에 계획하고자 하기에 특별히 와서 알립니다" 하였다.

당시에 디즈레일리가 현세 외교가로 칭찬받던 자이니 이 사람에게 한 번 방해를 받으면 비스마르크의 계획이 모두 분쇄되어 작은 먼지가 되었을 것이거늘, 비스마르크가 돌아보지 않고 한 기합에 맨몸으로 바싹 다가가 도리어 영국 재상을 간담이 서늘하게 하였으니 신흥국의 의기意氣가 실로 이와 같아야 하지 않겠는가! 이렇게 해야 비로소 장래를 촉망할 수 있는 것이다. 모르겠다. 일본이 또한 이처럼 토끼가 신속하게 뛰는 것 같은 의기로 한 처녀의 변론하는 소장疏章이라도 만들어 내었는지.[15]

「반도야화」가 독일의 통일과정에서 나타난 비스마르크의 대인적 풍모를 강조한다면, 「황화론」은 외교가 비스마르크의 무모하기까지 한 과감성을 강조한다. 두 경우 모두가 일본을 향한 직접적 메시지라는 점이 강조할 만한 대목이다. 이는 비스마르크의 주요 활약이 프로이센이라는 토대, 곧 '동양'에 적용할 경우 메이지 일본 정도의 국력이 정비된 후에야 극대화된다는 것을 논자들 역시 파악하고 있었기 때문일 것이다.

미루어 보면 메시지가 한국 내부를 향할 경우에는 비스마르크의 정치적

---

15 「黃禍論」, 『조양보』 7, 1906.9, 7면.

활약상보다는 충성심이나 열정 등 보편적 미덕이 보다 강조되는 것도 쉽게 납득된다. 비스마르크의 이름을 직접 거론한 11호의 「대관과 거공에게 고함」에서의 메시지는 다음과 같다.

2·3년 동안 여러분이 서울에 있으면 밤낮으로 통감부에 숙배하고 추종하여 남의 찡그림과 웃음을 보고서 근심하고 기뻐하는 데에 불과할 것이니, 지금 이 경우에서 시선을 돌려 눈과 귀를 풀어두어 세계 열국의 대세大勢를 시찰하면 자기 자신과 국가에 좋은 영향이 있음은 굳이 비교해보지 않아도 명백하다.

우리들이 매번 이탈리아와 독일 발흥의 역사를 읽어보면 걸출한 한두 사람의 행장行藏이 국가의 성쇠와 지대하게 관계됨을 알 수 있다. 이탈리아가 거칠고 잔약한 후에도 엄연한 독립의 기치를 수립한 것은 카부르Cavour와 가리발디Garibaldi 두세 명을 데려다 국난 해결에 투입시킨 것에 기인하고, 독일이 쇠미한 때를 당하여 덴마크, 오스트리아, 프랑스 3국을 격파하고 유럽의 패지霸者임을 제창한 것은 비스마르크와 몰트케Moltke와 론Roon 두세 명이 온 마음을 다 쏟아 국사를 걱정한 데에 기인하니 당시 이탈리아, 독일 두 나라에 이 몇 명이 없었다면 독립의 중흥을 기대할 수 없었음은 확실하다.[16]

이렇듯 한국적 맥락에서 활용되는 비스마르크는 그의 본령인 외교적 활약상보다는 부강한 독일이라는 결과를 일구어낸 과정에서의 헌신 자체를 조명한다. 이 경우의 비스마르크는 카부르나 가리발디 같은 이탈리아 영웅들의 사례와 별다른 차별점이 없어 보인다. 하지만 메시지가 겨냥한 대상이

---

[16] 「告大官巨公」, 『조양보』 11, 1906.12, 2면.

일본이든 한국이든 비스마르크의 형상이 대단히 긍정적이었다는 것만은 변하지 않는다. 그의 독일 통일은 주변국에 대한 포용력, 혜안, 실행력이 결합된 빛나는 과업이었으며, 프로이센 자체도 긴 암흑기를 버텨낸 공로를 일종의 성공 사례로서 조명 받게 된다. 예를 들어 『조양보』 1호의 「척등신화」에서는 "프로이센은 60년을 교육하여 끝내 프랑스를 패배시켰"[17]다며 승전을 위한 준비 과정에 교육이 얼마나 중요했는가를 말하는 근거로 소환하였다. 보불전쟁을 해피엔딩으로 하는 프로이센의 사례는 같은 호의 「교육의 필요」에서 훨씬 상세하게 거론된다.[18] 두 기사 모두 최종적으로는 한국의 교육을 바로 잡아야 한다는 취지를 갖고 있었다.

그런데 이상의 논의를 염두에 두고 중국을 경유한 번역 경로, 즉 '일본어→중국어→한국어'에 해당되는 비스마르크 관련 기사를 보면 선뜻 이해되지 않는 현상이 확인된다. 이 경로에 해당되는 기사 속의 비스마르크나 프로이센은, 앞과는 정반대의 존재로 묘사되기 때문이다. 그중에서도 핵심은 「논애국심」이라는 번역 논설로서, 이 텍스트의 중역 단계를 구성하는 것은 다음과 같다.[19]

---

17 「剔燈新話」, 『조양보』 1, 1906.6, 4면.

18 『조양보』 1호의 「교육의 필요」는 프로이센의 사례 하나에 기사 전체의 절반 분량을 할애한다. 여기에는 프로이센이 나폴레옹에 의해 짓밟힌 이후 교육운동을 통해 이를 극복하여 보불전쟁에서 승리하기까지가 상세히 서술되어 있다.

19 고토쿠의 『二十世紀之怪物帝国主義』가 사실 로버트슨의 *Patriotism and Empire*의 편역에 가깝다는 주장은 야마다 아키라(山田郞)의 「幸德秋水の帝國主義認識とイギリスニューラデイカリズム」(『日本史硏究』 265, 日本史硏究會, 1984)에서 처음 제기되었다. 유병관, 「고토쿠 슈스이(幸德秋水)의 제국주의 비판과 일본 아나키즘의 수용과정」, 『일본연구』 41, 한국외대 일본연구소, 2009, 36면. 한편, 중국어 저본과 『조양보』 판본 간의 관계는 임상석, 「근대계몽기 국문번역과 동문(同文)의 미디어-『20세기의 괴물 제국주의』 한·중 번역본 연구」, 『우리문학연구』 43, 우리문학회, 2014 참조.

〈표 3〉「논애국심」의 번역 경로

구분	출판서지	필자(역자)	발표 시기
영국	*Patriotism and Empire*, Grant Richards	J. M. Robertson	1899
일본	『二十世紀之怪物帝国主義』, 警醒社	幸德秋水	1901
중국	『二十世紀之怪物帝國主義』, 廣知書局	趙必振	1902
한국	「論二十世紀之帝國主義」, 『조양보』 2호	미상	1906. 7
	「論愛國心」, 『조양보』 3~7호	미상	1906. 7~9
	「論軍國主義」, 『조양보』 8~9호	미상	1906. 10~11

표에서 정리한 것처럼, 『조양보』의 번역자는 고토쿠 슈스이幸德秋水의 저서에 대한 자오비전趙必振의 번역본을 저본으로 삼고, 다시 일부를 발췌하여 내용에 따라 세 가지 제목으로 분재分載하였다. 이 중 비스마르크가 집중적으로 언급되는 것은 가운데 위치한 「논애국심」 부분이다. 총 5차례 연재된 『조양보』의 「논애국심」에서 비스마르크가 직접 등장하는 것은 5호부터 7호까지의 3개 연재분이다.

주지하듯 고토쿠 슈스이는 유명한 아나키스트이자 사회주의 혁명가의 길을 걸었다. 동아시아 3국에 유통된 『이십세기지괴물제국주의二十世紀之怪物帝国主義』 역시 약육강식의 국가 간 경쟁구도와 제국주의에 대한 비판을 목적으로 한다. 따라서 신흥제국 독일 내에서도 보수파의 수장이었던 비스마르크가 어떠한 맥락에서 소환되었는지를 추론하는 것은 어렵지 않다. 「논애국심」의 주지主탑는 일견 절대적 선善으로 인식되는 '애국심'이 실은 제국주의의 이기적 작태와 폭력성을 은폐하기 위한 명분에 불과하다는 것을 고발하는 데 있다. 소위 '애국계몽기'로까지 규정되어온 이 시기의 담론 지형을 고려해보면 대단히 문제적이고도 차별화된 언설일 수밖에 없다. 이러한 '반反애국'의 문맥 속에서, 이 글은 비스마르크를 "애국심의 화신"이라 규정한다.[20] 그리고 '애국자' 비스마르크는 곧바로 비판의 대상이 된다.

만약 게르만을 통일하는 것이 과연 북부 게르만 방국의 이익이 되면 그들이 왜 다수가 독일어를 쓰는 오스트리아와 결합하지 않았을까. 그렇지 않은 이유는 비스마르크 일당의 생각이 결코 독일 일반 사람에 있는 것이 아니라, 또한 공동의 평화와 복리에 있던 것이 아니라, 다만 프로이센과 다만 자신의 권세와 영광에 있었을 뿐이기 때문이다. 대저 철두철미하고 오직 호전심好戰心을 만족시키는 수단을 활용하여 결합·제휴를 구하는 것이 사람의 동물적 본성이니, 슬프도다.[21]

위의 내용이 문제적인 이유는, 세간에 알려져 있던 비스마르크의 가장 큰 대업, 즉 북부 게르만 국가를 통일한 일이 사실은 구성원 모두를 위한 것이 아니라, 오직 프로이센의 이익만을 극대화하기 위한 제국주의적 행보였음을 드러낸 데 있다. 이러한 비스마르크의 의도를 가장 적나라하게 비판하는 「논애국심」의 내용은 『조양보』 6호 연재분에 등장한다.

그러므로 보불전쟁의 승리 후 상황을 보건대, 북게르만 각국이 프로이센의 발아래 조아리게 되었고, 다른 각국이 프로이센 국왕을 숭배하여 독일 황제가 되기를 봉축奉祝하였으니, 이것이 바로 전후의 결과이다. 어찌 비스마르크의 안중에 동맹국 국민의 복리가 있었다 말하겠는가.
이로써 나는 단언컨대 독일의 결합은 정의상의 호의와 동정으로써 성립된

---

20 "대저 비스마르크 공(公)은 실로 애국심의 화신이요, 오직 독일제국은 실로 애국신(愛國神)이 자취를 드리운 신령한 장소였다." 「論愛國心」, 『조양보』 5, 1906.8, 7면.
21 위의 글, 7면.

것이 아니라고 말할 것이니, 그 국민으로 쌓인 시체의 산을 넘고 흘린 피로 바다를 이루어, 날짐승과 맹수와 같은 식으로 통일의 사업을 이룬 것은 과연 무엇에서 연유한 것인가. 하나는 저 국민이 적국을 대하는 증오심을 선동함에서 연유하고, 하나는 저 사회가 전승戰勝에 대한 허영심에 취함에서 연유하는 것이니, 세계의 인인仁人과 군자君子가 마음이 애통하고 머리가 아픈 것이 어찌 자연스럽지 않겠는가.

이것이 전부가 아니다. 저들 국민의 다수는 이와 같이 잔인하고 경박한 행위를 방치하고 도리어 자신들의 공을 과시하고 떠벌리니, 바로 "우리 독일 국민이 하늘의 총애를 입는구나" 하며 또한 세계 각국 국민 다수도 따라서 경탄하여 말하길, "위대하도다, 독일이여. 나라를 이루는 것은 마땅히 이와 같은 후에야 가능하다"라고 하니, 비통하도다.

국민이 국위國威와 국광國光의 허영에 취하는 것은 마치 비스마르크 공이 브랜디에 취하는 것과 흡사하여, 그들 취한 자는 귀가 달아오르고 눈이 흐릿한 가운데 의기意氣가 왕성하고 용기가 곧장 직진하여 시체의 산을 넘어도 그 참상을 못보고 피로 바다를 이루어도 그 더러움을 모르고, 다만 그 득의한 잠시의 허영만 스스로 소리낼 뿐이다.[22]

이상의 내용을 수용할 경우, 앞서 다룬 '서양→일본어→한국어'의 경로상에 위치한 기사, 그리고 일본어 텍스트에 근간하여 재구성된 집필 기사들의 메시지는 설득력을 상실한다. 「비스마룩구청화」의 각종 일화들은 주변을 피로 물들인 제국주의자에 대한 그릇된 신격화가 되어버리고, 「반도야화」나 「황화론」의 배포 두둑한 이상적 정치가상像 역시 허영일 뿐이며,

---

22 「論愛國心」, 『조양보』 6, 1906.9, 4면.

「대관과 거공에게 고함」에서의 충성심도 자국 이기주의로 뒤집어지게 되는 것이다.

아울러 위 인용문은 프로이센 혹은 독일제국의 성공담 역시 전혀 상찬받을 만한 역사가 아니라는 점을 강조한다. '서양→일본어→중국어→한국어'의 경로에 속하는 「논군국주의論軍國主義」와 「애국정신담愛國精神談」역시 같은 입장을 취하고 있다. 우선 『조양보』8~9호에 실린 「논군국주의」는 보불전쟁 자체를 역사의 후퇴[23] 내지 비극[24]으로 본다. 이는 보불전쟁에서의 승리를 프로이센의 교육이 낳은 승리로 본 앞의 기사들과는 근본적으로 다른 접근이다.

그런데 「논군국주의」는 「논애국심」과 동일한 고토쿠 슈스이의 저본을 활용했다. 따라서 위의 태도는 당연한 것이기도 하다. 게다가 「논군국주의」를 '서양→일본어→중국어→한국어'의 번역 경로에서 별도의 사례로 간주할 수는 없다. 그렇기에 더욱 주시해보아야 할 텍스트는 바로 「애국정신담」이다. 이 책은 프랑스가 보불전쟁의 참패 이후 온갖 고난을 견뎌내며 강국으로 다시 서기까지의 과정을 일화 중심으로 풀어낸 것이었으며, 어린 학생들로 하여금 병역 의무에 대비하게 하는 군사교육용 성격을 갖고 있었다.[25]

「애국정신담」의 경우 중역 단계를 거치며 번역자들의 여러 변주가 가해

---

23 "이윽고 몰트케 장군이 재차 무력을 써서 프랑스를 향하여 일대 타격을 가하여 무력의 민첩함으로 국민의 부성(富盛)함을 기도(企圖)하였으니, 이것은 장군의 정치적 수완이다. 이와 같은 마음 씀씀이를 20세기의 이상으로 숭배하고자 하니, 그래서는 아니 될 것이다. 그러나 우리가 어느 때에나 야만인의 윤리학과 만인의 사회학계에 비로소 나와 저항할는지, 실로 이리하여 유감이 있는 것이다." 「論軍國主義」, 『조양보』8, 조양보사, 1906.10, 4면.

24 "나폴레옹전쟁 때부터 징병이 벌써 존재하여 근대 유럽의 오스트리아-프랑스전쟁과 크리미아전쟁과 오스트리아-프로이센전쟁과 프로이센-프랑스전쟁[普佛戰爭]과 러시아-튀르크전쟁이 모두 징병제 이후에 나왔지만 너무나도 참혹하지 않았던가!" 「論軍國主義」, 『조양보』9, 조양보사, 1906.11, 4면.

25 『애국정신담』의 중역 양상에 대해서는 이 책의 제4부 1장 참조.

지긴 하나, 보불전쟁을 프랑스의 입장에서 다룬다는 사실 자체는 확고하다. 이 역사담은 『조양보』의 갑작스러운 종간과 함께 미완으로 남게 되었지만, 4개호에 걸쳐 연재된 내용은 모두 보불전쟁의 현장을 생생하게 파고드는 대목이다. 전쟁 상황 속에서 벌어지는 다양한 사건 묘사는 대개 프로이센인을 잔인무도한 악한으로 형상화하며, 그에 맞서고자 하는 프랑스인을 핍박에 항거하는 의인으로 그려낸다. 가령 「애국정신담」의 두 번째 챕터명은 「프로이센 사람의 프랑스 포로 학대」였다.[26] 이는 물론 「척등신화」나 「교육의 필요」에서 긍정되었던 프로이센의 입장에서 본 보불전쟁의 의미가 「애국정신담」에 의해 상쇄될 수밖에 없음을 알려준다. 『조양보』의 한쪽에서는 나폴레옹 이후 프로이센의 와신상담이 보불전쟁으로 보상받는 것을 본받으라 하고, 또 한쪽의 기사는 바로 그 보불전쟁을 역으로 활용하여 프로이센의 제국주의 행보가 낳은 비극을 강조하기 때문이다.

비스마르크와 보불전쟁에 대한 『조양보』의 이 상반된 입장이 번역 경로에 따라 다르게 나타나는 것은 단순한 우연이 아니다. 지금까지의 논의를 종합해 볼 때 우리가 던져야 할 질문은 『조양보』라는 매체의 의도가 무엇인

---

26 내용의 일부를 가져오자면 다음과 같다. "어느 날 프로이센 병사가 프랑스인 포로를 모아 노역을 시키려 할 때, 한 프랑스 병사인 곰보(Gombaud)가 천막 옆에서 돌아다니며 머리를 들고 두리번거리고 있었다. 이때 갑자기 프로이센군 하사가 와서 막내로 들어가라고 명령하였는데, 곰보는 그 말을 이해하지 못하여 그대로 있었다. 이에 프로이센 하사가 분노하여 그를 잡자, 곰보는 화를 내며 말하길, "우리나라 하사는 죄 없는 자를 그냥 때리지 않는데 너희들은 왜 이렇게 하는가?"라고 했다. 프로이센 하사는 이를 항명으로 간주하고 상관에게 고하여 군법회의에 구인하였고, 끝내 곰보는 총살 선고를 받게 되었다. 곰보는 형 집행을 당할 때 포로된 동포에게 소리쳐 말했다. "오호라, 우리 동포여. 나의 마지막 말을 들으시오. 우리들이 불행하여 오늘이 왔으니, 나는 지금 멀리 가고자 하오. 여러분은 나를 위해 '용감하고 씩씩한 프랑스인'이라는 한 마디를 외쳐준다면 나는 비록 죽지만 살아있는 것과 같을 것이오." 프랑스 포로 6천여 명은 형장에 가서 보다가, 이 말을 듣고 동시에 같은 목소리로 그것을 외치니, 소리가 산악을 진동시켰다. 프로이센 병사는 총을 발사했고, 꿩음 하나가 잔연(殘煙)을 감싸니 불쌍한 곰보는 황천의 객이 되었다. 당년 22세였다." 「愛國精神談」, 『조양보』 10, 1906.11, 24면.

가에 있을 것이다. 애초부터 『조양보』의 편집진은 번역 경로에 따른 두 층위의 비스마르크·보불전쟁의 상이 모순된다고 보지 않았을 가능성이 높다. 스스로 던진 메시지를 또 다른 지면을 통해 회수할 리는 없기 때문이다. 표면적으로 관찰되는 기사와 기사 간 충돌은, 애초부터 더 큰 상위 범주의 편집 의도 속에서 배치되었을 것이며, 이는 그 시기의 지식인들에게는 의외로 명료해 보이는 지점일 수도 있다. 일본어나 중국어 저본의 선택 역시 그 상위 범주의 의도에 따라 번역 경로의 특성을 고려하여 진행된 결과로 보는 것이 타당하다.

그렇다면, 비스마르크의 다층 형상, 번역 경로의 문제까지도 초월하여 존재하는 『조양보』 편집진의 의도란 무엇일까? 실마리는 『조양보』 12호에 실린 「애국정신담」의 마지막 대목에 있다.

전쟁이 난 지 이미 오래니, 프로이센과 프랑스의 화친조약이 점차 성립되어 프랑스 포로를 환송하라는 명령이 떨어졌다. 모든 포로들은 기뻐 어쩔 줄 모르며 구사일생을 서로 축하했다. 다음 날 철도를 통해 귀국하였는데, 연도沿道를 따라 보고 들으며 접하는 것이 모두 전쟁터였다. 예전에 떠들썩하게 번성하였던 지역과 사람이 끊임없던 땅에는 오직 황폐 덩굴만이 도로를 덮고 있었고, 자욱한 먼지가 눈을 가리는 것을 볼 수 있을 뿐이었다. 사력을 다해 천리를 보아도 적막하여 닭과 개들의 소리만 간혹 들렸고, 근심과 참담함에 피비린내 나는 바람이 코를 때렸다. 보드리가 이에 어찌 침울하고 상심에 빠지지 않았겠는가. 며칠이 덧없이 흐르니 고향에 도착하였다. 또한 겨우 몇 개월이 지나 모친이 세상을 떠나니, 보드리는 호소할 곳도 없이 밤낮으로 애통해 했다. 각고로 노력한 끝에 보르페르의 교사가 된 그는, 교육에 열심을 내어 청년을 고무시키고 격려하였다.[27]

이는 곧 프랑스 재건의 시작, 곧 와신상담臥薪嘗膽의 첫 걸음을 뜻한다. 지금까지 번역 경로의 견지에서는 「논애국심」과 「애국정신담」이 같은 층위에 있는 듯 분석하였다. 적어도 반反비스마르크의 맥락이라면 그것은 사실이기도 하다. 그러나 정작 두 글이 말하고자 하는 '애국'은 완전히 상반된다. 오히려 위 인용문은 「애국정신담」의 지향이 사실 「논애국심」이 그토록 비판했던 자국 이기주의의 출발점에 지나지 않음을 여실히 드러내고 있다. 이미 살펴보았듯, 프로이센의 입장에서 보불전쟁은 나폴레옹에 의한 굴욕의 시대를 감내한 보상의 의미나 없으니,[28] 기실 프랑스의 와신상담은 시간차를 두고 프로이센의 와신상담을 되풀이한 것에 지나지 않는다. 이제 『조양보』가 말하고 싶었던 것이 무엇인지는 드러난다. 와신상담의 메시지는 보호국 체제의 한국에 더없이 긴요할 터였다. 이것이 서로가 물고 물렸을지언정 프로이센과 프랑스의 국난 극복사 역시 동일 매체 내에서 별도의 영역을 배분받을 수 있었던 이유일 것이다.

한편 『조양보』 내에는 일견 공존할 수 없어 보이는 두 가지 비스마르크가 엄연히 공존하기도 했다. 「비스마룩구청화」를 위시한 『조양보』 기사들의 비스마르크 활약상과 그를 소환하여 펼치는 다양한 입론들의 전제는 비스마르크에 대한 적극적 긍정이다. 반면 「논애국설」에서 묘사되는 비스마르크는 자국 프로이센의 번영만을 우선순위로 했던 피의 정복자에 다름 아니다. 『조양보』가 담아낸 이러한 비스마르크의 이중성 역시 각기 독자적 효용을 갖는다. 비스마르크에 대한 긍정적 재현은 한말이라는 난세를 종횡무

---

27 「愛國精神談」, 『조양보』 12, 조양보사, 1907.1, 61~62면.
28 "옛날 프로이센이 프랑스 나폴레옹 황제에게 국가 유린을 당하여 온 나라가 붕괴되고 백성들이 뿔뿔이 흩어져 피폐함에 대한 탄식과 짓뭉개짐에 대한 울화로 숨이 막혀 아침저녁을 보존하지 못하고 상처가 골수에 깊이 파고들어 떨쳐 일어나 회복할 여력이 다시는 없을 슬픈 지경에 빠져버렸다." 「교육의 필요」, 『조양보』 1, 조양보사, 1906.6, 7면.

진 헤집을 영웅을 갈구했기에, 또한 비스마르크에 대한 부정적 재현은 그 난세의 구조 자체를 비판해야 했기에 나올 수 있었던 것이다.

게다가 「반도야화」나 「황화론」처럼 비스마르크의 긍정에는 일본을 비판하기 위한 전략적 맥락이 놓여 있는 경우가 많았다. 이 비판의 핵심은 곧 보호국 체제를 가동한 일본이 프로이센처럼 주변국을 통합하여 신흥제국의 건설로 나아간 방향이 아니라, 식민지 개척의 의도만 노출하고 있다는 데 있었다. 물론 일본인이 직접 읽는 경우야 희소하겠지만, 이러한 일본 비판은 한국인의 여론 환기에 직접적으로 도움을 주었을 터이다. 아무튼 이러한 의도라면, 비스마르크가 실제 어떠한 인물이었는지는 중시될 필요가 없어진다. 일본 정치가를 비판하기 위해서는 롤모델인 비스마르크가 필요 이상으로 조명될 필요가 있기 때문이다. 당연히 긍정의 수사 자체도 그대로 신뢰하기는 어렵다. '서양→일본어→한국어' 경로의 특징 중 심화된 가공의 측면을 환기해보자. 일본어에 근간한 '집필' 기사들이 이에 해당될 것이다. 이러한 맥락을 감안하면, 오히려 비스마르크를 부정하는 「논애국심」 같은 글이야말로 독자의 객관적 안목을 계발하기 위한 목적으로 배치되었을 가능성이 높다. 그러나 수많은 일본어 텍스트 중에서 「논애국심」과 같은 글을 즉각 발견하는 것은 쉽지 않았을 것이다. '서양→일본어→중국어→한국어'는 바로 이때 즉각 실효를 발휘했을 번역 경로였다.

3. 번역 경로의 종착역에서 되돌아 보기

근대전환기 동아시아의 번역에 있어서, 국경으로 구획된 정치적 조건이나 번역자 개인의 성향만이 텍스트의 수용 및 변용의 양상을 좌우하는 것은 아니었다. 출판물의 번역과 유통은 일정한 물적 토대 위에서 이루어지는바, 그 결과물은 저본의 배경이나 매체의 성격 등이 만드는 역학 속에서 재구성될 수밖에 없었다. 이에 본 장에서는 한국인 번역자가 일본어 텍스트를 저본으로 삼는 경우와 중국어 텍스트를 저본으로 삼는 경우가 무엇을 의미하는지를 중심으로 이러한 문제의식을 예각화해보고자 하였다. 이는 '차이'를 만드는 요인을 탐색함에 있어서 번역자의 선택 자체를 추동하거나 제어하는 조건의 작동 방식을 이해하기 위한 시도라 하겠다.

동아시아 번역장의 역로譯路에서 가장 마지막에 위치한 한국의 경우, 설령 단일한 매체라 할지라도 특정 인물에 대해 상반된 입장을 취하기도 했다. 본 장에서는 전략적으로 '『조양보』 속의 비스마르크'라는 제한된 범위와 대상을 특정하여 번역 경로의 문제를 탐색하였다. 그 결과 '서양→일본어→중국어→한국어'에서는 비스마르크의 지혜와 행동력, 대인의 풍모 등을 강조한 반면, '서양→일본어→한국어'에 해당하는 기사들은 자국의 이익만을 관철하려 한 비스마르크의 태도와 그의 야욕이 낳은 파괴적 결과에 주목했다는 사실을 확인하였다.

이렇듯 비스마르크의 이율배반적 형상이 하나의 매체 속에서 공존할 수 있었던 이유는, 과감한 실천을 통해 국난을 타개할 영웅을 갈구하면서도 한편으로는 약육강식의 시대 자체도 비판해야 했던 당시의 복합적 난맥 때문이라 할 수 있다. 민족주의 혹은 제국주의를 대변하는 전자의 '갈망', 그리고 국제주의 혹은 약소국의 계급적 연대를 대변하는 후자의 '비판'은 장기적 관점에서 양립할 수 없었다. 약육강식의 세계질서에서 강자로 편입되고자 하는 욕망을 표출하는 동시에 그 세계관 자체를 부정하는 것이기 때문이다. 그러나 잡지 『조양보』는 일단 그것을 함께 끌어안고자 했다. 두 형상의 비스마르크가 대변하는 두 가지 세계 인식은 각각의 가능성과 한계를 내포하고 있긴 했지만, 편집진의 입장에서는 '가능성들'의 최대치에 기대를 걸었다고 보아야 할 것이다. 이러한 가치관의 혼재는 시대가 처한 딜레마와 전환기의 불안함 모두를 상징하는 것에 다름 아니다.

4. 번역 연구와 텍스트의 숨결

근래의 동아시아 연구는 담론 차원의 논의에만 집중되어 있고, 실증적 연구를 시도하더라도 한국·중국·일본이라는 공간 단위의 특수성만을 재확인하는 형태에 머물 때가 많았다. 이는 번역 연구의 딜레마와도 중첩된다. 특히나 번역은 언어의 이질성을 전제로 수행되며 그 이질성이란 대개 국경과 연동되어 있는 만큼 더더욱 통합 지향적 문제의식이 개입할 여지가 희박해 보인다.

이 책에서 사용한 '동아시아 번역장'이라는 개념은 이 문제를 의식한 것이었다. 동아시아 번역장은 19세기 말에서 20세기 초 한국·중국·일본의 번역과 관련된 제 요소를 '연속적으로 사유'하기 위해 세 번역 공간을 하나의 거대한 장場으로서 상정한다. 동아시아 3국의 번역 텍스트는 저본과 역본의 관계로 연쇄되어있는 경우가 대다수이기에, 이를 연구 대상으로 삼을 경우 '동아시아 연구'라는 통합적 관점에서 실체성을 구축할 수 있으며, 번역 공간의 이질적 특징들을 전체의 일부로 수렴하여 새로운 해석을 도출할 수 있다.

서구에 대한 한국·중국·일본의 번역을 연구하는 것은 기본적으로 공간을 횡단하는 지식의 역동성을 다루는 작업이어야 한다. 하지만 그 노력이 심화될수록 오히려 특정 공간의 논리에 매몰될 위험성 역시 커지는 딜레마가 존재한다. 다양한 스펙트럼을 지닌 동아시아의 번역 주체들을 통합적으로 탐구하는 것이 이러한 문제를 돌파할 수 있는 방법이 될 것이다. 20세기 초 한국·중국·일본의 정치적 환경은 이질적이었고 그에 맞추어 각 공간의 주요 담론도 각각의 지향성을 띨 수밖에 없었다. 그러나 번역자의 개성은 그 공간이 일반적으로 요구하는 바와 전혀 다른 방향으로 작용하기도 했다. 때로 어떤 번역물은 종래의 이해방식에서 한국·중국·일본적인 것으로 상정되어온 지점을 이탈한다. 이 경우 주된 변수는 예상 범주를 벗어나는 번역자의 의지이다. 이 책에서는 이러한 번역 주체들이 남긴 텍스트의 개별적 의미 역시 동아시아 번역장에서 간취되는 현상이라는 것을 밝히고자 했다.

19세기 말에서 20세기 초는 '번역의 시대'이자 '영웅의 시대'였다. 새로운 시대에 적응하기 위해 대량의 번역이 행해졌고, 민중은 정치적 혼돈 속에서 국가를 위해 '영웅'처럼, 그리고 그들의 또 다른 이름인 '애국자'로서 살아갈 것을 요구받았다. 서구 지식에 대한 번역과 영웅을 통한 계몽이 만나, 당대의 각종 지면에서 쏟아져 나온 텍스트가 바로 서구영웅전이었다. 서구영웅전의 번역자는 번역으로부터 영감을 얻을 뿐 아니라 저본을 도구적으로 활용하기도 했다. 특히 량치차오가 시도한 대담한 저본 변주의 동인은 이러한 측면에서 설명이 가능하다. 그는 자신이 활용했던 일본 서적 역시 어차피 서구 지식의 한 단면인 것을 명백하게 인식하고 있었다. 다른 한편, 한국은 오히려 량치차오라는 네임 브랜드를 전면에 내세우는 경향이 있었다. 그럼에도 그들 스스로 권위를 부여한 량치차오의 텍스트를 그들은 전혀 다른 맥락 속에서 활용한 경우가 많았다.

중역된 서구영웅전과 같은 정치·계몽 서사의 경우 최초의 원본은 비교항의 하나일 뿐, 타공간의 관련 텍스트가 갖는 독자성을 비판하는 잣대가 될 수는 없다. 이러한 번역 결과물들은 참조했던 저본의 존재를 지우는 방식으로 작동하며, 오히려 자기 자신이 해당 공간에서 원본의 지위를 차지하게 되기 때문이다. 또한 번역 이후 관련 담론의 형성 및 전개는 그 번역의 결과물을 중심으로 재편된다. 이 경우 원본성은 오직 해당 공간에서 통용되는 번역본 자체에서 나온다. 다시 말해 그것은 원본성을 지녔다는 측면에서 사본이 아니라 원본이며, 따라서 이 시기의 역서들은 기본적으로 원본의 기준에서 해석되어야 한다.

근대전환기의 번역은 원본과 사본의 관계를 낳는 것이 아닌 새로운 원본을 창출하는 행위였다. 역으로 말하자면 공간을 초월하는 원본성은 애초부터 존재하지 않는다고도 할 수 있다. 중역의 단계를 고찰하는 것은 이를 입체적으로 드러내는 일에 다름 아니다. 각 번역자에게 저본은 서구에 접속하기 위한 하나의 참조 자료였기에, 원저자의 메시지가 그대로 전달되지 않았다. 핵심은 번역자 자신이 하고 싶은 이야기를 서구의 권위를 빌려 효율적으로 전달하는 데 있었다. 그렇게 생산된 '차이'의 지점들은 단순히 국가와 국가 간의 경계뿐만 아니라, 동일 국적 내부의 서로 다른 인물들 사이에서도 확인되었다. 번역 연구의 관건은 번역자의 개입이 번역 공간의 특수성 안에서 어떠한 형태로 새로운 원본성을 창출하고 있는가를 발견해내는 데 있다. 중역의 모든 것을 주시해 보기, 즉 번역의 계보를 통해 동아시아를 함께 탐색하는 이 작업은 버려져 있던 수많은 텍스트들에 숨결을 불어넣고, 그리하여 그 역사를 복원하는 일이 될 것이다.

참고문헌

1. 기본 자료

코슈트

P. C. Headley, *The Life of Louis Kossuth*, Derby and Miller, 1852.

石川安次郎, 「ルイ、コッスート」, 『近世世界十偉人』, 文武堂, 1899.

梁啓超, 「匈加利愛國者噶蘇士傳」, 『新民叢報』, 1902(梁啓超, 「匈加利愛國者噶蘇士傳」, 『飮氷室文集 下』, 以文社, 1977).

「噶蘇士 匈加利愛國者傳」, 『朝陽報』, 제9호·제11호, 1906.

梁啓超 著, 李輔相 譯, 『匈牙利愛國者噶蘇士傳』, 中央書館, 1908.

삼걸전

J. A. R. Marriott , *The Makers of Modern Italy*, London, Macmillan and Co., 1889.

_____, *The Makers of Modern Italy : Napoleon-Mussolini*, LOWE & BRYDONE, 1937.

平田久, 『伊太利建國三傑』, 民友社, 1892.

梁啓超, 「意大利建國三傑傳」, 『飮氷室文集』, 廣智書局, 1902(梁啓超 著, 吳松 外 点校, 『飮氷室文集点校』, 云南敎育出版社, 2001; 梁啓超, 「意大利建國三傑傳」, 『飮氷室合集 6 : 專集 1-21』, 中華書局, 1989).

_____, 『伊太利建國三傑傳』, 廣學書鋪, 1907(양계초, 신채호 번역, 류준범·장문석 현대어 역, 『이태리 건국 삼걸전』, 지식의 풍경, 2001).

주시경, 『이태리건국삼걸전』, 박문서관, 1908.

롤랑부인

Grace and Philip Wharton, *The Queens of Society*, Harper & Brothers, 1860.

坪內逍遙, 『朗蘭夫人の傳』, 帝国印書会社, 1886.

_____, 『淑女龜鑑 交際之女王』, 二書房, 1887.

德富蘆花, 「佛國革命の花」, 『世界古今 名婦鑑』, 民友社, 1893.

梁啓超, 「近世第一女傑 羅蘭夫人傳」, 『新民叢報』, 1902.

『근세제일여중영웅 라란부인젼』, 대한매일신보사, 1908 재판.

비스마르크

笹川潔, 『ビスマルック』, 博文館, 1899.

朴容喜, 「歴史譚 비스마─ㄱ(比斯麥)傳」, 『太極學報』 제5호~제10호, 1906.12~1907.5

黃潤德, 『比斯麥傳』, 普成館, 1907.

「비스마룩구淸話」, 『朝陽報』 제2호~제11호, 1906.7~12.

玩市生, 「俾土麥傳」, 『洛東親睦會學報』, 제3호~제4호, 1907.12~1908.1.

표트르 대제

K. Waliszewski, translated from the French by Lady Mary Loyd, *Peter the Great*,
William Heinemann, 1898.

佐藤信安, 『彼得大帝』, 博文館, 1900.

巖谷小波, 金子紫草, 『少年世界読本』, 博文館, 1907.

김연창, 『聖彼得大帝傳』, 광학서포 1908.

완시생, 「彼得大帝傳」, 『대한학회월보』 4~6, 1908. 5~7.

조종관, 「彼得大帝傳」, 『共修學報』 2~4, 1907. 4~10.

최남선, 「러시아를中興식힌 페터大帝」, 『소년』, 1년 1권~2년 2권, 1908. 11~1909. 2.

오위인소역사

Charles Lowe, 村上俊蔵 譯, 『ビスマーク公清話』, 裳華房, 1898.

石川安次郎, 「ルイ、コッスート」, 『近世世界十偉人』, 文武堂, 1900.

佐藤小吉, 『少年智囊 歴史篇』, 育英舍, 1903.

李能雨, 『五偉人小歴史』, 普成館, 1907.

崔　生, 「華盛頓傳」, 『大韓留學生會學報』 제1호, 1907.3.

李海朝, 『華盛頓傳』, 匯東書館, 1908.

佐藤小吉, 『神代物語』, 大日本図書, 1910.

애국정신담

Émile Lavisse, *Tu seras soldat, histoire d'un soldat français : récits et leçons patriotiques*, Paris

: A. Colin, 1901(1888)

エミール・ラヰッス, 板橋次郎・大立目克寛 譯, 『愛國精神譚』, 偕行社, 1891

エミール・ラヰッス, 板橋次郎・大立目克寛 譯, 『愛國精神譚』, 偕行社, 1897

愛彌兒拉, 愛國逸人 譯, 『愛國精神談』, 廣知書局, 1902.9

愛彌兒拉, 역자 미상, 「愛國精神談」, 『朝陽報』 제9호~제12호, 1906.11~1907.1

愛彌兒拉, 盧伯麟 譯, 「愛國精神談」, 『西友』 제7호~제10호, 1907.6~8

李埰雨 譯, 『愛國精神』, 中央書館, 1908.1

이채우 역, 『애국정신담』, 中央書館, 1908.1

워싱턴

John S. C. Abbott, *LIVES OF THE PRESIDENTS OF THE UNITED STATES OF AMERICA, FROM WASHINGTON TO THE PRESENT TIME*, B. B. Russell&Co., 1867.

Famous Men, being biographical sketches, W. & R. Chambers, 1892(First Edition : 1886).

W. M. Thayer, *From Farm House to the White House The life of George Washington, his boyhood, youth, manhood, public and private life and services*, Hurst&CO., 1890.

Robert Sear, *The pictorial history of the American Revolution with a sketch of the early history of the country, the Constitution of the United States, and a chronological index*, Lee and Shepard, 1850.

Richard Frothingham, *The rise of the republic of the United States*, Little, Brown, and company, 1881(First Edition : 1872).

Moses Foster Sweetser, *King's handbook of the United States*, The Matthews-Northrup co., 1896.

福山義春, 『華聖頓』, 博文館, 1900.

漠北生, 『ワシントン傳』, 警醒社, 1893.

丁 錦, 『華盛頓』, 文明書局, 1903.

崔 生, 「華盛頓傳」, 『大韓留學生會學報』 제1호, 1907.3.

李海朝, 『華盛頓傳』, 滙東書舘, 1908.

크롬웰

Thomas Carlyle, *On Heroes, Hero-Worship and the Heroic in History*, Carl Niemeyer, ed. Univ. of Nebraska Press, 1966(토머스 칼라일, 박상익 역, 『영웅숭배론』, 한길사, 2003).

_____, *Oliver Cromwell's Letters and Speeches*, George Routledge and Sons, 1845.

Frederic Harrison, *Oliver Cromwell*, Macmillan and co., 1888.

竹越与三郞, 『格朗尭』, 民友社, 1890.

柳田国男, 『クロンウェル』, 博文館, 1901.

梁啓超, 「新英國巨人克林威爾傳」, 『新民叢報』25~26호, 54~55호, 1903~1904(점교본 : 梁啓超 著, 吳松 外 点校, 『饮水室文集点校』, 云南敎育出版社, 2001)

朴容喜, 崇古生, 김낙영, 「歷史譚 크롬웰傳」, 『太極學報』15~23호, 1907~1908.

2. 단행본

강영주, 『한국 역사소설의 재인식』, 창작과비평, 1991.

고미숙, 「근대계몽기, 그 생성과 변이의 공간에 대한 몇 가지 단상」, 『비평기계』, 소명출판, 2000.

_____, 『한국의 근대성, 그 기원을 찾아서 – 민족 · 섹슈얼리티 · 병리학』, 책세상, 2001.

고유경, 「근대계몽기 한국의 독일 인식 – 문명 담론과 영웅 담론을 중심으로」, 『근대계몽기 지식의 굴절과 현실적 심화』, 소명출판, 2007.

국회도서관 편, 『한말한국잡지목차총록 1896~1910』, 국회도서관, 1967.

권보드래, 『한국근대소설의 기원』, 소명출판, 2012(2000).

권순긍, 『활자본 고소설의 편폭과 지향』, 보고사, 2000.

권영민, 『한국 현대문학사1(1896~1945)』, 민음사, 2020(1994).

권정희, 『호토토기스의 변용』, 소명출판, 2011.

기연수, 「표트르 대제의 개혁에 관한 고찰」, 기연수 외, 『러시아, 위대한 강대국 재현을 향한 여정』, 한국외대 출판부, 2009.

김교병 · 설성경, 『근대전환기 소설 연구』, 국학자료원, 1995(1991).

김 구, 도진순 주해, 『백범일지』, 돌배개, 2002.

김병철, 『한국근대 번역문학사 연구』, 을유문화사, 1975.

김봉희, 『한국 개화기 서적 문화 연구』, 이화여대 출판부, 1999.

김영민, 『한국근대소설사』, 솔, 1997.

_____, 『한국 근대소설의 형성 과정』, 소명출판, 2019(2006).

_____, 『한국의 근대신문과 근대소설-1 대한매일신보』, 소명출판, 2006.

김용규·이상현·서민정 편, 『번역과 횡단-한국 번역문학의 형성과 주체』, 현암사, 2017.

김욱동, 『번역과 한국의 근대』, 소명출판, 2010.

김윤식, 『한국근대리얼리즘 비평 선집』, 서울대 출판부, 2002.

_____·김현, 『한국문학사』, 민음사, 1973.

_____·정호웅, 『개정증보판 한국소설사』, 문학동네, 2019.

김찬기, 『한국 근대소설의 형성과 전』, 소명출판, 2004.

김치홍, 『한국 근대역사소설의 사적 연구』, 한국학술정보(주), 2006.

김태준, 정해렴 편, 『김태준 문학사론 선집』, 현대실학사, 1997.

류시현, 「최남선의 삶과 '조선학' 연구」, 『근대 동아시아 지식인의 삶과 학문』, 성균관대 출판부, 2009.

류준필, 「19세기 말 '독립'의 개념과 정치적 동원의 용법-「독립신문」 논설을 중심으로」, 『근대계몽기 지식개념의 수용과 그 변용』, 소명출판, 2004.

문명식, 『러시아 역사』, 신아사, 2009.

문성숙, 『개화기 소설론 연구』, 제주대 출판부, 2007.

문성환, 「얼굴과 신체의 정치학-『소년』과 『청춘』에 새겨진 문명의 얼굴·권력의 신체」, 권보드래 외, 『『소년』과 『청춘』의 창』, 이화여대 출판부, 2007.

민두기, 『중국의 공화혁명』, 지식산업사, 1999.

민영환, 조재곤 편역, 『해천추범-1896년 민영환의 세계일주』, 책과 함께, 2007.

민족문학사연구소 편, 『근대계몽기의 학술·문예 사상』, 소명출판, 2000.

박노자, 『우승열패의 신화』, 한겨레신문사, 2005.

박용규, 『평양대부흥운동』, 생명의말씀사, 2000.

박진영, 『번역과 번안의 시대』, 소명출판, 2011.

송명진, 「구성된 민족 개념과 역사·전기소설의 전개」, 『현대문학의 연구』 46, 2012.

신지연, 『글쓰기라는 거울-근대적 글쓰기의 형성과 재현성』, 소명출판, 2007.

안자산, 최원식 역, 『조선문학사』, 을유문화사, 1984.

안함광, 『조선문학사(1900~)』, 교육도서출판사, 1956(한국문화사 영인본, 1999).

유영익 외, 『한국인의 대미인식』, 민음사, 1994.

유자후, 『이준선생전』, 독립기념관 한국독립운동사연구소 편, 국학자료원, 1998.

유재천, 「『조양보』와 민족주의」, 『한국언론과 이데올로기』, 문학과지성사, 1990.

이상협, 『헝가리사』, 대한교과서주식회사, 1996.

이선영, 「한국개화기 역사·전기소설의 성격」, 『역사·전기소설』 제1권, 아세아문화사, 1979.

이승윤, 『근대 역사담론의 생산과 역사소설』, 소명출판, 2009.

이진일, 「비스마르크-히틀러가 재구성한 철혈재상의 기억」, 권형진·이종훈 편, 『대중독재의 영웅만들기』, 휴머니스트, 2005.

이혜경, 『양계초-문명과 유학에 얽힌 애증의 서사』, 태학사, 2007.

이화여대 한국문화연구원, 『근대계몽기 지식의 굴절과 현실적 심화』, 소명출판, 2007.

_____, 『근대계몽기 지식개념의 수용과 그 변용』, 소명출판, 2004.

_____, 『근대계몽기 지식의 발견과 사유지평의 확대』, 소명출판, 2006.

이효덕, 박성관 역, 『표상 공간의 근대』, 소명출판, 2002.

임경석, 「20세기초 국제질서의 재편과 한국 신지식층의 대응」, 서중석·김경호 외, 『새로운 질서를 향한 제국 질서의 해체』, 청어람미디어, 2004.

임상석, 『20세기 국한문체의 형성과정』, 지식산업사, 2008.

임　화, 『문학사』, 소명출판, 2009.

_____, 『문학의 논리』, 소명출판, 2009.

장인성, 「근대한국의 세력균형 개념」, 하영선 외, 『근대한국의 사회과학 개념 형성사』, 창작과비평사, 2009.

전광용 해설, 김열규·신동욱 편, 『신문학과 시대의식』, 새문사, 1981.

전성기, 『번역인문학과 번역비평』, 고려대 출판부, 2008.

전은경, 『미디어의 출현과 근대소설 독자』, 소명출판, 2017.

정　교·조광 편, 변주승 역, 『대한계년사』 2, 소명출판, 2004.

_____, 『대한계년사』 4, 소명출판, 2004.

정상수, 「비스마르크-프리드리히와 히틀러 기억과의 전투」, 『영웅만들기-신화와 역사의 갈림길』, 휴머니스트, 2005.

정선태, 『근대의 어둠을 응시하는 고양이의 시선』, 소명출판, 2006.

_____, 『심연을 탐사하는 고래의 눈』, 소명출판, 2003.

정선태, 『주변부의 문학, 변경인의 상상력』, 소명출판, 2008.

정일성, 『일본 군국주의의 괴벨스, 도쿠토미 소호』, 지식산업사, 2005.

정종현, 『제국대학의 조센징 -대한민국 엘리트의 기원, 그들은 돌아와서 무엇을 하였나?』, 휴머니스트, 2019.

조동일, 『제3판 한국문학통사 4』, 지식산업사, 1994.

차태근, 「문학의 근대성, 매체 그리고 비평정신」, 진재교 편, 『문예공론장의 형성과 동아시아』, 성균관대 출판부, 2008.

채호석, 『청소년을 위한 한국현대문학사』, 두리미디어, 2009.

최경옥, 『한국개화기 근대외래한자어의 수용연구』, 제이앤씨, 2003.

최원식, 「동아시아의 조지 워싱턴 수용」, 『한국계몽주의문학사론』, 소명출판, 2002.

최희정, 『자조론과 근대 한국 : 성공주의의 기원과 전파』, 경인문화사, 2020.

하영선 외, 『근대한국의 사회과학 개념 형성사』, 창작과비평사, 2009.

한기형, 「매체의 언어분할과 근대문학-근대소설의 기원에 대한 매체론적 접근」, 『흔들리는 언어들』, 성균관대 출판부, 2008.

_____, 『식민지 문역-검열/이중출판시장/피식민자의 문장』, 성균관대 출판부, 2019.

한무희, 「『中國 學術思想變遷의 大勢』 해제」, 『大同書/飮氷室文集/三民主義』, 삼성출판사, 1977.

함동주, 『천황제 근대국가의 탄생』, 창작과비평, 2009.

황호덕, 『근대 네이션과 그 표상들』, 소명출판, 2005.

황호덕 · 이상현, 『개념과 역사, 근대 한국의 이중어사전』(1 : 연구편 / 2 : 번역편), 박문사, 2012.

가노 마사나오, 서정완 역, 『근대 일본의 학문-관학과 민간학』, 소화, 2008.

가라타니 고진, 박유하 역, 『일본 근대문학의 기원』, 민음사, 2007.

_____, 조영일 역, 『근대문학의 종언』, 도서출판b, 2006.

가마카이도 겐이치(上垣外憲一), 김성환 역, 『일본유학과 혁명운동』, 진흥문화사, 1983.

게오르그 루카치, 이영욱 역, 『역사소설론』, 거름, 1999.

구메 쿠니타케, 방광석 역, 『특명전권대사 미구회람실기-제2권 영국』, 소명출판, 2011.

_____, 서민교 역, 『특명전권대사 미구회람실기-제4권 유럽대륙(중)』, 소명출판, 2011.

구메 쿠니타케, 정선태 역, 『특명전권대사 미구회람실기－제5권 유럽대륙(하) 및 귀항일정』, 소명출판, 2011.

니시카와 나가오, 윤대석 역, 『국민이라는 괴물』, 소명출판, 2002.

다나카 아키라, 현명철 역, 『메이지 유신과 서양 문명－이와쿠라 사절단은 무엇을 보았는가』, 소화, 2006.

라인하르트 코젤렉, 한철 역, 『지나간 미래』, 문학동네, 1998.

량치차오, 전인영 역, 『중국 근대의 지식인－청대학술개론』, 혜안, 2005.

리디아 리우, 민정기 역, 『언어횡단적 실천』, 소명출판, 2005.

리쩌허우, 임춘석 역, 「20세기 초 부르주아 혁명과 사상 논강」, 『중국근대사상사론』, 한길사, 2005.

로렌스 베누티, 임호경 역, 『번역의 윤리－차이의 미학을 위하여』, 열린책들, 2005.

로버트 마시, 민평식 역, 『러시아의 위대한 개혁자 피터 대제』, 병학사, 2001.

마루야마 마사오·가토 슈이치, 『번역과 일본의 근대』, 이산, 2003.

마리우스 B. 잰슨, 장화경 역, 『일본과 세계의 만남』, 소화, 1999.

_____, 김우영 외역, 『현대일본을 찾아서』 2, 이산, 2006.

마에다 아이, 유은경·이원희 역, 『일본 근대독자의 성립』, 이룸, 2003.

미야지마 히로시, 「'화혼양재'와 '중체서용' 재고－일본·중국과 구미와의 만남」, 백영서 외, 『동아시아 근대이행의 세 갈래』, 창비, 2009.

베네딕트 앤더슨, 서지원 역, 『세 깃발 아래에서－아나키즘과 반식민주의적 상상력』, 길, 2009.

_____, 윤형숙 역, 『상상의 공동체』, 나남, 2002.

비비안 그린, 채은진 역, 『권력과 광기』, 말글빛냄, 2005.

사이토 마레시, 황호덕·임상석·류충희 역, 『근대어의 탄생과 한문－한문맥과 근대 일본』, 현실문화, 2010.

사카이 나오키, 이득재 역, 『사산되는 일본어·일본사상』, 문화과학사, 2003.

_____, 후지이 다케시 역, 『번역과 주체－'일본'과 문화적 국민주의』, 이산, 2005.

스테판 다나카, 박영재·함동주 역, 『일본 동양학의 구조』, 문학과지성사, 2004.

스즈키 사다미, 김채수 역, 『일본의 문학개념』, 보고사, 2001.

쑨 꺼, 류준필 외역, 『아시아라는 사유공간』, 창비, 2003.

쓰보우치 쇼요, 정병호 역, 『소설신수』, 고려대 출판부, 2007.

아잉(阿英), 전인초 역, 『중국근대소설사』, 정음사, 1987.

앙드레 슈미드, 정여울 역, 『제국 그 사이의 한국 1895-1919』, 휴머니스트, 2007.

야나부 아키라, 김옥희 역, 『Freedom, 어떻게 自由로 번역되었는가』, AK, 2020.

야마구치 마사오, 오정환 역, 『패자의 정신사』, 한길사, 2005.

야마무로 신이치, 임성모 역, 『여럿이며 하나인 아시아』, 창비, 2003.

_____, 정재정 역, 『러일전쟁의 세기-연쇄시점으로 보는 일본과 세계』, 소화, 2010.

야스마루 요시오, 이원범 역, 『천황제 국가의 성립과 종교변혁』, 소화, 2002.

에른스트 캇시러, 최명관 역, 『국가의 신화』, 서광사, 1988.

에릭 홉스봄, 정도영 역, 『자본의 시대』, 한길사, 1998.

_____, 정도영·차명수 역, 『혁명의 시대』, 한길사, 1998.

이에나가 사부로 편, 수유+너머 일본근대사상팀 역, 『근대 일본 사상사』, 소명출판, 2006.

일본국립국회도서관, 『명치·대정·소화 번역문학목록』, 1972.

오구마 에이지, 조현설 역, 『일본 단일민족신화의 기원』, 소명출판, 2003.

오오누키 에미코, 이향철 역, 『사쿠라가 지다 젊음도 지다』, 모멘토, 2004.

오오타케 키요미, 『근대 한·일 아동문화와 문학 관계사 1895~1945』, 청운, 2005.

요시자와 세이치로, 정지호 역, 『애국주의의 형성-내셔널리즘으로 본 근대 중국』, 논형, 2006.

우림걸, 『한국 개화기문학과 양계초』, 박이정, 2002.

유모토 고이치, 수유+너머 동아시아 근대 세미나팀 역, 『일본 근대의 풍경』, 그린비, 2004.

장 마생, 한희영 역, 『로베스피에르, 혁명의 탄생』, 교양인, 2005.

제임스 L. 맥클레인, 이경아 역, 『일본 근현대사』, 다락원, 2002.

제임스 T. 플렉스너, 정형근 역, 『조지 워싱턴』, 고려원, 1994.

제임스 크라크라프트, 이주엽 역, 『러시아를 일으킨 리더십 표트르대제』, 살림, 2008.

제프 일리, 『The left 1848~2000-미완의 기획, 유럽 좌파의 역사』, 뿌리와 이파리, 2008.

천핑위엔, 이보경·박자영 역, 『중국 소설사-이론과 실천』, 2004.

천핑위안, 이종민 역, 『중국소설의 근대적 전환』, 산지니, 2013.

케네스 O. 모건, 영국사학회 역, 『옥스퍼드 영국사』, 한울아카데미, 1997.

코모리 요이치, 송태욱 역, 『포스트콜로니얼』, 삼인, 2002.

코모리 요이치, 정선태 역, 『일본어의 근대』, 소명출판, 2003.

폴 발리, 박규태 역, 『일본 문화사』, 경당, 2011.

후쿠자와 유키치, 허호 역, 『후쿠자와 유키치 자서전』, 이산, 2006.

히라타 유미, 임경화 역, 『여성 표현의 일본 근대사』, 소명출판, 2008.

CCTV 다큐멘터리 대국굴기 제작팀, 김안지 역, 『대국굴기-러시아』, 안그라픽스, 2007.

D. P. 미르스끼, 이항재 역, 『러시아 문학사』, 씨네스트, 2008.

杉亨二, 「峨國彼得王の遺訓」, 『明六雑誌』第3號, 1874(山室信一・中野目撤 校註, 『明六雑誌(上)』, 岩波書店, 2008).

服部鉄石, 『茨城人物評伝』, 水戸 : 服部鉄石, 1902.

琴山生(三島良太郎), 『水戸中学(附・茨城県学事年表)』, 水戸 : 三島良太郎, 1910.

高橋刀川, 『常陽人物寸観』水戸 : 高橋刀川, 1904.

潘光哲, 『華盛頓在中國-製作「國父」』, 三民書局, 2005.

日本近代文學館編, 『太陽総目次』(CD-ROM版 近代文學館6, 「太陽」 別冊), 八木書店, 1999.

高山樗牛, 『釈迦』, 博文館, 1899.

平田久, 『カーライル』, 博文館, 1893.

_____, 『新聞記者之十年間』, 民友社, 1902.

勝尾金弥, 『伝記児童文学のあゆみ-1891から1945年』, ミネルヴァ書房, 1999.

永嶺重敏, 『雑誌と読者の近代』, 日本エディタースクール出版部, 1997.

土屋禮子, 「'帝国'日本の新聞学」, 山本武利 外, 『「帝国」日本の学知 4』, 岩波書店, 2006.

山室信一, 「国民国家形成期の言論とメディア」, 松本三之介・山室信一, 『言論とメディア』(日本近代思想大系 11), 岩波書店, 1990.

鈴木貞美, 「明治期『太陽』の沿革、および位置」, 鈴木貞美 編, 『雑誌『太陽』と国民文化の形成』, 思文閣出版, 2001.

齊藤希史, 『漢文脈と近代日本-もう一つのことばの世界』, 日本放送出版協会, 2007.

大阪國際兒童文學館 編, 『日本兒童文學大辭典』1券, 大日本圖書株式會社, 1993.

遠山正文, 「解説-沼間守一の個性と行動」, 石川安次郎, 『沼間守一』, 大空社, 1993.

松尾洋二, 「梁啓超と史伝-東アジアにおける近代精神史の奔流」, 狭間直樹編, 『共同研究 梁啓超-西洋近代思想受容と明治日本』, みすず書房, 1999.

臼井勝美 외 編, 『日本近現代人名辞典』, 吉川弘文館, 2001.

西田毅 編, 『民友社とその時代-思想・文学・ジャーナリズム集団の軌跡』, ミネルヴァ書房,

2003.

荻生茂博, 「『伊太利建国三傑伝』をめぐって」, 『訪韓学術研究者論文集』1券, 日韓文化交流基金, 2001.

柳田泉, 『明治初期飜訳文學の研究』, 春秋社, 1966.

大阪國際兒童文學館 編, 『日本兒童文學大辭典』1券, 大日本圖書株式會社, 1993.

笹川潔, 「日本の将来」(復刻版), 近代日本社会学史叢書編集委員会, 『近代日本社会学史叢書』47, 龍溪書舍, 2010.

Arminius Vambery, *HUNGARY-In ancient, Mediaeval, and Modern times, Modern times*, T.Fisher Unwin, 1886.

Madame Adam, *Louise Kossuth*, The Cosmopolitan, Volume XVII, No. 3, July, The Cosmopolitan Magazine Company, 1894.

Stillman, W. J., *On a Mission for Kossuth,* The Century Illustrated Monthly Magazine, Volume XLVIII, No. 2, June, The Century Company, 1894.

Edward H. O'Neill, *A history of American biography : 1800-1935*, A. S. Barnes & Company, Inc., 1961.

Harold Nicolson, *The Development of English Biography*, The Hogarth Press, 1968.

John A. Garraty, *The Nature of Biography*, Alfred · A · Knopf, 1957.

Jacob Abbott, *Peter the Great*, Harper & Brothers, 1887.

Du Pontavice de Heussey, Robert, *Villiers de l'Isle Adam; his life and works, from the French of Vicomte Robert du Pontavice de Heussey*, William Heinemann, 1894.

John Barrow, *The life of Peter the Great*, A. L. Burt, 1903.

Le Berceau d'une Dynastie : les premiers Romanov, 1613-1682, 『The English Historical Review』 vol. 25, no. 97, Oxford University Press, Jan., 1910.

Stephen Graham, *Peter the Great, A life of Peter I of Russia called the Great*, Ernest Benn Ltd, 1929.

3. 연구 논문

강명관, 「근대계몽기 출판운동과 그 역사적 의의」, 『민족문학사연구』 14, 1999.

강미정·김경남, 「근대 계몽기 한국에서의 중국 번역 서학서 수용 양상과 의의」, 『동악어문학』 71, 동악어문학회, 2017.

강영주, 「개화기의 역사 전기문학1 – 장지연의 『애국부인전』을 중심으로」, 『관암어문연구』 8, 1983.

강현조, 「김교제 번역·번안 소설의 원전 연구 – 〈비행기〉·〈지장보살〉·〈일만구천방〉·〈쌍봉쟁화〉를 중심으로」, 『현대소설연구』 48, 2011.

_____, 「신소설 연구를 위한 시론(試論) – 신자료 〈한월 상〉(1908)의 소개 및 신소설의 저작자 문제에 대한 고찰을 중심으로」, 『현대소설연구』 43, 2011.

_____, 「한국 근대초기 번역, 번안소설의 중국, 일본문학 수용 양상 연구 – 1908년 및 1912~1913년의 단행본 출판 작품을 중심으로」, 『현대문학의 연구』 46, 2012.

고병권·오선민, 「내셔널리즘 이전의 인터내셔널 – 『월남망국사』의 조선어 번역에 대하여」, 『한국 근대문학연구』 21, 2010.

권두연, 「보성관의 출판 활동 연구 – 발행 서적과 번역원을 중심으로」, 『현대문학의 연구』 44, 2011.

권보드래, 「번역어의 성립과 근대」, 『문학과 경계』, 2001 가을호.

권정희, 「식민지 조선의 번역/번안의 위치 – 1910년대 저작권법을 중심으로」, 『반교어문연구』 28, 2010.

김교봉, 「근대문학 이행기의 역사전기소설 연구」, 『계명어학회』 제4집, 1988.

김남이·하정복, 「최남선의 『자조론(自助論)』 번역과 重譯된 '자조'의 의미」, 『어문연구』 65, 2010.

김남이, 「20세기 초 한국의 문명전환과 번역 – 중역(重譯)과 역술(譯述)의 문제를 중심으로」, 『어문논집』 63, 민족어문학회, 2011.

김도형, 「가토 히로유키 사회진화론의 수용과 번역양상에 관한 일고찰 – 『인권신설』과 『강자의 권리경쟁론』을 중심으로」, 『대동문화연구』 57, 2007.

김상근, 「1907년 평양대부흥운동과 알미니안 칼빈주의의 태동 – 한국교회의 선교운동에 미친 영향을 중심으로」, 『한국기독교신학논총』, 한국기독교학회, 2006.

김상기, 「한말(韓末) 태극학회(太極學會)의 사상(思想)과 활동(活動)」, 『교남사학(嶠南史學)』 1, 1985.

김성연, 「"새로운 신", 과학에 올라탄 제구과 식민의 동상이몽 – 퀴리부인 전기의 소설화를 중심으로」, 『현대문학의 연구』 44, 2011.

_____, 「식민지 시기 번역 위인전기 연구」, 연세대 박사논문, 2010.

김소정, 「번역과 굴절 – 엉클톰즈캐빈(Uncle Tom's Cabin)의 중국적 재구성」, 『중어중문학』 46, 한국중어중문학회, 2010.

김연희, 「19세기 후반 한역 근대 과학서의 수용과 이용－지석영의 『신학신설』을 중심으로」, 『한국과학사학회지』, 한국과학사학회, 2017.

김영민, 「〈역사 전기소설〉의 형성과 전개」, 동양학 학술회의 논문집, 2002.

＿＿＿＿, 「서구문화의 수용과 한국 근대문학－근대계몽기 서사문학 양식의 형성과정을 중심으로」, 『동방학지』 120, 2003.

김인택, 「『친목회회보(親睦會會報)』의 재독(再讀) (1)－《친목회》의 존재 조건을 중심으로」, 『사이間SAI』 5, 2008.

＿＿＿＿, 「근대초기 '식민'· '제국주의' 관련 번역서 연구」, 성균관대 석사논문, 2004.

김재영, 「한국헌법 전사(前史)－개화기 입헌주의운동의 허(虛)와 실(實)」, 『헌법연구』 3-2, 헌법이론실무학회, 2016.

김종욱, 「쥘 베른 소설의 한국 수용과정 연구」, 『한국문학논총』 49, 2008.

김주현, 「『월남망국사』와 『이태리건국3걸전』의 첫 번역자」, 한국현대문학회 학술발표회 자료집, 2009.

김찬기, 「근대계몽기 '역사 위인전' 연구－양식과 서술 특성을 중심으로」, 『국제어문』 30, 2004.

김태준, 「'문'의 전통과 근대 교육제도」, 『한국어문학연구』 42, 2004.

김 항, 「구한말 근대적 공론영역의 형성과정과 상징적 기능에 관한 연구」, 서울대 박사논문, 1998.

노연숙, 「20세기 초 동아시아 정치서사에 나타난 '애국'의 양상」, 『한국현대문학연구』 28, 2009.

＿＿＿＿, 「20세기 초 한국문학에서의 정치서사 연구－한· 중· 일에 유통된 텍스트를 중심으로」, 서울대 박사논문, 2012.

＿＿＿＿, 「安國善의 『比律賓戰史』와 번역 저본 『南洋之風雲』 비교 연구」, 『한국현대문학연구』 29, 2009.

＿＿＿＿, 「한국개화기 영웅서사 연구」, 서울대 석사논문, 2005.

류충희, 「민영환의 세계여행과 의식의 점이」, 성균관대 석사논문, 2007.

문정진, 「중국 근대 매체와 번역(飜譯)－『시무보(時務報)』의 조선(朝鮮) 관련 기사를 중심으로」, 『中國學論叢』 35, 2012.

박노자, 『우승열패의 신화』, 한겨레신문사, 2005.

박상석, 「『애국부인전』의 연설과 고소설적 요소」, 『열상고전연구』 27, 2008.

박용규, 「평양대부흥운동과 산정현교회(1901-1910)」, 『신학지남』 74-4, 2007.

박재영, 「오스트리아-헝가리 이중제국의 국가체제와 민족문제」, 『경주사학』 26, 2007.

방광석, 「1880년 전후 일본 자유민권파의 헌법인식과 헌법구상」, 『동양정치사상사』 10-2, 2011.

_____, 『근대일본의 국가체제 확립과정-이토 히로부미와 '제국헌법체제'』, 혜안, 2008.

배정상, 「위암 장지연의 『애국부인전』 연구」, 『현대문학의 연구』 30, 2006.

백영서, 「옐로우 퍼시픽이란 시각의 득실: 핵심현장에서 말 걸기-조영한·조영헌 지음, 『옐로우 퍼시픽: 다중적 근대성과 동아시아』(서울대학교출판문화원, 2020)를 읽고」, 『아시아리뷰』 20, 2020.

서재길, 「〈금수회의록〉의 번안에 관한 연구」, 『국어국문학』 157, 2011.

성현자, 「단재 신채호의 역사전기소설연구-이태리건국삼걸전과의 비교를 중심으로」, 『동방문학비교연구총서』 3, 1997.

손성준, 「국민국가와 영웅서사-『이태리건국삼걸전』의 서발동착(西發東着)과 그 의미」, 『사이間SAI』 3, 2007.

_____, 「국한문체 『라란부인전』, 「자유모(自由母)」에 대하여-대한제국기 량치차오 수용의 한 단면」, 『사이間SAI』 31, 2021.

_____, 「근대 동아시아의 크롬웰 변주-영웅 담론·영국政體·개신교」, 『대동문화연구』 78, 2012.

_____, 「근대계몽기의 번역과 텍스트의 위상 변화-현채 『월남망국사』의 경우」, 국제학술연토회 발표집 『동아문화교류와 지역발전』, 중국해양대·성균관대 동아시아학술원 주최, 2008.

_____, 「도구로서의 제국 영웅-20세기 초 한국의 비스마르크 전기 번역」, 『현대문학의 연구』 47, 2012.

_____, 「번역과 원본성의 창출-롤랑부인 전기의 동아시아 수용 양상과 그 성격」, 『비교문학』 53, 2011.

_____, 「번역의 발화, 창작의 발화-한국 근대문학사 서술에서 번역(주체)의 자리」, 『현대문학의 연구』 70, 2020.

_____, 「영웅서사의 동아시아적 재맥락화-코슈트전의 지역간 의미 편차」, 『대동문화연구』 76, 2011.

손성준, 「이태리건국삼걸전의 동아시아 수용양상과 그 성격」, 성균관대 석사논문, 2007.

_____, 「전기와 번역의 '종횡(縱橫)'-1900년대 소설 인식의 한국적 특수성」, 『현대문학의 연구』 51, 2013.

_____, 「지식의 기획과 번역 주체로서의 동아시아 미디어-『조양보』를 중심으로」, 『대동문화연구』 104, 2018.

_____, 「『태극학보』 '문예'란의 출현 배경과 그 성격」, 『사이間SAI』 27, 2019.

_____, 「한문맥의 정황, 한국 근대 번역 연구와 한문-사이토 마레시(齊藤希史), 『근대어의 탄생과 한문-한문맥과 근대 일본』을 실마리로」, 『번역비평』 4, 2010.

송명진, 「『월남망국사』의 번역, 문체, 출판」, 『현대문학의 연구』 42, 2010.

_____, 「역사·전기소설의 국민 여성, 그 상상된 국민의 실체」, 『한국문학이론과 비평』, 2010.

송민호, 「열재 이해조의 생애와 사상적 배경」, 『국어국문학』 156, 2010.

송엽휘, 「『越南亡國史』의 飜譯 過程에 나타난 諸問題」, 『語文硏究』 132, 2006.

신복룡, 「전기정치학 시론-그 학문적 정립을 위한 모색」, 『한국정치학회보』 32-3, 1998.

신용하, 「신민회의 창건과 그 국권회복운동(上)」, 『한국학보』 3, 1977.

양일모, 「근대중국의 서양 학문 수용과 번역」, 『시대와 철학』 15-2, 2004.

역사첩, 「양계초 『음빙실자유서』의 번역과 수용 연구」, 성균관대 석사논문, 2022.

왕희자, 「安國善의 「禽獸會議錄」과 田島象二의 「人類攻擊禽獸國會」의 비교연구」, 여화여대 박사논문, 2011.

유병관, 「고토쿠 슈스이(幸德秋水)의 제국주의 비판과 일본 아나키즘의 수용과정」, 『일본연구』 41, 2009.

유수진, 「대한제국기 『태서신사』 편찬과정과 영향 연구」, 고려대 석사논문, 2012.

유영옥, 「근대 계몽기 정전화(正典化) 모델의 일변화(一變化)-"성군(聖君)"에서 "영웅(英雄)"으로」, 『대동문화연구』 67, 2009.

윤경로, 「신민회의 창립과정」, 『사총』 30, 1986.

윤보경, 「晩淸飜譯小說硏究」, 『中國語文論譯叢刊』 26, 2010.

윤영실, 「『소년』의 '영웅' 서사와 동아시아적 맥락」, 『민족문화연구』 53, 2010.

_____, 「근대계몽기 '역사적 서사(역사/소설)'의 사실, 허구, 진리」, 『한국현대문학연구』 34, 2011.

_____, 「동아시아 정치소설의 한 양상-『서사건국지』 번역을 중심으로」, 『상허학보』 31, 2011.

윤영실, 「최남선의 근대적 글쓰기와 민족담론 연구」, 서울대 박사논문, 2009.

_____, 「최남선의 수신(修身)담론과 근대 위인전기의 탄생, 『한국문화』 42, 2008.

윤지관, 「번역의 정치학－외국문학 번역과 근대성」, 『안과 밖』 10, 2001.

이길용, 「오스트리아－헝가리 이중제국의 연합체제 연구」, 동국대 석사논문, 1997

이동언, 「김광제의 생애와 국권회복운동」, 『한국독립운동사연구』 12, 1998.

이민석, 「韓末『中國魂』의 國譯과 '朝鮮魂'의 形成」, 서강대 석사논문, 2010.

이상협, 「현재 헝가리인들의 민족적 자의식 분석연구」, 『동유럽발칸학』 8, 2006.

이은주, 「근대 초기 일본의 '여성' 형성에 관한 연구」, 『일본어문학』 38, 2008.

이재철, 「한일아동문학의 비교연구(1)」, 『한국아동문학연구』 1, 1990.

이종미, 「『越南亡國史』와 국내 번역본 비교 연구」, 『중국인문과학』 34, 2006

이헌미, 「대한제국의 '영웅' 개념」, 하영선 외, 『근대한국의 사회과학 개념 형성사』, 창작과 비평사, 2009.

_____, 『한국의 영웅론 수용과 전개, 1985-1910』, 서울대 석사논문, 2004.

임상석, 「근대계몽기 국문번역과 동문(同文)의 미디어－『20세기의 괴물 제국주의』 한·중 번역본 연구」, 『우리문학연구』 43, 2014.

임형택, 「20세기 초 신·구학의 교체와 실학－근대계몽기에 대한 학술사적 인식」, 『민족문학사연구』 9, 1996.

전복희, 「사회진화론의 19세기말부터 20세기초까지 한국에서의 기능」, 『한국정치학회학보』 27-1, 1993.

정선태, 「근대계몽기 '국민' 담론과 '문명국가'의 상상－『태극학보』를 중심으로」, 『어문학논총』 28, 2009.

정승철, 「純國文『이태리건국삼걸전』(1908)에 대하여」, 『語文硏究』 34-4, 2006.

정은경, 「개화기 현채가(玄采家)의 저(著) 역술(譯述) 및 발간서에 관한 연구」, 『서지학연구』 14, 1997.

정환국, 「근대계몽기 역사전기물 번역에 대하여－『월남망국사(越南亡國史)』와 『이태리건국삼걸전(伊太利建國三傑傳)』의 경우」, 『대동문화연구』 48, 2004

_____, 「애국계몽기 한문소설(漢文小說)에 나타난 대외인식의 단상－『몽견제갈량(夢見諸葛亮)』의 경우」, 『민족문학사연구』 23, 2003.

조경덕, 「구한말 소설에 나타난 기독교의 의미－1907년에 발표된 소설을 중심으로」, 『우리어문연구』 34, 2009.

_____,「기독교 담론의 근대서사화 과정 연구」, 고려대 박사논문, 2011.

조윤정,「잡지『少年』과 국민문화의 형성」,『한국현대문학연구』21, 2007.

조이제,「한국 엡윗청년회의 창립 경위와 초기 활동」,『한국기독교와 역사』8, 1998.

조재룡,「중역(重譯)과 근대의 모험―횡단과 언어적 전환이라는 문제의식에 관하여」,『탈경계 인문학』9, 2011.

_____,「중역(重譯)의 인식론―그 모든 중역들의 중역과 근대 한국어」,『아세아연구』54-3, 2011.

차태근,「량치차오(梁啓超)와 중국 국민성 담론」,『중국현대문학』45, 2008.

최규진,「러일전쟁 전후 한국인의 러시아 이미지 형성 경로와 러시아 인식」,『마르크스주의 연구』, 7-3, 2010.

최태원,「일재 조중환의 번안소설 연구」, 서울대 박사논문, 2010.

최희정,「한국 근대 지식인과 '自助論'」, 서강대 박사논문, 2004.

표언복,「양계초와 대한제국기 애국계몽문학」,『어문연구』44, 2004.

하동호,「개화기소설의 서지적 정리 및 조사」,『동양학』7, 1977.

한기형,「근대어의 형성과 매체의 언어전략―언어·매체·식민체제·근대문학의 상관성」,『역사비평』71, 역사문제연구소, 2005.

_____,「중역되는 사상, 직역되는 문학―『개벽』의 번역관에 나타난 식민지 검열과 이중출판시장의 간극」,『아세아연구』54-4, 2011.

한만수,「植民地時期 한국문학의 檢閱場과 英雄人物의 쇠퇴」,『어문연구』34-1, 2006.

한무희,「단재와 임공의 문학과 사상」,『우리문학연구 총서』2, 1977.

한시준,「국권회복운동기 일본유학생의 민족운동」,『한국독립운동사연구』2, 1988.

함동주,「竹越與三郎와 1890년대 전반기 일본의 역사상」,『일본역사연구』20, 2004.

허 석,「근대일본문학의 해외확산과 국가 이데올로기에 대한 연구―명치시대 한일양국의 번역물을 중심으로」,『일본어문학』24, 2005.

허재영,「근대 중국의 서양서 번역·보급과 한국 근대 학문에 미친 영향 연구」,『한민족어문학』76, 2017.

홍경표,「위암 장지연의『애국부인전』에 대하여」,『향토문학연구』11, 2008.

황재범,「한국 개신교의 1907년 평양대부흥운동에 대한 다양한 해석들의 비교연구」,『종교연구』45, 2006.

황종연,「노블, 청년, 제국―한국 근대소설의 통국가간 시작」,『상허학보』14, 2005.

황호덕, 「외부로부터의 격발들, 고유한 연구의 지정학에 대하여－한국현대문학연구와 이론, 예비적 고찰 혹은 그래프·지도·수형도」, 『상허학보』 35, 2012.

_____, 「한문맥의 근대와 순수언어의 꿈」, 『한국 근대문학연구』 16, 2007.

가토 슈이치, 타지마 데쓰오·박진영 역, 「메이지 초기의 번역－왜, 무엇을, 어떻게 번역했는가」, 『현대문학의 연구』 24, 2004.

다지마 데쓰오, 「〈국치전〉 원본 연구－『일본정해(日本政海) 신파란(新波瀾)』, 『정해파란(政海波瀾)』, 그리고 〈국치전〉간의 비교를 중심으로」, 『현대문학의 연구』 40, 2010.

다지리 히로유키, 「嚴谷小波의 「瑞西義民傳」과 李人稙의 신연극 「銀世界」 공연」, 『어문연구』 34, 2006.

사에구사 도시카쓰, 「쥘 베른(Jules Verne)의 『십오소호걸(十五小豪傑)』의 번역 계보－문화의 수용과 변용」, 『사이間SAI』 4, 2008.

서여명, 「중국을 매개로 한 애국계몽서사 연구－1905~1910년의 번역작품을 중심으로」, 인하대 박사논문, 2010.

쑨쟝(孫江), 「피부색의 等級－근대 중·일 교과서의 인종 서술」, 『대동문화연구』 65, 2009.

우림걸, 「양계초 역사·전기소설의 한국적 수용」, 국제학술대회 제6집, 2001.

존 크라니어스커스, 김소영·강내희 역, 「번역과 문화횡단 작업」, 『흔적』 1, 문화과학사, 2001.

히라타 유미, 「여성의 개주－근대 일본의 「여전」이라는 언설」, 『지식의 근대기획, 미디어의 동아시아』, 성균관대 동아시아학술원 동양학학술회의 자료집, 2007.

_____, 「여성의 개주－근대 일본의 「여전」이라는 언설」, 『대동문화연구』 65, 2009.

久恒啓一, 「日本偉人伝 德富蘇峰の歩いた道」, 『致知 2011年5月号』, 致知出版社, 2011.4.1.

罗选民, 「意识形态与文学翻译－论梁启超的翻译实践」, 『清华大学学报』 21, 2006.

柳井まどか, 「正宗白鳥と「国民之友」」, 『山村女子短期大学紀要』 11, 1999.

木村洋, 「經世と詩人－明治後半期文學論」, 神戶大學 博士学位論文, 2010.

勝尾金弥, 「伝記叢書「世界歴史譚」の著者たち」, 『愛知県立大学文学部論集』 37, 1988.

王　虹, 「データから見る清末民初と明治の翻訳文学」, 『多元文化』 7, 2007.

許常安, 「時務報に見える梁啓超の日本に關しる言論」, 日本斯文會, 1970.6.

찾아보기

(재)한국연구원 한국연구총서 목록